MÁRIA SZEPES

DER ROTE LÖWE

Fantasy-Roman

Deutsche Erstveröffentlichung

WILHELM HEYNE VERLAG
MÜNCHEN

HEYNE SCIENCE FICTION & FANTASY
Nr. 06/4043

Titel der ungarischen Originalausgabe
A VÖRÖS OROSZLAN
Deutsche Übersetzung von Gottfried Feidel
Das Umschlagbild schuf Johann Peter Reuter

6. Auflage

Redaktion: Friedel Wahren

Printed in Germany 1991
Umschlaggestaltung: Atelier Ingrid Schütz, München
Satz: Schaber, Wels/Österreich
Druck und Bindung: Mohndruck
Graphische Betriebe GmbH, Gütersloh

ISBN 3-453-30985-5

Inhalt

Drittes Buch
DER PHÖNIX FLIEGT AUF

Adam Cadmon

Adam Cadmons Brief erreichte mich vor vielen Jahren im Sommer 1940 in jenem kleinen Haus, von dem außer einigen engen Freunden niemand etwas wußte. Es war ein niedriges Bauernhaus mit einer von wildem Wein umrankten Veranda, mit grünen Fensterläden und weißgetünchten Wänden. Es stand an einem leichten Hügelhang, eingebettet in den Schatten duftender, alter Linden. Das Haus war weder mit der Bahn noch mit dem Auto zu erreichen; von der nächsten Bahnstation führte ein einstündiger Weg durch eine hügelige Landschaft dorthin. Auch die Post kam nur dreimal in der Woche zur ›Arche Noah‹ herauf, wie ich mein Refugium genannt hatte. Die Zimmer hatte ich zu bequemen, modernen Wohnräumen umgestalten lassen, aber das Wasser mußte ich von Hand in den Behälter heraufpumpen und mich am Abend mit Petroleumlampen und Kerzen behelfen; doch 1940 emigrierten wir empfindlicheren Menschen bereits gern vor den wütenden Segnungen der sogenannten ›Kultur‹ in die ›primitivere‹ Vergangenheit.

Von meinem Fenster und meiner Veranda aus ging der Blick auf weite Hügel, die mit Wein bepflanzt waren, zu deren Füßen der Spiegel der Donau blinkte.

Das Haus hatte ich mir sorgfältig ausgesucht, mit voller Absicht an so einem versteckten, unzugänglichen Ort. Ich spürte, daß ich mein Werk niemals vollenden könnte, wenn es mir nicht gelingen würde, mich aus der hektischen Atmosphäre der Großstadt zu befreien.

Durch meinen Beruf bin ich an die Stadt gebunden. Als Leiter der Nervenabteilung eines großen Krankenhauses schien es ziemlich aussichtslos, mich von der Last der Verpflichtungen zu befreien. Unter all den verschiedenen Karrieren ist vielleicht der Arzt am ehesten der Sklave seines Berufs, weil er auf einem Gebiet wirkt, wo die Dinge nicht zu steuern sind. Jedes Ereignis bricht unverhofft mit erschreckender Dringlichkeit herein und duldet keinen Aufschub.

Die Richtung, die ich als Pionier verfolge, hat mich vor ein schweres Dilemma gestellt. Sowohl mein Beruf als auch mein Buch (für das sich das Material jahrelang angehäuft hatte) verlangten den ganzen Mann. Ich hatte einen riesigen Nachholbedarf, was die Lektüre anging, um gewisse Details zu klären. Ich versuchte, einen Teil der Nacht zu opfern, doch dies wirkte sich nicht nur auf meine Gesundheit, sondern – was noch schlimmer war – auch auf meine Arbeit nachteilig aus. Ich hatte mich mit Problemen zu befassen, die eine konzentrierte Leistung erforderten, sonst wären die Thesen ins Wanken geraten und hätten eine ausgezeichnete Angriffsfläche geboten. Ich konnte es mir aber nicht leisten, ein echtes Anliegen von schicksalhafter Bedeutung mit zweideutigen, fadenscheinigen und untauglichen Argumenten zu verteidigen. Nach langem Zögern und manchen Kompromissen bat ich schließlich um einen viermonatigen Krankenurlaub. Ich gab mich der Sache hin wie jemand, der in den Abgrund springt: mit aufgewühltem Gemüt, unüberhörbaren Gewissensbissen, die jedoch von meinem inneren Drängen übertönt wurden. Ich bestimmte meinen fähigsten Assistenten zu meiner Vertretung im Krankenhaus und spazierte einfach aus dieser Welt hinaus.

Der zauberhafte Friede der Einsamkeit und der Arbeit nahm mich nicht sofort auf. Während der ersten Woche wimmelte es noch in mir von den Fällen, die ich einfach liegengelassen hatte, sie umschwärmten mich wie beunruhigende Torsi; doch dann tötete ich sie gnadenlos mit jener gesunden Skepsis ab, die besagte, daß der Mensch im allgemeinen nicht unersetzlich ist, denn wäre er es, würde man ihn nicht unentwegt austauschen, würden die Menschen nicht durch den Tod gnadenlos ausgewechselt wie Geldscheine, die man einfach aus dem Verkehr zieht. Viel wichtiger als das krampfhafte Aufrechterhalten der Kontinuität oder die Behandlung einiger isolierter Patienten erschien es mir, meine von mir erkannte, in Versuchen bestätigte und in der Praxis bewährte Methode zu verallgemeinern und die Krankheit an sich zu bremsen. Da ich in dem vorliegenden Buch nur eine unpersönliche Rolle spiele, möchte ich mich nur insofern über die Natur meiner Arbeit verbreiten, wie diese dazu beiträgt, die Gestalt und die Erscheinung des Adam Cadmon einigermaßen zu erklären, und soweit sie zu seiner merkwürdigen Geschichte gehört.

Seit fünfundzwanzig Jahren befasse ich mich mit Geistesgestörten, und es ist etwa zehn Jahre her, daß ich – aus den Sackgassen des Ansehens kommend – einen völlig neuen Weg beschritten habe (ohne meine Versuche und Resultate bisher veröffentlicht zu haben). Ich kenne und ehre die Vorsicht, die die Wissenschaft walten läßt, ihre oft übertriebene Ablehnung gegenüber jenen, die neue Wege beschreiten wollen, und war darauf vorbereitet, daß meine Arbeit verlacht wird, daß sie ins Kreuzfeuer zahlreicher Anfeindungen gerät oder daß sie schließlich totgeschwiegen wird; doch dies alles berührt mich nicht. Einige meiner begabten Schüler, die man später aus dem Gebiet der Heilkunst nicht einfach ausschließen kann, sind schon reichlich ›infiziert‹, indem sie nach meiner Methode heilen. Unsere Statistik weist beachtliche Zahlen auf, und unsere Patienten, diese im Niemandsland herumirrenden Toten, wandeln sich von Gespenstern in neue Menschen.

Meine Methode habe ich als Metapsychoanalyse bezeichnet. Unter Psyche verstehe ich die unsterbliche Intelligenz, das transzendente Leben allen Seins, das auf dieser Erde im Bewußtsein des Menschen seinen Gipfel erreicht hat. Doch dieser Gipfel verhält sich zu den grenzenlosen Dimensionen des Geistes wie ein Staubkorn zum Kosmos. Die Krankheit der Seele bedeutet einen namenlosen Defekt einer Brücke, eine Störung der vermittelnden Organe zwischen Körper und Seele. Der Seelenarzt muß diesem Fehler mit der Gründlichkeit der klinischen Methode auf den Leib rücken, ihn diagnostizieren und korrigieren. Wenn er nur Symptome behandelt, kann er die Nervenheilanstalten mit lebenden Toten vollstopfen – ebenso auch diese Welt. Natürlich möchte ich hier nicht die konstruktionsbedingten Störungen des Gehirns einreihen, die ein ganzes Menschenleben schwerwiegend bestimmen. Ich rede von den Krankheiten der Seele, die im Körper zunächst unsichtbar und unauffindbar vorhanden sind, während die Vorstellungskraft, die voller Hemmung ist und die in falsche Bahnen geleitet wird, ihre krankhaften Veränderungen im Organismus nur allmählich auslöst.

Diese allgemeine Revolution des Geistes und auch der Heilkunst läßt sich nicht mehr länger durch das Herunterbeten endloser lateinischer Bezeichnungen in eine Flasche bannen wie den Riesen aus dem Märchen, weil die Zeiten von ihnen schwanger sind, ihr Herzschlag in die Welt hineintönt und weil die Geburt alsbald bevorsteht, selbst wenn man die Hebammen deswegen auf den Scheiterhaufen schickt. Um meine ketzerische Anschauung gegenüber den Wissenschaften noch deutlicher zu machen, will ich die okkulten Beziehungen meiner Richtung freimütig zugeben. Ich glaube an Hermes Trimegostos, an den Verkünder der Lehre der Analogien, an die alten Überlieferungen, deren Wurzeln in einer gewaltigen vorgeschichtlichen Vergangenheit wie in einem Nebel verdämmern, der sich jetzt erst allmählich lichtet. Die Wahrheit trat auch früher schon zutage, doch die Menschen nahmen sich demgegenüber als boshafte Zwerge aus. Denken wir nur an Paracelsus, an den tödlichen Neid seiner Kollegen, der schließlich dazu führte, daß man ihm den Schädel zertrümmerte, einen Schädel, für den sie vergebens Tausende ihresgleichen zum Tausch angeboten hätten. Gegen Erde kann man auch dann kein Gold eintauschen, wenn man sie tonnenweise anbietet.

Adam Cadmons Brief enthielt nur wenige Zeilen:

Sehr geehrter Herr Professor!

Ich darf hoffen, daß ich Sie durch meinen persönlichen Besuch über die Tatsache hinwegtrösten kann, Sie in Ihrer Arbeit gestört zu haben. Ich möchte Ihre Gastfreundschaft nur für zwei Tage in Anspruch nehmen. Leider kann ich Ihnen den genauen Zeitpunkt meines Eintreffens nicht mitteilen, weil dieser noch von einigen Geschäften abhängt, die ich zu erledigen habe; aber ich hoffe, noch diese Woche reisen zu können.

Bis zum Wiedersehen bin ich mit herzlichen Grüßen

Ihr Adam Cadmon

So hatte er gezeichnet: Adam Cadmon. Der Brief wurde in Budapest aufgegeben.

Mein erster Gedanke war, daß sich einer meiner Freunde einen Scherz erlaubt hatte. Meine Adresse war nur drei Personen bekannt: meinem Assistenten, meiner Hausdame in Budapest und meinem zerstreuten Kollegen, der Junggeselle war, mit dem ich endlose Schlachten auf dem Schachbrett ausgetragen hatte und der mit einer schweren Gallensteinoperation im Krankenhaus lag. An ihrer Zuverlässigkeit war nicht zu zweifeln. Ich wußte, daß sie meine Adresse keinem verraten hatten – weder irgendwelchen Bekannten noch gar einem Fremden. Woher hatte also dieser Adam Cadmon meine Adresse, der sich diesen kabbalistischen Namen zugelegt hatte, der den Kosmos bedeutet – und was wollte er von mir?

Mein Ärger über die vermeintliche Störung wurde durch meine Neugier verscheucht. Aus dem Brief wie aus dem Namen stieg Magie auf. Ich kehrte immer wieder zu diesem Schreiben zurück. Es beschäftigte mich und faszinierte mich zugleich. Ich betrachtete und untersuchte die feine, geradlinig geneigte unvergleichlich originelle Schrift immer wieder. In dieser Schrift war etwas, was an Hieroglyphen erinnerte. Auf dem Umschlag stand nicht nur eindeutig mein Name, sondern neben anderen Details auch die Bezeichnung des Hauses, die ich nirgendwo aufgezeichnet hatte und die ich nur im Freundeskreis erwähnte: Arche Noah. Das Rätsel kam mir unlösbar vor. Und ich fieberte mit einer gewissen Erregung dem Auftauchen Adam Cadmons entgegen.

Ich ertappte mich dabei, daß morgens nach dem Aufwachen mein erster Gedanke dem Umstand galt, ob er vielleicht schon eingetroffen sei. Am dritten Tag hielt ich die untätige Unsicherheit nicht mehr aus. Unter dem Vorwand, Streichhölzer, Kerzen und einige Lebensmittel einkaufen zu wollen, wanderte ich zum Bahnhof hinunter. Doch niemand stieg aus dem Zug. Ich war irgendwie enttäuscht. Wieder zu Hause angekommen, mußte ich aber feststellen, daß mein Besuch bereits eingetroffen war.

Er saß auf der Veranda, als ich eintrat. Er erhob sich, trat zu mir und reichte mir die Hand.

Ich hätte nicht sagen können, wie alt er war. Alt war er jedenfalls nicht. Sein Gesicht war schmal, fein geschnitten und vollkommen faltenlos. Aber er war auch nicht mehr jung. Ich kann nicht sagen warum, aber dieser Ausdruck war völlig unpassend, um ihn zu beschreiben. Er wirkte vielmehr zeitlos, er strahlte eher etwas wie in der Gegenwart Fortbestehendes aus. Seine Züge waren leicht mongolisch, seine Gesichtshaut wirkte kreolisch, doch nur insoweit, wie sie auch in Europa vorkommt. Es fiel schwer, den Blick von seinen leuchtenden grünlichblauen Mandelaugen zu wenden. Die breite, hohe Stirn mit ihren edlen Wölbungen und den fein gewölbten Schläfen kam dem ausgebildeten Phrenologen wie ein Kunstwerk der Natur vor. Das straff nach hinten gekämmte mattglänzende schwarze Haar schmiegte sich bis tief in seinen Nacken. Er trug einen bequemen weißen Sommeranzug. Meine Worte können das Wesentliche nicht erfassen, um seine Erscheinung zu beschreiben.

Wie sollte ich beispielsweise den heiteren, durchdringenden, vertrauten Blick beschreiben, der in den tiefsten Tiefen der Seele ein Echo hervorrief? Er kam mir keinen Augenblick fremd vor, ohne daß ich gewußt hätte, wie der Kontakt zwischen uns zustande gekommen war und welcher Art dieser Kontakt war.

Mit seiner leisen, gleichmäßigen Stimme erkundigte er sich zunächst einmal nach meiner Arbeit. Während wir uns ins Gespräch vertieften, war ich überhaupt nicht erstaunt, wie gut er informiert war. Er zitierte ganze Passagen aus meinem Buch, an dem ich gerade arbeitete, und ich schrieb dies oberflächlich dem Umstand zu, daß er wahrscheinlich meine Artikel im ärztlichen Mitteilungsblatt gelesen hatte – doch mitten im Gespräch stutzte ich: Denn ausgerechnet diese Dinge hatte ich nirgendwo erwähnt. Das wußte nur mein Papier auf dem Schreibtisch, der Füllfederhalter und ich. Das heißt ... ich starrte ihn an, und er lächelte mir zu.

»Das ist keine Hexerei! Nur ein Schritt nach vorn auf jenem Gebiet, auf dem Sie ebenfalls tätig sind. In Ihrem Bewußtsein ist der ganze Komplex fertig, und ich habe ihn abgelesen. Diese Fähigkeit schlummert in jedem Menschen, man muß sie nur entwickeln.«

Diese Erklärung brachte mich urplötzlich auf eine Ebene, auf der das Weltbild um einige Dimensionen reicher war.

Unser Gespräch wandte sich dem Krieg zu. Er sagte, er sei extra aus Lublin gekommen, um mich zu besuchen, und er werde bereits übermorgen die Rückreise antreten. Diese Äußerung rührte eine Menge verschiedener Fragen in mir auf. Was hatte er in Lublin zu suchen, wo ein gnadenloser Krieg tobte und wo auch heute entsetzliche Unterdrückung herrschte? Ob er vielleicht Pole war? Er sprach perfekt ungarisch, wenn auch mit kaum wahrnehmbarem fremden Akzent. In Budapest hatte er nur einen einzigen Tag verbracht, er kannte keinen Menschen, war direkt zu mir gekommen ... Doch wer hatte dann vor vier Tagen den Brief in Budapest aufgegeben, wieso konnte er als Privatmann durch die Kriegszonen reisen?

»Ich bin kein Pole«, erwiderte er auf meine Gedanken, »ich bin im Juli 1939 nach Lublin gezogen.«

»Sie sind Deutscher!« Der Gedanke stieg in mir auf, von einem unbehaglichen Verdacht begleitet. »Sie sind doch nicht etwa ...«

»Ich bin aus Tibet gekommen«, sagte er einfach. »Diesen Besuch habe ich mir bereits dort vorgenommen. Wenn Sie Ihre Seele von den Eintagsfaltern kurzlebiger Gedanken befreien, so werden Sie darunter die Gewißheit finden, daß Sie mich erwartet haben. Freilich wartet der Auserwählte nicht nur mit dem Verstand, sondern mit seinen Ahnungen, Vorgefühlen, seiner Unruhe und seinem unerschöpflichen Glauben daran, daß sich das Wesentliche, das unaussprechlich und mit den strengen Gesetzen des dreidimensionalen Lebens unerreichbar ist, sich eines Tages meldet und offenbart. Zwischen uns beiden besteht der Unterschied lediglich darin, daß Sie etwas ahnen und daß ich mich erinnere. Doch hat dies für unsere gemeinsame Arbeit keine Bedeutung. Wichtig ist, daß Sie um die Dinge wissen, daß Sie Ihren Auftrag unbeirrbar erfüllen und daß Sie Ihre Merkmale restlos bewahrt haben.«

»Wie lautet mein Auftrag ... wer sind die Auftraggeber und ... welche Merkmale habe ich bewahrt?« drängten die Fragen aus meinem Inneren.

»Worte haben den großen Nachteil, daß sie von jedem jeweils anders ausgelegt werden. Man muß sie zunächst abstimmen, so wie man verschiedene Uhren aufeinander abstimmt. Wenn ich von der Erinnerung spreche, so meine ich die Erinnerung an ein früheres Leben. Sie wissen und glauben, daß die Wiedergeburt Wirklichkeit ist, Sie besitzen eigene Kenntnisse und Ahnungen. Ich erinnere mich. Sie fühlen, daß wir uns heute nicht zum ersten Mal begegnen, ich weiß es. Sie haben sich auf einen inneren Befehl hierher zurückgezogen, in die Arche Noah, um Ihr Werk zu vollenden, das für die Zukunft notwendig ist. Ich aber weiß, daß dieser innere Befehl ein Auftrag von jenem Ort ist, wo die Revolutionäre des Geistes über die Verschworenen der erneuerten Seele die neuen Äonen vorbereiten. Sie gehören dazu, ohne sich dessen in diesem Leben bewußt zu werden, doch ich kann Ihnen versichern, daß Sie einst den Eid bewußt geleistet haben. Das ist doch sonnenklar, nicht wahr?«

Ich nickte unwillkürlich, obwohl mich diese ›Klarheit‹ eher blendete, als daß sie mich sehend machte. Solange sich Adam Cadmon in meinem Haus aufhielt, war ich in einer merkwürdigen Hochstimmung, die mich mit Macht gefangenhielt. In seiner Gegenwart war ich unfähig, zu streiten, zu analysieren und Widerstand zu leisten. Gelegentlich tauchte der Verdacht in mir auf, daß ich vielleicht ein Opfer von Suggestionen geworden war, da jedes seiner Worte, das er gegen meine Erkenntnisse, gegen Tatsachen, die mit Argumenten belegt werden konnten, mich mit einer derartigen Überzeugungskraft traf, daß selbst die geringsten Zweifel in mir ausgeräumt wurden. Nun hatte ich ausgerechnet mit der Suggestion genügend Versuche durchgeführt, um zu wissen, welch andersartigen Dingen ich jetzt gegenüberstand. Kein Umstimmungsversuch, nicht die leiseste gewaltsame Strömung ging von ihm aus. Er war nur er selbst, mit der gewaltigen Ladung der Erkenntnis, der beherrschten geistigen Kräfte und Fähigkeiten, und seine Offenbarungen waren nicht voll zögernder, menschlicher Unsicherheit, sondern von durchschlagender, schwerwiegender Sicherheit erfüllt.

Nach dem Abendessen setzten wir uns in den Garten. Über uns wölbte sich ein dunkler, sternenübersäter Himmel. Die auf eine unsichtbare Kuppel gemalten Sternbilder schimmerten um uns herum. Die Milchstraße ergoß sich wie ein dunkler, geheimnisvoller Strom über den Horizont. In der Nähe des großen Vollmondes solarisierten zwei hell strahlende Planeten: Saturn und Jupiter in enger Konjunktion. Mein Blick blieb an diesen beiden Himmelskörpern haften, und ich dachte über ihre Macht nach, über ihre gegensätzliche und sich doch gegenseitig ergänzende Kraft. Jupiter ist der große Wohltäter, feurig, schwungvoll, aufbauend – Saturn aber ist der Verzögerer, der Leidbringer, der Planet, das in seinem transzendenten Wesen durch das Leid lehrende Himmelsgestirn. Jupiter ist der Freund der Sonne, Saturn der große Einsame. Des einen Gefahr ist das Feuer, des anderen die Erstarrung. Welche Auswirkungen mochte der Kampf der beiden Giganten auf diese Welt haben?

»Die Konstellation der Gesalbten«, sagte leise Adam Cadmon neben mir.

Ich schrak auf. Plötzlich war ich vom Zauber dieser unvergleichlichen Nacht erfüllt. Und Adam Cadmons Antwort galt auch diesmal meinen Gedanken.

»Die Konstellation des Jupiter und des Saturn war auch der Geburt Christi vorausgegangen«, fuhr er ruhig fort. »Damals stand die große Konjunktion im Zeichen der Fische. Jetzt steht sie im Zeichen des Stiers. Jene hat der Welt das Christentum gebracht, diese bringt die philosophische und gesellschaftliche Revolution, die Erlösung des Geistes aus der Knechtschaft der Materie. Der Messias, der jetzt geboren wird, wird die Türen zu neuen Äonen öffnen.«

»Ein neuer Messias wird geboren ... wo? Und wann?« fragte ich begriffsstutzig.

»In Lublin, im April 1941. Im Getto von Lublin, dort wo die Last am schwersten ist und die finsterste aller Finsternisse herrscht. Dort, zwischen den Gedemütigten und Gequälten. Er wirft seinen Schatten weit voraus: Der Mensch der Sünde, der Gesetzesübertreter mit aller Macht und allen Zeichen der Lüge ist bereits erschienen. Und dort, wo sein Schatten auf die Erde fiel, dort erscheint auch sein strahlendes Gegenstück – die Wirklichkeit neben der Verblendung. Der Erlöser gegenüber dem Antichrist. Und damit die Schrift erfüllt werde und der immer wiederkehrende Rhythmus des ewigen Wellenschlags der Zeit hörbar werde, wird er als unehelicher Sohn eines jüdischen Mädchens geboren, einer jungen Jüdin, belastet mit dem Kummer, der entsetzlichen Klugheit ihrer Leiden, der fürchterlichen Zärtlichkeit ihrer Verfolgung, die ihrer Rasse eigen ist. Diese zahme jungfräuliche Mutter ist ein Abbild jener Urmutter, die vor eintausendneunhundertundvierzig Jahren ihren Sohn in einem Stall geboren hat.«

Seine Stimme klang leise und einfach, dennoch entfachte sie ein Feuer in mir. Ich wurde von dieser grenzenlosen Gewißheit zerschmettert, die über alle Begriffe ging, daß nämlich jedes Wort auf erschütternde Weise wahrer ist als die sichtbaren Dinge, die mich umgaben.

»Und Sie ... Warum sind Sie in Lublin?« Dies war die erste Frage, die unmittelbar seine Person betraf.

»Wenn einst im Stall des menschlichen Hasses und der Vermessenheit die Weisheit geboren wird, werden sie alle diejenigen aufsuchen, dem Stern folgend, die zur Taufe geladen sind. Ich habe den Ruf bereits vernommen. Ich bin aus der Namenlosigkeit zurückgekehrt, um Ihm Platz zu schaffen und Ihn anzukündigen. Ich bin gekommen, um den Gerechten zu verkünden: Das sind jene Zeiten, von denen die Propheten reden. Es kommen die Tage, deren Mühlen langsam mahlen und die jegliche menschliche Stütze zermalmen. Es wird eine große Feuersbrunst geben, die auch die letzten Refugien der Materie zerstören werden. Es wird keinen Fußbreit Boden, keine Handbreit Wald geben, wo der Verfolgte sich ausruhen, wo der Gejagte sich verbergen kann. Zum letzten Mal wird das so oft aufgerichtete goldene Kalb von seinem Sockel fallen. Der Tränenstrom wird das Herz der gnadenlosen Dämonen nicht erweichen. Das

Blut wird zu einem Meer anschwellen und Länder, Städte, Straßen, Häuser, Felder, Seen und Flüsse überfluten: Denn vor dem kühlen Ozean des Wassermanns wird die Erde stets durch Blut gereinigt.«

Die leidenschaftslos vorgetragenen apokalyptischen Worte konnten lange Zeit nicht in mein Gehirn, in meine Nerven eindringen. Wie benommen betrachtete ich die dunklen weichen Umrisse der Landschaft, die vom Zirpen der Heuschrecken erfüllt war. Frische, kühle Düfte streiften mein Gesicht, der Duft der Akazien und des Holunders. Aus einem fernen Hof erklang Hundegebell. Am Flußufer quakten die Frösche mit heiserer, sanfter Stimme und baten um Regen. Die Begriffe von Blut, Tod und gemeiner Roheit wichen dem reinen Frieden der Nacht ... Doch plötzlich, aus den mystischen Dimensionen der Zukunft und aus der *Akasha** überfiel mich plötzlich die Ahnung des Entsetzens der kommenden Jahre, jener Vernichtung und jenes Verderbens, das alle Vorstellungen überstieg, das Wüten des Hasses, das Ausgeliefertsein wehrloser Massen, die endlosen, selbstmörderischen Zuckungen eines dämonischen Veitstanzes – und plötzlich wurde auch die stille Landschaft lebendig. Das ewige, nur mit den Nerven wahrnehmbare Beben unheilverkündender Stimmen, der Angst und der verborgenen Unruhe pulste darin, und eine herzbeklemmende, schweißtreibende Erwartung des Entsetzlichen, das mit plötzlichem Aufschrei über den Bebenden hereinfiel ... Dieses Gefühl war so konzentriert und so gegenwärtig, daß es mir den Atem raubte und mein Herz wie rasend zu schlagen begann.

»Nein!« brach es abwehrend aus mir heraus. »Solche Tiefen sind im Menschen nicht vorhanden! Das kann keine Menschenseele ertragen!«

»Die Seele ist ihrer Natur nach sowohl göttlich als auch dämonisch, je nachdem, ob die Kräfte des Lichts oder der Finsternis an jenen Knöpfen drehen, die die Seele steuern. Die Seele ist der veränderliche, subtile Rohstoff des Seins. Jene Einwirkungen, die sich über sie ergießen, sind derart elementar, daß sie an jeder ungeschützten, schwachen Stelle durchbrechen. Das ist die Macht des Hasses. Und wer auch die geringste Be-

---

* Nach Ansicht der Hindus ein weitaus feinerer, älterer Stoff, älter als der Weltäther, ein Urstoff, so alt wie die Seele selbst. Der Akasha enthält sämtliche Ideen der Ereignisse des Kosmos. Er unterliegt keiner Kausalität, nur die aus ihm entstehenden Formen unterliegen den Gesetzen der Kausalität.

reitschaft dafür aufweist, wer nicht mit allen Fähigkeiten und Erkenntnissen seines Geistes dagegen ankämpft, wird in die Heerschar der Dämonen eingereiht und ist verloren. Der Haß ist die fürchterlichste, magischste Kraft, die je auf Erden erschienen ist. Er übersteigt und überwindet jede andere menschliche Schwäche: die Selbstsucht, den Hang zur Bequemlichkeit, die Todesangst. Er peitscht den Fanatismus bis zur Weißglut, verschmilzt den Menschen zur Masse, die dann selbst zum Preis der eigenen Vernichtung nur noch vernichten will.

»Und warum muß dies geschehen?« rief ich aus, so laut, daß sich meine Stimme zwischen die schlafenden Bäume ergoß. »Wenn hinter den sichtbaren Dingen ein Planer und ein Plan stecken, wieso können dann den Kräften der Vernichtung Tür und Tor geöffnet werden?«

»Weil hinter den sichtbaren Dingen ein Plan steckt«, kam die ruhige Antwort. »Dies ist die große Transmutation der Erde. Ihr Wesen wandelt sich. Die Infizierten werden ausgespien, und die wenigen, die übrigbleiben, werden mit ihr aus Blei zu Edelmetall. Was dann geschieht, ist die Wirkung der provozierenden Injektion. Die Krankheit tritt nur bei denjenigen zutage, in denen sie bereits latent vorhanden ist.«

»Der Mensch ist schwach, unwissend und verantwortungslos. Die Anführer aber sind wissend und gewissenlos. Der Mißbrauch des schwarzen Zaubers der Propaganda ist ihre Schuld und nicht die des Menschen. Das degenerierte, beschränkte Gehirn wird durch Leitartikel und Rundfunkreden bombardiert, die mit Ideengift gefüllt sind – wie soll man sich dagegen wehren? Sie besitzen keine unabhängigen Begriffe, keine ethischen Bastionen, nur das Gefühl, daß ihnen etwas fehlt. Kinder sind sie alle miteinander, und beim Ton der Flöte, die der Rattenfänger von Hameln bläst, taumeln sie verblendet ins Verderben. Warum werden sie so hart bestraft?«

»Das Gleichnis stimmt. Die Menschen sind wie Kinder, und diese Kinder spielen ein recht grausames Spiel. Sie sind grausam gegeneinander, zu allen Lebewesen und zu sich selbst. Die Erde wird aber nicht länger ein Spielplatz für Kinder sein, sondern die Wohnung denkender Erwachsener.«

Wir schwiegen eine Weile. Gegen diese Worte gab es kein Argument. Seine Thesen waren Offenbarungen, wie die des Henoch, Baruch, Ezra, die Offenbarungen des Johannes und die

Lehren der Propheten. Man mußte entweder an sie glauben oder sie rundweg verleugnen.

»Ich möchte gern wissen«, sagte ich nach einer Weile still, »warum Sie zu mir gekommen sind ... ausgerechnet zu mir aus Tibet über Lublin in die Arche Noah?«

Sobald ich dies ausgesprochen hatte, verflog das Spielerische der letzten Worte, die ich aus einer Laune, aus einer augenblicklichen Eingebung heraus gesprochen hatte. Die Arche Noah! Welches Gewicht fiel plötzlich dieser Benennung zu! Meine merkwürdige Ahnung wurde durch Adam Cadmons Worte bestärkt:

»Ich habe Ihnen etwas gebracht, was die Zeit überdauern soll ... etwas, das die neue Blutflut überdauern muß. Es war an der Zeit, später hätte ich nicht mehr kommen können.«

Eine fast lähmende, unsinnige Freude ergriff Besitz von mir. Alles was er gesagt hatte, bezog ich nicht auf mein Haus, sondern auf ganz Ungarn.

»Hier geht es nur um dieses kleine Haus«, erwiderte er, »um die Arche Noah. Aber selbst hier müssen Sie sich schon festhalten, wenn sich der Himmel verdüstert und die Stürme nahe vorbeiziehen.«

»Sie meinen, daß sie ... auch dieses Land nicht verschonen?«

»Ja.«

»Nun ... ich stehe Ihnen in jeder Hinsicht zur Verfügung.«

»Ich weiß«, sagte er einfach. »Ich habe Ihnen ein Manuskript mitgebracht, und ich möchte, daß Sie es aufbewahren, bis ich Ihnen Nachricht senden kann, was damit geschehen soll. Bei mir wäre es jetzt und in den kommenden Jahren nicht in Sicherheit. Wenn es Sie interessiert, dürfen Sie es natürlich lesen.«

Am nächsten Nachmittag verabschiedete er sich.

So gelangte Adam Cadmons Manuskript zu mir. Ich verfahre nach seinen schriftlichen Anweisungen, wenn ich es denjenigen zugänglich mache, die nach der Blutflut übriggeblieben sind und taumelnd jenen Weg suchen, der ins Leben zurückführt.

Persönlich bin ich ihm nie mehr begegnet.

Erstes Buch

DAS MANUSKRIPT DES ADAM CADMON

DIE MATERIA PRIMA

Keiner wage es, den Pfad der geheimen Wissenschaften dreist zu betreten; denn wer einmal diesen Weg beschritten hat, muß ihn bis zum bitteren Ende gehen, sonst ist er verloren.

Wenn dich auf diesem Weg der Zweifel überkommt, wenn du zögerst, verlierst du den Verstand. Dann wirst du fallen, und wenn du zurückschreckst, wirst du in bodenlose Tiefen stürzen.

Du, der du begonnen hast, in diesem Buch zu lesen, wirst – wenn du dessen Inhalt begreifst – zum Herrscher werden oder dem Wahnsinn verfallen. Doch was du auch immer damit beginnen magst, du wirst es niemals verachten noch jemals vergessen. Wenn du rein bist, wird es dir als Fackel vorausgehen, wenn du stark bist, wird es zur Waffe in deiner Hand. Und wenn du weise bist, wird es dich alle Weisheit lehren. Bist du aber verdorben, so wird dieses Buch in dir alle Feuer der Hölle entfachen. Es wird deine Seele wie ein scharfer Dolch durchdringen und dein Gewissen mit Reue und Unrast beschweren, die kein Ende nimmt.

Eliphas Ley, »Rituel de la Haute Magie«

Sebastian, der nie ans Ziel kam

Hans Burgner ist mir bereits so fremd wie die abgestorbenen, ausgetauschten Zellen meines Körpers. Dennoch war *er* es vor einigen Jahrhunderten, von dem ich mit der erregenden Voreingenommenheit der Freude, der Ängste und Ahnungen behauptete: Das bin ich! Hans Burgner war ein Nichtsnutz, gierig und ein Wirrkopf, doch von ihm ging jene Gärung aus, die mein Leben aus der Bahn pausenloser Wiederholungen heraushob. Wie einst die Priester der orphischen Mysterien reiche ich dem Novizen die Hand, der mir durch die Finsternis der Nacht in die Tiefe mondloser Wälder über Geburt und Tod hinweg auf den Pfaden der Unterwelt zu den Pforten des Hades folgen will. Ich halte eine Fackel in der Hand und kenne den Weg. Wer mir folgt, kann sich nicht verirren. Im Morgengrauen werden wir den Tempel der aufgehenden Sonne erreichen.

Ich wurde 1535 in Schwandorf geboren. Ich nehme an, daß mein Vater wenig damit zu tun hatte, wohl aber sein kräftiger, frecher Gehilfe. Mein Vater war Müller, ein beleibter Mann mit violett-weißem Fleisch, schwerfällig, zahm und zerstreut, um den sich meine Mutter weniger kümmerte als um einen Mehlsack. Ihre intolerante, launische, laute Persönlichkeit, die alle Augenblicke die Farbe wechselte, füllte jedoch das Haus. Sie war das unbeständigste Weib, das ich je gekannt. Nie konnte jemand wissen, mit wem er innerhalb der nächsten Viertelstunde die Ehre haben würde: einem verträumten flötenden zärtlichen Burgfräulein, einer puritanischen Asketin, die scharfe Sentenzen abschoß und um deren Körper sich eine unsichtbare, härene Kutte wand, einer mit feuchter Unterlippe und glänzenden Augen wiehernden betrunkenen Kurtisane oder einer keifenden Marktfrau, die mit ungewaschenem Mund Flüche von sich schleuderte und die ganze Welt verdammte. Ihre Meinung über ein und dieselbe Sache änderte sich von Minute zu Minute, und da sie von Natur aus stark, fleißig, unermüdlich und tyrannisch war, konnte kein Floh vor ihr in Frieden leben. Hinter jedem war sie her, brachte durch widersprüchliche Befehle alle durcheinander, und wenn dann alles drunter und drüber ging und es ihr gelungen war, Mensch und Tier an den Rand des Wahnsinns zu bringen, blickte sie erregt und fast zufrieden um sich.

»Ich habe lauter Irre um mich!« krähte sie, um dann unvermittelt, wahrscheinlich unter der angenehmen Wirkung der Erregung plötzlich in Tränen auszubrechen. Sie beweinte sich selbst, dazu war sie stets bereit. Meinem vor Angst schwitzenden Vater warf sie jene Opfer vor, die sie für ihn gebracht, ihre verlorene Jugend, ihre Schönheit, die sie unter den Scheffel stellen mußte ... und an dieser Stelle erwähnte sie stets die schmachtende Liebe, die ein durchreisender Adliger einst für sie empfunden. »Ich könnte in Samt und Seide gehen!« schluchzte sie im falschen, pathetischen Ton. »So aber muß ich in einem stinkigen Kaff verrotten, wo mich alle ausnützen! Meiner Lebtag hat mir niemand ein gutes Wort gesagt! Ich rackere mich für alle ab, aber keinem würde es einfallen, auch nur einmal zu mir zu sagen: Danke, Theresa!«

Über ihre eigene Schönheit sprach sie wie von den Erscheinungen der Natur, wie von Sonne, Mond und Sternen, und ihre fixe Idee war, sich für unwiderstehlich zu halten. Wenn es einer, der Hosen trug, wagte, den Blick zu ihr zu erheben, so war er bereits ihr ›Sklave‹. Alle vergingen nach ihr, angefangen vom kleinen Lehrling bis zu den gleichmütigen, alten Sackträgern. Schüchterne Bäuerinnen, die darauf warteten, daß ihr Korn gemahlen wurde, starrten sie entsetzt und verständnislos an, wenn sie hinter dem Rücken irgendeines Gehilfen mit Augenzwinkern und Gesten darauf aufmerksam machte, wie der nichtsahnende Bursche sie mit Blicken verschlang oder wie er sie mit bebender Begierde absichtlich berührt hatte. Sie war eine hochgewachsene, grobknochige Frau, die auf zwei dicken Säulenbeinen stand. Ihre Schultern wirkten im Vergleich zu ihren birnenförmig ausladenden, gewaltigen Hüften fast schlank. Ihr Gesicht war leidlich hübsch. Ihre Haut war rein und flaumig, ihre Züge regelmäßig, nur ihre Nase barg eine beunruhigende Spitze. Aus ihren dunklen, etwas eng stehenden Augen mit den gewölbten Lidern blickte kalte Härte. Ihr Lachen klang blechern. Vom ersten Augenblick an, da ich zu denken begann, stieß sie mich ab. Ihre alles aufwühlende, bei allen Absonderungsversuchen aufdringliche, lärmende, gewalttätige Natur machte mich zum verschlossenen, schweigsamen Einzelgänger.

Unsere Mitarbeiter wechselten so häufig wie die Wolken am Himmel. Auch jener Bursche, mit dem sie ein stürmisches, galliges, eifersüchtiges Verhältnis hatte, suchte bereits kurz nach meiner Geburt das Weite. Mein Vater und ich hatten es schon schwerer, ihr zu entkommen. Mein Vater war bereits zu fett, zu kränklich und zu bequem, ich aber ein hilfloses Kind, das ihr durch Hilflosigkeit ausgeliefert war. Ihre Liebesbeweise, die keinen Widerstand duldeten, ihre fetten, feuchten, lauten Küsse waren fast noch unerträglicher als ihre raschen, beißenden, schnellen Backpfeifen, die sie ohne jede Vorwarnung reichlich austeilte. Wenn ich aus irgendeinem Grund im Zimmer an ihr vorbeigehen mußte, konnte ich stets auf Ohrfeigen oder Küsse gefaßt sein. Ich versuchte, beides zu vermeiden. Sie war entsetzlich geizig, und es tat ihr um jeden Bissen leid, der verzehrt wurde. Sie selbst schlemmte nur im verborgenen. Meinem Vater und mir hielt sie pausenlos vor, wie schädlich die Völlerei sei und obendrein auch wider die Gebote der Religion. Die Fastenzeit wurde gnadenlos eingehalten. Unsere Gehilfen und Lehrlinge galten bei ihr als ›Vielfraße‹. Mein Vater zitterte ums Essen, ich aber war wegen meines schnellen Wachstums maßlos wie ein junges Tier, also stahl ich aus der Speisekammer, was mir unter die Hände kam, und aß alles auf. Es war stets ein trauriges und zugleich humorvolles Ereignis, wenn ich meinen bedauernswerten Vater in seiner eigenen Speisekammer überraschte, wo er wie ein Dieb mit schlechtem Gewissen Marmelade in sich hineinstopfte. Sooft er mich erblickte, reichte er mir seufzend und dem Ersticken nahe mit dem verschämten Lächeln des verschämten Verbündeten eine lange Wurst oder ein Stück Braten.

»Da, Hans ... ich bin bereits bei den Süßigkeiten ... nur daß deine Mutter ja nichts erfährt!« sagte er flüsternd. »Es würde der Armen sehr weh tun, daß wir das Fasten gebrochen haben ... es wäre verlorene Liebesmüh, ihr zu erklären, daß mir Gott den Ekel gegen in Wasser gekochten Fisch eingeimpft hat ... in Fragen der Religion ist sie so ... dogmatisch.«

»Glaubst du, Vater, daß sie fastet?« fragte ich mit vollem Mund. »Sie denkt gar nicht daran! Auf dem Abort hat sie eine mit Kastanien gefüllte Ente verschlungen. Ich hab's gesehen!«

»Du hast deine Mutter auf dem Abort belauscht?« Er schaute mich entsetzt an, aber seine Kraft reichte nicht lange, und er winkte ab. »Du verstehst sie nicht, Hans. Für sie ist unser Seelenheil wichtiger ... Ich habe dir etwas Marmelade übriggelassen ... Nachher wirfst du das Glas in den Bach.«

Vater konnte ihr schneller entrinnen als ich. Beim Mittagessen blieb der Löffel in seiner Hand stehen, sein Kopf lief erst rot, dann dunkelviolett an – er fiel vom Stuhl und verschied.

Meine Mutter beweinte ihn in merkwürdigen Variationen. Zunächst einmal steigerte sie sich in die Rolle der bewundernswerten dramatischen Witwe. Sie nannte ihn ihren ›armen guten Liebling‹. Sie erfand gefühlvolle Szenen über seine letzten Stunden, über die letzten Worte, die der Verstorbene angesichts des Todes an sie gerichtet hatte: »Du warst die wunderbarste Frau auf dieser Welt, Theresa ... Wenn ich hundert Leben hätte, könnte ich dir nicht vergelten, was du für mich getan hast ... Was wäre ohne dich aus mir geworden?« In Wirklichkeit hatte sie den Verblichenen wenige Stunden vor seinem Tode wegen einer Leinenhose fürchterlich zusammengeschimpft, deren Hinterteil aufgerissen war, als er sich einmal bückte. Später hörte ich, wie sie bissig zu jemandem sagte: »Er hat sich zu Tode gefressen. Ich habe gewußt, daß dies sein Ende sein wird!«

Sonst war das Leben in der Mühle interessant und abwechslungsreich. Aus den umliegenden Dörfern kamen die Bauern mit ihren Wagen, brachten das Korn zum Mahlen und die neuesten Nachrichten. Nicht weit von der Mühle zog sich eine breite Landstraße hin, über die außer den Bauernwagen gelegentlich auch vornehme Kutschen fuhren. Ich verbrachte nicht viel Zeit zu Hause. Über die Landstraße zogen Wanderer dahin, freie, sangesfreudige Burschen, die der große Magnet Nürnberg unwiderstehlich anzog. Oft heftete ich mich an ihre Fersen und begleitete sie, bis mich Müdigkeit, Hunger und die Abenddämmerung wieder nach Hause trieben. Ich lauschte ihren Erzählungen, nahm ihre Heimatlosigkeit in mich auf und die wunderbare Atmosphäre des Unbekannten und der Ferne, die sie umschwebte. In meinen Träumen dehnte sich die Landstraße ins Endlose. In meinen Träumen gab es keine Rückkehr.

Meine Mutter hatte einen Onkel, der von Zeit zu Zeit bei uns vorbeischaute. Er hieß Sebastian. Meine Mutter schämte sich seinetwegen in Grund und Boden, doch auf irgendeine unerklärliche Art fürchtete sie sich auch vor ihm. Sie wagte nicht, ihn abzuweisen, und versah ihn mit allem, was er brauchte. Er war ein hochgewachsener, dürrer Mann mit finsterem Gesicht, einer Hakennase und Tränensäcken unter den blutunterlaufenen Augen. Wenn er den dünnen, spöttischen Mund verzog, wurden seine langen gelben Zähne sichtbar. Das eine Ohr fehlte. Er war ziemlich schmuddelig und ein starker Trinker. Er konnte lesen und schreiben, und wenn er zu sprechen begann, verstummten alle um ihn. Meine Mutter behauptete, er lüge wie gedruckt, wenn er von fremden Ländern, dunkelhäutigen Inselbewohnern, von Riesen und Zwergen, von einäugigen und einbeinigen Monstern und von fliegenden Menschen erzählte und seine Abenteuer so darstellte, als hätte er sie alle selbst erlebt. Er verstand etwas von Amuletten, von der Zubereitung von Liebestränken, von der Wahrsagerei und vom Besprechen. Er war also eine Art ›Hexenmeister‹. Mir imponierte er unsagbar. Ich hielt ihn für den beachtenswertesten Menschen, den ich bisher kennengelernt hatte.

Allmählich kam ich auch dahinter, warum sich meine Mutter vor Sebastian fürchtete. Sie hatte Angst, daß er sie ›verwünschen‹ könnte. Allein schon die Tatsache, daß es auf dieser Welt einen Menschen gab, der der fürchterlichen Art meiner Mutter Grenzen setzte, weckte in mir eine schier uferlose Achtung. Ich heftete mich an Sebastians Fersen und wich nicht mehr von seiner Seite. Ich begleitete ihn auf seinen langen Spaziergängen und hörte mit grauenerfüllter Bewunderung zu, wie er betrunken und gestikulierend zu sich selbst sprach.

»Nein«, sagte er, »wer nicht im Zeichen des Saturn geboren ist, der strebt vergebens ...« Plötzlich blieb er stehen und begann mit spöttischer Stimme zu gröhlen:

»Quide virgis fecit aurum
Gemmas de lapidibus ...«

Und er lachte, wobei sich sein Lachen anhörte wie das verzweifelte Gemecker einer Ziege; dann rannte er weiter. Auf meinen kurzen Kinderbeinen konnte ich ihm kaum folgen.

»Rindviecher! Rindviecher!« brach es von Zeit zu Zeit aus ihm heraus.

Zuerst nahm er mich nicht zur Kenntnis, er blickte einfach durch mich hindurch. Doch allmählich fiel es ihm auf, daß ich immer in seiner Nähe war.

»Was willst du ... ha?« fuhr er mich an.

Ich erschrak derart, daß ich zu schwitzen begann. Ich wußte

nicht, wie ich es ausdrücken sollte, was ich für ihn empfand, ich war mir ja schließlich selbst nicht klar darüber.

»Ich ...«, preßte ich schließlich mühsam hervor, »ich ... möchte ... so werden ... wie Ihr ...«

Er stutzte.

»So ... ha? Und warum das?«

»Weil ... Ihr ... anders seid. Vor Euch hat man Angst. Auch Mutter hat Angst vor Euch.«

Er schaute mich genau an. Zum ersten Mal wich der bittere, tückische Ausdruck aus seinem Gesicht. So sah er ganz anders aus: alt, müde und hoffnungslos.

»Geh spielen, mein Junge ... geh nur!« Selbst seine Stimme klang anders, blaß und traurig. »Tritt nicht in meine Fußstapfen! Bekreuzige dich und sag: Hebe dich von mir! Ich bin verflucht. Diese Mühle wird dir eines Tages gehören. Mahl das Korn und denk an nichts anderes. Ich sage dir, schlag dir das alles aus dem Kopf! Glaub mir nicht! Ich schwatze wirres Zeug, weil ich sonst mit dem Kopf gegen die Wand rennen müßte. Ich weiß gar nichts. Überhaupt nichts! Mein Heim habe ich verlassen, ich habe weder Frau noch Kinder und habe kein Ziel erreicht. Der Alptraum des Goldes hat mich vergiftet. Drei Welten wollte ich beherrschen, und alsbald werde ich im Straßengraben verrekken.« Seine Augen füllten sich mit Altmännertränen, und mein Herz wurde von unendlichem Mitleid erfüllt.

»Sagt so was nicht ... niemals ...«, flehte ich und brach ebenfalls in Tränen aus.

»Warum heulst du?« fragte er roh. »Du solltest bessere Dinge beweinen! Ich hoffe, daß du mir jetzt nicht mehr ähnlich sein willst!« Wütend wischte er sich die Augen mit dem Ärmel seines Wamses.

»Doch ...«, sagte ich beharrlich. »Ich will den Zauber lernen. Ich will zaubern. Und ich will, daß man sich vor mir fürchtet und daß die Leute tun, was ich ihnen befehle, und ...«

Er lachte.

»Du bist ein hartnäckiger Bursche! Du hast einen Dickschädel, wie ich ihn einst hatte.« Er packte mich an beiden Schultern: »Wenn ich dich nicht in die Hand nehme, wird dich ein anderer Wirrkopf verführen. Ich will zumindest darauf achten, daß du nicht ganz den Verstand verlierst. Es wird dir wohl nicht schaden, wenn ich dir Lesen und Schreiben beibringe ...«

Aber auch da sollte sich der Ärmste irren.

So wurden wir Freunde. Sebastian begann mich zu unterrichten. Immer mehr hing er an mir, so sehr, daß er es nicht fertigbrachte, uns zu verlassen. Früher war er nie länger als einige Monate geblieben, sein unruhiges Wesen trieb ihn stets weiter. Jetzt aber blieb er, zum größten Ärger meiner Mutter, um bei mir sein zu können. Er weihte mich in alle seine Geheimnisse und all seinen Kummer ein. Und auch ich gewann ihn lieb wie einen Vater. Seine Unterrichtsmethode war äußerst interessant und unterhaltsam, und so lernte ich spielend Lesen, Schreiben und Rechnen, ja sogar etwas Latein, weil er gern lateinische Zitate in seine Rede einflocht, die er dann übersetzte. Er besaß ein paar Bücher über Alchimie, auf die ich mich stürzte und die ich so oft las, daß ich sie bald auswendig kannte. Von jenem Augenblick an, da ich den Sinn der Buchstaben erfaßt hatte, machten sie mich trunken. Am meisten beeindruckte mich ein Buch über Nikolaus Flamel, den berühmten französischen Alchimisten. In diesem Buch wurde erzählt, wie Flamel in den Besitz des Philosophorum Lapis, des Steins der Weisen, geraten war. Flamel wurde 1330 in Pontois geboren. Er lebte in Paris unter äußerst kärglichen Umständen. Dann, 1382, tauchte er plötzlich als steinreicher Mann ebenfalls in Paris auf. Sein Vermögen war schier endlos. Er stiftete unvorstellbare Summen, gründete vierzehn Krankenhäuser und ließ drei Kapellen bauen. Sein Reichtum fiel selbst dem König auf, und das Parlament leitete eine Untersuchung ein, doch diese Untersuchung brachte lediglich zutage, daß Flamel, im Besitz des Steins der Weisen, durch die Umwandlung unedler Metalle in Gold sein Vermögen gemacht hatte. Nach seinen eigenen Schilderungen erstand Flamel im Jahre 1357 von einem Unbekannten für wenig Geld ein auf Baumrinde geschriebenes Manuskript. Einundzwanzig Jahre lang versuchte er vergebens, den Text zu enträtseln. Schließlich machte er sich auf die Reise, um das Manuskript entschlüsseln zu lassen. In Spanien, in Santiago de Compostella, stieß er auf einen gelehrten Arzt, dem es gelang, das Manuskript zu lesen und zu übersetzen. Er erfuhr, daß es ein Jude Namens Abraham für seine Brüder geschrieben hatte. Es handelte von der Herstellung des Steins der Weisen. Flamel behauptet, daß diese Wundermaterie nicht nur Quecksilber in Gold verwandelt, sondern auch das Leben verlängert ...

»... das Leben verlängert ...« Das Gold an sich interessierte mich nicht sehr, doch die Möglichkeit, dem Tod zu entrinnen, machte mich fiebern und wühlte mich bis in die Tiefen meiner Seele auf. Sebastian sah, was in mir vorging, und erschrak.

»Hör auf mich, Hans! Hör auf mich, um Gottes willen! Auch meinen Kopf hat die Alchimie verwirrt. Besser, du glaubst kein Wort! Ich bin den Dingen nachgegangen ... habe alles ausprobiert. Ich habe mit einem dieser Scharlatane gearbeitet, der von sich behauptete, das Aurum Potabile zu besitzen. Es war nichts als gewöhnliches Blendwerk. Er wollte einen Baron ausnehmen ... aber man kam ihm auf die Schliche, und er mußte mit seinem Leben zahlen. Auch das Elixier konnte ihn nicht retten. Mich hat es ein Ohr gekostet.«

»Trotzdem ist es nicht gewiß, daß alle Alchimisten Betrüger sind«, sagte ich beharrlich. »Kannst du mir beweisen, daß es keinen Stein der Weisen gibt?«

Er schwieg und wandte den Blick ab.

»Das ... will ich nicht behaupten, Hans. Es gibt ihn, aber unsereiner kann ihn nicht erringen. Der Stein würde nur unser Leben zerstören. Wir wandeln uns in Käfer, die ins Feuer fliegen. Die Alchimie ist eine Kurzweil der Fürsten. Bettler, die im Schein des gelben Lichts stehen, bringt es in die Folterkammern. Es genügt, wenn von irgendeinem Scharlatan behauptet wird, er sei im Besitz des ›Roten Löwen‹, und sofort wird er von irgendeinem König, einem regierenden Fürsten, einem Markgrafen oder Bischof gefangengesetzt. Der Esel mästet sich dann, frißt sich einen Wanst an, wird in seiner Angst zum Trinker, weil er weiß, daß er nichts weiß, findet tausend Ausflüchte, bis man ihn satt hat und ihm den Kopf vom Rumpf trennt. Natürlich sind nicht alle Betrüger. Einige sind nichts als Narren. Sie glauben, daß sie nur ein einziger Schritt, ein einziger Versuch vom Erfolg trennt, und gehen freiwillig ins Netz, um zu einem Laboratorium, zu wichtigen Materialien zu gelangen ...«

»Und die echten ... wo sind denn die echten?« fragte ich gierig.

»Nirgendwo, mein Sohn. Du kannst sie nicht sehen. Sie halten sich verborgen, und sie wissen warum. Überall passen sie sich ihrer Umgebung an und tauchen in der Menge unter. Sie tarnen sich. Du folgst ihren Spuren von Dorf zu Dorf, von Stadt zu Stadt, und stets war gerade einer vor dir da. Er selbst hatte die Transmutation durchgeführt oder von jemandem durchführen lassen, damit das mystische Feuer nicht erlischt, damit in den Herzen der Menschen die quälende Unruhe nicht zum Erliegen kommt ... dann war er spurlos verschwunden.«

»Aber warum müssen sie sich tarnen und verschwinden? Sie könnten mächtiger sein als die Könige, und ...«

»Eben drum. Sie haben die Folterbank nicht so gern. Ein König duldet nur Diener um sich, der Adept aber ist ein Herrscher. Er hat den fürchterlichsten Tyrannen, den Tod, besiegt. Er ist nicht dafür da, um die leeren Kassen unersättlicher Eroberer und ausschweifender Fürsten zu füllen. Das Goldmachen ist nur die Oberfläche der Alchimie. Die Alchimie ist ein tiefes, tiefes Meer, Hans, doch nur den Auserwählten offenbart sie ihr wahres Wesen. Wir aber gehören nicht dazu, das weiß ich heute schon gewiß. Die Adepten, die Gold machen können, machen kein Gold für sich, und sie messen dem Leben, das sie errungen haben, keine Bedeutung zu. Sie haben keine Sehnsucht, sie stellen keine Ansprüche. Ich zittere, wenn ich ans Gold denke, und möchte nur deshalb viele Jahrhunderte lang leben, um mich in allen Sümpfen dieser Welt zu wälzen. Darum ... und du sollst es wissen ... allein deswegen habe ich kein Ziel erreicht, und auch du, Hans, würdest nie zum Ziel kommen! Du bist mir ähnlich. Du bist unter dem gleichen Zeichen geboren. Schlag dir die Alchimie aus dem Kopf, sonst wirst du zum unglücklichen Streuner, und du wirst auch dies, dein einziges Leben verlieren, anstatt das ewige Leben zu erlangen!«

Doch er konnte sagen, was er wollte, ich war bereits bis in die Tiefe meiner Seele angesteckt. Aus Sebastians Wort hörte ich nichts anderes heraus, als daß das Elixier – Wirklichkeit sei! Und wenn es das Elixier gibt, werde ich es mir beschaffen. Was könnte mich davor zurückhalten? Vielleicht der Umstand, daß es Sebastian nicht gelungen ist? Mir aber wird es gelingen. Ich darf nicht sterben, ich muß leben. In Ewigkeit! Ich darf kein aufgedunsener, stinkender Leichnam werden wie mein bedauernswerter Vater, der in der Sommerhitze innerhalb von Stunden zu verwesen begann. Dieser Gedanke ist unerträglich, empörend und niederträchtig!

Sebastian begann immer mehr zu trinken.

»Jetzt saufe ich schon deinetwegen, Hans«, sagte er, wenn ich ihn mit Vorwürfen überhäufte. »Bisher habe ich nur meinetwegen getrunken. Ich sehe, daß du am Ende bist. Wenn ich nur dich durch mein elendes Schicksal hätte erlösen können!«

Ich versuchte ihn zum Einhalt zu bewegen. Ich flehte ihn an, sich nicht zu ruinieren. Ohne ihn könnte ich das Leben mit meiner Mutter keinen Augenblick ertragen. Er weinte – jetzt weinte er immer öfter –, er schwor, er versprach, keinen Alkohol mehr anzurühren. Aber schon am nächsten Morgen mußte ich ihn unter dem Spott der Lehrlinge und unter dem rohen Gelächter unserer Gehilfen mit der Schubkarre aus der Schenke heimfahren. Mein Gesicht brannte vor Scham, aber ich biß die Zähne zusammen und blieb standhaft. Selbst wenn er sinnlos betrunken ist, ist das Schwarze unter seinem Fingernagel mehr wert als eure dicken, leeren Schädel. Ihr Narren! Ihr Rindviecher!

Der Tod ereilte ihn im Rausch. Als er regungslos dalag, mit offenem Mund und bärtigem Kinn, grau und ausgemergelt, als ich nicht länger hoffen konnte, daß er sich hustend und spukkend mit fürchterlichem Schädelweh aus seinem Bett hochrappeln, seine blutunterlaufenen Augen mit demütigem Hundeblick zu mir erheben und sagen würde: »Sei still, Hans, bitte, sei still, warum solltest du mir glauben? Ich bin nichts weiter als ein verfaultes Tier, das auf den Misthaufen gehört. Doch hör ... es war das letzte Mal! Spuck mich an, wenn ich mich noch einmal betrinke ... du wirst schon sehen!« Jetzt erst begriff ich, was es hieß, auf dieser Welt einsam und verlassen zu sein. Ich verkroch mich hinter den Kornspeichern und beweinte Sebastian in bitterer Wut. »Warum nur hat er mich verlassen?« Ich brauchte ihn wie Wasser und Brot. Er hielt den einzigen Faden in Händen, an den ich mich klammern konnte und der zu meinem Ziel führte. Zum zweitenmal sah ich dem Tod ins Angesicht und wußte, daß ich mich nie damit abfinden würde. Noch vor wenigen Augenblicken war ein Mensch am Leben, lächelte, fühlte und dachte an die Inseln irgendwo im warmen blauen Meer, wo uralte Paläste voller Schätze standen, dachte darüber nach, welche Wesen auf anderen Planeten lebten, erforschte das starre Antlitz des Mondes, erzählte von Zyklopen und Ungeheuern ... und streckte sich plötzlich aus und war tot. Seine Fingernägel liefen violett an, sein Körper wurde stocksteif, und auf seinem Antlitz lag ein Lächeln, das stumm war wie die Steine. Nein! Das alles war viel zu gemein und sinnlos! Sebastian hätte noch so viele Gründe gehabt, um zu leben ... und ich ... ich durfte überhaupt nicht sterben!

Mit zunehmendem Alter wurde meine Mutter immer unerträglicher. Ihre Gefühle und Leidenschaften brachen immer hemmungsloser durch. Unsere Gehilfen spotteten offen über ihre

Schliche, mit deren Hilfe sie versuchte, sie in ihr Bett zu locken, und nannten sie offen eine Hure. Jeder, der bereit war, mit ihr ein Verhältnis anzufangen, bildete sich sofort ein, der Herr des Hauses zu sein, und erteilte auch mir seine Befehle. Meine Mutter verliebte sich in einen dieser Gorillas mit haariger Brust und schaufelartigen Händen, und obwohl sie zwanzig Jahre älter war, wollte sie ihn unbedingt heiraten. Ich war mit meinem zukünftigen Stiefvater überhaupt nicht einverstanden. Mir war klar, daß er bei Mutter nur wegen der Mühle Süßholz raspelte, aber die von Leidenschaft getriebene Frau ließ sich nichts sagen. Bei unseren stürmischen Auseinandersetzungen gab sie stets ihrem Liebhaber recht. Ich stak damals schon in der Pubertät, ein schlaksiger Junge, ›ein bösartiger Spion‹, der ›auf das Glück seiner Mutter neidisch war‹. Sie nannte mich einen Neidhammel und Egoisten. Ihr Leben lang hatte sie noch keine ruhige Minute gehabt, bei meinem Vater hatte sie nur pausenlos geschuftet, mich hatte sie mit ihrem ›Herzblut genährt‹, und jetzt, da der ›Richtige‹ gekommen war, war ich es, der ihr einen Prügel zwischen die Beine warf. Mir reichte es. Das Haus, die Landschaft, selbst der rauschende Bach konnten mich nicht mehr zurückhalten; alles war mir fremd geworden, als hätte Sebastians entschwundene Seele alle Wärme und allen Glanz mitgenommen. Doch der Staub der Landstraße, den alle die Wagen, die Kutschen und die Wanderer aufwirbelten, stieg wie Goldstaub im Sonnenschein vor mir auf. Eine fieberhafte Unruhe nahm von mir Besitz. Worauf wartete ich noch? Ich hatte das Gefühl, mit jedem Tag, mit jeder Stunde etwas zu versäumen, irgendwo in fernen Gefilden, an neuen Gestaden, unter anderen Menschen. Der heiße Herzschlag von Nürnberg war bis zu uns vorgedrungen. Die Wanderburschen kamen und gingen. Sie brachten Nachrichten, sangen und erzählten. Ich hielt es einfach nicht mehr aus.

Grußlos verließ ich meine Mutter und die Stätte meiner Kindheit. Ich stopfte meinen Rucksack mit Lebensmitteln voll und nahm die Geschichte des Nikolaus Flamel mit.

Ich war achtzehn Jahre alt, als ich nach der freien Stadt Nürnberg aufbrach.

Eduard Anselmus Rochard

Es dauerte ein halbes Jahr, bis ich mein Ziel erreichte. Vorher mußte ich mir Geld verschaffen. Ich versuchte es mit körperlicher Arbeit. Ich schnitt Holz, schleppte Wasser auf den Bauernhöfen, ich versuchte es mit Graben und Hacken, doch der Lohn war karg, und am Abend fiel ich wie ein gefällter Baumstamm auf mein Lager. Nein. Das war etwas für Tiere, nicht für Menschen, vor allem aber nichts für mich, der anderen Zielen zustrebte.

In Amberg gesellte ich mich zu einem Schausteller, einem Zwerg italienischer Abstammung mit flinker Zunge, behende und anschmiegsam wie eine Eidechse, der sich Messer Vincenzo Giacomini nannte. Er beherrschte nur eine einzige Wissenschaft, die aber gründlich, nämlich die Kunst, wie man aus Dummheit und Leichtgläubigkeit Kapital schlagen konnte. Er las aus der Hand, mixte verschiedene Wundermittel für unfruchtbare Frauen und potenzschwache Männer, fabrizierte Liebesbriefe und Gelegenheitsgedichte, doch er zog auch mal einen Zahn oder ließ zur Ader, wenn es sein mußte. Er verstand es prächtig, Schlösser jeder Art zu knacken, kleinere Gegenstände verschwinden zu lassen und aus fremden Taschen wieder hervorzuzaubern, und seine Kunst war so ergiebig, daß es die italienischen Behörden für besser hielten, seine Tätigkeit außerhalb der Grenzen Italiens zu verlegen. Die Hochachtung vor sich und seiner ›Kunst‹ war schier grenzenlos.

»Das ist eine ernste Sache, Hans«, meinte er mit einer seltsamen Mischung aus Einbildung und Zynismus. »Du bist ein Sonntagskind, weil du mir über den Weg gelaufen bist. Halte Augen und Ohren offen und lerne! Dieses Wissen ist Gold wert. Wenn dir jemand die Hand entgegenstreckt, dann tu so, als würdest du sie versunken betrachten, doch schau dir inzwischen den Menschen an, der vor dir steht. Es ist nicht schwer herauszufinden, zu welcher Gruppe er gehört. Du mußt zwölf Schemata lernen, eines davon paßt sicher. Wichtig ist, daß du viel redest. Du mußt deine Worte mischen, verflechten, und deine Sprache muß sein wie ein Wasserfall – dein Opfer wird sicher ein Körnchen darin finden, das zu ihm paßt, etwas, das er dankbar schluckt, so daß er nachher wie ein trunkener Hahn der ganzen Welt verkündet, welch großes Ereignis ihm beschieden sei. Denk aber stets daran, daß die Grundlage aller Wundermittel das Wasser ist. Die Zauberkraft ist stets in den Etiketten verborgen, die man auf seine Flaschen klebt. Das ist eine genaue Analogie des Menschen. Innen Wasser, außen Rang und Name. Je schlechter die Essenz schmeckt, um so eher glauben sie daran. Drum gib ordentlich Salz und Pfeffer dran, den Essig nicht zu vergessen, damit jeder, der solches kostet, von feierlichem Entsetzen erfaßt wird. Seine Eingeweide aber sollen brennen, als hätte er das Feuer der Hölle geschluckt. Der Patient soll spüren, daß er etwas geschluckt hat. Auf diese Weise habe ich aus manchem ausgebrannten Krater ein bengalisches Feuer hervorgelockt. Ich besitze Legionen von Täuflingen. Alle meine Patienten waren der festen Überzeugung, daß sie diese Kinder in ihren Qualen selbst gezeugt hatten, und die Weiber sind zum Glück sehr verschwiegen, sofern es sich um die Frucht ihres Leibes handelt. Dies war der Grund, warum die Legende von der unbefleckten Empfängnis so lange überdauert hat.«

Doch Messer Vincenzo litt an einer unheilbaren Krankheit. Ihm widerstrebte es stets zu bezahlen. Das einzige, was er anerkannte, war das Recht der Einnahme, die Pflicht der Ausgaben leugnete er aber hartnäckig.

»Sei nicht undankbar, Hans«, sagte er beleidigt, als ich auf meinen Lohn drängte. »Ich bezahle dich nicht mit Geld. Mit all den Künsten, in die ich dich eingeweiht habe, wirst du einst ein Vermögen verdienen. Ich bin alt, ich werde mich schon sehr bald zurückziehen und dir das Terrain überlassen. Hab Geduld!«

Gerade weil er mich in die ›Geheimnisse seiner Kunst‹ eingeweiht hatte, war ich nicht bereit hinzunehmen, daß er auch mich übers Ohr haute. Ich war alles in einer Person: Lasttier, Wundermittelverkäufer, Ausrufer, Geldeinnehmer, Wäscher, Koch, Quartiermeister und Famulus, und für all das hatte ich keinen roten Heller gesehen. Nach einigen Wochen des Ruhms ließ ich den alten Gauner einfach stehen, mit genau jener Summe in der Tasche, die ich vorher als Lohn für meine Dienste ausgehandelt hatte. Eine Zeitlang konnte er darüber nachdenken, welch geschickten Gehilfen er in mir verloren hatte. Ich stahl ihm das Geld unter dem Kopfkissen, und er wurde nicht einmal wach.

Nürnberg war für mich, seitdem ich zum ersten Mal den Namen gehört hatte, in meiner Vorstellung die Märchenstadt der unbegrenzten Möglichkeiten, deren Umrisse in einem bunten Nebel verschwammen, sich erweiterten und pausenlos veränderten. Was ich auch von dieser Stadt erwartet haben mochte, die auf dem dramatischen Gipfel ihres Schicksals brodelte, ich wurde nicht enttäuscht. Ihre Schönheit war hinreißend, sie schimmerte wie ein zauberhaftes Schmuckkästchen, eingebettet in eine romantische bergige Landschaft inmitten smaragdgrüner Wälder. Die gotischen Spitzen ihrer Kirchen, Kapellen und Burgtürme wirkten auf mich wie andächtige Musik, wie die Töne eines Psalms, der auf leichten Schwingen himmelwärts strebt. In den abschüssigen Straßen mit ihrem Katzenkopfpflaster, die sich zwischen den Lebkuchenhäusern schlängelten, staute sich das bunte Volk und verschmolz zur Masse, alle jene Menschen aus verschiedenen Himmelsrichtungen, denen ich auf meiner Wanderschaft begegnet war. Neben den Mundarten der verschiedenen deutschen Länder drangen auch tschechische, französische und italienische Brocken an mein Ohr, während ich mich betäubt, mit weit aufgerissenen Augen durch die Stadt treiben ließ, durch die engen Kanäle der Zunftgassen, über Kirchplatz und Marktplatz, die sich wie Buchten vor mir auftaten, zwischen lärmenden Studentengruppen, dicken Marktweibern, Wanderburschen in ihren Samtwämsern, Jungfrauen mit geschnürtem Busen, Nonnen mit verträumtem Blick, rotbackigen, dickwanstigen, fröhlichen Klosterbrüdern, Priestern mit Asketengesichtern, Bettler mit entsetzlichen Wunden, Bauern, die nach Stallmist rochen und rotscheckige Kühe mit sich führten, Reitern, die sich durch Zuruf den Weg freimachten, und Lehrburschen, die Waren transportierten, unflätige Reden führten und sich rücksichtslos durch die Menge drängten.

Einige Wochen lang lungerte ich in glücklicher Verlorenheit in der Stadt herum, und als ich schließlich auch meinen letzten Pfennig ausgegeben hatte, nahm ich eine Arbeit in einem kleinen Gasthof in der Nähe der Sebalduskirche an. Ich machte Holz und schleppte Wasser und Gepäck in die Gästezimmer. Ich verriet keinem, daß ich lesen und schreiben konnte, sonst hätte ich den ganzen Tag im finsteren Kontor neben der Küche hocken müssen; ich aber wollte nicht aus dem Strudel der Ereignisse ausscheiden. Ich wollte sehen, hören und beobachten mit allen meinen Sinnen und stets bereit sein für den Fall, daß das Schicksal aus dieser Masse, die sich wie ein Strom dahinwälzte, mir eines Tages jenen Menschen oder jene Gelegenheit bieten würde, die mich meinem Ziel näherbrächte.

Das Wasser- und Gepäckschleppen brachte mir interessante Erfahrungen ein. Ich kam dahinter, daß die vornehmen Damen oder ehrbaren Bürgersfrauen, die auf der Durchreise waren, sich in ihrem Schlafgemach nicht anders gebärdeten als die anschmiegsamen Küchenmädchen, sobald sie ihre alten oder schläfrigen Begleiter unter irgendeinem Vorwand losgeworden waren. Ich war ein kräftiger, gutaussehender Bursche, der auf Sauberkeit achtete. Die stillen, dämmrigen, verschlossenen Zimmer und die Flüchtigkeit der Situation wirkten auf diese Frauen als unwiderstehliche Gelegenheit. Ich wunderte mich, wie sehr sie in ihrer kaum verhohlenen Leidenschaft, in ihren Gesichtern, ihren kleinen sinnlosen Ausrufen, in ihren Bewegungen und ihrer Selbstgefälligkeit einander glichen. Wenn ich gerade Appetit darauf hatte, kostete ich von der dargebotenen Frucht des Baumes der Erkenntnis, doch in dieser Form bedeutete es mir nicht viel. Ich war zu sehr von einer leidenschaftlichen, grübelnden, transzendenten Unruhe erfüllt, um das Leben mit den Augen eines Boccaccio zu betrachten. All mein Denken, all mein Sein waren erfüllt von der Idee, daß der Geschmack des Todes das Leben verdirbt, ein Gedanke, der allmählich zur fixen Idee wurde. Das Leben ist herrlich, doch was nutzt das, wenn der Mensch nur wenige Jahre zu leben hat, wenn er nach einem kurzen, flüchtigen Glück zum ausgebrannten Wrack wird, wenn seine Muskeln erschlaffen, seine Zähne ausfallen und sein Leben erlischt wie das Licht einer Kerze? Ich konnte nicht begreifen, wieso es die Menschen fertigbrachten, mit Überzeugung zu streben, sich zu schmücken und zu zieren, großmächtig Titel und Rang zu tragen, zu heiraten, Kinder zu zeugen, einem Gewerbe nachzugehen, sich zu vergnügen, zu reisen, zur Messe zu gehen, zu predigen, Bücher zu schreiben und zu lesen, zu heilen, zu lehren und zu lernen, wo doch ihr Leben jeden Augenblick zu Ende sein oder bestenfalls höchstens einige Jahrzehnte dauern konnte? Wenn sie zu einer Beerdigung gehen und im Antlitz des Toten ihr eigenes Todesurteil lesen, warum laufen sie dann nicht aus ihren Häusern, von ihren Familien, von ihrer Arbeit davon, um irgendwo nach dem ewigen Leben, nach dem Elixier zu suchen, nach der ewigen Lust, der ewigen Jugend? Dieses Elixier ist irgendwo vorhanden. Egal, wie schwer es auch sein mag, es zu bekommen, wenn es schwerer ist, als die größten Schätze der Welt und die höchste Macht zu erringen – dennoch ist es vorhanden! Und was ist es wert, was die Erde bieten kann, was ist diese ganze Welt überhaupt wert, wenn man sterben muß? Ich betrachtete die Menge, die durch die Straßen wogte, wie sie sich schwitzend und lachend von der Sonne bescheinen ließ. Ich betrachtete das lustverzerrte Gesicht der Frau, die in meinen Armen lag, und war ebenso erschüttert: Ja, wissen sie's denn nicht? Denken sie nicht daran? Glauben sie vielleicht, sie könnten ihrem Schicksal entgehen? Schaut ihnen aus dem Spiegel, dem sie eitel zulächeln, nicht ihr starres, fleckiges Gesicht mit aufgerissenem Mund entgegen? Warum befassen sie sich mit etwas anderem? Spüren sie denn nicht, daß jeder Augenblick kostbar ist und daß es im nächsten Augenblick bereits zu spät sein kann?

An einem kühlen Oktobertag stieg ein bescheidener Gast im Gasthof ab. Im ersten Augenblick schenkte ich ihm keine Aufmerksamkeit. Es war eine Gestalt, über die mein Blick einfach hinwegglitt: dunkel gekleidet, verschwindend, farblos, einer, der sich stets im Hintergrund hielt. In einer blaugestrichenen Truhe mit schwerem Griff schleppte er seine Sachen selbst. Er mietete ein billiges Zimmer, das auf den Hof hinausging. Während er mit dem Wirt verhandelte, stellte ich flüchtig fest, daß er zwar gut, aber mit fremdem Akzent deutsch sprach. Da ich es bereits mit einigen Franzosen zu tun gehabt hatte, schloß ich nach seiner Aussprache und seinem Namen, daß er Franzose sein könnte. Er nannte sich Eduard Anselmus Rochard.

Gegen Abend brachte ich ihm warmes Wasser aufs Zimmer. Er saß am Tisch und zeichnete merkwürdige Figuren. Ein Zirkel lag neben ihm, an seinem Ellbogen ein aufgeschlagenes Buch, vor ihm befand sich Tusche und Papier. Er malte unverständliche Zeichen in einen Kreis, der durch mehrere Durchmesser in einzelne Abschnitte aufgeteilt war. Diese merkwürdige Tätigkeit erregte sofort meine Neugier. Ich blickte mich schnell und klammheimlich um. Auf dem Nachttisch lagen einige Bücher. *De Alchimia,* buchstabierte ich rasch den Titel jenes Buches, das zuoberst lag. Meine Kehle wurde trocken, und mein Herz begann wie rasend zu schlagen. In meiner Aufregung vergaß ich mich und blieb mit angewurzelten Beinen stehen. Als ich aufschaute, begegneten meine Augen Rochards Blick, der interessiert, aber kühl auf mir ruhte.

»Noch was?« fragte er ruhig.

Eine peinliche, dumme Verwirrung ergriff Besitz von mir. Meine Schlauheit, die mir sonst immer aus der Verlegenheit half, mein freches Auftreten, das ich mir durch ein erfahrungsreiches Wanderjahr angeeignet hatte, fielen plötzlich in sich zusammen und wurden zur tolpatschigen Bubenangst unter dem kalten, durchdringenden Blick dieser blaugrünen Augen, der auf mich gerichtet war.

»Nein ...«, stammelte ich. »Verzeihen Sie, mein Herr ...« Und damit schlich ich hinaus.

Was war denn das? fragte ich mich, als ich in meiner Kammer allein war. Hätte mich der Anblick eines Buches aus dem Konzept gebracht? Ich hatte bereits bei anderen Reisenden Bücher über Alchimie gesehen. Die damalige Zeit war von diesem Gedanken durchtränkt. Die Menschen waren noch viel zu unwissend und gierig, um eine Mode daraus zu machen, und oberflächlich genug, um nur den schmutziggelben Schaum vom tiefen Ozean der Alchimie abzuschöpfen: Die Möglichkeit des Goldmachens. Nein. Eduard Anselmus Rochards Atmosphäre . . . seine Augen . . . seine Augen und sein Gesicht, die blitzartige Offenbarung seiner Persönlichkeit hatten mich so tief aufgewühlt. Als wir uns in die Augen sahen, kam es mir vor, als hätte ein Zauberer aus seinem Hut ein mächtiges Schloß hervorgezaubert. Eine ruhige, dunkle Gestalt, die sich verbarg, bescheiden, unbedeutend ... und urplötzlich strahlte er etwas aus ... was war es eigentlich? Macht. Jawohl. Ich war bereits vielen Menschen begegnet, dummen und gebildeten, Angebern und Gedemütigten, Herren und Dienern, Sonderlingen und Gaunern, doch in keinem von ihnen war diese Kraft vorhanden. Ob er . . . und bei diesem Gedanken fuhr es wie ein Feuer durch meine Glieder . . . ob er es ist, auf dessen Ankunft ich warte?

In der Nacht konnte ich keinen Schlaf finden. Wenn mich der Schlaf für wenige Minuten überwältigte, so fuhr ich mit bohrender Unruhe auf, weil er vielleicht am Morgen spurlos verschwunden sein könnte. Dieses Gefühl peinigte mich derart, daß ich aus meiner Kammer schlich, auf bloßen Füßen über die Steinfliesen des Korridors durch den Gasthof huschte, wo alles in tiefem Schlaf lag, und mich an Rochards Tür schmiegte, um seine Atemzüge zu vernehmen.

Am Morgen konnte ich es kaum erwarten, in sein Zimmer zu gelangen. Er war aber nicht mehr da. Seine Wäsche lag zwar im Schrank, aber seine Bücher waren nicht auf dem Nachttisch. Seine blaue Truhe lag verschlossen unter dem Bett.

Später, am Vormittag, als ich aus irgendeinem Grund die Schankstube betreten mußte, sah ich Rochard inmitten einer Gruppe betrunkener Studenten sitzen, denen er gutgelaunt eine Geschichte auftischte. Es war wohl eine lustige, gepfefferte Geschichte, denn von den Lippen seiner Zuhörer stieg immer wieder ein wollüstiges, fettes Lachen auf. Ich verzog mich unter die Treppe, wo allerhand Zeug herumlag, und beobachtete von dort aus diesen unbegreiflichen Fremden mit den vielen Gesichtern, in dem ich gestern die Besonderheit der Auserwählten zu erblicken geglaubt hatte und der sich heute wie ein betrunkener Kokler benahm, wie ... wie Sebastian. Diese Ähnlichkeit traf mich wie ein Keulenschlag. Wie oft hatte ich auch ihn am Wirtshaustisch gesehen, mit geröteten Wangen zwischen seinen Zuhörern, die ihm mit glänzenden Augen und offenem Mund lauschten und den Zauber seiner Worte selbstvergessen in sich hineintranken. Mir war, als hörte ich seine Stimme nach einer solchen ›Orgie‹ aus der Vergangenheit. Sie klang gallig und bitter. »Hast du meine heutige Produktion gesehen?« fragte er mit bitterer Selbstironie. »Das war wieder ein Erfolg, was? Genausogut hätte ich auch einer Herde Schafe einen Vortrag halten können. Sie staunten und lachten, kriegten eine Gänsehaut vor Entsetzen, dann grasten sie weiter. Ich hasse und beneide sie dennoch grenzenlos! Eine hirnlose Herde ... doch nie sind sie allein. Sie drängen ihre stinkenden Leiber aneinander, und in ihren stumpfen Gehirnen kreist der gleiche Gedankennebel über Essen, Trinken und Lieben. Hans, ich fühle mich in ihrem Kreise entsetzlich einsam. Tief in meiner Seele bin ich vor Einsamkeit bereits gestorben. Ich bin tot. Die Furcht vor dieser Leiche in meiner Seele läßt mich oft reden, agieren und schreien ... Wenn ich dich nicht hätte, Hans, hätte ich mich schon längst aufgehängt ...«

Vielleicht ist auch dieser schlanke, blasse Mann mit den grünblauen Augen auf der Flucht vor irgend etwas, wenn er sich in die Masse, in die ›Herde‹ begibt und sich durch fröhliches Lachen tarnt? Vielleicht ist es nur eine Maske ...? Sein Gesicht von gestern abend und von heute ... der Abgrund ist viel zu tief ... hier waltet irgendein Geheimnis.

Rochard interessierte mich und zog mich tiefer an als noch vor einem Tag. Ich beobachtete ihn und ließ ihn nicht aus den Augen. Am Abend brachte ich ihm wieder warmes Wasser aufs Zimmer, und wieder saß er am Tisch und las. Er blickte versunken auf und wandte sich dann wieder seiner Lektüre zu. Dieses Gesicht, das er mir für einen Augenblick zeigte, war anders als jene drei Gesichter, die ich bereits kannte. Ernst, aber durchglüht, gespannt und doch unendlich sanft wie die glatte Oberfläche eines Wassers, die in der Sonne glänzt und den Himmel widerspiegelt. Ich machte mich in seinem Zimmer zu schaffen, trödelte und wischte ein paar Tropfen Wasser vom Fußboden, um einen Blick unter sein Buch werfen und dessen Titel lesen zu können. Es gelang mir aber nur, den Namen Albertus Magnus zu entziffern. Ich war schon am Gehen, da ich mich nicht mehr länger bei ihm aufhalten konnte, ohne aufzufallen, als seine ruhige Stimme wie ein Vogel auf mich herabschoß:

»Was willst du eigentlich von mir?«

Wir schauten uns urplötzlich in die Augen. Seine Frage kam so unverhofft, daß ich nur noch stammeln konnte:

»Ich ... ich ... ich weiß nicht ...«

»Du bist mir dauernd auf den Fersen und beobachtest mich im verborgenen. Gestern in der Schankstube hast du unter der Treppe gehockt und mich mehr als eine Stunde beobachtet. Du forschst nach meinen Büchern. Kannst du lesen?«

»Ja ...« Mir war, als würde ich nackt und bloß und vollständig gelähmt vor ihm stehen, während mich sein durchdringender Blick durchbohrte.

»Wer bist du? Wer war dein Lehrer?«

Eine gewaltige, innere Kraft beschwingte mich, die unerwartet in mir hochstieg. Ich sank vor ihm in die Knie, und die Worte drangen heiß wie ein sehnsuchtsvolles Flehen in zusammenhanglosem Durcheinander auf meine Lippen:

»Ich möchte Euch dienen, Herr. Ohne Lohn ... nur, damit ich etwas lernen kann ... Darum bin ich von zu Hause ausgerissen ... Ich heiße Hans Burgner ... Ein alter Verwandter, mein einziger Freund ... hat sich mit mir beschäftigt, Sebastian Dorner war sein Name ... Er war Alchimist und ist gestorben. Er hat es nicht geschafft ... aber ich werde weiterkommen ... ich muß weiterkommen, weil ...«

»Du möchtest die Goldmacherkunst lernen, nicht wahr?« Seine Stimme klang eher traurig als spöttisch.

»Nein. Die Goldmacherkunst interessiert mich nicht!« erwiderte ich heftig.

»Was dann?«

»Das . . . Elixier.« Meine Stimme bebte und erstarb vor verhaltener leidenschaftlicher Erregung.

»Und ... warum willst du länger leben als die anderen?« fragte er ruhig. Sein Blick ruhte prüfend auf mir, es war, als würde ich gewogen.

»Könnt Ihr Euch vielleicht mit dem Tod abfinden? Herr, habt Ihr je einen Toten gesehen? Habt Ihr je erlebt, wie diejenigen, die man geliebt, an deren Worten man sich erfreut, bei denen man Zuflucht gesucht, bei denen man Ruhe und Geborgenheit gefunden, zu verwesendem Fleisch wurden? Ist der Tod nicht Euer einziger Feind, der stets hinter Euch herschleicht, nicht von den Fersen weicht und Euch böse Worte zuflüstert?«

Er wandte den Blick ab.

»Du bist ein merkwürdiger Bursche«, sagte er tonlos. »Steh auf, weil ich es nicht mag, wenn man mich als Altar betrachtet!«

Als ich mich verschämt hochrappelte, erhob er sich ebenfalls. Sein Gesicht war erstarrt.

»Ich weiß nicht, warum du dich mit diesem Begehren ausgerechnet an mich gewandt hast. Ich bin ein armer Arzt auf Studienreise. Ich reise zu Fuß und brauche keinen Diener.«

Ich starrte ihn an. Plötzlich kam er mir vor wie ein gebrochener Greis. Was wollte ich eigentlich von ihm? So wie er vor mir stand, war er derart überzeugend, daß mir alles, was ich früher über ihn gedacht hatte, wie ein Fiebertraum erschien. Mein unsinniges Verhalten trieb mir die Schamröte ins Gesicht. Ich brachte stotternd irgendeine Entschuldigung hervor und sah zu, daß ich nach draußen kam. Ich werde allmählich schwachsinnig! empörte ich mich verwirrt. In jedem Dahergelaufenen sehe ich einen Adepten, der unter seinem Mantel den Stein der Weisen durch die Welt trägt.

Aber merkwürdig, sobald ich mich von Rochard entfernte und an ihn dachte, schrumpfte die Wirkung zusammen, die er zuletzt ausgeübt hatte, und der Fremde mit den vielen Gesichtern, der sich vor mir auch jetzt noch hinter einer Maske verbarg, dieser Mann, der geheimnisvolle Bilder zeichnete, der im Buch des Albertus Magnus las und der sich in der Schenke verstellte, trat wieder in den Vordergrund. Denn – und das spürte ich plötzlich ganz deutlich – auch dies war eine Maske. Doch warum mußte er sich dauernd verstellen? Hatte er irgendeine Schuld auf sich geladen, und war er jetzt vor deren Folgen auf der Flucht? Nein. Rochard konnte kein Verbrechen begangen haben. Der Verbrecher fürchtet sich ... und bei Rochard war keine Spur von Furcht zu entdecken. Warum wollte er dann anders erscheinen, sich dem ewig betrunkenen Plebs angleichen, vor mir aber den Unscheinbaren, Unbedeutenden herauskehren ... und wieder einmal klangen Sebastians Worte in mir auf, als er meine Frage beantwortete, wo die echten Adepten zu finden seien: »Nirgendwo, mein Sohn! Du kannst sie nicht sehen. Sie verstecken sich, und sie wissen auch warum. Wo sie auch sind, gleichen sie sich ihrer Umgebung an. Sie tauchen in der Masse unter. Sie verstellen sich ...«

Warum reiste Rochard allein und zu Fuß?

»Ich bin nur ein armer Arzt und brauche keinen Diener!«

Und im selben Augenblick war ich gewiß, daß Eduard Anselmus Rochard niemand anderes sein konnte als ein Adept, der das Tageslicht scheute.

Am nächsten Vormittag, als er sich nicht in seinem Zimmer aufhielt, öffnete ich seine Truhe mit jener kunstfertigen Geschicklichkeit, die ich unter der Anleitung des Messer Vincenzo Giacomini erworben hatte. In der Truhe lagen Bücher, astronomische Instrumente, Schreibzeug und eine Menge französischer Goldmünzen. Ich will nichts beschönigen, ich bin einfach bei ihm eingebrochen. Hans Burgner war, was seine Mittel betraf, nicht gerade wählerisch. Er war nichts als ein Rohmaterial, erfüllt von primitiven Instinkten, und auf diesen gefährlichen Lavastrom war noch nicht der Abendschatten beruhigender, abkühlender Überlegungen gefallen. In der Truhe fand ich die beiden Werke des Albertus Magnus, dann Arnoldus Villanovarus, *Testamentum duobis libris universam artem chymicam camplectens,* drei Fachbücher über Astronomie und darunter ein verschlossenes Notizbuch, in rotes Saffianleder gebunden. Ich muß wohl nicht erwähnen, daß auch dieses Schloß vor mir nicht standhielt, zumal ich das Gefühl hatte, daß es den Schlüssel zu Rochards Geheimnis verbarg.

›Secretorum tractatus‹ war auf der ersten Seite in Handschrift zu lesen. Nun war aber der überwiegend lateinische Text mit französischen und deutschen Vermerken versehen, ich aber verstand nur kurze deutsche Texte, die lateinischen nur mangelhaft und die französischen überhaupt nicht. Mit zitternden Händen, erregt und auf jedes Geräusch horchend, blätterte ich in dem Heft. Es war ein Reisetagebuch, das Rochard da führte, unter Angabe des jeweiligen Datums. Plötzlich sprang mir ein deutscher Text in die Augen.

›Vergebens versuchst du, mein Geheimnis zu ergründen. Ich könnte es in alle Welt schreien, dennoch würde es ein Geheimnis bleiben ...‹

Ich erschrak, als hätte mich jemand laut zurechtgewiesen. Der Schweiß trat mir auf die Stirn, mein Herz klopfte wie rasend, während ich weiterlas:

›Ich könnte dieses Geheimnis verkünden wie Sonne, Mond und Sterne vom Himmel, wie die Erde unter den Füßen der Menschen, wie Wasser, Feuer und Wind, wie Pflanzen und Tiere – dennoch würde es keiner begreifen. Warum sollten sie auch den Makrokosmos begreifen, wenn ihnen der Mikrokosmos – ihr eigener Körper und Geist – wie ein Buch mit sieben Siegeln vorkommt ...‹ Dann folgte ein französischer Text und dann wieder ein Satz auf Deutsch, der in Latein fortgesetzt wurde:

›Das Gold und das Elixier. Das eine dient dazu, Leichen zu schmücken, das andere, sofern sie es hätten, würde man den Würmern der Verwesung ins Maul stopfen, damit sie fett werden ... Raris haec ut hominibus est ars, ita raro in lucem prodit. Laudetur Deus in aeternum qui sua infinitae potentiae nobis suis objectissimis creaturis communicat.‹*

Und dann ging es auf deutsch weiter: ›Wer lange lebt, soll seinen Namen ändern. Flamels Name war beispielsweise viel zu vielen bekannt ...‹

Nun gab es keinen Zweifel mehr. Indem ich dem Datum bis ans Ende der Notizen folgte, fand ich, wonach ich gesucht hatte.

›Am 12. Oktober 1555 ... er heißt Hans Burgner. Wild, ungeschliffen, gefährlich und ergreifend ... Vielleicht finde ich ihn deswegen interessant, weil er mich an jemanden erinnert, des-

---

* So wie diese Kunst nur wenigen Menschen zu eigen ist, tritt sie auch nur selten zutage. Gelobt sei Gott in Ewigkeit, der uns, seinen niedrigsten Geschöpfen, einen Teil seiner unermeßlichen Macht offenbart.

sen Gesicht ich irgendwann zu Zeiten des Chaos im Spiegel betrachtete. Die Truhe ist schwer, und ich bin ziemlich bequem. Ich muß darauf achten, daß mich die Schwächen, die in meinem Körper vorhanden sind, nicht überwältigen, etwa das Mitleid. Er hat auf den Knien gelegen und über das Elixier gesprochen. Vernünftig zwar, doch eher wie ein Jungtier. Schreckliche Reflexe schlummern in seinem Innern, von denen er selbst nichts weiß. Sein Blick folgt mir überallhin ... Leider habe ich stets etwas für Hunde übrig gehabt ...‹

Nun hatte ich den Faden in der Hand, dem ich folgen und anhand dessen ich durch jene geheime kleine Pforte zu ihm vordringen konnte, die in der eisigen Wand seiner Verschlossenheit offenstand: Ich jammerte ihn, und er interessierte sich für mich.

Es war nicht ratsam, noch länger im Zimmer zu verweilen. Ich drückte das Schloß am Notizbuch wieder zu, legte alles schön ordentlich wieder an seinen Platz, verschloß die Truhe und schob sie unters Bett.

Wenn ich all jene Strömungen bedenke, die in Hans Burgners Innerem herumwirbelten und die sich ineinander verflochten, nachdem er Rochards Zimmer verlassen hatte, muß ich mich heute noch über die gewaltigen Widersprüche wundern, über das gleichzeitige Vorhandensein von Finsternis und Licht, der Elemente von Feuer und Wasser. Es ist das gleiche Chaos, das in den brennenden, gärenden, sich in Gase auflösenden, von Explosionen zerrissenen Spiralnebeln kocht, aus denen Planeten und Sonnensysteme geboren werden. Das Glück, daß er den ›Magister‹ gefunden hatte, flammte in ihm zusammen mit jener fast götzendienerischen Bewunderung und Sehnsucht, ihm mit all seiner Kraft untertänigst zu dienen. Doch die feierliche Weißglut der Begeisterung ließ Raum genug für jene hinterhältigen Pläne, wie er den Meister umgarnen und ihn zwingen könnte, ihn gegen seinen Willen in seine Dienste zu nehmen. Der Einbruch, die Lügen störten ihn keinen Augenblick und erfüllten ihn keineswegs mit Reue. Natürlich mußte er ihn überzeugen – und es war auch begreiflich, daß Rochard nichts von all dem wissen durfte, weil ... weil er sich sonst nicht mehr mit ihm abgeben würde. Zum Glück war er ahnungslos. Und eine Tat, von der man nichts weiß ... eine solche Tat wurde auch niemals vollbracht.

Am Abend klopfte ich an seine Tür. Ich war aufgeregt, aber entschlossen.

Sein Blick war nicht unfreundlich, als er die Augen zu mir erhob. Sein Notizbuch lag geschlossen vor ihm. Er mußte es geschlossen haben, als ich anklopfte, denn das Ende der langen Rohrfeder, die auf dem Tisch lag, schimmerte noch feucht. Ich blieb wortlos vor ihm stehen. Der untertänige, ehrfurchtsvolle, ängstliche Blick in meinen Augen war echt, nur war er eben nur ein Bruchteil all jener übrigen Gedanken, die mich erfüllten.

»Nun, Hans ... was möchtest du?« fragte er.

Ich betrachtete es als ermutigendes Zeichen, daß er mich beim Vornamen genannt hatte.

»Ich möchte den ... Magister bitten, er möge mich zu seinem Schüler nehmen. Hier im ›Sebaldus‹ verdiene ich recht ordentlich, ich würde dafür bezahlen. Die Stunden würde ich am Abend nehmen, wenn ...«

»Doch was soll ich dich lehren?«

»Ich kann etwas Latein, das möchte ich gründlich lernen. Auch die ärztliche Wissenschaft hat mich stets interessiert ... ich möchte nicht mein Leben lang Gepäckträger bleiben. Vielleicht ... vielleicht gelingt es mir, die Stellung eines Herrn, eines Wissenschaftlers zu erkämpfen. Ich lerne leicht, Ihr werdet wenig Mühe mit mir haben ...«

Er schaute mich nachdenklich an. Dann preßte er die Lippen aufeinander und wandte den Blick von mir ab. Ich spürte, wie er sich entfernte und wieder ins Ungreifbare davonglitt.

»Weist mich nicht ab, Herr ... ich bitte Euch ... ich flehe Euch an!« Meine Stimme zitterte vor heißer Angst und Verzweiflung. »Ich will lernen! Ich sehne mich nach der Wissenschaft wie andere Männer nach dem Leibe der Weiber! Ich bin arm, habe keinen Menschen auf der Welt, der mich unterstützen würde. Sebastian, der Freund, der einzige, der sich mit mir beschäftigte, ist tot ... Verstoßt mich nicht ebenfalls ... Dieses Leben ist für mich unerträglich! Helft mir!«

Sein Blick kehrte plötzlich zu mir zurück, ruhte lange Zeit stumm auf mir, und mir war, als würde er mich durchforschen, durchbohren, durch und durch verbrennen, bis in die tiefsten Tiefen meiner Seele, bis in die Tiefen meiner geheimsten Gedanken.

»Ich weiß, daß du nur zum Teil die Wahrheit sagst, und ich weiß auch, warum du dich an mich klammerst. Trotz deines scharfen, schlauen Verstandes bist du noch grün wie ein Holzapfel. In deiner Hand würde das Wissen zur Waffe werden oder zum Dietrich. Eigentlich sollte ich dich wegschicken ... aber ... ich bringe es nicht fertig. Irgend etwas bindet und bannt mich, was ich nicht begreifen kann, weil es sich eng auf mich bezieht. Vielleicht ist es besser, wenn ich dich im Auge behalte, sonst würdest du hinter meinem Rücken herumschleichen. Ich werde dich aufnehmen, und ich werde dich unterrichten ... doch nur in den Wissenschaften dieser Welt. Sonst darfst du dir nichts erhoffen. Ich werde dich aus deinem Dienerstand erheben. Wenn du fleißig bist, werde ich dafür sorgen, daß du Prüfungen ablegst und ein Diplom erringst. Du kannst eine Familie gründen, ein angesehener Bürger werden, zu Geld und Ruhm gelangen, je nach Fleiß und Streben ... Aber ich wiederhole, es geht einzig und allein um diese Welt und um ein kurzes Menschenleben, Hans ... Hast du mich verstanden?«

»Jawohl, Herr.«

»Willst du trotzdem bei mir bleiben? Warte ... einen Lohn bekommst du nicht. In wenigen Wochen brechen wir nach Padua auf. Du mußt meine Truhe schleppen, einkaufen und alles erledigen, was mit Reise oder Quartier zu tun hat. Ich sorge für Essen und Unterkunft, und wenn in meinen Diensten Kleidung oder Schuhwerk Schaden leiden, so will ich es dir ersetzen.«

»Danke, Herr ... das ist mehr, als ich gehofft hatte ... ich bin glücklich und zufrieden! Ich bin wahrhaftig glücklich. Ihr werdet schon sehen ... wie ich es euch danken werde ... ich werde alles wiedergutmachen, so helfe mir Gott!«

Und damals glaubte ich von ganzem Herzen daran, was ich sagte.

So wurde ich Diener und Schüler des Alchimisten Eduard Anselmus Rochard. Ich glaubte, meinen Erfolg meiner eigenen Schlauheit zu danken und daß er, obwohl er viel wußte und mich durchschaute, dennoch sein eigenes Schicksal nicht in mir erblickt hatte, sondern nur fühlte und ahnte. Das war der Grund, warum er mich nicht abweisen konnte. Mein geringer Wissensdrang und meine fixe Elixier-Idee, seine tiefe, menschliche Güte, sein Mitleid und seine Geduld, die er mir gegenüber walten ließ, obwohl er klar erkannt hatte, wie unreif ich war – nach dem Vorbild des Großen Planers wurde an dem verschlungenen Muster des gewaltigen Schicksalsteppichs weitergewebt. Wir hatten einander gesucht, wir hatten aufeinander gewartet und mußten uns im Nürnberg des 16. Jahrhunderts treffen, damit ich von einem neuen Erfahrungsabschnitt auf eine merkwürdige Kreisbahn geschleudert wurde und er das Karussell seines Edenlebens beenden konnte.

Rochard hatte zahlreiche Laufbekanntschaften, mit denen er sich in der Sebaldusschenke an den Tisch setzte und unterhielt, aber nur einen Freund: Amadeus Bahr, den Bibliothekar des Zollerngrafen. Fast täglich besuchte er ihn in seinem kleinen Lehmhaus im Schloßpark, wo der kleine Mann seine Zuflucht gefunden hatte, nachdem es ihm im Zollernpalast, der stets von Gästen überlaufen war, zu eng geworden war. Anscheinend machte ihm aber die Abgeschiedenheit überhaupt nichts aus. Er war von einer Menge Staub, Büchern und Manuskripten umgeben, so als würde er auf Buchstaben schlafen, Buchstaben atmen und sich von Buchstaben ernähren. Er lieh Rochard gewaltige, gewichtige Bücher, die ich in unser Quartier schleppen mußte. Aus diesem Grund begleitete ich ihn gelegentlich zu Bahr. Bei einer solchen Gelegenheit wurde ich – gegen den Willen Rochards – Zeuge ihrer erregten Auseinandersetzung über die Alchimie. Nachdem ich das bleischwere Buch abgelegt hatte, das Rochard zurückgebracht und gegen ein neues ausgetauscht hatte, schickte er mich heim, um zu lernen. Ich aber hatte andere Absichten. Ich ging um das Haus herum, stahl mich zwischen den hohen, dichten Bäumen ans hintere Fenster, das offenstand, und legte mich zwischen wucherndem Unkraut und stachligen Stachelbeersträuchern auf den Bauch. Bahr war, was Auseinandersetzungen und Debatten betraf, ein genialer Narr. Rochard unterhielt sich nur, doch seine sanfte, lächelnde Geduld hatte den kleinen mit Flammenschwertern fechtenden Luzifer alsbald besiegt. Ich erriet instinktiv Rochards Überlegenheit, er aber, der manches gelernt hatte und viel wußte – er erkannte sie.

Amadeus Bahr war ein heller, analytischer Kopf und ein geschworener Leugner und Gegner der Alchimie, bevor er mit Rochard zusammentraf. Er hatte kräftige, ausgezeichnete und witzige Argumente ins Feld zu führen. Er war von der Materie keineswegs unberührt, seine Attacken fußten auf gründlichen Studien. Auch diesmal war es Bahr, der durch einige kategorische Aussagen die Schlacht eröffnete. »Das Märchen von der

Universalmedizin ist nichts weiter als Volksverdummung«, sagte er. »Und was all die Transmutationen angeht, die an die große Glocke gehängt wurden, so stellte sich später heraus, daß es sich lediglich um wertlose Metallvergilbung handelte, ohne das spezifische Gewicht zu verändern.«

Rochard fragte sanft, ob so etwas auch im Fall des Nikolaus Flamel bekanntgeworden sei.

Die Erwähnung von Flamels Namen rüttelte mich verständlicherweise erst richtig auf, obwohl das Thema, das hier gestreift wurde, auf mich ohnedies wie ein berauschendes Getränk wirkte.

»Nein!« Aus Bahrs Stimme konnte ich schließen, daß er spöttisch lächelte. »Ähnliches wurde nicht bekannt. Wahrscheinlich haben menschliche Unzulänglichkeiten und Dummheit für eine dauernde Verschleierung gesorgt. Flamel war eben ein geschickterer Gauner als die anderen.«

»Mag sein«, meinte Rochard. »Ich fürchte, daß Ihr mich auch zu den Dummen zählt, also wage ich kaum zu gestehen, daß er, als ich kürzlich mit ihm sprach, den Eindruck eines ehrlichen und bescheidenen Mannes auf mich machte.«

»Mit wem habt Ihr gesprochen?« fragte Bahr verblüfft.

»Mit Nikolaus Flamel.«

»Wann?«

»Vor zwei Jahren in Ägypten. Ich war mit einer Handelskarawane unterwegs, um in den Besitz gewisser Pflanzen zu kommen, deren Sud sich vorzüglich zur Anwendung bei eitriger Augenkrankheit eignet. Einer meiner schwerreichen Patienten übernahm gern die Kosten der Reise. Vor uns bewegte sich eine kleine Gruppe, die aus etwa fünf Leuten bestand, durch das ausgedörrte, glühende Sandmeer. Bei der Mittagsglut holten wir sie ein. Sie hatten in der Kühle des uralten Friedhofgeländes Schutz gesucht; ein französisches Ehepaar mit drei Bediensteten. Wir folgten ihrem Beispiel. Da es sich um Landsleute handelte, trat ich zu ihnen und begrüßte sie. Ich kann behaupten, es war eine interessante Begegnung.«

»Verzeiht ... das alles ist etwas unklar! Euer Landsmann behauptete, er sei ... Nikolaus Flamel?«

»O nein! Das sagte er mit keinem Wort. Ich war es, der dies entdeckte. Es war Nikolaus Flamel mit seiner Ehefrau.«

»Doch wie seid Ihr dahintergekommen, daß er ...«

»Aus Anzeichen, die mich vollkommen überzeugten.«

»Ihr scherzt ... Ihr wollt mich wohl zum Narren halten! Wenn ich mich recht erinnere, wurde Flamel 1330 geboren. Jetzt aber schreiben wir das Jahr 1555. Also seid Ihr nach Euren Behauptungen einem Mann begegnet, der bereits 225 Jahre zählte.«

»Genau.«

»Ich hoffe, Ihr wünscht nicht, daß ich das glaube. Ich bin nicht unbedingt gläubiger Natur. Ich habe bereits hundertjährige Greise gesehen, doch die lutschten am Daumen, und man mußte ihnen die Nase putzen. Ein Mensch, der zweihundertfünfundzwanzig Jahre zählt, könnte nur dann am Leben sein, wenn er einen Kelch mit dem sagenhaften Elixier bis zur Neige geleert hätte.«

»Jawohl, nur dann.«

»Aber solch ein Elixier gibt es doch nicht!«

»Wirklich nicht?«

»Ich kann Euch versichern, daß die Würmer Flamel nach seinem Tod ebenso aufgefressen haben, wie es bei Euch oder bei mir der Fall sein wird.«

»Wer hat Flamel schon sterben sehen?« fragte Rochard sanft. »Er war ein reicher, wohlhabender, berühmter Mann, umgeben von einer ganzen Schar dankbarer Bewunderer und Freunde. Wer von ihnen war bei seinem Begräbnis zugegen? Wer weiß, wo er begraben liegt? Wer könnte etwas darüber sagen?«

»Keiner. Doch dies ist kein Beweis!«

»Nein, aber immerhin interessant. Nach Reiseberichten und nach alten Aufzeichnungen ist er an verschiedenen Punkten dieser Welt immer wieder aufgetaucht.«

»Das ist noch nicht einmal interessant. Flamel war aus Paris verschwunden und hatte seinen Namen geändert, weil er eitel genug war, seinen Ruhm über den Tod hinaus zu erhalten, und nachdem er irgendwo unter falschem Namen verschieden war, wurde er zur Legende. In unserer bedauernswerten Zeit ist dies nichts Ungewöhnliches. Schaut Euch doch um! Die Alchimie ist eine weitaus lebendigere Wirklichkeit, die wütender um sich greift als eine Pestepidemie. Sogar Euch hat sie angesteckt. Tatsache ist, daß die Geschichte um Nikolaus Flamels Tod keinem Menschen bekannt ist, und das reicht aus, um ihn in jedem französischen Hochstapler zu erblicken.«

Ich hatte Rochard selten lachen gehört, doch diesmal lachte er von Herzen.

»Warum lacht Ihr?« fragte Bahr erregt.

»Verzeiht mir!« erwiderte Rochard, gegen das Lachen ankämpfend. »Ich lache nicht über Euch, sondern über die Situation. Mir ist gerade eine Anekdote eingefallen. Erlaubt Ihr, daß ich sie Euch erzähle?«

»Ich bitte darum«, erwiderte Bahr skeptisch.

»Am Ufer des Huang-Ho, des Gelben Flusses, in der Provinz San-si lebte einst ein Chinese mit Namen Hui-sen, ein kluger Schriftkundiger. Er war derart klug und so gerissen, daß die Leute von weither gepilgert kamen, um neben seiner Matte zu sitzen und seinen endlosen Wortgefechten zu lauschen, die er mit einem sanftmütigen alten Priester austrug. Seit Jahr und Tag schon stritten sie darüber, ob es nun Geister gäbe oder nicht. Der Priester behauptete, daß es sie gäbe, und er konnte kein wirksameres Argument ins Feld führen, als daß er sie sah und sich mit ihnen unterhielt. Hui-sen aber bewies ihm in 777 verschiedenen Variationen, daß es keine Geister gibt. Wer sie sieht, ist krank oder benebelt; wer mit ihnen spricht, führt nichts als sinnlose Selbstgespräche. Die Luft ist leer, der Himmel ist leer, es gibt nichts weiter als Gräber mit verwesenden Leichen, die allmählich zu Staub zerfallen. Der Geist: Das ist der Mensch, und wenn er einmal tot ist, dann ist alles zu Ende. Die sanften Argumente des alten Priesters knackte er wie Eierschalen, und wenn sich jemand fand, der des Priesters Partei ergriff, so machte er auch diesem den Garaus. Er ließ keinen Spalt, nicht die geringste Möglichkeit offen, durch die auch nur der winzigste Geist in diese Welt hätte schlüpfen können. Er war einfach unbesiegbar. Schließlich wurden dem alten Priester die fruchtlosen Debatten zu dumm, und eines schönen Tages ließ er Hui-sen einfach stehen, nicht ohne ihm zu sagen, daß er wegen seiner schwindenden Kräfte und seiner angegriffenen Gesundheit weiteren Streitgesprächen nicht mehr gewachsen sei und daß er jemanden schicken werde, der schlagkräftigere Argumente zur Verfügung hätte als er.

Hui-sen aber blieb allein zurück und erstickte fast an den Worten, die er nun nicht mehr ausspucken konnte, denn sobald er den Mund öffnete, wichen die Leute voller Furcht vor ihm zurück.

Eines Abends, als er sich zur Ruhe begeben wollte – unbefriedigt und voller Unruhe, da er seit Tagen niemanden mehr gehabt hatte, um sich mit ihm zu streiten –, merkte er, daß auf der zweiten Matte seines Zimmers ein Fremder saß. Es war ein dunkelhäutiger, magerer, kahlköpfiger Mann, in ein weißes Tuch gehüllt. Hui-sen wunderte sich. Er hatte weder gehört noch gesehen, daß der Fremde hereingekommen war. Er begann sich über die Ungezogenheit dieses Menschen zu ärgern; doch bevor er noch dazu kam, ihn zur Ordnung zu rufen, sagte der mit tiefer, heiserer Stimme:

›Ich bin derjenige, den du erwartet hast. Ein Freund hat mich geschickt, um dich zu überzeugen, daß er recht hat. Wie ich höre, glaubst du nicht an Geister ...‹

›Natürlich nicht!‹ rief Hui-sen befreit und mit gieriger Freude aus. Sofort hatte er alles andere vergessen. Schon fand er diesen ellenlangen Burschen sympathisch in seinem weißen Umhang, der dort auf der anderen Matte saß, und hätte ihn um keinen Schatz dieser Welt wieder gehen lassen. Er begann zu reden, wie stets mit vernichtender Kraft, unaufhaltsam, spöttisch und amüsant. Er bestritt und behauptete, bewies und stellte fest, ohne den anderen zu Wort kommen zu lassen. Sooft sein Gegner Atem schöpfte, um etwas zu erwidern, hob Hui-sen abwehrend die Hand: ›Warte, ich weiß, was du sagen willst! Mach dir keine Mühe!‹ Und begann mit erhobener Stimme, rasch sämtliche möglichen Argumente seines Gegenübers aufzuzählen, um sie dann in der Luft zu zerreißen und zu vernichten. Der Ankömmling wurde immer finsterer und unruhiger. Immer öfter machte er den Mund auf, doch Hui-sen überfuhr ihn jedesmal, bevor er auch nur einen Ton von sich geben konnte. So dämmerte der Morgen herauf. Durchs Fenster fiel langgezogenes silbernes Licht ins Zimmer, und draußen im Hof krähte ein Hahn. Nun war aber die Geduld des Fremden zu Ende. Er sprang auf und unterbrach Hui-sens Redefluß:

›Sei doch endlich still, Unglücklicher!‹ rief er, und seine Stimme klang wie das Brodeln eines Vulkans, so daß Hui-sens kleines Haus in seinen Grundfesten erschüttert wurde. ›Natürlich kann ich deine verfluchten Argumente nicht widerlegen! Alles was du sagst, hört sich an, als wäre es wahr, dennoch ist alles Lüge, weil es – zum Kuckuck! – tatsächlich Geister gibt. Ich bin selbst einer!‹ Damit löste er sich zornbebend auf und entschwand Hui-sens beleidigten Blicken.«

Als Rochard seine Geschichte beendet hatte, mußte Bahr unwillkürlich laut über die Pointe lachen, doch dann, nachdem er den gleichnishaften Sinn dieser Geschichte begriffen hatte (ich konnte es genau sehen, weil ich aus der Dunkelheit, die draußen herrschte, zu den beiden Gestalten hineinspähte, die im Lichtkreis der Kerze saßen), wurde er plötzlich ernst und blickte Rochard verblüfft an.

»Warum nur wollt Ihr mich um jeden Preis verwirren?« brach es unzufrieden aus ihm heraus. »Ihr habt etwas Ärgerliches und Unbegreifliches an Euch, Anselmus. Zur Hölle mit Euren Anspielungen und Andeutungen! Am Ende spielt Ihr mich noch den Teufelsaustreibern in die Hände!«

»Ich begreife Euch nicht«, meinte Rochard unschuldig. »Ich habe Euch lediglich ein chinesisches Märchen erzählt, und Ihr seid von Haus aus wahrhaftig nicht gläubig, Amadeus ...«

»Nein«, knurrte Bahr. »Aber wie ich mich auch dagegen wehre, das, was Ihr sagt, verfehlt seine Wirkung nicht auf mich. Zum ersten Mal in meinem Leben. Ich könnte es widerlegen, doch ich kann es nicht verwerfen. Die Sache beschäftigt mich. War es kein Scherz zu behaupten, Nikolaus Flamel sei vor zwei Jahren noch am Leben gewesen?«

»Es war kein Scherz. Er lebt heute noch.«

»Ist es das Elixier, das ihn am Leben erhält?«

»Jawohl.«

»Mir bleibt der Verstand stehen! Ich kenne Eure geistigen Fähigkeiten, Eure Bildung und Eure Ehrlichkeit. Wieso könnt Ihr ... an diesen Wahnsinn glauben?«

»Ihr irrt, Amadeus. Ich glaube nicht daran, ich bin nicht gläubig, aber ich *weiß*, daß dem so ist.«

Bahr lief puterrot an, sprang auf, nahm dann wieder Platz und atmete geräuschvoll aus.

»Seht Ihr, das ist es ja gerade. Was soll ich jetzt mit Euch anfangen? Vor allem aber was soll ich mit mir selbst anfangen, nachdem Ihr diese Behauptungen, die aus der Luft gegriffen sind, einfach im Raum stehen laßt? Sie werden mir den Schlaf rauben.«

»Warum?«

»Warum? Weil etwas in mir ist, das zu Eurem Verbündeten wurde, irgendein Zauber, der über alle Vernunft geht ... ich weiß nicht, wie ich es nennen soll. Ich habe lange darüber nachgedacht. Selbst Eure unmöglichsten Behauptungen strahlen eine unwiderstehliche Überzeugungskraft aus. Ich bin kein Speichellecker ... eher ein passionierter Bilderstürmer. Abstrakte Ahnungen und transzendenter Nebel sind für mich wie ein rotes Tuch, sie machen mich reizbar. Euch aber bin ich bereit zu vergeben, ich weiß selbst nicht warum; es ist mir ein Rätsel. Ich habe alles durchforscht und mich begnügt. Selbst das absolute Nichts vermag Frieden zu spenden. Ihr aber habt die Ruhe meiner eigenen Religion gestört und treibt mich der Ketzerei in die Arme. Ihr habt den Zweifel gegen den Zweifel in mir erweckt. Und das Erstaunlichste ist, daß Ihr dies nicht durch Argumente, sondern einzig und allein durch Euer Dasein bewirkt habt. Nicht durch das, was Ihr sagt, sondern durch das, was Ihr verschweigt, so als würdet Ihr über Erfahrungen und Kenntnisse verfügen, die ohne irgendwelche Mitteilung Gewißheit ausstrahlen ... So wie es mir beispielsweise angesichts einer Eiche nicht einfallen würde zu bezweifeln, daß dies eine Eiche ist ...«

»Ich muß gestehen, Amadeus, daß ich keinerlei Reue darüber empfinde, daß ich Euren religiösen Frieden gestört habe. Im Gegenteil, ich werde alles dransetzen, daß Ihr ganz und gar verdammt werdet.«

»Die Welt ist voll von sanften Lämmern, die ihren blinden Glauben auf einem Tablett anbieten. Warum seid Ihr ausgerechnet auf mich verfallen? Ich bin eine harte Nuß, selbst mit meiner Ketzerei, ein aufmüpfiger, unbesiegbarer, rückfälliger alter Sünder.«

»Ich werde mich hüten, Euch jetzt das Gleichnis vom verlorenen Sohn zu erzählen, weil ich befürchte, daß Ihr mit Gegenständen werfen werdet. Die Geschichte des Saulus, der zum Paulus wurde, wage ich nicht einmal anzudeuten. Bleiben wir bei den Tatsachen. Der blinde Glaube der sanften Lämmer ist lau wie das Wasser einer Pfütze und nimmt stets die Form jenes Flußbettes an, das sich ihm bietet. Er ist ganz und gar nutzlos. Euer Skorpion-Wesen, das alles aufzulösen und zu zerschmettern trachtet, ist für mich viel reizvoller, ich würde fast behaupten: Es ist meine Schwäche. Ihr wandelt über den gleichen Pfad wie ich, nämlich über den Pfad der Vernunft. Ich mußte mich auch durch diese Krümmungen hindurchwinden. Warum soll ich also den Weg eines Freundes ... eines uralten Gefährten abkürzen und erleichtern, wo ich so tief in dessen Schuld stehe?«

»Anselmus, beantwortet mir eine einzige Frage!«

»Ich bin bereit, Euch noch mehr Fragen zu beantworten.«

»Seid Ihr bereit, Euch mit mir hinzusetzen und mir klar und

deutlich, ohne vage Andeutungen und dunkle Hinweise zu sagen, was Eure Überzeugung ist, welche Erfahrungen Euch zu dieser Überzeugung geführt haben und welche Beweise Ihr besitzt?«

»Ich bin bereit.«

»In Ordnung. Wann?«

»Recht bald. Bevor ich nach Padua aufbreche ...«

Es war höchste Zeit, vom Fenster zu verschwinden. Hals über Kopf rannte ich heim in die Herberge. In meiner Kammer angekommen, schlug ich mein Buch auf, legte mein Heft vor mich hin und starrte atemlos und schweißtriefend auf das leere Blatt. Der Gedanke, der mich gepackt hatte, war derart überwältigend, daß ich vor ihm erzitterte.

›Wer lange lebt, soll seinen Namen ändern. Flamels Name beispielsweise ist zu vielen Leuten bekannt ...‹ Diese Worte, die ich in seinem Tagebuch gelesen hatte, begannen erst nach seiner Unterredung mit Amadeus Bahr einen echten Hintergrund zu bekommen.

›... wer hat Flamel sterben sehen?‹

›... war es kein Scherz zu behaupten, Nikolaus Flamel sei vor zwei Jahren noch am Leben gewesen?‹

›Es war kein Scherz. Er lebt heute noch.‹

Er lebt noch heute!

Flamel ist Franzose, und Rochard ist es ebenfalls. ›Wer lange lebt, soll seinen Namen ändern.‹ Flamel ... Eduard Anselmus Rochard.

Und seine Frau? Sie hatten den Stein der Weisen miteinander geschaffen, und sie hatte ihren Teil an der Wunderwirkung des Elixiers gehabt. Doch warum sollten sie sich für kurze Zeit nicht getrennt haben? Hinter ihnen und vor ihnen tat sich die berauschende Ferne der Jahrhunderte auf ... sie hatten es nicht nötig, sich aneinanderzuklammern. Sie hatten Zeit. Für alles hatten sie Zeit.

Bahr gegenüber leugnete Rochard überhaupt nichts. Seine Offenheit erschütterte den kleinen Bücherwurm. Warum war er ihm gegenüber so mitteilsam? Warum verschwendete er die Schätze seiner Weisheit an diesen Neinsager, und warum sperrte er mich unbarmherzig aus, mich, der sich von ganzer Seele nach den okkulten Wissenschaften sehnte? Ich lernte wie besessen, machte meine Aufgaben im voraus, er aber lobte mich wie einen zahmen Hund: »Gut so, Hans! Braver Junge!« Sooft ich aber vorsichtig und schüchtern auf die Alchimie zu sprechen kam, zog er sich sofort in sein Schneckenhaus zurück, und wenn ich beharrlich blieb, fuhr er einfach dazwischen:

»Das ist nicht dein Weg. Schlag es dir aus dem Kopf! Du könntest nur gerade soviel aus dem Brunnen der Erkenntnis trinken, daß du in Schwierigkeiten gerätst. Dein Glaube an das Elixier ist eine gefährliche Sache. Sein Ursprung ist ein gieriges, finsteres, niedriges Verlangen. Ich werde dir niemals dabei helfen, daß du in dein Unglück rennst.«

An diesem Abend jedoch, nach seiner Auseinandersetzung mit Bahr, unter deren Einwirkung der Gedanke in mir zu keimen begann, daß Rochard vielleicht mit Flamel identisch sei, erwachte eine derartige Spannung in mir, daß ich sie unbedingt lösen mußte. Als Rochard in mein Zimmer trat, um mich zu fragen, ob er mich in irgendeinem Fach prüfen sollte, ging ich nicht lange um den heißen Brei herum. Ich sagte ihm, ich hätte nichts präpariert, weil mich jene paar Worte so sehr beschäftigten, die ich aufgeschnappt hatte, als ich von Bahr wegging, ihre Unterhaltung über das Elixier und Nikolaus Flamel ...

»Ach ... du hast also gelauscht. Nun ... das wundert mich nicht weiter. Ich hätte es mir denken können ...« Zu meiner Verwunderung blieb diesmal der kalte, abweisende Blick aus, der sonst in seinen Augen zu erscheinen pflegte. Seine Augen blickten mich eher nachdenklich und mitleidig an. Er setzte sich an meinen Tisch.

»Du tust mir leid«, sagte er ruhig. »Du tust mir leid, weil ich dich liebgewonnen habe. Du bist ein begabter und kluger Junge, Hans. Aber du bist immer noch ein Kind, voller Zärtlichkeit, voll unberechenbarer Gefühle und gefährlicher Neugier. Glaub nicht, daß ich dich deswegen verachte. Auf deiner Stufe stehst du ausgezeichnet deinen Mann. Doch die Natur läßt sich nicht drängen. In einer unentwickelten, kindlichen Gebärmutter kann kein Leben entstehen. Wenn ich dich von diesen Dingen fernhalte, so geschieht dies nur zu deinem Schutz. Begreif endlich und glaub mir, daß es für dich kein Elixier gibt! Das Elixier der Erwachsenen würde in deiner Seele zu Gift werden und auch deinen Körper vergiften.«

Bei all dem, was er sagte, achtete ich nur auf zwei Dinge. Das eine war, daß er diesmal das Elixier auch in meiner Gegenwart als Tatsache erwähnte, und das zweite, daß er Bahr, diesen ironischen Zweifler, wie einen Gleichgestellten behandelte, während er mich zum Kind erniedrigte. Warum? Die Verzweiflung brach aus mir heraus. Ich fragte ihn, warum er den säuerlichen Bibliothekar des Zollerngrafen höher einschätzte als mich, der ihm auf dem mystischen Pfad ein begeisterter, fleißiger Schüler sei?

»Er ist erwachsen, Hans«, sagte er sanft. »Er ist alt, auch innerlich. So manches in ihm ist ausgebrannt. Man muß ihm nur die Augen öffnen.«

»Doch was kann mir schon zustoßen, wenn ich's versuche?« fragte ich heftig. »Ich fürchte mich vor nichts.«

»Obwohl du ... noch so manches zu fürchten hast. Die Angst, die sich einstellt, wenn man eine bestimmte Stufe der Erkenntnis erreicht hat, ist wahrhaftig eine überflüssige Last, die man abwerfen muß, damit die Seele ihre Schwingen entfalten kann. Bis dahin ist sie jedoch ein notwendiges Übel. Wer in seinem Innern schwerelos ist, kann von jedem Sturm des Instinkts hinweggefegt werden. Du fragst, was dir zustoßen kann, wenn du den Versuch unternimmst, die okkulten Kräfte an dich zu reißen ... das Elixier ... Du könntest in einen Zustand geraten, der schlimmer ist als der Tod. Über die geheimnisvolle Wirkung des Elixiers steht nichts in den Büchern. Aber Hans, ich will dich jetzt warnen! Den, dessen Seele von niedrigen Beweggründen erfüllt ist, kann das Elixier auch umbringen. Sollte sein Körper den entsetzlichen Erschütterungen dennoch standhalten und sie abschütteln, so wird er einem Pestkranken oder Aussätzigen ähnlich, den man mitsamt seinen ewig eiternden, schmerzenden Beulen zum ewigen Leben einbalsamiert hat. Der Blick des Sterblichen wird durch einen gnädigen Schleier getrübt, der das Astralreich jener Dämonen vor ihm verbirgt, die den Äther bevölkern. Das Elixier aber durchbricht die Dämme des physischen Daseins. Dies war bereits bei den Adepten der Fall. Sie aber waren darauf vorbereitet. Sie hatten die dämonischen Eigenschaften aus ihrer Seele ausgemerzt und auf diese Weise Macht über die Astralwesen errungen. Doch diejenigen, in deren Innern der Scheiterhaufen der Leidenschaften und Emotionen mit lebendiger Flamme flackert, werden überrannt und gefangen, sie legen die Schlinge aus einer Furcht und Schwäche um sich. Das durch Gewalt beschaffte Elixier bringt eine entsetzliche Seuche über den ungehorsamen Schüler, der ihn aus einer Krise in die andere jagt. Nie kann er mehr zum langsamen, natürlichen Ablauf der Entwicklung zurückkehren. Sein Leben wird zu einer Reihe endloser Qualen: Seine Begierde, seine Sehnsucht werden brennender und schwerer zu befriedigen, seine Einsamkeit wird unheilbarer sein als die der gewöhnlichen Sterblichen. Und vergebens versucht er, seinen Qualen durch den Notausgang aller anderen – durch den Selbstmord – zu entrinnen. Diese Pforte bleibt ihm verschlossen. Sein Tod kann nur ein gewaltsamer Tod sein, durch fremde Hand herbeigeführt. Doch es gibt kein Beil, keinen Dolch, keinen Degen, weder Strang, Feuer oder Wasser, der sein brennendes Bewußtsein, seine Erinnerung unterdrücken oder auslöschen könnte. Das ist alles, Hans, was ich dir sagen kann. Gib dich damit zufrieden und geh der Sache nicht weiter nach, sonst müssen wir uns trennen ... hast du mich endlich verstanden?«

Ich hatte begriffen, doch ich glaubte keine Sekunde an die finsteren Drohungen und konnte mich mit der Abweisung nicht abfinden. Nicht einmal als Diener wollte er mich haben, dennoch war ich sein Diener und Schüler geworden. Ich mußte nur abwarten und ihn beobachten, mit ausdauerndem Willen und unbesiegbarer Zähigkeit. Eduard Anselmus Rochard trug den einzigen Sinn des Lebens bei sich, die Göttliche Materie. Ich dürfte nicht von ihm weichen. Ich mußte aushalten mit grenzenloser Geduld und grenzenloser Verstellung und alles diesem einzigen Zweck opfern.

Wir saßen in der Trinkstube des ›Sebaldus‹. Es war früh am Nachmittag, doch der regnerische Herbst hatte den Himmel bereits mit düsteren Abendwolken überzogen. Rochard war von einer großen Gesellschaft umgeben. Studenten mit narbigem Gesicht und geschwollenen Augenlidern, ein Zeichen ihrer durchzechten Nächte, lärmten an seinem Tisch. Ich verzog mich in die Nähe des Feuers und vertiefte mich in mein Buch, das ich auf Befehl meines Meisters mit heruntergenommen hatte, um es dann später Amadeus Bahr zurückzugeben. Von einem der verrußten Balken baumelte eine blakende Öllampe herab. Ich wurde fast blind beim Lesen, und schon bald mußte ich aufhören. Ich begann, Rochard im geheimen erneut zu beobachten, immer nur ihn, den Mittelpunkt meiner Gedanken, meiner Pläne und meiner Begierde, die bereits zu einer fixen Idee geworden war. Das Licht der Lampe spiegelte sich in seinem dunkelblonden Haar, das bereits schütter zu werden begann, hob die Wölbungen seiner Stirn und seine feinen Schläfen hervor, auf denen das Netzwerk der Adern pulsierte. Kühl und nüchtern saß er inmitten der betrunken grölenden Meute, im sauren, heißen Weindunst, der ihm entgegenschlug ... doch nur ich war es, der ihn so sah. Bei den Studenten rief jedes seiner Worte eine Art explosiver Heiterkeit hervor. Er hielt gerade einen Vortrag über ein stadtbekanntes Frauenzimmer, die einen Mann nur dann zuließ, wenn dieser bei ihr jeden Körperteil mit einer Goldmünze bedeckte. Einmal hatte sie einen abgerissenen alten Alchimisten zu sich gelockt, nur weil sie den Geruch des Goldes an ihm witterte. Sie gab ihm zu essen und zu trinken, dann führte sie ihn in ihr Schlafgemach ... Sie zog sich vor ihm bis auf die Haut aus, streckte sich auf ihrem Bett aus und bot sich ihm auf diese Weise an. Sie ließ schwere Bleibrocken über ihren heißen, schneeweißen Körper rollen, die der sabbernde alte Mann erst in Gold umwandeln sollte, bevor sie sich ihm hingab. Der bedauernswerte Alte ließ auch nichts unversucht; doch seine ausgedörrte, runzlige Hand bebte vor trunkener Erregung angesichts von soviel Schönheit, und das kostbare rote Pulver verfehlte sein Ziel. Auf diese Weise wurden solche Körperteile des Frauenzimmers zu Gold, die nur dann Gold wert sind, wenn sie aus Fleisch und Blut bestehen.

Die blutunterlaufenen, von Tränensäcken umgebenen Augen der Zuhörer traten hervor vor heimlicher Erregung, die sich im Gelächter Luft machte. Ein pockennarbiger Student mit verzerrtem Mund stimmte heiser ein Lied an, doch seine Stimme versagte immer wieder vor Trunkenheit.

Nun konnten mich die zahlreichen scheinbaren Widersprüche in Rochards Wesen nicht mehr täuschen. Ich begriff, daß sich der Weise nur hinter der Bastion der Narrheit verbergen kann. Dies war der tiefere Grund, warum er die Narrenkappe aufgesetzt hatte.

In dem eisernen Kessel, der über dem Feuer baumelte, fing das Wasser zu kochen an. Ein altes Weib mit wächsernem Gesicht formte mit krallenartigen Händen große Knödel und warf sie ins dampfende Wasser.

Rochard erhob sich und kam auf meinen Tisch zu.

»Gehen wir!« sagte er kurz.

Ich aber stand auf und folgte ihm.

Dichter kalter Regen peitschte die abschüssige, schmale Gasse. Wir gingen eilig dahin. Mit langen Schritten überquerten wir den Marktplatz, liefen die Stadtmauer entlang und bogen in die Gasse der Kleidermacher ein, in die Schneidergasse. Wir waren beide klatschnaß, bis wir das Haus des Schneidermeisters erreicht hatten, bei dem Amadeus Bahr jetzt wohnte. Das Schloß war von einem Heer von Gästen überflutet, und selbst Bahrs kleine Kate wurde für die Dienerschaft gebraucht, die ihre Herrschaft in Massen begleitete.

Als wir anklopften, mußte sich Bahr erst einmal wild räuspern, um seine Stimme nach langem Schweigen erheben zu können:

»Herein!«

Wir traten ein. Das fensterlose feuchte Loch, das er gemietet hatte, war vom ranzigen Geruch der Talgkerze, die Tag und Nacht brannte, und von beißendem Zwiebelgestank erfüllt. Aus den Seiten eines riesigen Buches mit schwarzem Einband tauchte das verschrumpelte hagere, von Gedanken überschattete Vogelgesicht Bahrs auf, das er uns jetzt zuwandte. Vom hohen, langgezogenen Schädel hing ihm graugrünes Haar bis tief in den Nacken. Über den schmalen Lippen und der schnabelförmigen Nase blickten uns aus schlaffen, runzligen Lidern glänzende, kluge schwarze Augen an.

»Ihr kommt gerade zur rechten Zeit, Anselmus! Ich schlage mich gerade mit Eurer berühmten Tabula Smaragdina herum!«

»Ein herrlicher Zeitvertreib«, meinte Rochard, indem er das Regenwasser von seinem Mantel schüttelte. Dann schob er einen Stapel Bücher nebst einem Haufen Papieren mit Eselsohren beiseite und ließ sich auf dem Rand des quietschenden Holzbettes nieder. »Ein Hundewetter ist das! Bist du naß geworden, Hans?«

»Bis auf die Haut«, erwiderte ich zähneklappernd und verzog mich in die Nähe des Feuers, das in einem kleinen Kanonenofen glühte. Rochard brachte es nicht übers Herz, mich bei dem strömenden Regen nach Hause zu schicken. Ich setzte mich auf eine Truhe am Feuer außerhalb des Lichtkreises der Kerze. Stets verzog ich mich in den Schutz der Dämmerung wie ein Raubtier, das auf Beute lauert.

»Seine Hochwohlgeboren verlangen von mir die präzise Auslegung der Tabula Smaragdina, um sie seinen Gästen zur gespickten Wildschweinkeule zu servieren.« In diesem schmächtigen Männchen kochte eine heimliche Auflehnung. Sein bedauernswerter Körper, seine untergeordnete Stellung und seine geistige Überlegenheit hatten ihn unglücklich, gehemmt und gleichzeitig hochnäsig werden lassen. Der schwarze Dolch seiner scharfen, klugen Augen spießte unbarmherzig alle Verdrehtheiten, Unbarmherzigkeiten und Dummheiten auf, die er am Hofe seines Herrn erfuhr, und er faßte sie in beißende Pamphlete, ironische Kunstwerke von unwiderstehlichem Humor, die er ängstlich in seiner Truhe versteckte. Er wußte nur zu gut, daß er, würde man auch nur eine dieser Schriften entdekken, nähere Bekanntschaft mit der Folterbank im Heidenturm machen würde. Dennoch brachte er es nicht fertig, auf die einzige Genugtuung zu verzichten, die ihm sein elendes Leben bot.

»Dies ist keine schwere Aufgabe für Euch, Amadeus«, lächelte Rochard. »Von der Smaragd-Tafel kursieren genug falsche Übersetzungen und Auslegungen, Ihr werdet höchstens noch eine weitere hinzufügen. Hauptsache, sie ist spannend und fördert die Verdauung der erlauchten Herrschaften.«

»Ich müßte schon eine ganze Menge Ferkeleien zusammentragen, um sie überhaupt anzuregen, und was ihre Verdauung betrifft, eine ganze Menge Stoff darüber, wie sie nach ihrem schmutzigen und stupiden Leben dennoch in den Himmel kommen können!«

Beide lachten, wobei das Lachen in der Brust des schmächtigen kleinen Mannes durch einen bellenden, bronchitischen Husten erstickt wurde. Sein ganzer Körper wurde durcheinandergeschüttelt, sein ausgemergelter Kopf lief blaurot an, und der Husten lockte Tränen aus seinen Augenwinkeln hervor. Rochard wurde ernst, während er ihn betrachtete. Als der Anfall vorüber war und Bahr zusammengesunken, erschöpft und mit röchelndem Atem dasaß, sagte er:

»Habt Ihr wenigstens etwas gefunden, um die erlauchten Gäste zu amüsieren?«

»Nein«, erwiderte Bahr düster. »Doch was mich wirklich ärgert, ist die Tatsache, daß ich selbst für mich keinen einzigen sinnvollen Satz herausschälen kann. Ich habe den Verdacht, daß es sich hier um eine der größten Täuschungen in der Geschichte des menschlichen Denkens handelt und daß dieser Text nur deswegen als genial gilt, weil er neben den zahlreichen dummen auch kluge Leute zu beschäftigen vermag.«

»Auf alle Fälle ist dies auch eine mögliche Auslegung der Smaragd-Tabelle«, nickte Rochard. Auf seinen Lippen blühte ein merkwürdiges, beunruhigendes Lächeln auf, das, wie mir schien, seine Wirkung auch auf Bahr nicht verfehlte. »Dennoch wundere ich mich, Amadeus, Euch ebenfalls unter jenen Opportunisten zu sehen, die schwach im Geiste sind und vor jedem Kampf zurückschrecken, die, um ihre Überlegenheit zu bewahren, all das in Frage stellen, dessen Erkenntnis ihnen versagt blieb.«

»Da irrt Ihr aber gewaltig!« fuhr Bahr erregt auf. Ein krankhaftes Rot überzog seine Backenknochen. »Aber, beim Heiland, Ihr wollt doch nicht etwa behaupten, daß Ihr diesen verzwirnten Quatsch begriffen habt?«

»Ob ich die Tabula Smaragdina begriffen habe? Nein ... das will ich nicht behaupten. Ich muß gestehen, daß es mir nicht gelungen ist, ihren Sinn, der sich auf alle drei Ebenen bezieht, restlos zu klären. Doch eins weiß ich gewiß: Nämlich, daß sie sämtliche Lösungen umfaßt, die sich auf das körperliche, seelische und geistige Leben des Menschen beziehen.«

Bahr schaute ihn eine Weile stumm und forschend an, dann sagte er leise, fast untertänig: »Der Forscher, der nicht danach strebt, armselige Almosen der Freude und der Beruhigung zusammenzuraffen, darf keine Vorurteile haben. Die Erkenntnis ist für mich wichtiger als mein siecher Körper, mein verhaßtes Schicksal und meine Eitelkeit. Bitte, erzählt mir von der Smaragd-Tafel!«

»Recht gern. Was wißt Ihr darüber? Ich möchte Euch nicht mit Wiederholungen langweilen.«

»Nicht viel. Ich weiß, daß Alexander der Große das Grab des Hermes Trismegistos bei einem seiner Feldzüge entdeckte. Der griechisch klingende Name des Verfassers tauchte etwa im 4. Jahrhundert vor Christus auf, doch seine Gestalt war bereits vor der christlichen Zeitrechnung zweifellos von religiöser Verehrung umgeben. Zur Zeit der Ägypter und Römer wurden Säulen zu seinen Ehren errichtet, die reich mit alchimistischen Rezepten versehen wurden. Es gibt Wissenschaftler, die hinter seinem Namen die Person des ägyptischen Königs Thot oder Theut vermuten, der bei Plato an mehreren Stellen erwähnt wird. Demzufolge soll Thot mehrere Jahrtausende vor Christus gelebt haben und gilt als Gründer mancher Wissenschaft und Kunst. Angeblich sollen auch die Arithmetik, die Astronomie und das Würfelspiel von ihm herleiten; die Ägypter schreiben ihm gar die Unterscheidung zwischen Selbstlauten und Mitlauten zu. Viele glauben, daß sich der Name auf keine lebende Person bezieht, sondern auf die Personifizierung eines Begriffs. Die alten Ägypter hatten einen Gott, der unter dem Namen Thot die Weisheit, Gewandtheit und Geschwindigkeit darstellte und der mit einem Schlangenstab abgebildet wurde, wie Hermes bei den Griechen. So weit bin ich etwa gekommen, was das Wesen des Hermes-Thot betrifft.«

»Das ist schon eine beachtliche Leistung, Amadeus. Der Sinn der Dokumente, die sich auf Hermes Trismegistos beziehen, sind zum Großteil geheimer Art und nur für den Eingeweihten zugänglich. Ich möchte nicht, daß Ihr unter dem Begriff des ›Eingeweihten‹ ein hochmütiges Wesen versteht, das sich absichtlich geheimnisvoll gibt. Hinter einem echten Eingeweihten stehen harte körperliche Anstrengungen, Willensprüfungen und unablässige geistige Bemühungen, die ihn auszeichnen. Das Wesen der Esoterik liegt bei weitem nicht darin, materielle Schätze selbstsüchtig zu verbergen, die jedermann zugänglich sind. Wer den Willen hat, wer sich durch zähe Ausdauer bis zu den Höhen hinaufschwingt, wo der Tempel der Weisheit und des Wissens mit offenen Türen auf ihn wartet, der darf das Heiligtum ungehindert betreten.«

Ich wagte es nicht, mich zu rühren, damit keiner meiner Gegenwart gewahr wurde. In meinen Kleidern, die vor Nässe dampften, saß ich wie gebannt auf meiner Truhe. Mein frischer Geist registrierte zwar Rochards Worte, doch die Saat ihrer Bedeutung ging mir erst viele Jahre später nach endloser Betrübnis und Qual aus der leeren Hülle der Buchstaben auf.

»Hermes-Thot muß zweifellos ein ägyptischer Priester, Arzt und Astronom gewesen sein«, fuhr Rochard fort. »Es ist bisher noch nicht gelungen, genau festzustellen, zu welcher Zeit er gelebt hat, doch wahrscheinlich früher, als Plato annimmt. Es mag leicht sein, daß er in seiner Eigenschaft als Priester gleichzeitig ein Pharao war. Diese beiden Eigenschaften erfuhren in der antiken Welt nie eine deutliche Trennung. Zu jener Zeit war der Pharao – grundsätzlich verschieden von den späteren blutdürstigen Eroberern späterer Zeiten – noch die gekrönte höchste Institution und der höchste Intellekt; ein Eingeweihter. Denn nach den Weisen, den Stiftern dieser Gesetze, war nur derjenige zum Herrscher geeignet, der sich selbst zu beherrschen wußte und der im Geist befreit war. Der Name Hermes ist allgemein, wie etwa Manu oder Buddha, hat aber drei verschiedene Bedeutungen. Er ist die Bezeichnung für einen Menschen, für eine Kaste und für eine Gottheit. Als Mensch ist Hermes der erste Initiierte, doch versteht man darunter auch die gesamte Priesterkaste. Als Gottheit bedeutet er den Planeten Merkur, jene geistige Sphäre, in der die göttlichen Adepten wohnen. Also ist Merkur eigentlich der Führer der überirdischen Region göttlicher Weihe. Die Person an sich, von der sich nahezu die ganze ägyptische Religion herleitet, haben die Griechen, die Schüler der Ägypter, als Hermes Trismegistos bezeichnet, als ›dreifachen Großmeister sämtlicher Naturwissenschaften‹. Unter seinen vielen tausend Werken, die man ihm zuschreibt und die zum Großteil von seinen Schülern oder von seinen begeisterten Jüngern verfaßt wurden, ist die Smaragd-Tabelle die tiefste und authentischste. Wenn Ihr den Text bei der Hand habt, so lest ihn vor, Amadeus!«

Bahr neigte den Kopf erneut über das große Buch, das aufgeschlagen vor ihm lag. Sein knorriger Finger wies auf den ersten Absatz der Smaragd-Tafel:

> *Es ist die Wahrheit und wirklich: Was oben ist, ist auch unten, fähig, die Wunder des Einen auszuführen. Wie alle Dinge aus Einem gekommen sind, nämlich durch das Denken des Einen, so werden auch alle Dinge aus diesem Einen durch Adoption geboren. Die Sonne ist sein Vater, der Mond ist seine Mutter. Der Wind hat es in seinem Bauch getragen, die Erde ist seine Amme. Dies ist der Vater aller Vollkommenheit in der Welt. Seine Stärke und Macht sind unbegrenzt, wenn sie in Erde verwandelt werden; Du wirst die Erde vom Feuer, das Zarte vom Groben trennen, sanft und sorgfältig. Es steigt von der Erde zum Himmel hinauf und steigt wieder zur Erde herab, um die Macht der höheren und niederen Wesen zu empfangen. So wird Dir der Ruhm der Welt gehören, und deshalb wird alle Dunkelheit vor Dir fliehen. Denn es wird alle zarten Dinge überwinden und in alle groben eindringen. So wurde die Welt geschaffen. Aus diesem werden entstehen und hervorgehen wunderbare Anwendungen, zu denen die Mittel hier gegeben sind. Darum werde ich* HERMES TRISMEGISTOS *genannt, und ich bin im Besitz der drei Teile der Philosophie der Welt. Und was ich über das Wirken der Sonne gesagt habe, hat sich erfüllt.*

Bahrs ausgemergeltes Geiergesicht wandte sich mit gespannter, regungsloser Aufmerksamkeit erneut Rochard zu. Sein Profil mit der gebogenen Nase, das das flackernde Kerzenlicht an die Wand warf, flatterte merkwürdig auf und nieder.

»Der Sinn der Tabula Smaragdina bezieht sich auf drei Ebenen, wie auch die ägyptischen Hieroglyphen im allgemeinen dreierlei Bedeutung haben«, sagte Rochard. »Nämlich einen physischen, einen astralen und einen mentalen Sinn. Die Offenbarungen des Hermes Trismegistos umfassen die tiefsten Geheimnisse der Schöpfung wie das Wesen der formenden Kräfte der transzendenten Welten, der sogenannten Astralregionen. Aber sie bedeuten gleichzeitig auch die Alchimie im wahrsten Sinne des Wortes, die verborgenen Tiefen der Alchimie, das geistige Rezept für die Zubereitung des großen Lebenselixiers, des Aurum Potabile, das alle Krankheiten heilt, verjüngt, die Adern entkalkt und die Säfte erfrischt. Ich muß immerhin einfügen, daß dieses sogenannte ›trinkbare Gold‹ nicht unsterblich macht, wie die Fanatiker und Unwissenden meinen, sondern lediglich das Leben verlängert, weil es die Voraussetzungen für das Altern eliminiert. Gleichzeitig bezieht sie sich aber auch auf das weitere, große und abwegige Ziel der Alchimie, nämlich auf die Umwandlung der Metalle. Nun könnt Ihr begreifen, warum Trismegistos den wirklichen Sinn dessen, was er zu sagen hatte, in den Tiefen eines komplizierten geistigen Labyrinths versenkte. Der junge ägyptische Priester, dessen einziges Bestreben den tiefsten Mysterien galt, wurde den schwersten Prüfungen unterzogen, bevor man ihm jeweils eine neue These offenbarte. Je weiter er in die Erkenntnis vordrang, um so fürchterlicher und schwerer wurden die Prüfungen, und er mußte selbst den leiblichen Tod erleiden, bevor das letzte Geheimnis gelüftet wurde. Trismegistos hat die Tabula Smaragdina derart gestaltet, daß sie den Kern seiner Lehren nicht nur enthält, sondern vor uneingeweihten Menschen niedriger Gesinnung auch verbirgt; denn die Wahrheit verleiht dem Beständigen Kraft, aber sie verletzt den Schwachen wie die Schneide eines Schwertes, mit dem man ungeschickt hantiert. Daher ist die Smaragd-Tafel nicht nur vom Inhalt her faszinierend, sondern auch in ihrem Aufbau, weil sie jene Prüfung in sich birgt, die den Geist richtet und reif macht, um die Lösung zu empfangen. Ein weiteres grundlegendes Gesetz in der Lehre des Trismegistos lautet, daß nur derjenige das Große Magisterium erreichen kann, der die Transmutation in sich nicht nur auf der physikalischen, sondern gleichzeitig parallel auch auf der astralen und mentalen Ebene vollzieht.«

»Sagt doch endlich etwas über den Sinn!« rief Bahr aus. »Ihr habt mich auf einen hohen Berg geführt und meinen Blick verschleiert!«

»Demnächst, Amadeus, demnächst! Jetzt ist es schon spät, und Ihr müßt ruhen.«

Ich wußte genau, daß er sich allein meinetwegen nicht weiter auf die Smaragd-Tafel einließ, und mich befiel abgrundtiefe Bitternis. Auch Bahr war unzufrieden und wach wie eine Eule.

»Ihr könnt jetzt unmöglich gehen und mich alleinlassen!« wehrte er heftig ab, wobei seine Stimme erneut von einem Hustenanfall erstickt wurde. Sein zerbrechlicher Körper wand sich in fürchterlichen und bedauernswerten Qualen. Rochard erhob sich, und eine Spur von Unruhe zeichnete sich in seinem Gesicht ab.

»Schont euch, mein Freund ...«

Bahr rang nach Luft und schüttelte den krebsroten Kopf, doch als er sich einigermaßen gefangen hatte, machte er eine abfällige Geste:

»Ich hätte schon früher damit beginnen sollen. Jetzt brauche ich mich nicht mehr zu schonen. Ich fühle mich erst richtig wohl, wenn ich diesen elenden Sarg von Körper vergessen kann.«

»Was Ihr da als Sarg bezeichnet, ist eine kostbare Hülle, sofern sie einen Geist birgt, und sollte durchaus pfleglich behandelt werden.«

»Und das sagt Ihr? Euer Vortrag hat bisher der Befreiung von der Materie gegolten, voller Sublimationen und Abstraktionen ...«

»Ihr habt mich mißverstanden. Zum Werk des Hermes Trismegistos, das zum Grundstein des Geisteslebens für Jahrtausende wurde, braucht man Gesundheit und Kraft. Der kranke Körper erzeugt falsche Vorstellungen, er blockiert die Sinne, die die Leuchtkraft des Geistes vermitteln, durch Emotionen und lähmende Angst. Wer etwas zu sagen hat, muß das Gefäß des Wortes sauberhalten.«

»Aber habe ich denn überhaupt etwas zu sagen?« versetzte Bahr mit bitterer Selbstironie. »Und wer braucht schon das Wort ... heutzutage?« Er ließ den Kopf sinken und fuhr grübelnd fort: »Vielleicht hat einer dem anderen etwas zu sagen, wir, die wir ohnedies vom Buchstaben überzeugt und besessen sind, Kranke, benachteiligt im Fleisch, die ihren Hunger mit eingebildeter Speise stillen, unsere Machtgier aber mit Theorien, die uns zur Bestätigung unserer selbst dienen und uns zu Schattenkönigen in einem Scheinreich machen. Wir haben aus Vogelfedern Waffen geschnitzt, die wir in Gift tauchen und auf die Mächtigen abschießen, die mit greifbaren Gütern gesegnet sind.«

»Auch das ist Alchimie, Amadeus ... das, was sich in solchen Fällen in der Seele abspielt. Es gibt eine Säure, die das Gold von der Schlacke scheidet. In der Seele des Menschen heißt sie Zweifel, und sie wird stets gebraucht, solange das pure Gold nicht von aller übrigen Materie getrennt ist. Zwischen den beiden Königreichen, die Ihr erwähnt habt, besteht wahrhaftig ein gewaltiger Unterschied. Das eine ist das Reich des Todes, das andere das Reich des Lebens. Das Fleisch, mag es noch so prunkvoll und erstrebenswert erscheinen, wird ohnmächtig das Opfer der Verwesung. Das Fleisch ist nichts weiter als eine Spielart des Geistes oder, wenn Ihr so wollt, ein spannendes Experiment, um dadurch einen Teil seines Selbst zu offenbaren, nichts weiter als ein Bild, in den Wüstensand geschrieben. Auch dies ist eine bewundernswerte Offenbarung von tiefer Bedeutung, wie die Musik, die Skulpturen, Bilder, Bücher und Kirchen, in denen ebenfalls die Schöpferlust des Geistes weilt, doch ist sie vergänglich, wie jede materielle Form, die auf dem schwankenden Boden der Zeit errichtet wird. Der Geist aber ist ewig und unveränderlich. Überlegt Euch, welches von beiden wohl das Schattenkönigreich sein mag.« Er legte sich den Umhang um die Schultern. »Streitet nur weiter, Amadeus. Der Auserwählte muß alle seine Fähigkeiten einsetzen, seine Bitternis und seine Zweifel ebenso wie sein unstillbares Verlangen.«

»Noch nie war ich so wach wie heute! Ihr habt mir zwar Ahnungen eingeimpft, die mich dazu verleiten könnten, den Kopf zu verlieren und mich selbst zu überschätzen. Darauf aber hat ein Menschenwurm keinerlei Anspruch. Ich werde mich im Spiegel betrachten ...«

»Blickt in Euch hinein! Das äußere Spiegelbild ist nur ein Schatten der Wirklichkeit.«

Ich ging stumm neben Rochard her, zwischen den schmalbrüstigen kleinen Häusern, die in die tiefe Stille des Schlafes versunken waren. Es hatte aufgehört zu regnen, und ein stürmischer Wind zerfetzte das schwere Gewölk. Durch die Lücken schien bereits das verblassende Himmelszelt. Aber Rochards Weg führte nicht zu unserer Herberge.

»Ich mache noch einen Spaziergang, Hans«, meinte er. »Du darfst inzwischen schon nach Hause gehen.«

Von Neugier getrieben, heftete ich mich an seine Fersen. Nachdem wir uns getrennt hatten, folgte ich ihm in weitem Abstand. Außerhalb der Stadtmauern begann er einen bewaldeten Berghang hinaufzuklettern. Der Wind blähte seinen weiten dunklen Mantel wie ein Faß, dann hob er ihn an und ließ ihn wie Fledermausflügel um seinen Körper flattern. Plötzlich wurde ich von unvorstellbarer Angst ergriffen, die sich bis zu schier unerträglicher Furcht steigerte. Ich hatte das Gefühl, in wildem panikartigen Lauf flüchten zu müssen – weg von ihm. Eine Ahnung entsetzlicher, gestaltloser Dinge ergriff Besitz von mir und raubte mir den Atem. Ich wandte mich ab, stolperte mit zitternden Knien in unsere Herberge zurück, warf mich aufs Bett und sank in abgrundtiefen, alpdruckähnlichen Schlaf.

Am nächsten Abend, als wir unsere Unterrichtsstunde in Rochards Zimmer gerade beendet hatten, stürzte Bahrs Wirtin ins Zimmer, ohne anzuklopfen. Die Frau war aufgelöst und schnappte nach Luft, ihre keuchende Stimme klang weinerlich. Sie berichtete, Bahr habe Blut gespuckt, der Arzt aus dem Schloß sei der Meinung, sein letztes Stündlein sei gekommen, und daß Bahr unbedingt Rochard sprechen wolle.

Wir machten uns unverzüglich auf den Weg, und diesmal kümmerte sich Rochard nicht darum, ob ich ihm folgte. Draußen herrschte eisige Kälte, und die Sterne schimmerten mit scharfem, stechendem Licht.

Die blakende Kerze stand auf einem dreibeinigen Tisch neben dem Bett, und dieses flackernde Licht warf die Zeichen des Todes auf das überschattete, in die Kissen versunkene wachsbleiche Gesicht. Als ich auf Zehenspitzen hinter Rochard in die Kammer schlich und mein Blick auf die reglose Gestalt fiel, glaubte ich, wir seien zu spät gekommen. In einer Ecke schneuzte sich die Schneidersfrau, die ihre Neugier kaum hinter ihrer Teilnahme verbergen konnte. Rochard wandte sich plötzlich an sie:

»In der Gasse nebenan habe ich einen Metzgerladen gesehen. Lauft rüber und holt einen Kübel Eis, aber schnell!«

Die Frau starrte ihn an, als könnte oder wollte sie ihn nicht verstehen. Doch die Münze, die klirrend vor ihre Füße fiel, sprach schon eher ihre Sprache. Als sie gegangen war, beugte sich Rochard über die Stirn mit den eingefallenen Schläfen, und er legte seine Hand darauf. Sein Gesichtsausdruck war ernst und gespannt, während sein Gesicht in den Lichtkreis der Kerze tauchte. Es war, als strömte aus seiner Hand Lebenskraft in den reglosen Körper. In der tiefen Schlucht der Augenhöhlen flammte ein lebendiges Licht auf. Bahr blickte zu seinem Freund auf, und um seine faltigen, eingefallenen Lippen erschien die Andeutung eines Lächelns.

»Es tut mir leid ...«, hauchte er fast unhörbar. »Ich hätte so gern ... die Tabula Smaragdina ...«

»Ihr dürft jetzt kein Wort sprechen«, sagte Rochard leise, aber eindringlich. »Ich weiß auch so, woran Ihr denkt. Ich bin da. Ich bin noch rechtzeitig gekommen, und Ihr werdet leben!« Seine ruhige Stimme strahlte eine feste Überzeugung aus. Er zog einen Stuhl ans Bett und setzte sich dicht ans Kopfende, streckte beide Hände über Bahrs Kopf aus, und soweit ich sehen konnte, machte er merkwürdige, streichelnde Bewegungen, die den Körper von Kopf bis Magen bestrichen. Die abgerissene, keuchende Atmung des Kranken ging in ruhigere Atemzüge über.

Die Schneidersfrau kam geräuschvoll mit dem Eiskübel herein. Ihr gedrungener Körper brach mit der groben Wirklichkeit des Fleisches ins Zimmer ein und scheuchte das Entsetzen des Todes hinweg. Bahr riß die Augen auf.

»Wenn ich nur glauben könnte! Wenn ich daran nur glauben könnte! Auch Ihr könnt mir keine neue Lunge wachsen lassen!« jammerte er.

»Ihr müßt Euch ruhig verhalten!« befahl Rochard. Er schlug das Eis in ein Handtuch ein und deckte dann den kümmerlichen Körper auf. Während er den kalten Umschlag auflegte, sprach er mit sanfter Stimme auf den von seiner Krankheit besiegten Mann ein:

»Wenn die Eidechse ihren abgerissenen Schwanz vom Morgen bis zum Abend wieder wachsen lassen kann, warum sollten wir dann der Natur das Geheimnis der Erneuerung nicht abluchsen können? ... Gott hat uns Verstand gegeben, um zu forschen. Er sagte nicht nur, daß wir glauben sollen, sondern Er ließ auch zu, daß wir unseren Glauben durch große Anstrengungen in Eisen und Überzeugung umwandeln ...« Plötzlich wandte er sich um und jener Ecke zu, wo ich schweigend neben der gaffenden Schneidersfrau verharrte:

»Ich möchte mit dem Kranken allein sein! Wenn ich etwas brauche, werde ich dich rufen.«

Ich wartete in der stickigen Luft der Schneiderwerkstatt. In einem Winkel brutzelte die Frau ein Kohlgericht in einem Kessel über dem offenen Feuer, das einen fürchterlichen Geruch verbreitete. Mein Magen rebellierte in dieser entsetzlichen Luft, aber ich rührte mich nicht vom Fleck. Mein Ohr lauschte mit nervöser Aufmerksamkeit auf jenes Gespräch, das hinter der wackligen Tür hervordrang. Mein Blick begegnete manchmal dem Blick der Meistersfrau, in dem eine heißhungrige, hinterhältige Neugier glühte. Auch das Weib war wachsam und horchte. Wahrscheinlich verfluchte sie mich insgeheim, da sie meine Gegenwart am Lauschen hinderte. Aus dem Krankenzimmer klang nur das verschwommene, leise Murmeln von Rochards Stimme. Einmal öffnete er die Tür und befahl einem der Gesellen, Rotwein zu holen. Er nahm den Wein durch die Tür entgegen, dann war es wieder still. Der Schneidermeister mit dem Haifischbart begann mich flüsternd auszufragen, wer wohl mein Herr sei. Vielleicht ein Arzt?

»Ja«, erwiderte ich.

»In der Stadt geht aber ein anderes Gerücht!« warf sein Weib ein.

»Was für ein Gerücht?« fragte ich mit aufkeimender Angst.

»Daß er des Teufels ist ... Oft wandeln sie getrennt umher, er und sein Schatten ... Er hat wegen des Goldmachens seine Seele dem Teufel verkauft ... Alle guten Geister loben den Herrn!« Und sie machte behende ein flüchtiges Kreuzzeichen über dem fetten Busen.

Mein Unbehagen steigerte sich angesichts der gefährlichen Nachricht, doch ich rang mir ein Lächeln ab.

»Wäre ich nicht in der Nähe eines Sterbenden, würde ich jetzt lachen. Ich weiß gewiß, wie notwendig wir ein paar Goldstücke brauchen könnten. Wir werden in der Herberge stark bedrängt. Was soll das für ein Goldmacher und Teufelskumpan sein, der bis zum Hals in Schulden steckt?«

»Der ist klug genug, um alle an der Nase herumzuführen«, maulte das Weib. »Er hätte keine Bleibe mehr, wenn man wüßte ... Ein Quartier im fünfeckigen Turm wäre ihm sofort gewiß. Ein feiner Käfig für ein Huhn, das goldene Eier legt!«

Ich erschauerte. Ich dachte an Sebastians Worte und an die entsetzlichen Geschichten, die um die Tische der Trinkstuben und Wirtschaften kursierten, an jene Unglücklichen, die zu Tode gefoltert oder auf der Flucht umgebracht worden waren, über diejenigen, die man eingekerkert hatte, um ihnen das Geheimnis des Goldmachens zu entreißen.

»Rochard ist ein mittelloser, wandernder Arzt«, sagte ich mit trockener Kehle. »Er geht regelmäßig zur Kirche und tut keiner Fliege was zuleid. Was wollt Ihr von ihm?«

»Gold ... ha ha«, kicherte das Weib. »Sowas wie das da ... körbeweise!« Und sie bot mir ihre offene Hand, auf deren Fläche im Kerzenlicht das gelbe Licht einer französischen Goldmünze aufstrahlte. Ich starrte auf das Goldstück, als hätte ich eine Viper erblickt. Es war das Goldstück, das Rochard der Frau zugeworfen hatte, als er sie wegschickte, um Eis zu holen. Ich hatte vollkommen darauf vergessen. Meine Lüge über Schulden und Armut wurde jetzt offenbar. Ich wußte, daß sich der Glanz dieses Goldstücks schneller über die Stadt verbreiten würde als die Strahlen der Sonne. Es fehlte nur noch, daß Bahr, dem der Arzt aus dem Schloß keine Chance mehr gegeben hatte, den nächsten Morgen erlebte. Meine Sorge wurde weniger durch meine Anhänglichkeit an Rochard genährt. Vielmehr hatte ich zu befürchten, daß der Verwahrer des Großen Magisteriums durch Waffengewalt von mir getrennt werden konnte, bevor ich hinter sein Geheimnis kommen und es an mich bringen konnte.

Nicht nur ich witterte Gefahr, auch Rochard wußte, daß er fliehen mußte – noch vor Sonnenaufgang.

Sobald wir das Haus des Schneidermeisters verlassen hatten, eilten wir in die Herberge, packten unsere Sachen – ich beschaffte mit Hilfe eines verliebten Küchenmädchens sogar ein paar Lebensmittel –, und beim düster-schönen grauroten Farbenspiel der Dämmerung waren wir bereits auf der Landstraße. Feuchte Kühle stieg aus dem Tal auf, und Wolkenfetzen hingen im Geäst der Bäume. Wir gingen nicht weit. Außerhalb der Stadt stießen wir auf die Überreste eines unkrautüberwucherten verlassenen Hauses. Wir verkrochen uns in einer verfallenen Scheune, von deren Wänden der Putz bröckelte. Im Dach gähnten große Löcher, auf dem Boden unter uns sammelte sich das Regenwasser in stinkenden Pfützen. Rochard blieb die ganze Zeit ernst und wortkarg. In seinem Schweigen lag etwas Abweisendes und Undurchdringliches, das meine aufgeregte Neugier im Zaum hielt. In einer Ecke suchte ich ein trockenes Plätzchen für die Truhe, und Rochard nahm auf der Kiste Platz. Ich bereitete mir einen Sitz aus ein paar Ziegelsteinen und Stroh. Die langsam versickernden Minuten begannen mit verzehrender Ungeduld in meinem Innern zu sieden: Worauf warten wir hier? Die Gefahr ist viel zu nahe, als daß wir hier seelenruhig herumsitzen können. Zwischen Staub und verrottendem Stroh wimmelten eklige Käfer.

Eine fette Spinne ließ sich vom Dach herab, baumelte an ihrem langen Faden und traf mein Gesicht. Ich fuhr zusammen, und ein leeres, schweres Gefühl begann auf mir zu lasten.

»Iß!« wandte sich Rochard an mich und reichte mir seinen Ledersack, in dem wir unsere Vorräte verstaut hatten. Er selbst rührte nichts Eßbares an. Aus seiner Truhe holte er seine astronomischen Instrumente, seine Bücher, Tusche, Papier und Feder und versank über einem Buch, das er gegen seine Knie lehnte, in irgendwelche Berechnungen. Damals wußte ich bereits, was er tat. Er schlug einen Kreis, teilte ihn in zwölf Teile, trug die zwölf Tierkreiszeichen ein und notierte ein Datum. Sicher berechnete er jetzt unseren Kurs und den Ausgang unserer Reise nach der Konstellation der Planeten, die er ebenfalls in die einzelnen ›Häuser‹ des Tierkreises eintrug. Es war kühl. Ein dünner Sprühregen kam auf, drang durch die Löcher im Dach und begann mit leisem Rauschen auf die Oberfläche der Pfützen niederzugehen. Zwischen der hohen Fensteröffnung und dem Dach pfiff ein unangenehmer Zugwind. Im düsteren, verhangenen Licht sah auch Rochards Gesicht düster und sorgenvoll aus. Seine Gestalt strahlte ein Fluidum aus, das beengend auf mich wirkte. Ich glaubte, diesen wachen Alptraum in dieser feuchten, zugigen Dämmerung nicht mehr reglos aushalten zu können: Ich hatte den Drang, aufzuspringen, zu sprechen, zu rufen und zu fragen. Plötzlich spürte ich Rochards Blick auf mir, es war fast wie eine Berührung. Vielleicht hatte er mich schon länger beobachtet, doch er sprach erst, als ich seinen Blick erwiderte.

»Fürchtest du dich?« fragte er mit merkwürdiger Stimme.

»Wovor soll ich mich schon fürchten?« fragte ich voller Angst, die mein Herz beschwerte und meine Stimme unsicher machte.

Er antwortete nicht sofort, aber er beobachtete mich weiter. Ich hätte mich am liebsten vor seinem Blick verkrochen. Ich begann zu zittern, und mir brach der Schweiß aus.

»Du tust mir leid«, sagte er schließlich mit einem kurzen Seufzer. In seinen Worten schwang aufrichtige Anteilnahme mit. »Ich kann dir nicht helfen.«

Meine Furcht nahm plötzlich in einem Gedanken Gestalt an:

»War es mein Schicksal, das Ihr aus den Sternen gelesen habt, Magister?« fragte ich mit stockender Stimme.

»Auch das deine.«

»Soll ich sterben?«

»Eines Tages ...«

»Aber wann denn? Schont mich nicht ... in Kürze? Wird es ein gewaltsamer Tod sein?«

»Nein. Noch nicht. Zunächst wirst du dich fürchten. Du wirst dich lange Zeit fürchten und dein Leben verfluchen. Du wirst es loswerden wollen, aber das Leben wird sich an dich klammern wie ein Ungeheuer, das sich an dir festgebissen hat. Du wirst vergebens versuchen, ihm zu entfliehen, es zu erdrosseln und zu ersäufen, es wird zäh und lebendig sein, brennend und bis zur unendlichen Qual sich steigernd ... Ich kann dir nicht helfen, mein armer Sohn ... du wirst leben«, sagte er mit leiser, dumpfer Stimme.

Ich lehnte mich mit einem Glücksgefühl zurück, das mein ganzes Sein überflutete. Der düstere Ton seiner Stimme glitt an meinem Ohr vorbei, ich hörte aus dem, was er sagte, nur das Versprechen heraus, das sich auf das Leben bezog – die schwindelerregende Perspektive unzerstörbaren Lebens. Nun hatte er seine oft unerträgliche Verachtung und Verschlossenheit aufgegeben. Er sagte: »Du wirst leben!« Was sollte dies anderes bedeuten, als das zur materiellen Essenz verdichtete Geheimnis des Trismegistos, das Aurum Potabile?

Ich fiel vor ihm auf die Knie und neigte die Stirn vor seinen Füßen auf das verrottende Stroh, in dem es vor Käfern wimmelte.

»Herr, Herr!« brach es aus überglücklichem Herzen aus mir heraus, wobei mir die Tränen kamen. »Ich bin des Schatzes nicht würdig, mit dem Ihr mich beschenkt, aber ich werde zu ihm emporsteigen ... So wahr mir Gott helfe! Ich werde Euer gehorsamer Diener, Euer Schüler bleiben in Ewigkeit ... ich werde Eure Lasten und Sorgen auf mich nehmen. Gegen alle Gefahren, die Euch drohen, werde ich Euch mit meinem Leib schützen ... Ihr werdet mein Vater, mein Gott, mein Bruder sein. Ich werde Euch nach Christus als mein lebendes Vorbild betrachten ... Ich werde jeden Keim der Sünde aus meiner Seele tilgen, ich werde nie mehr lügen noch stehlen, nur weil Ihr lebt ... weil ...«

»Schweig, Unglücklicher!«

Eisige Kälte umklammerte mein Herz. Ich erhob mich aus meiner gebückten Stellung, um ihm ins Gesicht zu schauen und darin den Grund für diese Veränderung zu lesen; doch sein Gesicht war wieder eine geschlossene Mauer. Das Zwielicht warf seine Schatten darauf und ließ es plötzlich unheimlich alt erscheinen. »Warum habt Ihr mich wieder verstoßen?« Ich war derart verzweifelt, daß mir ein schweres inneres Schluchzen schier den Atem raubte. Rochards Stimme drang blaß durch die Dämmerung:

»Gefühle«, sagte er leise. »Ein finsteres Chaos ohne den Sonnenaufgang des Geistes ... Heute noch verzehrende Sehnsucht, überschäumende Treue, morgen blindes Gefühl, vernichtender Haß .. Tod ...«

»Ich kann das nicht begreifen!« rief ich bebend aus.

»Warum solltest du auch? ... Du bist wie ein weggeworfener Stein, Materie, die Materie vernichtet. Adonaj fordert durch dich die Geisterburg der Vergänglichkeit zurück ... Ich bin dankbar dafür. Amen.«

Er erhob sich und lugte durch die schmale Fensteröffnung.

»Gleich wird es dunkel, zum Glück ist der Himmel bedeckt .... Würdest du mir einen letzten Dienst erweisen, mein Sohn?« fragte er.

»Alles ... was Ihr wünscht.«

»Du gehst zu Amadeus Bahrs Quartier zurück ... hab keine Angst ... dir wird kein Leid geschehen ... Der Schneider und sein Weib haben wohl inzwischen die Nachricht verbreitet, schwätzen wahrscheinlich schon in der Nachbarschaft herum, sofern man sie nicht bereits ins Schloß befohlen hat. Und die Gesellen hüten nicht das Feuer, wenn keiner da ist, der sie antreibt. Du wirst keine Spur von ihnen finden und kannst dich unbeobachtet ins Krankenzimmer schleichen.«

»Doch vielleicht ist Amadeus Bahr schon ...«

»Er lebt«, sagte er einfach. »Du sollst ihm einen Brief überbringen.«

Ich wunderte mich, wie er so fest behaupten konnte, was in der Stadt geschehen war, da er hier mit mir den Tag verbracht hatte. Rochard holte ein Blatt Pergament hervor und schrieb langsam und nachdenklich einige Zeilen, dann trocknete er das Blatt und drehte es zu einer schmalen Rolle zusammen. Damit die Rolle nicht auseinanderfiel, streifte er einen schweren Silberring darüber, in dessen großem Rubin ein silberner Phönix mit ausgebreiteten Schwingen zu sehen war.

Voller Angst und Neugier machte ich mich auf meinen gefährlichen Weg. Ich wußte, wenn man mich erwischte, würde man mich nicht mehr laufen lassen, bis ich diejenigen nicht zu Rochards Versteck führte, die ihn suchten. Die Mittel, mit denen man auch die verschwiegensten Lippen öffnen konnte, waren mir bekannt. Die Rolle, die ich unter meinem Wams verbarg, brannte mir auf der Brust. Als mir Rochard die Schriftrolle übergab, wußte ich bereits, daß ich sie lesen würde, sobald sich die Gelegenheit bot. Er wußte es ebenfalls, aber er vertraute sie mir trotzdem an. Ihm war es gleich, ob ich sie las oder nicht. Er kannte mich. Er hatte den Wortlaut seines Briefes so aufgesetzt, daß mein neugieriger Blick auf die rauhe Schale verschlüsselter Worte traf, die zu knacken mein Geist noch zu weich und zu schwach war. Ich hatte bereits daran gedacht, daß ich mich in keine bewohnte Gegend begeben konnte, in kein Obdach, wo es hell war, also hatte ich mein Feuerzeug aus meinem Gepäck gekramt und mitgenommen. Im stockdunklen dichten Versteck des Waldes legte ich ein paar Zweige auf einen trockenen Blätterhaufen und las beim Licht des Feuers die Botschaft Rochards. Ich las den Text mehrmals und sprach ihn vor mich hin, um ihn auswendig zu lernen, dennoch wirkte er auf mich wie die Worte einer exotischen Schrift. Gelegentlich wurde mir der Sinn einzelner Worte klar, verlor sich aber wieder im Kontext. Merkwürdigerweise – obwohl die unwirtliche Umgebung und auch die ungewöhnliche Situation dazu beitrugen – bebte ich vor innerer Erregung, die mich stets dazu antrieb, die Worte immer wieder zu lesen, die sich hartnäckig meinem Verstand widersetzten:

›Der, der geht, begrüßt den Wiederberufenen, der ihm auf seinem Weg Freund und Gefährte gewesen. Diese Bindung ist in Urzeiten entstanden. Derjenige, der geht, hat alle seine Schulden beglichen, bis auf eine, für die er am Ende bezahlen muß. Sich untertänig dem Gesetz beugend, spricht derjenige, der in der Einzigen Wahrheit auferstehen wird, zu seinem alten Freund, der, der nicht mehr in der Sprache der Menschen reden wird.

Das Haus des Lebens besitzt drei Schlüssel, und diese drei Schlüssel sind es, derentwegen der Sterbende aus seinem Grab gerufen wird. Seine beiden Hände für die Suche sind der Skorpion und der Wassermann. Er muß ins Haus eindringen, damit diejenigen, die suchen, in dessen Fenstern das Licht erblicken. Aus dem Samen, der in den Sarg gepflanzt wurde, muß die dreifache Frucht des Lebens hervorgehen: Das eine enthält die Medizin der Erinnerung, das zweite die Medizin der allgemeinen Erkenntnis, der nichts verborgen bleibt, und das dritte das Medikament, das alles auflöst. Die drei zusammen sind das einzig große Arkanum. Die ist die Aufgabe, der Weg und die Erklärung.

E. A. R.‹

Beim Haus des Schneidermeisters fand ich alles so vor, wie es Rochard vorausgesagt hatte. Ich brauchte nicht einmal zu klopfen; man hatte die Tür sorglos sperrangelweit offengelassen. In der dunklen leeren Werkstatt herrschte Schweigen. Mit klopfendem Herzen schlich ich zu Bahrs Tür und öffnete sie, indem ich gegen meine Angst ankämpfte, ich würde ihn als aufgebahrten Leichnam wiedersehen. Was ich da erblickte, war aber kein Toter und kein Gespenst. Bahr saß, in seinen schäbigen Rabenmantel gehüllt, an seinem wackligen Tisch, gebeugt, wachsbleich – aber lebendig! Als er mich erblickte, leuchtete sein Gesicht auf vor erschrockener Freude. Er eilte mir entgegen. Sein Gang verriet nicht eine Spur krankhafter Erschöpfung, in seiner Brust röhrte nicht der stoßweise, schwere Atem des Lungenkranken. Diese federnde, behende Bewegung war es, die mich bis in die Tiefen meiner Seele erschütterte, das war es, was das Wunder in greifbare, schwindelnde Nähe rückte.

Bahr verriegelte sorgfältig die Tür, dann trat er zu mir und packte mich bei den Schultern. Seine Finger, deren kräftigen Druck ich durchaus spürte, waren gestern noch über die Decke gekrochen wie die Tentakel einer tödlich verwundeten Spinne, die in den letzten Zügen lag.

»Wo ist er?« flüsterte er erregt.

»In Sicherheit«, erwiderte ich leise.

Er ließ die Hand sinken.

»Ich habe mir schreckliche Sorgen um ihn gemacht«, sagte er erleichtert. »Die Stadt gleicht einem Ameisenhaufen, in dessen Mitte jemand Honig geträufelt hat. Der Graf war bereits zweimal hier gewesen ... höchstpersönlich! Früher hat er sich nicht um mich geschert, und wenn ich halbtot war. Jetzt hat er mich sogar betastet.« Auf seinem Gesicht blühte das wohlbekannte kluge, ironische Lächeln auf. »Ich habe mich dumm gestellt. Ich habe ihm gesagt, eine Ader im Hals sei geplatzt, darum hätte ich Blut gespuckt. Dabei ist es die Lunge gewesen. Weißt du ... Hans ... ich habe sie stückweise von mir gegeben, schwarze, dichte Brocken im roten Blut ... ich habe es deutlich gespürt.« Seine Stimme zitterte fieberhaft, dann wurde sie leiser. »Sag Rochard, der Graf hätte durch mich nichts erfahren! Er wollte mich ausfragen, ob ich irgendeine Arznei bekommen hätte. Ich habe es geleugnet. Das Gerücht wird sich allmählich legen ... Es ist besser, wenn er sich in der Gegend nicht sehen läßt, bis Gras über die Sache gewachsen ist ...« Die Worte entströmten seinem Mund. »Sag ihm, Hans, wie weh es mir tut, daß ich mich seines Anblicks berauben muß, aber ich wage es nicht einmal, ihn aufzusuchen ... Eher soll mein neues Leben verloren sein, bevor ich ihn in Gefahr bringe, ihn, dem ich alles zu verdanken habe ... Vielleicht, eines Tages! Ich werde an alles denken, was er mir versprochen hat! Sag ihm, daß er mir nicht nur das Leben geschenkt, sondern auch einen anderen Menschen aus mir gemacht hat! Meine Seele, die wie eine blinde Fledermaus durch die Nacht flatterte, ist tot und als weißer, freier Vogel wiedererstanden, der sich zum Licht emporschwingt. Sag ihm, daß er meine Denkweise auf ein Fundament gestellt hat, auf dem ich ein unzerstörbares Gebäude errichten werde. Bis jetzt waren seine Worte nichts weiter als fremde, papierene Thesen, doch jetzt haben sie in mir durch lebendiges Gold Deckung erfahren! ... Sag Rochard, daß ich glaube ... und daß ich wissend sein werde!« Sein mageres kleines Antlitz war tränenüberströmt. Das Feuer seiner Begeisterung griff auch auf meine leicht entflammbare Seele über. Ich weinte, bebte und jubelte mit ihm unter dem Eindruck jenes Wunders, dessen

Zeugen wir geworden waren. Ich zog das Pergament aus meinem Wams. Den Ring, der die Rolle zusammenhielt, betrachtete er andächtig, über den Kerzenstumpf gebeugt, dann streifte er ihn über den Finger. Das Licht begann kränklich zu flackern, dann ging es aus. Statt der finsteren Nacht schlich bereits eine schmutziggraue, wolkenverhangene Dämmerung ins Zimmer. Ich mußte mich sputen. Bahr kramte unter seinem Bett und holte eine neue Kerze hervor. Ich sagte ihm Lebewohl, doch er achtete kaum mehr auf mich, sondern vertiefte sich in die Lektüre des Briefes.

Am späten Vormittag erreichte ich völlig erschöpft die Scheune. Ich hatte schon fast die Stadtgrenze erreicht, als mich ein paar betrunkene Studenten aus dem ›Sebaldus‹ erkannten und sich auf meine Fersen setzten. Ich versuchte, den lärmenden Freuderufen durch wilde Flucht zu entkommen, doch die lustigen Gesellen stolperten hinter mir her, und einer von ihnen hätte mich um ein Haar eingeholt. Ich verbarg mich in einem Erdloch inmitten des Waldes, der hier allmählich dichter wurde, bis die Meute an mir vorbeitrottete und meine Spur verlor.

Rochard hatte geduldig auf mich gewartet. Dankbarkeit und Glück erfüllten mich, als ich seine schmale, sanfte und so merkwürdige Gestalt erblickte. Er kam mir wieder einmal alt vor, gebrechlich und ernst, doch diesmal umgab ihn das Alter wie die silberne Aura eines überirdischen Friedens. Es war die Weisheit des Überlegenen, die er ausstrahlte. Mag sein, daß es die absolute Gewißheit war, die mich blendete, doch dort, in jener verkommenen Scheune wich alle menschliche Schlauheit, alle Verstellung, alle Sünde von ihm. Er war der Magier, der Meister der göttlichen Wissenschaft, Inhaber des Großen Magisteriums.

Ich wiederholte ihm Amadeus Bahrs Worte, und die Erinnerung weckte erneut mein inneres Fieber und rührte mich zu Tränen. Sein Gesicht aber blieb starr und ernst.

»Tränen, Schwärmerei, Fieber ... So, wie die Waagschale steigt, sinkt sie auch wieder und bewirkt das Gleichgewicht des Todes ...«, sagte er still.

Ich hörte ihm angestrengt zu, mit jeder Faser meines Gehirns, dennoch konnte ich ihn nicht begreifen.

»Selbst Amadeus Bahr hat Euch erst dann verstanden, Magister, nachdem Ihr ihn geheilt habt ...«, sagte ich schlau.

»Amadeus Bahr war sein eigener Arzt. Ich habe diesen Arzt lediglich in ihm erweckt.«

»Wenn Ihr auch mich erwecken würdet ... wie Ihr mir versprochen habt ...«, flüsterte ich bebend.

»Ich habe dir nichts versprochen ... Du hast dir selbst Versprechungen gemacht, mein armer Sohn.«

»Ihr habt aber gesagt, daß ich leben werde!« rief ich verdutzt. »Was konnte dies anderes bedeuten, als daß ...«

»Das hat etwas ganz anderes zu bedeuten«, sagte er fest.

»Nein! Sagt das nicht!« flehte ich. »Wenn Ihr nur wollt ... Es steht in Eurer Macht ... Ich weiß es! Ich hab's gesehen! Ich habe mit eigenen Augen gesehen, wie ein Toter zum Leben erweckt wurde! Herr! Ich bitte Euch um Christi willen ... ich will nicht sterben! Ich habe noch so viel zu leben und zu erleben! Es war so wenig, was ich bisher kennenlernen durfte ... diese paar Jahre sind viel zu wenig ... Ich muß noch die ganze Welt durchwandern ... Ich möchte lernen ... lesen und erfahren ... Ich möchte verfolgen, wie der Samen zum Baum wird ... Ich möchte erleben, was aus dem Menschen wird ... und dabei wissen und fühlen, daß ich ... ich bin, Hans Burgner ... Euer gehorsamster Diener ... mit nie endendem Bewußtsein ... Ich! Warum soll dieser Wunsch Sünde sein? Gott, Christus, die Heiligen und Propheten, die Magier und Zauberer ... sind sie nicht ewig und unsterblich?«

»Auch du bist unsterblich!«

»Aber nicht so ... nicht so! Das alles ist nichts als Nebel, nichts als Ungreifbares. Traum und Rausch ... Im Wald stehen Bäume, die älter sind als der älteste Mensch. Ihr habt das Kommen und Gehen von Generationen erlebt ... Die Sterne blickten schon zu einer Zeit herab, da die Erde noch wüst und leer war ... Ich möchte mit den Augen der Bäume und Sterne sehen ... Mit Euren Augen, Magister! Ich habe keinen anderen Gedanken, ich kenne kein anderes Gebet als leben! Leben! Erbarmet Euch meiner!«

Ich warf mich ihm zu Füßen, umklammerte seine Knie, mein Gesicht glühte, meine Lippen bebten vor wahnsinniger Sehnsucht. Mein Wille und meine aufdringliche Sehnsucht waren so mächtig, daß er jeden anderen mit sich gerissen hätte, doch Rochard blieb eisern. Der Blick seiner kühlen Augen streifte mich wie ein blaugrüner Eiskristall und kühlte den Lavastrom meiner Gefühle.

»Du bist wie ein Kind, das einen Erwachsenen bestürmt, ihm die Sterne vom Himmel zu holen. Wie nur kann ich dieses unsinnige Feuer in dir löschen?«

»Schenkt mir Leben!«

»Das kannst nur du dir beschaffen. Ich könnte höchstens einen Scheintoten aus dir machen, der in einer eingemauerten Gruft erwacht. Bete, daß du nie erfährst, was ich damit meine.«

»Das sind nur ... Worte, Magister!« rief ich, meine Selbstbeherrschung verlierend. »Amadeus Bahr habt Ihr mehr als nur Worte geschenkt. Womit hat er wohl den heiligen Trank verdient, der ihn über Nacht von den Toten zum Leben erweckte?«

Rochard machte eine entmutigte Geste und sagte:

»Ich spreche mit einem Blinden von Farben. Was soll ich mit dir anfangen? Du forderst Unsterblichkeit von mir, wobei jeder deiner Gedanken im Sumpf dieser Erde versinkt. Begreif doch, Hans! Die Menschen, die sich im Fasching der Vergänglichkeit begegnen, tragen ein Kostüm, und oft erkennen sie unter der Maske ihren eigenen Bruder nicht. Wer aber weiß, daß es sein bester Freund, sein engster Verwandter, sein Gefährte ist, den er seit langem vermißt hat und dem er in der Maske eines Körpers begegnet, den dieser nur für kurze Zeit trägt, der schert sich wenig um Äußerlichkeiten und dient im anderen nur dem Wesentlichen, der uralten Wirklichkeit.«

»Wollt Ihr damit sagen, daß Amadeus Bahr ... solch ein Verwandter war?«

»Ja.«

»Und darum habt Ihr ihn geheilt?«

»Ich hätte ihn nicht heilen können, wenn sein Geist nicht zur Heilung bereit gewesen wäre. Das gleiche Mittel wäre in einem anderen zu Gift geworden.«

»Und wenn ich Euch darum bitte ... auf meine Verantwortung ...«

»Das kann nur meine Verantwortung sein, Hans.«

»Ihr wollt mich einfach nicht verstehen! Ihr könnt doch nicht so grausam sein! Ich kann so nicht weiterleben! Ich bin zum Tode verurteilt, und jeden Augenblick können mich die Henker holen. Ich brauche Zeit, eine lange, unendlich lange Zeit, um das Leben zu lernen und mich mit der Vergänglichkeit abzufinden. Was wißt Ihr, die Ihr der Passionen von Jahrhunderten müde seid, welch schreckliche, empörende und erniedrigende Sünde das ist, vernunftbegabte Menschen mit loderndem Geist in Gräber zu stoßen, wo es von Würmern wimmelt! Ihr habt leicht reden und könnt mich leicht verleugnen, aber ich werde nicht weichen! Meine Sehnsucht, mein Flehen, meine Forderung ... jawohl ... meine Forderung, die an Wahnsinn grenzt, muß Eure selbstsüchtige Taubheit durchdringen! Oder es soll sogleich mit mir zu Ende sein. Vernichtet mich, weil ich nicht handeln mag! Ich will mein Dasein nicht länger als Schlachtvieh fristen ... Ich will alles oder nichts!« Ich bebte vor Erregung und Verzweiflung. Meine Ohnmacht entflammte eine sich stetig steigernde Wut auf Rochards Körper-Barrikade in mir, die sich vor mir auftürmte und mich von meinem Ziel trennte, das mir zur fixen Idee geworden war.

»Es würde Euch nur eine Bewegung kosten, einen kurzen Augenblick der Rührung, Magister«, flüsterte ich mit erstickter Stimme und rückte näher an ihn heran. Meine Hand glitt von seinem Knie hinauf zu den Schultern, die ich krampfhaft umklammerte. »Was Ihr mir verweigert, tragt Ihr bei euch, tragt Ihr am Leib ... ich weiß es ... Ihr müßt es mir geben ... nur eine Kleinigkeit ...«

»Ich habe dir nichts zu geben«, sagte er fest. Seine ruhige Stimme trieb mich schier zum Wahnsinn, meine Stimme schlug in heiseres Keifen um.

»Oh ... ich sehe schon ... ich sehe schon, an wen ich geraten bin, ich Unglücklicher! Eher könnte ich einen Stein anflehen denn eine seelenlose menschliche Hülle! Der Stein würde sich rühren, der Stein würde zu glühen beginnen und vor Mitleid mit mir trauern, aber Ihr, Ihr herzlose Satansbrut ... Ihr ...« Sein Blick ließ mich plötzlich verstummen. Aus seinen Augen traten Tränen und rannen ihm über die Wangen.

»Warum weint Ihr?« rief ich aus. »Ich bin es doch, der weinen müßte!«

»Ich beweine dich«, sagte er leise.

Ich richtete mich auf den Knien auf, brachte mein Gesicht nahe an das seine und schaute ihm in die Augen, als wollte ich ihn mit meinen Blicken zwingen, meinen Wunsch zu erfüllen:

»Wollt Ihr es mir endlich geben?« fragte ich flüsternd, während mein Atem durch die ungeheure innere Spannung aussetzte.

»Niemals. Solange ich lebe, wirst du es nie bekommen!« sagte er gelassen, und es klang wie ein Urteil, tödlich und endgültig.

Ich sank zusammen, als hätte ich einen Schlag empfangen.

Plötzlich wichen alle Kraft, jeder Wille von mir. Ich lag auf dem Stroh mit ausgedörrtem Gehirn, unfähig, mich zu rühren. Der ungleiche Kampf mit Rochard hatte mich zu Tode erschöpft. Ich hatte alle meine Trümpfe ausgespielt und verloren. Sein ruhiges, felshartes Wesen blickte wie eine uneinnehmbare Festung auf mich herab. Meine Spielzeugwaffen lagen zerbrochen zu seinen Füßen.

Meine Benommenheit ging plötzlich in tiefen Schlaf über. Hinter mir lagen zwei schlaflose Nächte, endlose Wanderungen und zehrende Aufregungen, ich mußte schlafen. Als ich erwachte, wußte ich nicht, wo ich mich befand. Durch das schadhafte Dach der Scheune schaute bereits der graue Himmel in seiner atemberaubenden Ungewißheit auf mich herab. Mein Blick wanderte schlaftrunken umher, tastete die kahle Umgebung ab und ruhte auf einer dunklen, regungslosen Masse in der Ecke. Erst dann wurde ich dessen gewahr, was geschehen war, und die Erinnerung durchfuhr mich schmerzhaft und leuchtend wie ein Blitz. In der Ecke schlief Rochard, in seinen dunklen Mantel gehüllt. Ich dachte mechanisch daran, daß er wahrscheinlich die Nacht abwarten wollte, damit wir in der Dunkelheit, die alles einhüllte, unseren Weg fortsetzen konnten. Ich betrachtete die regungslosen Umrisse seines Körpers, ich betrachtete diesen Leib, der ohnmächtig im verrotteten Stroh lag und der nichts weiter war als ein blutgefülltes zerbrechliches Gefäß und dessen eiserner Wille mir dennoch unüberwindlich erschien. Es kam mir fast lächerlich und gleichzeitig ärgerlich vor, wie sehr ich dieses weiche, verwundbare Warnschild in meiner Gewalt hatte, das nur unsichtbare Kräfte oder vielleicht der Aberglaube in mir davor bewahrte ...

... denn ... denn was konnte mich daran hindern, mir mit Gewalt das zu beschaffen, was er freiwillig nicht herausrücken wollte?

... Er hat es bei sich ... Trägt es irgendwo am Leib ... Er trennt sich keinen Augenblick davon ... Er hatte es bei sich, als er Bahr davon gab ... Also ...

... Da ist es, keine Armlänge von mir entfernt, ich aber sitze da angesichts des Heils, verzweifelt, ohnmächtig und zähneknirschend ...

Ich brauchte mich nur aufzuraffen ...

Rochard ... Dieser alte, ausgetrocknete Lumpen dort in der Ecke ... Aus seinem Körper ist die Lebensfreude gewichen ...

Kraftlos ist er ... Wenn er die dünnen Lippen schließt, verfliegt der Zauber, den er mit Worten betreibt, und was bleibt, ist nichts weiter als ein ausgemergelter, grausamer Greis ...

Ich schlich mich näher an ihn heran.

... Vielleicht hat er das Zaubermittel in seinem Gürtel oder an seiner Brust verborgen ...

Meine zitternde Hand, die im Wahn erbebte, tastete bereits seinen Körper ab. Er aber rührte sich nicht. Ich beugte mich über seine Brust, um vorsichtig sein Hemd zu öffnen, doch plötzlich durchfuhr mich der Schreck wie ein Schlangenbiß. Rochards Augen waren weit geöffnet, und sein Blick stach mir in die Augen, ohne mit der Wimper zu zucken. Er war die ganze Zeit wach gewesen. Ich war von Kopf bis Fuß in Schweiß gebadet und zog mich zurück. Meine Hand suchte tastend nach einem Halt am Boden und landete auf einem feuchten Ziegelstein. Ich ergriff den Stein, ohne daß mein Gehirn mir bewußt einen Befehl erteilt hätte, und schmetterte ihn mit voller Kraft zwischen die beiden weit aufgerissenen Augen. Eine dichte, warme Feuchtigkeit benetzte mein Gesicht.

Noch vor einem Augenblick ahnte ich nicht, was ich tun würde, und jetzt, wo es geschehen war, wurde mir nicht so recht klar, was diese entsetzliche Bewegung zu bedeuten hatte. Ich hatte lediglich das Gefühl, diese beiden starren Lichtpunkte auslöschen zu müssen, die das Tor wie zwei Dämonen bewachten. Ich mußte diesen Widerstand brechen ... Ich mußte Rochards widerspenstigem Leib mein eigenes Leben entreißen.

Ich fand die Dose an seiner Brust, in einen Lederbeutel eingenäht, und nahm sie an mich. Mein Gehirn, die Tatsache aussparend, arbeitete schlau und präzise. Ich suchte meine Siebensachen zusammen und achtete genau darauf, kein Stück von Rochards Eigentum mitzunehmen. Auch seine Goldstücke ließ ich unberührt.

Die hereinbrechende Finsternis war eine willkommene Tarnung für meine Flucht. Ich wußte, daß ich mich umziehen und irgendwo Wasser beschaffen mußte, bevor ich mich irgendwo sehen ließ. Am Brunnen eines still schlummernden Dorfes gelang es mir, mich zu waschen. Meine blutbefleckten Kleider verscharrte ich unterwegs unter einem Baum.

Die ummauerte Gruft

Es war nur ein einziger Gedanke, der mich während der nächsten Tage und Wochen vorantrieb und mir gerade so viel Zeit gönnte, um auf versteckten Bauernhöfen mit ihren gaffenden Bewohnern hastig eine Kleinigkeit zu essen und zu trinken. Ich mußte unbedingt aus dieser Gegend verschwinden! In einem Strohhaufen am Waldesrand, auf modrigem Blattwerk sank ich zu einer kurzen Rast nieder, doch sobald ich wieder auf den Beinen stehen konnte, jagte mich der blinde und dennoch so schlaue Instinkt der Furcht immer weiter. Meine Kleidung ging in Fetzen, das entsetzliche Erlebnis hinterließ seine Spuren in meinem Gesicht und ließ mich um Jahre altern und riß eine Wunde in mir auf, an die ich nicht einmal zu rühren wagte. Da ich äußerlich nicht mehr anders aussah als ein Bettler, begann ich auf der Landstraße und in den Dörfern zu betteln. Wenn ich irgendwo zum Markttag oder zu einer Hochzeit eintraf, faßte ich meine Glückwünsche in Verse und sagte dem verliebten jungen Paar die Zukunft voraus. Allmählich sammelte sich in dem Beutel an meiner Brust neben der Dose etwas Geld an, bei jener Dose, die ich durch Mord zum Preis meines Seelenheils an mich gebracht hatte. Bei jedem Schritt spürte ich die Berührung mit wilder Freude und entsetzlichem Grauen. Bei Nacht lastete sie mit sanftem Druck auf meiner Brust und verursachte alpdruckähnliche verworrene Träume. Doch um ihre Kraft auszuprobieren, war ich noch nicht in Sicherheit. Dazu brauchte ich den Schutz von vier Wänden, eine verschlossene Tür und Einsamkeit. Diese Gelegenheit bot sich in Regensburg, wo aus dem Bettler der Gosse wieder ein Mensch aus mir wurde.

Die Stadt verbarg meine Verwandlung. Keiner kannte mich, ich konnte meine Lumpen leicht mit ordentlicher Kleidung vertauschen. Mein Geld reichte sogar, um mir in einer Herberge ein Zimmer zu mieten.

Nun war ich endlich allein, allein mit *Ihm,* in dem stillen Zimmer mit der eisenbeschlagenen Tür und den Deckenbalken. Ich drehte den verrosteten Schlüssel mit dem verzierten Kopf zweimal im knarrenden Schloß herum. Das Fenster verhängte ich sorgfältig mit meinem Mantel.

Auf den Tisch, den ich mit einem weißen Damasttuch bedeckte, stellte ich zwei dicke, teure Kerzen. Mein Zustand glich am ehesten einer Art Trunkenheit. Eine laute, krankhafte Fröhlichkeit lärmte in mir, unter der sich nebelhafte Furcht verbarg. Ein unerklärliches Beben lief an meinen Nervenbahnen entlang und ließ meine schweißbedeckten, kalten Finger auf der Tischplatte tanzen.

Dort, zwischen den beiden Kerzen, schimmerte die faustgroße Golddose auf dem Tisch. Sie war mit einer silbernen und einer eisernen Krone geschmückt, darunter befand sich eine lateinische Inschrift: *Curso completo*. Ich öffnete vorsichtig den Deckel. Ein mit Jaspis eingelegter Löwenkopf erglänzte im Licht. Dieses vollkommene Werk hatte der Goldschmied auf merkwürdige Weise an der Unterseite des Deckels verborgen. In der Dose glühte ein ähnlich tiefrotes Pulver mit Edelsteinglanz auf. Diese Farbe und dieser Glanz erfüllten mich mit einer solchen Begeisterung, daß ich meinen Tränen freien Lauf ließ, weil ich sonst die leidenschaftliche Erregung nicht ausgehalten hätte. Aus dem bereitgestellten Krug Rotwein füllte ich einen Silberpokal, dann streute ich einige Prisen aus dem Inhalt der randvoll gefüllten Dose hinein. Der dünne hellrote Wein nahm eine dunkle blutrote Farbe an, und mir kam es vor, als würde er ein strahlendes, blendendes Licht aussenden. Ich wartete sorgfältig, bis sich das Pulver restlos aufgelöst hatte, rührte mit einem Holzstäbchen um, dann setzte ich den Kelch an die Lippen. Der göttliche Trank rann glatt und kühl durch meine Kehle. Sein erregender, appetitlicher Duft stieg mir in die Nase, der süßliche, balsamartige Geschmack entflammte einen unstillbaren Durst in mir. Ich füllte den Kelch abermals bis zum Rand, streute etwas Pulver hinein, rührte das Getränk um und trank es gierig, fieberhaft und berauscht aus.

Eine derartige Benommenheit ergriff von mir Besitz, daß der Kelch aus meinen kraftlosen Fingern zu Boden glitt. Das Geräusch nahm ich nur noch aus der Ferne durch ein wildes, wirres Rauschen wahr. Das kühle, leichte Getränk wurde in meinem Körper zu dichtem, flüssigem Feuer, das mich verzehrte und meinen Leib zu sprengen drohte, doch der Schmerz wollte nicht einmal durch einen erlösenden Seufzer aus mir weichen. Gelähmt, ohnmächtig und entsetzt ertrug ich diese Steigerung, die über alle Grenzen des Ertragbaren hinausging, unter deren Druck ein zerbrechlicher menschlicher Organismus längst geborsten wäre wie ein dünnwandiges Glasgefäß. Zu dieser inneren Spannung, deren Crescendo-Strahl sich immer mehr verbreiterte, gesellten sich pausenlos neue Stimmen, Strömungen, Farben und Formen, als wäre ich in den Strudel der wildesten Walpurgisnacht geraten, die sich denken läßt. In meinem Ohr wurden Qual- und Lustschreie, unheilverkündende Gongschläge, Weinen und Schluchzen, zotige, heiß drängende Stimmen laut und immer lauter. Vor meinen Augen glitten glitzernde Formen, zuckende schwarze schleierartige geometrische Formen vorbei, die unheimliche Ahnungen erweckten, dann wieder glühten Lichtpunkte auf, rasten in wildem Reigen auf mich zu, wurden zu Feuerkugeln und zerbarsten nahe an meinem Gesicht mit ohrenbetäubendem Knall. Als ich schon meinte, daß dieser Hexensabbath keine neuen Variationen mehr zu bieten habe, dann erst schlängelten sich die Farbenstrudel hervor, die mich in konvulsivischen Zuckungen umgaben und die ihr fürchterliches Antlitz bei jedem Lichtblitz änderten, je nachdem, welche Fratze ich gerade fixieren oder festhalten wollte. Es waren halb tierische, halb menschliche Gesichter in Verzerrung und Kreuzung einer krankhaften Vorstellung. An einem mächtigen, zerfurchten eiförmigen Strunk, mit Elefantenhaut überzogen, taten sich kleinere oder größere Münder auf, schmatzten und geiferten vor sich hin. Aus den leeren Augenhöhlen einer anderen gesichtsartig geformten Gallertmasse schwangen Schlangenleiber hervor, anstelle ihres Kopfes flackerten starre Augen, die wie Irrlichter funkelten. Aus dem Maul eines aufgedunsenen schwarzen Hasen ragten gewaltige Stoßzähne hervor, die Augen schwammen in einer verschleierten blutigen Brühe. Hunde mit dem dicken gebogenen Schnabel eines Vogels, Vögel mit schlängelnden Elefantenrüsseln und Fledermausohren, Affen, deren Backentaschen wie zwei schwere, feiste Frauenbrüste mit riesigen Brustwarzen herunterbaumelten, Frauengesichter mit verträumten Augen und geschwungenen Lippen, mit einem sich bäumenden Phallus anstelle der Nase, ein dickes, aufgedunsenes, breites Männerantlitz von fischähnlichem Fleisch, das anstelle der Augen die Organe beider Geschlechter aufwies, ein Polyp, dessen Arme in rosigen, von Grübchen übersäten Kinderhänden endeten, wobei zwischen diesen Händen ein hungriges, bösartiges, wahnsinniges Menschenantlitz hervorlugte – und alle diese Gesichter lachten! Keiner, der so etwas noch nicht vernommen hat, kann wissen, wie niederträchtig, lähmend und vernichtend ein solches Gekicher und Gelächter sein kann. Über diesem ohrenbetäubenden Lärm erhob sich plötzlich das Grollen eines tobenden Sturms. Ein wahnsinniger, sengender Sturmwind raste über die Erscheinungen hinweg und zerstreute die schlängelnden Monster, die brüllenden, fluchenden Münder, die miteinander verschlungenen Extremitäten und Tentakel, die gallertartigen Massen, die Farbspiele, Figuren und Stimmen oder riß sie einfach mit. Der heiße Strudel zerrte und riß auch an mir, und sein Sog wollte mich verschlingen. Diese Hitze, diese infernalische Kraft weckten Schmerzen, Entsetzen und lustvolles Verlangen in mir. Der dunkle, wirbelnde Stoß dieses Strudels lockte mich. Die Lust zur Selbstzerstörung, die selbstmörderische Freude am blinden Sichgehenlassen stieg in mir auf, sooft der nackte Sturm der Instinkte mit seinen schmutzigen Wogen über mich hinwegfegte. Ich aber tauchte immer wieder auf, und es gelang mir, mich über Wasser zu halten, auch wenn mich mein schwerer Leib wie ein an einen Pfahl gekettetes Tier immer wieder in die Tiefe riß. Schließlich konnte ich mich retten – doch ich sah und fühlte: ›Wie ein Scheintoter, der in einer eingemauerten Gruft zum Leben erwacht.‹ Rochards warnende Worte, die mir seinerzeit leer vorgekommen waren, wurden mit schrecklichem Inhalt gefüllt. War ich nicht in einem Grab zum ewigen Leben erwacht? Tief unten im Schoß der Erde waren meine sehenden Augen aufgegangen, in der Unterwelt niedrigster Instinkte, des Vergehens und der Verwesung, zu der ich kraft meiner Einstufung gehörte und deren ohnmächtiger Untertan ich war. Ich hatte den Sprung in das tiefe Meer transzendenter Gesetze gewagt und war inmitten gefährlicher Prüfungen gelandet, ohne mein Sein steuern zu können, ohne die Irrwege und die Bedeutung jener Zeichen zu kennen, die gefahrvolle Hindernisse anzeigten. Ich hatte unbeschreibliche Angst, und diese Angst durchfuhr mich und wohnte in mir, so grenzenlos, daß sie jegliches ertragbare menschliche Gefühl bei weitem überstieg. Ich hatte weder ein Organ dafür noch die nötigen Kenntnisse, die erforderlich waren. ›Fürchte dich!‹ hatte Rochard gesagt. ›Du hast was, wovor du dich fürchten kannst.‹ Jetzt hatte ich auch dieses Wort begriffen. Ich begriff, daß ich dorthin gehörte, unter die aus Gnade verblendeten, blinden, schwachen Eintagsfliegen, deren fadenscheiniges Sein, ähnlich dem Embryo, der im Mutterleib gehütet wird, unreif und unterentwickelt, für ein selbständiges Leben nichts taugt. Ich hatte die Entwicklung geleugnet, die in mir allmählich geistige Organe für die große Wandlung zustande gebracht hätte. Ich war aus der Ordnung, aus dem Flußbett der notwendigen Entwicklung herausgetreten – wo die Strömung den Untergebenen durch seinen einheitlichen Fluß bewegt, schleift, leiden läßt, aber gleichzeitig auch im Lauf der Zeit schützt – und war ohne jede Vorbereitung in eine andere Daseinsform eingebrochen. Mein Körper war stark, schier unnatürlich widerstandsfähig geworden, ähnlich einem unzerbrechlichen Glassarg, in dem ein zum Leben erwachter Scheintoter angstgepeinigt tobte, der weder sich selbst vernichten noch sich selbst befreien konnte. Ich wurde gleichzeitig zum aussätzigen Bettler zweier Welten, der in beiden Welten unglücklich und heimatlos war, in beiden Welten verfolgt: Hier ein sündiger Besessener, dort ein schwereloser, unwissender Weichling.

Von dieser Zeit an verlief mein Leben in einer Art Delirium. Die physikalischen Ereignisse waren nichts weiter als die entsetzliche Wirklichkeit einer übernatürlichen Welt. Der Schlaf brachte mir keine Erholung; Einsamkeit, Gesellschaft, Flucht konnten mich nicht vor der Allgegenwart der Dinge schützen. Merkwürdigerweise erzeugte diese übersteigerte Spannung, die die Tragfähigkeit des sterblichen Körpers weit überschritt, keine Symptome des Wahnsinns, die für jedermann erkennbar gewesen wären. Mein Gehirn erwarb die Fähigkeit, selbst in der tiefsten Hölle der Angst zu denken, zu dulden und mich vor anderen zur Vorsicht und Selbstbeherrschung zu zwingen. Äußerlich blieb zwar der baumlange muskulöse junge Kerl erhalten, der einst im ›Sebaldus‹ üppige Frauenzimmer umarmt hatte. Mein Gesichtsausdruck war jedoch derart aufgewühlt, mein Auge wich so ängstlich den Blicken der Menschen aus, daß es welche gab, die in meinem Wesen den Schwefelgeruch der Hölle witterten. Alte Weiber wehrten sich mit zwei ausgestreckten Fingern gegen den bösen Blick, Kinder aber rannten erschrocken davon.

Nirgendwo hielt ich es lange aus. Ich wanderte von Dorf zu Dorf, von Stadt zu Stadt und lebte mehr schlecht als recht von der Wohltätigkeit der Menschen, weil ich nirgendwo Sympathie oder Vertrauen erwecken konnte. Auch Almosen gab man mir nur, damit ich mich so schnell wie möglich wieder davonmachte. Allmählich begannen die Angst und das Unbehagen, das ich weckte, mir eine krankhafte, düstere Freude zu bereiten. Das war meine einzige Macht, meine einzige Genugtuung. Ich hatte Angst, doch ich jagte anderen Furcht ein, und ohne es zu merken, begann ich allmählich jenen Ungeheuern zu gleichen, die mich umschwärmten und die ebenso ohnmächtig und elend waren wie ich.

Ich bettelte, hungerte und fror, oft zitterte ich nachts unter freiem Himmel, die Dose an der Brust, mit der ich mir die größten Reichtümer und alle Genüsse dieser Welt hätte kaufen können, doch ich verspürte nicht die geringste Lust. Jenseits der fiebrigen Anfälle meiner Angst und meines Schuldbewußtseins war für mich die Welt nichts weiter als ein uninteressantes graues Nebelbild.

Die Transmutation

Was glaubst du, warum der Mensch wohl hinter herabgelassenen Zeitschranken lebt, bis die finstere Unwissenheit in ihm ausgebrannt ist? Weil jede einzelne seiner Schwächen ein Meuchelmörder ist, der ihm auflauert. Die Blindheit schützt den Menschen vor seinem einzigen, ärgsten Feind, nämlich vor sich selbst. Vergebens hat er das Große Arkanum an sich gebracht. Sein unvollkommener Charakter lockt ihn in die Falle, wo er mitsamt seiner Beute jämmerlich zugrunde geht.

In Straubing traf ich gerade zur Geburtstagsfeier des Bürgermeisters ein. Er hatte den Garten seines Hauses auch für die Armen der Stadt geöffnet, da er gleichzeitig auch den fünfzehnten Jahrestag seines Amtsantritts feierte. Über dem offenen Feuer wurden für das Volk ganze Kälber und zarte Lämmer gebraten, und aus dem Keller rollte man das Bier faßweise herauf. Solch eine angeheiterte, lustige Menge war für mich ein ausgezeichnetes Jagdrevier. Inmitten der Leute, die einen dichten Ring um mich gebildet hatten, las ich die Zukunft aus den Händen, die sich mir entgegenstreckten. Den dumm grinsenden oder quiekenden Weibern prophezeite ich Liebe, Kindersegen, Hochzeit, reiche Ernte und horchte dabei auf ihr Geschwätz über den Bürgermeister, das eher von neidvoller Neugier als von Bosheit erfüllt war. Ich erfuhr, daß er Anton Brüggendorf hieß, daß er nach dem Tod seiner ersten Frau erst kürzlich wieder geheiratet und, obwohl er erwachsene Söhne hatte, dennoch eine arme, aber sehr schöne junge Witwe zur Frau genommen hatte.

In meinen Taschen häufte sich das Kleingeld, und ich war bereits im Begriff, aus der Menge zu verschwinden, die mir immer näher auf den Leib rückte, als nach den zahlreichen schwieligen, schwarz gezeichneten Händen eine feiste weiße Männerhand sich in meine Hand senkte. Ich blickte auf. Aus dem Kreis, der sich voll ängstlicher Ehrfurcht gelichtet hatte, lächelte mir der Bürgermeister persönlich aus den Fleischpolstern seines Gesichts zu. Und in diesem Augenblick ereignete sich etwas Merkwürdiges. Der Wirrwarr hörte plötzlich wie durch einen Zauberspruch auf. Der Stromkreis aus dem Jenseits schaltete sich aus, und ich war wieder der glückliche Mensch von einst, der für jenes andere Leben blind und taub war, einfach nur ein Mensch. Der heiße goldene Sonnenschein, der schwere Geruch der erhitzten Leiber, die genußversprechenden, gaumenkitzelnden Düfte des im Fett brutzelnden Fleisches, die Bäume, der Himmel, die Blumen, die Frauen mit ihrem schwellenden Busen, die Kinder mit ihren Apfelgesichtern, die heiteren, lebensfrohen Stimmen ... die ganze Welt rückte plötzlich wieder nahe an mich heran. Befreit und schenkfreudig durch das wiedergewonnene Leben, verneigte ich mich vor dem Bürgermeister und tat so, als würde ich mich in die Betrachtung seiner Handfläche vertiefen.

»Interessant ...«, sagte ich, Überraschung heuchelnd. Mit wenigen Worten zählte ich alles auf, was ich vom Volk über ihn aufgeschnappt hatte, seinen Namen, seine Familienverhältnisse, und fügte noch einige ermunternde Prophezeiungen hinzu: Vermögenszuwachs, Anerkennung von höherer Stelle, einen Sohn, den ihm seine junge Frau gebären würde. Dann aber setzte ich hinzu, daß es nicht diese Dinge waren, die mich überrascht hätten ...

»Was denn sonst?« fragte er mit gequältem Lächeln. »Sprich, guter Mann ... oder nein, warte! Heute möchte ich keine düsteren Dinge hören ... doch für mein Glück will ich bezahlen.«

Ich blickte ihm mit ernstem Gesicht ins Antlitz, ohne eine Miene zu verziehen oder mit der Wimper zu zucken, bis mein durchdringender, bedeutungsvoller Blick gespannte Unruhe in ihm heraufbeschwor und auch den Schatten eines Lächelns von seinen Lippen fegte. Ich spürte sofort, mit welcher Art Mensch ich es zu tun hatte. Die abergläubischen Schatten in seinem Blick verrieten ihn: Er war nichts weiter als eine eitle, schwache Strohpuppe. Angst und Geltungssucht schwangen in ihm hin und her wie der Klöppel einer großen Glocke, je nachdem, wie die äußeren Kräfte am Seil zogen. Also war er mein Mann, mein Rohstoff. Es war höchste Zeit, daß mir jemand die Türen öffnete.

»Hier geht es um etwas ganz anderes, hochverehrter Herr Bürgermeister«, sagte ich leise und mit Nachdruck. Ich hielt zögernd inne, als wollte ich nicht fortfahren, weil mir das Thema zu delikat erschien.

»Oh ... wahrscheinlich um eine äußerst gefährliche, unheilvolle Sache, wie ich aus deinem Gesicht lesen kann.« Er beugte sich näher zu mir herab und versuchte ein spaßiges Augenzwinkern, das jedoch seine bedauernswerte innere Angst nicht verbergen konnte.

»Um eine äußerst wichtige Sache«, versetzte ich ruhig. »Hier aber«, – meine Hand beschrieb einen Kreis –, »möchte ich ungern darüber reden.«

»Nun ... wenn du meinst ... können wir ja auch ins Haus gehen!« Jetzt war er auch ganz blaß und ernst geworden.

»Ich möchte allein mit Euch sprechen«, sagte ich fest. »Die Anwesenheit der Gäste würde mich nur stören. Ich werde morgen wiederkommen.«

Er packte mich am Arm.

»Um Himmels willen, nein! Keiner wird uns stören! Kommt!« Das vertrauliche, gönnerhafte ›Du‹ war plötzlich in ein unterwürfiges ›Ihr‹ umgeschlagen. Mein erstes Ziel hatte ich bereits erreicht: Er hatte Respekt vor mir und war neugierig. Ich wußte noch nicht genau, womit ich ihn weiter zum Narren halten würde, doch ich verließ mich sorglos auf meine Findigkeit, auf meine Erfahrung und auf meine Schlauheit, die jeder Situation gerecht wurde.

Wir gingen um das große Haus herum, das auf rosafarbenen

Natursteinen ruhte und von einem grüngestrichenen Holzbalkon umgeben war. Anton Brüggendorf führte mich zum Kellereingang, der auf den hinteren Garten hinausging. Er öffnete die eisenbeschlagene Tür mit einem rostigen Schlüssel, den er umständlich und wichtigtuerisch vom Gürtel löste. Zunächst dachte ich, er hätte die muffige Einsamkeit seines Weinkellers gewählt, um seine geliebte feiste Person im Genuß mystischer Freuden zu baden. Doch ich täuschte mich. Wir betraten einen düsteren steinigen Gang. Durch die engen vergitterten Fenster drang kaum ein Schein aus den hellen Farben des sommerlichen Gartens. Die verrußte Decke verriet, daß das Gewölbe gelegentlich benutzt wurde. Dies war das erste Mal, daß mein Instinkt Gefahr signalisierte. Ich hielt an und warf ihm einen fragenden Blick zu.

»Eigentlich ... habe ich kein Hilfsmittel bei mir, mit dessen Hilfe ich gründliche Berechnungen durchführen könnte«, sagte ich mit trockener Kehle. »Eure Hand hat in mir die Erregung der schönsten aller Wissenschaften erweckt ... Schließlich wissen wir beide, daß das Handlesen nichts weiter ist als das Vorzimmer der Wahrheit ... der geheime Saal der Eingeweihten. Das wahre königliche Gemach der Vergangenheit und Zukunft ist die Astrologie, über der sich die unendliche Kuppel des diamantenen Sternenhimmels wölbt.«

Aus seinem Gesicht ließ sich lechzende Neugier und steigernde Erregung so genau ablesen, als würde man beobachten, wie Wasser in einem Kessel über dem Feuer zu sieden beginnt.

»Ich verstehe«, sagte er schnaufend und hängte sich bei mir ein. »Ich habe sofort erkannt, wer sich in diesem einfachen Gewand vor neugierigen Blicken verbirgt. Was Eure Ausstattung betrifft, so macht Euch keine Sorgen. Es ist alles vorhanden«, meinte er, mein Zögern mißdeutend, und neigte sich dicht an mein Ohr. »Ich verspreche Euch, daß weder meine Gäste noch meine Familie auch nur ahnen werden, wer Ihr seid. Ich weiß nur zu gut, daß Ihr einiges zu verbergen habt ... Ich werde entzückt sein, wenn Ihr meine Einladung annehmt ... Mein ganzes Haus steht Euch zur Verfügung, Magister!«

Bei dem Wort Magister durchfuhr mich ein Schreck, doch war die eitle Freude noch stärker bei dieser Anrede, die ich in diesem Augenblick der Schwäche als durchaus gerechtfertigt betrachtete. Die Welt der Alpträume schrumpfte weiter zusammen, erschien mir traumhaft fern und ließ mich angesichts des

Abgrunds allein, in den ich mich blind zu stürzen beabsichtigte. Die Huldigungen des feisten Bürgermeisters wollten mir zwar nicht recht schmecken, doch sie waren wie ein berauschender Trank, und in diesem eitlen Rausch erschienen mir die jämmerlichen Argumente glaubhaft, mit denen ich meine Vorsicht einzuschläfern versuchte: Ich könnte ein paar Wochen lang leben wie Gott in Frankreich, könnte dem Ahnungslosen einen Schrecken einjagen, ihn an der Nase herumführen und dann einfach verschwinden. Er würde es nicht wagen, einem Dritten zu offenbaren, was er über mich wußte. Abgerissen, wie ich war, konnte ich auf der Landstraße oder am Waldesrand unmöglich ein neues Leben beginnen. Durch Anton Brüggendorfs Freundschaft konnte ich kaum etwas verlieren, aber allerhand gewinnen.

»Die Sterne lügen nie«, sagte ich bedeutungsvoll. »Diese Einladung mußte genau zu dieser Stunde erfolgen. Unser Schicksal wird von den großen kosmischen Kräften gelenkt. Ich nehme Eure Einladung an.«

Mein Gastgeber führte mich durch den dämmrigen Flur in ein reichbestücktes Alchimistenlabor. Brüggendorf war einer dieser verblendeten Narren, die für die Erforschung des gelben Alptraums ein Vermögen ausgeben, aber er war keinen Schritt weitergekommen. Dazu fehlten ihm der Verstand, der echte Fleiß und die Ausdauer. Seine Dummheit, seine Habgier und seine Eitelkeit hatten ihn zum ewigen Dilettanten gestempelt. Nutzlos standen auf den Borden des Labors die teuren in Leder gebundenen Bände herum. Für ihn blieben die Abbildungen und die bildhafte Sprache für alle Zeiten ein Buch mit sieben Siegeln. Doch allein die nackte Tatsache, daß er sie besaß, machten ihn glücklich und stolz wie einen Pfau. In seinem Blick, der vor Selbstüberschätzung strotzte und der mich selbstgefällig streifte, konnte ich lesen, daß der ganze Saal mit seinem Inventar nichts weiter war als eine leere Kulisse, die er zusammengetragen hatte, wie ein Kind seine Bausteine sammelt, und als das Ganze fertig war, konnte er nichts damit anfangen.

Mit einiger Anstrengung öffnete er die Holzläden mit den bleigefaßten Butzenscheiben, damit ich mich besser an den ausgestopften verstaubten Tieren, Reptilien und gelbäugigen Eulen weiden konnte, die von der Decke baumelten. Mitten im Labor stand der Schmelzofen mit seinen überwältigenden Dimensionen. Er drängte mich, alle Einzelheiten von innen und von außen gründlich zu untersuchen, er warf mit lateinischen Ausdrücken um sich, öffnete die ›Latera‹, die Seitenmauer des Ofens, zwängte meinen Kopf fast in die ›Kamere‹, das heißt in jenen Innenraum, der dazu diente, das Feuer anzufachen, und steckte die fetten Finger mit der Erfahrung einer Hebamme ins ›Os‹, in die Öffnung. Als ich mich nach seinen Ergebnissen erkundigte, wurde er verlegen.

»Nun ja ... also ... das Gilben des Metalls ginge noch an, das Wesentliche allerdings ... da dürfte es bei mir noch weit fehlen.« Er packte meinen Arm, und in seinem schweißüberströmten geröteten Gesicht war eine unverhüllte, habgierige Sehnsucht zu lesen. »Wenn Ihr wüßtet, wie sehr ich mich nach einem solchen Besuch gesehnt habe!« Er zwinkerte mir schlau zu. »Stets habe ich geglaubt, daß mein Mann aus der Menge kommen muß ... Die Masse ist wie die dichte Nachtfinsternis des Waldes ... Sie verbirgt das königliche Wild, hinter dem so mancher her ist.«

Mein ganzer Körper wurde kalt, und ich trat unwillkürlich einen Schritt zurück. In meinen Nerven und vor meinen Augen wirbelte der grausige Sturmwind des ewigen Hexensabbats jener anderen Welt auf ... dann herrschte wieder tödliche Stille. Die gelb blinkenden Sandkörner der gewaltigen Sanduhr, die auf dem Tisch stand, drängten sich zusammen, um in die Zeitgruft der unteren Glashülle zu rieseln.

»Ich muß in meine Herberge, um meine Sachen zu holen«, brachte ich schließlich mühsam hervor.

»Ich werde Euer Gepäck holen lassen«, sagte er und legte den Arm um meine Schultern. Mit seinem massigen Körper versperrte er schier die ganze Außenwelt vor mir. Er führte mich zu einem Skelett, das in einer Ecke stand, und schaute mich an, als wäre dies sein Werk.

»Fürchterlich, was?« meinte er, indem er mich fröhlich anlachte. Ich mußte den Destilliertopf, die Fässer, Tiegel, Roste, Blasebälge, Rührkellen nebst all den Gefäßen bewundern, die mit Zinnober, Eisenpulver und Schwefel gefüllt waren, die gewaltigen Zinkbrocken, die sich anständigerweise in Gold hätten verwandeln sollen. Mir wurde immer unheimlicher, und mein ungutes Gefühl nahm schrittweise zu.

»Noch nie habe ich so eine einwandfreie Einrichtung gesehen«, sagte ich mit geheuchelter Begeisterung. »Trotzdem kann ich hier nichts finden, was ich für meine Wissenschaft brauchen kann. Für das Horoskop wären ein Astrolabium und ein Sextant nötig.«

In seinem Gesicht spiegelte sich keine Enttäuschung, eher so etwas wie schlaue Kumpanei.

»Oh ... das Horoskop ... natürlich! Diese Instrumente werden im Turmzimmer aufbewahrt. Daneben wird Euer Zimmer liegen, aber ich hoffe, daß Ihr auch diese kleine Werkstatt nicht vernachlässigen werdet, Magister! Ich pflege jede freie Stunde hier zu verbringen. Ihr würdet mir eine große Ehre erweisen, wenn Ihr einen untertänigen und wissensdurstigen Laien gelegentlich mit Eurem Rat unterstützen würdet ...«

»Nichts lieber als das!« sagte ich eifrig. »Doch haben mich meine astrologischen Studien bislang derart in Anspruch genommen, daß mir kaum Zeit blieb, die göttlichste aller Künste zu üben. In dieser Werkstatt könnte ich höchstens ein ungeschickter und unwissender Schüler sein ... Jetzt erst begreife ich das magische Dreieck in Eurer Hand ... Ich brenne vor Sehnsucht, die Sterne zu befragen, zu welchem Ende Euch die mystischen Kräfte auserkoren haben.«

Es gelang mir, seine Aufmerksamkeit abzulenken und seine schlaue Gier für den Augenblick in andere Kanäle zu leiten. Doch wie lange würde dies vorhalten? Ich fühlte, daß ich ihn von meinem Unwissen, was die Alchimie betraf, nicht überzeugt hatte. Natürlich legte er mein Leugnen als Abwehr oder als Weigerung aus, die er allmählich zu brechen beabsichtigte. Mir blieb also nichts weiter als die Flucht. Dieser dicke, weiche Mensch, den ich so sehr unterschätzt hatte, hatte mich übertölpelt. Sein habgieriger Instinkt roch förmlich den Goldvogel in mir. Ich aber nahm mir vor, auf der Hut zu sein und bei der erstbesten Gelegenheit der Falle zu entwischen.

Anton Brüggendorf stellte mich seiner Familie und seinen Gästen als den Sohn eines lieben Freundes aus der Studentenzeit vor, den er auf Ansuchen seines Vaters als Sekretär eingestellt hatte. Sein hochgeschossener milchbärtiger Nachwuchs betrachtete argwöhnisch den schneeweißen Kragen und das pflaumenblaue Samtwams, das ich trug; er mochte es wohl als sein Eigentum erkannt haben. Um der Wahrheit die Ehre zu geben – dank der Freundlichkeit meines Gastgebers hatte ich mich ordentlich herausgeputzt. Meine Bedenken wurden durch den

Gedanken an die baldige Flucht gemindert. Warum also sollte ich diesen seltenen Abend nicht genießen, die Farben des Reichtums, seinen Duft, seine Bequemlichkeit und die rätselhafte Freiheit, die mir meine Quälgeister gewährten? Diese Gedanken verscheuchte ich mit abergläubischer Furcht, um sie nicht etwa wieder heraufzubeschwören. Ich genoß die erlesenen Speisen, die auf großen Schüsseln herumgereicht wurden, den würzigen Wein, den Kerzenschimmer – alles das, was ich bisher vermißt hatte. Ich trank. Der ölige, schwere goldgelbe Wein löste meine innere Dissonanz in wohltuende Harmonie auf, mein Schuldbewußtsein und das Entsetzen, die wie zwei hungrige Schakale unentwegt an der Schwelle meines Bewußtseins lauerten. Hoffnung stieg in mir auf. Was mir bisher als düstere Gefahr vorgekommen war, wurde spielerisch leicht und schwerelos mitsamt meinem Körper. Tief in meiner Seele huschte ich sogar durch die tief in die Erde vergrabene Grabkammer, wo ich das Andenken an Rochards Leichnam mit dem zerschmetterten Schädel hütete. Mag sein, daß er gar nicht gestorben war. Vielleicht war er nur ohnmächtig geworden ... schließlich ... schließlich konnte er ja gar nicht sterben, genauso wie ich ... mich könnte auch keiner ... nachdem ich ... Doch wenn Rochard nicht tot ist ... dann lebt er noch ... dann könnte ich ihm einmal irgendwo auf der Straße begegnen, und ... Ich floh in wahnsinniger Angst aus dieser Gruft in der Unterwelt, die auch durch die dichte Watteschicht des Rausches nicht erträglicher wurde.

Der Wein schmeckte erfrischend und kühl, nur in meinem Innern wurde er zu lebendigem Feuer. Ich bereute nichts. Das Aurum Potabile hatte mich zum Leben erweckt, die Krise seiner Auswirkungen hatte ich überstanden. Ich war seinetwegen durch die Hölle gegangen – jetzt mußte mir der Himmel beschieden sein! Am Tisch mir gegenüber saß eine smaragdäugige rothaarige Frau in einem veilchenblauen Kleid: Charlotte Brüggendorf, die Frau des Bürgermeisters. In ihren Augen brannte ein Licht, das heller strahlte als die zahllosen Kerzen. Mein vom Weindunst verschleierter Blick hüllte die kichernde Bürgermeistersfrau mit der Wespentaille in ein Licht, das sie mir über alle irdische Schönheit hinaus begehrenswert erscheinen ließ und deren fragende Augen, die mit Goldpünktchen durchsetzt waren, häufig auf mir ruhten. Ihr Blick fragte, und ich erwiderte ihn. ›Wer bist du? Woher kommst du? Was bedeutest du mir?‹

fragte ihr wissender Blick. ›Ich bin jemand, mehr als alle jene, die dich umgeben. Du gefällst mir, und ich werde dich erobern. Ich achte kein anderes Gesetz als das Gesetz der Natur, nämlich das Gesetz der Zusammengehörigkeit eines starken Mannes und einer schönen Frau.‹ Sie konnte meinen Blick nicht lange ertragen. Sie senkte die Augen, und ich sah mit dem stechenden Blitz der Begierde, wie ihre bloße Schulter erschauerte, die sich aus dem Seidenmieder hob. Sie würdigte mich keines weiteren Blickes. Sie lauschte dem Vortrag eines Gecken mit öliger Stimme, der in ein taubengraues Gewand gekleidet war und mit der Unverfrorenheit eines Mannes, der von weither kam, allerhand Unsinn zusammentrug. Er schwatzte auf modische, angeberische Art über die Alchimie, spielte den Aufgeklärten und den geistreichen Leugner. Er berichtete von amüsanten Entlarvungen, übte sich mit den gesalzenen Histörchen glückloser Betrüger, und die ganze Gesellschaft bog sich vor Lachen. Der Wanst des Bürgermeisters bebte, sein Kopf lief vor Vergnügen rot an, und selbst Charlotte ließ sich zu selbstvergessenen, erregten kleinen Lachern hinreißen. Sie legte die beiden nackten Arme auf den Tisch, schob ihre wie Perlmutt schimmernde Schulter vor, und die weißen Hügel ihres Busens quollen aus ihrem tiefen Ausschnitt. Ich konnte es nicht ertragen, daß sich dieser Körper einem anderen Genuß hingab, daß sie ihre Aufmerksamkeit wie gebannt diesem unfähigen, nichtssagenden Popanz schenkte. Ich war trunken vom Wein und von zehrender körperlicher Gier.

»Ihr also, junger Freund, wollt behaupten«, wandte ich mich in einer Pause, da sich das Gelächter etwas gelegt hatte, an den jungen Angeber, »daß alle Ergebnisse der Alchimie nichts weiter sind als Lug und Trug und Augenauswischerei und daß das Große Arkanum nur ein Trugbild von Narren ist?«

Es wurde still. Die hellen Flecken der Gesichter wandten sich mir zu, ich aber sah nur Charlottes Gesicht, ihre lächelnden, feuchten Lippen, ihre weißen Zähne, ihr witterndes Stupsnäschen und ihren fragenden, herausfordernden Blick.

»Jawohl, das behaupte ich!« fuhr der Geck im grauen Wams auf. »Eine echte Transmutation haben unsere Adepten bislang nur mit dem Munde fertiggebracht, und wenn sich gelegentlich doch etwas Gold im Tiegel befand, ist es stets aus irgendeinem Geldbeutel verschwunden, mein Freund, das könnt Ihr mir ruhig glauben!«

»Ich verstehe ... Ihr seid der Sache sicher nachgegangen, habt sämtliche Literatur über diese Wissenschaft studiert und habt mit Sicherheit jahrelang experimentiert, bis Ihr Eure interessanten Feststellungen sublimiert habt?!« fragte ich mit unschuldigem Gesicht.

Die Gesellschaft brach in wieherndes Lachen aus, und einige, die den Burschen offenbar ganz genau kannten, riefen dazwischen:

»Jawohl, der Heinz! Der hat wahrhaftig experimentiert! Im Goldenen Hahn und im Fechtsaal ... haha!«

Heinz sah sich in seinem Selbstbewußtsein beleidigt und geriet in Wut:

»Hoho! Wartet nur, Ihr Damen und Herren! Ich möchte wissen, ob dieser ehrenwerte Fremde tatsächlich ein so großer Wissenschaftler ist, wie er vom hohen Roß herab spricht! Noch keiner, den ich kenne, hat je das Gegenteil von dem erfahren, was ich behaupte. Nicht einmal unser Onkel Toni, der schon seit langem experimentiert und dem es höchstens gelungen ist, Gold in Blei zu verwandeln! Ihr, wenn mich nicht alles täuscht, glaubt wohl an die Alchimie?«

»Ja«, sagte ich ruhig.

In der Stille, die nach meinen Worten eintrat, entrang sich Charlottes Brust ein kleiner Stoßseufzer.

»Glaubt Ihr an die Wirklichkeit des Großen Arkanum?«

»Jawohl!«

Wir schauten uns in die Augen.

In der dichten Atmosphäre pulsierte heiße Erwartung hinter zurückgehaltenem Atem.

»Ihr habt damit experimentiert und ... seid zu einem Ergebnis gekommen?«

Ich antwortete nicht, doch mein herausfordernder, hochfahrender Blick sprach Bände. Heinz erhob sich, beugte sich über den Tisch zu mir herüber und sagte mir ins Gesicht, indem er jedes Wort betonte:

»Nun ... ich sehe, woran Ihr denkt! Ich aber sag Euch, wenn Ihr Erfolg gehabt habt, so schafft Beweise herbei! Wir alle sind bereit, sie anzuerkennen und unseren Spott zu bereuen. Wir sind bereit, Eure Jünger zu sein ... doch Euer Versagen würden wir auch nicht entschuldigen ...«

Hinter seiner Gestalt, die sich vor mir aufbaute, tauchte für einen Augenblick Anton Brüggendorfs lauernder Elefantenschädel auf, und in meinem benebelten Hirn schlug erneut die Sturmglocke an: ›Was war das? Ein Komplott?‹

Jemand berührte leise meinen Arm. Charlotte stand neben mir. Ich spürte ihren lauwarmen Atem und den Lavendelduft, der aus ihrem Busen aufstieg, während sie mir zuflüsterte:

»Man will Euch nur ärgern ... Hört nicht auf sie! ... Man wird Euch auslachen ...«

»Mich?!«

Ich schaute tief in den Sternensee ihrer großen Augen, in deren Iris Goldpünktchen schwammen.

»Mich doch nicht!« sagte ich heiser. Ich ergriff ihre weiße leichte Hand, die auf meinem Arm ruhte, legte sie angesichts der empörten Gästeschar mit der Handfläche nach oben in meine Hand und bog ihre widerstrebenden Finger auseinander.

»Ich nehme die Herausforderung an«, sagte ich, großspurig in die Runde blickend. »Diese Hand wird Euch beschämen, junger Freund, einzig und allein, weil mich das leere Lachen der Unwissenheit ärgert. Unser nobler Gastgeber wird sicher bereit sein, uns sein Labor für das Experiment zur Verfügung zu stellen ...«

Anton Brüggendorf wurde plötzlich wild, behende und dienstbeflissen. Er eilte, soweit es ihm seine kurzen Beine und sein Wanst gestatteten.

Charlottes Hand, die in meiner Hand lag, wurde kalt und feucht. Ich blickte auf. Sie betrachtete mich mit einem merkwürdigen, ganz neuen Blick, der mich erschreckte. Das Smaragdlicht ihrer Augen war erloschen und einer kalten wassergrünen Dunkelheit gewichen.

»Fürchtet Ihr Euch vor mir?« flüsterte ich besorgt.

Ihre Hand glitt aus der meinen.

»Nein«, erwiderte sie, »nur plötzlich seid Ihr ein ganz anderer geworden ...«

»Ein anderer?«

»Ja, Ihr seid irgendwie gewachsen«, stieß sie stahlhart hervor, dann preßte sie die Lippen zusammen, damit diesem kompakten Wort keine verräterischen Sätze mehr folgten.

»Ich habe Euren Namen nicht richtig verstanden«, sagte eine Frau mit schlaffem gepuderten Gesicht, wahrscheinlich irgendeine von Charlottes Tanten. Unter ihrer gekräuselten Perücke rann ihr der Schweiß in den Hals.

»Mein Name ist das Etikett eines namenlosen Getränks, Madame, der noch nichts über den Inhalt der Flasche verrät.«

Das Weib verzog ihren zahnlosen Mund, und ihr grelles Lachen brach aus ihr hervor wie Zugluft aus einem modrigen Kellergewölbe.

»Wie geistreich Ihr seid! Ist das nicht goldig?«

»Auf diese Weise ...«, sagte Charlotte neben mir, den Kopf im Nacken, »werden wir dieses unbekannte Getränk sogleich verkosten ... dort unten in der Werkstatt.«

Ihr schamloses, herausforderndes Lachen verscheuchte auch die letzte Spur von Nüchternheit.

»Kommt!« sagte ich atemlos. »Ich muß Euch lehren, was Ihr bei diesem Experiment zu tun habt.«

Sie erhob sich ruhig und folgte mir in den hinteren Garten. Dort angekommen, lief sie mir behende voraus und führte mich zu einer Laube, die uns vor neugierigen Blicken schützte. Ich riß sie an mich, und sie schmiegte sich an mich. Ihr Kuß war wie der Biß eines hungrigen Raubtiers. In meinem Innern schlug die sich steigernde Lust bereits hohe Wellen, sie aber riß sich aus meiner Umarmung und schwebte davon. Verwirrt und keuchend betrachtete ich ihre Augen, die sich mit bösem Blick auf mich hefteten, und ihre zusammengepreßten Lippen.

»Charlotte ... jetzt ... geh jetzt nicht von mir ... oh, Charlotte ...« lallte ich und streckte die Arme nach ihr aus. Sie ließ es zu, daß ich sie mit verkrampftem Griff wieder an mich zog. Mit neuen Küssen, mit verblüffenden, wissenden Griffen peitschte sie mich hoch bis zur höchsten Erregung, dann aber entglitt sie mir. Sie war kräftig und schlau wie eine Schlange. Immer wieder ließ sie sich mit mir bis an die Schwelle der Erfüllung treiben, um mir dann Einhalt zu gebieten. Ihr Gesicht tauchte kühl und verschlossen aus dem Nebel der Küsse und wahnsinniger Worte. Ich bebte vor ohnmächtiger Wut.

»Du bist eine Hexe!« sagte ich, während ich ihren Leib von mir stieß, der sich an mich drängte. Ihre Zungenspitze schimmerte zwischen den Lippen hervor.

»Ich bin eine Hexe ...«, säuselte sie. »Ich liebe die Umarmung, die stets unerfüllt bleibt. Ich liebe das, und nur dies allein ...«

»Ungeheuer!« Ich preßte mir die Hände gegen die Schläfen, in denen der Schmerz pulsierte. Mir wurde schwindlig, und Brechreiz überkam mich.

»Auch du bist meinesgleichen . . .«, flüsterte sie, und der Gluthauch ihres Atems streifte heiß meinen Nacken. »Darum fühle ich mich zu dir hingezogen ... darum teile ich mit dir diese süßeste aller Qualen ... nur mit dir allein ...«

Vom Haus her erscholl die erstickte Stimme des Anton Brüggendorf, der aus vollem, feistem Halse nach uns rief.

»Gehen wir!« sagte Charlotte und richtete sich auf.

»Ich gehe nicht«, erwiderte ich haßerfüllt. Mit einem einzigen Satz erreichte ich den Ausgang der Laube ... und lief dem Bürgermeister direkt in die Arme.

Das Licht der Öllampe, die von der Decke baumelte, malte gelbe und schwarze Tupfen auf die erwartungsvollen, gespannten Gesichter. Die merkwürdige Umgebung senkte sich wie eine Last auf diese Allerweltswesen, dämpfte ihre Stimmen, flößte ihnen Furcht ein und erfüllte ihren Blick mit erwartungsvoller Beklommenheit. Der Unglaube der Unwissenden tritt nur in der Ausstrahlung ihrer gewohnten Gegenstände, ihres robusten Wesens so protzig in Erscheinung. Dort im Alchimistenlabor, in unmittelbarer Nähe der ausgestopften Tiere und des Skeletts, das der Zahn der Zeit geglättet hatte und das jetzt bernsteinfarben schimmerte, erbebten sie unter einem eiskalten Hauch, der sie streifte. Anton Brüggendorf machte sich wie ein zu fett gewordener Vulkan am Feuer zu schaffen. Seine Brust röhrte lauter als der mächtigste Blasebalg, der aus den glühenden Kohlen knisternde Funken aufrührte. In dem niedrigen, geschlossenen Raum wurde die Hitze schier unerträglich. Über die braune Holztäfelung der Wände zuckten nervöse Feuerschatten in ihren roten Mänteln.

Wie prallvoll diese Werkstatt war! Die anderen spürten es nur – ich sah es. Nun sah ich sie wieder! Gierige, bucklige Emotionswesen beugten sich über den Ofen, haarige, schlängelnde Extremitäten klammerten sich, reptilienkalten Trauben gleich, wie Spinnenbeine an die Deckenbalken. Auch diese Wesen warteten. Ihre dichte, ekelhafte Gegenwart füllte den Raum. Langgezogene, sumpfgrüne Gesichter beobachteten mich wie die wechselnden Masken geiler Spannung und hämischer Bosheit. In der stickigen Hitze schmiegte sich Charlottes boshafte, perverse Gestalt an mich. Ich verbarg mich im Hintergrund im tuschfarbenen Schatten des Ofens, um die Wachskugel vorzubereiten. Charlotte wich nicht von meiner Seite, obwohl ich sie bereits haßte. Ich kehrte ihr den Rücken zu. Sie schaute mir über die Schulter und schielte nach meiner Hand, mit der ich meine Brust abtastete – und hinter ihrem Gesicht erschienen Dämonengesichter tausendfach wie in einem Spiegelkabinett.

Anton Brüggendorf öffnete geräuschvoll den Deckel des Tiegels. Die grauen Metallbrocken waren über dem Feuer bereits zu einer silbrigen Lavamasse verschmolzen.

»Fertig, Magister!« sagte er in das Dunkel, das mich umgab.

»Jawohl!« Ich trat vor, weil ich mich von der heißen Nähe Charlottes befreien wollte. Ihr Körper war für mich seit jenem Augenblick zu einem dieser Dämonenkörper geworden, da ich erneut die Urgeister erblickt hatte, die wie ein Bienenschwarm hinter ihr herzogen und sie durch die lebendigen Hebel ihrer Emotionen wie eine ohnmächtige Maschine steuerten. Die Angst tötet die Begierde, und ich konnte mich wieder einmal nur noch fürchten.

Auch Charlotte tauchte plötzlich im roten Zauberkreis des Ofens neben mir auf und streckte mir die Hand entgegen. Diese kleine Hand mit den spitzen Fingern kam mir jetzt wie ein ekelhaftes kleines Raubtier vor. Ich ließ die Wachskugel rasch in ihre Hand fallen, deren Kern eine Prise des göttlichen Stoffes bildete – dann verzog ich mich wieder in den Schatten hinter dem Ofen.

Charlotte trat an den offenen Tiegel, in dem das geschmolzene Blei silbrig sprudelte, und warf die Wachskugel hinein. Anton Brüggendorf setzte mit zwei Zangen den Deckel wieder auf, dann stopfte er neuen Brennstoff in den Ofen. Knisternd nahm die Glut die Kohle auf. Charlottes Tante war in der Hitze einer Ohnmacht nahe.

»Ich muß hinaus!« japste sie. »Weg von hier ... mein Herz ...«

»Das geht jetzt nicht!« knurrten die Zuschauer, ohne sie eines Blickes zu würdigen. Die Erregung, die in Erwartung des Goldes alle Anwesenden erfaßt hatte, schälte sie aus der dünnen Haut der Höflichkeit. Niemand nahm sich der Unglücklichen an. Ihr schwerer Körper stürzte auf eine Truhe, sie verlor ihre Perücke, und der Blutandrang färbte ihr Gesicht dunkel. Ich schöpfte etwas Wasser aus dem Kühlbottich, besprengte ihr Gesicht und blies ihr etwas Luft zu. Vielleicht war es das, was sie für dieses elende, leere Leben rettete, das sie führte. Ich hätte nicht sagen können, warum ich ihr geholfen hatte. Aus

Güte? Aus Menschenfreundlichkeit? Nein. Ich war nicht gut ... Aber auch nicht schlecht, obwohl ich den wahnsinnigen, tierischen Augenblick eines Mordes überlebt hatte. Vor und nach diesem Augenblick unterschied ich mich in nichts von den anderen, die durch das Labyrinth der Gefühle irrten. Alle Saiten waren in mir wie in ihnen vorhanden: Ich spürte Mitleid, Ergriffenheit, Sehnsucht und Begeisterung, obwohl ich einen hilflosen, unschuldigen alten Mann getötet und beraubt hatte.

Anton Brüggendorf drehte die Sanduhr um. Die Zeit war verstrichen. Der Tiegel, der an einer Eisenstange hing, tauchte in den Kühlbottich, und das Wasser sprühte knisternd unter der feurigen Berührung auf.

Heinz zog die Öllampe mit zitternder Hand über den Tiegel. Um den Bottich herum bildete sich ein enger, beklemmender Ring aus Menschenleibern. Sie stießen und knufften sich, doch in ihrer blinden Versunkenheit nahmen sie keine Notiz davon. Charlottes Tante keuchte mit kurzen, pfeifenden Atemstößen in der Ecke. Ihr Kopf, von grauen Haarbüscheln bedeckt, sank ihr auf die Brust. Doch selbst bei ihrem Unwohlsein war sie eifrig darauf bedacht, ihre Perücke mit dem Fuß unter ihre Röcke zu fegen. Plötzlich hatte ich das Gefühl, daß diese Gesellschaft, vom Goldrausch befallen, sich von den dämonischen Wesen, die mich umdrängten, nur dadurch unterschied, daß die Materie ihres Körpers dichter war. Mich ekelte vor ihr.

In dem drängenden Menschenauflauf tat sich ein Spalt auf, und ich konnte einen kurzen Blick auf den offenen Tiegel werfen, in dessen Innerem die Lampe eine schimmernde gelbe Fläche beleuchtete.

Also war es geschehen.

Charlotte ließ ein spitzes, unsinniges Lachen hören. Auch den anderen entrangen sich jetzt bebende, glucksende und erschreckend abstoßende Töne an der Grenze zwischen Weinen und Lachen:

»Seht nur ... seht ... es ist gelb! Schaut euch doch die Probe an ... Großer Gott! ... So viel! ... Wenn das wahr ist ...«

Anton Brüggendorf arbeitete zäh im Schweiße seines Angesichts, er sah und hörte nichts im Dienste dieses mächtigsten aller Götzen. Als er fertig war, streckte er seinen steifen Rücken. Sein merkwürdig bleiches, aufgewühltes Gesicht habe ich heute noch vor Augen, als er mit tiefer, heiserer Stimme andächtig verkündete:

»Gold! ... Echtes, pures Gold!«

»Es ist noch ganz heiß!« brach es aus Charlotte hervor wie der brünstige Schrei erfüllter Lust. Mich hatte man ganz vergessen. Sie holten den kostbaren Leib des Goldes aus dem Tiegel, und jeder wollte es anfassen, streicheln und betasten ...

... Ich aber schlich leise zur Tür des Labors, und es gelang mir auch zu fliehen. Doch die feindlichen Kräfte, die mich umgaben, wollten nicht, daß ich entkam. Sie fesselten mich einfach dadurch, daß ich sie *sah*. Der Flur war stockfinster, in der Aufregung hatte man anscheinend vergessen, die Fackeln anzuzünden. Und die haftende, feuchte Finsternis ließ die Konturen derjenigen scharf hervortreten, für deren Erscheinen die Dämmerung Voraussetzung ist. Sie glänzten, gewannen Farbe und Gestalt, diese entsetzlichen Umrisse. Verschwommene Nebelbilder stürzten auf mich zu, Gerüche und Reptilienberührungen drängten sich an mich, Stimmen kreischten, röhrten, vergifteten und verdichteten die Luft, so daß sie nicht zu atmen war. Mein Ringen nach Luft, meine panische Angst verwirrten mich vollends. Ich konnte mich nicht orientieren. Vergebens versuchte ich, mir hastig die verschiedenen Windungen und Krümmungen der Gänge ins Gedächtnis zu rufen; fremde, hämische Hinweise lenkten mich zunächst gegen die Wand; dann, vom Aufprall betäubt, wurde ich dorthin zurückgeführt, von wo ich gekommen war, schließlich zu einer Treppe, die in ein tiefergelegenes Treppengewölbe führte, aber die ich dann hinabstürzte. Es war ein furchtbarer Sturz. Hans Burgers sterblichen Leib, seinen Schädel und sein Rückgrat hätte die Wucht des Aufpralls zerschmettert. Doch dank der entsetzlichen Zähigkeit und Elastizität, die mir das Elixier verliehen hatte, verstauchte ich mir nur den Fuß. Und erfolgreich arbeitete in meinem Organismus die reptilienstarke Regeneration. Für einige Tage wurde ich zum hilflosen Gefangenen. So hatten mir meine eitle Dummheit und meine eigene Schwäche ein Bein gestellt.

Noch nie war man mit einem Kranken fürsorglicher umgegangen, wie es der Bürgermeister und seine Angehörigen nun taten. Charlotte wechselte die Umschläge, ihr Stiefsohn las Gedichte an meinem Bett vor, Anton Brüggendorf stellte meine Speisen auf dem Tablett zusammen, die Tante brachte das Nachtgeschirr. Mein Zimmer war stets voller Besucher. Ich wußte, daß auch dies nichts weiter war als die Neckerei der

Dämonen, ein Alpdruck, in dem Faschingsmasken um mich herumtanzten, in Wirklichkeit aber einen zähen Kreis, eine Barriere aus unzerreißbaren Ketten um mich errichteten. Ich war mir keinen Augenblick im Zweifel darüber, was mit mir geschah. Schon vernahm ich das Unheil, das sich an mich heranpirschte, sein Schatten fiel auf mich, und ich spürte, daß es die Faust erhoben hatte, die alles zerschmetterte.

Der magische Name

Gegen Abend des dritten Tages traf der Wagen des Markgrafen von Brandenburg-Ausbach ein, um mich abzuholen, und mit ihm die ›Eskorte‹: Eine ganze berittene Schwadron. Sogar ein Arzt kam mit dem Wagen, der mich trotz aller Proteste sofort zur Ader ließ. Anton Brüggendorf gab sich untröstlich, obwohl er mich sicher nicht gerade billig an den Markgrafen verschachert hatte. Seine geheime Zufriedenheit verriet ihn, die dauernd hinter seiner ungeschickten Augenverdreherei hervorlugte. Siehe da, meine Prophezeiung hatte sich auf meine Kosten an mir erfüllt! Durch mich war er zu Geld, zu Anerkennung – und um ein Haar zu einem Kind gekommen.

Der Markgraf war zu seinem Sommersitz auf dem Dreisesselberg unterwegs. Brüggendorf hatte ihm wahrscheinlich einen Boten an die Grenze entgegengeschickt. Man hatte sich über mich geneigt und mich weitergereicht, als wäre ich ein toter Gegenstand oder ein schwarzer Sklave. Ich war hilflos. Mein Fuß wollte nicht heilen, und ich stieß einen Schmerzensschrei aus, sooft ich ihn bewegen mußte. An Flucht war gar nicht zu denken.

Beim Abschied schmuggelte mir Charlotte ein kleines rotes Herz in die Hand, das an einem Kettchen hing. Aus Rache drückte ich es dem Bürgermeister in die Hand, als er mir überschwenglich die Hand schüttelte. Bei der ganzen schmutzigen Angelegenheit fühlte ich zum ersten Mal so etwas wie Genugtuung, als Charlotte vor Schreck blaß wurde und Anton Brüggendorf mich wie ein Mondkalb anstarrte. Echte Tränen vergoß vielleicht nur die häßliche alte Tante, die ich unten im Labor wieder zum Leben erweckt hatte.

Man transportierte mich im Wagen wie eine kostbare Reliquie. Über meine Knie wurde eine schwere Brokatdecke gebreitet, und man stopfte mir ein wappengeschmücktes Seidenkissen ins Kreuz. Der Markgraf war mit seiner Eskorte bereits vorausgeritten. Der kahlköpfige Doktor mit dem Fuchsgesicht tat alles, um es mir weder an Speise noch Trank fehlen zu lassen und mir die Reise so angenehm wie möglich zu machen. Er sorgte sich um mich und fürchtete sich vor mir. Für sein elendes Untertanendasein war ich eine Verantwortung, die er kaum tragen konnte und an der er schier verzweifelte. Seine Sicherheit, seine Bequemlichkeit hingen an einem Haar, wie bei den anderen Parasiten, die sich bei Hofe lieb Kind machten. Alle diese Kreaturen umkreisten eine unvollkommene, erschreckend launische Zentralsonne; doch mit diesen gekrönten Himmelskörpern war bei weitem nicht so zu rechnen wie mit den pünktlichen, fleißigen Wanderern des Kosmos. Sie hingen an den Fäden all jener Könige, regierenden Fürsten und Markgrafen, die je nach Emotionen, Launen und körperlichem Wohlbefinden an diesen Drähten im Kreise dero größeren oder kleineren Hexenrunden zogen. Sie ahmten die Bewegungen dieses krankhaften Veitstanzes nach, bis sie sich ihre Flügel am Feuerkern des Zentrums versengten.

Die Burg, in die man mich brachte, war als uneinnehmbare Festung erbaut worden. Die vergitterten Fenster öffneten sich aus den Tiefen einer anderthalb Meter dicken Mauer, und unter dem herrlich gepflegten Burgweg mit seinen gezackten Mauern gähnte ein finsterer Abgrund. Eine Woche lang reisten wir mit wechselnden Pferden über die Serpentinen, die sich am Berg emporschlängelten, und verbrachten zwei Nächte im Freien.

Diese Burg, die sich über dunklen, dichten Wäldern erhob, war die Sommerresidenz des launischen Markgrafen. Man bettete mich im obersten Gemach eines Seitenturms, der eckig in den Himmel ragte. Von meinem Bett ging der Blick durch ein breites, hohes Fenster auf die roten Dächer der Spielzeughäuser, die im Tal verstreut standen, auf heitere, bunte Äcker, durch die sich der Fluß silbern dahinschlängelte. Morgens schälte sich die Landschaft wie durch Zauberspruch aus dem milchfarbenen Nebel und verschwamm des Abends in tiefen Schatten, als würde sie unter der Hand eines Zauberers langsam verschwinden. Schön und entsetzlich war die Gefangenschaft in dieser Hexenburg in schwindelnder Höhe, die wie ein böser alter Adler das sonnendurchflutete, friedliche Tal bewachte.

Vorerst ließ man mich in Ruhe. Außer den Dienern und Ärzten kannte ich keinen der Burgbewohner. Solange ich krank war, konnte man nichts weiter mit mir anfangen, also war ich einfach gar nicht vorhanden.

Vom ersten Augenblick an sah und wußte ich: Die Burg hat eine böse Aura. Finstere Emotionen, Ängste, krankhafte Wünsche wohnten in ihr mitsamt ihren gierigen Dämonen-Begleitern. Gespenster von vergossenem Blut, trostlosem Kummer und Leid, von Schmerzensschreien, die ungehört verhallten, streifen des Nachts durch die Räume, und ihre Macht war so groß, daß sie nicht nur meine zum Sehen verdammten Augen und meine überspannten Nerven zur Kenntnis nahmen. Aus ganz bestimmten Anzeichen entnahm ich, daß die Diener, die mein Zimmer aufräumten, ja sogar der Doktor – einfach Angst hatten. Ein alter Mann mit tiefliegenden Augen brachte mir das Essen. Seine Stirn war flach wie die eines Affen, aus seinen Ohren hingen Haarbüschel heraus. Er mußte fürchterlich sein, wenn man ihn reizte. Seine dicken roten Finger, sein knorriger nach hinten gebogener Daumen zeugten von wilder Wut, die sich bis zum Mord steigern mochte. Doch man konnte mit ihm auch umgehen wie mit einem Tier. Er trank gerne. Der Alkohol aber löst bekanntlich die zusammengepreßten Lippen und macht geschwätzig. Dieses gewalttätige alte Ungeheuer wandelte sich unter dem Einfluß des Weines, den ich ihm gab, zum weinerlichen Knaben. Er war es, der mir all die Geistergeschichten erzählte, die die Burgbewohner in Angst und Schrecken versetzten. Er berichtete von eingemauerten Komtessen, von Gerippen, die sich umarmten, von den wurmstichigen Schränken in den Fluren, aus deren alten mottenzerfressenen Kleidern, die nach Gruft rochen, die Geister mit ihren kalten Nebelleibern huschten.

Der Alte zitterte vor der Nacht. Sein Zimmer befand sich unter dem Speicher, und über ihm tanzten bei Vollmond die Teufel auf dem Höllenball. In einer alten Truhe wohnte ein vielarmiges, schleimiges Ungeheuer. Das war das Gespenst seines Feindes, der im Keller unter dem siebten Faß verscharrt lag. Als jener Mann noch lebte – denn vor kurzem hatte er noch gelebt und in den Diensten des Markgrafen gestanden –, hatte er den Weinkeller unter sich gehabt, ein gutaussehender, rundlicher, polternder Mann, der gern seine Späße gemacht und die Leute verspottet hatte. Er hatte ihm keine Ruhe gelassen. Andauernd hatte er ihn gefragt, wie viele Geliebte er habe, wann er in den Spiegel zu schauen pflege, ob er keine Angst habe, mit sich allein im gleichen Bett zu liegen, und was derlei Dinge mehr gewesen waren. Einmal, als sie zusammen hinuntergegangen waren, um Wein zu holen, hatte er ihn dann erwürgt, mitten im Lachen, so daß die Stimme, die in seiner Kehle wackelte, plötzlich zum Todesröcheln geworden war. Das war sehr gut gewesen. Natürlich hatte er es inzwischen bereut, weil er seit dieser Stunde dauernd das Kichern und Lachen aus jener Truhe vernahm; er hörte die Geräusche eines sich kringelnden Reptils, knallende, klebrige Töne.

»Und ist niemand dahintergekommen, daß du ihn umgebracht hast?« fragte ich verdutzt. Er aber ließ ein häßliches, krankhaftes Lachen hören, dessen Ende er hochzog.

»Er weiß es ... Er hat es so gewollt ...«

»Wer?«

»Unser allergnädigster Herr ...«

»Der Markgraf? Und ... warum?« fragte ich erschauernd.

»Weil der Kellermeister ... hihi ... der Kellermeister vor ihm jenen Namen ausgesprochen hat ... diesen Namen ...«

»Was für einen Namen?«

In seinem abstoßenden Gesicht blitzte etwas wie Schlauheit auf:

»Ich will ihn dir sagen, wenn du das Lachen aus meiner Truhe verbannst! Du bist ein Hexenmeister ... ich weiß es!«

Ich mußte das gräfliche Geheimnis unbedingt lüften, bevor ich es unversehens am Hals hatte.

»In Ordnung«, sagte ich. »Ich werde das Lachen aus deiner Truhe verbannen ... Hör mich an! Trag die Truhe in den Keller, leg die Überreste des Leichnams hinein und wirf sie in die Schlucht unter der Promenade. Dort werden ihn die Geister des Moores festhalten und nicht zu dir herauflassen. Doch du mußt Bannsprüche hinterherschleudern, damit er ganz und gar gelähmt wird. Beug dich jeden Abend über die Schlucht und ruf langsam und artikuliert hinein: ›Ich habe das Lachen getötet, ich werde es nie mehr hören!‹«

»... Ich habe das Lachen getötet, ich werde es nie mehr hören ... Ich verstehe. Und wie lange muß ich das sagen?«

»Es kommt darauf an, wann du das Lachen nach dem Mond gehört hast.«

»Zum ersten Mal? Voriges Jahr ... zu dieser Zeit.«

»Dann mußt du es ein volles Jahr lang sagen. Nun ... wie lautet der Name, dessentwegen der Markgraf den Kellermeister umbringen ließ?«

Der Alte beugte sich dicht zu mir: »Salomon Trismosin«, sagte er mir mit tiefem Entsetzen mitten ins Gesicht.

Ja. Etwas in mir schrie auf bei diesem Namen, eine Kraft, die in der ruhenden Stille des Schlosses einen unsichtbaren Strudel entfachte. Doch diese aufgewühlte Angst wurde nicht vom Wesen des Trismosin, des berühmten und unsterblichen Alchimisten ausgestrahlt, sondern von der Furcht des Markgrafen, die diese Burg für Legionen von furchteinflößenden Dämonen zum Magneten werden ließ.

»Hast du Trismosin gekannt?« fragte ich den Alten, ebenfalls flüsternd.

Er nickte.

»Er ist hier gewesen ...«, erwiderte er und schaute sich furchtsam um. »Hier in diesem Zimmer. Eine lange Zeit. Unser allergnädigster Herr ließ ihn bewachen. Er wollte etwas von ihm ... auch Gold und ... allerhand Gifte, die in die Ferne wirken ... Er hat viele Feinde ... Trismosin verweigerte es ihm ... Er verschwand aus der Folterkammer. Plötzlich war er spurlos verschwunden ... Er schrieb mit seinem eigenen Blut an die Wand, daß sein Name unseren Herrn davon abhalten wird, Sünden zu begehen ... Wenn er bloß an ihn denkt ... jawohl, selbst wenn er nur an seinen Namen denkt ... ganz gleich, wo er sich befindet ... hier oder in der Stadt ... überall ... Dann zog er einen Kreis und schrieb seinen Namen noch einmal hinein ... mit Blut ... Gnade Gott jedem, der vor unserem Herrn diesen Namen ausspricht. Der hat sein Leben verwirkt. Von der Wand haben wir auch die letzte Spur abgekratzt. Aber ein Name, den man laut ausspricht, ist wie eine offene Tür. Er strömt herein und beginnt zu herrschen. Darum muß man den Mund verschließen, der diesen Namen ausgesprochen hat. Man muß ihn für immer zum Schweigen bringen.«

»Was nützt es, wenn keiner diesen Namen ausspricht und der Graf dennoch daran denkt? Der Text an der Wand besagt, daß es schon genügt, wenn er daran denkt ...«

Der Diener zwinkerte mir mit verzerrtem Lächeln zu.

»Du wirst selbst erleben, welch bunte Gesellschaft ihm überallhin folgt. Gaukler, Musikanten, Huren, Wunderheiler. Er kauft sogar die Siechen zusammen, die Krüppel, um sich über sie zu amüsieren. Zwei solcher Nichtsnutze bezahlt er nur deshalb, damit sie für jede Minute irgendein Treiben ersinnen, das ihm die Ohren verstopft. Nachts schläft er mit Hilfe berauschender Tinkturen, um seine Träume zu verscheuchen, obendrein säuft er auch noch. Mein Gott, er säuft den Wein wie ein Faß. Auch von dir wird er wahrscheinlich irgendein Mittel fordern, welches all das aus seiner Erinnerung tilgt, was er vergessen will ...«

»Was tut ihm dieser Name eigentlich an? Traut er sich nicht, etwas zu tun, was er tun möchte?«

»Er tut es ... er hat seit jener Zeit so manches getan ... Aber die Taten wollen nicht von ihm weichen ... Solch ein mächtiger Herr ... du weißt doch, wie es bei uns zugeht ... beseitigt jemanden, der ihm im Weg steht, der ihn beleidigt oder bedroht hat ... das ist sein gutes Recht, das ihm der Himmel verliehen hat. Er ist keinem Sterblichen Rechenschaft schuldig, wenn er ein Urteil vollstreckt. Dennoch ... dieser Trismosin hat unseren Herrn irgendwie verhext. Alle umdrängen ihn, die sein Zorn getroffen hat, und sind lebendiger und verabscheuungswürdiger denn je. Sie erschrecken ihn, beschuldigen ihn und quälen ihn straflos. Durch die Tür dieses Namens sind sie zu ihm vorgedrungen. Oft versucht er stöhnend vor Anstrengung und im Schweiße seines Angesichts, ihnen den Weg zu verstellen, er errichtet Barrikaden, doch die Tür geht immer wieder auf. Keinem ist es bisher gelungen, ihn zu befreien. Der Schlüssel fehlt. Wenn du Glück hast, wirst du ihm den Schlüssel reichen, und dann hast du für dein Leben ausgesorgt ...«

Endlich hatte ich erfahren, welche Rolle ich in der Burg auf dem Dreisesselberg spielen sollte. Ich hatte aber gleichzeitig erfahren, daß hier ein Unglücklicher, der mir ähnlich war, mit mir zusammen im feurigen Öl der Angst schmorte, jemand, der seinem Schicksal ebenso ohnmächtig ausgeliefert war wie ich selbst.

Der Kentaur

Beim Markgrafen von Brandenburg-Ausbach fiel am ehesten sein Schädel ins Auge, der sich nach oben verbreiterte und eine platte Schädeldecke aufwies, die von spärlichem blonden Flaum bedeckt war. Sein Kinn dagegen war schmal und verlor sich in einer kümmerlichen Spitze. Seine weit auseinanderliegenden, hervorquellenden wasserblauen Augen wurden von schweren wimpernlosen Lidern überschattet. Seine Nase war schmal, fein und empfindsam wie die Nase einer Frau, seine Oberlippe dünn und weich gewölbt. Seine volle Unterlippe hing herab und verlieh seinem Gesicht einen merkwürdigen, trotzigen Ausdruck. Seine Haut war von Sommersprossen übersät. Alles in allem machte er einen kränklichen, kümmerlichen Eindruck, wie ein Mensch, der launisch und tobend etwas begehren und fordern kann, der aber unfähig ist, für diese Forderung einzustehen. Zu seinem Unglück war ihm Macht gegeben, und diese launischen Anfälle konnten dank seiner Diener sofort in die Tat umgesetzt werden, sobald er sie äußerte. Er war zu schwach für das Gute und auch zu schwach für das Böse, weil er seine Opfer fürchtete und sie auch oft genug beweinte; ihm graute vor der Erfüllung, und sein Gewissen ließ ihm keine Ruhe. Für sein Unwohlsein brauchte er einen Sündenbock, den er seiner Sünde wegen bestrafte. Auf diese Weise wurden seine unwiderruflichen Taten Legion gleich den Lasten eines Menschen, der in Schulden geraten ist und der die immer zahlreicheren Lücken mit immer neuen Anleihen stopft. Salomon Trismosin wußte nur zu gut, wo er seinen Namen hinschrieb. Dieser wachsweiche Kentaur war das ohnmächtigste Opfer jenes gewaltigen Kampfes, den die Kräfte der Finsternis und des Lichts seit ewigen Zeiten im Menschen miteinander austragen. Er schmorte im Feuer des Purgatoriums, und in beiden Lagern wartete man auf den Braten. Nur ein stummer Name, mit Blut auf eine Wand geschrieben, kämpfte hier allein gegen die Übermacht der Versuchung aus der Unterwelt, und sobald mir dies klar wurde, wußte ich, was er verzweifelt zu verbergen versuchte, nämlich daß dieser Name mächtiger war als all seine finstere Tyrannei.

Der Markgraf empfing mich gnädig in seinem Ankleidezimmer, wo ihm der Tierdresseur gerade eine Art Hochzeit vorführte. Braut, Bräutigam und Gefolge bestanden aus lauter Hunden. Die kleine vergoldete Kutsche, vor die vier schwarze Hunde gespannt waren, wurde von einem kleinen Affen in Galauniform kutschiert. Der Markgraf amüsierte sich über die Vorführung wie ein unschuldiges Kind.

»Kommt, ja komm doch, Magister, sieh dir das an!« sagte er, indem er den Arm nach mir ausstreckte. »Sind sie nicht goldig?«

Die Hundebraut mit dem Schleier lüftete die Decke über einem Korb in der Kutsche, wo ein kleiner weißer Welpe süß schlummerte, dann bedeckte sie verschämt das Gesicht mit der Pfote. Der Bräutigam war durch den Fund sichtlich schockiert, weil er winselnd im Kreis herumlief. Der Markgraf holte das Hündchen aus dem Korb, herzte und küßte es. Der Zug ging vorbei. Der Graf schickte alle hinaus. Wir waren allein. Der kleine Hund machte es sich schläfrig in seinem Schoß bequem. Ich merkte die Unsicherheit des Grafen bereits daran, daß dieser Mann, der sich innerhalb der Grenzen seines Landes wie ein absoluter Monarch gebärdete, nur zögernd und unsicher mit der Unterhaltung begann und das Thema, das ihn am meisten interessierte, umkreiste wie die Katze den heißen Brei. Er erkundigte sich nach meinem Befinden und fragte, ob ich auch rundherum zufrieden war. Nach ein paar kurzen Worten des Dankes ging ich sofort *in medias res*.

»Diese Burg hat eine böse Aura, gnädiger Herr«, sagte ich ohne Überleitung. »Irgend jemand wird von feindlichen, finsteren Mächten bedroht.«

Er fuhr zusammen, und um das eine Auge begann die Haut zu zucken.

»Wie ... hm ... hast du es bemerkt? ... Und wer ... wer wird denn bedroht?« stotterte er errötend.

Ich schwieg.

»Sprich!« fuhr er mich unvermutet heftig an. Sein Gesicht war jetzt grau, und seine Augen versanken in blauen Höhlen.

»Euer allerhöchstes Leben, Euer Seelenfriede, Eure Ruhe«, sagte ich ruhig.

Er beugte sich vor.

»Wer? ... Wen meinst du? ... Wo ist er?«

»Er ist nicht greifbar, er ist körperlos, unaussprechlich, unsichtbar und allgegenwärtig. Er bedeutet den Tod und ist selbst unsterblich.«

Er wurde schrecklich blaß. Sein Gesicht – eine Maske des Entsetzens mit den Lampen eines Augenpaares, die kurz vor dem Erlöschen noch einmal aufglühten. Ich glaubte, er würde ohnmächtig. Seine Schultern bogen sich nach vorn, sein Körper klappte zusammen, er versank ganz in seinem hochlehnigen Sessel. Die zitternden Finger mit den violetten Nägeln packten krampfhaft das Fell des schläfrigen Welpen. Doch seine Spannung löste sich nicht in Ohnmacht, sondern in Tränen auf. Er schluchzte vor mir mit unverhülltem Gesicht, und bevor ich es noch verhindern oder ihn auffangen konnte, sank er halb kniend, halb hockend vor mich hin. Seine kalte, zitternde Hand griff nach meinen Kleidern wie der Ertrinkende nach dem letzten Strohhalm. Von seinen Lippen kam wahnsinniges Flehen, drangen irrsinnige Versprechungen. In meiner Erschütterung ob seines entsetzlichen und bedauernswerten Benehmens wußte ich gar nicht, wie ich ihm wieder auf die Beine helfen und beruhigen sollte.

»Nein ... nicht doch ... laß mich nur am Boden liegen!« keuchte er. »Hier gehöre ich hin, auf den Boden, wie ein Wurm!« Er klappte erneut zusammen und entwand sich meiner helfenden Hand. »Du weißt ja nicht, wer ich bin! Die Klapper der Aussätzigen müßte man vor mir hertragen! Laß mich ... oder vernichte mich mit irgendeinem verdammten Mittel, damit ich ganz tot bin ... Staub und Asche! O gnädiger Gott! Misericordia!« Er schlug sich auf die Brust. Er schaute zu mir auf, das Weiße in seinen Augen war sichtbar, seine Stimme klang erstickt und leise, als er mir sein entsetzlichstes Geheimnis ins Ohr flüsterte, da ich mittlerweile bereits neben ihm kniete.

»Ich fürchte mich! Verstehst du? Ich habe Angst! Angst zu leben ... und Angst zu sterben. Das ist das Entsetzlichste. Ich habe Angst vor dem Tod. Denn ich weiß, daß es dann aus ist mit dem Hexenkreis, mit dem Besprechen, mit der Trunkenheit und mit dem Gelärm des Fastnachtsgesindels ... Schon wird mir in der Hölle der Verdammten der Platz bereitet ... Ich habe es gesehen. Ich, ich allein habe es unter dem nach unten gekehrten Kreuz in der Messe des schwarzen Abbés gesehen. Alle haben mir gegenübergestanden, die ... die ich ... und ... die am Leben sind.« Seine Stimme wurde zu einem Flüstern. »Sie leben. Alle die, denen ich das Fleisch in Fetzen vom Leib reißen ließ ... deren Knochen am Rad zermalmt wurden ...« Er neigte sich ganz nahe an mein Ohr, seine Stimme war nur noch ein Hauch, und aus seinem Mund strömte der Geruch gegorenen Alkohols. »Und die sind immer da . . . immer um mich herum . . . Sie ahmen meine Bewegungen nach . . . sie bedrohen mich . . . sie verdecken mein Gesicht im Spiegel . . . bei der Heiligen Messe . . . oh . . .« Jetzt brabbelte er nur noch tonlos vor sich hin.

Ich half ihm vom Boden auf, und er ließ es hilflos zu. Der gewaltige Ausbruch hatte seine Kräfte verzehrt. Er sank in seinen Sessel zurück. Ich aber schwieg noch immer. Sein Zustand erfüllte mich mit Entsetzen und vergiftete meine Nerven. Ich selbst war ein Wahnsinniger, hilflos der Angst preisgegeben – was konnte ich schon sagen? Was hätte ich für ihn tun können, wo ich mir selbst nicht zu helfen wußte? Er hob die glanzlosen, blutunterlaufenen Augen zu mir empor.

»Man muß ihn beschwören«, sagte er leise und erschöpft. »Du mußt ihn hierher zitieren ... Ganz gleich, wie! ... Je tiefer ich seinen Namen vergrabe ... um so lauter wird er in mir. Er hat gesiegt. Ich bin hilflos. Ich ergebe mich ... Nur Er allein kann mir meine Ruhe wiedergeben ... Die Sicherheit meiner Seele ... das ungestörte Gebet und die Vergebung für meine Taten ... Nur Er ... kein Priester ... Mach dich bereit ... geh ... Darum habe ich dich kommen lassen ... Berechne die Stunde, und ich will mich allem unterwerfen ...«

»Wen soll ich beschwören?« fragte ich beklommen, obwohl ich wußte, an wen er dachte, doch ich hoffte, ich hätte nicht richtig verstanden, was er von mir begehrte.

»Ihn ...« Er schwieg, seine Lippen bewegten sich stumm, dann bedeckte er die Augen. »Ich ... werde dir schreiben ... ich werde alles aufschreiben lassen ... Melde dich, sobald du bereit bist!«

Jemanden beschwören, der nicht gestorben war?

Jemanden beschwören, der der Eingeweihte solcher Kräfte war, die ihn zum Herrn dreier Welten machten? Den Magier, den Besitzer der Macht mit den Lippen eines sündigen, unwissenden, unglücklichen Sklaven rufen? Törichte Befehle aus der Hölle zum Himmel schreien? Welche Hoffnung auf einen Erfolg konnte ich hegen? Dennoch mußte ich es auf Befehl des Markgrafen versuchen ... und um meiner selbst wegen. Ich durfte mir nicht im unklaren darüber sein, was mich erwartete, wenn ich das Experiment ablehnte. Mein zähes Leben würde sich selbst in der Folterkammer in mich verbeißen wie der Bluthund in sein Opfer. Meine Qualen konnten in der Ohnmacht keine Linderung finden – auch nicht im Tod, wie ich damals glaubte.

Der Markgraf stellte mir seine Bibliothek zur Verfügung. In diesem verstaubten, düsteren kalten Ecksaal hausten die Astralwesen seit Jahrhunderten wie Fledermäuse in einem verlassenen Turm. Es war eine seltene okkulte Sammlung: moderne, uralte Handschriften, verbotene Bücher über Schwarze Magie, über die Alchimie und Kabbala, religiöse Werke und ketzerische Priesterschriften, die auf dem Index standen, türmten sich auf den Regalen, die bis zur Decke reichten, häuften sich in Schränken und auf Tischen.

In dem breiten Kamin, dessen Zug zu wünschen übrig ließ, knisterten nasse Holzscheite, die eher stickigen Rauch als Wärme verbreiteten. Der Rauch legte sich mir auf die Lunge und biß mir in die Augen, so daß sie rot anliefen, und eine Seite meines Körpers wurde froststeif durch den eiskalten Bergwind, der durch die hohen ungeschützten Fensteröffnungen blies. Kaum konnte ich die verschwimmenden, in schlechter Handschrift geschriebenen Zeilen im flackernden Licht der Pechfakkeln entziffern, die in ihren eisernen Wandringen staken. Ich fühlte mich krank und elend, und die Aasgeier aus einer anderen Welt, die mich umschwärmten und durch magische Formeln an die alten Folianten gekettet waren, steigerten meinen schlechten Nervenzustand bis zur Unerträglichkeit. In dem, was ich suchte, hatte ich reiche Auswahl. Ich fand die Abschrift der berühmten ›Clavicula Salomonis‹ auf dicken Pergamentbogen. Der lateinische Text wimmelte von Initialen und symbolischen Bildern. Auch Dr. Carters ›Raziels Buch‹ tauchte zusammen mit dem ›Buch der alten Praktiken‹ des Abraham von Worms wieder auf. Sie lagen friedlich unter einem Alten Testament, das in Elfenbein gebunden und mit einem goldenen Schloß versehen war. Auf Grimoirs ›Zauberbuch des Honorius‹, auf dieses entsetzliche und berüchtigte Werk, wurde meine Aufmerksamkeit durch das Heer der Ungeheuer gelenkt. Ihre schlängelnden Polypenarme, ihre eiskalten Reptilienleiber und ihre gebogenen

Krallen umgaben das Buch in ganzen Trauben, und als ich die Hand nach diesem Buch ausstreckte, schrien sie vor Wut und Angst und jaulten mit dem Gelärm einer vollständigen Walpurgisnacht. Damals wußte ich schon, daß sie meinen Tod nicht verursachen konnten, daß sie mich nur ängstigten und erschreckten und meine Nerven ständig am Beben hielten, daß sie mich bedrohten und verwirrten. Ich versuchte so zu tun, als sähe ich sie überhaupt nicht, und zeitweise gelang es mir sogar. So kam zwischen uns gelegentlich eine Art Waffenstillstand zustande, der mich in gefährlichen Irrtümern wiegte: Ich neigte dazu, ihre Kraft und ihre Macht zu unterschätzen.

Ich zog mit meinen Büchern und mit meinem entsetzlichen Gefolge in mein Zimmer, um aufgrund meiner Aufzeichnungen und auf Befehl des Markgrafen die Beschwörung vorzubereiten. Ich möchte hier nicht näher auf meine Ängste, auf meine wahnsinnigen, von Alpträumen durchsetzten Nächte und Tage eingehen, die ich verbrachte, in den Strudel der irdischen und der astralen Hölle gestoßen, eingeschlossen zwischen uralten Formeln, zwischen Worten und Sprüchen, die Dämonen beschworen, im feurigen Kreise entsetzlicher lebendiger und gewaltiger Worte. Mein Äußeres hatte sich während dieser Versuchungen, die mit nichts zu vergleichen waren, derart verändert, daß selbst der Graf vor mir zurückschreckte, als er mich wiedersah. Mein Körper war zu Eis erstarrt, meine Augen lagen tief in den Höhlen. Trotz seiner Angst konnte der Graf jene gierige Lust und jene Hochachtung nicht verbergen, die er mir entgegenbrachte, als er mich am Arm packte.

»Ich sehe, Magister, du hast an jenen Stätten geweilt, wo der Leib vergeht und der Geist befreit wird ... Sprich! Was hast du erfahren?«

Ich teilte ihm mit, daß er sich zusammen mit mir einer Vorbereitungszeit von einundzwanzig Tagen zu unterziehen habe. Außerdem würde ich Handwerker und Wirkerinnen benötigen, um gewisse Gegenstände herzustellen und den Ort des Geschehens auszustatten.

Ungeduldige, wahnsinnige Befehle begannen sofort aus seinem Mund zu strömen, und sogleich geriet um ihn herum alles in Bewegung.

Mit blindem Eifer warf er sich in die magischen Übungen, und er fastete treu.

Das genaue Befolgen der zahlreichen Vorschriften war auch

für mich eine Art Flucht. Ich wollte nicht an das Ende der Vorbereitungen denken, an das Experiment an sich, das mir wie ein finsterer Tunnel mit unbestimmtem Ausgang entgegengähnte. Doch die bösen Termine, die wir durch unsere Furcht mit Leben erfüllten, rasten auf uns zu wie durchgehende Pferde.

Die Beschwörung

Der Tag der Beschwörung war gekommen. Alles stand bereit. Am reinen, schon herbstlichen Himmelszelt schimmerte die helle Sichel des Neumondes zwischen den nahen Sternen.

Das Fenster des Turmzimmers, das wir für das Experiment gewählt hatten, ging nach Osten. An den vier Wänden hing je ein Konvexspiegel ohne Rahmen, der grünlich schimmerte. An der Nordwand des Zimmers stand der große weiße Marmoraltar, von der magnetischen Eisenkette umschlungen. Auf der Marmortafel leuchtete das gemeißelte vergoldete Pentagramm mit blassem gelben Schein. Auf der frischen Lammhaut, die ich vor dem Altar aufgespannt hatte, blitzte das gleiche Zeichen in verschiedenen Farben. Auf dem Altar stand ein kleiner dreifüßiger Kupferkessel, der mit Kohlebrocken und trockenen Lorbeerblättern gefüllt war. Auf einem Tischchen mit drei Füßen hatte ich ein ähnliches Kupfergefäß bereitgestellt.

Der Markgraf und ich legten langwallende schneeweiße Gewänder an, dessen Stoff ausschließlich für diesen Zweck gewoben worden war. Unser Haupt schmückten wir mit Kränzen aus Eisenkraut, die auf goldene Ketten geflochten waren. Ich markierte die magnetischen Linien am Körper des Grafen, um ihn ins Zwischenstadium des Wachtraums zu versetzen, wo das Auge das Astrallicht wahrnehmen kann. Die großen Sabbat-Orgien, von denen mancher Hexenmeister beim offiziellen Verhör durch die Inquisition berichtete, spielten sich ebenfalls in solch halbwachem Zustand ab. Ich spürte, daß der Leib des Grafen vor Angst schlotterte, und ich begann zu hoffen. Vielleicht würde er im letzten Augenblick vor der großen Probe davonlaufen ... Doch es kam anders. Die Sehnsucht nach Befreiung und Erlösung besiegte seine Schwäche.

Ich entrollte das Pergamentblatt, auf das ich die Worte der Beschwörung aufgezeichnet hatte. Mit den Gerätschaften, die bereitlagen, entfachte ich das Feuer in beiden Kesseln und begann dann die Formeln vorzulesen, zunächst mit leiser, erstickter, später mit erhobener Stimme.

Das Feuer im Kessel begann zu glühen. Ein dichter, würziger Rauch stieg auf, der sich träge im Zimmer verbreitete. Jetzt schossen spitze, zuckende Flammen aus der lebendigen Wurzel der Glut und warfen wilde, böse Zeichen an die Wand. Dann plötzlich, als hätte eine unsichtbare Hand eine Decke über sie gebreitet, sanken die feurigen Zungen in sich zusammen, das Glühen verfinsterte sich und legte sich angesichts der zum Zerreißen gespannten Erwartung. Über dem Marmoraltar erhob sich langsam eine weiße Rauchwolke, und ich spürte mit Entsetzen, daß der Fußboden des Zimmers ins Wanken geriet, als würde er von einem Erdbeben erschüttert ... In meinem Ohr tönte der tiefe Klang von Glocken. Mein Herz klopfte wild in meiner Brust. Die Gesetze der Handlung, die tief in mich eingegraben waren, gaben mir neuen Auftrieb, als ich erneut Kohlen und Räucherwerk in die Kupferkessel warf. Dann trat ich in einen Kreis, den ich zwischen Altar und dreibeinigem Tisch mit Kreisen am Boden gezogen hatte. Mit geschlossenen Augen und jede Silbe betonend, rief ich dreimal Salomon Trismosins Namen. Meine Augen gingen von selbst wieder auf. Eisige Kälte durchdrang meinen Körper. Der finstere Druck wich von den Kupferkesseln, und die Flammen begannen wieder aufzuleben. Sie streckten sich lang und sehnsuchtsvoll und erhellten den Raum mit dem purpurroten Glanz bedrückter Alpträume. In diesem unheilvollen apokalyptischen Licht erblickte ich die übernatürliche, riesige Gestalt eines alten Mannes und in den Spiegeln das vierfache Bild seiner langgezogenen grünlich schimmernden Gestalt. Alle Formen erstarrten, jede Bewegung und jede Kraft schwanden dahin, jeder Laut verstummte. Die Flammenzungen standen hoch und bewegungslos, das Astralgesindel, das sich in den Schatten der Ecken und Winkel drängte, schrumpfte in Gegenwart dieses titanischen Wesens zusammen. Ich selbst spürte eine starre Ruhe in mir, die Ruhe der Erkenntnis, der Sicherheit, als wäre ich heimgekehrt und vor

Anker gegangen. Solche Ruhe kann nur der Gejagte empfinden, der Gesetzlose, der nach langer, kopfloser und hoffnungsloser Flucht endlich gefangengenommen wird und dem kühlen, gnadenlosen Gesetz gegenübersteht. Ich fühlte, daß dies alles bis zur Stunde eine schicksalhafte, logische Kette war, und die Umstände: Treibende Bluthunde meines Schicksals, die mich in diesen magischen Kreis getrieben hatten. Den Markgrafen hatte ich ganz vergessen. Mein Blick haftete ohne einen Wimpernschlag mit gebannter Aufmerksamkeit im eiskristallenen Auge der Erscheinung, und ich wartete geduldig. Ich kannte diesen Blick. Ich fürchtete mich vor ihm und hatte ihn nie begriffen. Die Erinnerung war seitdem für keinen Augenblick erloschen ... Sie lebte in mir, offen und mit forschender Ruhe hinter den Barrikaden, die ich in meiner Verzweiflung zusammengetragen und errichtet hatte, und durchdrang in ihrer sanften Kühle alle Schichten der Materie. Das Gesicht veränderte sich und nahm plötzlich, da ich ihm gegenüberstand, um dieses Auge herum Gestalt an. Zunächst war es nicht Rochards Gesicht, nur diesem Antlitz unheimlich ähnlich. Ich vernahm zwar das dumpfe Stöhnen des Markgrafen in meiner Nähe, doch nichts verband mich mit ihm, weder Gedanken noch Gefühle. Dann aber, sobald Rochards Gestalt in meiner Erinnerung zu leben und zu herrschen begann, nahm auch sein Gesicht jene Form an, die ich in der Ekstase eines Augenblicks mit einem Ziegelstein zu blutigem Brei geschlagen hatte. In der tödlichen Stille der Ergebung, der vollkommenen Niederlage erklang die Erkenntnis wie eine einsame Chorstimme in mir: Wie hätte ich jemanden töten können, der unsterblich war? Ich hatte nur den Spiegel zerschmettert, indem ich die Form zerstörte, in dem sich jener widerspiegelt, der nicht vernichtet werden konnte. Ich weiß nicht, ob er in einer Weise zu mir sprach, die für das äußere Ohr wahrnehmbar war, oder ob seine Stimme sich nur innerlich über die Kanäle meines Gehirns und meiner Nerven von drüben über mich ergoß, wo das Wissen noch nicht eine Kette aufeinanderfolgender Wörter bildete. Ich begriff: Es war gleich, ob mir hier im Schein der erstarrten Flammen Salomon Trismosin, Nikolaus Flamel oder Eduard Anselmus Rochard gegenüberstand. Sie waren bereits eins geworden nach der Großen Transmutation, die aus dem vielfältigen, nach außen verzweigten, auseinanderfallenden, vergänglichen satanischen Element das einzige göttliche Wesen sublimiert.

Der Ruf war ergangen, die Verbindung mit der überirdischen Sphäre der göttlichen Einweihung hergestellt. Das Wort, das in die Sphäre des Mercurius hinaufdrang, war nicht mehr das Wort des Sünders, den die Steine seiner Taten und sein dichter Leib zur Hölle hinabzogen, sondern der Ruf des unwandelbaren göttlichen ICH, der nicht töten und nicht getötet werden konnte.

Über meinem ehemaligen und zukünftigen Leben erstrahlte für einen Augenblick die Sonnenscheibe des Geistes. Die Landschaft wurde nicht verändert. Die Spuren des Wahns, der bösen Taten, der sinnlosen Zerstörung schwelten immer noch bewegungslos im scharfen Licht, und auch der Weg in die Zukunft, der an Abgründen vorbeiführte und sich in der Unendlichkeit verlor, lag in erschreckender Trostlosigkeit vor mir. Die glänzende Sonnenscheibe hatte das Reich des gigantischen geronnenen Blutes beleuchtet, das ich durch meine Zerstörung errichtet hatte. Darum waren meine Opfer, die sich aus meinen Kräften nährten, die ich getötet hatte, die ich haßte und fürchtete, zu meinen ständigen Begleitern, zu meinem Schatten geworden. Sie offenbarten das Tanggeflecht, das mich an die Leichenkammern der Formenwelt kettete, die Fesseln der Anziehung, die durch den Schub der Selbstsucht gezeugt wurden ...

Das GESETZ stand vor mir. Vor mir? Nein, in mir.

Die Hieroglyphen des grünblauen Auges, das an mir hing, glühten jetzt auf und erhellten sich in der Hoheit der Offenbarung, die wie folgt in mir erklang:

»Ich vergebe dir. Ich will dich nicht strafen. Du selbst bist der Mörder und das Opfer zugleich. In dir liegen die Sünde und die Erlösung. Die Erde ist ein dunkles Schattenbild, das sich im Astral-Ozean spiegelt. In diesem Spiegel ist alles verkehrt. Also ist das Böse gut und das Gute böse. Die Zerstörung ist die Konstruktion der Materie, der Tod die Geburt. Der Genuß ist der Fall, und das Sammeln und Sparen sind die Schuld, das Martyrium ist die Erlösung.

Am untersten Punkt der tiefsten Tiefe angelangt, kannst du dich aufschwingen zum höchsten Ziel. In den Gewölben der tiefsten Finsternis schlummert der Samen des göttlichen Lichts. Wenn sich die Wende einstellt und das eine das andere ablöst, ist die Wandlung vorerst nicht wahrzunehmen. Doch es ist geschehen, was geschehen mußte!

Denk daran: Du mußt bis zum letzten Heller bezahlen, und

das Leiden ist die Abzahlung deiner Schuld. Das höchste Leid, der tiefste Punkt ... Also ist er der Ausgangspunkt hin zum höchsten Ziel.«

Nun vernahm ich erneut dieses Stöhnen aus weiter Ferne und merkte erst später, daß ich derjenige war, der sich entfernt hatte, tief in mich versunken der Stimme lauschend, die zu mir sprach. Die fiebrigen, zusammenhanglosen Worte des Markgrafen drangen nur allmählich bis in mein Bewußtsein vor.

»Deinen Namen ... tilge ihn von der Wand ... tilge ihn aus meinem Kopf und aus meiner Seele ... wische ihn ab ... ich will nicht ... so kann ich's nicht ertragen ... Oh, weh mir, laß mich ...!«

Die Flamme begann jetzt unruhig zu flackern, und man konnte die gewaltige Stimme aus allen Richtungen deutlich vernehmen, wie sie fürchterlich von den Mauern widerhallte:

»Blut kann nur mit Blut abgewaschen werden. Ich habe meinen Namen mit Blut an die Wand geschrieben!«

Ein wilder Sturmwind fegte durchs Zimmer. Die Gestalt verschwand. Aus den Ecken drang Finsternis hervor, weil die Flamme in beiden Kesseln erstickt war und stickigen, dichten Rauch spie, als wären es zwei gewaltige Schornsteine. Jetzt vernahm ich das Stöhnen bereits aus der Nähe, dann einen klirrenden Laut, als würde ein schwerer Körper zu Boden fallen. Der Markgraf war ohnmächtig zu Boden gesunken und hatte den dreibeinigen Tisch mit dem Kupferkessel mitgerissen.

Mir war schwindlig, halb bewußtlos kramte ich nach dem Feuerzeug, doch inzwischen bemächtigte sich meiner eine tödliche Schwäche. Meine Knie zitterten, mein ganzer Körper war unter dem langen weißen Gewand mit kaltem klebrigen Schweiß bedeckt. Ich mußte mich setzen. Ich konnte einfach nicht in die Wirklichkeit meines körperlichen Daseins zurückfinden. Mein Bewußtsein versank immer wieder im weiten, entsetzlichen Ozean der Geisterwelt wie eine kleine sturmgepeitschte Insel. Auf dieser Insel lag irgendwo der Markgraf ohnmächtig oder tot in einem dunklen Turmgemach voller Rauch und schwerer Düfte, und weiter von ihm entfernt saß jemand vornübergebeugt auf einem Stuhl ohne Lehne, mit einem weißen Tuch am Leib und einem welkenden Kranz aus Eisenkraut um die Stirn. Zu diesem Bild fehlte jede Beziehung. Es rückte immer weiter weg und verblaßte immer mehr, und plötzlich senkte sich die Finsternis auch über die stürmische, bukolische innere Landschaft. Ich weiß nicht, wieviel Zeit auf diese Weise verstrichen war in diesem dämmrigen, dennoch nicht bewußtlosen Zustand bar aller Zusammenhänge, Gedanken und Formen, der – wie ich später aus Erfahrung wußte – ganz jenem Zustand zwischen Tod und Geburt ähnelte.

Ein kalter, verhangener, schmutziggrauer Morgen ergoß sich durch die schmale Fensteröffnung. Das bleifarbene Licht kroch wie eine zähe Flüssigkeit über den erloschenen Altar, den umgestürzten dreibeinigen Tisch und über den reglosen Körper, der mit dem Gesicht nach unten lag und um den sich ein weißes Leintuch wand. Der Kranz aus Eisenkraut war rückwärts von dem unförmigen Schädel geglitten, und die Hand mit den mageren, knorrigen Fingern lag ausgestreckt am Boden.

Es klopfte, und ein Stimmengewirr war zu hören. Ich war unfähig, meinen erstarrten Körper zu bewegen. Ich konnte mich vor den Ereignissen, die auf mich zukamen, weder fürchten noch ihnen entfliehen.

Der Lärm vor der Tür wurde immer lauter, das Klopfen wurde zu energischem Getrommel und Gepolter.

Ich rührte mich nicht, er auch nicht, als die Tür aufgebrochen wurde.

Man hob den Grafen vom Boden auf und setzte ihn auf einen Stuhl. Der Arzt machte sich mit schweißtriefendem, erschrokkenem Gesicht um ihn zu schaffen. Er ließ ihn zur Ader und gab ihm Essig und Anis zu riechen. Der düstere Priester in der schwarzen Kutte, Frater Bertholdus, besprengte sein Gesicht und die Herzgegend mit Weihwasser.

Der Markgraf öffnete die Augen. Er schaute sich mit stierem, verschleiertem Blick um, doch als er mich erblickte, flammte grenzenloses Entsetzen in seinen Augen auf. Er packte Frater Bertholdus krampfhaft am Arm, zog ihn zu sich herab und flüsterte ihm etwas ins Ohr.

Frater Bertholdus ließ dabei den Blick auf mir ruhen. In diesen Augen aber, die vor finsterer, hämischer Genugtuung glühten, las ich mein Schicksal.

»Am tiefsten Punkt der tiefsten Tiefe«

Benommen und hilflos gab ich mich den energisch zupackenden, groben, wütenden Händen hin.

Man schleppte mich über eine ausgetretene Treppe in den Gang hinunter, der unter der Burg verlief. Die Feuchtigkeit trieb einen zähen grünen Brei aus den Steinfugen. Ich dachte, wir wären bereits am Ziel, dort unten in einer der fensterlosen Kasematten, deren Tür sich kreischend vor Rost im flackernden Licht der Fackeln auftat – aber ich irrte. Inmitten der Zelle ragte ein eiserner Ring aus dem Boden. Man führte eine Kette hindurch, hängte sie an einen Haken an der Decke, und dann begannen drei Mann daran zu zerren. Der kreisförmige halbmeterdicke Stein löste sich mit lautem Knall aus dem Boden. Aus der Öffnung schlug mir ein muffiger, fauliger Geruch entgegen. Man schlang mir ein Seil um die Hüften und stieß mich in den Schacht. In dem Augenblick, da ich den Boden unter den Füßen verlor, überfiel mich erneut das panische Bewußtsein des leiblichen Lebensinstinkts. Ich wurde in einen schmalen Felsbrunnen mit triefenden Wänden hinabgelassen. Während ich mich an den scharfen Steinen blutig stieß und nach unten schwebte, büßte ich einiges, so glaube ich. Aus meinem Hals brach ein Schrei, den die wahnsinnige Angst verstummen ließ. Lange – eine Ewigkeit, wie mir schien – dauerte diese Höllenfahrt, bis meine Füße im eisigen Wasser versanken, dessen lähmender Ring schnell über mein Knie zu meinen Hüften emporstieg und dort verweilte. Ich hatte Boden unter den Füßen. Der Strang, den man hinter mir her warf, klatschte auf mein Haupt und erzeugte einen nassen, beißenden Schmerz. Ich hörte das Geräusch des Steins, der heruntersauste und die Öffnung über mir verschloß.

Meine Hand tastete über glitschige, bemooste Steine. Der Graf wollte mich an einem sichereren Ort wissen als Salomon Trismosin. Hier konnte keiner entkommen. Ich griff mir an die Brust. Die Dose war an ihrem Platz. Die Dose ... Das Elixier ... Das Elixier des ewigen Lebens ...

Ich begann zu zittern. Mit einer einzigen heftigen Bewegung riß ich den Lederbeutel vom Hals und schleuderte ihn ins Wasser.

»Nein ...«, betete ich, »Herr im Himmel ... nein! ... Herrgott, hilf mir ... Mein Gott, verzeih mir ... Nur das nicht ...«

Ich stand da und wartete entsetzt, was jetzt kommen würde. Um mich herum nichts als Gestank und Finsternis. Von den Steinen des Brunnens tropfte das Wasser stetig und gleichmäßig auf mich herab. Von der Zeit hatte ich nicht die leiseste Ahnung. Ich zählte die Tropfen, doch dann ließ ich es bleiben. Eine bleierne Müdigkeit bewältigte sich meiner Füße und Beine, meine Glieder zogen mich in die Tiefe.

Schlafen ...

Vergehen ...

Sterben ...

Mein Gott ... sterben!

Blinde, bewußtlose Stille ... Friede ... Freiheit ...

Frei von Angst ...

Der Wasserring stieg allmählich immer höher, benetzte meine Brust, meinen Hals und schloß sich über meinem Kopf. Abgestandenes Wasser drang mir in Mund und Nase. In meinen Ohren rauschte brüllend und tobend das Blut.

Ich wartete.

Das Entsetzen trieb mich an die Oberfläche. Die Spannung meiner Lungen verursachte mir schier unerträgliche Schmerzen. Ich würgte, keuchte – und lebte.

Meine Selbstmordversuche scheiterten allesamt an der Zähigkeit meines Körpers. Ich wich von der Pein zurück, die sie verursachten. Ich konnte meinen Körper nicht richten, der durch das Elixier zum Leben verdammt war. Das Leben klammerte sich an mich ›wie die verkrampften Kiefer eines wilden Tieres‹.

Also muß ich weiterleben, auch hier in der eingemauerten Gruft, ohne Rast und ohne Hoffnung, jahrelang, vielleicht jahrhundertelang, solange man meiner vergaß und mich hier unten darben ließ.

›Am tiefsten Punkt der tiefsten Tiefe.‹

In meinen Eingeweiden wühlte der Hunger. Ich weinte und schrie. Ich verfluchte mich selbst und Rochard, ich verfluchte Gott und mein Leben. Dann aber flehte ich um Gnade.

Das Wasser tropfte. Hundert ... tausend ... zehntausend ... hunderttausend Tropfen ...

Ich betete zu den Dämonen und zu den Mächten der Finsternis.

Ich hämmerte auf die Steine und klopfte mir die Fäuste blutig. In meinem quälenden Hunger riß ich mir das Fleisch von den Armen.

Das Wasser tropfte, und ich zählte die Tropfen.

War es Morgen oder Mittag oder Abend?

Wie viele Tage hatte ich bereits verbracht? ... Wie viele Jahre? ... Seit wie vielen Jahrhunderten mußte ich hier schon darben?

Hundert ... tausend ... zehntausend ... hunderttausend Wassertropfen.

Auf das Toben folgte bleierne Gleichgültigkeit, die wiederum von wahnsinniger Tobsucht abgelöst wurde ...

Doch der Zustand der Gleichgültigkeit griff mit zunehmender Schwäche immer mehr um sich.

Ich verfiel in tiefe Träume, die von bösen Bildern erfüllt waren. Meine Beine konnten meinen Körper nicht mehr tragen. Meine Muskeln, mein Fleisch, meine Haut, alles fiel von mir ab. Die noch nicht erstorbene Flamme des Lebens kämpfte zwischen zusammengesunkenen Knochen.

In dieser absoluten Bewegungslosigkeit, in dieser stummen Ergebung holte der Tod endlich meinen Körper ein.

Das Tal der Schatten

Noch lange wurde ich mir nicht bewußt, daß ich meinem Leib entronnen war. Noch hielt mich die Vorstellung gefangen, ich läge tief in einem steinverschlossenen Brunnen zwischen den festen, unzerbrechlichen Gittern eines Knochengerüsts.

Doch plötzlich schwebte das zerfallende Skelett im phosphoreszierenden Licht der Verwesung unter mir. Es zog mich an und stieß mich gleichzeitig ab, erschreckte und fesselte mich. Das marternde Gefühl einer unsicheren, ratlosen Konturlosigkeit ergriff von mir Besitz. Ich hatte keinen Schwerpunkt. Ich hatte keine Richtung.

Plötzlich wurde ich in wilder Kraft von einem sausenden, heißen Astralstrom mitgerissen. Der Brunnen verschwand. In den Tiefen meines Bewußtseins, irgendwo in der Ferne, schwebte noch der phosphoreszierende Leichnam, doch er verblaßte immer mehr. Ich erblickte meine Dämonen. Sie wurden mit mir gerissen, sie klammerten sich an mich, prallten gegen mich, rammten und stießen mich in diesem gnadenlosen elementaren Energiestrom. So schwebten wir wie fürchterliche Embryos, durch lange, geheimnisvolle Nabelschnüre verbunden. In dieser alptraumhaften Dämmerung schwamm ich zwischen Schatten dahin, die mir ähnlich waren und wie hilflose, dunkle Sonnen ganze Trauben von Dämonenplaneten hinter sich herschleppten und wie Blätter im Zornesorkan der Erde schwebten.

Ich wollte hinaus. Ich sehnte mich nach Licht, nach Freiheit und nach Ruhe. Ich wehrte mich und versuchte mit aller Kraft, an eine erahnte und ersehnte saubere Oberfläche zu gelangen, in eine dünnere Atmosphäre, in einen heiteren, geräumigen Frieden, wo ich mich ausruhen konnte ... doch es war nur ein Strohhalm, mit dem ich gegen eine Meeresströmung ankämpfte. Das Rotieren, Getriebenwerden, Kämpfen und Untertauchen hielt an. Doch die Bewegung nahm plötzlich die Form einer Spirale an, die sich immer mehr verengte. Ich war in einen Strudel der Lust geraten, der in der Astralmaterie von kopulierenden Menschenleibern aufgewühlt wurde. Ein langgezogener Lustschrei durchschnitt das Chaos. Der Kern des Strudels ging auf ... und verschlang mich mit einem gewaltigen Ruck.

Ich war an einem neuen Mast hängengeblieben – ich war gefangen.

Ein dünner, langer, zäher Faden hielt mich fest, der von Monat zu Monat kürzer und fester wurde. Ich umkreiste einen dichten Mutterleib, in dessen Gebärmutter gierige Astralwesen aus schmutzigem Blut – dem Lebenskompost –, aus Millionen geheimer Materien und aus ihrem eigenen Körper die kleine Lebensburg, meine neue Zufluchtsstätte, bauten.

Der Marburger Professor

Ich wurde in Marburg wiedergeboren als sechstes Kind eines armen lutherischen Klempnermeisters, am zweiten Dezember 1560.

Ich hieß Heinz Knotek.

Mein Vater gehörte zu der abstoßenden trunksüchtigen, wildgewordenen Sorte der Religionsfanatiker. Von seinen Lippen strömten die Anklage und der Gnadentrost, doch seine Familie und seine Nächsten durften ruhig vor seiner Nase verreckten.

Meine Mutter war von der tierischen Arbeit ausgelaugt, durch die Not und durch die Geburten. Sie war eine schweigsame Frau, die in ihrem Leben nichts als Opfer brachte, doch die Befriedigung unserer leiblichen Bedürfnisse bereitete ihr soviel Sorgen, daß sie kaum Zeit hatte, um diejenigen bewußt zu erfassen, die sich ihrem Schoße entrissen.

Das sechste Kind: Die sechste Wiederholung eines Ereignisses, das höchstens zum ersten Mal angenehm ist, zum sechsten Mal schon ein bedrückender, kaum erträglicher Überfluß in einer Familie, wo das Brot knapp ist und es an Frieden mangelt.

Aus diesem ausgelaugten Mutterschoß wird also ein verhutzeltes kleines altersloses Männlein mit krebsrotem Gesicht geboren, das in seinen fünffach abgetragenen Lumpen unbeachtet ein neues Leben beginnt – doch im vollen Bewußtsein seiner alten Lasten und in voller Erinnerung an all jenes Entsetzen, das tief in seine Seele gebrannt ist.

Solange der Säugling und der kaum entwickelte Kinderkörper seine instinktiven Funktionen durchführte, konnte ich mich nicht ganz mit ihm identifizieren. Heinz Knotek hatte bereits sein fünftes Lebensjahr vollendet, als ein merkwürdiger, außerkörperlicher Zustand ein Ende nahm.

Bei der Gleichgültigkeit dieser Familie, die zahlreiche Mitglieder zählte, fielen zunächst keinem die beiden weitaufgerissenen Augen auf, die für den gesamten Horror des Jenseits geöffnet waren, auch das verschlossene, versunkene Schweigen des farblosen, freudlosen Kindes mit dem altklugen Gesicht wurde nicht bemerkt. Selbst seine wahnsinnigen langgezogenen Schreie bei Nacht erweckten keine Neugier. Der Fußtritt eines Bruders oder einer Schwester ›eckte‹ den Verdammten, der in die Vergangenheit abgeirrt war, in dessen Bewußtsein die Zeit durcheinandergeriet und dessen Erinnerung ihn in die Tiefen des Brunnens unter die Burg des Dreisesselbergs zurückführte.

In meinem fünften Lebensjahr, als ich mich endlich mit dem Körper des Heinz Knotek vereinigt hatte, kam mir die Familie, die in Unrat und Zank zusammengeschweißt war, schier unerträglich vor. Unser Leben spielte sich ab in einer geräumigen Küche mit gestampftem erdigen Boden in engster Nähe gegenseitiger körperlicher Bedürfnisse mit all der Arbeit, mit all dem Lärm und all den Gerüchen, die dazugehörten. Aus dem Schoß der gewaltigen Feuerstelle stieg der schwere Dunst von Speisen auf. In einer Ecke stand ein Kübel, in dem ständig schmutzige Wäsche eingeweicht war. Bei Tage verteilten wir uns noch einigermaßen, hierhin und dorthin. Die größeren Buben erlernten bereits das Handwerk in der Werkstatt, mein ältester Bruder war bereits Geselle bei einem Barbier, ein Umstand, der mich mit lächerlichem Stolz erfüllte. Er behandelte seine Familie von oben herab und warf mit feinen Ausdrücken um sich. Die Tatsache, daß er von morgens bis abends vor einem langen, verschleierten Spiegel sich selbst gegenüberstand, ließ ihn schier überschnappen. Das Spiegelbild erwachte merkwürdigerweise zum eigenen Leben, und es schien, als würde die Gestalt aus Fleisch und Blut sein eigenes Bild wie eine Marionette nachäffen. Meine ältere Schwester diente beim Apotheker, meine jüngere Schwester hütete die Kühe des reichen Müllers Hlavanak.

Am Abend drängten sich alle im stickigen Dampf der Küche. Selbst die Hühner stelzten mit ihrem dummen Panikschritt herein und wichen gackernd vor uns aus. Mein Vater saß unter der Lampe. Der Lampenschein beleuchtete sein langgezogenes eingefallenes Gesicht, seinen hängenden gelben Schnurrbart, seine vom Trinken verschleierten hervorquellenden Fischaugen, seinen dünnen Mund, dessen Winkel sich herausfordernd nach unten bogen, nach Streit und Streitgesprächen lechzend. Er war blaß und kränklich, seine Brust eingefallen. Er war oft krank, klagte über Herzbeschwerden, über Schmerzen im linken Arm und in den Fingern, und in diesem Zustand konnte er nicht arbeiten. Ich hatte diese Art Zustände geerbt, seine schlechte Veranlagung, ich, das letzte seiner Kinder, das im Suff gezeugt worden war.

Meine Mutter habe ich nie sitzen sehen. Selbst ihr Essen verschlang sie nebenbei im Stehen. Sie war pausenlos am Werken. Mit ihrer knochigen, schweren Gestalt arbeitete sie stumm vor sich hin. Sie sagte nichts und stellte keine Fragen, nur gelegentlich entrang sich ihrer Brust ein Stöhnen, wenn sie von reißenden Schmerzen in den Beinen geplagt wurde. Auch hier war ich der einzige, der etwas davon wußte. Ihre anderen Kinder kümmerten sich nie darum, wie es ihr ging. Sooft ich sie fragte, ob sie Schmerzen hätte, schaute sie mich verwundert an und lächelte mir dann zu. Dieses Lächeln verschönte sie und schmückte ihr Gesicht mit vernünftigen, feinen, untertänigen Zügen.

»Ich habe ein Reißen im Bein ... kümmere dich nicht drum, Heinz!«

»Ihr müßtet Euch hinlegen ...«

»Hinlegen? ... Oh ... dafür habe ich keine Zeit ... Das wäre noch schöner! Was würde dein Vater sagen? ... Im Grab, mein Sohn ... dort werde ich mich eines Tages ausruhen!«

Dies war unsere einzige vertrauliche Unterhaltung. Doch von da an schenkte sie mir gelegentlich ein Lächeln, und dies verband uns tiefer als irgendwelche Worte. Das Geheimnis dieses Lächelns teilte sie nur mit mir allein. Bei den anderen scheuerte, wusch und kochte sie stumm mit stumpfem Gesicht und zusammengebissenen Lippen und ertrug wie versteinert die Schläge ihres ewig betrunkenen, reizbaren Ehemannes.

Mein Vater dagegen redete pausenlos. Jede Rührung seines Lebens verknüpfte er mit den Sentenzen bombastischer Gemeinplätze. Sobald man ihm widersprach, geriet er unverzüglich in Wut, wurde sofort persönlich und gemein. Er griff alles an, was da kreuchte und fleuchte. Sobald irgend etwas nur um ein Haar von seiner Meinung, seinen Gewohnheiten oder von seinem Geschmack abwich, ging er zum Angriff über und versuchte, den anderen nach seinem eigenen Zerrbild zu formen. Er war derart empfindlich, daß er nicht einmal den Angriff durch einen angenommenen Gedanken ertrug, er aber trampelte auf den schwächsten Stellen seiner Umgebung herum. Wehe dem, der seinen Schlaf störte! Wenn er aber wach wurde, scheuchte er alle aus dem Schlaf, selbst mitten in der Nacht. Und wenn er betrunken war – was ziemlich oft vorkam –, nahm sein Redeschwall bedrohliche Proportionen an. Dann nahm er den ersten besten ins Visier und überschüttete ihn mit einer endlosen, gehässigen Predigt, stellte Fragen, beantwortete sie an Stelle des Delinquenten, warf ihm alle sieben Sünden vor und verwies ihn direkt in die Hölle.

Ich kann mich an jene dumpfe Wut erinnern, die mich packte, als ich eines Tages meine Mutter auf allen vieren auf den breiten schmutzigen Steinquadern des Aufgangs erblickte, einen Wischlappen in den geschwollenen roten, von der morgendlichen Kälte aufgesprungenen Händen, wie sie zu meinem Vater emporblickte, der mit gespreizten Beinen und düsterem strengen, selbstgefälligen Gesicht vor ihr stand und sie über die Gebote der Religion belehrte. Mein Vater hatte zwei grobe, knorrige Finger mahnend erhoben und schleuderte die Worte mit zusammengezogenen Brauen und hervorquellenden Augen von sich:

»Du darfst deine Seele nicht aufs Spiel setzen, Unglückliche! Glaubst du, daß du dir auch in unserer Konfession die Gnade Gottes mit irgendwelchen Ablaßzetteln erkaufen kannst? Hier muß man handeln! Der Teufel ist stets auf dem Posten! Ein versäumtes Nachdenken, die geringste Nachlässigkeit öffnen bereits einen Spalt zur Hölle! Dort werde ich nicht bei dir sein, um auf dich aufzupassen! Tilge aus deiner Seele die Schmach der Trägheit, denn an jenem Tag wirst du Gott vergeblich rufen, denn Er wird sagen: ›Ich kenne dich nicht!‹«

Am Abend vorher hatten ihn zwei seiner Kumpane aus dem Wirtshaus heimgeschleppt. Sie hatten ihn an Händen und Füßen gepackt und über den steinigen Weg geschleift, der mit Kot und stinkenden Jauchepfützen übersät war. Meine Mutter legte ihn trocken, ließ ihn erbrechen und brachte ihn dann zu Bett. Als er am Morgen aus seiner bleiernen Trunkenheit erwachte, war das Haus bereits sauber geputzt, und das Frühstück stand auf dem Tisch. Die Kinder waren schon alle zur Arbeit gegangen, ich aber lag bäuchlings oben auf einem breiten Schrank und hielt den Atem an, um zu verhüten, daß er mich erblickte und mich mit dem trüben Abschaum seines schwindelnden Kopfes überschüttete. Außer meiner Mutter blieb daher niemand übrig, an dem er seinen Kater austoben konnte. Er baute sich also vor dieser abgearbeiteten Jammergestalt auf und war schamlos genug, der verhärmten Frau etwas über gute Taten vorzusabbern.

Sooft ich konnte, riß ich zu Hause aus und wandelte über das grasbewachsene steinige Ufer der Lahn, die sich silbergrün durch ihr Bett schlängelte. Unsere elende Hütte stand am linken Ufer des Flusses, doch ziemlich weit entfernt in einer stinkenden Gasse. Am rechten Ufer, auf der Spitze eines Berges, dessen bewaldete Hänge zunächst sanft emporstiegen und dann steil nach oben strebten, stand ein altes Schloß. Mir graute vor diesem Bau, weil mich seine Lage und seine rußigen Umrisse am Abendhimmel an die Burg auf dem Dreisesselberg erinnerten. Sobald ich das Schloß erblickte, rückte mir jenes Skelett immer näher, das im eisigen Wasser des Schloßbrunnens vermoderte. Ich sah und fühlte es, als würde es immer noch zu mir gehören.

Die edle, strenge Gotik der Elisabethkirche beschwor das Bild Nürnbergs, durch dessen steile, schmale Gassen ich einst wie ein hungriger Wolf hinter Rochard hergeschlichen war.

Ich mochte etwa neun Jahre alt sein, als ich während meiner Streifzüge in der Straße der Universität die hagere Krähengestalt des Amadeus Bahr erblickte, des Bibliothekars des Zollerngrafen, einen nackten weißen Brotlaib unterm Arm. Er war es, ohne Zweifel: Der Freund Eduard Rochards, der zum Leben erwachte Tote, dessen wundersame Heilung der Anfang meiner Tragödie war.

Die Überraschung dieser Begegnung nahm mich derart gefangen, daß ich jegliche Vorsicht vergaß. Ich dachte nicht daran, daß ich mich seit unserer letzten Begegnung äußerlich vollkommen verändert hatte und jetzt im Körper eines neunjährigen schmutzigen Gassenbuben immer noch vor jenen Folgen auf der Flucht war, die mir auf den Fersen brannten. Unpersönlich und verblendet freute ich mich über ihn, wie man sich in der Fremde über die Begegnung mit einem einsamen Leidensgenossen freut. Ich sprach ihn an.

»Magister! Ihr ... wie kommt Ihr hierher?«

Er streifte mich mit seinem zerstreuten, stets in irgendwelche Spekulationen verlorenen Blick.

»Wie ... was denn? ... Was willst du, Kleiner? Wer bist du denn?«

Die Worte blieben mir im Hals stecken. Ich schaute plötzlich an mir hinunter, um dann verwirrt und erschrocken die Flucht zu ergreifen. Dabei hörte ich seine überraschte heisere Stimme hinter mir:

»Warte! ... Bleib stehen! ... Hei! Lauf nicht davon, ich werde dich nicht gleich auffressen. Woher ...«

Aber ich lief weiter, keuchend, beschleunigte meine Schritte, ich lief, was mich die Füße trugen, über die lange Holzbrücke der Lahn, über die schlammige, glitschige Straße und traute mich erst in dem kleinen Werkzeugschuppen hinter unserem Haus auszuruhen, nachdem ich die Tür hinter mir verschlossen hatte.

»Wer bist du?« echote die Frage des Amadeus Bahr in mir.

Was hätte ich ihm antworten sollen? Was hätte ich auf diese Frage antworten müssen? Ich war Hans Burgner! Der Mörder eines sanften, weisen und schutzlosen alten Mannes. Ich habe den Magier getötet, der genau wußte, daß ich ihm nach dem Leben trachtete, und der sich dennoch nicht dagegen wehrte. Ich tat ihm leid, das Opfer beweinte seinen Henker. Oh, jetzt wußte ich warum! Ich hatte es begriffen, denn einmal, viel später, viele Leiden später sprach er zu mir im magischen Kreidekreis wie folgt: »Die Erde ist ein dunkles Schattenbild, die sich im Astralozean spiegelt. In diesem Spiegel ist alles verkehrt. Also ist das Böse gut und das Gute böse.«

Das Wissen, daß sich Amadeus Bahr in der Stadt aufhielt, ließ mich nicht ruhen. Ich war von gieriger Neugier erfüllt. Wie hatte sich wohl das entsetzliche Arkanum auf ihn ausgewirkt? War er auch ein Unglücklicher, der Sklave fürchterlicher Gesichte wie ich? Und wenn nicht, warum war es so gekommen? Warum wurde das Mittel in meinem Leib zu Gift, während es für einen anderen vielleicht zum lebensrettenden Medikament geworden war? Dann aber begann ich zu hoffen – beklemmt und im geheimen, ohne meine Hoffnung in Worte kleiden zu können –, daß er, wenn es mir gelänge, seinen Argwohn einzuschläfern und mich ihm zu nähern, vielleicht über Rochard sprechen würde, über Rochards Schicksal und über die Geschehnisse, die sich nach meiner Flucht ereignet hatten.

Meine Befürchtung, daß mir körperlich etwas zustoßen könnte oder daß man mich erkennen würde, legte sich. Im Körper Heinz Knoteks war ich vor der irdischen Gerechtigkeit absolut sicher. Noch dachte ich nicht daran, daß die irdischen Gesetze stets die ausführenden Organe geistiger Gesetze sind, selbst dann, wenn es in der Gegenwart so aussieht, daß sie einen Unschuldigen treffen. Der Mensch wird stets von den eigenen Taten eingeholt, auch wenn er vergeblich versucht, während seiner Flucht vom Tatort immer wieder in die Maske eines neuen Körpers zu schlüpfen.

Es fiel mir nicht schwer herauszufinden, wo Amadeus Bahr diesmal beschäftigt war, weil es schließlich nur zwei Möglichkeiten gab: Die Universität oder das Schloß des Grafen von Hessen. Zu meiner Überraschung dozierte er an der Universität als Professor für deutsche Literatur. Er trug einen anderen Namen, was mich nicht weiter wunderte. An den Grenzen eines natürlichen Lebens hatte er vorsichtshalber seinen alten Namen abgelegt. Er war ein angesehener Streiter des Glaubens mit schier unbesiegbar scharfem Geist, und diese Tatsache trug ihm in Marburg – in einer Stadt, die immer noch auf den heißen Wellen des Streites zwischen Zwingli und Luther von 1529 schaukelte – großes Ansehen ein. Dieser Streit ließ die Stadt zum magischen Mittelpunkt des geistigen Streits werden und sorgte selbst nach vierzig Jahren für ständige Gärung. Selbst dem einfachsten Handwerker war die Klärung irgendeiner abstrakten Glaubensthese zum Bedürfnis geworden und war bereit, bis aufs Messer zu streiten, sofern er auf einen traf, der ihm zu widersprechen wagte.

Bahrs Wesen konnte nur in einer solchen Atmosphäre aufblühen. Keiner vermochte sich mit dem Reichtum seines Geistes, seiner blitzartigen Geschwindigkeit und seiner glühenden Spannung zu messen. Der Graf betrachtete es als Ehre, ihn an seinem Tisch zu begrüßen, und mit jener Achtung und Anerkennung, die er dem hohen Geist entgegenbrachte, sah er über jenen ätzenden Humor hinweg, der wie ein unerschöpfliches Feuerwerk aus seinem Hirn sprühte und weder Rang noch Ansehen, weder Bräuche noch Dogmen verschonte. Hätte die Inquisition Bahr greifen können, wäre er längst tot gewesen. So aber hatte er Boden gewonnen in einer neuen, kommenden Zeit, die, in ihrem blinden Glauben erschüttert, zwar nicht an der Allmacht Gottes, wohl aber an der Allmacht des Menschen zu zweifeln wagte.

Man hatte Rochards Freund entdeckt. Aus dem verschimmelten Bücherwurm war ein angesehener Gelehrter geworden, dessen geistreiche Äußerungen auf den Flügeln der Fama in alle

Welt gingen. Die Unterhalter der besten Gesellschaft schmückten ihre Plaudereien mit seinen Federn. Man lachte über ihn, man war entsetzt, und dennoch bewunderte ihn alle Welt. Er selbst hatte sich rein äußerlich überhaupt nicht verändert. Sein Umhang schien immer noch der gleiche zu sein, den er seinerzeit in Nürnberg getragen hatte, als er in seinem finsteren Loch neben der Schneiderwerkstatt hauste. Sein graumeliertes Haar lag ihm immer noch fest im Nacken, und an einem Schuh fehlte auch heute noch die verblichene Metallschnalle. Seine Kleidung war mit Flecken und Fusseln übersät, doch auch dies sah man ihm nach, da seine Worte sein Aussehen vergessen ließen.

Ich schlich so lange um sein Quartier herum, bis ich ihm ein paar kleine Dienste erweisen konnte. Er wohnte im oberen Stübchen eines Lebkuchenbäckers. Sein Fenster lag über dem Laden oberhalb eines kleinen Mauerbogens, in dem eine Madonnenstatue stand. Bei gutem Wetter konnte ich von der obersten Treppenstufe des gegenüberliegenden Hauses seine Gestalt erblicken, die sich über ein Buch beugte. Manchmal erhob er sich, ging wie geistesabwesend durch sein Zimmer, hielt an, machte eine ungeduldige, abweisende Geste und führte Selbstgespräche. Manchmal war ich geneigt zu glauben, daß auch ihn das Astralgesindel verborgener Emotionen schreckte. Ich sah, wie ihn die Dämonen in weitem Kreise umdrängten, doch es schien mir unbegreiflich, warum sie nicht näher zu ihm vordringen konnten. Er war von einem reinen, leuchtenden Kreis umgeben, als wäre es ein Feuer, das man in irgendeinem Urwald entfacht hatte, von knurrenden Bestien in achtungsvollem Abstand umrundet. Später, als ich ihn näher kennenlernte, kam ich dahinter, daß er sich während seiner einsamen Wanderungen mit bedeutend abstrakteren Dingen herumschlug, daß er mit sich selbst debattierte und sich also weitaus fürchterlicherer Argumente bediente.

Manchmal blieb er am Fenster stehen und schaute mit abwesendem Blick auf die Straße, ohne etwas zu sehen. Vergebens war all mein Rufen, Hüpfen und Pfeifen, ich brachte es nicht einmal fertig, daß er mich zur Ordnung rief. Wochen vergingen, bis es mir endlich gelang, seine Aufmerksamkeit auf mich zu lenken, und selbst dann tauchte er aus seiner Versunkenheit nur auf, weil er anscheinend irgend etwas vermißte. Er schrieb. Er schrieb. Mit einem langen grauen Federkiel kratzte er dicht untereinander Zeile um Zeile. Er arbeitete seit Stunden. Es begann bereits zu dunkeln. Den ganzen Tag hatte er keinen Bissen gegessen, und nun begann sein Magen sein Recht zu fordern. Anscheinend hatte er noch gar keine Lust, sich von seinem Thema loszureißen. Ratlos und unruhig suchend, beugte er sich aus dem Fenster, und sein Auge begegnete dem meinen. Er schien sich über meinen Anblick zu freuen, und vielleicht war es auch das stumme Angebot, das ich ihm entgegenbrachte und das ihn veranlaßte, mir zuzurufen, ihm Brot und Milch zu bringen. Das Geld warf er mir aus dem Fenster zu. Damals begriff ich, daß der Mensch mit Willen und Geduld in der Lage war, die Erfüllung aller seiner Träume abzuwarten.

Mit vor Aufregung klopfendem Herzen stieg ich die breite Holztreppe hinauf, den frischen, warmen Brotlaib mit der rotgelben Kruste unter dem Arm, der meine Seite angenehm wärmte, und mit der Tasse voll Milch, die noch lauwarm und schaumig war. Der Bauer hatte sie vor meinen Augen aus dem schwellenden Euter der rotscheckigen Kuh gemolken.

Ich wußte, daß die Zeit gekommen war, die engere Beziehung zwischen uns beiden zustande zu bringen. Mein Plan war bereits fix und fertig.

Ich mußte anklopfen, da der kleine Mann schon wieder über die Milchstraße der Gedanken wandelte. Er fragte, wer da sei, weil er mittlerweile bereits vergessen hatte, daß es mich gab und daß er mir einen Auftrag erteilt hatte. Als er endlich begriffen hatte, worum es ging, konnte er den Schlüssel nicht finden. Schließlich gelangte ich in sein gemütliches Zimmer, wo ein wildes Durcheinander herrschte und wo die Dinge des täglichen Bedarfes an den wunderlichsten Stellen zwischen den zahlreichen Folianten, Schriftrollen und verschlissenen, mit grünschwarzen Zeilen bedeckten Manuskripten auftauchten. Er kramte unter dem Bett eine Kerze hervor, während er abwechselnd vor sich hinschimpfte und mich gleichzeitig ermunterte:

»Oh ... das soll doch ... wo ist das verwünschte Ding nur hingeraten! ... Sofort, mein Söhnchen ... Ich will nur etwas Licht machen ... (Mein Gott, mein himmlischer Vater ... genauso hatte er damals in der Morgendämmerung nach der Kerze gekramt, als ich ihm Rochards Brief brachte!) ... Gleich kriegst du was für deine Mühe ...«

Allmählich gewöhnte sich mein Auge an das abendliche

Dämmerlicht, in welches sein Zimmer getaucht war. Im Licht des Halbmondes sah ich, wie er verwundert ein Barett in der Hand drehte, das er unter dem Bett hervorgekramt hatte und aus dem die Reste einer alten Feder hervorragten. Als er endlich begriffen hatte, was es für ein Gegenstand war, den er da in der Hand hielt, schleuderte er ihn ungeduldig von sich. Dann bückte er sich stöhnend und holte diesmal eine Kerze hervor.

»Sie ist bei Nacht dort hineingefallen ...«, erläuterte er. »Ich habe noch keine Zeit gehabt, sie hervorzuholen. Möchtest du lieber Geld oder Süßigkeiten? ... Irgendwo muß auch so etwas vorhanden sein ...«

Meine Kehle war vor Aufregung ganz trocken: jetzt!

»Ich möchte weder Geld noch Süßigkeiten, Magister ... und ... mit Eurer gütigen Erlaubnis will ich Euch gern jeden Tag Milch und Brot bringen. Ich will auch Euer Zimmer aufräumen und Euch auch sonst in allem zu Diensten sein, Holz spalten, heizen, Wasser holen ...«

Das Licht der Kerze flammte auf und erhob sich über meinen Kopf. Der Professor hielt die Kerze hoch und blickte mir verwundert ins Gesicht. Seine tiefliegenden klugen Vogelaugen tasteten forschend über meine Gestalt und meine Züge, dann neigte er sich grübelnd näher.

»Ich habe dich schon irgendwo gesehen, nicht wahr?«

»Ja«, sagte ich leise. »In der Straße der Universität und dann hier vor dem Haus.«

»Natürlich! Jetzt kann ich mich erinnern ... Nun, heraus mit der Sprache! Was willst du? ... Aber lauf mir ja nicht davon ... Wem gehörst du?«

»Mein Vater ist Klempnermeister. Er ist immer betrunken und predigt pausenlos. Stefan Knotek ist sein Name. Ich heiße Heinz Knotek und bin gerade neun Jahre alt geworden. Ich habe noch fünf Geschwister. Ich glaube, daß wir auch ohne mich bereits zu viele daheim sind. Den Umständen nach hört es sich zwar lächerlich an, aber ich möchte lernen. Ich möchte von Euch lernen, Magister, deswegen schleiche ich um Euch herum, seit ich vernommen habe, daß Ihr in der Stadt eingetroffen seid.«

Ich hatte absichtlich diese etwas hochgestochene Sprache gewählt, die für ein neunjähriges Kind erstaunt frühreif klingen mußte.

Dem kleinen Mann verschlug es vor Staunen die Sprache. Er

starrte mich an, innerlich grübelnd, ohne mich irgendwo unterbringen zu können. Ich neigte mich flehend näher, weil ich sah, daß Mitleid und Interesse mit einem Hauch von Ablehnung in ihm kämpften.

»Ich bitte Euch ... ich bitte Euch sehr, Magister, beschäftigt Euch ein bißchen mit mir ... Ich kann bereits lesen und schreiben ...«

»Wo hast du das gelernt?«

»Aus ... aus einem alten Buch ... Heimlich und ...«

»Allein?«

»J ... jawohl. Oh, ich sehe schon, Ihr glaubt mir nicht!«

»Nein. Aber du kannst mich überzeugen.«

Langsam, indem er kaum den Blick von meinem Gesicht wenden konnte, drehte er sich um, trat an seinen Tisch, stellte die Kerze darauf und holte einen Band hervor.

»Komm her!« sagte er. Er schlug irgendwo nach Gutdünken eine Seite auf. »Setz dich und lies!« Die Aufforderung hörte sich ernst und streng an.

Ich nahm das Buch und zog die Kerze näher zu mir heran. Uns beiden war feierlich zumute, als würden wir zu einer mystischen Handlung schreiten. In der unwahrscheinlichen Spannung der Situation betrachtete ich verdutzt meine dünne, vor Magerkeit grünlichweiße Kinderhand mit den schmutzigen Fingernägeln, das alte, müde Selbstbewußtsein in meinem Hirn. Ich ließ den Finger zwischen die aufgeschlagenen Seiten gleiten und blätterte zum Titelblatt zurück. Es war der zweite Band der Apokryphen und Pseudepigraphen des Alten Testaments, ein handgeschriebenes, in Leder gebundenes seltenes Exemplar. Ich begann, die steile gotische Schrift langsam zu entziffern: »Es werden Tage kommen, welche die Bewohner dieser Erde gewaltig erschüttern werden. Das Gebiet der Wahrheit wird verborgen bleiben, und das Land des Glaubens wird keine Früchte tragen.

Die Ungerechtigkeit wird vermehrt werden, mehr noch, als du es heute erlebst und wie du es je erfahren hast. Dieses Land aber, das du heute als Herrscher erblickst, wird eine unwegsame, verlassene Wüste sein. Wenn es dir der Allerhöchste gestattet zu leben, so wirst du nach den dreifachen Zeiten das Chaos erblicken.

Die Sonne wird plötzlich die Nacht erhellen.

Und der Mond den Tag.

Blut wird von den Bäumen tropfen,
und die Steine werden schreien.
Die Völker werden sich erheben,
und scheinbar wird es keinen Ausweg geben.
Und es wird zur Macht kommen derjenige, den die Bewohner dieser Erde nicht erwarten, der Antichrist.«

Meine dünne Kinderstimme trug die Last der schweren Worte, als würde ich mit meinem zerbrechlichen Körper zentnerschwere Gewichte stemmen. Der Professor nahm mir das Buch wortlos aus der Hand, stellte Papier, Feder und Tusche vor mich hin und begann zu diktieren. Während ich schrieb, spürte ich, daß er sich von Zeit zu Zeit über mich beugte, um zu sehen, was ich tat.

»Die Vögel werden davonfliegen. Sodoms Meer wird Fische ausspeien, und die Stimme der Nacht wird sein wie ein Gebrüll, das so mancher nicht verstehen wird, das aber alle vernehmen werden.

An vielen Stellen werden sich die Schluchten auftun,
und das Feuer wird für lange Zeit hervorbrechen.
Die wilden Tiere werden ihr Versteck verlassen. Die Frauen werden Ungeheuer gebären. Freunde werden plötzlich zu Feinden werden.

Die Vernunft wird sich verbergen,
die Weisheit in ihr Grab fliehen.
Viele werden nach Ihm suchen und Ihn nicht finden.«

Hans Knoteks schwache, ungeübte Hand konnte Hans Burgners Schreibkunst nur schwerfällig und ungeschickt vermitteln, doch dann gewöhnte sie sich immer mehr daran. Die Buchstaben nahmen immer mehr Gestalt an, das Tempo nahm zu. Ich schrieb den Text mit ordentlichem Zeilenabstand fehlerlos bis zum Ende.

»Genug, genug!«

Ich blickte zu ihm auf. Sein Gesicht zeigte einen bewegten Ausdruck.

»Gott sei dir gnädig, mein Sohn! Ich wünschte, diese Fähigkeit wäre von dem Herrn und nicht von dem Bösen. Denn das finstere Wissen ist schlimmer als jede Unwissenheit! Wie dem auch sei, du bist mir über den Weg gelaufen, das Schicksal hat dich aus unerfindlichen Gründen an mich verwiesen, und ich werde dich aufnehmen. Morgen will ich mit deinem Vater sprechen ...«

So trat ich also in die Dienste von Rochards Freund, als sein Schüler und Diener, ich, der ich Rochards Mörder war. Das hört sich entsetzlich an, nicht wahr? Er teilte mit mir seine Mahlzeiten, ich schlief neben seinem Zimmer, und obwohl seine Ablehnung gelegentlich aufgrund meiner merkwürdigen altklugen Äußerungen wieder wach wurde, tat ich ihm irgendwie leid, und er gewann mich lieb mit dem Überfluß seines einsamen Lebens, obwohl die Merkwürdigkeit dieser Situation nur darin lag, daß ich *wußte*, wer ich war, und daß ich mich *erinnerte*. Ansonsten begegnen sich Millionen von Menschen ohne Wissen und ohne Erinnerung, in einem neuen Körper, die sich in ihrem früheren Leben gegenseitig gequält, beraubt, zu Tode gehetzt, verflucht und umgebracht haben. Mütter bringen ihren größten Feind zur Welt und legen ihn ins gleiche Bett wie Bruder und Schwester, der oder die vielleicht des anderen Henker gewesen. Was mich betraf, war ich bereits ein weniger gefährlicher Zeitgenosse als irgendein Amokläufer dieser Art, in dem die Rache der Vergeltung gelähmt schlummerte und gelegentlich unerwartet aus ihm hervorbrach und auf denjenigen niedersauste, der ihm etwas schuldig war. Ich war jetzt unfähig zu töten durch jenes entsetzliche Ereignis, das die Wahrheit in mir keimen ließ, nämlich daß ich mich selbst richtete, wenn ich jemanden umbrachte. Ich hätte es nicht fertiggebracht, zu stehlen und zu rauben, weil ich überzeugt war, daß ich mich durch Diebstahl nur selbst der sanften Geschenke beraubte, die mir der ordnungsgemäße Ablauf der Entwicklung bot. Ich wollte nichts mehr als frei sein und jene Formel finden, die mir dazu verhalf, mich von der Hölle zu erlösen.

Der Magister und sein Feind

Mein Vater machte keine Schwierigkeiten, er war sogar stolz darauf, daß der berühmte Professor seinen Sohn als seinen Schüler angenommen hatte. Mein Organismus war sowieso schon angegriffen, so anfällig und so gebrechlich, daß es unmöglich gewesen wäre, ein Handwerk zu erlernen. Meine Mutter aber brachte jenes Wunder zustande, dessen Geheimnis Christus nach dem Mysterium der fünf Fische und zwei Brote als segensreiches Testament den Müttern mit den vor Arbeit aufgesprungenen Händen, mit ihrem gebeugten Rücken und ihren geschwollenen Beinen hinterlassen hatte. In den Händen solcher Frauen wächst das Brot, Schätze von Speisen und Kleidung werden aus dem Nichts in die Truhen gezaubert, und in ihren schmalen Beuteln kriegen die Pfennige Junge. So kam in meine kleine Holztruhe Wäsche zum zweimaligen Wechseln, und zwischen den dicken handgestrickten Strümpfen lag auch etwas Geld, als ich meinen Platz in dem kleinen Raum mit dem schiefen Fenster einnahm, der neben dem Zimmer des Professors lag. Durch die glattgehobelten klappbaren Fensterläden fiel das Licht durch eine herzförmige Öffnung, aber ebenso pfiff der Wind hindurch und drang die Kälte ein, so daß ich sie mit dikkem Papier verklebte. Es war ein finsteres unfreundliches Loch mit rußigen Balken, die sich über mein Bett neigten, mit fetten Spinnen, die an langen Fäden baumelten, mit Spinnweben in den Ecken, verstaubt und voller Fliegen- und Mückenkadavern, die sich an mein Gesicht schmiegten, aber mir bedeutete es Zuflucht und Ausgangsort zugleich, um mein Ziel zu erreichen.

Hinter dem schludrigen, zerstreuten und unordentlichen äußeren Leben des Professors verbarg sich ein unerschütterliches inneres System. Seine Studien, Aufzeichnungen und Grübeleien bildeten die einzige Wirklichkeit seines Lebens. Alle die Dinge, die die Jahre eines Durchschnittsmenschen ausfüllten – Rang, Ansehen, Erfolg, Genüsse und Güter –, waren für ihn nichts weiter als überflüssige, lästige Nebenerscheinungen, nichts weiter als notwendige Übel. Später kam ich auch dahinter, daß zwischen seiner spitzen Zunge, seinem ätzenden trokkenen Humor und seiner mitleidigen, mitfühlenden Natur, die sich in alles hineindenken konnte, ein gewaltiger Gegensatz bestand. Dieses merkwürdige Doppelwesen bekämpfte sich in seinem Innern wie zwei Seelen in einer Brust. Sein Auge entdeckte überall das Verzerrte, Groteske, die Dummheit und die Scheinheiligkeit im Leben. In seinem Hirn wurden diese Beobachtungen unverzüglich zu flammenden Gedanken, die der reiche Quell seiner Schöpferkraft in unwiderstehliche Formen goß. Dort, wo seine konzentrierte Wortbombe einschlug, gab es eine Explosion, die die wilden Triebe sofort vernichtete. Ihm aber bereitete der Erfolg, das Gelächter, der Beifall, die niedrige Schadenfreude des Massenmenschen keine Freude mehr. Er wurde unruhig und unzufrieden. In Wirklichkeit hatte er für seinen Gegner Verständnis und hatte Mitleid mit ihm. Die triumphale Eruption des Kampfes bereitete ihm Übelkeit. Er wußte, daß die Dummheit eine bedauernswerte Krankheit ist und daß die Bosheit nichts weiter ist als das ansteckende Symptom der Beschränktheit. Und er wußte auch, daß selbst im Innern des scheinbar verlorenen Menschen das göttliche Wesen auf Befreiung wartet und daß die Welt von lauter Unglücklichen bevölkert ist, die in schweren Alpträumen dahinstolpern.

»Ich habe wieder gegen Schatten gekämpft«, sagte er einmal müde, wenn er von einer seiner ›Eskapaden‹ wieder nach Hause zurückkehrte. Er hatte sich wieder einmal im Kreise seiner Kollegen aufgehalten und den bigotten, haßerfüllten Professor der Theologie zum unverhohlenen Genuß der Gesellschaft im Geist bei lebendigem Leibe seziert. Da lag nun der große Mann ausgestreckt zwischen den Leichen seiner erschlagenen Argumente, stumm, nach Luft schnappend, ohnmächtige Wut im Herzen, und keiner fand sich, der ihn bemitleidet hätte. Denn es gab kaum einen, bei dem er mit seinem tyrannischen, krankhaft empfindlichen, aufgeblasenen Ich und seiner eitlen Überheblichkeit nicht bereits angeeckt wäre. Doch dem Professor tat er plötzlich leid. Das Mitleid überfiel ihn wie üblich gemein und hinterrücks wie ein physischer Schmerz. Die im roten Dampf schwimmenden Augen seines Kollegen, sein schweifender Blick, das verräterische Zittern seiner Hände und seine schweren, keuchenden Atemzüge erinnerten ihn an eine Ratte, die in die Ecke gedrängt nach einem Ausweg suchte, den die Kameraden der Kindheit vor seinen Augen zu Tode gesteinigt hatten.

»Genauso hat er ausgesehen ... genauso ... Heinz, du kannst es mir glauben!« sagte er zu mir, indem er im Zimmer auf und ab lief. »Ganz gleich, ob er nun ein Dummkopf ist ... es macht gar nichts, daß seine Gedanken, seine Worte schädlichen Käfern gleichen ... er weiß es nicht besser! Man kann nichts anderes von ihm erwarten. Und ich, der ich weiß, daß sein Zustand nichts weiter ist als eine vorübergehende Erscheinung, seine Beschränktheit nur ein flüchtiges Symptom, ich habe ihn gequält, verspottet und zu Tode gehetzt! Ich habe einen Blinden verspottet, weil er strauchelt, habe einem vor Angst Wahnsinnigen Furcht eingejagt, eine Mißgeburt auf den Pranger gestellt, ach, pfui! Wenn ich nicht wüßte, was hinter der Flagellation steckt, würde ich am liebsten meinen Körper auspeitschen, doch auch hieraus würde sich der Elende noch Genuß erbeuten! Herr Jesus, warum kann ich es nur nicht fertigbringen, so etwas nie wieder zu tun?!«

Mir gegenüber war er auf eine freundliche, unbeholfene Art gütig. Sooft er mich mit einer schwierigeren Arbeit betraute, etwa indem er mich etwas Holz für den Ofen herauftragen ließ oder mir die Abschrift eines seltenen Buches übertrug, das er sich aus der Universitätsbibliothek ausgeliehen hatte, quälten ihn offensichtlich Gewissensbisse, und er versuchte, mich auf jede erdenkliche Art zu entschädigen.

»Ißt du auch genug, Bub?« fragte er manchmal besorgt. »Du mußt es mir nur sagen, wenn du etwas brauchst, du weißt, daß ich den Kopf voll habe. Blaß siehst du aus. Deine Augen sind eingefallen. Ich werde dir einen Herd in deine Kammer stellen ... Geh nur und hol frischen Lebkuchen vom Wirt, das ist gut für deine Knochen! Da hast du Geld ... Möchtest du nicht mit den anderen Kindern spielen? Du kannst gehen, wenn du willst ...«

»Nein, Magister. Ich dank Euch für Eure Güte. Ich möchte lieber bei Euch bleiben. Die anderen sind dumm, wild und langweilig. Die Bücher sind viel interessanter, obendrein ruhig und freundlich.«

»Du sprichst, als wärest du nicht zehn, sondern hundert Jahre alt ...«

»Vielleicht bin ich sogar noch älter, Magister.«

Wieder einmal ließ er den Blick verdutzt auf mir ruhen.

»Natürlich bist du älter, aber woher willst du das wissen, du Kindskopf?« brach es aus ihm hervor. »In deinem Alter habe ich Schmetterlinge gejagt und wollte Waffenschmied werden, weil ich diesen um seine tiefe Stimme und um seine Muskeln beneidete. Es ist das Gesetz der Natur, daß die Seele zu Zeiten, da der Körper erbaut wird, ein blinder Spiegel ist, vor dem der Abglanz vergangener Schatten vorüberzieht.«

»Das Gesetz der Natur ...«, sagte ich langsam und blickte von dem niedrigen Schemel zu ihm auf, wo ich in der Nähe des Fensters saß, einen gewichtigen Manuskriptband auf den Knien. »Da habt Ihr recht, Magister ... Doch wer würde es wagen zu behaupten, daß unter uns nicht solche Geschöpfe leben, die aus dieser Ordnung ausgetreten sind, weil sie entweder zu hoch darüber oder zu tief darunter stehen, mit dem reichen Licht des Sehens gesegnet oder mit der Last des finsteren Wissens geschlagen sind?«

Er schaute mich ernst und nachdenklich an, und ich sah, wie die ablehnende Beklommenheit wieder Besitz von ihm ergriff.

»Heinz, Heinz, ich kann dich nicht verstehen, ich kann mir nur noch Sorgen um dich machen! Du weißt es besser, warum du zu mir gekommen bist ... Könntest du mir nicht mehr darüber verraten? Wer bist du? Wer warst du? Was weißt du von deinem wirklichen Ich? Was ist es, woran du dich erinnern kannst?«

Meine Antwort fiel anders aus, als ich beabsichtigte. Schon hatte ich mehr gesagt, als uns guttat, doch ich war von heißen, schmerzlichen Wellen des Wunsches nach Erlösung erfüllt, obwohl ich wußte, daß ich ihm nichts eingestehen konnte. Seit meiner Verbannung war er das erste Wesen, das sich um mich sorgte, mich uneigennützig unterstützte und mir helfen wollte.

»Ich weiß so manches, woran ich mich nicht erinnern möchte und bewahre Bilder in mir, deren Geheimnis ich mit niemandem teilen kann. Wenn ich sprechen wollte, könnte ich nur mit Euch darüber reden, Magister, doch ich kann und darf nicht, obwohl schon eine einfache Mitteilung meinen Zustand erleichtern könnte ...«

Der Professor beugte sich vor, aus seinen Augen und aus seiner Stimme strahlte die Wärme eines alles begreifenden Mitgefühls.

»Erleichtere dich! Was du auch getan hast, ich will dich nicht verurteilen ... es gibt keine Tiefen, aus denen kein Weg hinausführt ...«

»Aus meiner Hölle gibt es kein Entkommen, Messere Bahr!«

Seine Augen wurden schmal, und Angst durchflutete mich. »Bist du hier in Marburg geboren?«

»Ja«, erwiderte ich leise.

»Bist du je außerhalb der Stadt gewesen ... ich meine ... weiter weg ... sagen wir ... in Nürnberg?«

Ich schwieg ratlos.

»Antworte mir, mein Sohn!«

»Nein ... ich war nicht in Nürnberg ... aber ... Ihr seid ein berühmter Mann, Magister ... Als Ihr in die Stadt kamt, wart Ihr in aller Munde ... und ...«, stotterte ich verwirrt, ohne zu überlegen.

»Und da hast du wohl gehört, daß man mich in Nürnberg Amadeus Bahr nannte?«

»Jawohl!« entfuhr es mir, und plötzlich fuhr mir die Angst in alle Glieder. Ich wußte, was jetzt kommen würde, bevor er es noch aussprach.

»Amadeus Bahr ist, da die Heilige Inquisition einen Haftbefehl gegen ihn erlassen hatte, ins Wasser gegangen. Dieser Umstand wurde durch seine Kleidung und seine Papiere bestätigt, die er am Flußufer hinterlassen hatte. Sein Leichnam wurde in der Nähe eines Dorfes gefunden. Einige, unter ihnen auch der Arzt des Zollerngrafen, meinten, in ihm den ehemaligen Bibliothekar zu erkennen. Die Frau eines Schneidermeisters schwor jeden Eid, daß der Leichnam mit dem alten Ketzer identisch sei. So wurde er also vor gut zehn Jahren als tot erklärt ...«

»Aber Ihr ... Ihr seid dennoch Amadeus Bahr!«

»Zweifellos«, sagte er und lehnte sich zurück. »Diese Tatsache dürfte aber außer mir und einem alten Freund, von dem ich meinen neuen Namen und meine Papiere geerbt habe und der gestorben ist, niemandem bekannt sein ... Du aber hast mich doch mit dem Namen des ehemaligen Nürnberger Bibliothekars gerufen ... Heinz, laß mal sehen ... Irgendeiner ... ein Bekannter aus Nürnberg, den es irgendwie hierher verschlagen hat, hat von mir in deiner Gegenwart gesprochen ... war es so?«

»Ja, so war es«, hakte ich ein. »Der ... der Wirt der Sebaldus-Herberge ist ein Bekannter meines Vaters ... Er war in Marburg auf der Durchreise in Erbschaftsangelegenheiten ... Er hat den Magister auf der Straße erblickt, und ...«

»Meinst du Wilhelm Drumann?«

»Ja.«

»Der ist bereits seit zwölf Jahren tot.«

Durch seine Augen tasteten zwei lebhafte Gedankenfortsätze mein Gesicht ab, deren physikalische Berührung ich deutlich spüren konnte. Sie bohrten sich in mein Hirn, bis hinein ins Nest meines entsetzlichen Geheimnisses. Eine wilde innere Furcht, eine Sehnsucht nach Flucht ergriffen von mir Besitz. Ich erhob mich und trat mit einer unwillkürlichen Bewegung zurück.

»Halt, mein Sohn!« sagte er mit fester, ruhiger Stimme. »Vor mir brauchst du dich nicht zu fürchten. Ich fühle, daß du dich mit einem festen Ziel zu mir gesellt hast. Ich weiß, daß ich dich nicht mit gleichem Maß messen kann wie die übrigen Geschöpfe. Du willst etwas von mir, was wahrscheinlich nur ich dir geben kann ... Warum bist du nicht aufrichtig? Ich muß deine Probleme kennen, um dir helfen zu können. Woher weißt du, wer ich bin? Wann bist du in Nürnberg gewesen? Wo haben wir uns da getroffen? Wer warst du seinerzeit, und wie war dein Name?«

Ich schaute ihm ins Auge. Mein Inneres wollte schier vor Sehnsucht nach Mitteilung und nach Erlösung bersten, doch ich blieb stumm. Meine Lippen wurden durch Angst, durch Argwohn und durch das Entsetzen vor meiner Tat versiegelt, und sie blieben fest verschlossen wie die Tore eines Gefängnisses.

»Lastet eine große Schuld auf dir?«

Ich senkte den Kopf, Tränen schossen mir aus den Augen, und ich begann krampfhaft und immer verzweifelter zu schluchzen. Heinz Knoteks schwächlicher Knabenkörper wurde durchgerüttelt wie ein zartes Porzellangefäß, in dem das Wasser bei großer Flamme zu sieden beginnt. Und diesen Körper hatte die zähe Kraft des Elixiers nicht mehr im Griff. In seinem feinen, schwer belasteten Nervensystem hatte die entsetzliche Erschütterung einen Kurzschluß ausgelöst, hervorgerufen durch die Furcht vor der Entdeckung und durch die schier unerträgliche Spannung des Wunsches nach reuevollem Geständnis.

Amadeus Bahr stapfte voll verlegenen, ohnmächtigen Mitleids um mich herum. Er klopfte mir mit seiner mageren kalten Hand auf die Schulter und versuchte mich zu trösten.

»Nun, nun, mein Junge ... Um Gottes willen, hör endlich mit

dem Weinen auf ... Wenn du willst, werde ich nicht mehr weiter in dich dringen ... Nun weine nicht mehr ... Am Ende wirst du noch krank ...«

Ich wollte zwar, aber es gelang mir nicht, dem krampfhaften Schluchzen ein Ende zu bereiten. Das Röcheln verursachte mir stechende Schmerzen in der Brust, als hätten sich alle Reue und all der hoffnungslose Schmerz in Hans Burgners sündhaftem, tragischen Leben in Heinz Knoteks zerbrechlichem Körper in Tränen aufgelöst. Ohnmächtig, von Nervenfieber geschüttelt, duldete ich, daß mich der Magister entkleidete, zu Bett brachte und mir kalte Umschläge aufs Herz legte.

In der sinnenraubenden Betäubung des Fiebers verwirrten sich die Ereignisse in meinem Bewußtsein. Der Alptraum der Zeit lockte mich in die Vergangenheit. Ich war in der eingefallenen Scheune mit dem schadhaften Dach mit Rochard allein. Ich kniete vor ihm, und mit Heinz Knoteks dünner, bebender Kinderstimme flehte ich ihn an, bat, ja forderte von ihm das Elixier. Dann, als hätten mich Dämonen auf die Walze einer teuflischen Drehorgel geflochten, erlebte ich schweißgebadet, weinend und mich wehrend den Mord, wiederholte ihn immer wieder, genauso wie es sich abgespielt hatte.

Als ich einmal durch meinen eigenen Schrei in die Gegenwart zurückfand, erblickte ich Amadeus Bahrs bleiches, beklommenes Gesicht ganz aus der Nähe. Er hielt meine Arme mit aller Kraft fest, weil ich aus dem Bett springen wollte ... doch die feurigen Fieberwellen warfen mich wieder zurück in die stickige Luft der feuchten Scheune, schleuderten mich in die Ecke, wo Rochards Körper wie ein dunkler Haufen lag. Aus dem sanften alten Gesicht starrten mir seine weitgeöffneten graugrünen Augen entgegen, und ich zielte mit dem Ziegelstein direkt zwischen diese beiden Lichtpunkte. Immer wieder schlug ich zu, gnadenlos und mechanisch mit der Sturheit der Geschehnisse, die nicht mehr rückgängig gemacht werden konnten, und ein warmer, blutiger Brei spritzte mir ins Gesicht ... dann fing plötzlich alles wieder von vorn an. Mein Geist wehrte sich verzweifelt, entsetzt und wie wahnsinnig gegen die Tat. Aus Heinz Knoteks armseliger Kinderkehle drangen wahnsinnige Schreie aus dem Bett der Marburger Dachkammer. Durch die glutrote Atmosphäre des Fiebers, aus den tiefen Schluchten der Vergangenheit vernahm ich die dünne, sich überschlagende Stimme: »Nein! ... Ich will nicht! ... Ich flehe ... Hilfe! ... Hilfe! ...

Hört doch endlich auf! ... Meine Hand ... meine Hand müßt ihr festhalten ... sie darf nicht töten! ... Mich müßt ihr prügeln und schlagen ... mich ... Schlagt mich tot wie einen tollwütigen Hund ... begreift ihr denn nicht?! ... Die Augen soll er schließen ... Rochard soll die Augen zumachen! ... Er soll mich nicht mehr anstarren ... mich nicht so anschauen ... Flamel ... Flamel kann und darf nicht sterben, und ich ... ich muß immer wieder töten ... Mein Gott, hilf mir! Mein Gott, laß es nicht mehr zu! ... Mein Gott, ich will nicht mehr töten!... Mein Gott, ich brauche das Elixier nicht mehr ... So nicht! ... Dein Wille geschehe ... Dein ... Hilfe! Hilfe! ... Schon wieder ...«

Als sich der Anfall legte, war auch Heinz Knoteks Lebenskraft zu Ende. Das Fieber der entsetzlichen Aufregung hatte ihn verbrannt. Das dumpfe, kaum flackernde Licht in seinem schwachen, im Schweiß sich auflösenden Körper wurde durch das schwache Herz endgültig ausgelöscht, das er von Stefan Knotek geerbt hatte. Doch in den Stunden, die dem Tod vorausgingen, kehrte das Bewußtsein zurück und festigte sich. Verzweifelt klammerte er sich an den brüchigen Faden, über den das Leben den hämmernden Puls noch schlagen ließ, der immer wieder aussetzte, um die letzten Worte des Magisters aufnehmen zu können. Der weise Greis saß am Bett, vernahm und begriff das Geheimnis, das ich, Hans Burgner, der Mörder des Eduard Anselmus Rochard, durch Heinz Knoteks Mund aus mir hinausschrie.

Die kosmische Impfung

Als sich der Fieberanfall legte und ich mit eingesunkenen, weit aufgerissenen Augen ausgestreckt dalag, mit Augen, die von dunklen Ringen umgeben waren, spürte ich sofort, daß der Magister alles wußte. Das sah ich seiner Erregung an.

»Verzeiht mir ...«, flüsterte ich leise, mit fliegendem Atem. Er bedeutete mir, still zu sein.

»Kein Wort ... mein armer Sohn! Ich kann dich verstehen ... Und ich habe nicht zu verzeihen ... Was lebt, kann nicht vernichtet werden. Rochard lebt, doch spiegelt er sich nicht mehr im Spiegel der Materie. Du aber bist in eine entsetzliche Falle geraten. Du wolltest das Leben einfangen und hast dich im Moor des Todes verirrt. Ich weiß, warum du zu mir gekommen bist. Jetzt weiß ich's. Ich weiß alles über dich und will dir helfen ... sofern ein Mensch dem anderen helfen kann. Ich will dir zeigen, wo der Weg beginnt, doch du mußt den ersten Schritt tun. Ich will dir alles sagen, was ich dir gefahrlos sagen kann ...«

Als er das Aufblitzen dankbarer Freude in meinem Auge erblickte und meiner Anstrengung gewahr wurde, etwas zu sagen, legte er mir die magere Hand auf die Stirn.

»Sei still! Ich brauche deine Kräfte. Darum lasse ich auch deine Eltern nicht rufen ... jeder Augenblick ist kostbar ... oder willst du, daß ich nach ihnen schicke?«

Ich schüttelte heftig den Kopf.

»Schon gut. Du wirst verstehen, daß ich nichts weiter als Hinweise geben kann. Was du zu tun hast, wird dadurch nicht leichter ... Das Elixier, das du dir durch Mord verschafft hast, hat dich am tiefsten Punkt der emotionellen Welt zum Sklaven gemacht. Das Elixier ist in dir zum tödlichen Gift geworden. Gegen dieses Gift gibt es nur ein einziges Gegenmittel: Die Transmutation. Du mußt die Transmutation durchführen, und zwar gleichzeitig auf allen drei Ebenen. Die Transmutation ist deine Erlösung. Du mußt so lange streben, lernen und experimentieren, bis du das Geheimnis der drei Schlüssel gelöst hast, die gleichzeitig öffnen. Diese Operation kann keiner an deiner Stelle vollbringen. Hör zu! Du mußt die *Materia Prima* finden! Du mußt dahinterkommen, wie jener Urstoff heißt, der den Tod, die Verwesung und die Auferstehung in sich birgt. Du mußt zu dem großen, dunklen Mutterschoß vordringen, aus welchem das Leben hervorströmt. Dies ist der triftigste Punkt der materiellen Ebene, und die Bindung läßt sich nur an diesem Punkt lösen. Dies kann niemals auf den beiden höheren Ebenen, der astralen oder mentalen Ebene, geschehen, weil sonst die Materie gebunden bleibt. Im Astralen und Mentalen ist die materielle Ebene nicht zugegen, wohl aber sind das Astrale und das Mentale auf der materiellen Ebene vorhanden. All dies mag dir jetzt noch unbegreiflich und wirr erscheinen, doch ich will es dir einimpfen. Suche nach dem Sinn! Dein ganzes Sein, all deine Erfahrungen bürgen dafür, daß ein Sinn dahinter liegt. Die Gleichzeitigkeit ist nur in der alptraumhaften Welt der Materie möglich. In dem einen Raum wird gebetet, im anderen geflucht. In dem einen wird gemordet, im anderen gezeugt. Die beiden, die auf dem Felde des Evangeliums ernten und wo der eine aufgenommen, der andere verschmäht wird ... auf diesem Felde, auf der Ebene der Materie können sie nach den Gesetzen des Leibes nebeneinander stehen. Alle Möglichkeiten liegen auf dieser Erde: Die Möglichkeit der Verdammnis, aber auch die der Auferstehung. *Der Mensch ist die Tag- und Nachtgleiche des Kosmos. Er ist der Schnittpunkt aller Grenzen.*

Also muß die Transmutation zur gleichen Zeit stattfinden, gleichzeitig auf allen drei Ebenen! Der Ablauf der Operation ist ein Vorgang, der im Gegensatz zum Streben ins Sein steht, dem Prozeß der Sehnsucht, der Zeugung und der Geburt gegenläufig. Die Geburt ist eine Bewegung in Richtung auf die Materie. Der Gegenpol der Geburt ist der Tod. Alle Weisen und Philosophen klopfen stets an die Pforte des Todes, weil sie wissen, fühlen oder ahnen, daß dahinter die Lösung aller Geheimnisse liegt, die Freiheit und die Auferstehung. Nach den Adepten der Alchimie muß alles sterben und verwesen, bis es auferstehen kann. Auf physikalischer Ebene ist also die Transmutation der Zeugung und der Geburt entgegengerichtet, doch mit ihr analog, nur eben in umgekehrter Richtung. Dazu ist die Vermittlung des femininen und maskulinen Prinzips erforderlich, die *chemische Hochzeit*.

Bei der chemischen Hochzeit, die im Urschoß der Materia Prima stattfindet, erklingt das unwiderstehliche Wort: Die Beschwörung, die alle physischen und astralen Kräfte des Magiers anruft, die erschaffenen materiellen und emotionellen Formen, auch diejenigen, die als Golem getrennt umherirren, und auch diejenigen, die latent ruhen.

Die Materia Prima ist jener Kolben, in den der Magier, sofern die Transmutation geglückt ist, den Geist im Vollbesitz seiner Kraft und den bisher richtungslos irrenden Schöpfungskomplex einschließt. Und dieser Geist wird jetzt ihm dienen und ihm alle Wünsche erfüllen. Seine Kräfte sind zu ihm zurückgekehrt, er ist es, der sie beherrscht, und seine Macht ist grenzenlos. Doch das Gelingen des Experiments setzt voraus, daß er das Streben nach Macht in sich tötet. Denn nur derjenige kann den Stein der

Weisen zustande bringen, der ihn tatsächlich zum Zweck der Weisheit benutzt und den Schlüssel darin erblickt, der vor ihm die drei Pforten der Befreiung öffnet.«

Die Welle des großen Ozeans fegte erneut über mich hinweg und riß mich vom schwachen kleinen Pfosten, von Heinz Knoteks Körper, los. In der Bodenkammer tauchte das Gesicht des hageren, gesegneten Greises, das sich über mein Bett neigte, in den drei Dimensionen unter. Wieder wälzte ich mich in dem schmutzigen schwärzlichgrünen Astraldickicht, mit Schaum vor dem Maul wie ein vertriebener Leitwolf, von einem hungrigen, erschrockenen und schrecklichen Wolfsrudel umgeben. Damals wußte ich bereits, daß meine Begleiter, die apokalyptischen Ungeheuer und unheilverkündenden Zeichen – ich selbst war, daß sie zu mir gehörten, daß es meine Geschöpfe waren, daß es meine eigenen Kräfte waren, die mich beherrschten, solange ich nicht die Herrschaft über sie errang. Der wilde Orkan der Angst und der Gefühle schleuderte mich bald hierhin, bald dorthin, riß mich mit, sie aber trieben ohnmächtig mit mir dahin, mit hundert und aberhundert Nabelschnüren an mich gekettet. Wenn die Menschen je die Entstehung dieser bizarren, verblüffenden, niederträchtigen und bösen Formen erleben, das schreckliche Geheimnis ihres Wesens, ihrer Lebenskraft ergründen würden, nie würden sie auch nur ein einziges instinktives, lustvolles, emotionelles Gedankenbild in sich aufkommen lassen: Sie würden ihre Leidenschaften töten, so wie der Mensch das Gelege der Kobra zertritt.

Dieser Zustand zwischen Leben und Tod unterschied sich nur durch jenen Umstand von der Zeit, die vor Heinz Knoteks Geburt lag, daß ich mit einer Idee schwanger wurde. Das winzige Samenkorn der Transmutationsidee hatte in mir zu keimen begonnen. Im schwindelerregenden Chaos der Stimmen und Gestalten, inmitten der Kräftestrudel, die mich anzogen und mit Macht zu verschlingen drohten, hielt ich mich verzweifelt an mein Ziel. Ich klammerte mich an diesem Ziel fest wie an einer sturmgepeitschten Boje, die durch den schmutzigen Gischt immer wieder an die Oberfläche kommt. Unter den roten Strudeln der Lust, die über sich paarenden Menschenleibern kreisten, gab es solche, die mich durstig an sich rissen, und ich trieb bereits auf die dunkle graue Pforte zu – aber die Idee, auf die ich all meine Kräfte und all meine Gedanken konzentrierte, nahm in mir eine merkwürdige Gestalt an, die es nicht zuließ, daß ich diese Schwelle überschritt. Ich wurde durch die magische Idee der Transmutation spezialisiert, sie änderte meine Zusammensetzung und forderte andere Bedingungen.

Es war nicht leicht, mit einer merkwürdigen Seelenschwangerschaft irgendwo vor Anker zu gehen. Sooft ich auf eine Gebärmutter traf, die mit ihrer nervösen, empfindlichen, bizarren Verwandtschaftsfrequenz den Kontakt zu mir herstellte, war sie unfähig, mich auszutragen. Entweder stieß sie mich aus, oder sie war unfähig, soviel Lebenskraft zu sammeln, daß ich nach meiner Geburt mehr als einige Monate überlebt hätte. Das waren ermüdende, entsetzliche Experimente zwischen den Versuchungen der Empfängnis, der embryonalen Entwicklung, den Versuchungen der Geburt und des Todes, bis es mir schließlich gelang, am 25. Dezember 1616 endlich festen Boden zu gewinnen.

Sonne und Mond

Nach meinem Vater, der zur Zeit meiner Geburt schon ziemlich bejahrt war, wurde ich Giuseppe Francesco Borri genannt. Borri kommt in der Geschichte der Alchimie unter dem berüchtigten Namen Burrhus vor. Derjenige Teil meines Lebens, der sich in der Außenwelt abspielte, war nichts weiter als das Symbol eines Rätsels, dessen Lösung ganz woanders lag. Die Attribute, die mit dem Namen Burrhus verknüpft wurden, beruhten auf der Kurzsichtigkeit, auf der Ablehnung beschränkter Menschen, die diese angesichts ungewöhnlicher und unbegreiflicher Dinge empfanden. Burrhus war keineswegs ein ›gewissenloser Hochstapler, der jedes Mittel zu dem Zweck nutzte, sich ein bequemes Leben zu sichern‹. Wie weit war ich bereits von der Sehnsucht nach einem ›bequemen Leben‹ entfernt! Doch was hätte ich meinen Zeitgenossen über mein wirkliches Ziel verraten können? Wem konnte ich in meinen kataklysmischen, gehetzten, inneren Kosmos Einblick gewähren? Wem konnte ich etwas über meine bizarren Verbindungen und über mein tragisches Bündnis mit Homunculus erzählen?

Mein Vater war Arzt und betrieb die Alchimie als Steckenpferd. Sein sanftes Wesen, das jedem Streitgespräch nach Möglichkeit aus dem Weg ging, wich entsetzt vor jenen leidenschaftlichen Kämpfen zurück, die um die Alchimie tobten, und gab sich mit bescheidenen Teilerfolgen zufrieden. Heutzutage würde er sich wahrscheinlich in irgendeinem kleinen grauen Institut mit Biologie befassen. Meine Mutter war ein kränkelndes, überempfindliches Wesen und bedeutend jünger als ihr Gemahl. Sie war als arme entfernte Verwandte ins Haus gekommen, um die Führung des Haushalts zu übernehmen. Mit ihr zog sanfte Heiterkeit in das Leben meines Vaters ein. Er gewann das entzükkende, zerbrechliche Kind unendlich lieb, doch dachte er nicht im Traum daran, es zur Frau zu nehmen. Meine Mutter war es, die die Heirat wollte. Man hielt ihre Absicht für eine unbegreifliche Laune, und man ließ nichts unversucht, sie davon abzubringen, ihr Leben an einen Mann zu binden, der fünfundzwanzig Jahre älter war als sie. Meine Mutter ließ sich jedoch nicht von ihrem Plan abbringen und brachte es schließlich fertig, ihren Auserwählten durch ihre Argumente zu verwirren, zu rühren und zu verblüffen, diesen Mann, der selbst vor der Beschwörung eines so späten Sturmes zurückschrak. Er hatte nicht mehr damit gerechnet, daß in seinem Schicksal eine solche Möglichkeit auftauchen könnte, und wünschte es sich auch nicht. Er mochte das Nachdenken in der Einsamkeit, die greisenhafte Ruhe seines ungeteilten Bettes.

»Man könnte die Welt durchforschen«, argumentierte meine Mutter, »ohne eine Frau oder einen Mann zu finden, mit dem man das Leben in Frieden und Freundschaft bei sinnigem Gespräch verbringen könnte. Ich bin zu schwach, um die grobe Leidenschaft starker, hitziger Jünglinge zu ertragen, du aber bist nicht mehr jung genug, um eine Gefährtin zu finden, die dich mit allem versorgt, die Verständnis für deine Gedanken und deine Arbeit aufbringt und dich durch törichte Unbeständigkeit nicht in deiner Ruhe stört. Keiner von uns ist gern allein, jeder fühlt sich in der Gesellschaft des anderen wohl. Warum solltest du mich nicht heiraten? Nur, weil dies nicht der Regel entspricht? Gott sei Dank paßt weder du noch ich in irgendeine

Norm! Alles hängt davon ab, ob wir trotz der Meinung der Leute es wagen wollen, den einzig richtigen Weg zu betreten . . . ob wir es wagen, auf unsere eigene Art glücklich zu sein?!«

Es war nicht so sehr der Zauber des jungen Leibes, eher die hinreißende, großzügige, originelle Persönlichkeit meiner Mutter, die das Zögern meines Vaters besiegte. Selbst in meiner Gegenwart belustigten sie sich oft über die Umstände ihrer Heirat, über die Energie der sonst eher passiven, folgsamen jungen Maid, die schließlich ihren Willen durchsetzte.

Die Ehe gab meiner Mutter recht. Freundlich und leidenschaftslos pflegten sie zärtlichen Umgang miteinander. Sie brauchten nicht mehr, als was sie voneinander empfingen. Der Mystizismus, die Halluzinationen meiner Mutter, die mit leiser Stimme vorgetragenen seltsamen Geschichten erfüllten meinen Vater mit Bewunderung. Er achtete in meiner Mutter jene Person, die von heiligen Dingen erfüllt war. Er ließ sie an seinen Arbeiten teilnehmen, bat um ihren Rat, glaubte blind ihren Worten und Ahnungen, paßte sich ihren nervösen Launen an und litt mit ihr, wenn sie von Migräne, Schwindelanfällen oder von ihrer weiblichen Periode geplagt wurde. Meine Mutter aber war befriedigt durch den bedingungslosen Glauben und durch die Begeisterung, mit der ihr Ehemann sie umgab, und durch die geistige Führungsrolle, die ihr zuteil wurde. Ihr Charakter – ihre Fehler und Vorzüge – paßten zueinander wie die Ränder eines zerbrochenen Kruges. Jeder für sich war merkwürdig, unbegreiflich und formlos, doch miteinander bildeten sie eine Einheit, die in sich abgerundet und geschlossen war.

Dies war für mich ein besonders geeigneter Boden. Endlich war ich in eine Umgebung gekommen, die in ihrer Besonderheit und Bizarrheit mir ähnlich war. Ich fühlte mich wie ein Tier, das sich verstecken muß, im Schutz der vollkommenen Mimikry. Ich brauchte meine ewige Beklommenheit, die ständige Gegenwart der anderen Welt nicht zu verheimlichen, denn mein Vater glaubte mit Überzeugung an ihre Existenz, meine Mutter aber spürte sie, manchmal sah sie sie sogar. Ihr unterentwickelter Mädchenkörper, ihr Nervensystem, das schon auf die leiseste Einwirkung reagierte, waren nichts als ein durchsichtiger Schleier vor ihrem dritten Auge, das für das Geisterreich geöffnet war und dieses Reich beobachtete, gleich einem Tüllvorhang, mit dem man des Abends die Fenster verhängt und durch den die Umrisse des im Mondschein glänzenden Gartens schimmern.

Sooft ich an sie zurückdenke, kann ich meiner Erschütterung nicht mehr Herr werden. Wie sehr hatten sie mich geliebt! Ihre Liebe war grenzenlos und unermüdlich. Wie oft hatten sie seit meiner Säuglingszeit an meinem Bett gesessen, leise atmend, wobei einer des anderen Hand hielt, ihre Blicke auf mich geheftet und mich gespannt beobachtend, wenn meine Seele durchs Labyrinth der Astralwelt irrte oder meinen Kinderkörper im Schweiß der Erinnerung badete. Wenn ich aus meinen Träumen hochfuhr, sah ich mich stets diesen zwei Augenpaaren gegenüber, die vor Sanftmut und Zärtlichkeit glänzten.

Meine Mutter spürte, was mit mir geschah, und wußte, was sie zu tun hatte. Sie war die erste Frau in meinem Leben, durch deren segensreiche Gestalt ich das Mysterium des anderen Geschlechts begriff. Hinter dem Schmetterlingsdasein des kleinlichen, gierigen, selbstsüchtigen, launischen, lusterfüllten, oberflächlichen Weibchens war sie es, in deren Gestalt ich die Umrisse des großen, sanften mütterlichen Wesens erblickte. Erst bei ihr begann ich zu ahnen, daß die Lösung der Dinge in diesem behütenden, wachen, alles verstehenden, heilenden weiblichen Wesen zu suchen sei.

Meine Mutter war die einzige, die meine Quälgeister von mir fernhalten konnte. Mit ihren schmalen, langfingrigen, geäderten, knochigen Händen strich sie mir drei-, viermal über den Leib. Noch heute sehe ich den gespannten, nach innen horchenden Ausdruck ihres Gesichts bei solcher Gelegenheit: Ihre großen, gewölbten, gländenden Lider senkten sich über ihre Augen, und ich meinte, ihre glänzenden, streichelnden, hellbraunen Augen selbst durch die Lider sehen zu können. Langsam ließ sie ihre Hand über meinen schweißgebadeten, krampfhaft zusammengekrümmten Körper gleiten. Sie berührte mich nicht, ich konnte den Abstand zwischen ihrer Handfläche und meiner Haut erkennen, dennoch ließ mich eine lauwarme, süße Berührung erschauern. Der Krampf ließ nach, die schwüle Astralnähe wich zurück, der dichte Verwesungsgeruch hob sich, und meine Lunge füllte sich mit frischer Luft. Meine Glieder entspannten sich. Ein müdes, angenehmes Gefühl nahm von mir Besitz wie ein kühler Windhauch. Ich wurde schläfrig. Ein Bild, das immer wiederkehrt, läßt mich in traumlosen, sanften Schlaf gleiten: Ich liege mit halbgeschlossenen Augen auf dem Rücken in einem Boot, das lautlos über spiegelglattes, durchsichtiges Wasser gleitet. Am Bug des Bootes steht eine Gestalt, die ein langes fahlfarbenes Gewand mit Kapuze trägt und mir den Rücken zukehrt, mit langsamen, lautlosen Bewegungen rudernd. Um mich herum ist das Wasser still, durchsichtige Luft umweht mich, und ein klarer Himmel steht über mir, der sich im Wasser spiegelt und zu einem Kreis schließt. So reisen wir beide mit unbekanntem Ziel durch den unendlichen Raum, bis wir in der Benommenheit dieses kühlen, friedlichen Lichts entschwinden ...

Wenn es um mich ging, kannte die Erfindungsgabe meiner Mutter keine Grenzen. Sie bestürmte ihre innere Welt immer wieder mit irgendwelchen hilfeflehenden Wünschen, und dies so lange, bis sie die Pforten der Geheimnisse durchbrach. Ganz allein, ihrer Zeit voraus, ohne je in ihrem Leben davon gehört zu haben, ergründete sie ihr tiefes Mysterium, uralte Methoden entdeckend, die unter dem Siegel verborgener Überlieferungen ruhten. Mit diesem in sich hineinhorchenden Drängen grub sie Lösungen und Antworten aus sich heraus, die sich als echte Schlüssel erwiesen. Als sie erkannte, wie unbarmherzig ich verfolgt wurde, als sie meiner unablässigen Furcht gewahr wurde, die sich unter ihrem magischen Streicheln nur für kurze Zeit legte, beschaffte sie durch das feine Instrument ihrer eigenen Seele irgendwo aus dem Akasa das Geheimnis des ›Schutzmantels‹. Abend für Abend hüllte sie mich in einen unsichtbaren, aus der Konzentration gewobenen Schutzmantel ein.

»Ich decke dich jetzt zu«, sagte sie leise, während sie mit ernstem, versunkenem Gesichtsausdruck an meinem Bett saß. Ich spürte die kühle Berührung eines unsichtbaren weichen Linnens, das sich zwölfmal der Breite und zwölfmal der Länge nach um meinen Körper legte. Es war eine sanfte, leise Berührung, die unendlich wohltat. Ich wußte, daß ich in einer undurchdringlichen Mumienhülle lag, die mich wie ein Panzer gegen das Eindringen wütender Astralkrallen schützte. Das Linnen ergoß sich durch Mutters Augen aus ihrer Seele: Ein sauberes, dichtes Leinen, stärker als jede Sünde und jede Leidenschaft, weil es aus unüberwindlicher Liebe und unüberwindlichem Willen um mich gewoben war.

Einmal belauschte ich ihr Gespräch, das sie über mich führten. Damals war ich elf Jahre alt. Ich hatte bereits so manches über mich preisgegeben, dennoch durfte ich ihnen noch nicht verraten, daß ich mich an mein früheres Leben, an meinen Namen und an meine Taten erinnerte. Meine Denkweise, die bedeutend reifer war als mein Alter, meine dunklen Beziehungen zur anderen Welt verheimlichte ich nicht; doch ich zitterte vor dem Gedanken, daß sie mich voll Entsetzen ablehnen würden, wenn sie erst meine Sünde kannten. Das lebendige Bewußtsein der Identität war stets in mir wach. Meinen Körper empfand ich lediglich als Maske und mich selbst in dieser Hülle als jener Hans Burgner, den Mörder, der seiner Sünde zu entfliehen suchte. Der Mensch, der von Neugier geplagt wird, der zwischen den Schranken von Zeit und Raum dahintreibt, kann jene Gnade nie in vollem Umfang erfassen, die durch das Fehlen jeglicher Erinnerung durch die Tabula rasa jeder Wiedergeburt einem Wesen als göttliches Geschenk in den Schoß fällt. Alles gleichzeitig – das ist schier unerträglich. Heute versuchen die Ärzte in vorsichtigen, langwierigen Versuchen die Verletzungen und kleinen Vergehen eines einzigen Lebens aus dem Unterbewußtsein heraufzuholen und aufzulösen. Und selbst diese winzigen Steine, die untergetaucht sind, welche Hindernisse können sie aufbauen, welche Störungen im Nervensystem verursachen! Wie könnte der Mensch mit seiner labilen Seele, der auf dem dünnen Draht einer einzigen, von Angst belasteten Generation balanciert, die unendliche Last der Wiedergeburt, der Ruhmsucht und der Todesqualen ertragen, die ihn durch Generationen verfolgt?

Mutter und Vater saßen im rechteckigen kleinen Innengarten. In diesem Hof, der mit schwarzen und weißen Mosaikplatten ausgelegt war, wohnte ein seltsamer Friede. In der Mitte, auf der schimmernden Wasserfläche eines kleinen Beckens, zitterte ein leichter Staubschleier. Am Beckenrand schnurrte unsere rotscheckige Katze, unter der alten Zypresse kauernd, die graugrün und von Schleiern umwoben mit ihren ausgreifenden, flachen Zweigen aus einem freigelassenen erdigen Teil des Gartens emporwuchs. Unter diesem Baum saß auch meine Mutter in ihrem steiflehnigen Armsessel und stickte mit bunten Fäden Blumen auf ein Stück Seide, das wie Lack glänzte. Sie trug stets ein blaues Kleid. Aus den langen Puffärmeln ihres hochgeschlossenen dunkelblauen Samtmieders blitzten gefältelte hellblaue Linnenfenster hervor. Über ihrem aschblonden, zu kleinen Schnecken gelegten Haar trug sie ein blaues Seidennetz. An Brust und Fingern trug sie uralten Silberschmuck, der eine merkwürdige Zeichnung aufwies: eine flachbusige, hochgewachsene, hagere Frauengestalt, in ein umgekehrtes Dreieck eingeschlossen, die den Kopf einer Schlange zertrat. Ihre Tante, eine alte Nonne, hatte ihr diesen Schmuck vererbt. Sie war gestorben, als meine Mutter noch ein kleines Kind war. Diese gotische Silberjungfrau im blauen Emaillekleid und die Schlange beschäftigten mich oft, doch Mutter wollte mir die Bedeutung dieses Symbols nicht verraten. Sooft ich sie danach fragte, wurde sie unruhig und traurig. Den Grund begriff ich erst später. Mein Vater ließ seinen schmerzenden Fuß auf einem Schemel ruhen – er dürfte Rheuma gehabt haben – und hielt das Garn weit von sich, wenn er die Farben für eine Stickerei auswählte. Er war ein hochgewachsener, kräftiger Mann mit heiteren blauen Kinderaugen. Er strahlte die Sanftmut großleibiger Menschen aus, Gutmütigkeit und eine linkische Bereitschaft, andere zu verhätscheln.

An jenem Tag hatte ich leichtes Fieber und legte mich nach dem Mittagessen zum Schlafen hin. Meine Mutter hatte mir mit ausgezeichnetem Instinkt ein erfrischendes säuerliches Getränk gegen das Fieber bereitet: Zitronensaft, mit Honig und Wasser vermischt. Als ich erwachte und mich allein im Zimmer fand, stand ich auf und bewegte mich in meinen Hausschuhen mit den Tuchsohlen auf den Hof zu, wo ich zu dieser Zeit stets meine Eltern anzutreffen pflegte. Ich wollte gerade den Türvorhang beiseite schieben, als ich die unruhige Stimme meines Vaters vernahm.

»Francesco?!«

»Ja«, erwiderte Mutter. »Francesco leidet unter einer großen Sünde.«

»Wenn ich nur wüßte, wo du so etwas herholst, Marietta!«

»Ich fühle es.«

»Diesmal irrst du, Mädchen! Francesco könnte keiner Fliege etwas zuleide tun. Denk nur daran, wie er die alte Lena angefleht hat, den Hühnern die Kehle nicht durchzuschneiden!«

»Auch dies ist nur ein weiterer Beweis dafür. Kinder sind im allgemeinen grausam und blutrünstig, weil sie bei ihrer Geburt aus dem Wasser des Vergessens getrunken haben. Sie wissen nicht, was sich hinter Blut und Todesschrei verbirgt. Francesco aber weiß es. Francesco erinnert sich. Aber er wagt nicht, darüber zu sprechen. Wenn du einmal seine unsichtbare Umgebung spüren und dich in seine Ängste einschalten könntest, die über alle kindlichen Ängste hinausgehen, dann würdest du begreifen, was ich meine.«

»Aber wovor fürchtet er sich eigentlich? An was kann er sich erinnern?«

»Eines Tages wird er es uns verraten, sobald er dahintergekommen ist, daß uns nichts auf dieser Welt von ihm abbringen kann.«

»Wenn du meinst, daß etwas da ist, was er nicht zu gestehen wagt, warum willst du ihn dann nicht ermuntern?«

»Weil ich mich im Frühling ebensogut vor einen Baum hinstellen und seine grünen Knospen ermuntern könnte, sich innerhalb weniger Stunden in reife rote Früchte zu verwandeln. In Francesco muß das Vertrauen noch reifen, weil er unendlich einsam, verschlossen und verschreckt ist, wie die Verfolgten allgemein ...«

»Marietta, Marietta! Du verwirrst mich ganz und machst mich unruhig!« brach es aus Vater hervor.

»Ich habe es bereits bereut, Giuseppe, doch was soll ich tun? Allein kann ich die Last meines Kummers und meiner Sorgen nicht mehr tragen.«

»Meine Marietta, du siehst Gespenster! Wer sollte schon unseren armen, furchtsamen Francesco verfolgen? Kaum, daß er einen Schritt aus dem Garten tut ... er wächst hier vor unseren Augen heran ...«

»Francescos Sünde ist eine alte Sünde, und er hat sie nicht in diesem Körper begangen ...«

»Oh ... das ist es also, woran du denkst?«

»Ja.«

»Mein Gott! Dann müßte man ja hinter dem Engelsgesicht eines jeden Kindes nach einem Mörder suchen!«

Meine Mutter beugte sich vor, ich sah es deutlich durch den Vorhangspalt des Zimmers, das langsam in Dämmerlicht getaucht wurde. Sie legte ihre Hand auf Vaters Hand. Schwere Sorgen legten ihre hohe, reine Stirn in tiefe Falten.

»Hör mich an, und versuch endlich, mich ganz zu begreifen! Francescos Leid ist größer als das Leid irgendeines anderen Geschöpfs, weil er die Erinnerung an seine Tat auch in seinen neuen Körper eingebracht hat. Das ist so, als würde man einem

Menschen beide Augenlider abschneiden, so daß er mit offenen, starren Augen in Ewigkeit schauen und sehen muß. Auf diese Weise wird Francesco von jener segensreichen Blindheit gemieden, die dem Traum des Todes, der Geburt, der Unwissenheit der Kinderjahre und den oberflächlich dahinplätschernden Jahren des Erwachsenen innewohnt. Wenn du nur wüßtest, wie erschöpft, wie gequält er ist und wie ihm die Angst durch ihre Spannung seine letzten Kräfte verzehrt! Und ich kann ihm nicht helfen! Ich kann nichts für ihn tun! Manchmal möchte ich selbst vor meiner eigenen Ohnmacht und Verzweiflung in den Tod fliehen!« Ihre Stimme wurde von Tränen erstickt. Sie vergrub ihr Gesicht in beiden Händen und schluchzte leise und hoffnungslos vor sich hin. Mein Vater streckte die Arme nach ihr aus und nahm sie wie ein Kind auf den Schoß. Der Garten hüllte sich bereits in silbriges Dämmerlicht, und ihre Gestalten verschwammen unter dem dichten Schatten der Zypresse. Durch diesen perlfarbenen Nebel drang das ruhige, tröstende Murmeln meines Vaters.

»Beruhige dich, Liebes ... Quäl dich nicht ... Ruhe, nur immer mit der Ruhe ... Ich weiß, daß du nie auf sündhafte Art der Leiden und der Verantwortung entfliehen würdest ... Wir alle sieden in Gottes heiligem Gefäß, und jeder darf sich glücklich preisen, der durch das quälende und herrliche Feuer der Liebe geläutert wird ... Lieben wir denn Francesco nicht mehr als unser eigenes Leben? ... Wer würde ihn verstehen, wer würde ihn trösten, wenn auch wir ihn im Stich ließen? Wir werden leben, solange es uns gegönnt ist, und wir werden bei ihm bleiben! ... Wenn er gefehlt hat, so werden wir den Himmel stürmen und um Vergebung flehen, wenn er müde ist, werden wir ihm aus unserer Zärtlichkeit sein Bett bereiten, und wenn er sich fürchtet, werden wir ihn mit Leib und Seele beschützen.«

»Giuseppe ... mein Bester ...«, vernahm ich die tränenerstickte Stimme meiner Mutter. Die Dunkelheit des Abends senkte sich bereits über den Garten. »... ich bin schwach wie der bleiche, kraftlose Mond. Wo wäre ich ohne deine standhafte, belebende Sonnenenergie?«

»So ist's gut, Marietta ... Sonne und Mond sind ein mächtiges mystisches Gespann. Die echte Vereinigung zweier Wesen kann nur dort zustande kommen, wo die eine Seele die Eigenschaften des Mondes, die andere aber die der Sonne ausstrahlt ...«

Meine Mutter erhob sich, so daß ihr Haupt ins Dämmerlicht des Mondes geriet. Sie fuhr sich mit der Hand übers Gesicht.

»Wie lange Francesco heute schläft ...«

»Es ist das Fieber.«

Als meine Mutter mit einer Kerze in der Hand an mein Lager trat, fand sie mich mit geschlossenen Augen auf dem Rücken liegend. Das Rauschen ihrer Kleider verriet mir, daß sie sich über mich beugte. Ihr leichter Finger berührte meine feuchten Wangen.

»Er hat geweint«, hauchte sie nach hinten.

»Er hat im Traum geweint ...«

Warum hatte ich mich vor ihnen verstellt? Warum war ich nicht in den Garten hinausgelaufen? Warum hatte ich mich nicht weinend vor sie hingekniet und mir gegen die Brust geklopft? Was hielt mich zurück? Vielleicht ein Mangel an Vertrauen? Nein. Ich wußte, daß ich ihnen eher vertrauen konnte als mir selbst. Ich wußte, daß ihre Liebe grenzenlos und unbedingt war. Warum hatte ich mich wieder in mein Bett gelegt, mit geschlossenen Augen, zusammengekniffenem Mund, stumm? Warum tat ich, als ob ich schliefe, wo mir noch nie eine solche Gelegenheit geboten worden war, die mich mit der belebenden und heilenden Kraft der Liebe anzog? Mein ganzes Inneres antwortete aus diesem brennenden Chaos auf diesen Ruf. All meine dunklen, entsetzlichen, steingewordenen Erinnerungen lösten sich, brandeten gegen die Schleusen, in dem wahnsinnigen Wunsch, sich endlich durch die Kanäle der Worte zu ergießen; doch ich blieb stumm. Ich wurde durch ein ganz neues Gefühl gelähmt, nämlich durch Mitleid. Wenn ich nur an mich dachte, wälzte ich meine schwere Last auf sie ab, indem ich gierig nach Erleichterung suchte. Doch seit ich denken konnte, übermannte mich ein niegekanntes zärtliches, schmerzlich süßes Verlangen, nämlich der Wunsch, jemanden zu schonen. Amadeus Bahr gegenüber hielten mich immer noch Scham, Angst und verschlossene Vorsicht davor zurück, mich zu offenbaren. Diesmal wollte ich aber Last und Verantwortung meiner Sünde allein tragen. Ich spürte es: So sehr sich meine Eltern auch um mich bemühten, es würde ihnen leichter fallen, diesen Zustand zu ertragen, als meine Vergangenheit und deren Folgen zu kennen.

Tagelang, wochenlang kämpften das Mitteilungsbedürfnis und die Überlegung in mir. Meine Mutter, die wahrscheinlich meine inneren Kämpfe spürte und auch wußte, daß ihr nicht mehr viel Zeit übrigblieb, ging aus sich heraus und begann mich unter Tränen anzuflehen, mich endlich zu erleichtern. Sooft ich fern von ihr war, wurde mein Widerstand durch ihre Tränen und durch ihre Worte gebrochen; am liebsten wäre ich zu ihr geeilt, um ihr alles zu gestehen. Wenn ich ihr aber Auge in Auge gegenüberstand, schreckte ich vor ihrem leidenden Aussehen zurück. Sie erwartete wieder ein Kind und war schrecklich abgemagert. Sie konnte keine Speise bei sich behalten, klagte über Rückenschmerzen, konnte kaum gehen, und schließlich vermochte sie sich nicht mehr von ihrem Lager zu erheben. Selbst mein Vater wurde krank vor Sorgen.

Eines Nachts traf dann das ein, was wir alle befürchtet hatten. Die Frühgeburt wurde durch einen gewaltigen Blutsturz eingeleitet. Es mußten unmenschliche Schmerzen sein, die den zarten, schwachen Körper meiner Mutter zerrissen. Sie stieß unartikulierte Schmerzensschreie aus, die rhythmisch wiederkehrten und die einmal leiser, einmal lauter aus ihrem Mund drangen, gleich den fürchterlichen Arien eines wahnsinnigen Opernkomponisten. Diese erschütternde Stimme erfüllte das Haus mit Entsetzen und ohnmächtiger Verzweiflung. Selbst heute noch durchfährt mich jene totale gefühlsmäßige Verwirrung, mit der ich durch die dunklen Räume irrte, die von schreckensbleichen Weibern, von sausendem Zugwind, von leisem Flüstern, von Wassergeplätscher und von dämpfigen, kranken Düften erfüllt waren. In mir bebte die Panik der Fremdheit, der Heimatlosigkeit, der absoluten Verlorenheit. Ich flüchtete in entfernte Räume vor den ohrenbetäubenden Schreien der Qual. Ich wimmerte stammelnd vor mich hin, mit klappernden Zähnen, wobei ich zusammenhanglose Worte ausstieß, betete und fluchte, mich auf die verlassenen Lager der Dienerschaft warf, mir die Ohren zuhielt und wie von Sinnen forderte:

»Nein! Nein! Ich will das nicht! Es ist niederträchtig und gemein, ihr weh zu tun! Sie ist gut! Das weißt du selbst! Du weißt selbst, daß sie besser ist als alle und daß sie schwach ist! Du darfst diese arme, kleine schwache Frau nicht quälen, verstehst du? Quäle sie nicht! Ihr kannst du kein Leid antun! Gott! Mein Gott! Hilf ihr sofort! Aber sofort!« Die Stimme kreischte weiter, peitschte mich in den Garten hinaus, doch die Sorge trieb mich wieder zurück.

Die Schreie hörten nicht auf. Zwei Tage und zwei Nächte peinigten sie unser Herz und unsere Seele, wie ein Knutenschlag. Ich sah, wie Maddalena, die Hebamme, am zweiten Tag meinen Vater stützte, als er den Kreißsaal verließ. Sie führte ihn wie ein Kind. Mein Vater weinte und klagte mit unverhülltem Gesicht.

»Ihr werdet sie doch nicht sterben lassen, Maddalena? Um Gottes willen, laß mein kleines Mädchen nicht verbluten!« Er stand im Hend da, auf dessem weißen Linnen sich Blutflecken abzeichneten. Seine Hand zitterte, und er schwankte wie ein Betrunkener. Maddalena führte ihn zu einem Sessel.

»Das dürft Ihr ruhig uns überlassen, Messer Borri. Wir tun alles, was wir für sie tun können. Ihr könnt uns sowieso nicht weiterhelfen, könnt Euch ja selbst kaum auf den Beinen halten.«

»Nein ... nein ... Ich muß zurück ... ich muß zurück ...«, wiederholte der arme Mann mechanisch. Seine Lider klappten bleischwer immer wieder zu. Für einige Augenblicke übermannte ihn die ohnmächtige Bewußtlosigkeit des Schlafs, dann kam er mit einem Ruck wieder zu sich, sprang auf und eilte mit schwankenden Schritten ins Zimmer zurück.

Meine eigenen körperlichen Leiden, die konzentrierte, ätzende Säure meiner Angst, meine Scham und mein Schuldbewußtsein konnten keine feurigere Wunde in mich brennen als das Mitleid, das ich für Vater und Mutter empfand.

Am dritten Tag wurde alles still. Doch schon vorher konnte man an der dünnen, brüchigen Stimme erkennen, daß die Kräfte meiner Mutter erschöpft waren. Die Stille, die über uns hereinbrach, war weitaus entsetzlicher als das tobende Geschrei. In den Zimmern, wo wilde Unordnung herrschte und die wie gelähmt in den Schatten der Dämmerung und des Todes lagen, erstarrte jedes Leben. Auch die ruhelosen, gedämpft tätigen Wesen erstarrten und verstummten in der Düsternis ihres aussichtslosen Kampfes. Dann aber kam eine leise, gleitende Bewegung auf. Mein Vater trat zu mir, uralt und gebeugt, und ergriff meine Hand. Seine feuchte Handfläche fühlte sich eiskalt an. Er führte mich ins gemeinsame Schlafgemach, auf dessen zerwühltem Bett meine Mutter wie das Opfer eines gigantischen Kampfes ausgestreckt lag. Der Raum war übersät mit umgestürzten Stühlen, lang hingestreckter, blutbefleckter Wäsche, Kübeln mit entsetzlichem Inhalt, auf dem Boden Wasser- und Blutlachen, und ein schwerer, süßlicher Duft schwebte in der Luft. Dennoch strahlte die Gestalt, die mit wachsbleichem Gesicht, mit violetten Lippen ausgeblutet auf dem Bett lag, Würde aus und machte einen achtunggebietenden Eindruck. Wir traten näher. Der merkwürdige, freudig gespannte Ausdruck dieses knochigen, fremden Gesichts, das auf hohen Kissen ruhte, überraschte mich. Es war, als würde es hinter den geschlossenen Augen auf wichtige, hoffnungsvolle Stimmen warten, die von irgendwoher zu ihr vordrangen. An ihrer ausgestreckten, blutleeren, durchsichtigen Hand schimmerte dumpf der silberne Ring mit der gotischen Jungfrau, die den Kopf der Schlange zertrat, und in diesem Augenblick war es mir, als würde ich in meinem Innern die sanfte, flüsternde Stimme meiner Mutter vernehmen.

»Begreifst du jetzt? ... Niemals hätte ich lieben und gebären dürfen ... Der Eingeweihte muß den Kopf der Schlange zertreten ... So lautet die Botschaft, die Schwester Beatrice, die Nonne, übermittelt hat ... die Botschaft an die gefallene, jedoch nie von ihrem Gelübde entbundene ... Priesterin ... Die Priesterinnen der Isis sind jetzt die Nonnen ... Oh, Isis ... Isis ...«

Diese Sprüche verhallten wie eine selbständige Stimme unerwartet im leeren Raum, der bar aller Gedanken war. Ich fuhr zusammen und neigte mich näher zu meiner Mutter, um von ihren Lippen die Fortsetzung abzulesen, doch ihr kalter Mund war bereits ein in alle Ewigkeit geschlossenes Tor und ihr Körper eine Ruine, die sein Bewohner verlassen hatte. Dennoch ... mein Herz begann zu klopfen. Hinter dem glasigen Schein ihrer Augen, die einen Spalt breit geöffnet waren, lugte die Seele hervor und winkte mir zum Abschied zu, diese Seele, die sich bereits aufgemacht hatte zu reineren Ebenen, mit einem fast heiteren, kumpelhaften Lächeln, als wollte sie mir Mut zusprechen: »Francesco ... ich lebe! ... Ich habe schon immer gelebt ... und ich werde leben in Ewigkeit!« Diese körperlose Ermutigung ließ die bereits zu Eis erstarrte Angst in mir schmelzen und wurde zu einer merkwürdigen, unbegreiflichen Hoffnung in mir. Und unter dem Einfluß dieser transzendenten Freude begannen endlich auch meine Tränen zu fließen, die während der drei Tage der Finsternis nicht hervorbrechen konnten.

Widerschein

Also war der Augenblick der Mitteilung verstrichen. Meine Mutter starb, und mein Vater wurde durch diesen Schicksalsschlag zum weinerlichen, kränkelnden Greis. Sein Geist veränderte sich auf eine Weise, die jeden erschütterte. Die Tatsache, daß Mutter tot war, entglitt ihm immer wieder. Mit bangem Herzen beobachtete ich, wie er von Zeit zu Zeit kranken Fußes unter der Zypresse hervorkam und mir mit sanftem strahlenden Lächeln durchs Fenster zuwinkte.

»Eile, mein lieber Francesco, hol den Schlüssel! Deine Mutter wird bald aus der Kirche zurück sein.«

»Ich eile, Vater.« Ich hätte schreien können vor Verzweiflung angesichts dieser hellen Freude, die erschreckend und bemitleidenswert zugleich war. Vater wurde ungeduldig.

»So bring mir doch endlich den Schlüssel, sonst kann Mutter nicht herein!«

Sobald ich ihm den Schlüssel reichte, den er verlangt hatte, streckte er gierig die Hand danach aus, hinkte zur Pforte, drehte den Schlüssel im Schloß herum, machte das Tor weit auf und wartete. Manchmal schaute er mit gespanntem Lächeln nach draußen, mit einem Lächeln, das seine Freude über den kommenden erfreulichen Augenblick verriet, dann trat er auf die Straße hinaus. Beklommen folgte ich ihm. Dann lächelte er mich ermunternd an, wenn auch sein Lächeln bereits eine aufkommende Unsicherheit verriet.

»Gleich muß sie um die Ecke biegen ...«, sagte er und nickte sinnlos mit zitterndem Haupt.

Da standen wir nun in bleierner, hoffnungsloser Erwartung, wobei er sich wegen seines kranken Fußes und seiner steigenden Mutlosigkeit immer schwerer auf mich stützte. Ich wagte es nicht, ihn anzusprechen oder ihn anzurufen, denn das Ende solcher Erinnerungsanfälle führte stets zu demselben Ende. In seinem Gesicht erlosch das einfältige, freundliche, frohe Kinderlächeln und wurde von uraltem, vernünftigem Kummer beschattet.

»Laß uns hineingehen«, sagte er leise. »Mein armer Sohn ...« Er stützte sich kraftlos und schwer auf mich und ließ zu, daß ich ihn in den Garten führte und unter der Zypresse hinsetzte.

Maria Dora, eine pedantische religiöse alte Jungfer führte unseren Haushalt. Sie war eine Tante meiner Mutter, eine Schwester ihres Vaters, eine echte Nebenfigur dieses Lebens. Sie war es, die die Kranken der Familie bis zu ihrem Tod gepflegt, die Neugeborenen versorgt hatte und die nie aufhörte, sich über ihre Undankbarkeit zu beklagen, nachdem die Kinder flügge geworden waren, weil sie sich vor ihr verschlossen und ihre Einmischung in ihre kleinen Angelegenheiten ablehnten. Sie war gut und opferte sich auf, merkwürdigerweise erntete sie aber meist Unmut und wurde denjenigen zur Last, die sie mit ihrer Fürsorge überhäufte. Sie mußte stets jemanden haben, um ihn zu verwöhnen, zum Essen, Trinken und Ausruhen anzuhalten, und dies stets zu einer Zeit, wo der Betreffende nicht die geringste Lust dazu hatte. Stets verführte sie ihr irregeleiteter Instinkt dazu, zur falschen Zeit ins Fettnäpfchen zu treten, ohne dies zu wollen oder auch nur zu ahnen. Ich glaube, es gehörte zu ihrem heimlichen Bedürfnis, zu ihrer Befriedigung und zu ihren Leidenschaften, bittersüße selbstquälende Tränen ob verschiedener Unwürdigkeiten zu vergießen, mit denen man ihr für ihre guten Taten dankte, die keinen Widerspruch duldeten.

Mein Vater und ich kamen ihr, der amtlich bestellten Kummermutter für Trauer und Leid, gerade recht. Turtelnd, flatternd und mit heißer Inbrunst nahm sie uns unter ihre Fittiche, den schwachsinnigen, hilflosen Greis und das mutterlose, schwächliche Kind. Trotz aller Anerkennung und Dankbarkeit, die ich empfand, ging sie mir unglaublich auf die Nerven, nicht allein durch ihre anhängliche, fleißige Gegenwart, sondern auch durch jene verblendete Steifheit, mit der sie meinen Vater behandelte. Maria Dora war in ihrem seltsamen, verschlossenen Wesen unbeugsam wie Eisen. Wie hätte sie auch meinem von schier untragbarem Leid gebeugten Vater in die beiden extremen Reiche der gramvollen Erkenntnis und der wahnsinnigen Hoffnung folgen können? Wie hätte sie sich in seine nebligen, bewußtlosen inneren Kämpfe einfühlen können? Sie gab ihm zu essen und zu trinken, half ihm beim Ankleiden, badete und verhätschelte ihn, doch sooft sie merkte, wie er durch die Zeiten irrte, sooft der kurze falsche Widerschein der Hoffnung in seinem Gesicht aufleuchtete, brachte sie ihn mit dem Mitleid engelsgleicher Geduld zum Schweigen.

»Aber, Giuseppe! Du weißt doch, daß Marietta tot ist, daß sie im Kindbett gestorben ist, sie wird nie mehr aus der Kirche heimkommen. Beruhige dich, mein Schatz! Sie wird nie mehr zurückkehren!« Sie klopfte meinem Vater mit ihrer rauhen Hand beruhigend auf die Schulter und war schmerzlich überrascht, sobald ihr sanfter, hilfloser Patient einen Weinkrampf bekam und sie mit ungewöhnlicher Erregung verscheuchte.

»Geh, verschwinde, du entsetzliches Weib! Du läßt sie nicht zu mir kommen, du bist es, die sie aus unserem Hause aussperrt! ... Sie steht draußen vor der Tür ... Sie friert und ist müde! ... Du hast ihr die Schlüssel, ihr Bett und ihre Schränke gestohlen! Hilfe! Marietta, Marietta, meine einzige!«

Vater überlebte Mutters Tod nur um ein Jahr.

Der alte Seidenspinnermeister, ein Halbbruder meines Vaters, der zu meinem Vormund bestellt wurde und vor lauter Arbeit weder ein noch aus wußte, war froh, mich ganz Maria Dora überlassen zu können. Ich bekam ihn nach dem Begräbnis nur kurz zu Gesicht. Er war ein ruheloser Mann mit leerem Blick und gelben Fingern. Er konnte kaum erwarten, bis das Testament verlesen wurde; er rutschte dauernd hin und her, und man konnte ihm förmlich ansehen, wie ihm das Ereignis und das ihm übertragene Amt zur Last fielen. Kaum war das letzte Wort verklungen, sprang er auf und trat zu uns. Maria Dora hatte ihren Arm wie die zufriedene, siegreiche Königin der Trauer um meine Schulter gelegt. Sie hielt mich wie einen Schild vor sich. Ihre rotgeweinten Augen konnten ihre innere Erhabenheit nicht verbergen, die Tatsache nämlich, daß sie durchaus in ihrem Element war. Mein Vormund betrachtete mich sorgenvoll, als wäre ich eine verdorbene Speise, die er zu verzehren hatte.

»So ist es nun mal«, sagte er sauer. »Giuseppe ist schon immer leichtsinnig gewesen. Schon als Kind hat er seinen Obstfladen gegen einen Laubfrosch eingetauscht. Mußte er auf seine alten Tage noch heiraten ... jetzt ist dieser Bursche da ...«

»Darüber macht Euch mal keine Sorgen! Trachtet danach, daß er bekommt, was ihm zusteht, alles andere ist meine Sache!« fuhr ihn Maria Dora mit schneller Zunge an und machte eine beleidigte Geste, die so gewaltig war, daß mein Vormund zurücktrat und zu blinzeln begann.

»Nun ... hm ... gewiß. Mir soll es wirklich egal sein.« Und dabei blieb es. Er kam ordentlich seinen Pflichten nach, seine Geldüberweisungen trafen allmonatlich ein, aber er ließ sich nicht mehr blicken.

Zum Glück fand Maria Dora Gefallen an unserem freundlichen, geräumigen alten Haus, und so lebten wir weiter dort inmitten all der unglücklich schönen, düsteren Erinnerungen. Wir hatten keine Geldsorgen. Die Pacht für das kleine Gut, das meine Eltern hinterlassen hatten, reichte aus, um unsere bescheidenen Bedürfnisse zu decken.

Nie erlebte ich eine interessantere, beschütztere Jugend als dort in Mailand unter all den sanften und taktvollen Geistern dieses alten Hauses, das am Ufer des Catarana-Kanals stand. Mit Maria Dora wurde ich leicht fertig. Ich durchschaute ihre Schwächen und kam ihnen entgegen. Sie meinte, daß alles nach ihrem Willen geschah, während sie an meiner Leine tanzte und zum erstenmal in ihrem Leben zufrieden war. Wenn ich daran denke, was sie in ihrer befangenen Zuneigung alles über mich dachte, muß ich mich schämen. Sie glaubte – weil ich es ihr einflüsterte –, ich sei ein Ausbund der Tugend. Herzensgüte, Dankbarkeit, religiöse Gottesfurcht und eifriger Fleiß waren es, unter deren Fittichen ich einsam und zurückgezogen unter diesem Dach lebte.

Sie blickte zu mir auf wie zu einem höheren Wesen, insbesondere seit der Zeit, da Fra Niccolo, einer der Lehrerpriester von San Marco, Lobeshymnen über mich sang und den ich im Interesse meiner Ruhe als Lehrer akzeptiert hatte. Natürlich war das beschränkte Mönchlein durch meine raschen Fortschritte im Lesen, Schreiben und Rechnen wie benebelt. Mit ein bis zwei Stunden am Tag schaffte ich mir den Sanftmütigen vom Hals. Die übrige Zeit aber verwendete ich für echte Studien, indem ich Bücher las oder im bescheidenen Labor meines Vaters meinen Experimenten nachging.

Ich verfügte über nichts weiter als über einen gierigen, verzweifelten Fleiß, um meine Studien zu beginnen. Niedergeschmettert erkannte ich, wie unorientiert ich war. Ich wußte nicht, wo ich beginnen, welchen Weg ich gehen sollte. Das Wesen der Alchimie kam mir vor wie ein verwirrtes Fadenlabyrinth, dessen Ende ich nicht zu fassen bekam, um die Fäden zu entwirren. Ich kannte so manche ihrer Erscheinungsformen, wußte manches über jene rätselhaften Pantomimen, in der sie sich der Außenwelt offenbarte. Ich kannte den Magier. Ich lebte in seiner Nähe und konnte ihn Tag für Tag beobachten. Ich hatte ihn bewundert und schließlich umgebracht. Ich hatte ihm die Große Essenz entrissen und davon getrunken. Mein Auge war sehend geworden. Ich lebte gleichzeitig in zwei Welten. Ich hatte die Transmutation in einem dilettantischen Alchimistenlabor durchgeführt. Im Turmzimmer des Dreisesselberger Schlosses hatte ich zwischen vier grünen Spiegeln den Auserwählten beschworen. Ich hatte mit lebendigem Bewußtsein zweimal die Pforte des Todes und des Lebens durchschritten, doch ich wußte nichts über das Wesen der Dinge. Ich benutzte sie wie verschlossene, gewaltige Kräfte, wie sich der Mensch heute der Elektrizität bedient. Es gelang mir zwar, einige ihrer Gewohnheiten zu entschleiern, doch gelang es mir nicht, ihre inneren Gesetzmäßigkeiten und Gefahren zu erkennen. So reagierten sie auf alle meine Provokationen jeweils anders, als ich erwartet hatte, wandten sich gegen mich, zerschmetterten mich und rissen mich mit nach jenem unbekannten Gesetz, das ihnen innewohnte.

Homunculus

Es würde viel zu lange dauern, wenn ich schildern wollte, wie ich nach schwerer Arbeit und nach Hunderten von falschen Auslegungen dazu kam, die symbolische Sprache der Alchimie zumindest teilweise zu enträtseln. Ich sage absichtlich teilweise, weil ich immer noch weit davon entfernt war, konkrete Hinweise herauszulesen. Als ich glaubte, endlich eine Lösung gefunden zu haben, wurden meine nervösen, ungeschickten Experimente zu einem einzigen Fiasko. Man kann sich lebhaft vorstellen, daß ich mich allein und ratlos im Werk des Raymundus Lullus an die Rezepte für den Stein der Weisen heranwagte, und daß ich dann oft den Kopf mutlos in die Hände sinken ließ, während zusammenhanglose Bilder eines Alptraums vor meinen Augen tanzten, und wie ich spürte, daß ich von Mal zu Mal immer weniger begriff.

›Der Stein wird bereitet‹, heißt es etwa bei Raymundus Lullus, ›indem man den Saft des Mondkrautes auffängt und dessen Ausdünstung auf kleinem, schwachem Feuer extrahiert. Dann wird man eins unserer Quecksilber besitzen in Gestalt des weißen Wassers und dessen Flüssigkeit zur Reinigung unseres Steins und dessen ganzer Natur. Dies ist eins der höchsten Geheimnisse und das erste Tor. In dieser Flüssigkeit wird der große Drache geläutert und aus der gewaltigen Wüste Arabiens ergossen, weil er wegen seiner Lage im toten Meer unmittelbar ertrinken und vergehen würde. Also drehe ihn um und sende ihn in das Königreich Äthiopien, wo er von Natur aus geboren worden war, weil wir sagen, daß, wenn er nicht umgedreht wird und seinen Platz in seinem ureigenen Boden findet, er sich entfernt und zu anderen Gestaden begibt. Darum mußt du sicher wissen, daß jedes andere Klima, jede andere Gegend unserem Stein den Tod bringt, verborgen vor denjenigen, die unwissend sind und nichts davon verstehen.‹

Basilius Valentinus treibt den Roten Löwen dreimal durch den grauen Wolf.

Die Schwierigkeiten häuften sich, weil jeder der großen Alchimisten die verschiedenen chemischen Materialien und Abläufe mit stets wechselnden Tiernamen und Natursymbolen verschleierte. Auch die Materia Prima hatte hundert Namen: Leo viridis, Venenum, Nutrix, Chaos, Azoth, Draco devorans caudam suam, viele nannten sie sogar Mercuris Philosophorum. Die klarsten Hinweise fand ich in den Arbeiten des Cornelius Agrippa von Nettesheim.

Vor allem legte ich mir ein Wörterbuch an und notierte hinter den einzelnen Wörtern jene Deckwörter, derer sich die Meister bedienten. Ich gelangte zwar zur Kenntnis der Abläufe der cineratio, putrefactio, ablificatio und resurrectio, doch den Grundstein, auf den ich hätte bauen können, die Prima Materia, fand ich nicht.

Wie viele Jahre bin ich dem Alptraum der Prima Materia hinterhergelaufen! Wo überall, in welchem Stoff meinte ich sie zu entdecken: im Blut, im Wasser, im Sperma, im Kot und in der Luft – und als ich mit Homunculus' Hilfe schließlich hinter die entsetzliche Simplizität der Lösung gekommen war, wie verfrüht erwies sich jene wahnsinnige Freude des Triumphs. Terra virginea, notierte ich in meinem Wörterbuch neben den übrigen Bezeichnungen der Materia Prima.

Ich muß gestehen: Ohne die Hilfe des Homunculus wäre ich nie zur Materia Prima gelangt.

Fast möchte ich verzagen, wenn ich endlich auch darüber berichten muß, über eines der merkwürdigsten und wahnsinnigsten Abenteuer meines Lebens. Wie soll ich dies armselige, entsetzliche Phantom beschreiben, das so manchen besessenen Alchimisten zu irrsinnigen Experimenten inspiriert und mit seinem Schatten so manchen empfindlichen Organismus belastete? Hinter den berüchtigten mittelalterlichen Versuchen mit dem künstlichen Menschen hockte stets die Dämonengestalt des Homunculus. Ihm entströmte der Wille, nach einem Ausweg zu suchen, um sich mit Gewalt eines Körpers zu bemächtigen, weil die ewigen Gesetze des Kosmos alle Türen vor ihm verschlossen. Diese seine Medien konnten aber gewissermaßen nur ›durch die Wand‹ mit ihm verkehren, durch die unvollkommenen ›Interferenzen‹ des Alltagsmenschen, über schwankende Traumbilder, in der Dämmerung wirrer Ahnungen. Keiner hatte ihn je zu Gesicht bekommen, keiner hatte mit ihm gesprochen und mit keinem hatte er je ein Bündnis geschlossen – nur mit mir allein.

Jahrtausendelang hatte der Unglückliche gesucht und experimentiert, bis er endlich an mich geriet, an den anderen Gefangenen, mit dem er endlich unmittelbar verkehren und dessen er sich in seiner hilflosen Gelähmtheit bedienen konnte. Homunculus' Lage war bis zu einem gewissen Grad der meinen ähnlich, aber er war bedeutend schlimmer dran. Ich war im Gefängnis des physischen und des Astralreiches inmitten von strudelnden Lavaausbrüchen der Instinkte, der Emotionen, der Ängste und Leidenschaften zum Gefangenen geworden, doch diese wilden Eruptionen rissen mich mit ihren spiralförmigen Bewegungen immer weiter fort durch die Wandlungen von Leben und Tod, durch die Leiden der Erfahrung hin zu den kühleren, freieren, ruhigeren Wassern der Konsequenzen. Homunculus aber vegetierte in der unfruchtbaren, erstarrten Eiswelt der Vernunft, die jeder Weisheit entbehrte jenseits der Astralebene und diesseits der Mentalebene, im mittleren Reich der ›äußeren Finsternis‹. Nirgendwo konnte er Anschluß finden, nirgendwo vor Anker gehen. Er war ausgedörrt und gefühllos wie nur irgendein leerer Sophismus. Die Lust reizte ihn nicht, und er war frei von Emotionen. Das Astralgesetz hatte ihn ausgespien, wie einen Energiekomplex mit fremder Frequenz, und das sonnige, erhabene Abstraktum der Mentalebene konnte ihn wegen jener toten Buchstabenmasse nicht aufnehmen, die sich verwirrt und unverdaulich gleich einer gewaltigen Eisbarriere in der totalen Isolation auftürmte, wo die Temperaturen stets unter dem Gefrierpunkt lagen. Es war das ›nihil in diesem Niemandsland, das zwischen Sein und latenter Erstarrung lag‹.

Als er noch Mensch gewesen zu Blütezeiten einer andersartigen, uralten, sogenannten magischen Kultur, hatte er mit einer erschütternd wahren und unwiderlegbaren Theorie und deren Ableitung ein Meisterwerk vollbracht, dessen Stufen sich wie die Glieder einer Kette zusammenschlossen, seinen eigenen Geist zu verneinen gesucht. Dieses Ereignis trat beim dritten Glied, das heißt bei der Trübung des geistigen Sehvermögens ein, als sich anstelle des sehenden Auges, das die Fähigkeit besaß, Symbole zu lesen und zu deuten, das große Gehirn entwikkelte, ähnlich den tastenden Fingern eines Blinden, mit dessen Hilfe der Mensch nunmehr die Wahrheit nicht gleichzeitig und plastisch erkennen konnte, sondern sie nur noch ratenweise über die einzelnen Etappen von Ursache und Wirkung hoffnungsvoll, unvollkommen und subjektiv erahnte. Indem er diese kausale Geisterburg erbaute, die sich immer mehr in einem Labyrinth verstrickte, feierte er die finstere Erfüllung der Welt der Blinden, ein Geisterschloß, durch dessen Gänge der Mensch, der sich hierher verirrt hatte, bis zu seinem Sarg geführt wurde, aus dem es keine Auferstehung gibt. Seither war diese Kultur zur Neige gegangen, in Kataklysmen zerstört worden. Und jene Wesen, die darin gelebt hatten, siedelten sich auf anderen Planeten unter subtileren oder dichteren materiellen Bedingungen an. Homunculus aber, der in seiner geistigen Falle so manchen schwachen Seelenvogel gefangen hatte, blieb verbannt in der Fiktion des Todes zurück.

Homunculus leugnete das Leben mit einer Überzeugung, die gewissermaßen zur fixen Idee geworden war. Alles, was Wärme, Bewegung, Licht und Glauben war, wurde von ihm seziert und zu Staub zermahlen, ohne daß er für sich einen Halt oder Zuflucht als Ersatz gefunden hätte. Mit unglaublicher Zähigkeit und Genialität brachte er es auf diese Weise fertig, die Kräfte der physischen Astralebene in sich zu töten. Wären in ihm auch nur Spuren der beiden unteren Ebenen übriggeblieben, so wäre er wahrscheinlich in die Tiefen des physischen Daseins versunken und zu dumpfem, hartem Gestein geworden. So aber, ohne die Säfte, ohne die Spannkraft, ohne die treibenden Leidenschaften und Leiden dieser beiden Ebenen vegetierte er wie ein Verstoßener dahin, gleich einem verstaubten, wirren, verrosteten Drahtgestell der Vernunft, bar jeder anderen Materie, und spukte und geisterte vor der verschlossenen Pforte der Auferstehung.

Während unserer merkwürdigen und schrecklichen Zusammenkünfte gelang es mir allmählich zu erfahren, auf welche Weise er vom Mißerfolg des künstlichen Menschenkörpers zu jener Erkenntnis gelangt war, daß es auch für ihn nur eine einzige Möglichkeit der Befreiung gibt: Nämlich die Transmutation, die auf allen drei Ebenen gleichzeitig stattfindet. Offensichtlich war er auch zu der Erkenntnis gelangt, daß dieses große Experiment nur von einem *Menschen* durchgeführt werden kann. Homunculus, dem gelähmten Phantom, würde es nie gelingen!

Meine einsamen Grübeleien und das gelbe Licht der Öllampe meiner verstaubten Alchimistenwerkstatt zogen den ewig wachen Verdammten magisch an. Er beobachtete mich lange, bevor er den Versuch unternahm, den Kontakt mit mir aufzunehmen.

Die Erschütterung, die ich bei unserer ersten Begegnung empfand, habe ich bis heute noch lebhaft in Erinnerung.

Nach monatelanger Arbeit hatte ich wieder einmal ein schweres Fiasko zu verzeichnen. Ich hatte mit Blut experimentiert, indem ich mein Entsetzen und meinen Ekel überwand und die fürchterlichen Anfälle meiner Umgebung in Kauf nahm. Denn diese durstige Legion der Emotionen hatte Blut gerochen und war im Blutsdunst geworden wie das Feuer, in welches man Öl gießt, kräftig, betäubt und überlaut. Ich hatte versucht, das Blut abzuseihen, zu erhitzen, zu verdichten, zu verdünnen und einzufrieren, zu trocknen und zu verdampfen, doch die Bindung zu und an mir wurde nur immer enger. Ich war erschöpft, und in mir klang das Echo einer Leere, das mir meine Erfolglosigkeit bestätigte. Über die Empörung und Verzweiflung war ich längst hinaus und in eine Art Lethargie verfallen. Vorher hatte ich im Labor die blutigen Kolben aufgeräumt, um vor den Astral-Wölfen meine Ruhe zu haben. Und wahrhaftig, in der leeren Ruhe der Nacht, in dieser bleiernen, kalten Umgebung begaben auch sie sich zur Ruhe für eine kurze Zeit, wie betrunkene Faschingsgäste am Aschermittwoch. Ich fühlte mich krank. Solange mich das Fieber der Arbeit durchglühte, nahm ich kaum Notiz von meinem schmerzenden Kreuz, von meinen Augen, die infolge der durchwachten Nächte und der Anstrengung tränten und brannten, doch jetzt wurde ich von allen meinen Leiden gleichzeitig überfallen. Ich fror. Meine erpreßten Kräfte konnten mich nicht zur Genüge aufheizen, weil ich das Blut zum größten Teil aus meinem Körper entnommen hatte. Dieser geschwächte, emotionslose und gefühllose Zustand war es, der Homunculus am ehesten zusagte. Hier hatte er die Möglichkeit, das erste Seil jener Brücke zu mir hinüberzuwerfen, die sich zwischen uns aufbaute.

Es kann ein Uhr nach Mitternacht gewesen sein.

Und es begann damit, daß sich das Licht meiner Lampe verdüsterte. Zunächst meinte ich, das Öl sei ausgegangen oder der Docht sei verrußt. Mechanisch stellte ich den Docht wieder nach. Es hatte gar keinen Sinn, daß ich diese Nacht noch länger wach blieb. Doch ich war zu schwach, ich hatte keine Kraft mehr, um mich an mein Bett zu begeben. Da saß ich nun mit gebeugtem, schmerzendem Rücken zwischen all meinen Aufzeichnungen, mit weitaufgerissenen Augen, schlotternd, in unbequemer Pose versunken in eine Art Halbschlaf, der die physischen Empfindungen lähmt und in dem die Seele schutzlos durch das große, finstere Zwischenreich taumelt.

Und wieder wurden meine offenen Augen gewahr, daß sich das Licht der Lampe verdunkelte. Ein paar verlorene Gedanken rollten wie Kieselsteine durch mein Inneres, nachdem ich festgestellt hatte: ›Soeben habe ich Öl nachgefüllt ... ich habe den Docht abgeschnitten und herausgezogen ... Dennoch sieht das Licht der Lampe aus, als würde sie durch einen kalten, feuchten Gegenstand erstickt ...‹

Die schmal gewordene Flamme knisterte und rauchte. Allmählich bemerkte ich, daß sich ihr Licht nicht mehr im Kreis fortpflanzte, sondern gegen alle Regeln der Physik bis zur linken Ecke des Zimmers dahinzog, dort die Wand gewissermaßen hinausschob, gewissermaßen ins Unendliche spülte, und am Ende des gelben Lichtstrahls, in entsetzlicher, tauber Entfernung stand etwas ... oder jemand.

Es ist sehr schwer, des Homunculus Erscheinungsform zu beschreiben, ja, es ist fast unmöglich. Sein Wesen gleicht eher einem negativen Dasein. Erloschene kosmische Nebel, sogenannte Kohlensäcke, können in Farbe und Beschaffenheit so dicht, so tödlich schwarz sein, eine Schwärze, in deren Masse man keine Konturen entdecken kann und in der man dennoch das Vorhandensein drohender Abgründe, endloser Tunnel ahnen kann, die zur Hölle führen. Diese Art Finsternis würde sich von jeder Finsternis, die das menschliche Auge wahrnehmen kann, um zahlreiche Schattierungen scharf abheben. So stand Homunculus da, jenseits der schlaff geöffneten materiellen und astralen Form, mit seinem gewaltigen, tuschfarbenen Schatten. Er sah aus wie ein von einem chinesischen Maler gezeichneter bizarrer Höhleneingang aus der Unterwelt, während sich seine Umrisse pausenlos änderten. Immer wieder ragten an jeweils anderen Stellen nadelspitze Gipfel und Rundungen hervor, Haken und Tentakeln, die sich wie Schlangen wanden. Seine Gestalt wuchs ins Gigantische, wurde dünn und schmal, dann verdichtete sie sich und fiel in einer strudelnden Spirale in sich zusammen. Dies waren seine Gedankenformen, auf diese Weise funktionierte sein Phantomwesen, denn auch in ihm war Bewegung vorhanden, wie in allen lebenden Organismen. Stumpf, ohne inneres Echo versank ich in der Betrachtung seiner Gestalt. Nach einiger Zeit wurde ich durch eine zwingende, fordernde Steigerung gezwungen, in mich hineinzuhorchen, auf eine fremde, laute, aufdringliche Stimme, die in meinem Hirn polterte.

»Kannst du mich sehen?« vernahm ich die Stimme, die sich anhörte, als würde jemand die Worte durch einen mächtigen, leeren Saal rufen. Die Stimme klang zwar in mir, dennoch wußte ich mit Sicherheit: Dieser titanische Jemand war es, der aus dem Strudel tauber Fernen zu mir sprach.

»Ja!« Meine Stimme drang mit merkwürdigem, heiserem Klang in die staubige Stille des Labors und brach den Zauber in Stücke. Der Astralschmutz, der mich umgab, heulte auf wie ein aufgescheuchter Geierschwarm. Mein Herz bekam einen Stoß und begann dann, immer wieder aussetzend, wild zu klopfen. Mir brach der Schweiß aus, dennoch fror ich. Ich wankte zu meinem Bett und vergrub mich mitsamt meinen Kleidern in die Decken.

Was war das?!

Das Beben wollte nicht aufhören. Homunculus' lähmender, ferner Schatten hatte mich tiefer erschüttert als alle bisherigen Erlebnisse. Denn er war der vollkommene Gegensatz zum Licht, von dem sich selbst im fürchterlichsten Astral-Dämon ein Funke verbarg. Homunculus aber schluckte das Licht und würgte es in sich ab. Homunculus war die Finsternis selbst: ›der Teufel‹.

Wochen vergingen, bevor er wieder einen Kontakt mit mir herstellen konnte. Sein beobachtender, drängender, rufender Wille lastete stets auf mir – er durchdrang mich, wie der geisterhafte Herbstwind, der durch ein Zimmer weht, wo Fenster und Türen sperrangelweit geöffnet sind. Jetzt mußte ich dem Astralstrudel fast dankbar sein, der mich wie ein Karnevalsreigen von ihm abschirmte.

Es war Dezember. Die blassen Tage verschwanden schnell, um den langen, verhangenen Nächten Platz zu machen. Aus den kalten Wänden strömte eisige Winterluft, die Glut aus den Holzkohlenbecken bestrich mit ihrer Wärme nur einen engen Kreis. In den Korridoren wütete ein Wind, der bis an die Knochen ging und in den Kaminen heulte.

Eine starke Erkältung warf mich nieder. Solange das Fieber wütete, war alles in Ordnung. Doch dann stürzte meine Temperatur wieder steil ab. In meinem vom Schwitzen geschwächten, ausgekühlten Körper trat jene Situation ein, jener Umstand, wo Homunculus wieder erscheinen konnte. Wieder stand er am Ende dieses langgezogenen Lichtstrahls, der von der Lampe ausging. Seine tiefe, schwere Stimme hallte wider wie in einem großen Saal durch mein Gehirn.

»Kannst du mich sehen?«

»Ja ...« Diesmal stieg die Antwort in Gestalt eines leisen, bebenden Gedankens in mir auf.

»Was ... was wünschst du?«

»Einen Pakt mit dir!«

Aus allen meinen Gefühlen, aus meinem Instinkt und meinem Empfinden brandeten wilde Wellen der Ablehnung gegen mein Gehirn, doch Homunculus' Befehlston erstickte die aufkommende Flut.

»Warte! Warte, du Narr! Glaubst du, daß du, indem du mit Blut und Exkrementen herumspielst, je zur Materia Prima gelangen wirst? Allein wirst du sie niemals finden ... nur zusammen mit Homunculus!«

Nun war die Brücke zwischen uns geschlagen. Dieses Problem war der Brennpunkt meines ganzen Seins. Alles andere wurde in den Hintergrund gedrängt, alles schwand dahin: die Furcht, die Überlegung, alle Zeichen, die auf Sturm standen und mich abstießen, nur das magische Wort brannte zwischen uns mit blendendem Kristallicht:

Die Materia Prima!

Der erste Schritt, die Grundlage, auf der man den Kosmischen Tempel der Transmutation errichten kann. Die Wiege des Großen Magisteriums. Die heilige Urmutter, in der die Empfängnis meiner Befreiung stattfinden könnte.

Diesmal war es meine erwachende Erregung, meine gierige Sehnsucht, die unseren Kontakt verwusch. Nun war aber ich derjenige, der mit verzweifelter Sehnsucht diesem gewaltigen Wesen nachlief, dessen Blick über weitere Horizonte reicht und im Besitze allen Wissens ist ... während ich nur herumtastete, wie das übrige menschliche Geschmeiß. Er will mir helfen. Er hat mir ein Bündnis angetragen. Er hatte mich für sich erwählt. Daß ein solcher Pakt seinen Preis hatte, war mir gleichgültig. Ich war bereit, dafür zu bezahlen.

Je heftiger ich nach einer neuen Begegnung drängte, je leidenschaftlicher ich mich danach sehnte, um so weniger gelang es mir, einen Kontakt herzustellen. Ich begann zu ahnen, daß für eine Begegnung mit Homunculus ein merkwürdiger, kühler, ruhiger Zustand erforderlich war, wo Gefühle, Emotionen und alle physischen Kräfte zur Ruhe kommen, sich also gewissermaßen ausschalten. Ich versuchte, den Dämmerzustand unserer ersten Begegnung heraufzubeschwören. Doch meine unkonzentrierten Gedanken mitsamt der hysterischen Begleitung meiner Gefühle widersetzten sich meiner Absicht wie hungrige, zähnefletschende Raubtiere. Ich war unfähig, in meinem Inneren auch nur für Sekunden einen leeren Raum zu schaffen. Nach einigem Streben gelang es mir schließlich, Homunculus erneut zu erblicken und aus seinen Wortfetzen jenen Rat zusammenzutragen, mit dessen Hilfe ich nach monatelanger mühsamer Arbeit den ständigen Kontakt mit ihm schaffen konnte.

Ich mußte eine besondere Art der Atmung nebst einer Sitzposition lernen. Später bediente ich mich auch einer Art Räucherwerk, das ich nach Homunculus' Rezept zusammenstellte. Ich meine, daß er sich seinerzeit ebenfalls bemühte und mir bei diesen Begegnungen auf halbem Wege entgegenkam. Denn sobald unser Kontakt unterbrochen wurde, konnte ich von mir aus jene Klausur nicht wiederherstellen, die uns beide vor den unruhigen Strömungen der physischen und astralen Welt schützte.

Es verging fast ein volles Jahr, bis sich unser Kontakt stabilisierte.

Die stillen, vom Licht der Öllampe erhellten Stunden der Nacht waren für unsere Zusammenkünfte am besten geeignet. Diese infernalen Séancen brachten meine Gedankenwelt auf merkwürdige Weise zum Gären und trieben mein Leben erneut aus seinem ruhigen Hafen.

Homunculus wirkte auf meine Denkweise, wie der Schleifstein aufs Messer. Von ihm erlernte ich neben einigem Teilwissen die Methode der abstrakten Spekulation, die Schicht für Schicht bis zum Kern der Dinge vordrang, den Zauber vernichtender Fragen, die am Ende alles leugnen und alles töten, ohne jemals irgendwo zu einem Ruhepunkt zu gelangen. Homunculus war kein Gottesleugner, sondern bewies, daß es ihn nicht gibt, ebenso, wie er mit Hilfe frappanter Argumente behauptete, daß das ewige Leben eine Fiktion sei. – Die Reihe seiner Spekulationen war unangreifbar und ließ keinen Spalt offen. Nur er allein lebte körperlos bereits seit Jahrtausenden, im fortgesetzten Bewußtsein in der Sackgasse einer zwar vollkommenen, dennoch völlig falschen Theorie, die von der Wirklichkeit auf mystische Weise widerlegt wurde. Unsere Streitgespräche waren von unermeßlicher Merkwürdigkeit, obwohl sie jeweils nicht lange Zeit dauerten. Er zermalmte meine Argumente mit seinem gewaltigen, leer vor sich hinmahlenden Mechanismus, wie ein ausgehungerter Löwe die Maus verschlingt, die sich in seinen Käfig verirrt hat. Ich hatte stets geglaubt, die Eitelkeit sei ein heißes Gefühl, eine astrale Leidenschaft, die geißelt und tötet. Doch bei Homunculus wurde ich mit einer unglaublichen Form der Eitelkeit bekannt, eine magische Mumie der Eitelkeit, die mit ihm zusammen, zu jahrtausendelangem Leben einbalsamiert, mit ihrer vertrockneten, aber zähen Gestalt in diesem tragischen Intellekt herumgeisterte. Dieses Gedankenmonster hatte das Bestreben, sich zu offenbaren. Er wollte sich mit seinen entsetzlichen Leistungen zur Schau stellen und konnte also nicht verborgen bleiben. Homunculus konnte es nicht ertragen, daß sein Werk im Verborgenen blühte, oder daß ich mich mit seinen Lorbeeren schmückte. Ich *mußte* einfach darüber sprechen. Andernfalls hätte ich nie auch nur ein Wort darüber verloren. Ich war überrascht, mit welch großer, finsterer Genugtuung ihn die Verblüffung und Hingerissenheit dieser Dummköpfe erfüllte.

»Ich verachte sie«, suggerierte er mir. »Doch ihre Bewunderung steht mir zu, wie die Steuern einem König, obwohl natürlich die Beziehung zwischen Herrscher und Untertan im Vergleich zu unserer Beziehung nur ein schwacher Abglanz ist!«

Nach seiner Theorie ist das Weltall nichts weiter als ein geistloser, träger, vergänglicher Körper, dessen Gehirn ebensowenig über jene Zellen weiß, die in seinem Körper geschunden und gefangengehalten werden, wie irgendein irdischer Esel. Nur verläuft sein Leben nicht nach dem Zeitmaß des Menschen. Diesen unwissenden, blinden Titanen muß man töten, damit die kleinen leidenden Teilchen aus dem Gefängnis seines Jahrmilliarden währenden Lebens befreit werden und wieder im Frieden des finsteren Nichts versinken können. Der Befreier heißt Homunculus, der Erlöser des Ewigen Todes. Der mordende Dolch ist die Transmutation. Der weiße Magier spinnt im Besitze des Großen Magisteriums den Lebensfaden weiter, weil es sich in diesem gigantischen Körper in eine feine Zelle – in Gehirnzellen – umgewandelt hat, und erhebt das Zentrum durch sich zur Gottheit, die er am Leben erhält und die sich durch ihn offenbart. Doch in Homunculus' Hand wird die *Macht* einst die Hauptschlagader öffnen, durch die das Blut des gnadenlosen, unbarmherzigen und stupiden Makrokosmos vergossen wird. Der Titan wird sterben, die Bewegung zum Stillstand kommen. Der Stoff wird sich auflösen, zu Nichts werden, und mit ihm die Materie, die Ausscheidung der aufs Wesentliche konzentrierten Materie: die Fiktion des Geistes.

Keiner kannte die Zusammensetzung und den Mechanismus der Dinge besser als er. Er war wie ein sezierender Arzt, nur befaßte er sich mit einer bedeutend subtileren Materie bis hin zu den grenzenlosen Tiefen der Reduktion. Er entlarvte das Leben, angefangen bei der Funktion des menschlichen Körpers über die Geheimnisse des Bluthaushalts, die Drüsen und den Blutkreislauf, von den Genen bis hin zum empfindlichen und genialen Schwingungsmechanismus des Astralleibs und eröffnete mir bereits damals, im Jahre 1633, solch gewaltige Perspektiven, von denen unsere medizinische Wissenschaft heutzutage kaum eine Ahnung hat.

Als er bei seinen Spekulationen entdeckte, daß er zur Durchführung des Großen Opus auf allen drei Ebenen gleichzeitig anwesend sein mußte, begann er mit der Sisyphusarbeit einer Reihe von Experimenten mit dem künstlichen Menschen, die er über das Gehirn einiger Alchimisten durchführte. Seiner Ansicht nach scheiterten diese Experimente an dem ›verschmutzten, unzulänglichen Gehirnsieb‹, das seine Anweisungen verzerrt wiedergab. Schließlich verwarf er diesen Gedanken endgültig, weil sich für ihn durch mich eine leichtere Lösung bot. Mein Organismus war für das Experiment auf allen drei Ebenen bereit, nur mußte er mit seinem eigenen Genie durch die offene Pforte einziehen, die ich durch meine mystische Sünde zur anderen Welt hin aufgebrochen hatte. Zwischen uns stand keine Mauer. Ich konnte ihn sehen, und durch die Schaffung der gemeinsamen Methode war es gelungen, einen unmittelbaren und ständigen Kontakt zu pflegen.

Zu den Grundlagen für das Werk war es seiner Ansicht nach erforderlich, mich ›umzuschleifen‹, in meinem Gehirn ›Ordnung‹ zu schaffen, die wirren, unreinen Begriffe ›auszumerzen‹ und meine Fähigkeit zum Denken zu ›schärfen‹ und unwiderstehlicher zu machen, wie die schärfste Klinge. Unsere Debatten sollten diesem Zweck dienen. Der Reinigungsprozeß war denkbar gründlich und begann sich auch auf mein Leben bei Tage auszuwirken. Die mir eingeimpfte, destruktive Skepsis, die den metaphysischen Schaum in meinem Kopf zerstörte, der aus nebelhaften, zärtlichen und ängstlichen Gefühlen gemixt war, machte mich großspurig und ungeduldig, provokativ. Nun konnte keine Rede mehr davon sein, den sanften Dogmatismus der Maria Dora zu tolerieren. Ich führte Streitgespräche mit ihr, und sie reizte mich zum Spott. Fra Niccolo, das beschränkte, sanfte Pfäfflein, begann sich direkt vor mir zu fürchten. Meine Fragen über Gott, über die Schöpfung, über Sünde und Fall und über den freien Willen waren zwar nur Schatten jener Fragen, die Homunculus stellte, dennoch trieben sie ihm den Schweiß auf die Stirn, um dann nach einigen gestammelten, haltlosen Argumenten in den entsetzten Ruf auszubrechen: ›Apage Satanas!‹ und sich pausenlos zu bekreuzigen. Diese Fragen wurden später durch den religionsfeindlichen Materialismus des 19. Jahrhunderts erneut gestellt, deren Verfechter mit der gleichen berauschenden Überheblichkeit glaubten, daß es ihnen gelungen sei, der »Lügenhydra der Metaphysik« sämtliche Köpfe abgeschnitten zu haben, so, wie ich dies seinerzeit glaubte. Zweifellos war es nicht klug, mich so zu benehmen, doch das Fieber meiner Überzeugung ergriff von mir Besitz. Dieser Zustand stellte sich in jedem Fall bei jedem Menschen ein, sobald der Feuerschein eines neuen Glaubens auf ihn fällt. Heute ist bereits offenbar, daß der Atheismus und der Materialismus ein ebenso leidenschaftlicher, dogmatischer Glaube ist, wie das Gegenteil.

Unsere gute arme Maria Dora wurde ob meiner Veränderung fast krank. Als ihr Fra Niccolo mitteilte, daß er um keinen Schatz dieser Welt bereit sei, mich zu unterrichten, bat sie mich unter Tränen, endlich zur Vernunft zu kommen. Mein Verhalten würde nicht nur mein Seelenheil gefährden, sondern auch die Unversehrtheit meines Leibes. In der Stadt hatte sich bereits das Gerücht verbreitet, ich hätte meine Seele dem Teufel verkauft, und der Pakt sei von meiner verstorbenen Mutter vermittelt worden, die nichts weiter gewesen sei als eine Hexe. Der Pakt machte es offensichtlich zur Bedingung, daß ich jede Gelegenheit ausnützte, um gegenüber der Lehren der Kirche zu opponieren, die gläubigen Schäfchen zu verwirren und immer mehr vom rechten Weg abzubringen. Diese Absicht würde ihre Bestätigung in jenen Fragen finden, die ich mit satanischer Schlauheit stellte und die nur aus der Hölle stammen konnten, weil sie sonst ein anständiger, religiöser Mensch sofort beantworten könnte. Nur der Teufel war in der Lage, den einfältigen Tauben Gottes solche Fallen zu stellen.

Ich wußte, daß diese beleidigte, haltlose und hinterhältige Argumentation ihren Ursprung nur im Kloster San Marco finden konnte, von wo aus sie durch ganz Mailand ihre Kreise zog und eine ernstzunehmende Gefahr darstellte. Ich wäre gern davongezogen, doch Homunculus bedeutete mir, noch zu bleiben, weil ich sowieso bald aufbrechen müßte. Das Laboratorium meines Vaters wäre viel zu armselig, und die Ausrüstung ließe zu wünschen übrig, um das große Experiment durchzuführen, und meine Studien wären noch lange nicht vollkommen. Über Geld und Beziehungen sollte ich mir keine Sorgen machen. Homunculus kennt alle Hebel, die den Mechanismus der menschlichen Dummheit und Leichtgläubigkeit in Gang setzen.

Dennoch nahmen die Ereignisse eine solche Gestalt an, daß ich früher aufbrechen mußte, als es Homunculus wünschte. Maria Dora brachte den Stein durch ihre liebevolle Fürsorge ins Rollen, und wie es bei ihr der Brauch war, stürzte sie denjenigen in Unannehmlichkeiten, den sie retten wollte. Es steht zum Beispiel fest, daß sie es war, die sich außer bei dem in seiner Sanftmut und seiner Eitelkeit gekränkten Fra Niccolo über meine Gottlosigkeit bei allen alten Weibern ihres Bekanntenkreises, bei Klosterfrauen mit Pustelgesichtern und bei entsetzten Priestern beklagte. Es dauerte nicht lange, bis die Sententia Gestalt gewann: Man müßte den Teufel aus mir austreiben!

Der Exorzismus ist eine große und feierliche Handlung. Von heiliger Angst und von Neugier durchdrungen, folgt die Menge dem bezahlten Fachmann des Himmels und der Hölle, der sein Räuchergefäß schwingt, Weihwasser versprüht und mit dem Flammenschwert salbungsvoller Worte einen siegreichen Kampf gegen das Böse austrägt.

Mein Teufel aber erwies sich als hartnäckig und abweisend. Das Weihwasser konnte ihm keinen Ton hervorlocken, und der Weihrauch reizte ihn nur zu einem ärgerlichen Niesen. Fra Niccolos düsteres, scheinheiliges Gesicht, Maria Doras verweinte Züge und ein schmutziger, barfüßiger kleiner Bub, der sich irgendwie hereingeschlichen hatte und pausenlos in der Nase bohrte, wirkten komisch und gleichzeitig empörend auf mich. Sie waren unerwartet in die friedliche Werkstatt eingebrochen. Das Buch des Trismosin, das Aureum Vellus, wurde mir aus der Hand gerissen, rasch beweihräuchert und mit Entsetzen benäßt, wie eine tote Ratte. Dann wurde ich selbst mit Weihwasser besprengt, doch vergebens. Meinen Teufel konnten sie nicht austreiben. Im Gegenteil. In seiner unbefriedigten Wut und seinem Übermut begann er zu spotten, stritt mit lebhaftigerer, schlauerer Bosheit denn je und vertrieb schließlich die ganze Gesellschaft.

Zum Glück kam ich mit einer einfachen Verbannung davon. Allerdings nur, weil ich meine Geburtsstadt schon weit hinter mir gelassen hatte, als sie kamen, um mich zu holen.

Während der letzten Stunden, die ich in dem freundlichen alten Haus verbrachte, wurde mir allerdings klar, daß ich mit dieser Stätte doch mehr verwachsen war, als ich dies in meinem hitzigen, fieberhaften Zustand geglaubt hatte. Mutters sanfte, in blaue Gewänder gehüllte Gestalt geisterte wie eine Erinnerung durch die Zimmer. Die Poren der Wände hatten längst verklungene Flüstertöne in sich aufgesogen, und die Möbel im Eßzimmer mit ihrem verloschenen Glanz bargen die Rundungen vergangener Körper. In den Minuten des Abschieds, die nach Tod schmeckten, verharrte die Vergangenheit, zur Gegenwart geworden, auf der Schwelle, und ich hatte das Gefühl, ich brauchte nur zu rufen, damit mein Vater mit seinem zerstreuten Blick hereingeschlurft kam, ein duftendes Tongeschirr zwischen den Fingern, die gelb geätzt waren vor Schwefel. Die Bettdekken plusterten sich auf, als würde jemand unter ihnen liegen. Die Schreie jener blutigen Entbindung, das bebende, angsterfüllte Raunen, der kranke Dunst und die pfeifende Zugluft, all dies geisterte um mich herum und erfüllte mein Inneres mit Einsamkeit, Trauer und sehnsuchtsvoller Zärtlichkeit. Die Gegenstände sprachen zu mir und griffen nach mir, weil ich sie mit den starken Gefühlen und Gedanken vieler Jahre zum Leben erweckt hatte. Die staubige, dichte Zypresse, die sich im Wasser des kleinen Beckens spiegelte, teilte mir mit ihren sich untertänig verbreiternden Konturen unaussprechliche Dinge mit. Die Adern der schwarz-weißen Steinfliesen, das Echo meiner Schritte, die blassen, verschossenen Muster der geblümten Vorhänge, die dunklen Gemälde, der Duft, der aus den Anrichten und Kleiderschränken strömte, alles dies tat mir einzeln weh, als wäre es ein Stück von mir, mit meinen eigenen Nerven durchwoben.

Wir schrieben das Jahr 1636.

Der Abend dämmerte bereits, als ich eilig das Haus verließ, in einen dunklen Mantel gehüllt, ein kleines Bündel in der Hand, begleitet von Maria Doras leisem Schluchzen und von der Leere, die mich erfüllte. Lange Zeit wagte ich nicht, mich umzublikken. Ich starrte krampfhaft auf das nasse, welke Laub, das der Wind vor mir hertrieb. Es war ein nervöser, altjüngferlicher Oktoberwind, der die Pfützen, die der Regen am Nachmittag zurückgelassen hatte, mit einer Gänsehaut überzog. Das Wasser im Kanal war düster, und ein fauliger Geruch stieg von ihm auf.

Einen Augenblick dachte ich daran, das Grab meiner Eltern aufzusuchen, doch diese Absicht ebbte sofort wieder in mir ab: Wozu? Dort sind sie ja nicht zu finden. Jene Gräber sind leer. Sie enthalten nichts als abgelagerte staubige Hüllen, die langsam vor sich hinmodern. Nichts als Burgruinen, genauso wie das alte Haus am Catarana-Kanal. Dann blieb ich auf der Viale dei Colline, der Straße der Hügel, stehen und blickte auf das Haus zurück. Da stand es, mit erloschenen Fensteraugen vor einem verhangenen Himmel. Es war alt und für immer verlassen. Ein Schluchzen entrang sich meiner Brust, und die Gewißheit, daß ich ohne meine Mutter verloren sei, überfiel mich mit so entsetzlicher Macht, daß ich laut ihren Namen rief.

Nach meiner Verbannung verbrachte ich einige fruchtlose Jahre, in denen ich durch halb Europa wanderte. Das war eine merkwürdige Zeit, angefüllt mit einem Mosaik von abenteuerlichen, wirren, lustigen und traurigen Ereignissen, mit wenig echter Arbeit und Bereicherung des Wissens, obwohl ich mit Homunculus' Hilfe einigen Ruhm als Alchimist, Hexenmeister und Wunderdoktor erwarb, ohne daß mich die bitteren Konsequenzen dieses Nimbus eingeholt hätten. Sobald mir der Boden zu heiß wurde, gab mir Homunculus das Zeichen zum Aufbruch, und ich machte mich auf die Strümpfe, gelegentlich zu Fuß, oft mit einer einspännigen Kutsche, oft aber auch mit einem Vierergespann und teurem Geschirr, je nachdem, auf welches Opfer ich gestoßen war und wie weit die Freizügigkeit meines jeweiligen Protektors reichte. Homunculus verstand sich wirklich aufs Goldmachen, doch selbst er konnte das begehrte Metall nur mit Hilfe der menschlichen Dummheit transmutieren.

Meine Methode, mit deren Hilfe ich auch den zynischsten Zweifler überzeugte, beruhte nicht auf simpler Augenwischerei, vielleicht mehr auf dem Umstand, daß ich fähig war, die zwingende Logik der Ereignisse und verborgene Zusammenhänge zu erkennen, ferner auf der tiefgreifenden Kenntnis, die ich auf dem Gebiet der Naturgesetze besaß. Natürlich war es Homunculus, der über solche Fähigkeiten verfügte, nicht meine Wenigkeit. Er sagte das Wetter voraus und ließ mich die Wettervorhersagen als Drohung verwenden, all die Hochwasser und Erdbeben, ja sogar die politischen Spannungen und Kriege. Die Seuchen aber, die Mensch und Tier befielen, trafen zu dem von ihm vorhergesagten Zeitpunkt genauso ein, wie sich die verschiedenen Krankheiten zum Guten oder zum Schlechten wendeten. Seine Diagnosen waren unerschütterlich. Er irrte sich in keinem Fall, was den Zeitpunkt des Todes betraf. Auf seine Leistungen bildete er sich, wie ich bereits bemerkt habe, auf seine trockene, geisterhafte Art allerhand ein, doch bei mir tolerierte er den Mythos nicht, der sich aufzubauen begann. »Das alles ist nichts weiter als Wissen, nichts als Schlußfolgerungen, nichts als erworbene Fähigkeit, nichts als Kenntnis, durch jahrtausendelange Beobachtung zusammengetragen. Es ist mir gelungen, die verborgenen Eigenschaften der Materie zu ergründen, und dies nicht nur in spezialisierter Form, sondern ausgehend von der Synthese des Makrokosmos als zusammenhängendes Ganzes. So weiß ich zum Beispiel, wie die Zellen der Kleinstlebewesen auf die Sonnenflecken reagieren, ebenso, wie ein Arzt, der etwas taugt, wissen muß, daß bei einer gestörten Nierenfunktion die Füße anschwellen.«

Homunculus hatte zwar in allem recht, was sich auf die physische Welt oder selbst auf die Bestandteile der allersubtilsten Materie und deren Wirkungsweise bezog – dennoch war er schwer und grundlegend im Irrtum, was das Wesentliche betraf. Seine Berechnungen mochten präzis und unanfechtbar sein. Die Mathematik gab ihm recht, nicht aber das mystische Leben.

Doch davon später.

Der Hermaphrodit

Für einen längeren Aufenthalt und für gründliche, interessante Experimente bot sich schließlich in Hasenburg Gelegenheit, unter der Schirmherrschaft der Königin Christine von Schweden.

Über dieses merkwürdige Zwitterwesen wurde seit jener Zeit sehr viel geschrieben. Sie wurde als romantisch, tragisch, genial, wahnsinnig, krank und heilig beschrieben. In Wirklichkeit steckte überall ein Körnchen Wahrheit, doch trifft keine dieser Schilderungen wirklich zu.

Sie war zweifellos ein Mann. Ihre gierige, kluge und perverse Neugier hielt sie in einem weiblichen Körper gefangen, den sie so leidenschaftlich verehrte, daß sie eins mit ihm sein wollte, nicht nur im kurzen Taumel der Lust, sondern für lange Zeit, um von innen heraus das Geheimnis seines Nervensystems, seines Gehirns, seiner Ahnungen, seines Blutes und seines Fleisches zu ergründen. Sie wollte all die Stimmungen miterleben, all die verschwiegenen Träume, all seine Niederträchtigkeit und all seine exaltierte Güte, auf eine Weise, wie ein Mann niemals eine Frau kennenlernen kann, mag er auch aus dem Mutterschoß geboren, an der Brust seiner Amme gehangen, seine Bettgefährtin an sich gedrückt und in ihren Schoß eingedrungen sein. Der andere Pol blieb dennoch für alle Zeiten ein Planet für ihn, der Lichtjahre weit entfernt war.

Diese Zweisamkeit war die Ursache für jene außerordentliche, für den Betrachter unerklärliche Spaltung, die dieses Wesen zur Schau trug. Die Welt der Instinkte, die sich aus der männlichen Psyche und aus jenen Gesetzmäßigkeiten ergeben, die dem weiblichen Körper eigen sind, waren gleichzeitig in ihr vorhanden, doch in einem ständigen Kampf mit wandelbarer Intensität begriffen. Als Mann war dieses Wesen abwägend, wissensdurstig, schriftkundig und skeptisch, oft ein sich selbst kasteiender Asket, dann ein enervierter Dichter, ein galanter Liebhaber, manchmal ein Trinkbruder von reinstem Geblüt, ein Liebhaber gewürzter Speisen und schwüler, üppiger weiblicher Reize. Als Frau war sie exaltiert und launisch, manchmal eine fromme Kirchgängerin, still und im Gebet versunken, meistens aber ein unberechenbares, hysterisch tobendes, eitles, grausames Weibsbild, das sich schrankenlos jeder Gefühlswallung hingab, die aus ihrem Körper, aus ihren Gefühlen und aus ihren Nerven hervorschäumte. Ihre Umgebung hatte es unendlich schwer. Keiner wußte, welches Wesen im nächsten Augenblick zum Vorschein kommen würde. Was das eine aufbaute, wurde vom anderen zerstört. Was das eine liebte, wurde vom anderen gehaßt. Wessen das eine sich schämte, dessen brüstete sich das andere. Noch nie hatte ich eine tragischere Zweisamkeit erlebt – und einen sichereren Sturz als den der Königin Christine.

Ihre schwächere, instinktive weibliche Natur war es, die nach der Macht strebte, doch es war der Mann in ihr, dem die Macht und die Verantwortung zu schaffen machten und schwer auf der Brust lag. Der Mann war aufrührerisch und rief nach Freiheit. Aber es war das Weib, das weiche, abergläubische, lebenshungrige, eitle Weib, das bestrebt war, seine Macht in Gold umzumünzen.

Christine wollte Gold, Homunculus und ich aber benötigten ein reich bestücktes Labor, eine umfangreiche Bibliothek und die Möglichkeit, ungestört zu arbeiten. So wurde Hasenburg für lange Zeit zum spannenden Schauplatz unserer Experimente. Die Königin hatte im Interesse unserer ungestörten Arbeit so manchen Kampf auszutragen. Ihre Hofschranzen, die neidisch waren und um ihre Position bangten, fürchteten meinen Einfluß nicht ohne Grund, auch wenn es einige unter ihnen gab, die guten Willens waren. Christine aber wurde ebenso wie ich vom Fieber erfaßt, die jeder Forscher nur zu gut kennt, der bestrebt ist, sich durch ein unbekanntes Wissensgebiet durchzukämpfen. Natürlich lockte sie auch das Gold, obwohl sie sich gelegentlich auch für die interessanten Ergebnisse an sich erwärmte.

Was mich betraf, so kämpfte ich um meine eigene Erlösung und um Homunculus' fixe Idee. Für das Gold konnte ich mich auch fürderhin nicht begeistern.

So manchen Nachmittag, so manchen Abend und so manche Nacht verbrachten wir miteinander in der mächtigen, mit bunten Steinquadern gepflasterten Halle, von deren Deckenbalken teure Spiritusbrenner baumelten, deren Flammen all die Tiegel aus gebranntem Ton, die Wasserkessel, Erzgefäße, Rührgeräte, Feuerzangen, Säurebehälter, all die Gefäße voll Eisenspänen und Zinnober, die Dampfleitungen und Blasebälge, all dieses Durcheinander von Gerätschaften, die sich auf dem ungehobelten Tisch und auf den umlaufenden Borden drängten, in gleißendes Licht tauchten.

Wir arbeiteten mit mehreren sogenannten Daueröfen, in denen wir ein permanentes, zähes Feuer schürten. Wir bedienten uns auch des Mistes, der seit den Zeiten des Valentinus als überholt galt, um jene Wärme zu gewinnen, die durch den Verwesungsvorgang erzeugt wurde. Im Schoße der geräumigen Öfen, aus rotem Ziegelstein erbaut, ruhten das Kochsalz, der Schwefel und das Quecksilber, durch komplizierte Prozesse gereinigt, gefiltert und verfeinert in ihrem aus jungfräulicher Erde bereiteten Bett, wie der Embryo im Mutterleib.

Der Tiegel war stets von feuchtem Kuhmist umgeben, und von unten drang die gefilterte Wärme einer gleichmäßigen Kohlenglut durch die Trennwände aus perforiertem Ziegelstein zum ›Embryo‹ vor, so, wie die reifende Glut der Sonne zu jenem Samenkorn durchdringt, das im Schoße der Erde ruht.

In jedem Ofen, in jedem Tiegel ruhte jeweils ein anderer

Stoff, der nach jeweils verschiedenen Verfahren zubereitet und von jeweils verschiedener Zusammensetzung bei verschiedenen Temperaturen darauf wartete, nach dreizehn Monaten geboren zu werden.

Die Königin erwies sich als erstaunlich unpersönlicher und unermüdlicher Famulus. Sie wollte an allem teilnehmen, selbst an der körperlichen Arbeit, am Heben der Wannen, ja selbst beim Luftblasen. Ihre Muskeln, ihre Kraft und ihre Gewandtheit erfüllten sie mit Freude, während gleichzeitig das Mysterium der Öfen, dieser ›schwangeren Mütter‹, eine fast zärtliche, frauliche Erregung in ihr wachhielt, als wäre sie diejenige, die ein königliches Kind im Leibe trug. Natürlich konnte sie nur so viel wissen und sehen, wie Homunculus es für richtig hielt, nämlich die ganz groben Operationen, die auf einer physischen Ebene stattfanden. Sie hatte aber keine Ahnung von der Wichtigkeit jenes Zeitpunktes, wo die ›Empfängnis‹ im Rahmen der entsprechenden kosmischen Einwirkungen und Konstellationen stattfinden mußte. Sie konnte jene Zusammenhänge nicht ahnen, die zwischen meiner asketischen, ausschließlich auf Gemüse beschränkten Lebensweise und der Operation bestanden, und wußte nichts von meinen schwierigen Konzentrationsübungen, die ich im Morgengrauen in der Einsamkeit meines Zimmers unter Homunculus' Anweisungen absolvierte. Ihr unruhiger Geist mag ihr zugeflüstert haben, daß ich irgendwelche Geheimnisse vor ihr hatte, denn sie war voller Fragen. Meine Antworten konnten sie nie ganz befriedigen, doch sie unterwarf sich diszipliniert all jenen Regeln, die ich als Bedingung für die Teilnahme an den Experimenten stellte.

Wie viele Hoffnungen wurden mit jeder Empfängnis geweckt! Und wieviel erwartungsvolle Spannung kochte dreizehn Monate lang um die rotglühenden Mäntel der Öfen! Nur die tausend kleinen Verrichtungen im Labor, das Schüren des Feuers, der Umgang mit dem Dünger, die Arbeit an den Blasebälgen, die fast ammenhafte Pflege linderten das stechende Lampenfieber der langsam dahinschleichenden Wochen und Monate.

Nach der Empfängnis wird es dann still, und die Spannung läßt nach ...

Die sündhaft teuren, schwer zu speisenden Spirituslampen erlöschen ...

Das dunkle Auge des mit Sternenstaub übersäten Himmels

schaut durch die hohe, gewölbte Fensteröffnung. Die schwermütige Kühle des Nordens kämpft gegen die Hitze an, die von den Öfen ausgestrahlt wird, und auf der offenen Guckkastenbühne des Gewölbes erscheint der Neumond, beginnt zu wachsen, wird zum säftetreibenden, nervenpeitschenden Vollmond und nimmt dann allmählich wieder ab.

Ein Monat ist ins Land gegangen.

Zur Zeit der ersten großen ernsthaften Experimente griff Homunculus' Sicherheit auch auf mich über. Ich hielt es für undenkbar, daß in irgendeinem der Tiegel nicht das ›göttliche Kind‹ geboren werden sollte, wie ich es auch für unmöglich hielt, daß auf den Winter kein Frühling folgen würde. Homunculus berechnete diese Wahrscheinlichkeit. Mit Hilfe der gründlichen, langsamen Treibjagd des Aussonderungsprinzips eliminierte und reduzierte er die Möglichkeit auf vier Variationen, kreiste sie ein, und diese vier Möglichkeiten gärten in den vier bezeichneten Öfen und nahmen allmählich Gestalt an. Eine von den vieren müßte die richtige sein, eine von diesen vier Möglichkeiten mußte die Lösung bringen.

Das Öffnen des ersten Tiegels verursachte keinerlei Enttäuschung. Warum auch sollte sich das Gesuchte ausgerechnet gleich im ersten Tiegel verbergen?

Nach vier Monaten und zwei Tagen ließ aber die Unfruchtbarkeit des zweiten Tiegels eine leise Beklommenheit in mir aufkommen.

»Es gibt im ganzen Universum kein einziges Argument, das mich widerlegen könnte«, flüsterte mir Homunculus mit finsterer Sicherheit ein. »In vier oder in acht Monaten werden wir unser Ziel erreichen!«

Doch wir kamen nicht ans Ziel.

Zwar gab es im Universum kein Argument, das Homunculus widerlegen konnte, doch die Transmutation fand nicht statt, die Faktoren wollten nicht miteinander verschmelzen, so wie dies im magischen Ofen der Natur für Augenblicke ohne jede Anstrengung der Fall war, sie blieben hartnäckig getrennt und kapselten sich ab. Anscheinend ist das Universum nicht nur auf Thesen, Antithesen und Synthesen aufgebaut, sondern auch noch auf einen weiteren Faktor, mit dem wir nicht gerechnet hatten.

Zunächst konnte es sich natürlich – trotz der bitteren Enttäuschung – nur um etwas Fehlendes handeln, um ein Ding oder einen Umstand, der uns noch unbekannt war, dem wir aber auf die Spur kommen und den wir durch noch zähere Analyse, Selbstverleugnung, Geduld und Ausdauer erforschen würden. Es konnte sich lediglich um eine Nuance handeln, um eine winzige, dennoch ärgerlich wichtige Uhrfeder der Konstruktion. Wir hatten vierundzwanzig Monate vergeudet, doch wir waren zuversichtlich! Was soll's! Wir fangen noch einmal von vorne an!

Und wir fingen noch einmal von vorne an.

Die Experimente kosteten natürlich Geld, sehr viel Geld sogar. Und die Erfolglosigkeit wird selten von Geduld begleitet. Königin Christine hielt – wenn man ihre äußeren und inneren Probleme bedenkt, ziemlich lange durch. In ihrer Umgebung gab es der verleumderischen, intriganten, offenen und heimlichen Feinde genug, gegen die ihr männliches Ich hochmütig kämpfte, doch die Frau wich vor ihnen zurück und brachte die beleidigten Hasser mit reichen, hastigen Geschenken zum Schweigen. Der harte und überlegte Herrscher konnte das launische Weib niemals einholen, und obwohl sie an siegreichen Feldzügen teilnahm, das Land durch reiche Gebiete vermehrte und sich ihre Schatzkammer mit Kriegsbeute füllte, war das Gold in der Schatulle der Königin stets nur auf der Durchreise. Für all die Unannehmlichkeiten, Sorgen und Nöte und für das labile finanzielle Gleichgewicht aber war ein Sündenbock vorhanden: Der berüchtigte Burrhus mit seinem gefangenen Teufel.

Der Staatsrat drängte auf eine entscheidende Stellungnahme und sorgte dafür, daß die Forderung die Königin durch die formbare Masse des Volkes erreichte: »Weg mit dem Hexenmeister!« forderte die aufgebrachte Menge.

Der Kampf zwischen Oxenstierna, dem Volk und der Königin dauerte Jahre. Schließlich nahmen jedoch der Trotz und der Haß derart gefährliche Formen an, daß Homunculus die Zeit für den Aufbruch gekommen sah, sonst hätte ich befürchten müssen, daß man mir Gewalt antat.

Die Königin – obwohl sie mich bei ihren bitteren, tobenden Ausbrüchen beschuldigte, ich hätte sie ausgeraubt und im Stich gelassen – war im Grunde genommen froh, dem aussichtslosen Kampf ein Ende bereiten zu können. Sie hätte es bereits viel früher getan, wußte aber nicht, wie sie es einrichten sollte, ohne ihre Eitelkeit zu verletzen. Sie hatte einfach keine Lust mehr. Die Tiegel führten uns immer wieder an der Nase herum, in ihrem Interesse keimte nicht die Erlösung, sondern das Mißtrauen. Es wollte kein Prozeß in ihnen beginnen, wir konnten in Hasenburg nicht einmal zum schwarzen Körper des ›caput corvi‹ der ersten Phase gelangen.

»Die Luft in Schweden kühlt und macht schlaff. Sie ist voller Hindernisse und voll der tödlichen Strahlung der Astralkräfte«, teilte mir Homunculus mit suggestiver Überzeugung mit. »Wir wollen weiter. Der Kreis wird immer enger, wir brauchen vollkommenere Umstände. Wir wollen es mit der Zugabe von Salpeter und Alaun versuchen. Wir wollen eine andere Sublimation anwenden. Wir werden auch die purifizierten dünnen Goldplättchen nicht weglassen. Darüber hinaus brauchen wir einen Gönner, der reich und mächtig genug ist, um uns totalen Schutz zu bieten, das heißt also, einen Mann im Körper eines Mannes. Wichtig ist, daß wir seinen bedingungslosen, folgsamen, zähen blinden Glauben erlangen, der weder durch Ungeduld noch durch Mißtrauen erschüttert werden kann, wenn sich die Ergebnisse verzögern.«

All diese Voraussetzungen fanden wir beim Dänenkönig Friedrich III.

Der Freund des Königs

Durch meine Quasi-Flucht vom schwedischen Königshof war der Boden gut vorbereitet. Dies allein war für die Dänen, die in immer glücklosere Kriege verwickelt wurden, ein triftiger Grund und begründete meinen Anspruch, mir Asyl zu gewähren. Meine Beziehungen zu Königin Christine von Schweden waren in Europa längst Thema Nummer Eins. Diese einfache und bis an die Wurzeln unpersönliche Beziehung wurde in allen Farben geschildert, zum Skandal aufgeblasen und mit zahlreichen schmutzigen Einzelheiten ausgeschmückt. In den Verlierern, den Dänen, die nach dem Friedensschluß von Roeskilde und Kopenhagen gezwungen waren, all ihren Besitz jenseits des Sund an Schweden abzutreten, gärten alle Emotionen eines Ohnmächtigen, der den kürzeren gezogen hatte. Da sie nicht siegen würden, griffen sie zu Konspiration und Intrige, schmiedeten Anklagen und vergeudeten ihre Tatkraft mit fruchtlosen Balgereien. Als charakteristische Erscheinung des Niedergangs zerfiel das Land in größere und kleinere Cliquen, die sich gegenseitig bis aufs Messer bekämpften. Wegen des Verlustes von Schleswig wurden Geheimbünde gegen die Deutschen gegründet. Sie lebten ständig in Weißglut vor lauter Haß gegen die Schweden, doch der Adel, insbesondere die junge Generation, äffte in merkwürdigen Perversionen ihrer selbst die schwedische Mode nach, verbreitete kosmopolitische Ideen und schwor auf die übernationale individuelle Freiheit, was in diesem Fall soviel bedeutete, daß sie im Interesse des Gemeinwohls jedes Opfer ablehnte, den König, aber auch sich selbst verspottete. Der Adel tobte seine innere Unruhe in naturwidrigen Gelagen oder in unsinniger Askese und religiösen Übertreibungen aus und zog die Empörung der Bürger und des Klerus auf sich. Diese einheitliche Empörung führte schließlich zum Bündnis und zur Tat. Das königliche Gesetz vom 14. November 1665, die ›Lex regia‹, besagte, daß der glückliche Monarch, der Verlierer, unter dessen schwacher Hand das dänische Reich zerbröckelte, der evangelischen Konfession zu folgen und die Einheit des Landes, das königliche Gesetz aufrechtzuerhalten habe. Ansonsten habe er sich wegen seiner Taten nur Gott gegenüber zu verantworten. Der Reichsrat wurde gestrichen, die von der Regierung abhängige Beamtenhierarchie und das zuverlässige Militär wurden zur Stütze des absoluten Königtums.

Und der absolute Monarch dieses absoluten Reiches war Friedrich III.

Jener König, der für seine Taten nur Gott allein Rechenschaft schuldig war.

Oft machte er auf mich den Eindruck eines untalentierten protegierten Schmierenkomödianten, der zu seiner und aller Versuchung in irgendeinem schwerwiegenden Drama die Hauptrolle spielt, der in einem viel zu weiten, reichen Kostüm agiert, den richtigen Ton nicht trifft und sich selbst wenig oder gar nichts zutraut. Selbst einem gewöhnlichen Mann mit labilem Charakter fällt es schwer, sich zu entscheiden, wenn die Entscheidung, die von ihm verlangt wird, unaufschiebbar ist und unverzüglich gefällt werden muß. Friedrich III. aber hatte pausenlos zu entscheiden und zu handeln, obwohl er sich weder zu einer Entscheidung durchringen noch handeln konnte, weil er selbst bei der Auswahl eines Gewandes durch tausend Skrupel gehemmt war. Selbst seine Beeinflußbarkeit half ihm wenig. Ratgeber, Günstlinge, Astrologen, Wanderphilosophen, Hochstapler und echte Wissenschaftler umschwärmten ihn, denen er allesamt sein Ohr weihte, ohne mit ihren Ratschlägen zufrieden zu sein. Er war ein unglücklicher, sich selbst aufreibender Charakter, in dem sich das Mißtrauen, das er allem und jedem entgegenbrachte, mit grenzenloser Ruhmsucht und krankhafter Empfindlichkeit paarte. Selbst ohne seine Mißerfolge war sein Inneres voller Wunden und geheimer Verletzungen, doch seine fortgesetzten Demütigungen trieben ihn immer mehr in eine manisch-depressive Stimmung. Hinter jedem Wort witterte er Spott, hinter jedem Lächeln eine Herabsetzung, die ihn bis aufs Blut beleidigte, und um dem vorzubeugen, ›sprach er es als erster aus‹. Er trieb seine Umgebung pausenlos in die Verzweiflung, indem er stets an ihrer Stelle sprach. Er hielt allen ihre angeblich lästerlichen Gedanken vor. Natürlich reagierten die Betroffenen entweder unvorstellbar übertrieben oder stammelten und stotterten ihm etwas vor, was den König erst recht mißtrauisch und wild machte. Er hatte tausend Augen, die in tausend Richtungen blickten, und seine Kombination beruhte oft auf winzigen Anzeichen, die nur sein Falkenblick wahrnehmen konnte. Seine Beobachtungen waren manchmal erschreckend scharf und präzise. Auf diese Weise forschte er stets nach jenen Waffen, die ihn selbst bis aufs Blut verzehrten – und diese Wunden heilten nie. Durch aller Augen wollte er, angeekelt und gequält, nur seine verzerrte Gestalt erblicken. Auf diese Weise war er stets von den Menschen abhängig und focht gleichzeitig einen haßerfüllten Kampf mit ihnen aus. In seiner Umgebung gab es kein Wesen, dem er nicht etwas ›schuldig‹ war. Der Gemeinschaft aber, dem zur nebelhaften Masse verschmolzenen Titan, schuldete er so ziemlich alles, und er wünschte sich demgemäß alle Schätze dieser Welt, um dann mit einem Streich alle abfälligen Meinungen mit einem Schlag zu ändern, umzustimmen und niederzuwalzen. Natürlich wollte er der mächtigste und reichste aller Könige sein: ein Eroberer, berühmt und berüchtigt zugleich, schrecklich, finster, stark und tyrannisch, ein weltbewegender Riese, der in Heldengesängen gepriesen wurde. Friedrich III. begehrte nicht nur das Gold, sondern auch die Kraft des Magiers. Die Wunden und Mißerfolge, die er sich bei seinen Kollisionen mit der Wirklichkeit eingehandelt hatte, verdrängten ihn allmählich von dieser Erde in die Ebene der Phantasie. So ist es verständlich, daß Homunculus ihn als Opfer und Protektor erwählte, vielmehr noch als Patient; denn wir waren es nicht allein, die von dieser merkwürdigen Vereinigung profitierten. So wurde auch dem König ein Ziel gesetzt. Sein bisher unerträgliches Leben wurde immerhin erträglich, und was er nie vorher gewußt hatte: Er hoffte, vertraute und glaubte bis zu seinem Tod.

Wir drei, die an diesem Werk beteiligt waren, nahmen das, was wir taten, bitterernst aus ganzer Seele. Keiner wollte den anderen betrügen. Dem König, diesem armen, unglücklichen Narren, der in seinem Innern auf der Folterbank lag, bescherten wir zahlreiche wertvolle Stunden, in denen er seinen erbärmlichen Zustand vergaß. Homunculus verriet ihm weit mehr von seinen Geheimnissen als der launischen Christine, und einmal, nach endlosen Vorbereitungen, machte er es sogar möglich, daß er sie erblickte. Das Erlebnis machte den König zwar krank, doch nun war seine Überzeugung vollkommen. Er vertraute blind auf uns und auf den Erfolg unserer Sache. Erst viele Jahre später wurde mir klar, was in Homunculus so stark auf ihn wirkte. Auf eine blasse, weiche und schattenhafte Weise war auch er ihm ähnlich. Innerlich hatten sie das gleiche Gesicht. Der Intellekt des Königs glich ebenso einer nach unten gerichteten Spirale wie der des Homunculus. Auch in ihm löste jener unfruchtbare Zweifel, der sich im Nichts verlor, alles auf, jener Zweifel, der nur zerstört und nichts behauptet, der die Dinge bis aufs Hemd auszieht, bis sie endgültig seinem Blick entschwinden. Auf diese Weise verbrauchte und zermalmte der König alles um sich, Freundschaft, Liebe, verwandtschaftliche Beziehungen, die Anhänglichkeit seiner Untertanen. Er träufelte sein eigenes Gift in sie hinein: den Argwohn, um dann in dieser septischen Masse zu wühlen: »So bist du! So seid ihr! So viel seid ihr wert!« Schließlich blieb ihm tatsächlich nichts mehr weiter auf dieser Welt übrig, als ›der Teufel‹, als Homunculus – und ich.

Einer, der diesen König am treffendsten charakterisierte, war ein alter, kränklicher Nichtsnutz, der sich Hyacinthus nannte. Diesen Menschen hatte man aus allen größeren Ländern Europas verbannt. Er hatte bereits in einem Dutzend von Kerkern wegen Diebstahls, Zuhälterei und verschiedener Sexualdelikte gesessen, ebenso wegen der Verbreitung pornographischer Schriften und Verleumdung, doch Friedrich III. gewährte ihm Asyl mit zynischer Schadenfreude gegen sich selbst und andere, weil dieser Mensch es fertigbrachte, mit beispiellos schmutzigen Reden haarsträubende Gerüchte über die Schwächen, über das Privatleben und über die Schlafzimmergeschehnisse der europäischen Potentaten zu berichten und der innen wie außen so verdorben war, daß er dem König zu dessen heimlicher Befriedigung diente.

Hyacinthus bezeichnete sich selbst als Wahrsager und Philosoph. Ich wage zu behaupten, daß er nicht einmal richtig lesen und schreiben konnte. Seine Werke trug er ›als einziges Exemplar in seinem Kopf‹ herum. Er war ein dicklicher, untersetzter Mann mit fraulichem Busen und ölig-schmutziger Haut. Er sprach im hohen Diskant, und sein eingedrückter, schiefer Schädel war von spärlichem Haarwuchs umflort. Unter den rotgeäderten gelben Augen hingen violette Tränensäcke, die von einem ausschweifenden Leben zeugten. Seine Hände hinterließen überall feuchte Spuren, wo er auch hinfaßte. Er war ekelhaft wie eine abgestandene Auster. Seine Frechheit kannte keine Grenzen, doch seine Originalität war zeitweise verblüffend.

Hyacinthus wagte es aufgrund seiner instinktiven Menschenkenntnis, den König offen zu verspotten. Er wußte, daß er mit seinem Tun den übrigen verschüchterten und taktvollen Höflingen überlegen war. Er wußte, daß er es wagen konnte. Der König in seiner bedauernswerten und schrecklichen Art wollte seine übrigen Untertanen zu ähnlichem Verhalten zwingen, doch die Menschen wollten einfach nicht glauben, daß er etwas solches von ihnen hören wollte – und sie hatten recht. Der König wünschte sich nichts sehnlicher, als daß man ihn von seinem Irrtum überzeugte, doch er benahm sich wie ein eifersüchtiger Irrer, der in seiner Angebeteten den Namen ihres Liebhabers auszumerzen sucht und insgeheim davor zittert, daß sie eines Tages doch noch ein Geständnis ablegt.

Hyacinthus gestand, und der König haßte ihn deswegen verzweifelt und tödlich, aber er behielt ihn am Hofe, und nach jeder Frechheit wurde er vor allen reich belohnt.

Hyacinthus war es, der das Gerücht über den König verbreitete, daß er keine Frau mehr küssen mag, weil die erste während des Kusses die Augen vor Ekel schloß, die zweite die Augen öffnete, um zu sehen, wie abstoßend und lächerlich es sei, und die dritte die Wimpern zusammenzog vor Abscheu. Dennoch behaupteten alle drei einmütig, daß ihnen der Kuß geschmeckt habe. Alle drei Frauen hatten den König geliebt, er aber quälte sie Tag und Nacht mit seinen Fragen, bis sie schließlich vor Müdigkeit zusammenbrachen und ihm in allem Recht gaben. Dann begann er zu weinen und zu toben, jagte sie allesamt davon und verkündete, daß er für alle Zeiten von den Weibern enttäuscht sei.

Dieses kleine Märchen tischte Hyacinthus auch in Gegenwart des Königs auf, der seinerseits gezwungen und lauthals über die Geschichte lachte und mit falscher Fröhlichkeit Beifall klatschte.

»Sehr gut! Ausgezeichnet! Ich möchte nur wissen, welche der drei unschuldigen Lilien dir das meiste Trinkgeld zugesteckt hat, um sie vor mir in Schutz zu nehmen ... oder schröpfst du etwa alle drei, alter Zuhälter?«

»So etwa dürfte es sich verhalten, Majestät!« erwiderte Hyacinthus und schaute dem König frech ins Gesicht.

Im Saal verbreitete sich peinliche Stille, die Luft wurde fast greifbar kalt und feucht in dieser unangenehmen Lage. Alle kannten jene Damen, um die es hier offensichtlich ging, die eine Zeitlang die Gefühle des Königs beherrschten und dann in der Versenkung des Hofes verschwanden, die keinen Ausgang zur Oberfläche hat.

»Es liegt mir fern, irgendwen unter den Damen und Herren verletzen zu wollen!« wandte er sich an die feindselige und ratlose Gesellschaft, die in ihrer Verblüffung nicht einmal versuchte, den Anschein einer gedämpften Unterhaltung zu erwekken.

»Diese drei Damen, die ich erwähnte«, fuhr Hyacinthus fort, ohne sich stören zu lassen, »sind nur scheinbar drei bekannte

Persönlichkeiten. In Wirklichkeit handelt es sich um nichts weiter als um drei verschiedene Variationen, drei Masken unserer erlauchten Majestät ... Jawohl, jawohl! Sogleich werdet ihr begreifen, was ich im Sinn habe. Unser allergnädigster König, der nur Gott allein untertan ist, gleicht einem einzigen mächtigen Geist, der nicht nur sein ganzes Land, sondern jeden seiner Untertanen, seiner Huldiger, seiner Lieben und seiner Freunde gleichermaßen erfüllt. Durch aller Augen betrachtete er sich selbst, er denkt sich in jedes Gehirn hinein, und wir blinden Würmer können behaupten, was wir wollen, er durchschaut uns, er wohnt in uns und zwingt unseren Geist, ihm Platz zu machen. Wie wäre es anders möglich, daß er an unserer Statt spricht, unser Lob, unsere Treue und unsere Liebe bezweifelt und all das ausspricht, was er durch unseren Körper, durch unsere Augen und durch unsere Seele erblickt. Jene Damen haben den König geliebt und begehrt, doch unser erlauchter Herr, der sich durch die Augen seiner Liebsten betrachtete, mochte und begehrte sie nicht. Denn der König hat nur einen einzigen Feind, einen einzigen tödlichen Spötter, einen einzigen unbeugsamen Rivalen, eine einzige treulose Geliebte und nur einen einzigen verräterischen Freund: sich selbst. Ich wollte also vergebens leugnen, daß die glänzende, lebenspendende Sonne meines geistigen und materiellen Wohlstandes kein anderer ist als unser mächtiger, weiser und gütiger Herrscher, den Gott zu unser aller Wohl bewahren mag für alle Zeiten!« beendete er salbungsvoll seine verblüffende Tirade.

Unsere Arbeit war schleppend, gründlich und aufwendig, doch wir hatten deswegen nichts zu befürchten. Der König übernahm großzügig sämtliche Kosten. Wir wurden zum Mittelpunkt seines Lebens. Homunculus gab ihm immer wieder irgendein Spielzeug in die Hand, legte ihm irgendeinen beruhigenden Knochen vor, mit dessen Hilfe er die zermürbende Wartezeit überbrücken konnte, die unsere Experimente als Nachvollziehung natürlicher Prozesse nun einmal erforderte. In seinem Schlafgemach und in seinem Arbeitszimmer hingen verschiedene gemalte Tafeln, die mit ihren überaus großen, gewaltigen Buchstaben suggestive Sprüche von der Wand riefen.

Betrachte dich nicht von außen,
schau lieber von innen hinaus!
Die Meinung der Menschen ist wertlos!
Derjenige, der sich über alle erheben will,
ist einsam und nur sich selbst treu.
Er benutzt jeden für seine Zwecke,
doch traut er keinem!

Mit Hilfe solcher und ähnlicher Zaubersprüche versuchte er, sein zerfallendes Wesen zu stützen und zu flicken. Stundenlang hockte er vor diesen Tafeln mit gefurchter Stirn und zusammengekniffenen Lippen, während seine Hände die Armlehnen seines Sessels umspannten, und war nachher derart erschöpft, als hätte er im Steinbruch geschuftet. Oft nickte er vor seinen Tafeln ein und hatte dann Träume, die ich ihm deuten mußte. In diesen Träumen wurde er stets verfolgt: Er versteckte sich in Torbögen, lief endlose Wendeltreppen hinauf, verbarg sich in den rußigen, finsteren Tiefen von Kaminen und klammerte sich fest, bis unter ihm ein Feuer angezündet wurde. Sein einziger angenehmer, stets wiederkehrender Traum war die Wiege, in der er als hilfloser Säugling schlummerte. Eine Frau in dunkler Kleidung wiegte ihn, eine Frauengestalt mit üppigem Busen, die nach Milch roch. Von Zeit zu Zeit beugte sie sich über ihn und zog ihm die abgestrampelte Decke bis ans Kinn.

Nur jene schicksalsbestimmenden, geheimen Kräfte wußten, warum sie diesen armseligen, schwachen Durchschnittsmenschen zum König gemacht hatten. Die Aufgaben, die er zu bewältigen hatte, gingen weit über seine Fähigkeiten hinaus. Bevor Homunculus und ich in seiner Umgebung auftauchten, hatte er entsetzlich unter seinen Zweifeln zu leiden. Er hatte bereits den direkten Weg beschritten, der zum Wahnsinn und zum Selbstmord führte. Wir aber sorgten für Entspannung, narkotisierten ihn, gaben ihm bis zu einem gewissen Grad sein Selbstbewußtsein zurück und ließen ihn teilhaben an jenem Balsam der Befriedigung, den die geistige Überlegenheit bietet. Jenes Glück, das Frauen, Freunde, Verwandte und Kinder bereiten, hatte er nie genossen. Stets hatte er mit den Hemmungen seiner eigenen Minderwertigkeitskomplexe zu kämpfen. Nur wir waren imstande, ihn für Minuten, Stunden oder sogar für Wochen zu erfreuen, indem wir ihn mit einer besonderen Übung, einer Studie oder einer handwerklichen Arbeit betrauten, die nur ›er‹ allein und sonst niemand auf dieser Welt erledigen konnte. Und während er an solchen Aufträgen herumbastelte, vergaß er sein eigenes verletztes Sein und versank im Nirvana der heilenden, befreienden Unpersönlichkeit.

Homunculus hielt es für richtig, unser Labor weit genug vom Palast einzurichten, in einem ziemlich unwirtlichen und unbequemen Gebäude, das von einer vier Meter hohen und wahrscheinlich ebenso dicken Mauer umgeben war. Dank der Großzügigkeit des Königs waren wir immerhin in der Lage, Erdgeschoß und Kellerräume so gut zu bestücken wie noch nie. Außerdem stellte uns der König gewaltige Summen und zahlreiche Arbeiter zur Verfügung. Aufgrund unserer Erfahrungen ließ ich mich während der ersten Jahre selten im Palast sehen. Ich erschien nur auf besonderen Wunsch des Königs, oder wenn er einmal krank war. Ich wollte mich vor all den neugierigen, argwöhnischen, neidischen und haßerfüllten Augen verbergen. Später wollte mir dies kaum noch gelingen, weil der König nicht mehr ohne mich existieren konnte und mich gegen meinen Willen immer mehr in seine alltäglichen Angelegenheiten einbezog.

Während der ersten drei Jahre unseres Aufenthalts führte ich ein recht angenehmes und zurückgezogenes Leben mit Homunculus in unserer kleinen Festung, die weitab vom Palast und von der Stadt lag. Allein der König hatte freien Zugang zu uns. Meistens kam er in der Abenddämmerung in seiner Kutsche vorgefahren und ließ seine Begleiter trotz aller Bitten und Proteste außer Haus kampieren. Er überließ mir aus seinem eigenen Personal ein altes Ehepaar zu meinen Diensten, das seine Aufgabe mit neutraler, schlafwandlerischer Untertänigkeit versah und das so wenig neugierig war wie das Kopfsteinpflaster meines Hofes.

Die weiträumigen, hohen und kalten Zimmer des Obergeschosses wurden für mich als Wohnung eingerichtet, mit königlichen Möbeln, Teppichen, mit Silber und Bildern aus dem Besitz des Monarchen, doch dieser schwere, dunkle Pomp trug wenig dazu bei, die Düsterheit meiner Wohnung zu lindern. Selbst der Kamin glich eher einem kleineren Saal. Umsonst brannte darin ein gewaltiger Haufen Holz, dessen lebendige Flammen stets hoch loderten: der Wind saugte die Wärme durch den gierigen, weithalsigen Kamin ab. Meine Fenster, die dank der königlichen Huld mit sündhaft teuren, in Schmiedeeisen gefaßten Butzenscheiben ausgestattet worden waren, gingen auf einen vernachlässigten Park. Meine beiden alten Diener hatten keine Ahnung von Gartenbau, ich aber wollte in der Umgebung des Labors keine weiteren neugierigen Augen dulden. Das Gras wucherte in dunklem Olivgrün auf dem feuchten Boden, und alte, verhutzelte Bäume neigten ihre Kronen über die Pfade, auf denen das Unkraut sproß. Zu dieser Zeit begann ich jene Analogie zu begreifen, die den festgefrorenen Symbolen sowie den beweglichen, strömenden Kraftlinien der Astralwelt eigen war. Ich kam dahinter, wie sehr all diese Hieroglyphen auch in unserem physischen Leben vorhanden sind, nur daß wir selten in der Lage sind, ihren Sinn zu deuten. In den Ästen und Zweigen der Bäume, in ihren Stämmen, die sich bogen, erkannte und empfand ich all jene Emotionen, all jene Leidenschaften, all jenes stumme Flehen, wie in den Zuckungen meiner tobenden astralen Umwelt, nur daß eben diejenigen hier auf Erden auf geheimnisvolle Weise erlahmten. Sie stand da, verdammt und verzaubert im undurchdringlichen Dickicht des physischen Seins, gefangen im Zauber von Raum und Zeit, um dann, wenn ihre Zeit abgelaufen war, sich erneut in einen wilden Wirbelstrom zu stürzen. Seit dieser Zeit wurde auch die stumme Natur der physischen Ebene in mir laut, und seit dieser Zeit vermag ich auch die Bäume zu verstehen. Es gibt junge, kräftige Aufrührer unter ihnen, es gibt welche, die ewig froh sind und in einem Jubel Oden auf die Sonne singen. Aber es gibt auch Bäume, schwach und ohne Selbstbewußtsein, schwankende Bäume und Bettler, die ihre Astralhände gebrochen nach einem Almosen des Lichts ausstrecken. Es gibt hinterhältige, verschrobene Intriganten, die jedem ein Bein stellen, Tyrannen, die sich auf Kosten anderer ausbreiten, eigensinnige, sture Puritaner und sanfte, mütterliche Geschöpfe. Es gibt Einsiedler, die jeglichen Schmuck abgelegt haben, die krampfhaft und verdorrt Buße tun. Es gibt verliebte, verspielte und dichterische Bäume und friedlich versonnene Weise, die alles verstehen und immer nur lächeln. Es gibt wohlbeleibte Bürgersfrauen, die reiche Früchte tragen, schwerfällige, untersetzte Bauern und düstere, einsame, philosophierende männliche Genies. Doch ich verstehe auch den farbenfrohen Ausdruck all der Millionen Blumengesichter, die Wasser, die Abgründe, die finsteren, haßerfüllten, unglücklichen tausendkantigen Steine, die am Wegesrand liegen, und die Offenbarungen der Kristalle, die zu okkulten Symbolen zerbersten. Ich sehe ihre Züge, und durch ihre Züge sprechen sie zu mir. Sie verraten ihr Wesen, ihre Art, ihren Zustand und ihre Leiden, so, wie die stummen Züge einer Schrift vor den Augen des Graphologen ihre Geheimnisse enthüllen.

Das großartig eingerichtete Labor wurde wiederum zum Schauplatz einer Reihe von Mißerfolgen. Es bedurfte schon der hartnäckigen, fixen Idee eines Homunculus, die er im Laufe der Jahrtausende zur Essenz verdichtet hatte, um meine Ausdauer zu nähren. Doch dabei ging es nicht einmal so sehr um meine Ausdauer. In mir begann sich eine Ahnung auszubreiten und zu verstärken, die besagte, daß Homunculus in einer Sackgasse herumirrte. Auf diesem Wege ließ sich nie ein Ziel erreichen. Meinem gewaltigen, unbesiegbar klugen Verbündeten gegenüber besaß ich keinerlei Argumente, denn ich konnte jenseits aller Logik und aller Argumentation nur ›ahnen‹. Das heißt, ich ›fühlte‹ – heute würden wir es Intuition nennen –, also hätte ich mich nur auf solche Dinge berufen können, die Homunculus mit seinem ganzen trockenen, logischen Wesen entschieden leugnete.

Ich setzte meine Arbeit nach seinen Anweisungen fort. Ich führte alles genau aus, wobei meine Überzeugung immer mehr nachließ und die Gewißheit in mir immer stärker wurde, daß meine Arbeit vergeblich war, daß ich nur Zeit vergeudete und das Geld des Königs zum Schornstein hinausjagte. Auch mein Körper begann gegen die feuchte, unmenschliche Kälte meiner Behausung zu rebellieren. Ich zog mir eine Erkältung zu, wurde von Katarrh und Rheuma geplagt. Ich hatte mein vierundfünfzigstes Lebensjahr überschritten. Auch der König war nicht mehr der jüngste, ich war gerührt von seiner unerschütterlichen Ausdauer. Seine Freundschaft hing nicht mehr vom Gold ab, das ich vergebens herzustellen versuchte. Er brauchte mich, vertraute mir und war mir für seine relative Genesung dankbar. Er wußte zwar, daß er diesen Umstand weitgehend Homunculus zu verdanken hatte, doch vor diesem empfand er nur Furcht. Mich aber mochte er, und ich erwiderte seine freundschaftlichen Gefühle aufrichtig und von ganzem Herzen, weil ich ihn in seiner tragischen Verlassenheit bedauerte.

Meine angegriffene Gesundheit erschreckte den König. In hilfloser Sorge bat er mich, auf mich aufzupassen und mich zu schonen, und ließ mich mit bedauernswert freundlichem Augenzwinkern wissen, daß er als erster sterben möchte. Er wich nicht von meinem Bett, und als er mit eiskalten Füßen und roter Nase im Schein des lodernden Kaminfeuers zu niesen begann, riet ich ihm scherzhaft zur Flucht, damit ihn in dieser verdammten Eishöhle nicht das gleiche Schicksal erreiche. Erst jetzt wurde ihm meine Lage bewußt. Er gab sich die Schuld an meiner Krankheit und begann unverzüglich zu handeln.

Es war ein berühmtes und berüchtigtes Ereignis, das sich da im Jahre 1670 zutrug. Homunculus gab seine Zustimmung zum Umzug nur unter der Bedingung, daß das Labor unberührt und unverändert blieb. Der König ließ daher das Haus im wahrsten Sinne des Wortes mit Hilfe von Maschinen hochhieven und an seinen neuen Platz in der Nähe des Palastes bringen, wo ich eine bequeme, gut heizbare Suite bezog. Diese Zimmer waren durch einen Gang mit dem Labor verbunden. Für den Umzug waren eine ganze Schar von Baumeistern und eine Menge Arbeiter nötig. Die Vorbereitungen nahmen Monate in Anspruch und kosteten ein Vermögen. Man kann sich vorstellen, wie der feindselige, mißtrauische Adel, die puritanischen Bürger und der entsetzte Klerus Dänemarks darauf reagierte. Auch in den Fürstenhäusern Europas machte man sich über die Sache lustig, und unter dem Volk kamen Spottverse auf. Was mich angeht, haßte ich damals bereits die ganze Komödie. Ich schämte mich für den König und hätte am liebsten die Flucht ergriffen, doch ich wollte diesen Mann nicht im Stich lassen, der – obwohl er auf dieser Welt nichts so sehr fürchtete wie die Lächerlichkeit – selbst den Spott auf sich nahm, nur um uns zu gefallen.

Die wenigen Jahre, die ich noch bei diesem freundlichen und unglücklichen Menschen verbrachte, waren nichts weiter als ein Dienst, den ich aus lauter Barmherzigkeit leistete. Mit dem letzten Atemzug des Königs war meine Rolle in Kopenhagen ausgespielt.

Ich floh in der Abenddämmerung, wie seinerzeit aus Mailand, und wieder mußte ich hastig aufbrechen. Das Wetter beschwor mit der Magie der wiederkehrenden Ereignisse jenen windigen, feuchten Oktobertag herauf, an dem ich meine Heimatstadt verließ. Ein leiser Regen nieselte herab, und dort oben im Norden strahlen diese verregneten Herbsttage nerventötendes Unbehagen und Hoffnungslosigkeit aus. Noch vor wenigen Tagen hatte die kraftlose, magere Hand des Königs auf meinem Arm geruht, und seine fiebernden Augen, die in Tränen schwammen, hatten um Gnade gefleht angesichts seiner Verwandten und Hofschranzen, die sich im Zimmer eingefunden hatten und auf seinen Tod warteten.

»Nein ... tut ihm kein Leid an ... Er ... hat mir ... alles ... mehr als alle ... Ich will nicht ... Ich verbiete es, ich befehle ...« sagte er nach Luft ringend.

Der Ärmste. Selbst als er noch gesund war, hatte ihn keiner ernst genommen.

Seine Verwandtschaft und die zusammengetrommelte Prominenz beobachtete seinen Todeskampf mit kühler Neugier und starrten ungerührt in sein verzerrtes, schweißbedecktes Gesicht. Sie horchten auf seine schweren, verkrampften Atemzüge und warteten lauernd auf den Augenblick, wo der Arzt jenen Text sprach, der für solche Situationen vorgeschrieben war.

Keiner empfand Mitleid für den König, und keiner mochte ihn. Er war bereits überflüssig. Man schaute durch ihn hindurch und richtete den Blick auf die kommende Macht. Das Zimmer war voller Menschen, doch er wußte, daß er mit mir allein war. Er wandte sich von den mitleidlosen, verschlossenen Gesichtern ab und mir zu, der ihn bedauerte, der ihn verstand und der ihn liebte. Seine Stimme war nur noch ein Flüstern. Ich mußte das, was er zu sagen hatte, von seinen kraftlosen Lippen lesen.

»Geh ... fliehe ... ich kann dich nicht mehr schützen ... eile ...«

In seinen weitaufgerissenen Augen tauchte ein entsetzlicher fremder Ausdruck auf, mit dem er meinen Blick aus nächster Nähe gefangenhielt. Er horchte in mich hinein, er schaute in mich hinein, in all die Abgründe und in jene entsetzliche Hölle in mir, mit einem Blick, der nichts Menschliches mehr an sich hatte. Dann sagte er mit scharfer, hoher Stimme:

»Verlaß ihn! Verlaß ihn! ... Erfahr seinen Namen! Seinen wirklichen Namen! ... Gott sei dir gnädig!«

Dieser Ausspruch und dieses Bild begleiteten mich, während ich durch die dämmrigen, vom Regen aufgeweichten, glitschigen Straßen ging.

Das alte, unterwürfige Dienerpaar erwies durch meine Rettung seinem verstorbenen Herrn den letzten Dienst. Am Hauptportal des Schlosses, an den zahlreichen Nebenausgängen und an der Tür des Labors warteten bereits diejenigen auf mich, die das Sterbezimmer doch nicht für den richtigen Ort für meine Verhaftung betrachteten. Dies war mir bewußt, aber es ließ mich kalt. Die Erschütterung, die ich nach dem Tode des Königs und nach seinen Abschiedsworten empfand, verdrängte in mir jedes Interesse an meinem weiteren Schicksal. Ich war alt und müde geworden. Ich hatte mein ganzes Leben mit unergiebigen Anstrengungen vergeudet, doch ich war um keinen Schritt meinem Ziel näher gerückt, im Gegenteil, ich war diesem Ziel ferner denn je. Ich hatte das Gefühl, daß der Körper des Francesco Borri verbraucht war, ein Zustand, der zu keinem neuen Anfang ermunterte. Und ich wußte bereits, daß mein Bund mit Homunculus eine schreckliche Belastung für mich war. Mit ihm zusammen war ein Weiterkommen unmöglich. Doch wie konnte ich ihn verlassen, wenn er es nicht wollte? Er brauchte mich, er hatte mich zu seinem Werkzeug gemacht. Zwischen uns beiden war die Brücke ausgebaut, ich war sein Diener, sein Besessener, sein Gefangener.

»Erfahre seinen Namen! Seinen wirklichen Namen!« Immer wieder kam ich auf die letzten Worte des Sterbenden zurück, aus denen mir der Blitz der Allwissenden entgegenloderte, die über die Schwelle gehen ...

Der Schall meiner Schritte hallte verräterisch hinter mir her, während ich durch die Gänge und über die breiten, von Schatten durchfurchten Treppen des Palastes ging.

... Vor dem Tore würden überhebliche Wichtigtuer auf mich warten, um mich in Ketten zu legen, dachte ich. Egal. Jene Ketten, die mein Inneres umklammern, sind weitaus schlimmer, auch wenn ich scheinbar frei herumlaufe ...

»Erfahre seinen Namen! Seinen echten Namen!«

Aber ich kenne ihn ja. Wie könnte er anders lauten, als ...

Von der ersten Säule der Säulenkolonne löste sich eine gebeugte, hagere Gestalt und winkte mir zu. Ich folgte ihr. Unser Weg führte in die Unterwelt des Palastes. Wir gingen durch den Korridor, der von Gefängniszellen gesäumt war, durch jenen Gang, durch den mich meine Feinde auf ganz andere Weise gezerrt hätten. Die verschimmelte Luft, das huschende Geräusch aus den Ritzen der tropfenden Steine, verursacht von den Ratten, die vor uns flüchteten, erinnerte mich an ein anderes Verlies ...

Als ich nahe dem Stadtrand aus den Windungen der unterirdischen Gänge auftauchte und wieder frei atmen konnte, freute ich mich sogar am Regen, der mein Gesicht peitschte.

Das Haus ohne Tor

Ich wollte in die Türkei – wieder einmal auf Homunculus' Befehl. Geld hatte ich genug. Es war mir gelungen, aus dem Geschenk des Königs eine größere Summe zu retten. Mittlerweile hatte ich aber ein ärgerliches Abenteuer, das mein Reiseziel änderte. Vor den Toren von Wien geriet ich in eine Welle des Argwohns im Zusammenhang mit dem Nádasdy-Frangepan-Komplott. Zu jener Zeit war jeder verdächtig, insbesondere ein ›Fremder auf der Durchreise‹, weil sich so mancher durch dieses tragische Ereignis hinreißen ließ: Anhänger, flammende Patrioten, Phantasten und abenteuerlustige Schwärmer. Man vermutete in mir einen Geheimkurier und brachte mich mit bewaffnetem Gefolge nach Wien. Die Durchsuchungen und Verhöre gipfelten schließlich in irgendwelchen Ausreden und Entschuldigungen, obendrein gelang es Homunculus, ein Meisterwerk zu vollbringen. Er machte mich auf den Finanzminister des Grafen Sinzendorf aufmerksam, einen geheimen Jünger der Alchimie. Es gelang mir, eine Audienz zu erwirken, nach der er mich in seine Dienste nahm.

Homunculus war mit dieser neuen Situation zufrieden, ich aber nicht. Mir graute vor der Einrichtung des Labors, vor dem Neubeginn der fruchtlosen Experimente, bei denen mir ein geldgieriger Aristokrat und ein verbohrtes Phantom assistierten. Mir reichte es! Ungeduld und ratlose Verzweiflung nahmen von mir Besitz. Wie sollte ich mich aus dieser Falle befreien? Vor Homunculus konnte mich selbst der Tod nicht erlösen. Ich mußte eine andere Fluchtmöglichkeit finden.

Homunculus war wachsam und beobachtete mich. Er sah deutlich, was in mir vorging, doch er scherte sich kaum um meine Empörung und um meine Zweifel. Seine Machtposition, seine Gewalt, die er über mich hatte, wiegten ihn in Sicherheit.

Ich ging nur schwerfällig und unlustig meiner Arbeit nach, und wenn er mich drängte, widersprach ich ihm. In solchen Stunden drohte er mir.

»Wie, wenn ich alles stehen und liegen lasse?« brach es verzweifelt aus mir heraus.

»Dann kommst du auf diese Seite herüber, auf jene Seite, wo ich mich befinde«, flüsterte er. »Meine Kräfte sind stärker als jenes Astralgesindel, das dich umgibt. Du bist meine Kreatur, dein Intellekt, deine Begriffe sind meine Schöpfung. Meine ganz allein. Der Haken ist tief in dich eingedrungen. Der Bund besteht, und wenn dein Leib von dir abfällt, werde ich die Angelschnur straffen. Du wirst wie ich und zusammen mit mir gefangen sein ... in Ewigkeit.«

So erkannte ich mein Elend in vollem Umfang.

Nach dieser Mitteilung zog sich Homunculus zurück und ließ mich in meiner Niedergeschlagenheit allein, damit meine Nachgiebigkeit für ihn reifte. Er wollte, daß ich die Tatsache in ihrer vollen Bedeutung erfaßte, daß es nämlich kein Zurück mehr gab. Ich hatte mich von der Küste abgesetzt, und nun mußte ich den dunklen Strom der Mysterien durchschwimmen, oder in ihm untergehen.

In diesem verwirrten, trostlosen, unglücklichen Seelenzustand traf mich jene Wende, die wieder einmal von außen in mein Schicksal eingriff und alle präzisen Berechnungen Homunculus' durchkreuzte, wie es stets dieser verleugnete, unsichtbare Faktor gewesen war, der sich in keine Gedankenkette einfügen ließ, der seine Genialität in ihre Schranken verwies, jene Genialität, die sich durch Argumente nicht in Frage stellen ließ.

Rom beobachtete mein Wirken bereits seit langer Zeit, doch bislang war ich noch nicht ins Kreuzfeuer geraten. Doch in Wien ereilte mich mein Schicksal.

Graf Sinzendorf kämpfte fast ein Jahr lang um mich, doch wurde ich schließlich durch die Intervention des päpstlichen Nuntius dem Papst ausgeliefert.

Den Weg nach Rom legte ich unter strenger Bewachung zurück. Ich hatte zwar nichts Gutes zu erwarten, doch ich hatte keine Angst. Ich war bereits ein gebeugter Greis und unglücklich bis ins Mark. Gefangenschaft, Folter und Exekution, die mir vielleicht drohten, schrumpften neben Homunculus' schwerem Schatten, der auf mir lastete, zu einem Nichts zusammen.

Man sperrte mich in die Engelsburg, und ich wurde vorerst keinem Verhör unterzogen. Da ich die Gepflogenheiten vom Hörensagen her kannte, bereitete ich mich auf eine lange, eintönige Gefangenschaft vor. Die aufgezwungene Untätigkeit kam mir gelegen, obwohl mir in der Einsamkeit meiner dunklen Zelle jene andere Welt wieder eng auf den Leib rückte. So verbrachte ich Tage und Wochen in den bedrückenden Strudeln eines Alptraums zwischen verzerrten Gesichtern, drohenden Symbolen, apokalyptischen Ungeheuern und zügellosen Emotionsleibern. Die Sehnsucht, vor Homunculus zu fliehen, begann allmählich jene Dämme zu durchbrechen, die ich zusammen mit ihm errichtet hatte, um diese Dämonen abzuwehren. Doch die unreine Flut, die über mich hereinbrach, verstellte auch die Brücke zwischen Homunculus und mir. Nur gelegentlich, für Minuten, durchbrach seine dunkle Gestalt die schmutzige Astral-Gischt. Er rief mich, er befahl, doch ich weigerte mich, jene Übungen durchzuführen, die unsere Beziehung erneut gefestigt hätte. Dann begann er sich zu nähern, indem er alle seine Kräfte einsetzte, und ich spürte, wie sein lähmendes Wesen zu mir vordrang, die wirbelnde, heiße Schlinge der Gefühle besänftigend, indem er den Kreis auflöste und weit von mir wegschob, jenen Kreis, der mich umgab.

Ich ergab mich. Nun gut, laßt uns die Experimente fortsetzen. Doch wo? Man hatte mich meiner Freiheit beraubt, und wenn es bei meinem Prozeß zu einem Urteil kam, hatte ich vielleicht mein Leben verwirkt.

In dieser Beziehung konnte er mich beruhigen, und ich merkte bald, daß er nicht tatenlos zugesehen hatte.

Eines Nachts kam Besuch. Als der Besucher seine Kapuze zurückschlug, erkannte ich, daß es sich um einen vornehmen, hohen Geistlichen handelte. Sein Name war mir nicht fremd, man hielt ihn für den geschicktesten Diplomaten des päpstlichen Hofes. Er war einer jener Geister, die mit vorsichtiger Neugier erfüllt waren. Er streckte seine Fühler in alle Richtungen aus und versuchte, sich nach allen Seiten zu decken. Seine Predigten und Ansprachen faszinierten die Menschen, obwohl sie hinterher erfahren mußten, daß er es verstand, mit blendender Rhetorik und vielen Worten so gut wie nichts zu verkünden. Nie machte er sich jemanden untertan, doch er war bereit, sich bis zum Extrem anzupassen. Er wand sich wie ein glitschiger Aal zwischen den Klippen der in sich gefestigten Tatsachen im gefährlichen Tiefwasser der politischen Strömungen hindurch.

Dieser kluge, kalt egoistische und im Grunde wertlose Mensch wurde zu meinem neuen Protektor, und zwar – soweit ich dies aus seinen geheimen Gedanken erfuhr – nicht so sehr in seinem eigenen Interesse, als im Interesse einer weitaus höher gestellten Person. Andernfalls wäre es undenkbar gewesen, daß ich in diesem berüchtigten Gefängnis zu viele Vorteile genoß. Ich hatte ein bequemes Bett und eine vorzügliche Verpflegung, konnte mich frei bewegen, und ein Labor stand zu meiner Verfügung, ein Alchimistenlabor, das aufgrund gründlicher Kenntnisse luxuriös eingerichtet war.

Nun nahm jener sattsam bekannte Prozeß seinen Anfang, der mich während der vergangenen Jahre mit steigernder Gleichgültigkeit erfüllt hatte. Den Aufgaben, die mir Homunculus stellte, kam ich mit eben dieser mechanischen Gleichgültigkeit nach. Ich stellte die Materie in immer neuen Variationen her, schürte das Feuer unter der Fiktion eines Mutterschoßes, obwohl ich von vornherein wußte, daß dieser Schoß niemals Früchte trägt.

Meine Erlösung von Homunculus kam dennoch durch den von ihm gewählten Protektor und durch das neue Labor zustande. Sie nahte still und kaum wahrnehmbar, so, wie die mächtigen Ereignisse stets aus winzigen Reaktionen hervorgehen und sich dann zu Flutwellen steigern, die alles mit sich reißen.

Mein Famulus, der das Holz und die Kohlen brachte, das Geschirr spülte, aufräumte und die Lampen betreute, hatte eine Tochter von dreizehn Jahren. Die Leute meinten, daß das kränkliche Kind behindert sei, doch es war das Augenlicht des hinkenden Alessandro. Die Mutter des Mädchens war bei der Geburt gestorben. Es geschah oft, daß sich meine Experimente von den frühen Morgenstunden bis in die späte Nacht dahinzogen und Alessandro in der Nähe bleiben mußte, um mir stets zu Diensten zu sein. Bei solcher Gelegenheit brachte ihm die kleine

Marietta das Abendbrot. Die Kleine bewegte sich leise, wie ein Mäuslein. Zunächst wußte ich überhaupt nicht, daß es sie gab, weil sich Alessandro während der Experimente nicht im Labor aufhalten durfte, sondern im Lager auf meine Anweisungen wartete.

Eines Abends – es mochte weit nach zehn Uhr sein – kam Marietta zu mir ins Labor. Zunächst glaubte ich, daß sie die Neugier hergetrieben hätte. Roter, dämonischer Feuerschein zuckte über die Wände. Ich war gerade dabei, über der Spiritusflamme Wasser aus dem zwölfmal durchgespülten Sand zu verdampfen. Ich merkte nicht sofort, daß sie eingetreten war. Sie stand mit weitaufgerissenen Augen still unter der Tür und sah mir bei der Arbeit zu. Alessandro war nach dem üppigen Abendessen eingenickt, ich aber hatte vergessen, die Tür zu schließen. Auf diese Weise fand das Mädchen Zugang zu dem verbotenen Raum. Ihr dünnes, sanftes, singendes Stimmchen schreckte mich aus meiner Versunkenheit.

»Nicht wahr, Messer Burrhus, das hier ist die Hölle?«

Ihr Haar fiel in zwei dunklen Zöpfen über die Schultern, das Mieder ihres langen, blauen Kleides, das ihre Taille fest umschloß, verriet die entsetzliche Magerkeit ihres unterentwickelten, zwerghaften Körpers. Ihr Gesicht war ältlich und eingefallen, ihre Augen, auffallend groß und blau, strahlten wie die Augen einer Besessenen. Sie hatte ihre gelblichen Hände vor der Brust gefaltet und wartete auf eine Antwort. Die Überraschung ließ mich verstummen. Da war etwas im Aussehen dieses kleinen Mädchens, das mich erschreckte und gleichzeitig rührte. Ich stellte den Tiegel beiseite und richtete das Licht der Spiritusflamme auf sie.

»Wer bist du denn ... Wie kommst du hierher?«

»Ich bin die Marietta ... Alessandro Combattis Marietta. Er ist dein Diener.«

»Oh ... du bist Alessandros Tochter?«

»Ja. Ich bringe ihm das Abendbrot. Ich wollte schon längst hier hereinkommen, weil ich mit dir zu reden habe, doch mein Vater läßt es nicht zu, wenn er wach ist. Jetzt ist er eingenickt.«

Ich trat näher an das Mädchen heran, setzte mich und zog es vor mich hin, damit der Schein der Lampe ihr seltsames Gesicht beleuchtete. Das Mädchen wehrte sich nicht, stand mit ihren ernsten, leuchtenden, beunruhigenden Augen zwischen meinen Knien und blickte zu mir herauf.

Marietta ...

Dieser Name ging mir ans Herz, war es doch der Name meiner Mutter, und begann in mir wie eine aufgerissene Wunde zu bluten. Dieses kleine Mädchen hatte keine Ähnlichkeit mit ihr, nur der Name war derselbe, dennoch strömte die Erinnerung an sie in meine Seele, Trauer und hoffnungslose Sehnsucht nach ihrer reinen Gestalt in mir erweckend.

»Ja«, sagte ich leise. »Du hast es erraten, kleine Marietta ... Das hier ist die Hölle ... Worüber willst du mit mir sprechen?«

»Hier geht es nicht ... Es ist eine Botschaft, die lauteste unter den Stimmen, seit du da bist ...«

»Unter welchen Stimmen?«

»Die Stimmen, die ich höre«, sagte sie ernst und wie selbstverständlich. »Eine Madonna hat mir ans Herz gelegt, diese Botschaft Messer Borri zu überbringen, der jetzt Burrhus genannt wird. Doch nicht in der Nähe der Hölle, weil dort dir und mir Unheil droht von einem Teufel, der sehr mächtig ist und darauf achtet, daß du nicht seinem Bannkreis entfliehst ...«

In der Türöffnung tauchte Alessandros erschrockenes, um Vergebung flehendes Gesicht auf. Er riß das Mädchen an sich.

»Marietta, Marietta! Habe ich es dir nicht verboten? ... Verzeihung, Messer! ... Ich schwöre bei der Heiligen Jungfrau, daß es nicht mehr vorkommen wird ... Meine arme Marietta ist nicht richtig im Kopf ... Sie weiß nicht, was sie tut und was sie sagt ...«

»Alles in Ordnung, Alessandro ... jammere nicht soviel! Ich wußte gar nicht, daß du so ein kluges Töchterchen hast. Wir verstehen uns prächtig ... Geh nur und schlaf weiter«, sagte ich in scherzendem Ton, doch innerlich bebte ich vor Ungeduld und Sorge, ob nicht irgend etwas oder *Irgendwer* verhindern könnte, daß mich diese Botschaft erreicht, deren Wichtigkeit mein ganzes Sein erschütterte. Ich hörte das ferne Flüstern meiner Mutter in ihr, die Stimme meiner Mutter, die mich nicht unmittelbar erreichen konnte – so, wie der flüchtige, schneeweiße Dunst nicht unter die dichte, dicke Schicht der Erde dringen kann –, dennoch wollte sie mir helfen ... mich aus dem fürchterlichen, nach Schwefel stinkenden Abgrund der Hölle zu erretten, in den ich gestürzt war. Der schwache, durchsichtige, reine Körper der kleinen Marietta mußte als Werkzeug dienen, um zu mir zu sprechen ... Welch zähe Ausdauer, welch brennende, aufopferungsvolle Liebe mußte sie aufbringen, um den

Weg zu finden und sich ihren Weg bis hierher freizukämpfen ...

Alessandro verzog sich, und ich nahm das Mädchen bei der Hand.

»Gehen wir hier raus, Marietta ... du mußt mir die Botschaft jetzt gleich überbringen, weil du sonst nie mehr Gelegenheit finden wirst, sie zu überbringen!«

Das Licht der Lampe vergilbte, und trotz der strahlenden Feuer der Öfen wurde die Luft im Labor eisig. Ich sah bereits den Lichtstrahl, der sich bis in die Ecke hinzog. In meinem ganzen Körper, in meiner ganzen Seele spürte ich den Unhold, der sich an mich drängte. Auch Mariettas dünne Hand erbebte in der meinen. Ich riß die Tür auf, die zum Hof hinausging ...

Es war ein kleiner, kreisförmiger, gepflasterter Hof, in der Mitte ein Brunnen, der von den Figuren spielender Kinder bevölkert war. Draußen empfing mich eine helle, klare Nacht. Ich spürte, wie Marietta zitterte. Ich hob ihren gewichtslosen Körper hoch, um ihre Lippen in Ohrenhöhe zu bringen.

»Sag es mir, Liebes ... hab keine Angst ... die Madonna beschützt dich ...«

... Und Marietta flüsterte mir die Botschaft meiner Mutter ins Ohr ...

Ich ließ das Mädchen zusammen mit Alessandro nach Hause gehen und kehrte in mein Labor zurück.

Die sanfte Stimme meiner Mutter, die aus dem Grabe zu mir herüberscholl, rauschte in mir voller Licht und Gebet. Sie hüllte mich in einen Zauber ein und verlieh mir die Kraft, diesen Raum zu betreten, der sich stumm vor mir dehnte, angefüllt mit purpurroten und schwarzen Schatten, wo die lähmende, in tödlicher Wut erstarrte Horrorgestalt Homunculus' auf die Abrechnung wartete. Die Luft war durch seine feindliche Gegenwart klebrig dicht und feucht. Die Angst griff mit scharfen Krallen nach mir, von deren Hauch der sterbliche Mensch zusammenbricht, wenn ihn diese Luft in seinen schweren Alpträumen, in seinen bangen, kranken Ahnungen streift.

Homunculus konzentrierte all sein Kräfte und all seine Macht, um mich in die Knie zu zwingen und mich mit dem Knüppel seines finsteren Wissens zu zerschmettern.

Das blitzende Feuer der Öfen verfinsterte sich, wurde schmal und spie schwarzen, nach Schwefel riechenden Rauch aus.

Draußen war die Nacht lau, doch aus irgendeiner leichenkalten Quelle wehte ein Frost, der sich im geheizten Labor verbreitete. Der Frost wurde immer eisiger, wie ein glitschiger Reptilienleib wand er sich spiralförmig um mich, klebte mir im Gesicht, kroch unter meine Kleider, durchdrang meine Haut und bestürmte meine Knochen. Ich hatte das Gefühl, zu Eis erstarren zu müssen, denn diese lähmende Kälte drang immer weiter in mich hinein, löschte die Flamme, die die Botschaft meiner Mutter entfacht hatte. Und sobald dieser glitzernde Hitzepunkt in mir erloschen war, würde sich die Panik meines ganzen Seins bemächtigen. Ich wußte, daß ich mich mit all meinem Glauben und all meinen Erinnerungen dagegenstemmen mußte ...

Ich lehnte mich auf den Tisch und beugte mich vor. Über den Lichtstrahl, der sich endlos in die Ecke dahinzog, rollte meine Stimme scharf, mit ungewöhnlicher Festigkeit, und hallte von den Wänden wider.

»Ich kenne dich! Du kannst mir nicht schaden, weil ich mich vor dir nicht fürchte!«

Das merkwürdige, schrille Echo eines Orkans erscholl im Saal. Die Kristallkugel des Spiritusbrenners barst mit lautem Krach, und die Scherben fielen scheppernd zu Boden. Auf den Borden gerieten die Tiegel ins Wanken, schlugen klirrend aneinander und taumelten hin und her, als wollten sie davonlaufen. Aus einem der Öfen drang eine Rußwolke mit dumpfem Geräusch. Meine Hände, mein Gesicht, meine Kleider wurden schwarz, meine Augen wurden trübe, in meinem Mund spürte ich den ekelhaften, breiigen Geschmack des Rußes, mein physischer Zustand war gejagt, erschöpft und elend, doch ich wandte mich meinem Angreifer zu, wie ein Tier in Todesgefahr, und rief wie blind und taub aus:

»Ich kenne deinen Namen! Du bist das Haus, das kein Tor hat! Ich habe nichts mehr mit dir zu schaffen! Ich habe die Bande zerschnitten, die Anziehung aufgehoben. Weiche von mir, Leviathan, verschwinde für immer, ich will es!«

Ich schrie so laut, den Körper krampfhaft vorgebeugt, während ich mich mit beiden Händen am Tisch festhielt, daß mich hinterher eine betäubende Schwäche überfiel. Mir brach der Schweiß aus. Meine Knie gaben nach, und ich sank mit bebendem Leib neben dem Tisch zu Boden.

Der Hexentanz meiner Glieder ließ nur allmählich nach. Die Wellen des Entsetzens fluteten immer wieder durch meine Nerven. Ich weiß nicht, wie lange dieser niederschmetternde Ohnmachtszustand dauerte. Nachdem sich das Beben etwas gelegt hatte und die Tränen den Ruß aus meinen Augen gewaschen hatten, merkte ich, daß sich mein Labor auf seltsame Weise verändert hatte. Ein lauer, sanfter Wind streichelte meine Haut. Die nackte Flamme der Spirituslampe flackerte im scharfen, weißen Licht und strebte mit fröhlichem, heiterem, eiligem Summen nach oben. Die Öfen glühten. Durch das Fenster drang aus der mit Sternenstaub erfüllten Nacht das schläfrige Wiegenlied der Grillen, und dort, für kurze Zeit, rußverschmiert, zerschmettert durch Schwäche und Erschütterung, die ich durchgemacht hatte, erfuhr ich eine Freude, die ich bislang noch nie gekannt. Ich hätte lachen und schreien mögen, und ich stammelte ein Gebet vor mich hin, wobei mir die Tränen über die Wangen rannen. Zuerst lag ich auf den Knien, dann rappelte ich mich hoch und murmelte zusammenhanglose Worte über Gott und meine Mutter, dankte und gelobte, wankte durch den Saal, lehnte mich aus dem Fenster und segnete die Grillen . . .

Ich war frei. Doch was hat dieses Wort zu bedeuten? Vielleicht mag einer, der, zum Tode verurteilt, im letzten Augenblick begnadigt wird, einen blassen Widerschein dessen empfinden, was ich empfand, als der mystische Vorhang zwischen mir und Homunculus niederging. Allerdings schrumpfte die brutale Tatsache angesichts jenes unbegreiflichen, unendlichen und hoffnungslosen Elends zusammen, das mir bevorstand, hätte ich Homunculus' Schicksal teilen müssen; denn der leibliche Tod birgt schließlich stets die Auferstehung und die Erlösung in sich.

Homunculus' Zellentür war wieder einmal ins Schloß gefallen, und er war allein mit seiner unfruchtbaren Idee für weitere Jahrtausende. Mir graute so sehr vor ihm, daß ich ihn seinerzeit nicht einmal bemitleiden konnte. Jetzt bin ich soweit.

Dies sind die selten gewährten Augenblicke, die auch das elendste Wesen mit grenzenloser Hoffnung erfüllen, mit untilgbarer Erinnerung an eine vollkommene, glückliche Heimkehr. Dies ist ein Geschmack, der niemals schwindet. Wie das Staubkorn in der Muschel betten sie sich ein in Fleisch und Blut selbst unter der härtesten Schale und reifen durch Leid und Tränen zur kostbaren Perle, ganz gleich, wie vieler Leben es bedarf, ganz gleich, unter welchen Namen, Erinnerungen oder vorübergehenden Etiketten. Von jenem Zeitpunkt an, wo die Wandlung stattgefunden hat, ist auch die Befruchtung vorhanden, und darüber hinaus ist jeder Körper und jeder Umstand nur noch Hülle, Schutz und Förderer, gewissermaßen der alchimistische Ofen in seiner Winzigkeit bereits gewaltigen Wesentlichen Wesens.

Nachdem ich mit Homunculus gebrochen hatte, blieb mir nicht mehr viel Zeit übrig. Diese letzte, gewaltige Erschütterung beschleunigte das Ableben des berüchtigten Burrhus. Meine Kraft reichte nicht mehr, um meinen täglichen Spaziergang über die Bastei zu absolvieren. Aus der Burg durfte ich nicht hinaus. Ansonsten war ich von Aufmerksamkeit und Fülle umgeben. Ich bekam, was ich mir nur wünschte. Auch durfte ich Besucher empfangen. Dieses Recht aber mochte ich nicht in Anspruch nehmen, obwohl meine Person während meines langen, abenteuerlichen Lebens interessant und bekannt geworden war und so manchen Neugierigen anzog. Oft besuchte mich auch mein Gönner, der sich nach den Ergebnissen meiner Arbeit erkundigte. Ich verschwieg ihm meine Mißerfolge nicht. Es fehlte mir einfach an Lust und Überzeugung, um die Unwahrheit zu sagen. Er machte mir Vorwürfe, war unzufrieden, und wahrscheinlich hätte alles ein böses Ende genommen, wäre es mir nicht gelungen, seinen noch mächtigeren Herrn durch Kräutersud und entsprechende Diät mit gutem Ergebnis von seinem Darmleiden zu heilen. So ließ man mich in Ruhe, und zu meiner größten Freude geriet ich allmählich in Vergessenheit. Nur Alessandro und Marietta hielten mir die Treue. Als ich bettlägerig wurde, pflegte mich mein ehemaliger Famulus, und Mariettas freundliche, merkwürdige Anwesenheit vermochte es, für einige Stunden jenen Hexenkreis zu durchbrechen, der sich allmählich wieder eng um mich legte.

Mariettas Anhänglichkeit war rührend. Auch ich hatte das Kind liebgewonnen und freute mich auf seine Besuche, obwohl es nie wieder die Stimme meiner Mutter vernahm. Diese Saite war bereits verstummt in jenem reichen Stimmengewirr, das mich pausenlos umrauschte. Marietta konnte nichts *sehen*, nur hören. Ratlose Seelen auf der Durchreise, Suchende, die nach der Welt des Fleisches fragten, oder solche, die Gefahr witterten und hilflos zu helfen versuchten, riefen durch diesen merkwürdigen, akustischen Raum. Von nah und fern flüsterten sie mir ins Ohr, flehten, übermittelten Botschaften, weinten, klagten, stauten sich und trieben dann ins Unendliche. Ihre Stimmen entfernten sich und verebbten, während sie auf den vorgeschriebenen Bahnen ihres Schicksals davonrasten und anderen Platz machten.

Wie hoffnungslos war so ein kleines Fenster in der dicken Steinmauer der anderen Welt zwischen den Schlafwandlern des Fleisches! Keiner blieb stehen, um durch dieses Fenster zu blicken. Steif, mit abgewandtem Kopf zog alles daran vorbei, blind und taub, während jenseits des Fensters schluchzende, bittende und mahnende Stimmen aus den Seelen ihrer verblichenen Lieben nach ihnen schrien.

Alle dachten, Marietta sei wahnsinnig, nur Alessandro, der mit ihr lebte, ahnte, daß sie auserwählt sei, doch er wagte nicht, darüber zu sprechen. Er fürchtete, man würde sie der Hexerei beschuldigen und ihr den Prozeß machen. Dafür verbreitete er lieber das Märchen über den stillen Wahnsinn seiner Tochter mit einschmeichelnder Stimme, und soweit es ging, versuchte er, sie gegen ihre Umwelt abzuriegeln. Vor mir hatte er nunmehr keine Angst. Er war froh, daß sein einsames, verspottetes Kind einen liebenden Beschützer gefunden hatte, der das Mädchen verstand und seine merkwürdige Begabung würdigte.

Durch Mariettas Mund konnte ich an bedauernswerten, verblüffenden, bizarren Unterhaltungen teilnehmen. Es kam vor, daß sie merkwürdige, exotische Sprachen mühsam buchstabierte, während sie mit gerunzelter Stirn den Stimmen lauschte, die ich nicht verstand – dann, indem sie die emotionellen, wilden Schreie, die Beschuldigungen und das Drängen meiner eigenen Umgebung vermittelte, wurde sie plötzlich unruhig.

»Diese hier sind bös und quälen dich, Messer Burrhus ... warum jagst du sie nicht davon?«

Ich mußte bitter gestehen, daß ich gegen diese Kräfte machtlos war, und drängte sie, mir auch hierbei zu helfen. Vielleicht konnte sie wieder eine Stimme erhaschen, die mir den Weg weisen könnte. Auf meine Bitten kam keinerlei Antwort. Woher hätte sie auch kommen können? Vielleicht von draußen? Was ich von außen über mich wissen konnte, war mir bereits durch Amadeus Bahr bekannt. Und ich hoffte immer noch, bei Marietta das Geheimnis der Transmutation gewissermaßen ›auf dem Gnadenweg‹ zu erfahren. Meine erste Enttäuschung in dieser Richtung war Homunculus, der das Problem auf physikalischer Ebene in Angriff nahm. Die zweite war – trotz aller Liebe und Dankbarkeit – Marietta, obwohl sie nur die lange Reihe jener Experimente eröffnete, die ich erst viel später im fanatischen, lockenden, wirren und gefährlichen Astralreich der Ahnungen, Vorgefühle, der merkwürdigen Visionen, Prophezeiungen und Mystifikationen vollendete.

Zweifellos war es Marietta, die mir die spannende Hoffnung und die Neugier einer neuen Möglichkeit einimpfte. Das war es, was ich aus dem langen, harten, merkwürdigen Leben des Francesco Borri mitnahm, das nach einigen Wochen der Bettlägerigkeit schließlich zu Ende ging.

Neunundsiebzig Jahre hatte ich in diesem schon sehr mitgenommenen Körper verbracht, und ich spürte, wie er sich mehr und mehr in einen abgestumpften, eiskalten Leichnam verwandelte. Es war eine Erlösung, sich von ihm zu befreien.

Mein Geld und die wenigen Schmuckstücke, die mir Friedrich III. geschenkt hatte, vermachte ich Alessandro und Marietta. Ich weiß, daß sie mich bitterlich beweint haben. Sie waren furchtsame, freundliche Inselbewohner, die ohne jeden menschlichen Kontakt von der Masse ausgeschlossen ihr Leben verbrachten, nur weil sie anders waren als die anderen. Solche Gezeichnete, sofern ihr Schicksal sie zusammenbringt, erkennen einander und begrüßen sich wie Brüder.

Marietta und Alessandro beweinten ihr Ebenbild in mir.

Bevor ich mich vom geisterhaften Schatten der Engelsburg löste, verweilte ich kurz bei jenem kleinen Licht, das mir Mariettas Seele bot, die vor mir lag wie ein aufgeschlagenes Buch. Um dieses ruhige, sanfte Asyl drängten sich jene verzweifelten Körperlosen, die zum anderen Ufer hinüberrufen, eine Botschaft, ein Flehen, vielleicht auch einen Fluch all ihren Lieben oder Feinden übermitteln wollen.

Doch dieses Licht galt diesmal mir, Mariettas stofflose, zärtliche Sehnsucht beschwor mich: Sie nannte mich beim Namen. Doch sie nannte nicht etwa jenen Namen, den man mir während meines irdischen Daseins angehängt hatte, sondern den Namen, der unter allen Wesen mir allein gehört. Ich weiß nicht, woher die Einweihung kam, doch mit meinem Tode kam sie in dessen Besitz. Sie hatte die Macht errungen über den innersten Kern meines Wesens und zog mich unwiderstehlich an.

Sie wollte mich nicht lange aufhalten, nur für einen kurzen Abschied, dann ließ sie mich meiner Wege gehen ... Gott enthüllt diese Geheimnisse nur denjenigen, die sie nicht mißbrauchen ...

Zweites Buch

TIEGEL IM FEUER

Wie sie kreisen in der Unendlichkeit des Alls, wie sie sich suchen im Strudel des Kosmos, diejenigen, die der großen Weltseele entsprungen sind! Sie stürzen von Planet zu Planet und weinen in den Tiefen vor Sehnsucht nach der verlorenen Heimat!
Dies sind deine Bücher, Dionysos ...
O großer Geist! O göttlicher Befreier!
Erhebe deine Töchter und hol sie zurück in deinen erleuchteten Schoß!

Orphisches Fragment

Louis de la Tourzel

Meine Wiedergeburt fand an der Schwelle des 18. Jahrhunderts statt. Meine Begegnung mit Marietta trieb mich zu noch ungewöhnlicheren und verwickelteren Beziehungen. Seit meinem Dahinscheiden im Jahr 1695 mußten fünf Jahre vergehen, bis ich einen lebensfähigen Körper für mich bauen konnte. Unter meinen Experimenten hatte jene Frau zu leiden, die mich später zur Welt brachte und die mich dann ein paar Jahre erzog, bis sich ihr Geist völlig umnachtete. Die Unglückliche hatte drei Fehlgeburten, zum viertenmal riß unter dem Schock der Geburt die Verbindung zwischen mir und dem kleinen, blutigen Leib des Kindes, und es wurde tot geboren. Bis ich ihr dann schließlich zu ihrem schweren Leidwesen erhalten blieb.

Diese bedauernswerte, nervlich schwer belastete Frau war krank vor Furcht und bangen Vorahnungen. Jede Minute ihres Lebens wand sie sich im Netzwerk fesselnden Aberglaubens und wurde schließlich vom Wahnsinn umzingelt.

Wir wohnten in einem staubigen, französischen Städtchen, wo das Leben gemächlich dahinfloß, in Varennes, jenem Ort, der später durch die Flucht Ludwigs XVI. zu tragischem Ruhm gelangte.

Mein Großvater, den ich nie gekannt hatte, hieß David Pétion. Er war der uneheliche Sohn eines Edelmannes und der Tochter eines städtischen Beamten, ein kastenloser, entwurzelter Niemand, was seinerzeit bei den strengen Angrenzungen der Stände die völlige Isolierung bedeutete. Er hatte keine familiären Bindungen oder Beziehungen. Seine Mutter ließ ihn auf dem Lande in der Nähe von Varennes erziehen, in einem Bauernhaus voller Schweiß und Arbeit, wo er sich sehr bald seiner unklaren Lage bewußt wurde. Er mußte spüren: Die Bauern hielten ihn für einen Eindringling, und die Herren nahmen ihn nicht auf. Pétion war ein schlauer, egoistischer und erfinderischer Bursche. Schon bald wurde ihm klar, daß er sich entscheiden mußte, weil er sonst unter dem Himmel Frankreichs keinen Platz finden würde. Das Landleben erweckte in ihm das Urgefühl der Verbundenheit mit der Scholle. Er liebte diesen schwersten und segensreichsten aller Berufe und verstand sein Handwerk. In der Zwischenzeit ging seine Mutter eine vorteilhafte Ehe ein, und als ihr Sohn großjährig wurde, ließ sie ihm eine erkleckliche Summe Geldes zukommen. Und Pétion beschloß, Bauer zu werden. Dabei vergaß er allerdings auch nicht, daß die Person seines Vaters ihm gewisse Vorrechte einräumte. Wenn er ihn anerkannte, konnte er zum Beispiel so viel Land erwerben, wie er nur mochte. Er begann einen gnadenlosen zähen Kampf für seine Legalisierung gegen seinen Vater, der sich in einer heiklen Lage befand und auch in seiner Ehe stark abhängig war. Er bedrohte und erpreßte ihn, bis der schließlich nachgab, allerdings unter der Bedingung, daß er vor der Welt auch weiterhin auf seinen Namen und seinen Adelstitel verzichtete, da sich sein ehelicher Sohn gerade zu dieser Zeit mit einer königlichen Prinzessin verlobt hatte. Pétion ging auf diese Bedingung ein. Name und Rang interessierten ihn nicht, nur der Boden. Er erstand in Varennes ein kleines Gut. Er wirtschaftete hervorragend, und sein Vermögen begann sich ansehnlich zu vermehren, wenn auch nicht stets nach den Gesetzen der Ethik. Er war ein menschenscheuer Sonderling und geizig bis zum letzten. Sobald er dahinterkam, daß im Hause irgendeines Edelmannes, der schier in seinen Schulden ertrank, das finanzielle Gleichgewicht ins Wanken geraten war, legte er sofort die Hand auf den gesamten Besitz und zog aus der Not manch saftigen Profit. Auf diese Weise erwarb er auch seine Sägemühle und seine Rasserinderzucht. Er war klug genug, die Vorteile seiner Situation zu nutzen, daß er nämlich als Sohn eines Edelmannes von den verschiedenen Lasten und Abgaben befreit war, während die Bauern, in deren vor Haß brodelnder Masse bereits die Revolution gärte, zu Hunderten die Dörfer und Häuser verließen, um ihr erbärmliches Leben außerhalb des Gesetzes als Wilderer, Salzschmuggler oder Bettler zu fristen. Der dritte Stand schmolz unrettbar unter dem einseitigen Joch, unter den Steuern und Abgaben dahin – doch David Pétions Geschäft florierte. Er heiratete zweimal. Meine Mutter stammte aus seiner zweiten Ehe und war ein mickriges, kränkliches, von Wahnvorstellungen geplagtes Kind. Ihr Vater kümmerte sich überhaupt nicht um sie. Seine zweite Heirat war eine reine Vernunftehe. Seine Frau brachte eine reiche Mitgift ins Haus, eine Person, bei der man gern etwas drauflegte, nur um sie loszuwerden: bejahrt, häßlich und hysterisch beleidigt.

Als meine Mutter, Sophie Pétion, achtzehn Jahre alt wurde, traf Louis de la Tourzel direkt aus Paris in Varennes ein und bezog auf dem Gut seiner Verwandten Quartier – und dies aus gutem Grund. Er mußte die Stadt wegen seiner immensen Schulden und wegen eines schmutzigen Kartenskandals verlassen. Einige glaubten zu wissen, daß er nur deswegen mit der Verbannung davongekommen war, weil er mit den mächtigen Soubisen entfernt verwandt war. Außer seinem romantischen Samtumhang, seinem seidenen Gewand, seinem Spitzenhalstuch und seinen Schuhen mit den Silberschnallen brachte er nichts mit. Er fiel seiner Verwandtschaft ebenso zur Last, wie ihm die langweilige Eintönigkeit von Varennes lästig war. Wilde Gerüchte kursierten über seine Person. Die Gutsherrn aus der Nachbarschaft, die um die Tugend ihrer Töchter und Frauen bangten, distanzierten sich steif von ihm. Seine eigene Tante und sein eigener Onkel ließen ihn unumwunden wissen, daß sie ihn zwar in ihrem Hause duldeten und ihn mit Speise und Trank versahen, doch daß sie froh wären, ihn so selten wie möglich zu Gesicht zu bekommen. So verbrachte dann der hoch aufgeschossene Nichtsnutz mit der Adlernase und dem vor Ausschweifungen bleichen Gesicht den Großteil seiner Tage in der Gaststätte zum ›Guten Herrscher‹, wo er mit verdächtigem Glück mit den durchreisenden Viehhändlern oder mit dem Krämer und dem Bäcker am Ort Karten spielte.

De la Tourzel betrachtete seinen Aufenthalt in Varennes als vorübergehenden Betriebsunfall, als eine Situation, in die er nur durch die ›Intrigen seiner Widersacher‹ geraten war. Lang und breit, um Worte nicht verlegen, erzählte er in der Schänke, wie er in Paris gelebt hatte, wieviel Geld er ausgegeben, wie viele Duelle er ausgefochten hatte, wie der Name seiner zahlreichen Geliebten lautete. Nur eben jenes ominöse Ereignis verschwieg er, das ihn in die ruhigen Gewässer von Varennes getrieben hatte. Er war großsprecherisch, überheblich, leichtsinnig, zärtlich und sinnlich wie ein Satyr. Die Frauen rissen sich um ihn, die Männer verachteten ihn. Es gab kaum eine Bäuerin oder ein Bauernmädel, an die er sich nicht heranmachte, aber er hätte noch weit mehr bekommen können, wenn er nur die Hand nach ihnen ausgestreckt hätte. Die Fama seines herrischen, wilden Wesens machte hinter vorgehaltener Hand die Runde und ließ die Weiber der Gegend wohlig erschauern.

Der ›bleiche, verbannte, edle Ritter‹ zog die einsame, gefühlsbetonte und nervöse Sophie Pétion an wie die Motten das Licht. Sie war damals ein zartes blondes Mädchen, mit einem ungewöhnlich reichen, schwellenden Busen über der Wespentaille. Ihr herzförmiges Kinn verjüngte sich auf zarte Art, während ihre Backenknochen unter den schräg geschnittenen, dunklen Augen deutlich hervortraten. In diesem Augenpaar glühte das feuchte, exaltierte Licht der überhitzten Sinnlichkeit. Es brauchte nicht viel, daß die beiden herrenlosen Leidenschaften sich aneinander entzündeten, alle Schranken hinwegfegend und alle Konventionen verbrennend.

Sophie glühte wie eine Fackel und beugte sich wie besessen unter das beklemmende, süße Joch ihrer Liebe. Die bedingungslose Hingabe des Mädchens fesselte für eine gewisse Zeit selbst Tourzels ausschweifende Sinnlichkeit, ebenso ihre Bewunderung und ihre sanfte Hingabe, mit der sie ihm in seinen Ausschweifungen blind folgte. Sophie unterwarf sich in ihrer unschuldigen, begeisterten Unwissenheit und mit ihrer instinktiven Lernbereitschaft seinen Perversionen, die sie bedingungslos und schrankenlos erfüllte.

»Du bist ein herrliches kleines Frauenzimmer, Sophie!« lachte Tourzel nach ihren Umarmungen mit zufriedenem, geilen Satyrlächeln. »Selbst in Madame Péraults Etablissement würde man nicht deinesgleichen finden!«

Als sich Sophie, unruhig geworden und etwas verstört, nach der Art des Etablissements der Madame Pérault erkundigte, gab ihr Tourzel belustigt und dreist zur Antwort, daß Madame die hübschesten und vornehmsten Mädchen von Paris um sich versammle, um sie in die Künste des ehelichen Lebens einzuweihen.

Nach einigen Monaten wurde Sophie schwanger. Diese brutale Tatsache brachte einen völligen Umschwung mit sich. Das körperliche Unwohlsein brachte Sophie die Gefahren ihrer Tat mit stechender Angst zu Bewußtsein. Die fremde Kraft, die mit ihrer Leidenschaft in ihrem Körper Einzug gehalten hatte, war verschwunden wie flüchtiger Dunst. Sie war schwach und furchtsam. Die Vorurteile ihrer Erziehung, die ethischen Dogmen der puritanischen Kleinstadt saßen in ihrer Seele über sie zu Gericht und stürzten sie in Verzweiflung. Sie magerte ab, ihr Gesicht wurde lang, ihre Haut fleckig und gelblich, ihre Augen rot und verschwollen infolge der durchweinten Nächte. Tourzel wurde nicht mehr mit Küssen und lustvollem Gestammel erwartet, wenn sie sich selten und von tausend Gefahren umgeben trafen, irgendwo zwischen den bemoosten alten Bäumen des Waldes oder in der Hütte eines bestochenen Flurwächters, sondern mit Vorwürfen, Ansprüchen und launenhaften, wilden Ausbrüchen traktiert. Auch die Stimme des Mannes hatte sich gewandelt: Sie wurde roh und gnadenlos, und schließlich kam er überhaupt nicht mehr zum Stelldichein. Sophie war schier betäubt von der Erkenntnis, in welches Elend sie geraten war. In ihrem ratlosen Verfolgtsein, in ihrer Verzweiflung wollte sie sich selbst umbringen. Sie hatte schon alles vorbereitet und plante, sich mit Tourzels Dolch zu töten, und in dieser Absicht mischten sich perverse Lust und Rachegefühle, die sich gegen jenen Mann vereinten, der auf diese Weise in Verdacht geraten und – wie sie in ihrem sentimentalen Selbstmitleid hoffte – eines Tages vor leidenschaftlicher, später Reue verzehrt würde. Den Dolch hatte sie dem Mann während eines Streites entwunden und unter Drohungen in ihrem Strumpf verborgen. Sie wollte in den Wald hinausgehen, zu ihrem Treffpunkt, auf eine Lichtung, umgeben von alten, knorrigen Bäumen mit Eulengesichtern, mit einem glatten weichen Teppich aus Tannennadeln.

Im letzten Augenblick hatte sie das Gefühl, sich von jemandem verabschieden zu müssen. Zunächst dachte sie an ihren Beichtvater, dem sie ihre Schandtat noch nicht zu gestehen gewagt hatte; doch als sie sich das ernste, spöttische, kantige Gesicht des Priesters vorstellte, schreckte sie davor zurück. Nein, dazu würde sie keinen Mut haben. Erst später fiel ihr der Vater ein, der geizige, selbstsüchtige und verschlossene Pétion, den sie tagelang nicht zu Gesicht bekam und der sie des Sonntags mit dem steifen Gesicht eines Schlafwandlers zur Kirche führte. Egal. Es war ihr Vater, das eigene Blut, der einzige Mensch, der eng mit ihr verbunden war.

So geschah es, daß sie mit sehnsüchtiger, hoffnungsloser Liebe im Herzen in die Räume ihres Vaters eindrang, die sich wie ein anderer Planet auf der anderen Seite des Hauses abschirmten. Sie konnte sich nicht daran erinnern, diese Räume je betreten zu haben. Sie hatte früh genug gelernt, daß sie dort nichts zu suchen hatte, daß man sie weder erwartete noch duldete. Solange ihr ereignisloses Traumleben in einem angenehmen, unwirklichen Nebel dahinplätscherte, hatte sie nicht das Bedürfnis nach engeren Beziehungen. Doch jetzt, unter der unerträglichen Last dieses Problems, das über sie hereingebrochen war, konnte sie eine solche Beziehung nicht mehr missen. Natürlich hatte sie nicht vor, ihren Entschluß auch nur anzudeuten. Sie würde einfach eintreten – dachte sie –, grüßen, ein paar nette Worte sagen, fragen, ob sie vielleicht etwas für ihn tun könnte ... und ihn bitten, er möchte sich ein wenig um sie kümmern, weil sie sehr einsam sei. Nein ... dieser ... dieser Mann war so verbiestert, daß er sich nicht um sie geschert hatte ... von so wilder, aufbrausender Art, daß es gefährlich war, den Leu zu wecken. Eher war sie selbst bereit zu versprechen, ihm fortan ein gutes Kind zu sein und ihm zu sagen, daß er ihr sehr am Herzen lag, wenn sie es bislang auch noch nicht gezeigt hatte. Es war natürlich leichter, sich dies alles vorzustellen, als die grundlos flatternden Worte jemandem anzubieten, der ihr in ihrem ganzen Leben keinen Schritt entgegengekommen war, außer, daß er sie gezeugt hatte ... Jemandem von Liebe und Zuneigung sprechen, einem Menschen mit winzigen, grauen, in Falten gebetteten Affenaugen und enger Stirn, unter dessen wildem weißen Bart sich die Mundwinkel ablehnend nach unten zogen.

Der abgestandene Pfeifengestank, der den steinigen Flur erfüllte, hätte sie um ein Haar abgeschreckt. Die Erinnerung an große Ängste, häßliche, eiskalte Ablehnung aus Kindertagen stieg in ihr auf, doch sie schritt tapfer weiter.

Es dämmerte.

Der Alte hatte noch kein Licht angezündet, weil er das Gefühl hatte, daß jeder Tropfen Öl, den er sparen konnte, sich in seinen Adern in Blut verwandelte.

Sein Zimmer wirkte wie eine geräumige Abstellkammer, eine Art Bastelstube. Er selbst reparierte die Möbel, Werkzeuge, Sättel, selbst seine Stiefel pflegte er eigenhändig zu besohlen. Seine abgetragene Kleidung versah er kunstgerecht mit kaum sichtbaren Flicken. Nichts warf er weg, keinen Faden, kein Stück Brett, Leder oder Stoff. Unter seinem Bett, auf den Schränken, auf dem Tisch und am Boden lagen und standen Kisten, Schachteln, Werkzeuge, Sättel, wacklige Stühle, Wagenräder, schadhaftes Geschirr, Holzstücke und Gefäße mit Klebstoff in drangvoller Enge herum, die allesamt einen üblen, modrigen Geruch verbreiteten. Hier lebte, aß, schlief und arbeitete Pétion während des langen Winters, wo er auf das Haus beschränkt war. Im Frühling und im Sommer, sobald der schwere Dienst auf Feld und Acker begann, nächtigte er meist im Freien.

An diesem Spätherbsttag war er zu Hause. Als Sophie

schüchtern bei ihm eintrat, saß Pétion vor dem dunklen, kalten Kamin in seinem steiflehnigen Sessel. Im Zimmer machte sich eine feuchte Kälte breit. Das winzige Fenster, das mannshoch in die Mauer gebrochen worden war, ließ kaum etwas Licht durch, und während außerhalb des Fensters der perlgraue Abend dämmerte, war es im Zimmer fast vollkommen düster.

Sophie trat näher. Die stumme, unbewegliche Gestalt vor dem leeren Kamin erfüllte sie mit erhöhter Beklommenheit. Sie mußte mehrmals ansetzen, bevor sie es wagte, das Wort an ihn zu richten, doch selbst dann drohte ihre Stimme zu versagen, wie ein Fuß, der schwankenden Boden betritt.

»Guten Abend ... Vater ...«

Vom Sessel aus kam keine Antwort. Sophie wollte sich bereits erleichtert abwenden und die Flucht ergreifen, erleichtert darüber, daß er vielleicht eingeschlafen war und sie sich doch nicht der eisigen Ablehnung ihres Vaters stellen mußte, als sich plötzlich die Gegenwart des Todes wie ein kräftiges, entsetzliches Reptil um sie schlang.

Es wäre denkbar, sogar wahrscheinlich, daß der versteinerte Egoismus des alten Pétion sogar Sophies letzten Annäherungsversuch abgewiesen hätte, doch jetzt, wo er tot war, quälte sich das nervöse, unglückliche Mädchen wie ein Henker mit dem Gedanken, sie hätte eine nicht wiedergutzumachende Sünde begangen.

Ein fürchterlicher Feind hauste in ihr, ein unbeugsamer, unersättlicher *Anderer*, der von Selbstbeschuldigungen, ahnungsvoller Furcht und bitter vergossenen Tränen nie genug bekommen konnte. Vom Augenblick seines Todes an begann sie, die Gestalt des Vaters zu beschönigen und zu erheben, nur um sich selbst um so tiefer demütigen und wegen ihrer Versäumnisse peinlicher kasteien zu können. Sie wäre es gewesen, die sich ihm hätte nähern müssen. Der Alte war einsam und liebesbedürftig gewesen. Er lebte in seinem Verschlag wie das Vieh in seinem Stall, hatte auf alles verzichtet, nur um ihr noch mehr zukommen zu lassen. Sie aber war ein undankbares, verdorbenes Geschöpf, das sich mit ihrem Liebhaber im Wald herumtrieb, während der Vater durch eine verborgene Krankheit zu Tode gemartert wurde. Wer weiß, wieviel er gelitten hatte, welche Schmerzen ihn geplagt hatten, während er einsam und verlassen war. Keiner war da, um ihm auch nur ein Glas Wasser zu reichen ... Keiner, der einen Priester gerufen hätte, als ihn die Schwäche des Todes überfiel. Er war allein. Er war einsam, und vielleicht war sie schuld daran, wenn er der ewigen Verdammnis verfiel!

Sie fastete, betete, bestellte Messen, unterzog sich mit unstillbarer Selbstbeschuldigung und Selbstkasteiung mancher Pönitenz.

Das Vermögen des alten Pétion war viel größer, als seine Tochter und seine Nachbarn ahnten. Außer den fetten, dankbaren Feldern, Landhäusern, der Sägemühle und der Rinderzucht kam eine große Summe Bargeld zum Vorschein, die unter dem Fußboden seines Zimmers in eisenbeschlagenen Truhen mit kunstvollen Schlössern verborgen war. Der mißtrauische, eiskalte Mann hatte sein Geld keiner Bank anvertraut, wie er auch irgendwelchen Wertpapieren mißtraute. Goldmünzen türmten sich in ihrem Gefängnis, sorgsam in numerierte Pergamentrollen verpackt. Es war ein Märchenschatz, der hier das Licht der Welt erblickte.

Um Sophie, der einzigen Erbin, änderte sich die Welt schlagartig. Selbst die von Schulden bedrängten jungen Adligen der Umgebung erdreisteten sich, dieses berauschte lebensunerfahrene Mädchen mit ihren Anträgen zu bedrängen und zu überhäufen, und dies um so mehr, da Pétions Herkunft von verschiedenen Legenden umgeben war. Sie hofften, daß eine gründliche Nachforschung diesem nackten, jungen Gold sogar einen entsprechenden patinierten Hintergrund verleihen könnten.

Natürlich erfuhr auch Tourzel von diesen Gerüchten, der aber spürte sofort: Jetzt war seine Zeit gekommen. Einige Wochen nach dem Begräbnis tauchte er im Trauerhaus auf und nahm mit einer Überheblichkeit, die jeden verdutzten Protest hinwegfegte, den Platz eines Testamentsvollstreckers, ja den Platz eines Bräutigams und des zukünftigen Ehemannes ein.

Sophie schnappte nach Luft, wehrte sich, weinte und stampfte mit dem Fuß auf, doch sie wurde durch Tourzels kräftigen, zynischen Faunarm erneut eingefangen und besiegt.

»Warum stellst du dich so an?« sagte er nach der Umarmung zu dem schluchzenden Mädchen, das sich vor sich selbst schämte. »Du hast mir die Ohren vollgeweint, ich sollte dich heiraten, weil ich dir ein Kind gemacht habe. Und jetzt, wo ich bereit bin, dich zur Madame Louis de la Tourzel zu machen, tust du so, als ob dir die Sache nicht gefiele!«

»Ja, jetzt bist du bereit, mich zu heiraten. Doch um welchen Preis!« rief Sophie aus.

»Liebling, ein Edelmann wie ich kann nicht nur auf sein Herz hören! Jetzt kann ich zumindest ein Mädchen heiraten, das sowohl meinem Herzen als auch meiner Situation entspricht. Das Kind wird in einigen Monaten zur Welt kommen. Es muß einen Namen haben. Wenn wir innerhalb einer Woche heiraten, wird es noch als Frühgeburt akzeptiert. Mit einem dicken Bauch würde dich wahrhaftig nur irgendein verschuldeter Luftikus deines Geldes wegen heiraten, und obendrein würde er dich ein Leben lang seine Verachtung spüren lassen. Ich zumindest liebe dich, Sophie«, setzte er hinzu, während ein erotisches, niederträchtiges Lächeln sein Gesicht verzerrte, »und ich habe greifbare Beweise dafür, daß ich bei dir der erste gewesen bin und daß das Kind von mir ist!«

Das war die Vorgeschichte der Eheschließung meiner Mutter. Bereits halb dem Wahn verfallen, erzählte sie mir alles bis ins entsetzliche Detail, ohne Scham, gleichsam in der Absicht, durch diese Beichte zu büßen.

Zerbrochen, verzweifelt, mit immer noch hungrigen, aufgepeitschten Sinnen, mit wildem Ekel vor sich selbst, wurde sie Tourzels Frau. Ihr gemeinsames Leben – wenn man es überhaupt so nennen konnte – brachte ihr nichts weiter als Sorgen, Schande, bittere Reue und zehrende Eifersucht ein. Ihre bösen Ahnungen, die Tourzel betrafen, erfüllten sich eine nach der anderen. Ihr Gatte reiste bereits wenige Tage nach der Hochzeit nach Paris. Aus den Truhen des alten Pétion beglich er seine schmutzigen Schulden, mietete ein Palais, kaufte Pferd und Wagen und kam dann für eine Woche zu Besuch nach Hause. Er erwähnte mit keinem Wort, daß er auch Sophie mit in die Hauptstadt nehmen wollte. Und als seine Frau bittere Anspielungen in dieser Richtung machte, berief er sich auf ihren Zustand.

»Eben drum!« brach es aus Sophie heraus. »Bleib bei mir! Ich verlebe schlimme Tage und fürchte mich allein in diesem leeren Haus!«

»Meine Liebe, du mußt auch meine Situation verstehen!« sagte Tourzel großspurig. »Mein Stolz läßt es nicht zu, daß ich nur dein Geld verzehre. Jetzt, wo ich meine Angelegenheiten geordnet habe, kann ich einen glänzenden Posten ergattern, der meiner würdig ist. Dazu ist es aber nötig, daß ich mich stets in der Nähe der Fleischtöpfe aufhalte.«

›Das mußt du verstehen‹ – den Zusatz ›meine Liebe‹ ließ er später fallen – es war der gleiche Text, den Tourzel während seiner späteren recht kurzen Besuche immer wieder herunterbetete. Diese Besuche galten allerdings stets unmißverständlich dem gleichen erniedrigenden Zweck, da er zum Abheben größerer oder kleinerer Summen immer noch der Zustimmung oder der Unterschrift Sophies bedurfte ... Der Posten stand ständig in Aussicht. Monate, ja Jahre hindurch stand die Ernennung Tourzels dicht bevor. Er stand bei Hofe, in den Spielsälen und den ›vornehmen Salons‹ stets bereit. Er ließ sich im heißen Blutstrom von Paris treiben, sein Herz schlug mit dem Herzen der Weltstadt im gleichen Takt. Überall und allerorten mußte er anwesend sein!

Sophie verlor ihr Kind im vierten Monat ihrer Ehe. Ein reitender Bote brachte Tourzel die Nachricht, der zu seinem Bedauern nicht abkömmlich war, da er in seiner Abwesenheit eine bedeutende Persönlichkeit verpaßt hätte, die gerade auf der Durchreise war und von der seine ganze Zukunft – natürlich auch Sophies Zukunft – abhing.

Sechs Wochen später traf er dennoch zu Hause ein. In seiner Lust, die nach dem Mittagessen aufkeimte, schwängerte er erneut diese von Schwindelanfällen geplagte, blutarme Frau, die kaum genesen war, entlockte ihr einen größeren Betrag und reiste wieder in die Hauptstadt. Was war denn mit der wichtigen Persönlichkeit geschehen, deretwegen er nicht ans Krankenlager seiner Frau eilen konnte? Ärgerlicherweise hatten sie sich verfehlt, und als sie sich wieder trafen, hatte der Betreffende bereits einen anderen für diesen wichtigen Posten empfohlen, aber keine Bange! Er würde wirklich mit dem Kopf gegen die Wand laufen, wenn er seinerzeit hastig und unüberlegt zugestimmt hätte, da die Angelegenheit, die im Gange ist, alle Möglichkeiten überstieg, die ihm bis jetzt geboten wurden. Er setzte Sophie breit und weitschweifig auseinander, wie sich seine Protektoren um ihn bemühten und welch hohe Meinung sie von ihm hatten, jenes Netz von Interessen, wo fleißige Hände sein Anliegen woben und ohne Unterlaß um seine Karriere bemüht waren. Natürlich mußten diese Hände ständig ermutigt und ›geschmiert‹ werden. Das war der Grund, warum seine Anwesenheit und sein Geld unerläßlich waren, übrigens würde er Sophies Darlehen schon bald mit Zins und Zinseszins erstatten. Sobald er seinen Posten bezogen hat, würde auch seine Frau nach Paris übersiedeln. Er würde sie bei Hofe vorstellen. Er würde ein großes Haus eröffnen, wo er Sophie überhaupt nicht mehr missen könnte, doch bis dahin wäre es zwecklos, daß sie ihn begleite. Er sei von früh bis spät auf den Beinen, oft müßte er sogar die Hauptstadt verlassen um gewisse Herren, von deren Protektion einiges abhinge, auf deren Gütern zu besuchen, um dann am gedeckten Tisch, in der freundschaftlichen und gelockerten Atmosphäre beim guten Wein, opulenten Mahlzeiten und gepfefferten Männerwitzen seine Angelegenheiten zu besprechen. Er erwähnte eine Reihe einflußreicher Namen und Ränge, so daß die arme Sophie von seinem Wortschwall ganz schwindelig wurde, bis er schließlich gefühlvoll und feierlich den ewigen Kehrreim daherflötete: »Du mußt verstehen . . .«

. . . Und nach einigen Jahren verstand ihn Sophie gründlich.

Ich war zehn Jahre alt, als mein Vater starb. Sein Tod war seines Lebens würdig. Er wurde in einem öffentlichen Haus bei einer Schlägerei getötet. Mehrere Mitglieder seiner Gesellschaft gerieten in Verdacht. Die langwierigen Untersuchungen brachten nicht nur Tourzels nutzloses, schmutziges Leben an die Öffentlichkeit, sondern auch die Tatsache, daß sich die Person von Tourzels Mörder nicht genau bestimmen ließ. Alle waren bewußtlos und betrunken. Das Messer, das sich in seiner Wunde fand, wurde als Tourzels Messer identifiziert. In diesem wilden Tumult waren mehrere Personen verwundet worden und hatten anderen ebenfalls Wunden zugefügt. Die Prügelei wurde wegen eines Mädchens mit Namen Lolette ausgelöst. Sie war erst vor kurzem in jenes Haus gekommen, und Tourzel hatte sie, wie jedes frische Fleisch, zu seinem Eigentum erklärt. Mehrere unter den Galgenvögeln meldeten ebenfalls ihre Ansprüche an diesem ›Gemeingut‹ an, was ihnen Tourzel übelnahm.

Das Parlament verurteilte die ganze Bande – etwa acht Personen, die allesamt als schwarze Schafe edler Familien galten – lebenslänglich zur Galeere. Ein finsteres und grausames Schicksal, immerhin die einzige Möglichkeit, um sie vor ihrer eigenen Niedertracht zu bewahren. Ihr Körper mochte vielleicht draufgehen, doch ihre Seele konnte neuen Ufern, einem neuen Leben zustreben.

Meinen Vater bekam ich nur während seiner kurzen Besuche zu Gesicht. Seine ungesunde, ausschweifende Lebensart hatte seinen Organismus bereits gründlich in Mitleidenschaft gezogen. Seine geröteten Augenlider umgaben ein Augenpaar, das in einer entzündeten Flüssigkeit schwamm und von Tränensäkken und Runzeln umgeben war. Seine große, gebogene Nase mit den breiten Nüstern und sein Gesicht waren von einem violetten Adernetz überzogen. Seine Stimme klang rauh, gemein, röhrend und haßerfüllt bis zum Exzeß. Wenn er bei uns ankam, brachte er stets einen gewaltigen Kater mit sich und überflutete uns mit dem ganzen Ekel seines Unwohlseins. Jetzt brauchte er nur noch wenig zu trinken, um in die stupide Fröhlichkeit freundlicher Aussöhnung zu verfallen, ein Zustand, der dann zu später Nachtzeit in Berserkerwut umschlug. Hätte man ihn nicht umgebracht, so wäre er von sich aus bald vor die Hunde gegangen, denn seine Eingeweide und Nerven waren in einem schrecklichen Zustand.

Meine Mutter empfing ihn stets wie ein Gottesgericht, das sie selbst heraufbeschworen und verdient hatte. Sie schimpfte und klagte mit keinem Wort. Doch gab sie ihm nie so viel Geld, wie er verlangte. Vergebens drohte er, Mutter beharrte auf ihrem Standpunkt.

»Das Geld gehört deinem Sohn! Er soll nicht zum Bettler werden, nur weil sein Vater ein Trunkenbold und ehrloser Nichtsnutz ist!«

»Mir sagst du das!? Mir?!« brüllte er, daß es widerhallte.

Ich kann mich daran erinnern, welche Übelkeit mich überfiel, wenn ich durch die Tür den dumpfen Knall zweier Schläge vernahm. Nach dem Schlag war kein Geräusch mehr zu hören. Kein Schmerzenslaut kam von Mutters Lippen. Nach einigen Augenblicken trat sie mit ruhigem, starrem Gesicht aus der Tür und nahm mich bei der Hand.

»Komm ...«

Ich zitterte. Der schwache, kleine Knabenkörper, den ich trug, versteifte sich neben der Tischplatte, während ich ausrief:

»Ich will nicht, daß er dich schlägt! Er hat dich geschlagen! Ich hab's gehört! Ich ... ich schlage ihn tot!«

Ihr starrer Gesichtsausdruck wurde weich.

»Du ... kleiner Alter ...«

»Schick ihn weg! Wirf ihn raus! Er hat überhaupt nichts mit uns zu schaffen!«

»Ich schicke ihn ja weg, das will ich ja ...«

Sie führte mich in ihr Schlafgemach, rückte den geschnitzten Wandtisch mit der Marmorplatte beiseite, hinter dem sie eine Nische für die Truhe hatte bauen lassen, und zählte aus der Truhe einen Betrag ab. Sie wußte, sobald sie zahlte, verließ Vater sofort das Haus.

Die Geldentnahme ging nicht ganz ohne Zeremonie vor sich. Sie war bereits voller Bindungen und Bedingungen abergläubischer Art, ein Ritus, den sie stets absolvierte, bevor sie das Geld anrührte. Doch dasselbe geschah auch bei allen Gelegenheiten zu jeder Stunde des Tages. Sie achtete darauf, wie sie aus dem Bett stieg, welchen Schuh sie zuerst anzog, welche Hand sie nach der Türklinke ausstreckte. Ihr ganzer Tag war verdorben, wenn sie morgens aus dem Fenster schaute und einen schwarzen Hund, einen Mann mit einer Leiter, eine schwangere Frau, ein rothaariges Kind oder einen Krüppel erblickte. Bevor sie die Geldtruhe öffnete, spuckte sie in die Luft, bespuckte auch die erste Goldmünze, die sie in die Hand nahm: »Vermehre dich und kehr zurück!«

»Warum tust du das?« fragte ich neugierig.

»Um das Gold zu bannen und zurückzurufen.«

Mein Zubettgehen und mein Aufstehen waren ebenfalls mit einer merkwürdigen Zeremonie verbunden. Abends stellte Mutter zu beiden Seiten meines Bettes auf zwei Tischchen je ein Tongefäß, das mit Wasser gefüllt war, dann brachte sie in einer eisernen Pfanne zwei rotglühende Kohlenstücke herein und legte eine Kohle in jedes Gefäß. Wenn die feurige Kohle zischend im Wasser erlosch, rief sie aus: »So soll das Böse seine Kraft verlieren!«

Dann stellte sie sich ans Kopfende meines Bettes und begann mit weinerlicher Miene zu lamentieren:

»Er lebt ja nicht mehr, seht ihr's denn nicht? Er ist tot! Tot! Auf schnellen Schwingen haben die Engel seine Seele davongetragen. Hier ist alles leer! Leer und still. Husch! Husch! Hebt euch hinweg!« Dann zog sie aus weißem Mehl einen Kreis um mein Bett, doch ihre Seele war stets derart verwirrt und von Angst erfüllt, daß die Schatten, von dieser Angst genährt, wie ein wimmelnder Haufen innerhalb des Kreises blieben. Am Abend des Luzia-Tages streute sie immer einen Sack Mohn vor meine Tür, denn sie glaubte, daß die Hexen nicht bei mir eindringen könnten, bis sie die Mohnkörner einzeln aufgelesen hatten. Die Ärmste konnte mir nicht helfen. Alles, was sie tat, war nichts als unbewußte Schwarze Magie, die die Mächte der Finsternis nicht vertrieb, sondern eher anzog. Diese Mächte gewannen allmählich schrankenlose Macht über sie, weil sie sich vor ihnen fürchtete und ihren echten Namen nicht kannte. Sie tat mir leid, und ich war ihr auf mitleidige, ohnmächtige Weise zugetan. Sie liebte mich und sorgte sich um mich in ihrer verzweifelten, verblendeten Art, doch in ihren Gefühlen war keine Spur jener verständnisvollen, klaren, vernünftigen und aufbauenden Liebe zu finden, mit der mich die Marietta aus Mailand in meinem früheren Leben umgeben hatte.

Sophie de la Tourzel wurde durch ihre überspannte und geheimnisvoll schuldbewußte Mutterschaft restlos aufgerieben, die sie an den Rand des Wahnsinns trieb. Ich konnte nicht im Traum daran denken, ihr etwas von meinem Geheimnis zu verraten. Sie wäre unter der Last zusammengebrochen, da sie mich bereits nach dem wenigen, das sie erahnte, ›altklug‹ nannte, mich für ›krankhaft klug‹ hielt und nicht genug tun konnte, um Gott und alle Teufel der Hölle friedlich zu stimmen, damit mich ihr Neid über meine ungewöhnlichen Fähigkeiten nicht von ihr trennte.

Ich konnte nicht zu ihrer Seele vordringen, um sie aus dem Labyrinth des Aberglaubens herauszuführen, der unweigerlich abwärts führte. Innere Befehle, die immer fordernder und tyrannischer wurden, zwangen sie zu den unsinnigsten Taten. Ihr Verstand war viel zu schwach, um gegen die beiden Feinde anzukämpfen, die in ihr wohnten: Gegen ihre schrankenlosen Instinkte, die sie zu Fall gebracht und sie in jene sinnlichen Ausschweifungen mit Tourzel gestürzt hatten, und ihren hart urteilenden, puritanischen Katholizismus, der nichts verstehen und nichts verzeihen konnte.

Nach dem schändlichen Tod meines Vaters bekam sie plötzlich ›Visionen‹. Vergebens erklärte ich ihr, daß sie diese Visionen durch konzentrierte Angst, durch unsinniges Schuldbewußtsein selbst aus dem Stoff ihrer astralen Kräfte heraufbeschworen hatte – sie konnte es nicht begreifen.

Zunächst erschien ihr mein Großvater, der alte Pétion, abends, bevor die Kerzen angezündet wurden, im langen, wallenden Leichenhemd, auf dem Flur, der zur Küche führte. Mit der einen Hand tastete er die Wand ab, als wäre er krank. Unter der Küchentür drehte er sich um und schaute meine Mutter an. Sein Gesicht war ernst, langgezogen und gelb wie Safran.

»Bete um deine Sünden!« sprach der alte Sünder mit heiserer Grabesstimme, obwohl ich der Meinung war, er hätte weit mehr Grund dazu, für seine Sünden zu beten ... dann verschwand er. Es war das Gesinde, das meine Mutter auf dem Küchenflur fand und aus ihrer Ohnmacht zurückbrachte. Sobald sie zu sich kam, berichtete sie mir sofort über ihr Erlebnis.

Ich war verärgert und verzweifelt. Wie sollte ich sie aufklären? Als hätte sie nicht sowieso schon genug gefastet, gebüßt und gebetet. Nun hatte sie das gnadenlose Dogma in der Gestalt des alten Pétion in sich zu neuem Leben erweckt, sie projizierte dieses Dogma, um dadurch ihre Leiden zu steigern.

Meine Erklärungen erweckten aber nur Zorn und abergläubische Furcht in ihr.

»Schweig! Sei still! Was du auch immer sagst, ich habe ihn gesehen! Er hat zu mir gesprochen . . . und ich weiß, daß auch er nur wegen meiner Sünde krank ist und keine Ruhe finden kann!«

»Aber Mutter! Er dürfte wegen seiner eigenen Schweinereien unruhig genug sein! Du hast mir erzählt, wie er sein Vermögen zusammengerafft hat, und daß er meine Großmutter in den frühen Tod trieb, weil er sie so schlecht behandelte!«

»Still, sei still, um Gottes willen! Die Toten hören, wenn man sie beschimpft und werden sich rächen!«

Bleich, wie sie war, begann sie herumzuspucken, dann verfiel sie in die gewöhnliche Litanei:

»Ach, ihr weißen und schwarzen Seelen, ihr Toten, die wiederkommen und herumgeistern, dieses Kind ist nicht ganz bei Trost, hört nicht auf ihn! Der Bedauernswerte, dieser armselige Einfältige Gottes weiß nicht, was er sagt. Lacht ihn aus, bedauert den armen Wahnsinnigen und eilt fort von hier! Ich, seine Mutter, werde an seiner Statt sein Teil leisten. Ich werde alles tun und noch mehr ...«

Dagegen konnte ich nichts tun.

Nach dem Erscheinen des alten Pétion begann sie sich zu foltern. Sie schloß sich in ihr Zimmer ein und kasteite ihren nackten Körper. Unter ihrem Kleid trug sie einen Gürtel mit Nägeln. Sie fastete, bis sie nur noch ein Schatten ihrer selbst war. Sie wusch sich nicht. Noch nie hatte sie so viele Messen lesen lassen, wie damals für Pétion. Doch der Alte wollte nicht weichen.

Er besuchte das Haus immer öfter, ja er brachte sogar einen Gast mit, wobei er eine seltsame Unlogik an den Tag legte, nämlich seinen Schwiegersohn, meinen im Freudenhaus erdolchten Vater, der wegen seiner Sünden zumindest im Höllenfeuer hätte schmoren müssen, ganz abgesehen davon, daß sie sich im Leben nicht gekannt hatten.

Er und der Alte arbeiteten prächtig zusammen. Es gelang ihnen, meine arme Mutter auch noch um den Rest ihres Verstandes zu bringen. Sie nahmen ihr Zimmer in Besitz. Selbst bei Tag machten sie sich in den Sesseln breit, lauerten in den Schrankecken, in den Korridoren, sie waren überall und zeigten sich ungeniert meiner Mutter, verfolgten sie und erteilten ihr mit feierlicher Stimme immer strengere Befehle. Auch Tourzel war von heftiger Tugendhaftigkeit ergriffen, seitdem man ihn wegen Lolette mit dem Dolch ins Jenseits befördert hatte. Er konnte von Gebet und Buße nie genug bekommen, und seine unglückliche Witwe konnte sich anstrengen, wie sie nur wollte, er drohte ihr obendrein auch noch mit dem Höllenfeuer. Schon zu Lebzeiten war er ein widerlicher Mensch gewesen, doch nach seinem Tode wurde er zu einem der abstoßendsten und ekelhaftesten Gespenster.

Mit den Händen im Schoß mußte ich zusehen, wie meine arme Mutter unter der Verfolgung durch ihre Wahnvorstellungen, ihrer Gedanken-Geschöpfe dahinsiechte und immer mehr dem Wahnsinn verfiel. Doch glich denn mein Schicksal nicht dem ihren, obwohl ich bereits wußte, was es war, das mich umgab. Auch ich hatte keine Macht über meine eigenen rebellierenden Kräfte.

Die Situation in unserem Hause wurde allmählich unerträglich, und eines Tages kam die Tragödie zum Ausbruch.

Meine Mutter war bereits zu einer kläglichen Ruine zusammengesunken. Sie redete laut vor sich hin, spähte mit dem Blick eines gejagten Wildes durch ihr wirres Haar um sich, das ihr in die Stirn hing, warf den Kopf hin und her, gestikulierte und verjagte kleine Teufel von den Möbeln, die seit einiger Zeit – offenbar auf Einladung der beiden Hausgespenster – die Zimmer bevölkerten. Wie sie mir vorjammerte, wurde sie von dieser Höllenbrut sogar am Essen gehindert. Sie verunreinigten ihre Speisen, und wenn sie sich nackt kasteite, störten sie ihr Gebet durch unbeschreibliche, zotige Zurufe.

Eines Tages, in den frühen Morgenstunden, riß sie die Tür ihres Zimmers auf und rannte in ihrer entsetzlichen, mageren Nacktheit mit fliegendem, offenem Haar unter ohrenbetäubenden Rufen auf die Straße. Dies geschah so unerwartet, daß ich zwar aus dem Bett sprang, sie jedoch nicht mehr aufhalten konnte. Als ich mich flugs angekleidet hatte und ihr nachlief, wußte ich bereits aus ihren markerschütternden Schreien, die die morgendliche Stille durchschnitten, sah ich es den Leuten an, die sich aus den Fenstern lehnten oder aufgebracht Spalier bildeten, daß sie zum Kirchplatz rannte. Ich eilte dahin, was mich die Füße trugen. Ich erhaschte sie unter dem Kirchenportal, wo sie gerade in die Frühmesse einbrechen wollte. Ihr von Narben übersäter, grauer, schlaffer Leib bot einen unmenschlich abstoßenden, kläglichen Anblick. Ich wollte sie in eine Decke hüllen, die man ihr aus einem Fenster zugeworfen hatte, doch sie duldete es nicht. Sie kämpfte mit mir, kratzte, biß, fluchte heiser vor sich hin und schlug mit der Peitsche nach mir, die sie in der Hand hielt und mit deren Hilfe sie zu ›büßen‹, sich zu kasteien pflegte. Ich war schon ziemlich erschöpft, als es einigen unter den Gaffern einfiel, mir zu Hilfe zu eilen. Endlich gelang es uns, sie festzuhalten, in eine Decke zu wickeln und zu dritt hochzuheben. Sie wehrte sich gegen unseren Griff wie eine Riesenschlange. Eine krankhafte, dämonische Kraft verrenkte ihre Glieder, während sie ohne Unterlaß schimpfte, klagte und schrie. Eine ganze Prozession begleitete uns bis zu unserem Haus, darunter auch der Pfarrer, der soeben die Messe beendet hatte, der Notar, die durch die Sensation aufgeblähte Bürgermeisterin, der Apotheker, dieser Hansdampf in allen Gassen, ein gewisser Bayon, auf den ich später noch zurückkommen werde.

Mittlerweile hatte sich meine Mutter beruhigt. Sie streckte sich lang aus und ließ es zu, daß wir sie davontrugen, und als wir sie ins Bett legten, blieb sie mit steifem, kerzengeradem Körper, verdrehten Augen wachsbleich und regungslos liegen. Wir dachten schon, sie sei tot. Nach einigen Bemühungen gelang es uns, den Arzt herbeizuholen. Er konstatierte eine hochgradige Unempfindlichkeit der Haut nebst einer gänzlichen Starre des Körpers und der Pupillen, ferner auch eine gewisse Herzschwäche. Meine Mutter lebte, ihr Unglück war aber an die Öffentlichkeit gedrungen, und damit setzte mein aussichtsloser Kampf gegen die Kirche und gegen die Behörden ein. Die Kirche schrieb alles dem Teufel zu und hätte sie mit ihrem Hokuspokus vollends in den Wahnsinn getrieben, die Behörden aber wollten sie in die Salpetrière sperren. Schließlich trugen die Behörden den Sieg davon. Meine Mutter, deren Anfälle immer häufiger wurden, wurde im Jahre 1718 durch behördlichen Zwang in Fesseln in die Salpetrière eingeliefert.

Monsieur Bayon

Als ich mich in unserem Haus in Varennes zusammen mit einigen frechen, schludrigen Dienstboten allein fand, war ich siebzehn Jahre alt.

Obwohl ich den klangvollen Namen Louis de la Tourzel trug, schloß sich die Tourzel-Verwandtschaft hermetisch von mir ab. Sie hätten es als angenehm empfunden, wenn mein Vater keinen Nachkommen hinterlassen hätte. Die Honoratioren der Stadt dachten natürlich nicht im Traum daran, mich in Frieden zu lassen, im Gegenteil, sie waren verdammt viel um mich besorgt. Bayon, der Apotheker, übernahm in großzügiger Weise die Vormundschaft über mich, indem er bis zu meiner Großjährigkeit für mein seelisches und leibliches Wohl sowie für die Verwaltung meines Vermögens verantwortlich zeichnen wollte. Was mein Vermögen betraf, hatte ich mit ihm einen ziemlich guten Fang gemacht, war er doch ein komischer Ehren-Snob, der, stets berauscht von seiner eigenen ethischen Einstellung, alle seine Handlungen auf einem imaginären Podium vor seinem zwar unsichtbaren, doch absolut hingerissenen Publikum durchführte.

Das Haus Pétion wurde geschlossen, die Dienerschaft wurde entlassen und in alle Winde zerstreut, ich aber weinte keinem auch nur eine Träne nach. An diese unbequemen, kalten Räume hatte ich nicht eine einzige angenehme Erinnerung. Ich war nicht froh darüber, daß ich zu den Bayons ziehen mußte, in ein Zimmer, das mit Heiligenbildern vollgestopft und mit einem

Betschemel versehen war, dessen Ofen im Winter qualmte und Fenster schlecht schloß, doch ich wußte, daß ich geduldig auf meine Befreiung warten mußte. Ich hatte bereits genügend Erfahrung, um jene regelmäßigen, akklimatisierenden Methoden zu schätzen, die mein recht unregelmäßiges, ungewöhnliches, merkwürdiges Schicksal verdeckten. Ich konnte abwarten. Ich hatte Zeit genug.

In Bayons Haus konnte ich die lächerliche Komödie eines Familienlebens genießen, das ein von sich eingenommener, beschränkter Haustyrann führte. Ich sah, daß ein Mensch, der krampfhaft darauf bedacht ist, daß er anerkannt und gewürdigt wird, rettungslos sein Ansehen verliert und nur Zielscheibe einer aufgebrachten Spottlust wird, und dies in seinem engsten Kreis.

Bayon hatte eine ausnehmend häßliche Ehefrau, die ihm scheinbar diente und ihn vergötterte wie einen Götzen. Ihr einziger Sohn Etienne hing andächtig und blaß an seinen Lippen an jenem Abend, als ich einzog und der Hausherr seine erste, gewaltige Arie des Eigenlobs vor mir aufführte. Der Sohn schloß sich dem gemeinsamen Gebet an und sagte nichts weiter als: »Jawohl, Vater!« »Ich danke Euch, mein Vater!« Dieser Ausbund an Tugend und Vollkommenheit ließ mich erschauern. Das Gesinde bediente seinen Herrn mit schwärmerischer Unterwürfigkeit. Das Tischtuch glänzte, und das Familienoberhaupt segnete das Brot. Übrigens pflegte er alles und jeden Gegenstand, der ihm unter die Finger kam, schamlos zu segnen. Er tat dies mit lauten, schwülstigen Worten und war leicht zu Tränen gerührt. Sein gewöhnliches Weib mit dem spitzen Kinn, die mit zahnlosem Mund vor sich hinsabberte, nickte ihm mit fliegenden Nüstern beifällig zu, legte ihre Hand auf die seine, indem sie quasi dafür dankte, daß sie für ihn dasein konnte. Auch Etienne brachte ein ›Danke, Vater‹, ein, wie ein Schauspieler sein Stichwort, ich aber seufzte innerlich auf: Herrgott, warum ›mein Vater‹? Plötzlich erhaschte ich einen Seitenblick von Etienne, und ich meinte, ich sehe nicht richtig. Es war ein frecher, hintergründiger, spöttischer Blick. Später stellte sich heraus, daß ich mich nicht getäuscht hatte. Hinter Bayons Rükken wetzte das ganze Haus seine Zunge an ihm. Die Dienerschaft unterhielt sich weitschweifig über seine widerlichen körperlichen Gepflogenheiten, Etienne, der zwei Jahre jünger war als ich, verriet mir gleich am zweiten Tag, daß er seinen Vater überrascht hatte, als er im dunklen Korridor dem Küchenmädchen unter den Rock griff und mit dünner Stimme wieherte. Sie hatten zwar nicht miteinander darüber gesprochen, doch seit jener Zeit wagte es der Alte nicht, ›mit ihm umzuspringen‹, wenn sie unter sich waren. Madame Bayon war so sehr voller Galle und Verletzlichkeit, daß der Brunnen ihres Spottes und ihrer Klagen bei der leisesten Berührung überlief. Bayon war sein Leben lang ein Taugenichts gewesen, der nie auch nur einen Pfennig in der Tasche hatte. Madame Bayon war es gewesen, die das Geld, die Ordnung und den Wohlstand ins Haus gebracht hatte, dennoch hatte sie ihren Ehemann schon am dritten Tag nach der Hochzeit im Garten mit einer schmuddeligen Zigeunerin ertappt. Man sollte sich mal die Qualen der unglücklichen, auf rohe Weise gedemütigten jungen Frau vorstellen! Er rennt jeder Schürze nach, während er sich daheim erdreistet, ihr Tugend vorzupredigen. Er predigt, selbst wenn er auf dem Nachttopf sitzt. Es wäre interessant zu erfahren, was er seinem Beichtvater ins Ohr flüstert. Wahrscheinlich belügt er ihn nach Strich und Faden und strotzt vor Selbstlob, bis es schließlich dem Priester zu bunt wird und er ihm dann für alle seine Sünden in Gegenwart und in Zukunft die Absolution erteilt, nur um ihn endlich loszuwerden. In der Apotheke tut er kaum etwas und kümmert sich um nichts. Wenn er, der Sohn, nicht nach dem Geschäft sehen würde, wäre Schmalhans Küchenmeister. Bayon hängt dauernd in der Nachbarschaft herum, wobei er endlos schwatzt. Die Menschen flüchten bereits vor ihm, weil sie in der dünnen Suppe ertrinken, die er ihnen vorsetzt ... und so ging es weiter, jede Kleinigkeit wurde breitgetreten mit haßerfüllter Gründlichkeit.

Einmal in der Woche lud Madame Bayon ihre Freundinnen zu einer Art Kaffeeklatsch ein. Die Gäste verzehrten unglaubliche Mengen von Kuchen, gezuckerter Milch und Lebkuchen und zogen pausenlos über Bayon her. Man zitierte seine Worte, man ahmte seine Gebärden nach und amüsierte sich königlich. Von all dem hatte Bayon keine Ahnung, vielleicht wollte er es auch gar nicht wissen. Wenn der ätzende, gutgelaunte Spott zufällig in seiner Gegenwart aufflammte, so merkte er es nicht, weil er überhaupt kein Gefühl für Humor hatte. Etienne, wie er mir gestand, nannte ihn aus purer Frechheit ›lieber Vater‹, und das seit der Zeit, als er ihn mit dem Küchenmädchen im Flur erwischt hatte. Sein Vater aber nahm diese unterwürfige Anrede huldvoll hin, ohne mit der Wimper zu zucken, und nachdem das Abendessen vorbei war, begann er, die wahre Bedeutung dieses Wortes mit rhetorischem Schwung zu erläutern und den Anwesenden klarzumachen, wie sehr ihm dieser Name mit dem heiligen, patriarchalischen Klang zustand.

Lange Zeit konnte ich nicht begreifen, wodurch sich Bayons Familie genötigt sah, diesen Derwischtanz der Huldigung aufzuführen, zumal es auch die Frau gewesen, die das Geld ins Haus gebracht hatte. Dann kam ich dahinter, daß sich Bayon fürchterlich gebärden konnte, sobald der Ritus um seine Person nachließ, wenn sich die Disziplin lockerte und er gezwungen war, in jenen Abgrund zu blicken, der die Wirklichkeit von der Komödie trennte.

Ich kann mich noch gut daran erinnern, daß ich zu dieser Zeit um jene Erkenntnis reicher wurde, die mich lehrte, daß man die Taten der Menschen nicht nur von zwei Seiten her betrachten soll, nicht nur ihr verlogenes, verschleiertes, physisches Stolpern und im Hintergrund die astrale Dichte ihres emotionellen Lebens, weil ich sie auf diese Weise nur verachten könnte, sondern daß ich auch auf die durchscheinende dritte Ebene zu achten hatte, wo sich der Sinn und die Lösung für alles verbergen und bei dessen Kenntnis es mir gelang, sogar diesen Popanz von Bayon zu bemitleiden.

Einmal wurde Bayon unwillkürlich Zeuge einiger spöttischer Bemerkungen, die über ihn beim Kaffeeklatsch seiner Frau fielen. Er war aus der Apotheke herbeigeeilt, weil er den Kassenschlüssel vergessen hatte. Hätte er seinen Gesellen geschickt, wie er dies in einem solchen Fall zu tun pflegte, wäre nichts passiert. Doch zu seinem Unglück hatte er sich kurz vorher mit seinem Gehilfen gestritten und wollte ihn also nicht um diesen Gefallen bitten. Was Bayon durch die angelehnte Schlafzimmertür über sich erfuhr, konnte ich nicht genau erfahren, doch es dürfte sicher nicht schwerfallen, sich dies vorzustellen. Ich erfuhr erst nachträglich von dem Skandal. Urplötzlich tauchte er inmitten der tratschenden Weiber auf. Er war weiß wie die Wand, und seine Lippen zuckten. Er brüllte wie von Sinnen und trieb das schreiende Weibervolk mit Faustschlägen und Fußtritten aus dem Haus. Dem schlacksigen, knochigen Etienne verpaßte er eine Ohrfeige, daß ihm die Backe anschwoll, doch seine Ehefrau bekam den größten Teil seiner Wut zu spüren. Die Dienstboten, die versuchten, die Frau zu retten, bekamen ebenfalls ein paar Püffe ab. Und dieser lächerliche Hypokrat, der mit all seinen Tugenden Eindruck schinden wollte, erwies sich endlich als echt faszinierend und ansehnlich durch seine Fehler, die mit elementarer Kraft unter der frommen Maske hervorbrachen, die er sich umgehängt hatte. Während seiner Ehe war es insgesamt nur dreimal zu einem solchen Ausbruch gekommen, doch diese Anfälle waren es, mit denen er sich jenen Respekt verschafft hatte, das seine Umgebung zumindest dazu brachte, den Schein zu wahren. Bayon kam ihnen vor, wie eine satte, taube und blinde Riesenschlange, die die meiste Zeit verschlief. Man hüpfte um ihn herum in respektvollem Abstand, wie die spottenden Affen, man wagte sogar, ihn zu reizen, doch hinter all dieser Frechheit lauerte stets die Angst, daß er eines Tages aufwachen könnte und daß es seinen Peinigern schlecht erginge.

Nach dem großen Ereignis legte sich düstere Stille über das Haus. Doch mußte ich überrascht feststellen, daß in Madame Bayons schielenden Augen so etwas wie bange Zärtlichkeit und stumme Bewunderung flackerte, wenn sie ihren Ehemann ansah. Auch hinter Etiennes befangener Miene lauerte kein spöttischer Satyr, und die Dienerschaft machte sich mit stummer, stiller Unterwürfigkeit um ihren Herrn zu schaffen.

Bayon gewann die Schlacht in jenem Augenblick, als er meinte, daß alles verloren sei. Denn danach tat ihm alles von Herzen leid. Er sprach mit keinem mehr, magerte ab und wurde vor lauter Selbstbeschuldigung ganz blaß. Er schlich durch die Straßen und an den Häuserwänden entlang, wie ein gezeichneter Dieb. Am peinlichsten war es ihm allerdings, daß er vor sich selbst aus der Rolle gefallen war. Diese Rolle wollte er als seine eigene Persönlichkeit betrachten, die er selbst bewunderte und in sich hegte. Er hatte den heißen Wunsch, sich mit ihr zu identifizieren. Er sehnte sich danach, großartig, angesehen und tugendhaft zu sein, doch vorerst war er nichts weiter als eine unvollkommene Nachahmung seines Ideals. Sicher hatte er seine Seele bereits mit diesem Ideal geimpft. Seine zukünftigen Wiedergeburten, sein Schicksal würden ihn mit Sicherheit in diese Richtung treiben, und nach unübersehbaren Leiden wird er schließlich dorthin gelangen, wo er hinwollte, würde jenes Ziel erreichen, nach dem er sich sehnte. Sein Vorbild brennt in seiner Seele durch die kitschige, oberflächliche, äußere Haut der Maskerade, das Feuer dringt durch sein Fleisch, durch sein Blut und durch seine Nerven und wandelt seine Persönlichkeit. Und die einzig wirksame, magische Ausstrahlung der Seelengröße wird ihm schließlich auch jenes Ansehen bringen, das ihm nichts mehr bedeutet, wenn die Zeit gekommen ist.

Der Geist des José des Assis

Im Jahre 1724 konnte ich endlich in mein eigenes Haus in Paris einziehen. Durch meine Großjährigkeit gelangte ich in den Genuß meiner vollkommenen materiellen Unabhängigkeit. Zu Bayons größtem Entsetzen machte ich alles zu Geld, was ich besaß, ich zerschnitt die Fäden, die mich an den Boden von Varennes banden. Meine Mutter war nicht mehr am Leben, und meine letzte Begegnung mit ihr kurz vor ihrem Tode gehört zu meinen finstersten Erinnerungen.

Es gelang mir, eine Besuchserlaubnis für die Salpetrière zu erwirken, deren bedauernswerte Patienten erst Pinel über hundert Jahre später von ihren Fesseln befreite. Die Geschichte der Psychiatrie befaßt sich ziemlich detailliert mit diesem beschämenden Kapitel, obwohl ich als Augenzeuge behaupten darf, daß die Wirklichkeit jede Vorstellung überflügelt. Seinerzeit wurde die Salpetrière Hospice de la Vieillesse genannt. Etwa 40 bis 45 Gebäude scharten sich um eine Kirche mit hoher Kuppel. Unter den großen Höfen waren die äußeren mit schön gepflegten Bäumen und geometrischen Rasenflächen bepflanzt, doch weiter innen störten immer zahlreichere, abstoßende, tragikomische Heilgeräte die sanfte Erhabenheit der Gärten. Kleine Brücken wölbten sich über künstliche Teiche, in der Mitte aber standen pagodenähnliche Käfige für die negativistisch-apathischen Patienten, um sich durch die Emotion eines tödlichen Schreckens wachzurütteln. Drehsessel, in denen die Unglücklichen, die wie erschrockene Tiere brüllten, herumgewirbelt wurden, um die störenden Wahnvorstellungen durch die Zentrifugalkraft auszutreiben, was allerdings höchstens zur Folge hatte, daß die Patienten unter der schrecklichen Folter ihren Mageninhalt in die Gegend entleerten. Tretmühlen, rotierende Räder, um den lethargischen Kranken neues Leben einzuflößen, und noch zahlreiche andere groteske Geräte, die der ohnmächtigen Ratlosigkeit entsprungen waren. Das Ganze sah aus wie ein riesiger Rummelplatz.

In den Gemeinschaftssälen der Gebäude waren die sogenannten ›leichten Fälle‹ zusammengepfercht. Ihre krankhafte Erregung machte sich alle Augenblicke in wildem Geschrei, in Anfällen Luft, die jeder Beschreibung spotteten. Das mit Arbeit überlastete, von den ansteckenden Erregungszuständen infizierte Personal war der schweren Aufgabe, hier Ordnung zu halten und zu schaffen, nicht gewachsen. Die meisten unter ihnen waren grobe, unwissende, stumpfsinnige Weibsbilder, die ihren Zorn als Folge ihrer Müdigkeit und Erschöpfung an den hilflosen Patienten ausließen oder sich einfach dadurch rächten, daß sie nicht beizeiten einschritten. Es kam zu schweren Tätlichkeiten, die Kranken brachten sich gegenseitig Verletzungen bei oder beschmutzten sich in ekelhafter Weise. Ihre unvorhersehbaren, prompten sexuellen Ausbrüche spielten sich vor aller Augen ab und wurden zu einem alles mitreißenden, infernalischen Bacchanal. Die Situation erfuhr aber eine fürchterliche Steigerung durch die Tatsache, daß auch geistesgestörte Kinder unter ihnen ihr Dasein fristeten.

Ich fand meine Mutter in einer fensterlosen Zelle, zwei Schritt lang und zwei Schritt breit, deren Luft entsetzlich verpestet war. Ihre ausgebreiteten Arme hatte man an die Wand, ihre Füße an die Bank und ihr Kreuz mit langen Ketten an die Decke geschmiedet. Sie saß auf einer Bank ohne Lehne, die fest im Boden verankert war. Der wichtigtuerische, junge Arzt, der mich zu ihr führte, flüsterte mir mit falschem Mitleid ins Ohr, daß ihr Zustand sehr bedenklich sei, daß ein Anfall den anderen jage, so daß man sich gezwungen sah, dieses ›bedauerliche letzte Mittel‹ anzuwenden. Mein Herz verkrampfte sich. Ich war von Ekel erfüllt und hätte am liebsten seinen feisten, roten, stupiden Kopf in die Exkremente der Bedauernswerten getaucht, die ihren ausgemergelten, bis auf die Knochen abgemagerten Körper bereits angegriffen hatten. Ich schrie auf vor Zorn, Verzweiflung und Mitleid. Ich flehte, man sollte sie nach Hause entlassen, ich würde sie sauber halten und für sie sorgen. Selbst einen Verbrecher würde man besser behandeln, als dieses bedauernswerte Weib, deren einzige Schuld darin bestand, daß sie krank war!

Man war beleidigt. All mein Bitten, meine Forderungen, meine Drohungen waren nur Öl aufs Feuer. Schließlich lehnte man mein Ansinnen rundweg ab und entfernte mich mit Gewalt aus dem Gebäude.

Jahrelang war ich krank von diesen Bildern, die ich aus der Zelle meiner Mutter mitgenommen hatte. Die ausgebreiteten Knochenarme, die wunde, schimmlige Haut, die aus den Fetzen ihres Gewandes hervorlugte, das verzerrte, vom Tode gezeichnete Antlitz und dieses von Furcht erfüllte, gehetzte Augenpaar verfolgten mich, raubten mir Schlaf und Appetit. Ich war erleichtert, als ich von ihrem Tod erfuhr, als hätte man meinen eigenen, in Ketten liegenden, von Schmutz zerfressenen Körper von den Eisenringen der Zelle losgebunden, um ihn endlich auf der Bahre auszustrecken.

Das Paris des Jahres 1724 harrte im Zustand zweifelnder Unruhe. Der im Jahre 1715 verstorbene Sonnenkönig hatte das Land mit einer Menge Explosivstoff angereichert, und die Regentschaft des Philipp, Herzog von Orleans hatte während der Minderjährigkeit von Ludwig XV. durch ihren sittlichen Verfall und seine unglücklichen finanziellen Maßnahmen die Geduld des Volkes schon zutiefst erschüttert, so daß es nicht bereit war, den vielversprechenden Anfängen des jungen Königs leicht zu trauen, obwohl bereits die friedliche, kluge Ausgleichspolitik des Kardinals Fleury die verworrenen Staatsgeschäfte leitete. Aber auch er war nicht in der Lage, das bis in seine Wurzeln verrottete, antiquierte Regime zu retten, weil er selbst der alten Welt angehörte und allerhöchstens versuchen konnte, die Situation oberflächlich zu bemänteln, während in den Tiefen das fürchterliche Antitoxin, die Revolution, brodelte, die nicht etwa den Ausgleich suchte, sondern deren Ziel die Zerstörung war, um neues Leben aus den Ruinen erblühen zu lassen. Kardinal Fleury gewann Zeit für die Bourbonen. Er verlängerte den Todeskampf des Patienten und zauberte mit der Schminke und dem Puder des Rokoko die Illusion der Gesundheit auf sein runzliges Antlitz.

Die Persönlichkeit des jungen Königs hatte noch keine deutlichen Konturen gewonnen. Seine träge, verantwortungslose Geilheit, seine Gefühllosigkeit allen dringlichen Problemen gegenüber, seine blinde Liebe zur Bequemlichkeit und seine Überheblichkeit, mit der er sich im luftleeren Raum eines absolutistischen Herrschers verschloß, verbarg sich hinter dem anpassungsfähigen, weichen Wachs der Jugend und hinter Fleurys entschlossener, geschickter Gestalt. Die Hoffnung ist unsterblich, und so lange ein Herrscher nicht bewiesen hat, daß er sich in nichts von seinem tyrannischen Vorgänger unterscheidet, ist das Volk bereit, ihn zu seiner eigenen Beruhigung mit beschönigenden Legenden zu umkränzen. Noch nie wurde ein Reformator derart sehnsüchtig erwartet, und so gingen einige der Begeisterten daran, den jungen Ludwig XV. mit der Entschlossenheit des Reformators, mit der Einsicht des Humanisten zu schmücken, in der Hoffnung, daß er derjenige sei, der einen Ausgleich für die verletzende und unhaltbare Ungleichheit der französischen Gesellschaft herbeiführen würde. Die Mehrheit aber beobachtete weiterhin argwöhnisch das Treiben bei Hofe, den Flug gebratener Tauben, die in Form von fetten Pfründen und Geschenken denjenigen zukamen, die ›von Gott erwählt‹ waren, ohne Ansehen des Verdienstes und der Eignung.

Das merkwürdige Haus, das in einer der kleinen Sackgassen des Faubourg St. Germain stand und das mittlerweile von der Zeit spurlos aufgesogen wurde, erstand ich von den Erben eines portugiesischen Sonderlings, der sich José de Assis nannte.

Das rote Ziegelgebäude, das sich hinter einer von wildem Wein überwucherten Steinmauer und dichten Bäumen verbarg, bot sich mir an wie ein Freund, sobald ich es erblickt hatte. Denn es ist nicht nur die Vergangenheit, die in der Seele bekannte Saiten zum Klingen bringt, sondern auch der Schauplatz der Zukunft, der skizzenhaft bereitsteht, um als Kulisse für kommende, schicksalsträchtige Ereignisse zu dienen.

Selbst ein alter Diener war im Kaufpreis inbegriffen, der vornehm-zurückhaltende, schrullige Maurice. Er gehörte zu dem Haus wie jene von einer merkwürdigen Atmosphäre umgebenen Gegenstände, die in den spärlich möblierten Räumen mit ihrer Nußbaumtäfelung herumstanden. Maurice war eifersüchtig darauf bedacht, daß ich keinen Gegenstand von seinem Platz rückte. Wenn ich ein Buch aus Zerstreutheit in einem anderen Bord verstaute, so konnte ich sicher sein, daß es schon am nächsten Tag wieder seinen Platz im großen Bücherregal eingenommen hatte, das die Wände bedeckte. Zwischen uns entwikkelte sich auf diese Weise ein hartnäckiger, stummer Kampf, der schließlich mit dem Sieg von Maurice endete. Damals fehlte mir bereits die Kraft und die Überzeugung für solche Kämpfe, die nur die Menschen des Augenblicks mit solch wichtigtuerischer Ausdauer austragen. Ich hätte auch nicht den Wunsch gehabt, ein Hotelzimmer umzukrempeln, da ich wußte, daß ich am nächsten Tag oder nach einer Woche weiterreisen würde. Also fügte ich mich mit freundlicher Ergebenheit Mauricens Wünschen und achtete darauf, das Assis-Dogma in ihm ja nicht zu verletzen. Er hatte dreißig Jahre seinem Herrn gedient, der ihn mit seinem abergläubischen Glauben getränkt hatte, daß er auch nach seinem Tode in vollem Bewußtsein weiterleben und wiederkehren würde, um Maurice ein Zeichen zu geben. Der alte Diener sprach nie davon, er war die personifizierte Diskretion und Treue. Während ich die Bibliothek durchforstete, machte ich mir ein Bild vom Charakter meines Vorgängers aufgrund seiner wirren Notizen, die er auf den Rand seiner Bücher geworfen hatte.

Seine Bibliothek war ein interessantes Sammelsurium von okkulten Büchern und theologischen Schriften. Neben den erotischen Bänden überraschte mich die große Anzahl der Bücher, die von der Inquisition handelten. Das Buch des Sencia über Fra Giorgio da Casale, den Inquisitions-Papst Julius II., waren mit dicken Federstrichen übersät, und an den Rändern mit fliegenden Frage- und Ausrufungszeichen versehen. Stellenweise drängten sich fieberhaft hingeworfene Notizen neben den gedruckten Zeilen, herausgerissene Bruchstücke eines dahinrasenden Gedankenstroms, die die Vorstellung und die Intuition vervollständigen konnten und auf diese Welt das innere Universum eines verzerrten originellen Geistes beschwor. Das erste Blatt des Buches war von einem Porträt geschmückt, eines gewissen Casale, den ein unbekannter Maler gefertigt hatte. Es zeigte einen bleichen Greis mit eingefallenen Wangen, schweren Lidern und bösem Mund, und unter dem Bild stand in Assis' aufgewühlter Krakelschrift folgender Text: ›Ja! Er ist's. So sind wir uns im Spiegel begegnet! Ich erinnere mich und werde mich immer mehr erinnern, sobald ich das Tor ganz aufgestemmt habe!‹ Und später hieß es bei der Schilderung von Casales Jugend: ›Das ist ein Irrtum! Wie wenig können die Menschen einen Blick hinter die Taten werfen! Giorgio handelte, weil er sich fürchtete, irgend etwas nicht getan zu haben. Er war feige, und es war seine Angst, die ihn zum Tyrannen machte. Mein Herr und Gott. Die Frühlingsbäume in Verona. Eine Frauengestalt kommt daher, wandert über den gelben Weg zwischen dichten blauen Baumreihen. Schwerer Samt legt sich um ihren Körper, und ihr Busen quillt aus dem mit Schleiern bedeckten tiefen Ausschnitt hervor. Giorgio! Giorgio! – Die Berührung ihrer Stimme schmerzt, als würde man ihr ein Messer in die Lenden bohren, und dennoch ... ach ... das verzerrte Bubengesicht ist voller Pickel, und wilde Zeichen drängen sich zwischen die leichtgefügten Zeilen des Gebets ... Dieses Bild ist sicher ... deutlich ... scharf ... Die großen, roten Steinquader des Klosterganges und an der Wand der Zelle das leidende, verhärmte Gesicht des Gekreuzigten ... Jawohl, es ist sicher, absolut sicher!‹

Also hatte Assis um seine Erinnerungen gekämpft, die im Bruchteil eines Augenblicks durch jedes Menschen Geist huschen. Er bestürmte methodisch in sich jene verbotene Pforte, die die Vergangenheit vor ihm verschloß. Vielleicht hatte es bei ihm selten starke Durchbrüche gegeben, oder er wurde einfach durch die Entdeckung des einsamen, beobachtenden, denkenden Menschen mitgerissen, die in solchen Fällen zwangsläufig stattfinden. Schließlich sind all die Dinge in uns und um uns vorhanden, nur müssen wir uns aufgeschlossen und vorurteilsfrei auf sie konzentrieren. Wir müssen fragen, und sie werden uns antworten.

Eine Bildreihe, aus primitiven erotischen Zeichnungen zusammengesetzt, die ein fülliges Weibsbild darstellten, das sich in einem Spiegel wollüstig betrachtete, war über und über mit wogenden Schriftzügen bedeckt. ›... Das Fleisch eines bösen Weibes ist kalt und riecht wie die Walderdbeere, die der Frost gestreift hat ... Solche, die nur im Traum zu mir kamen und mich meiner Manneskraft beraubten ... Lauter Succubusse mit glitschigem Leib ... die schönsten und fürchterlichsten ... ich erinnere mich ...‹

Auf der letzten Seite des Alten Testaments, eines riesigen Bandes, der in Elfenbein gefaßt war, fand ich folgende Notiz, in launenhafter, fast kindlicher Spiegelschrift:

›Maurice wird warten ... Maurice wird ein Zeichen bekommen, wenn ich bereits ... Maurice ist auch in Verona gewesen ... Damals ...‹

Mein erster Bekannter in Paris war Doktor Péloc, den ich zu dem schwer atmenden, schnaufenden Maurice rief, obwohl sich der Alte heftig dagegen sträubte. Der Doktor war ein etwas schlampig aussehender Mann von mittlerer Statur. Doch offenbar störte es ihn überhaupt nicht, daß sein blauer Samtfrack fadenscheinig war, sein Spitzenjabot wie eine fleckige Speisekarte aussah und in seinen Strümpfen größere und kleinere Risse und Löcher aufblitzten. Überall, wo seine fleißige, heitere kleine Gestalt auftauchte, verbreitete er eine freundliche Atmosphäre. Seine vom dauernden Waschen und Bürsten rot angelaufenen Hände mit der aufgesprungenen Haut rieb er mit derartig gespannter Tatenlust und Entschlossenheit, daß der von seiner Krankheit niedergestreckte Patient sofort spürte: Dieser winzige David würde mit Sicherheit den Sieg über einen noch so mächtigen Goliath der Krankheit davontragen. Auch Maurice gewann er sofort für sich, nicht nur, weil ihm das Räucherwerk, das der Doktor aus verschiedensten Kräutern zusammenstellte, Linderung brachte und das Atmen erleichterte, sondern weil man Péloc einfach gern haben mußte. Er lebte ausschließlich in den Angelegenheiten, im Kummer, in den Freuden und Problemen anderer Leute. Essen, Trinken und Schlafen waren rasche, zerstreute, hastige Verrichtungen, die er gewissermaßen so nebenbei erledigte. Selbst im Winter trug er nur dann einen Mantel, wenn sich jemand fand, der ihm einen solchen um die Schulter legte. Ich wunderte mich darüber, wie es ihm gelang, jenen Haufen Arbeit zu bewältigen, der sich stets vor ihm auftürmte. Die Menschen witterten in ihm den göttlichen Diener, den Mann, der sie von ihren Lasten befreite, den begeisterten Zuhörer und scharten sich mit ihren Klagen um ihn. Sie nahmen ihn Tag und Nacht in Anspruch, oft ohne einen Pfennig Honorar. Seine wohlhabenderen Patienten entlohnten ihn fürstlich, was auch bei mir der Fall war, doch das Geld blieb nicht lange in seiner Tasche. Bei dem einen kassierte er, anderswo wiederum gab er es wieder her, wo Not am Mann war. Solche Menschen werden stets zum magischen Mittelpunkt, weil es sie so selten gibt. Die meisten nämlich sind so sehr von sich eingenommen, daß aus dem Leben eines anderen kein Körnchen mehr in ihnen Platz hat.

Péloc war der erste Faden, mit dessen Hilfe ich den dichten Tang, das Experimentiergut meines neuen Lebens unter der dunklen, stillen Wasserfläche meiner Zukunft heraufholte.

Pélocs schäbige, kleine Gestalt zog mit unerschütterlicher, neugieriger Güte durch die inneren Säle einer ganzen Reihe von menschlichen Schicksalen, durch Elendsquartiere, durch die enge, abgestandene Alltäglichkeit bürgerlicher Wohnungen, durch die provisorischen Absteigen von Phantasten, Hochstaplern und Prostituierten, durch die Paläste von Geistlichen, Adligen und Hochadligen mit ihren Spiegelzimmern und ihrer sublimierten Atmosphäre. Er war in jeder Beziehung gleich. Unter seinem forschenden Blick schmolz der Rahmen dahin, der die Menschen umgab, löste sich in Luft auf um den Patienten, der ihm seine körperlichen oder seelischen Wunden bloßlegte. Auch fehlte ihm die Überheblichkeit des weltverbessernden Revolutionärs. Er bedauerte, verstand und half den Reichen und Vornehmen ebenso wie dem lumpigsten Bettler. Ihm war das im wahrsten Sinne des Wortes gleichgültig. Vielleicht war es diese schier maßlose Gebundenheit und Belastung, die mich davor zurückhielt, unsere wirklich tiefe und wertvolle Freundschaft bis hin zur absoluten Offenheit gedeihen zu lassen. Ich wollte ihn nicht auch noch mit meinen Problemen belasten, meine Schwierigkeiten auf ihn abwälzen. Er war stets so erschöpft, wenn er sich an meinem Kaminfeuer für eine halbe Stunde ausruhte! Seine vor Schlaflosigkeit brennenden Augen fielen immer wieder zu in der strahlenden Wärme, und sooft er nach wenigen Minuten durch seine eigenen kurzen Schnarchtöne wieder geweckt wurde, pflegte er sich mit einem kleinen Lächeln zu entschuldigen.

»Die arme Madame Lacroix, wissen Sie, die Bäckersfrau, die ich bereits erwähnt habe. Sie hat diese Nacht Zwillinge zur Welt gebracht. Die Wehen traten abends gegen sieben Uhr ein, und am Morgen mußten wir die beiden Kleinen operativ entfernen, beide waren tot. Dabei hatte sie so viel über sie gesprochen ... Ich muß etwas für sie tun, um die schwere Zeit zu überbrücken, bis sie wieder ein Kind bekommen kann. Ihre Brüste strotzen vor Milch, die Wiege aber ist leer, für die sie so eine schöne Atlasdecke gestickt hatte ... Den Frauen ist dabei fürchterlich zumute ... Was glauben Sie, Monsieur de la Tourzel ... wie wäre es, wenn ich ihr irgendwo einen Korb voll kleiner Kätzchen besorgte? ... Ja, ja ... ich glaube, das wäre gut!« Und schon war er von lebhafter Sorge und Teilnahme erfüllt, ohne seine eigene Erschöpfung zu registrieren.

De Assis' merkwürdige, verblichene Gestalt interessierte ihn sehr. Er beklagte sich nur darüber, daß er zu wenig Zeit hätte, sich damit zu befassen. Dennoch las er sehr viel, notfalls bei Nacht. In seinem reinen, weiträumigen Schädel wurden auf allen Gebieten Synthesen geboren. Er hatte einen klaren Durchblick, was die Alchimie betraf, und befreite mit sicherer Hand die wertvolle Wirklichkeit aus dem Moor des Betrugs und der Phantasie. Er kannte die Bedeutung des Paracelsus und heilte auf dieser Linie mit großem Erfolg.

Einmal fragte ich ihn nach seiner Meinung, ob de Assis Maurice bereits ein Zeichen gegeben habe. Ich wollte nicht weiter in den Alten dringen, um ihn nicht zu verscheuchen, da er ja nicht ahnen konnte, daß ich von diesem transzendenten Versprechen wußte.

»Er hat sich noch nicht gemeldet«, sagte Péloc.

»Woher wollen Sie das wissen?« staunte ich.

»Er hat es mir gesagt.«

Ein leises Mißfallen wollte in mir aufkommen, doch es verflüchtigte sich sofort. Natürlich. Ein dunkler Problemkomplex, wie ich einer bin, kann sich jahrelang bemühen. Doch der alte, verschlossene Maurice verrät sein Geheimnis Péloc, denn Péloc ist wie ein Universalschlüssel, der alle Seelen öffnet.

Maurice fütterte den Doktor Péloc, wie eine Mutter ihr Kind. Er kam unvermutet hereingeschlurft, stellte ein vollbeladenes Tablett vor ihn hin und schimpfte, wenn er etwas übrigließ.

»Das alles will ja gar nicht mehr recht in den Magen des Monsieur le Docteur passen, so sehr hat er sich bereits das Essen abgewöhnt. Die Gemüsesuppe steckt voller Kraft, bitte nur austrinken zu wollen! Ich möchte gern wissen, wer einen Arzt kuriert, wenn er einmal krank wird, nicht wahr?«

Auch mich versorgte er mit allem erdenklich Guten und konnte mich auf seine Weise leiden, dennoch war er bestrebt, stets die gebührende Distanz zu wahren. Péloc wurde von ihm vergöttert. Péloc gegenüber wurde keine Distanz gewahrt. In seiner Gegenwart schwand jede Steifheit dahin, und die Menschen waren bereit, ihre verborgene Kinderseele vor ihm zu offenbaren.

Bei einem seiner Besuche deutete Péloc auf ein Bild, das über dem Kamin hing. Es war, als hätte jemand dieses Gemälde, das eine schöne, sonnige italienische Landschaft darstellte, absichtlich in diesen unvorteilhaften, schattigen Winkel gehängt. Ich hatte bereits versucht, das Bild anderswo hinzuhängen, über das vergoldete Rokoko-Nippestischchen im Salon, wo das von links hereinströmende Licht das Gemälde vorteilhaft beleuchtete, doch schon am nächsten Tag hing es wieder über der Vitrine, eingehüllt in eine eifersüchtige Dämmerung.

»Was stellt dieses Bild dar? ... Ich kann es nicht richtig erkennen«, fragte Péloc.

»Eine Landschaft bei Verona, Monsieur«, erwiderte Maurice.

»Hat es immer an diesem Platz gehangen?« warf ich ein.

»Nein. Es hing über dem Nippestisch auf der anderen Seite.«

»Warum also ...« Dann schaute ich ihn plötzlich an. Sein Mund hatte sich zu einem verschlossenen, abweisenden Strich verhärtet. Ich schwieg. Maurice wartete noch eine Weile, dann ging er lautlos hinaus.

Zu Beginn des 18. Jahrhunderts zeigte die Alchimie bereits alle Zeichen des endgültigen Niedergangs. Alles, was in dieser Wissenschaft verschleiert war, all die Irrtümer, all jene gierige Unwissenheit, die in ihr wohnten, zeugten gegen sie. Die Berauschten der neuen Strömung, der sogenannten ›Aufklärung‹, die das geheimnisvolle, innere Wesen dieser jahrtausendealten Wissenschaft und deren Wahrheiten auch nur erahnt hatten, feierten Triumphe, weil es ihnen gelungen war, mit den tatsächlich frappierenden Teilergebnissen ihrer Entdeckung die beiden ersten Buchstaben des Urwortes totzuschlagen. Die junge Chemie war geboren. Die Entdeckung der einfachen Körper, die unteilbar schienen, und damit die Erkenntnis, daß es sich hier um Elemente handelt, kam in Schwung. Angesichts der experimentellen Tatsachen schrumpfte sowohl die alte aristotelische Auffassung, nach der Erde, Wasser, Luft und Feuer als die Grundmaterie für alle Körper galten, als auch die neuere alchimistische Betrachtung, daß jeder Körper aus Quecksilber, Schwefel und Salz besteht, zu einem Nichts zusammen. Man fand, daß es sich sowohl bei der Luft als auch beim Wasser um Verbindungen von Elementen handelt, wobei sogar die relative Menge der einzelnen Bestandteile bestimmt wurde. Mit der zunehmenden Selektivität und Zuverlässigkeit der chemischen Analyseverfahren war es gelungen, Gold und Silber von ähnlichen Legierungen zu unterscheiden, und von da an waren gutgläubige Irrtümer oder hinterhältige Betrügereien, die auf den scheinbaren Ähnlichkeiten beruhten, nicht mehr möglich. Es waren aber nicht die fortschrittliche Wissenschaft und die experimentellen Beweise, die unter den Totengräbern der Alchimie eine Rolle spielten. Es gab auch viele, die es sich zur Aufgabe gemacht hatten, den geschichtlichen Hintergrund der Dinge zu erforschen. Man war bereit, selbst die Wurzeln des ›verfaulten Baumes‹ der Alchimie auszutilgen. Die Pfeile des Spottes und der Herabwürdigung prasselten wie ein Regenschauer auf die titanischen Gestalten eines Hermes Trismegistos, eines Geber, Basilius Valentinus, Paracelsus und all jene Alchimisten, die in der Vergangenheit versunken waren. Schließlich meinten die siegesbesessenen jungen Krieger, die magischen Quellen des Lichts endgültig ausgelöscht zu haben, obwohl es ihnen nicht anders erging als dem verblendeten Menschen, der sich die Hand vor die Augen hielt und meinte, durch diese Geste die Sonnenscheibe zu verdunkeln.

Doktor Péloc beobachtete zweifelnd dieses emsige Treiben, die lautstarke Ungeduld dieser neuen Konfession, die alles, was alt war, in Grund und Boden verdammte. Wir beide unterhielten uns sehr oft über diese geistige Revolution als passive Betrachter jener gewaltigen Bühne, auf der die Vorbereitungen für das blutige Schauspiel einer gesellschaftlichen und seelischen Umwandlung stattfanden.

»Ich möchte keineswegs die Tätigkeit oder die Entdeckungsbereitschaft dieser Leute behindert wissen«, meinte Péloc. »Ich habe die Großartigkeit der chemischen Experimente erlebt und erkenne durchaus die Möglichkeiten, die darin stecken. Ich weiß, daß die Chemie eines Tages das ganze Weltbild erweitern und verwandeln wird. Was mich ärgert, ist das Besserwissertum dieser jungen Hitzköpfe, deren zusammengebastelte Theorien keinen Widerspruch dulden. Sie stehen erst am Anfang, doch sie gebärden sich, als hätten sie bereits alle Ziele erreicht. Sie glauben, daß sie, weil sie auf jungfräulichem Boden den Grundstein für ihre Zukunft setzen, das Recht besitzen, die klassischen Meisterstücke der Vergangenheit haßerfüllt zu zertrümmern, obwohl sie nie in die Geheimnisse und Weisheiten dieser Werke eingedrungen sind. Eine gesunde Gegenwart kann nur aus der Vergangenheit hervorgehen, wie das Kind aus dem Schoße seiner Eltern. Heutzutage ist die Chemie drauf und dran, einen Vatermord zu begehen. Es hat immer schon Zeiten gegeben, die durch Einwirkung irgendwelcher äußeren oder inneren revolutionären Tatsachen ihre Vergangenheit geleugnet und verloren haben. Gewaltige Hochkulturen wurden durch physische und seelische Kataklysmen zertrümmert, begraben und in Vergessenheit versenkt. Die aber, die übriggeblieben waren, und die jungen, die sich zu ihnen gesellten, stürzten dann wieder in die primitive Finsternis der Anfänge. Was wissen wir heute über die überlegene astronomische Wissenschaft der Chaldäer und Ägypter, über ihre Mathematik, über das mystische Vermächtnis und ihre umwerfende Philosophie, die diese Völker in ihren Hieroglyphen verborgen und in tausend Zeichen verschlüsselt haben? Die schimmernde Oberfläche des griechischen Geistes, der einleuchtet und in seiner Schönheit vollkommen erscheint, blendet unser Auge, doch wie weit sind wir von seinen Tiefen entfernt, von der Erfassung des eulisischen Mysteriums, von Orpheus und Pythagoras? Die wirkliche Aufgabe der Alchimie besteht darin, die esoterischen Nachlässe zu bewahren. Und der künstliche Schleier, der alles umgibt, gleicht jenen Ungeheuern, die das Heiligtum bewahren. Keiner darf deswegen den Adepten einen Vorwurf machen. In der Geschichte der menschlichen Parteilichkeit gibt es zahlreiche Beispiele dafür, welche tödlichen Gefahren sie zu bekämpfen hatten. Die Verbrennung der Bibliothek von Alexandria und der fanatische Vandalismus des Savonarola sind ein prägnantes Beispiel für die Tatsache, daß der Fanatismus stets der größte Feind alles Herkömmlichen ist, das bleibenden Wert besitzt, ganz gleich, ob es sich dabei um einen religiösen oder wissenschaftlichen Fanatismus handelt. In Wirklichkeit kann die Opposition der Wissenschaft und der Tradition nur vorübergehend sein, wenn für beide Seiten unvoreingenommene, echte Verfechter austreten und sich gegenüberstehen. Der unbeugsame Diener der Wissenschaft, der ehrlich seiner Wege geht, macht höchstens einen Umweg, bevor er zu der Erkenntnis gelangt, daß alle Wege zum Mysterium des Schöpferischen Geistes führen. Der Eingeweihte der Überlieferung geht von vornherein von dieser Tatsache aus. Die Wissenschaft muß den dichten Stoff zuerst auf subtile Weile zerlegen und diesen so lange reduzieren, bis er zum geistigen Prinzip wird. Die Chemie von heute hat diesen Prozeß bereits in Gang gebracht und belegt vorerst die Eigenschaften der Materie mit volkstümlichen, allgemein verständlichen Namen, die der Alchimie ebenso, ja tiefer bekannt waren, von ihr aber in eine rätselhafte, bildliche Sprache gehüllt wurden. Die Chemie versucht auf ihre langsame, tastende experimentelle Weise ihre Ergebnisse in einer Welt der Logik zu erkämpfen. Die großen Analogien der Alchimie bergen aber die Gründe in sich. Es bedarf keiner besonderen prophetischen Gabe, um vorherzusagen, daß die Chemie trotz ihrer Entdeckungen, die zweifellos bedeutend und für die Allgemeinheit segensreich sind, mit ihren Medikamenten für die nächsten Jahrzehnte, ja Jahrhunderte es nicht fertigbringen wird, derartige Heilerfolge zu erzielen, wie Paracelsus, der Alchimist. Paracelsus hatte die Gründe ausgeschieden, unter besonderer Beachtung des gesamten menschlichen Organismus, unter Berücksichtigung der seelischen und körperlichen Struktur des Menschen. Unsere Chemie wird noch lange Zeit eine Reihe von Spezialisten hervorbringen und ihre komplizierten Medikamente jeweils einem Körperorgan zuordnen, ohne zu berücksichtigen, daß hierdurch ein anderes Organ vergiftet wird.«

»Ihr, Péloc, glaubt also nur an den Doctor Universalis?«

»Unbedingt. Und ich glaube auch daran, daß die Chemie und die medizinische Wissenschaft, die darauf fußt, eines Tages wieder zu Paracelsus und durch ihn zur Achtung der jahrtausendealten, weisen Wissenschaften und Überlieferungen zurückfindet.«

Der Botschafter der ›Lämmer‹

Es war Doktor Péloc, der Jean Lepitre bei mir einführte. Der Ärmste hatte es wirklich nicht gewollt, es wäre ihm nicht im Traum eingefallen, aber er konnte einfach nicht nein sagen. Stotternd und schuldbewußt gestand er mir, daß er die Neugier dieses Menschen bis zur Weißglut gesteigert hatte, was mein Haus und meine Bibliothek betraf, und daß Lepitre von diesem Augenblick an unbedingt bei mir vorbeikommen wollte. Er hatte bereits versucht, ihm diese Absicht auszureden, doch Lepitre sei nicht von der Sorte, die man einfach abwimmeln kann. Er hatte dem Doktor das Versprechen abgerungen, daß er die Sache bei mir zumindest zur Sprache brachte.

»Was ist das für ein Mensch, dieser Lepitre?« versuchte ich vorsichtig auszuweichen, bevor ich meine Zustimmung gab.

»Nun ... er ist ein merkwürdiger Kauz ... aber im Grunde recht umgänglich. Vielleicht hat er mehr fixe Ideen als die Menschen im allgemeinen. Er hat in der Rue Saint Honoré eine kleine Devotionalienhandlung, wo er auch alte Bücher und Handschriften verkauft. Er wohnt mit einer Frau zusammen, die bedeutend älter ist. Sie leben in einer sogenannten seelischen Gemeinschaft, da es zwischen den beiden keine körperlichen Kontakte gibt. Dafür sind sie fast pausenlos am Beten. Sie hatten einige Bibelkreise gegründet, wo sie Vorträge zu halten pflegten, sind von früh bis spät in Angelegenheiten anderer Leute unterwegs, nennen sich Bruder und Schwester, geben nichts auf ihr Äußeres, essen kein Fleisch, schweben ständig im Zustand trunkener Erhabenheit und erleben nach ihrem Glauben die beiden Grade des Heiligwerdens Schritt für Schritt.«

»Ei ... das hört sich aber recht kompliziert an!«

»Ich möchte, daß Sie nicht zu sehr erschrecken. Auf jeden Fall unterscheidet sich die Wirklichkeit von jenem ekstatischen Weltbild, das sie sich in ihrer Phantasie geschaffen haben. Ich behandle Lepitres Lungenleiden. Meiner Meinung nach mangelt es bei dem sonst schönen und achtenswerten Bestreben dieses seltsamen Paares erheblich an Maß und Aufrichtigkeit. Zunächst einmal machen sie sich selbst etwas vor, dann sich gegenseitig und letztlich auch dem Kreise ihrer Schüler. Die höchste menschliche Erhabenheit des Heiligwerdens erfordert eine andere Art Ekstase. Jean Lepitre und Rosalie Bault sind viel zu leidenschaftlich, nur wollen sie nichts davon wissen. Es ist äußerst gefährlich, die zweifellos lebendigen, starken Raubtiere des Unterleibs und der Instinktwelt hinter unserem Rücken zu verbergen, indem wir ihre Existenz einfach leugnen. Rosalie Bault war unsterblich in den jungen, hektischen Lepitre verliebt und hat sich erst später vom Weibe mit dem ewig hungrigen Leib zur schwärmerischen Schülerin gewandelt, die bereit ist, sich irgendwelchen Idealen anzupassen. Lepitre wird vom Schüttelfrost der Schwindsucht getrieben. Beide haben Deckel auf unterirdische Feuer gestülpt, und ich befürchte eine Explosion.«

Ich mußte lachen.

»Eins haben Sie bei mir auf jeden Fall erreicht, Doktor. Sie haben meine Neugier geweckt, obwohl ich den Verdacht nicht loswerden kann, daß mich die beiden bekehren wollen ... Wann kann ich mit ihrem Besuch rechnen?«

»Am Sonntag ...«

Nach Pélocs Worten fand ich es nur natürlich, daß am Sonntag nachmittag neben Lepitre auch Rosalie Bault bei mir erschien. Sie waren wahrhaftig ein merkwürdiges Paar. Lepitres hochgeschossene, hagere, gebeugte Gestalt steckte in einem Tuchrock, der, längst aus der Mode gekommen, irgendwie an das Gewand eines Pfarrers erinnerte. Die straff sitzenden Kniehosen und die Harmonikafalten seiner schwarzen Baumwollstrümpfe verrieten die Magerkeit seiner Storchenbeine. Sein blauschwarzes, wolliges Haar, das wie eine einzige Masse wirkte und wild in die Gegend wuchs, hatte vermutlich nie einen Kamm gesehen. In seinem schmalen, grauen, fettig glänzenden Gesicht glühten von Adern durchsetzte rote Fieberflecken über den Backenknochen. Seine Nase war groß, fleischig und geknickt, seine Lippen, auf denen stets ein schwärmerisches Lächeln zuckte, waren formlos und wulstig. Den Kopf im Nacken, hielt er die dunklen, glänzenden Augen mit den schweren, gewölbten Lidern stets halb geschlossen, wie in der Hingabe an die Ekstase einer seelischen Lust. Auf Rosalies Gesicht glühte der trunkene Widerschein desselben Ausdrucks. Selten hatte ich ein schlampigeres Weibsbild gesehen, obwohl ich später dahinterkam, daß sie weitaus gebildeter war als Lepitre. Ihre wirren, grauen Lokken, ihr pickliges, schwabbliges Gesicht, ihre Augen, die krankhaft glänzten, ihr farbloser Mund und ihre schäbige, schadhafte Kleidung boten im hellen Tageslicht einen abstoßenden Anblick. In der Höhle eines finsteren Waldes, wo nie eine Menschenseele hinkam, hätte mir ihr Aufzug vielleicht Respekt eingeflößt. In Paris aber wurde mein Argwohn geweckt. Ein übertrieben bizarres Äußeres entsprang stets dem Wunsch, die eigene Überlegenheit über den Rest der Menschheit zur Schau zu tragen, ob man nun zum übertriebenen Luxus oder zu dessen Gegenteil neigte.

Lepitre ergriff meine Hand, zog sie an sich und drückte sie mit seliger Miene, als hätte ihn mein Anblick in den Himmel entführt. Er sprach mit leiser, gedeckter Stimme, fast flüsterte er mir zu, wie sehr er sich gewünscht hatte, mich kennenzulernen und welch besondere Freude es ihm bereite, unter meinem Dach weilen zu dürfen.

Ein solches Gebahren ist stets verblüffend und verwirrend zugleich. Ich schämte mich ein wenig für ihn und tat, als wäre dies alles nicht ungewöhnlich. Es wäre mir auch lieb gewesen, wenn er endlich meine Hand losgelassen hätte, denn seine Handfläche war von klebrigem Schweiß bedeckt. Aus seinem Mund wehte mir ein fiebriger, fauliger Atem entgegen. Für einen Augenblick durchfuhr mich der entsetzliche Verdacht, er beabsichtige, mir einen heißen Bruderkuß auf die Wange zu pflastern, doch zum Glück nahm er davon Abstand. Auf jeden Fall komplimentierte ich das Paar mit leicht labilem seelischen Gleichgewicht in den Salon und war Péloc ehrlich böse, daß er diese Leute auf mich losgelassen hatte. Später erst sah ich ein, daß Péloc nichts weiter war als ein Werkzeug jener Dinge, die auf mich gerichtet waren, die mich ohne ihn auf anderen Wegen erreicht hätten.

Gleich nach den ersten Worten teilte mir Lepitre mit, daß wir alle Kinder Gottes und als solche Brüder seien. Im Grunde genommen waren wir der gleichen Meinung, nur weckten in mir seine Offenbarungen, die in süßliche, blumige, an den Haaren herbeigezogene Gleichnisse gekleidet waren, den Wunsch zum Widerspruch. Stets überkommt mich das Gefühl der Scham und des Widerwillens, sooft jemand mit erhobener, salbungsvoller Stimme von unserem ›lieben himmlischen Vater voller Gnade‹ und vom ›kostbaren, vergossenen Blut des in seiner Güte duftenden Christus‹ schwärmt, obwohl mir Christus sehr nahesteht und ich das einfache, in der Einsamkeit gesprochene Gebet achte. Doch Lepitre und Rosalie ließen auch die süßesten Worte mit derart erregtem, leidenschaftlichem Genuß über die Zunge gleiten, wie ein Feinschmecker den Leckerbissen. Auf Rosalies Gesicht und auf ihrem faltigen Hals erschienen hektische Flecken, ihre Lippen troffen von Speichel, Tränen traten in ihre Augen, und ihre Stimme versagte. Lepitre aber ließ sich von Mal zu Mal zu immer vertraulicheren Aussagen hinreißen. Er gestand, daß er mit Rosalie in einer rein platonischen Gemeinschaft lebe und daß sich nur ihre Seelen vereinten in oft stundenlang dauernder Ekstase.

»Interessant«, bemerkte ich mit leisem Ekel. »Und ... auf welche Weise bringen Sie diesen ... Kontakt zustande?«

Lepitre ging bereitwillig ins Detail. Ihre Betten standen an den beiden Wänden des Zimmers, weit weg voneinander, durch einen Vorhang getrennt. Abends, nachdem sie das Licht gelöscht hatten, legten sie sich auf den Rücken, streckten sich aus und dachten in heißer Liebe konzentriert aneinander, bis sie vom heißen Schauer himmlischen Genusses erfaßt wurden. Oft wird diese seelische Vereinigung derart gesteigert, daß sie in ihrem Glück laut aufschreien, weinen, lachen und beten.

Ich riskierte einen Blick auf Péloc. Er aber hatte die Augen gesenkt und machte ein Gesicht, als würde er auf Nägeln sitzen, er es aber als unschicklich erachten, darüber zu sprechen.

Rosalie beugte sich mit Blitzesschnelle vor und legte ihre kalte, rauhe Handfläche auf meine Hand.

»Sie müssen unbedingt kommen«, sagte sie. »Sie müssen unsere Zusammenkünfte besuchen. Vielleicht sind Sie einer der unseren, ohne es zu wissen. Der Herr versammelt seine Schafe zum ewigen Leben und überläßt die Wölfe der Vernichtung. Feuerregen, Pest, Tod, Hochwasser und Meeresbeben werden die Tore der Hölle öffnen. Die Unzüchtigen, die von ihrer Logik eingenommen sind, diejenigen, die den neuen Wissenschaften frönen, die Kalten, die Spötter, all diejenigen, die das Gebet versäumen und fluchen, die Trinker und Völler, die leugnenden Priester, die Heiden, Ketzer und Juden, alle werden in das große Rad geraten, das ihr sündiges Fleisch und ihren flammenden Schoß zu einer einzigen blutigen Masse zermalmt. So werden sie bis ans Ende aller Zeiten dem Satan zum Fraß, zu lebendigen, zuckenden, vor Qualen schreienden ewig fühlenden und in den ewigen Tod gestoßenen Verdammten ...«

Rosalies Stimme erbebte unter dem verräterischen, ekelhaften Genuß. Ihre Mundwinkel zuckten nach unten, ihre Unterlippe schob sich vor. Auf ihrem Gesicht und auf ihrem faltigen Hals brannten dunkle Flecken. Sie bot ein erschreckendes und zugleich abstoßendes Bild.

»Wir haben Sie gewarnt ... wir haben unsere Schuldigkeit getan«, warf das zweite Mitglied des Duetts mit gedämpfter Stimme und klebrigem Lächeln ein. »Die Lämmer erwarten Sie ...«

So sehen wir also aus, dachte ich.

Lepitre legte einen Zettel mit der genauen Adresse auf den Tisch.

»Unbedingt ... ich komme bestimmt ... natürlich ... irgendwann ... ja ...«

Schon hätte ich sie am liebsten von hinten gesehen. Sie verabschiedeten sich, als wären sie von oben bis unten mit Klebstoff bekleckert. Sie mußten ihre Extremitäten einzeln von mir lösen.

»Verzeiht mir«, flüsterte mir Péloc bestürzt zu.

»Niemals!« erwiderte ich ebenfalls im Flüsterton, aber mit einem Lächeln.

In jenem Augenblick dachte ich nicht im Traum daran, das Palais der Marquise Danjou, das Hauptquartier der ›Lämmer‹, zu besuchen.

»Wie können Sie diese Leute ertragen?« fragte ich Péloc, als er abends zur gewohnten Stunde eintrat. »Hat man nicht versucht, Sie in den Stall zu treiben?«

»Ich habe um Aufschub gebeten, und er wurde mir ausnahmsweise gewährt«, sagte Péloc mit schelmischem Lächeln, das sein Gesicht in tausend Falten legte. »Ich habe versprochen, im letzten Augenblick mit Sicherheit in ihr Rettungsboot zu klettern, doch jetzt hätte ich noch keine Zeit. Ich glaube, daß Lepitre und Rosalie stillschweigend übereingekommen sind, bei ihrem strengen, blutrünstigen Herrn ein gutes Wort für mich einzulegen und daß sie pausenlos um mein Seelenheil beten. Bitte, glauben Sie mir, sie sind keine so hoffnungslosen Ungeheuer, wie sie sich Ihnen dargestellt haben. In ihrem Glauben ist etwas Erschütterndes und Bedauernswertes vorhanden. Sie wollen tatsächlich nur das Allerbeste und fürchten sich auch vor dem kleinsten Fehltritt. Sie haben einen Herrscher über sich erhoben, der kleinlich ist und bar jeden Verständnisses, der sie dauernd erschreckt, oberflächlich über ihre Tugenden hinweggeht und nur ihre Fehler registriert. Dabei läßt er sie in tausend Zweifeln schmoren und erweckt auch in der kleinsten Gruppe seiner zahlreichen Sektenmitglieder die Vorstellung, daß sie allein im Besitze der Wahrheit seien, während die nächste Gruppe infolge falscher Informationen Hals über Kopf der Hölle entgegenstürzt. Die Intensität ihrer Streitgespräche nähert sich den leidenschaftlichen Debatten der Konzile. Lepitre, aber noch mehr Rosalie bereitet es viel Kummer, daß die einzelnen Gruppen der Bewegung, die sie ins Leben gerufen haben, fast ausnahmslos einen Anführer und Prediger gewählt haben, der seine eigene Meinung verkündet und die Bibel absolut willkürlich auslegt. Es gibt welche unter ihnen, die Lepitres Berufung bezweifeln und sein Zusammenleben mit Rosalie mit gemeinem

Argwohn beschmutzen. Es gibt welche, die nicht an die Unbefleckte Empfängnis glauben, andere wiederum leugnen die Auferstehung des Fleisches. Ein babylonisches Sprachengewirr primitiver Köpfe, die aber stets am Werk sind. Es gibt keinen einzigen Begriff, über den sie sich einig werden könnten, um so mehr, weil sie die Vernunft mit beharrlichem Haß verfolgen und an nichts weiter glauben, als an Emotionen. Sie haben gegen den Kapitän ihres Schiffes, den Verstand, gemeutert, den Steuermann ins Meer gestoßen und ihr Schicksal allein den Winden anvertraut. Durch den tropischen Sommer ihrer glühenden Andacht pfeift der Schirokko der Sinnlichkeit und der Emotionen. Vom turmhohen Wellengipfel der hingebungsvollen Opferbereitschaft stürzen sie bereits im nächsten Augenblick ins nächste Wellental, indem sie sich hämischerweise gegenseitig beschuldigen. Wegen eines einzigen Wortes können sie schwärmen bis ins Grab oder fürchterlich in Wut geraten. Sie beobachten und kritisieren pausenlos das Leben ihrer Mitbrüder und zerreißen sich die Mäuler darüber. Sie stehen ständig sprungbereit und angriffslustig da, die Feuerpeitsche der Predigt in der Hand, doch der Bruder, den der Streich trifft, leitet unverzüglich eine derart beleidigende Gegenoffensive ein, wie eine mit Kanonen bespickte Festung. Sie stolzieren wie schmollende Propheten einher, als wären sie zu Unrecht verfolgt, doch stets zu donnernden Gardinenpredigten bereit, um die verlorenen Seelen der anderen zu retten ...«

Mein Lachen schnitt ihm das Wort ab, und er stimmte mit ein.

»Doch selbst wenn ich darüber lache, bin ich bereit, die Lächerlichkeit ihres Unterfangens zu leugnen«, wehrte er sich im nachhinein. »Stellen Sie sich einmal vor, wie schwer es Gott mit ihnen hat. Ihr Fall ist vielleicht die härteste Nuß in der ganzen Schöpfung. Die Ungläubigen bestätigen die Existenz Gottes durch ihr Leugnen, die Zweifelnden beschwören ihn durch ihre Zähigkeit, die Einfältigen finden schließlich durch ihre Unterwürfigkeit den Weg zu Ihm, doch keiner ist unter ihnen, der Ihn als solch antropomorphes Ungeheuer definiert, wie es Lepitre tut. Ich glaube schon lange, daß die Skeptiker eher das Himmelreich erblicken werden, als jene geschwätzigen Vertreter, die zwar jedermann in der Hoffnung auf hohen Profit anlocken, wobei es sich aber in vielen Fällen herausstellt, daß sie mit den Gütern des Teufels handeln. Glauben Sie ja nicht, daß meine Rede purer Sophismus ist. Die Seele der Sektierer ist ein enger

Raum, der gleich einem Krämerladen mit massiven und unbequemen Götzen vollgestopft ist und wo nur der Geist und die Wahrheit, also Gott keinen Platz findet.«

Ich beobachtete ihn aufmerksam. Pélocs Gesellschaft war unendlich fesselnd und amüsant. Ich nahm mir vor, ihm ein Geständnis über dieses letzte und schamhaft verborgene menschliche Geheimnis abzuringen, das im gleichen Maße zur Privatsache wird, je tiefer und gemeinschaftlicher es ist.

»Gott ... Sie reden mit einer derartigen Entschlossenheit und Leidenschaft von Gott, Péloc, daß Sie mich schier neidisch machen. Angesichts der Kraft Ihrer Anspielungen komme ich mir armselig und tastend vor.«

»Ich glaube, es ist leichter, über jede Art Beziehung zu reden, als über die Beziehung zu Ihm«, sagte Péloc und blickte vor sich hin. »Wahrscheinlich habe ich deswegen nie darüber gesprochen, weil dieser Begriff in mir einer ständigen Wandlung unterliegt. Mein Gott wohnte in fernen Kindertagen hinter sternenübersäten Kulissen, die über der Welt hingen. Er hatte einen langen, wattigen Bart und saß auf einem Thronsessel. Er kam mir vor wie ein langweiliger, alter Herr, der sehr weit von mir entfernt war, mit dem ich einst nach meinem Tode peinliche Affären zu bereinigen hätte. Dann, später, in einer schwierigen Stunde meiner Pubertät, rückte er plötzlich nahe an mich heran und wurde zu einem tauben, finsteren Ankläger, der keinen Ausweg wies. Ich bewältigte diese Zeit, und Gott schrumpfte zusammen, wurde zu einer unscheinbaren Nebensache, wie irgendeine fadenscheinige Antiquität auf dem Speicher. Anläßlich einer auflodernden Pietät holte ich ihn wieder hervor und bekleidete ihn mit verschiedenen Eigenschaften. Ich machte ihn gewissermaßen zu einem Fetisch. Ich schmeichelte ihm, weil er eitel war, und betete zu ihm, um ihn zu bestechen, doch war er immer noch eine außerhalb von mir isolierte, vornehme Person, bei der ich lediglich kurze Anstandsbesuche machte. Als junger Mann begann ich mich plötzlich für sein wahres Sein zu interessieren. Ich betastete ihn, vermaß ihn und blickte ihm ins Antlitz und entdeckte, daß er mir glich, daß er unvollkommen, endlich und hilflos sei wie ich. Er war lange Zeit tot gewesen, nun war er ein Gespenst. Draußen war er nicht mehr zu finden. Irgendwo im Innern geisterte er jetzt herum, körperlos, konturlos, ungreifbar, ganz tief innen. Er hat keine Stimme mehr, nur noch Impulse, die bis an die Schwelle des Gedankens reichen, dennoch ist er mehr als jeder Gedanke, jedes Wort, mehr als die scheinbare Formenwelt, die mich umgibt, mehr als alle Trugbilder und Schmerzen, mehr als die Furcht und der Tod. Er ist weitaus mehr als das, was ich kenne und was ich erkennen kann.«

Wir schwiegen. Seine leise gesprochenen letzten Worte widerhallten in mir und beschworen auch meinen Toten, den Homunculus' Präzisionsinstrumente exekutiert hatten. Die merkwürdige Entwicklung und Umformung seines Seins empfand ich in meiner Seele, jene Wandlung, die Pélocs Erlebnissen glichen. Es war sonderbar, daß ich, von meinen äußeren unwahrscheinlichen Umständen hin und her gerissen, meine inneren und wesentlichen Beziehungen zu Gott mit den gleichen Worten hätte ausdrücken können.

Unter uns weilte eine kleine, benommene Stille. Von Schwindel ergriffen, suchten wir nach dem Weg, der von diesem Steg zurückführte und von dem aus kein menschlicher Schritt mehr weiterführte. »Nun ja ... was ist das für eine Dame, diese Marquise Danjou, zu der mich Lepitre eingeladen hat?« fragte ich.

»Wollen Sie hingehen?«

»Gott bewahre ... doch merkwürdige Leute haben mich immer interessiert.«

»Oh ... die Marquise Danjou ist ganz anders als jenes eifrige Pärchen, das Sie so sehr verschreckt hat. Es handelt sich um eine gepflegte und gebildete Dame, eine Witwe. Der Tod ihres Mannes hat sie unter die Lämmer getrieben. Bis zu jenem Zeitpunkt war ihr Leben nicht anders als das der übrigen Damen ihrer Gesellschaft, vielleicht mit dem Unterschied, daß sie nach Auffassung des Hofes in schier skandalöser Liebe und Treue ein Jahrzehnt lang mit ihrem Ehemann bis zu dessen frühem Tod verbunden war. Nach dem tragischen Ereignis hatte sie versucht, ihrem Liebsten zu folgen, der ihre Lebenslust mit sich genommen hatte. Nur ihre tiefe Religiosität hielt sie von einem Selbstmord zurück, obwohl ihre diesbezüglichen Versuche jeweils einem Selbstmord gleichkamen. Sie ließ nach dem Bade den eisigen Februarwind über ihren dampfenden Körper streichen. Sie besuchte Patienten, die an einer ansteckenden Krankheit litten, und suchte heimlich am Rand jener Gefäße, aus denen sie getrunken hatten, die Spuren ihrer Lippen auf, doch der Tod ließ ihr nicht einmal die Hoffnung einer oberflächlichen Ansteckung oder einer leichten Erkältung. Sie blieb gesund und bei Kräften. Schließlich war es ein Traum, der sie von der Unrichtigkeit ihrer Pläne überzeugte und von der Tatsache, daß sie für ihre beiden Kinder leben müsse und für eine Berufung, die sie noch nicht kannte, die sie aber alsbald erreichen würde. Wenig später mußte sie mit ihren Kindern und deren Erzieherin Jeanne Girard während eines Platzregens in einem kleinen Laden in der Rue Saint Honoré Unterschlupf suchen. Diese Jeanne Girard war übrigens diejenige, die jenes bedeutungsvolle Traumgesicht hatte. Lepitre, umgeben von seinen Devotionalien, begann sofort, nach Seelen zu fischen, und es gelang ihm tatsächlich, den größten Fisch zu ködern, allerdings unter der Mitwirkung von Jeanne, der Traumseherin und dem Hansdampf in allen Gassen. Die Marquise Danjou wurde zur Beschützerin und zur finanziellen Grundlage der Lämmer. Etwas verwundert zwar, etwas reserviert, doch mit dankbarer Gehorsamkeit ist sie bereit, ihnen zu dienen, weil sie glaubt, ein gottgefälliges, wichtiges Ziel gefunden zu haben. Sie faßt es als Pönitenz auf, nach der sie sich für ewig mit ihrem Gatten vereinen kann.«

»Das Schicksal der Marquise ist wirklich rührend«, sagte ich zu Péloc, »aber ich kann nicht ganz begreifen, wieso das Geschwätz einer Dienerin, die über eine lebhafte Phantasie verfügt und deren gutmütige Exaltiertheit, die vielleicht auf irgendeinen Einfluß gerichtet war, eine gebildete, vornehme Dame überzeugen konnte!«

»Dem Bericht der Marquise zufolge waren in diesem Traum derart intime Anweisungen vorhanden, die jeden Zweifel ausschlossen, daß er es war, der ihr durch Jeannes Traum eine Botschaft übermittelte. Das waren Dinge, über die nur sie und ihr Gemahl Bescheid wußten.«

»Ein aufmerksamer Dienstbote kann so manches erfahren, sofern er nur will!«

»Nun ja, aber Jeanne kam erst nach dem Tode des Marquis ins Haus, vor nunmehr fünf Jahren. Sie hatte den Gemahl ihrer Herrin nie persönlich gekannt. Im Traum erblickte sie den Marquis Danjou in einem gewissen grünen Frack, den er in Versailles, am Schauplatz seiner Begegnung mit der Marquise, bei einem Empfang getragen hatte, wo die beiden füreinander entflammten. Dieser Frack kam mit anderen Sachen während einer Reise abhanden. Die Truhe, in der dieser Frack verpackt war, löste sich auf einer schadhaften Brücke unbemerkt von der Kutsche und rollte ins reißende Wasser. Ein Gemälde wurde nicht gefertigt, obendrein war dies kein für den Marquis charakteristisches Kleidungsstück, weder hinsichtlich der Farbe noch des Schnitts, doch die Marquise hatte aus begreiflichen Gründen die Erinnerung an diesen Frack im Herzen bewahrt. Jeanne beschrieb genau Farbe und Form der Knöpfe, das Muster der Brokatweste, die Webart des Spitzenjabots und den Frack selbst bis ins letzte Detail. Der Marquis, eine Hand auf dem Knauf seines Degens, saß mit gekreuzten Beinen am Rande des Springbrunnens und wippte nervös mit dem Fuß, als ob er auf jemand warte. Es gehörte zu den charakteristischen Gewohnheiten des Marquis, mit dem Fuß zu wippen, doch nach seinem Tode wurde diese Tatsache nie erwähnt. Im weiteren Verlauf des Traumes sah Jeanne das Wasser des Springbrunnens, auf dessen schäumender, strudelnder Oberfläche ein gelbes Papierboot tanzte. Der Marquis vertrieb sich die Wartezeit, indem er kleine Steinchen vom Boden auflas und diese eins nach dem anderen ins Boot warf, bis es allmählich unterging. Dieses Traumbild war ein genaues Abbild der Wirklichkeit. So war es seinerzeit geschehen. Damals jedoch war es die Marquise gewesen, die den wartenden Marquis hinter einem Baumstamm beobachtete, wie er sich über das kleine gelbe Papierboot neigte und Steine hineinwarf. Bei diesem Stelldichein, das nur zwei Tage später stattfand, nachdem sie sich kennengelernt hatten, hatten sie sich ihre Liebe gestanden, die plötzlich erwacht war und alle Bedenken überkommender Vorstellungen hinwegfegte. Diese Liebe hielt tatsächlich über das Grab hinaus. Dem Traum zufolge war es Jeanne, die an den Marquis herantrat, der eine begreifliche Enttäuschung zur Schau trug. Jeanne ist nämlich ein kleines, dickes Frauenzimmer mit Schweinsäuglein. Der Wartende sprang ungeduldig auf, dann aber sagte er verzweifelt: ›Sie ist nicht gekommen! Sie ist wieder nicht gekommen! Ich kann sie wegen ihrer Verzweiflung nicht erreichen!‹ Und gleichzeitig teilte er ihr all das mit, was ich bereits erwähnt habe.«

»Wie dem auch sei ... es ist interessant.«

»Ja. Obwohl, wenn Sie Jeanne kennen würden ...«

»Nun?«

»Für eine Botschaft aus dem Jenseits könnte ich mir einen besseren Briefkasten vorstellen ... doch der Mensch ist kurzsichtig, und Gottes Wege sind unerfindlich. Die Marquise Danjou schwört natürlich auf die Seherin, bittet sie in allen Dingen um Rat, achtet auf ihre Träume und überhäuft sie mit Geschenken. Obwohl Jeanne, abgesehen von ihren Träumen und ihren Ahnungen, eine schlaue, selbstsüchtige, dumme und eitle Person ist, die ihre vorteilhafte Lage gründlich ausnützt. Sie beansprucht die Anerkennung ihres Publikums wie eine Ballerina, und alles, was sie tut, trägt eher einen produktionsähnlichen Charakter mit dubiosen Nebengeräuschen.«

»Gestehen Sie rundheraus, Péloc ... halten Sie sie für eine Betrügerin?«

»N ... nein ... das heißt, nur teilweise. Es ist ein ziemlich verworrenes Gebiet, wo die Grenzen verschwimmen. Jeanne verfügt über bemerkenswerte Eigenschaften und hat beachtenswerte Träume, aber ... und das ist es, woran solche Charaktere scheitern ... sie sind selten und kommen ganz unerwartet. Man kann sie weder bestellen noch steuern. Die eifrige Jeanne aber füllt die Pausen, um sich interessant zu machen und aus Eitelkeit aufgrund einer gewissen primitiven Menschenkenntnis mit irgendwelchen Histörchen aus, mit denen sie bei ihrer Herrin und bei den Lämmern beachtliche Erfolge erzielt, weiß man doch, daß der Kreis der Betrüger nur vom Kreis der Gutgläubigen übertroffen wird. Die ›inneren Stimmen‹ aus Jeannes Träumen sind Mode geworden, sie hat einen ganzen Hof, der sie umschwärmt. Ein gewisser Cortey, Mitglied des Bezirksrats, schwört bei seinem Leben auf Jeanne und möchte am liebsten jeden pfählen lassen, der es wagt, an der göttlichen Berufung seines Götzen zu zweifeln. Ein nörgelnder Halbnarr, der wie ein berauschtes Hündchen hinter seiner Primadonna dahertrottet. Doch gibt es noch zahlreiche andere, die sie wie die Puppen tanzen läßt. Ihre Jünger wagen sich ohne ihren Rat nicht einmal mehr zu rühren. Die Marquise Danjou wacht eifersüchtig über sie und verwöhnt sie wie einen exotischen Wunderaffen.«

»Und wer kümmert sich inzwischen um die Kinder?«

»Corinna ist bereits fünfzehn und paßt in all dem Trubel auf ihren sechsjährigen Bruder auf.«

Ich mußte lachen.

»Jetzt brauche ich eigentlich gar nicht mehr hinzugehen, Péloc. Sie haben es verstanden, die ganze Gesellschaft so lebendig zu schildern, daß ich selbst dann keine charakteristischeren Züge mehr an ihnen entdecken könnte, wenn ich jahrelang ihr Haus besuchte.«

»Das wage ich sehr zu bezweifeln. Sie vergessen, daß das

Bild, das man sich von Frauen macht, stets Mängel aufweist, denn eine Frau hat so viele Gesichter, wie es Personen gibt, in denen sie sich spiegelt.«

»Verstehen Sie auch etwas von Frauen, Péloc? Von dieser Seite habe ich Sie noch gar nicht gekannt!«

Ein sanftes, spöttisches Lächeln erhellte sein hageres, kluges, unpersönliches Antlitz.

»Apage Satana! Ich weiß nur, daß es heilsam ist, sich von ihnen fernzuhalten. Ich bin ihr Freund, ich kenne ihre elenden und oft haarsträubenden Schlafzimmergeheimnisse, ich bedauere und heile sie ... Es gibt gewisse Gifte, die man am besten fest verschlossen in einer Flasche aufbewahrt und mit einem Totenkopf-Etikett auszeichnet.«

»Eine so schlechte Meinung über die Frauen, Doktor, muß zumindest eine Lebensweisheit sein, die einer reichen Erfahrung entspringt.«

»Von mir werden Sie keine pikanten Abenteuer zu hören bekommen, mein Freund! In dieser Hinsicht bin ich über Frauen wie Männer der gleichen Meinung. Die ganze Angelegenheit wirkt ohne den kuppelnden Rausch der Natur ziemlich armselig und häßlich, und mich hat man durch irgendein Mißverständnis aus der allgemeinen Trunkenheit ausgespart. Ich bin nüchtern. Ich pflege die Trunkenen mit den geröteten Gesichtern etwas skeptisch zu betrachten, doch ich habe durchaus Verständnis für sie in ihrem bedauernswerten Zustand, und ich stütze ihren Kopf, sobald sie das große Kotzen überkommt. Das ist alles.«

Wir vernahmen Maurices schlurfende Schritte. Die Flamme der Kerze, die er in der Hand hielt, warf ein gespenstisches Licht auf sein eingefallenes, faltiges Gesicht. Er zündete die Kerzen im Arbeitszimmer eine nach der anderen an, bis die Buchrücken und die Wölbungen der Möbel zu glänzen begannen. Péloc gähnte und klopfte sich mit der Handfläche auf den Mund.

»Trotzdem tut es mir leid, daß Sie die Marquise Danjou nicht kennen.«

»Ist sie eine schöne Frau?«

»Ob sie schön ist? Ich weiß es nicht. Sie macht eher einen mütterlichen und besänftigenden Eindruck. Ihre Tochter dagegen ...«

»Nun?«

»Sie ist eine merkwürdige kleine Komposition des Eros. Vorerst ist sie nichts weiter, als eine aufregend talentierte Skizze, doch ich glaube, daß sie später für so manchen hübschen Wirbel sorgen wird ...«

Als Péloc gegangen war, dachte ich noch eine Weile über die verwitwete Marquise, über Jeanne mit den Traumgesichtern und über Corinna nach, die später vielleicht für so manch hübschen Wirbel sorgen würde, doch ich hatte keine Ahnung, daß sie ihre vielversprechende Laufbahn ausgerechnet in meinem Leben beginnen würde ...

Astralwellen

Sobald Péloc eingetreten war, merkte ich sofort, daß er etwas mit sich herumtrug. Die Atmosphäre, die ihn umgab, war spannungsgeladen und verwirrt. Er räusperte sich, ging unruhig auf und ab und wußte offensichtlich nicht, wie er beginnen sollte. Er tat mir leid.

»Reden Sie, Doktor ... fangen Sie an, es wird schon gehen!«

Er unterbrach seinen Spaziergang und blickte mich erstaunt an.

»Wo nehmen Sie das her, daß ...«

»Ist das nicht gleichgültig?«

»Nein ... das heißt«, und er zwinkerte schuldbewußt. »Ich wollte da wirklich nicht hineingeraten. Ich habe auch deutlich zu verstehen gegeben, daß ich zu keinerlei Vermittlung bereit bin ...«

Den Kopf zur Seite geneigt, schaute ich ihn lächelnd und argwöhnisch an.

»Lepitre?«

»Nein, nein!« meinte er mit heftigem Kopfschütteln. »Jeanne. Sie hat etwas von Ihnen geträumt. Ich bedaure unendlich ...«

Ich lachte laut auf.

»Keine Ursache! Schließlich kann der Mensch seine Träume nicht lenken!«

Er schnitt ein Gesicht.

»Naja! Aber Jeanne besitzt ein besonderes Steuerorgan!«

In mir begann sich so etwas wie eine kleine Neugier zu regen.

»Würden Sie mir endlich verraten, was sie geträumt hat?«

»Glauben Sie mir, es ist nicht so leicht. Die meisten Träume von Jeanne sehen so aus, als würde sie wegen zwei Kirschen bis zum Ellbogen in einer Wanne voll Sirup wühlen ... Sie sah einen großen Seehafen, wo zwei Schiffe zum Auslaufen bereitlagen. Das eine Schiff war natürlich weiß, das andere schwarz. An Deck beider Schiffe herrschte reges Treiben. Über die Reling des schwarzen Schiffes ... Jeanne verfügt tatsächlich über eine höchst malerische Phantasie ... beugten sich haarige, schwarze Teufel, eine Schar nackter, kichernder Weiber umarmend, deren weißer Leib in sündigem Licht erstrahlte. Auf dem weißen Schiff aber stand die Gruppe der Lämmer, in weißen Gewändern, die bis zum Boden reichten. An der Spitze der Gruppe hatte sie eindeutig die Marquise Danjou erkannt, als solche, der dieser Platz selbst nach den gesellschaftlichen Regeln des Himmels zusteht. Beklommen schauten sie zum Ufer, auch sie an die Reling gedrückt, und von beiden Schiffen erscholl der Ruf: ›Louis ... Louis de la Tourzel! (damit kein Zweifel aufkommt) Louis ... hierher ... hierher!‹ Am Ufer stand ein schlanker, blasser Mann im dunklen Umhang und schwankte ratlos zwischen den beiden Stegen. In diesem Augenblick glitt eine Frauengestalt auf seine Seite, die eine hellblaue Seidenkapuze trug. Ihr Gesicht war nicht zu erkennen. Sie ergriff den Arm des Mannes und deutete auf das weiße Schiff. Jeanne aber vernahm die Worte der weiblichen Gestalt, als hätte sie in ihrer Nähe gestanden: ›Warum willst du deinem Schicksal entfliehen?‹ ›Ach‹, sagte der Mann überrascht. ›Ich habe auf ein drittes Schiff gewartet, ein blaues, aber wenn du meinst, Himmelsbotin ...‹«

Péloc äugte zu mir herüber und sah, daß ich gegen das Lachen kämpfte. Er hatte die schwülstige Geschichte mit unwiderstehlichem Humor vorgetragen.

»Bitte, warten Sie ... dies ist eine rührende Szene und noch nicht zu Ende. Der hochgewachsene Mann ließ sich wie ein Kind in Richtung auf das weiße Schiff führen, von dem in diesem Augenblick ein fröhliches Loblied gen Himmel stieg, während ihm vom Deck des schwarzen Schiffes eine Flut heiserer Flüche entgegenschlug. Sobald der Mann an Bord war, stach das weiße Schiff rasch in See, doch es schwamm nur eine Weile auf der Wasseroberfläche, dann schwang es sich in die Lüfte und entfaltete seine Schwingen wie ein mächtiger Vogel. Das schwarze Schiff aber begann, in Flammen und Rauch gehüllt, zu sinken, dann ging es in einem finsteren Strudel endgültig unter, von Weinen, Wehklagen und Zähneknirschen begleitet.«

»Ein Bild, eines tief religiöses Kirchenmalers von gesegneter Einfalt würdig!« nickte ich anerkennend. »Wie ich sehe, hat Lepitre unsere Jeanne Girard gründlich über den Zustand meines Leibes und meiner Seele informiert.«

»Eher hat sie einiges über Ihre gesellschaftliche Stellung und über Ihre Finanzlage berichtet. Jeanne hat eine Schwäche für den Adel, insbesondere, wenn sich dieser mit Golddeckung paart. Diese Kreise sind es, die sie mit echtem Eifer bedient, für diese Leute träumt sie am liebsten, während sie sich des Pöbels und der Bürger als Werkzeug bedient. Meiner Meinung nach hegt sie irgendeine verborgene Hoffnung, daß es ihr eines Tages gelingen wird, einen ihrer vornehmen Bewunderer von abstrakteren Gebieten handgreiflicheren Dingen zuzuführen und auf diese Weise ihre Rolle in höheren Regionen durch einen Ehevertrag zu legalisieren, wo sie bislang nur eine Gastrolle spielt. Auf jeden Fall sind die Leute in ihrer Umgebung derart verblendet, daß sie ganz hübsche Aussichten hat. Cortey in seinem gasförmigen Zustand dampft vor Begeisterung und möchte sie am liebsten als Hausorakel gewinnen. Schon am frühen Morgen hockt er auf ihrem Bettrand, um vor allen anderen die erste Offenbarung zu vernehmen. Nun ... Jeanne ist geschickt genug, um eines Tages den geringen Abstand zwischen Bettrand und Bett zu überbrücken und jene Ekstase in die richtigen Kanäle zu leiten, dessen Gegenstand und Auslöser letzten Endes er selbst ist, und schließlich den armen, geprellten Josef zur einzigen befriedigenden Lösung zu führen. Ach ja, etwas habe ich bei diesem Traum vergessen ... Als das weiße Schiff davonflog und das schwarze unterging, streifte die Frau im hellblauen Umhang ihre Kapuze ab, und Jeanne erkannte ihren Zögling, die Tochter der Marquise Danjou. Sie eilte zu ihr und sprach sie an:

›Corinna, meine Liebe! ... Wir kommen Sie hierher? Es ist schon spät. Kommen Sie, ich will Sie nach Hause geleiten.‹

Corinna aber blickte sie befremdet und erstaunt an.

›Ich weiß nicht, wer Ihr seid, ich habe Euch nie gesehen. Ich heiße nicht Corinna. Ich heiße Marietta.‹ Damit wandte sie sich ab und eilte über das Ufer hinweg.«

Man kann sich jene plötzliche Erregung, Freude, Zweifel, Hoffnung und Verwirrung vorstellen, die mich durchfluteten. Ich konnte nicht begreifen, wie der Name jener Frau, die meine Mutter und meine Befreierin gewesen, die mir unter allen anderen Lebewesen am nächsten stand und die ich als die Lösung meines Lebens betrachtete, in dieses Gespinst abstoßender Intrigen geraten konnte. Jeanne hatte sie in ihrem blauen Seidenmantel erblickt, eingehüllt in den reinen Azur des Geistes, eine Farbe, die SIE bedeutete ... Doch warum hatte sie ausgerechnet durch die Träume dieser berechnenden, in Betrügereien verstrickten Untertanenseele mir ein Zeichen gegeben? Inwiefern war Jeanne eher dafür geeignet als meine Seele, die von Sehnsucht erfüllt war? Ich begriff so gut wie nichts, doch in mir begannen alle Glocken mit jubelndem Klang zu läuten:

Corinna ... Marietta ...
Marietta ... Corinna ...!

Die Marquise Danjou empfing freitags. Das Danjou-Palais, vor knapp anderthalb Jahrzehnten erbaut, spiegelte den reichen, überladenen Stil seiner Zeit wider. Es war prächtig, kompakt und begeisternd und wirkte wie eine glänzende Rokoko-Dame von königlicher Erscheinung, die unter all der Seide, all ihrem Schmuck und ihren Perücken ungewaschen geblieben war. Das Palais besaß vergoldete, mit Brokat ausgeschlagene, mit geschliffenen Spiegeln ausgestattete parkettierte Säle von etwa zwanzig Meter Länge mit traumhaften Gobelins, mannshohen, papierdünnen chinesischen Vasen, biskuitartig gewölbten, schmalen Liegen, Tischchen aus reinem Silber, Stühlen, deren Lehnen Äolsharfen glichen, verspielten Sekretären, Seidenkissen, bemalten Porzellankaminen und schlanken, hohen Silberkandelabern – doch im ganzen Palais war kein Badezimmer zu finden. Wie ich später erfuhr, hatte sich allein Corinna eine Sitzbadewanne erkämpft, die sich in ihrer Garderobe schämte, durch eine schwere Decke getarnt, als anstößigster Einrichtungsgegenstand des Hauses, das nun wirklich nicht erwähnenswert ist. Dagegen war die grazile und dekorierte Toilette hinter keiner Decke versteckt.

Die Lämmer versammelten sich in einem Saal, der mit cremefarbigem Damast ausgeschlagen war. Als ich zusammen mit Péloc eintrat, waren erst wenige anwesend, doch die aneinandergereihten zerbrechlichen Stühle mit ihren Tanzbeinen zeugten davon, daß man eine große Anzahl von Gästen erwartete. Indem ich die bereits Anwesenden musterte, stellte ich fest, daß es eine recht gemischte Gesellschaft war, die meinen Vorstellungen entsprach. In kleineren Gruppen wurde mehr oder minder laut Konversation geführt. Ihr Blick, der auf die mit Amoretten geschmückte Tür gerichtet war, bekam einen besonderen Glanz, sobald sie mich, ›die neue Seele‹, erblickten. Für wenige Sekunden brach die Unterhaltung ab. All die fremden Fragezeichen bildeten plötzlich eine Gasse, und über den weichen Teppich sah ich Lepitres berauschte Gestalt auf mich zuschweben, die Hände in Brusthöhe pfaffenhaft gefaltet, das Kinn in der Luft, den Kopf andächtig zur Seite geneigt. Hinter ihm stolperte die stets kampfbereite Rosalie in ihren göttlichen Lumpen einher. Ich dachte an Flucht, doch es war bereits zu spät.

»Lieber Bruder! ... Endlich ...! Endlich!«

Für diesen schrillen, klebrig süßlichen Ton wurde ich nur teilweise dadurch entschädigt, daß Lepitre über den Rand des Teppichs stolperte und seine gefalteten Hände entflechten mußte, um sein Gleichgewicht zu wahren, wobei die andächtige Maske von seinem Gesicht rutschte. Für einen kurzen Augenblick war er ganz menschlich in seinem Zorn und mit seinem krebsroten Gesicht, bis er die verlorenen Utensilien seiner Würde wieder einsammeln konnte. Irgendwie gelang es mir, ihre Begrüßung, ihre Fragen und ihre einführenden Worte zu überstehen, die vor versammelter Mannschaft über mich hereinströmten, wobei ich mir vorkam wie ein Hasenbraten, der mit dicker Soße übergossen serviert wird. Ich wurde gelobt, in den Himmel gehoben, man schanzte mir überraschende Intentionen zu, was die Bewegung der Lämmer in der Zukunft betraf, und nachdem sie mir Gottes Gruß und seine Einladung in den Himmel überreicht hatten, konnte ich mich endlich mit Péloc in eine Fensternische retten, der sich auf unverschämte Weise über mich zu amüsieren schien.

»Ich würde mich an Ihrer Stelle lieber schämen«, flüsterte ich ihm zu. »Wegen dieses Streiches werden Sie ohnehin in die Hölle kommen.«

»Mag sein. Aber der Anblick Ihres Gesichts während der Tiraden des guten armen Lepitre wird es wert sein, ein bißchen in der Hölle zu schmoren.«

»Wo ist die Dame des Hauses, die Seherin Jeanne und Mademoiselle Corinna?«

»Sie werden erst später erscheinen, wenn alle versammelt sind. Das heißt, Corinna nimmt an diesen Zusammenkünften überhaupt nicht teil. Jeanne und die Marquise führen zu ihrer Entschuldigung an, daß sie noch ein Kind sei, doch soweit mir bekannt ist, findet sie die Gesellschaft langweilig und zerbricht ihren Kopf über ganz andere Amüsements.«

Ich war enttäuscht. Ich hatte gehofft, Corinna sofort zu sehen, mit ihr zu sprechen und ... diese paar hingeworfenen Worte raubten mir nicht nur die Hoffnung, sondern vertieften auch die Verwirrung in mir. Das, was mich Péloc über die kleine Corinna ahnen ließ, wollte so gar nicht zu jenem Bild passen, das ich von einer früheren, zärtlichen und reinen Marietta in mir hegte ... Egal! Ich mußte dahinterkommen, was sich hinter jenem rätselhaften Alptraum verbarg, der mich hierher gelockt hatte.

»Ich aber möchte Corinna kennenlernen ... darum bin ich hier!« sagte ich unvermittelt.

In Pélocs Augen blitzte Überraschung auf, die aber sofort einer neutralen Diskussion wich.

»Bitte sehr ... dem steht nichts im Wege. Diese Debatten haben stets einen Siedepunkt, wo man unbeobachtet aus dem Saal verschwinden kann, noch mehr, wo es sogar ratsam ist, die Flucht zu ergreifen. Corinna wird sich freuen, wenn ich sie besuche, und wird Sie zusammen mit mir ebenfalls willkommen heißen ...«

Unter seinem forschenden Blick mußte ich laut auflachen.

»Nein, mein lieber Péloc. Ich bin weder ein Lüstling, der durch Lilien watet, noch ein sentimentaler Holzkopf! Corinna interessiert mich ausschließlich wegen Jeannes Traum. Sie hat tatsächlich die zwei Kirschen für mich aus der Sirupwanne geholt. Dieser Traum enthielt zwei Momente, die meine Neugier an der Frau im blauen Mantel erweckten, an jene Gestalt, in der Jeanne Corinna erkannt hat.«

Péloc knurrte mißmutig vor sich hin.

»Diese Jeanne versteht es, mich stets zu verwirren. Sobald ich mich damit abgefunden habe, daß sie eine Betrügerin ist, produziert sie irgendein unbegreifliches Phänomen, um dann wieder bis zum Hals in ihrem Lügensumpf zu versinken ...«

Ein hochgewachsener, asketisch wirkender Mann trat jetzt durch die Tür, mit wallender, wirrer, weißer Mähne, die ihm bis auf die Schulter reichte.

»Passen Sie auf«, flüsterte Péloc. »Das ist einer der Gegenpropheten. Frédéric Boisson, der Maler. Lepitre und Rosalie bezeichnen ihn schlicht als den Spion des Antichrists und tun alles, was in ihrer Macht steht, um ihn aus der Gemeinschaft der Lämmer zu eliminieren, doch Boisson hat einen ziemlich großen Kreis von Anhängern. Er kann viel schöner sprechen als Lepitre, und er lebt allein in unvorstellbar großem puritanischen Elend. Da er als Künstler sehr begabt ist, versteht er sich besser darauf, seine fixe Idee an den Mann zu bringen. Die Marquise Danjou und Jeanne können ihn gut leiden, so daß man nichts gegen ihn unternehmen kann.«

»Und Lepitre, warum haßt er ihn so sehr?«

Ich beobachtete Boisson mit dem eingefallenen Gesicht und der tiefen Stirn, der sich jetzt zu einer größeren Gruppe gesellte. Er wurde sofort von seinen Anhängern umringt.

»Boisson schreibt Bücher über die Schöpfung, über die Offenbarung des Johannes, über den Weltuntergang und versieht diese Dinge mit ziemlich willkürlichen, hahnebüchenen Kommentaren, die Lepitres ebenso willkürlichen, irrsinnigen Auslegungen diametral entgegengesetzt sind. Ich kann schon sagen, daß die beiden recht hübsche Szenen zu liefern pflegen. Im Grunde genommen leben sie füreinander, wie die großen Liebespaare. Sie studieren füreinander, arbeiten, schreiben und reden füreinander, bebend von der wilden Lust des Widerspruchs.«

Neue Gruppen trafen ein.

»Da kommt Georges Dufin mit seiner Schar«, setzte Péloc seinen Bericht fort. »Sie leugnen die Unbefleckte Empfängnis, und Lepitre hegt einen beleidigten Zorn gegen sie, als würden sie über seine eigenen Tugenden schmutzigen Klatsch verbreiten. Übrigens ist letzteres auch der Fall.«

Jetzt watschelte ein untersetzter, stiernackiger kleiner Mann auf Plattfüßen in den Saal. Er war blond, fast ein Albino. Die dicke Nase, das einschmeichelnde Lächeln, sein von Äderchen durchzogenes, rotes Gesicht stachen mit bäuerlicher Lebhaftigkeit von den vielen blassen, kränklichen Gesichtern ab. Später erfuhr ich, wie leicht er in Zorn geraten konnte. Seine Sprache war zischelnd und speichlig, und er rieb sich pausenlos die

Hände wie ein Kaufmann nach einem günstigen Abschluß. Hinter ihm kam sein gewaltiges Eheweib dahergeschnauft, das einem Walroß ähnelte und ihm zehn Kinder geboren hatte. Er mußte es schließlich wissen, wie es um diese unbefleckte Empfängnis stand. Zwei hochgeschossene, schwerfällige Mädchen begleiteten sie, die ihre Riesenfüße und ihre schaufelgroßen Hände, die an überlangen Armen baumelten, erschrocken und schwerfällig vor sich herschoben. Dufin war ein begüterter Goldschmied, ein Bürger der Zeit Ludwig XV., dessen Stern am Himmel zu steigen begann, der bereits eine Universität besucht hatte, Künstler protegierte, Bücher kaufte, Handel und Gewerbe betrieb und durch finanzielle Transaktionen ein beträchtliches Vermögen zusammengerafft hatte. Er war jener ›Bürger als Edelmann‹, von dem Molière in der Figur des Monsieur Jourdan ein Zerrbild von tödlichem Humor gezeichnet hat. Péloc war der Meinung, daß es die unstillbare Sehnsucht nach der Aristokratie gewesen, die Dufin in den Salon der Marquise Danjou getrieben hatte, wo dann seine krankhafte, neunmalkluge Eitelkeit den richtigen Boden fand, um im reichen, wohlgedüngten Humus der Lämmer zu blühen und zu gedeihen. Er hatte in sich den Prediger entdeckt, der gebildeter war als die anderen, den geborenen Haarspalter, den Feinschmecker blumiger, seichter Worte. Die Knospen seines beschränkten Geistes gingen in erregter Frühlingsfreude auf, nebst jener überheblichen, schrankenlosen Überzeugung, daß er berufen sei, die Welt zu belehren. Sein kampfbereites Temperament reagierte auf die Gegenmeinungen so heftig, wie ein junger Hund auf eine Balgerei. Der Himmel war für ihn eine vorzügliche Investition, deren Zinsen er noch hier auf Erden genießen wollte. Man konnte sich nichts Gegensätzlicheres vorstellen, als Dufin und Lepitre mit seiner Rosalie. Dafür bekämpften sie sich auch entsprechend, Dufin mit purpurrotem Zorn, oft mit vernichtender Ironie – Lepitre, indem er hektisch die Farbe wechselte, mit weibisch kreischender Stimme, während er in durchdringend riechenden Schweiß gebadet war. Bei solchen Gelegenheiten zog sich Boisson in die schadenfrohe Selbstzufriedenheit neutraler Überlegenheit zurück, um im nächsten Augenblick, sobald ihm irgendein Wort unter die Haut ging, selbst zu einem gestikulierenden, tobenden Flammenschwert zu werden.

Ein Mann mit Zigeunergesicht, hervorquellenden Augen und öliger Haut trat durch die Tür. Über seinen wulstigen, blauroten, rissigen Lippen lag der Schatten eines kräftigen Bartwuchses. An Kinn und Stirn blühten häßliche, eitrige Pickel. Er besaß rötliche Grübchenhände mit spitzen Fingern und auffallend kleine Füße.

»Martin Allain«, sagte Péloc. »Seine Mutter war Spanierin. Eine ziemlich zweifelhafte Existenz. Er ist erst vor kurzem in Paris eingetroffen. Angeblich ist er Arzt. Man sagt, daß er Priester werden wollte, doch vor seiner Weihe mußte er wegen eines kaum vertuschbaren Sexualdelikts aus der Kirche austreten. Sicher ist er ein ausgebildeter Theologe. Sein Arztdiplom hat noch niemand zu Gesicht bekommen. Er lebt in einem dubios zur Schau getragenen Zölibat, obwohl er ständig von Frauen umgeben ist, deren Mitleid und Interesse er mit rührseligen Geschichten ausnützt, laut denen er herzleidend ist, seine Tage gezählt sind, er aber mit überlegener Gelassenheit dem Tod ins Auge blickt. Übrigens ist er wahrscheinlich der einzig bewußte, hinterhältig kluge und schlaue Kopf in dieser Gesellschaft. Aller Wahrscheinlichkeit nach ein Scharlatan, der den Salon der Marquise Danjou als sein freies Jagdrevier betrachtet. Er besitzt eine große Anzahl von Anhängern, die er sowohl körperlich als auch seelisch betreut, sie in Wirklichkeit aber nur an der Nase herumführt und von deren Dankbarkeit er ein glänzendes Leben führt.«

Allains Gebärden erinnerten lebhaft an einen Priester.

»Warum wird er eigentlich nicht an die Luft gesetzt?« fragte ich.

»Das hat verschiedene Gründe. Zunächst einmal bin ich selbst Arzt, und man würde glauben, daß mich der Brotneid zu solchem Handeln treibt. Zweitens kenne ich diese Leute genau. Logische Argumente prallen von ihnen ab, wie die Pfeile von einer Steinmauer. Diese Leute sehen nur, was sie sehen wollen, und sie trauen eher ihrem Gefühl als ihren Augen. Und nach ihrem Gefühl ist Allain etwas Besonderes, ein Mann, der wunderschön zu sprechen weiß, der auf originelle Art heilt, so, wie man es von ihm erwartet. Sie alle leben im bodenlosen und konturlosen Pfuhl der Sinnlichkeit, sie versinken immer tiefer, von Lust berauscht in den schwefligen, gluckernden Gasen und weisen beleidigt die Hand von sich, die sich ihnen rettend entgegenstreckt. Ich habe aber im Laufe meines langen Lebens voll merkwürdiger Erfahrungen gelernt, daß man den Menschen gestatten muß, auf ihre Weise zu leben. Es ist ein müßiger und irriger Versuch, sie aus jenem Kreis herauszudrängen, wo sie ihre Erfahrungen sammeln müssen, weil sie sonst anderswo wieder die gleiche Situation aufsuchen. Ich weiß, es gehört eine Menge Selbstbeherrschung dazu, untätig zuzusehen, wie jemand aus freiem Willen trotz aller Warnungen in sein Verderben rennt ... doch mit der Zeit gewöhnt man sich daran.«

Die Gruppen formierten sich. Mir fielen der exaltierte, zerfahrene Gesichtsausdruck und die ebensolche Haltung jener Frauen und Männer auf, die sich um Lepitre scharten. Sie alle trugen fast die gleiche Miene zur Schau, die sie zu Zwillingsgeschwistern machte. Auch ihre dunkle, düstere, vernachlässigte Kleidung war ähnlich, wie die Uniform eines unbekannten geistlichen Ordens. Ich beobachtete, wie sie miteinander sprachen und flüsterten, wobei sie sich gegenseitig dicht auf den Leib rückten. Ihre Hände fanden sich, ihre Augen und Lippen hatten einen feuchten Glanz, und sie tauschten Blicke aus, wie pubertierende Halbwüchsige vor dem heimlichen Genuß.

Boissons Gruppe, die ebenfalls sehr zahlreich war, bot einen bunteren, groteskeren Anblick. Da gab es mit schlichter Vornehmheit gekleidete ältere Damen, auf deren Gesicht der Kummer um ihre Verstorbenen tiefe Tränenspuren hinterlassen hatte, langhaarige, exzentrisch gekleidete junge Nachwuchskünstler mit den Spuren von Ausschweifungen unter den unschuldigen Kinderaugen, in wallende Tücher gehüllt mit groben Zügen und mit der Figur einer Statue, die sich offensichtlich nackt, wie Gott sie geschaffen hatte, vor dem puritanischen Maler bekehrt hatten, sanfte, einfältige junge Mädchen mit ihren strengen Müttern, einen Sonderling mit Sandalen und Christusbart, ebenfalls ein ständiges Modell Boissons, dem diese Rolle allmählich zur fixen Idee geworden war, ein weinerliches, kicherndes altes Weib, einen halbverhungerten, wahnsinnigen Bildhauer mit zitterndem Kopf, der sein ganzes Leben lang an einer Skulptur gearbeitet, sie aber nie jemandem gezeigt hatte.

In Dufins Kreis dagegen gaben ganz andere Typen den Ton an, jene zufriedenen Kompromißler des Leibes und der Seele, die sich mit fettem Schnaufen auf der Galerie breitmachten und den Wettlauf der Askese beobachteten, in der angenehmen Überzeugung, daß sie sich ja selbst an diesem Wettrennen beteiligten, wie die Eigentümer der Pferde beim Pferderennen, und daß sie, was das greifbare Resultat betraf, in Wirklichkeit selbst als erste durchs Ziel laufen, weil der Große Preis des

Himmels durch die göttliche Gnade ihnen zuteil wird. Dicke Bürgersfrauen mit dem Gehirn eines Huhns, die den Durchbruch geschafft hatten, in schreiend bunten Gewändern, Parodien der Kleidung adliger Damen – kichernd, das Fett deftiger Speisen aus ihren von Reispuder verstopften Poren schwitzend, umgaben den triumphierenden Dufin. Madame Dufin war wie ein imposanter Fleischberg an seiner Seite vor Anker gegangen. Ihr leer lächelndes, unbewegliches Gesicht erinnerte an eine wiederkäuende Kuh. Die Männer in Dufins Gruppe sahen ihm ähnlich oder waren zumindest bestrebt, ihm ähnlich zu sein. Teilweise waren sie aus der verschreckten, unterwürfigen Herde seiner Gesellen hervorgegangen, die unter dem Ansehen ihres Meisters und unter dem Eindruck dieser glänzenden, geräumigen Umgebung zusammenschrumpften. Die beiden Dufin-Töchter, die aussahen wie zwei betrübte Nilpferde, hatten es sich auf einer zerbrechlichen Liege mit Rückenlehne bequem gemacht, wobei das bedauernswerte Möbelstück unter ihrem Gewicht ächzte und ihre Verwirrung bis zur Ekstase steigerte. Ich hatte das Gefühl, sie würden plötzlich hinunterkollern, und ich muß gestehen, daß mich dieser Zustand spannungsreich und hämisch auf das Ereignis hoffen ließ, obwohl ich sie wegen ihres ohnmächtigen leiblichen und seelischen Aggregatzustands und wegen ihrer pubertären Peinlichkeit bedauerte.

Unentwegt trafen neue Gäste ein. Die Luft war erfüllt von Stimmengewirr, Stühlerücken, Husten und Schneuztönen, diesen Kollektivgeräuschen der Menge, die etwas Berauschendes an sich haben. Unter den Neuankömmlingen fiel mir ein bärtiger, finsterer Mann mit hagerem Gesicht auf. In seinem groben, braunen Drillichgewand und den Sandalen, die mit Bindfaden befestigt waren, wirkte er wie ein indischer Büßer. Von Péloc erfuhr ich, daß er eine Schreinerwerkstatt neben dem Pont St. Michel besaß und daß er Charles Banet hieß, auch er eine leitende Persönlichkeit unter den Lämmern. Er läßt seine Jünger fasten und verabreicht ihnen eine völlig salz- und fleischlose Kost, denn das Salz ist die Essenz des Teufels. Sobald das Salz aus dem Organismus getilgt ist, wird die Seele von ihren Sünden befreit und wieder zum Engel. Sein Gegenpol in der Gesellschaft war eher Dufin als Lepitre. Der Kreis von Banet bezeichnete den Kreis um Dufin spöttisch als eine Versammlung von Aasfressern, Pilatussen und Pharisäern, die ihrerseits Banet beschuldigten, er würde sich daheim heimlich mit Pfefferwurst vollstopfen, in dunklen Gassen den Frauen unter den Rock greifen, und sich oft betrinken.

Mir war bereits schwindlig von all den Eindrücken, von all jenen strömenden Kräften und Emotionen, die aufeinander prallten und auf mich zustürzten. Ich war es nicht mehr gewöhnt, mich mit jener wirren, feindlichen und aggressiven Atmosphäre herumzuschlagen, die eine solche Menge um sich verbreitete.

Endlich ging die Flügeltür des Saales auf, durch die bisher noch niemand eingetreten war. Eine hochgewachsene Dame mit vollen Schultern, etwas kräftigem Busen in dunkler Kleidung tauchte unter der Tür auf, gestützt auf den Arm einer kleinen, untersetzten Frauensperson mit flachem, grobem Gesicht: Die Marquise Danjou und ihr Orakel *en vogue*, Jeanne Girard. An Jeannes Seite schritt, eifersüchtig und beschützend über sie gebeugt, ein Mann um die Fünfzig, hochgewachsen, knochig und mit verschobener Perücke, und machte ein Gesicht, als würde er durch ein unsichtbares Wesen zu Tränen gerührt, stammelnd und mit gespitzten Lippen. Das konnte nur Cortey sein, Jeannes hypnotisiertes Lamm, der vor Entzücken dampfende Bezirksrat. Angeblich hatten ihn Jeannes Träume sogar von einer häßlichen Krankheit geheilt. Péloc flüsterte mir zu, daß er ein Buch über die neue Pythia schreibe und dieses Werk auf eigene Kosten drucken lassen wolle.

Die Marquise Danjou war immer noch eine schöne, gepflegte, braunhäutige Frau mit sanftem, herzförmigem Gesicht, etwas dicken, empfindlichen und sinnlichen Lippen, großen, kaffeebraunen Rehaugen und getragener, farbloser Stimme. Sie strahlte Gutmütigkeit, Gebrochensein und weiche Beeinflußbarkeit aus, all die Hilflosigkeit jener Wesen, die sich jeder starken Persönlichkeit anbieten: Komm, du sollst kommen, handeln und wollen an meiner Statt! Jeanne Girards hochstrebendes Wesen hatte diese Aufforderung begriffen.

Die Lämmer umgaben die Damen des Hauses mit Huldigung und klebriger Schmeichelei, doch dieses Hofieren galt ebenso dem Günstling als auch der Marquise. Cortey machte sich mit eifersüchtiger Ablehnung wie ein schmollendes, beschränktes Kind um Jeanne zu schaffen. Er verteidigte sie hartnäckig, damit ja niemand an sie herankam, um zu verhüten, daß Jeannes empfindliche Seele durch schlimme Ausstrahlungen belastet und ihre kostbare Kraft durch heftige Wünsche vergeudet wird. Oft war er wie ein unausstehlicher, launischer Narr, gleichzeitig aber auch rührend und hoffnungslos in seiner Verehrung, die er einem unwürdigen Objekt zukommen ließ.

Lepitre war es, der die Marquise auf mich aufmerksam machte. Die Gruppe teilte sich, und der Weg zu ihr war für mich frei. Ich beugte mich über ihre Hand. Aus der Nähe konnte ich die Spuren eines einsamen Lebens in ihrem Gesicht erblicken. Mit freundlichem, mütterlichem Lächeln nahm sie meine höflichen Worte entgegen. Sie lud mich ein, ständiger Gast ihrer Zusammenkünfte zu sein. Hinter ihrem Blick lag der Schleier der Unsicherheit jener Frauen, die in ihrer Phantasie leben und zwischen ihren Erinnerungen umherirren. Oft wurde sie der Wirklichkeit urplötzlich gewahr, wie jemand, der aus einem Traum erwacht.

Jeanne fieberte ungeduldig dem Augenblick entgegen, wann sie mich endlich mit Beschlag belegen konnte, und so sehr mich auch ihr Äußeres und die Ausstrahlung ihrer Persönlichkeit abstießen, wartete ich selbst unruhig auf das Gespräch, das ich mit ihr führen wollte. Sie schmolz förmlich dahin, als ich auch ihr die Hand küßte, als wäre sie eine Dame von höchstem Stand. Sie konnte ihr heftiges Erröten, ihr nervöses, ungehobeltes Lachen und den Reflex eines unnötigen Krächzens nicht verbergen. Dann aber gewannen die freche Entschlossenheit und ihre Routine die Oberhand. Mit hochgerecktem Kinn begann sie mein Gesicht zu mustern, dann machte sie eine überlegene Miene, die keinen Widerspruch duldete, und verkündete mit erhobener Stimme:

»Ja ... ja. Ich habe ihn gesehen. Er ist es! Louis de la Tourzel!«

Ihre Worte lösten allgemeines Gemurmel aus. Corteys Augen vernebelten sich, dann begannen sie argwöhnisch zu glänzen. Ich registrierte verwirrt und mit Widerwillen, daß zwei dicke Tränen über seine Wangen rollten.

Jeannes kleine, schlaue Fuchsaugen sowie die ganze versammelte Gesellschaft erwarteten das Geständnis meiner unterwürfigsten Bekehrung. Ich spürte, wenn ich ausweichen oder auf den goldenen Mittelweg diplomatischer Gelassenheit ausweichen würde, daß dann aller Erwartung in Zorn umschlagen und Cortey mir vielleicht ein paar Zähne aushauen würde. Bei Fanatikern kann man nie vorsichtig genug sein. Für die Tatsache, daß bei den Konzilen so mancher Schädel kraft des WORTES zertrümmert wurde, ist auch nicht der sanfte Christus verantwortlich. – Ich hielt den Knochen in der Hand und warf ihn der gierigen Herde zum Fraße vor, indem ich mich erneut feierlich vor Jeanne verneigte.

»Ich gestehe, Mademoiselle, daß Ihr Traum mich tief erschüttert und eine große Wende in mein Leben gebracht hat. Ich hoffe, daß, wenn die Marquise Danjou mein bescheidenes Haus mit ihrem Besuch beehrt, ich Sie ebenfalls willkommen heißen darf!«

Ihre Antwort fiel eifrig, rasch und gewöhnlich aus.

»Unbedingt! Wir werden unbedingt kommen, Monsieur de la Tourzel! Wir haben schon viel über Ihr merkwürdiges Haus, über Ihre Bibliothek, über Ihren Diener gehört ... Hahaha ...«

Es war bezeichnend, wie sie ohne zu fragen anstelle der Marquise handelte, die auf ihre lasche Art jedes ihrer Worte guthieß.

Die beiden Frauen schritten unter Corteys Schutz weiter und nahmen auf dem Podest Platz, wo Lepitre bereits auf sie wartete. Ihm gegenüber, in der ersten Reihe, glühte Rosalies rot angelaufenes, faltiges Gesicht. Unter ihrem Augapfel hatte sich Feuchtigkeit angesammelt, bereit, aus den Augen zu treten. Ihr Gesicht war auch diesmal der Spiegel von Lepitres Gesicht. Ihr Idol blickte mit hocherhobenem Kopf, hochgezogenen Brauen und halbgeschlossenen Augen auf die Versammlung, die unter großem Stühlerücken und Palavern ihren Platz einnahmen. Doktor Péloc und ich setzten uns in der Nähe der Tür. Dicht neben Rosalie nahmen die zerlumpten, schmutzigen Lepitristen mit ihrem berauschten Lächeln Platz. Die beiden folgenden Reihen wurden von Frédéric Boisson und seiner bunten Herde besetzt. Boisson und seine Jünger steckten die Köpfe mit ironischem und von vornherein abweisendem Lächeln zusammen. Auf eine halblaute Bemerkung hin drehte sich Rosalie plötzlich um und ließ mit bösem Geiergesicht ein scharfes ›Pst!‹ hören. Als sie sich jedoch umwandte, saß der Glorienschein bereits wieder auf ihrem Gesicht. Hinter den Boissons folgten die Dufins. Die grazilen, kleinen Stühle ächzten verzweifelt unter ihren Leibern, die sich nach beiden Seiten wölbten. In der nächsten Reihe saß Martin Allain, von einem dichten Ring von Frauen umgeben. Alle neigten sich ihm zu und lauschten den Worten, die von seinen dicken, bläulichen Lippen kamen. Charles Banet hatte sich nicht auf seinem Stuhl, sondern auf dem Boden niedergelassen, und seine Jünger folgten seinem Beispiel. Dort saßen sie nun alle recht unbequem mit finsteren, stolzen und lächerlichen Gesichtern.

Schließlich läutete Lepitre mit einer Silberglocke. Auf dieses Zeichen erhob sich plötzlich die ganze Gemeinde, und es wurde mucksmäuschenstill. Lepitre stellte die Glocke vorsichtig vor sich auf den Tisch und legte seine Fingerspitzen leicht gegeneinander.

»Lobet den Herrn!« sagte er mit leiser, tiefer, gedrosselter Stimme, dann reckte er den Hals und bog ihn wie ein Hahn, der zum Schrei bereit ist, und begann in einem überraschenden, hohen, einsamen Falsett zu krähen:

»Vater der Dreifaltigkeit,
unser geliebter Vater,
glorreicher, gewaltiger, zürnender Herr,
Halleluja!«

Die Gemeinde schloß sich der einsamen Stimme an und brach dann in ein derart entsetzliches und dröhnendes Halleluja aus, daß mir angst und bange wurde. Es hörte sich an wie ein drohender Schlachtruf. Nach der ersten folgten noch etwa zehn weitere Strophen mit einem einschmeichelnden, süßlichen und hinsichtlich der Sünder recht blutrünstigen Text. Der Saal voller Menschen verschmolz währenddessen zu einer festen Einheit und wurde von lauter Andacht durchweicht. Ich betrachtete ihre selbstvergessenen, glücklichen, strahlenden Gesichter, in denen eine rührend einfältige, flammende Naivität zu lesen war. Sollten diese Leute gegeneinander streiten und sich gegenseitig verleumden? Unter dem Lied, das mit himmlischer Leidenschaft aufbrauste, konnte ich mir so was kaum vorstellen – und das, was darauf folgte, überstieg auch alle meine Vorstellungen.

Lepitre begann die Predigt mit der üblichen Einleitung der Woche, aus der ich erfuhr, ›daß der Herr sie alle seit nunmehr vier Jahren in diesen freundlichen und gesegneten Stall treibe‹. Verstohlen blickte ich zur Marquise Danjou, was sie wohl von diesem Stall hielte, doch die Marquis lächelte friedlich. An ihren Augen war zu erkennen, daß sie in Wirklichkeit überhaupt nicht anwesend war und bei einem heimlichen Stelldichein mit ihrem verstorbenen Geliebten weilte. Dieses freundliche Stilleben – über dem die leise, heisere, verhaltene Stimme Lepitres wie ein grauer Traumnebel schwebte – kippte plötzlich unerwartet auf entsetzliche Weise um und wandelte sich in einen schreienden, tobenden Hexenkessel, was ich bisher nur in der Astralwelt erlebt hatte. Wahrscheinlich war ich inzwischen etwas eingenickt, so daß es eine ganze Weile dauerte, bis ich erfuhr, worüber man sich derart aufgeregt hatte. Die Panik ergriff auch mich, und ich erhob mich, um zu flüchten, doch mein Blick fiel auf Péloc, der mit unerschütterlicher Ruhe immer noch vor sich hinlächelte. Er zwinkerte mir zu, und ich setzte mich wieder.

»Was ist geschehen?« rief ich, weil er mich sonst in dem allgemeinen Gebrüll, Gehaue und Gestrampel kaum verstanden hätte.

»Nichts Besonderes«, artikulierte er. »Lepitre sprach davon, daß ihm der Heilige Geist die sieben Wahrheiten des Heiligwerdens durch Rosalie offenbart habe. Dufin warf ein, er würde demnächst wahrscheinlich damit herausrücken, daß Rosalie niemand anderes sei als der Prophet Jesaia. Dadurch fühlte sich wiederum Boisson schwer beleidigt, weil sein engerer Kreis seit einiger Zeit herumflüsterte, ihr Meister sei die Reinkarnation des Propheten und ...«

Ich griff mir an den Kopf.

Über den schreienden, erregten Gesichtern tauchte das zerwühlte Gorgonenhaupt Rosalies auf. Ihr Mund bewegte sich, aber man konnte nicht hören, was sie sagte. Plötzlich war sie verschwunden, als hätte man sie in die Tiefe gerissen. Lepitre schrie mit ausgebreiteten Armen und krebsrotem Gesicht, dann packte er die Glocke und begann sie zu läuten, doch dadurch wurde der Lärm nur noch größer. Boissons tiefer Baß durchbohrte das dichte Geräuschemeer:

»Ihr habt ihn gesehen und nicht erkannt! Wehe euch heuchlerischen Pharisäern!«

»Wen?!«

»Wen sollen wir gesehen haben?!«

»Wen sollen wir nicht erkannt haben?!«

Boissons hagere Gestalt richtete sich auf, das Gesicht von wahnsinniger Überheblichkeit und wildem Enthusiasmus verzerrt:

»Jesaia!« brüllte er.

Für einen Augenblick trat Stille ein, dann war Rosalies Stimme zu hören, die alle Mühe hatte, sich zu fassen:

»Also ... das ... das ist ... unerhört!«

Aus der Dufin-Gruppe erhob sich fettes Gelächter im Chor.

»Eure schwere Stunde ist gekommen, sprach der Herr zu mir. Gehet in euch, weil die Posaunen des Jüngsten Gerichts erschallen, die Pforten des Himmels und der Hölle tun sich auf ...«

»Jetzt aber ... Schluß! Schluß!«

Banets Gruppe strampelte mit den Füßen. Später erfuhr ich, daß sich Banet für Johannes den Täufer hielt und auf jeden anderen Propheten eifersüchtig war.

»Antichrist! Nieder mit ihm! Vertreibt den Wolf unter den Lämmern! Wir dürfen das Unkraut nicht dulden!«

Eine dunkelgekleidete, blasse alte Frau flehte entsetzt, mit hoch erhobener Hand:

»Friede, meine Brüder! Ein Lamm wird doch nicht gegen das andere kämpfen?!«

»Auch der Herr hat die Schächer mit der Peitsche aus dem Tempel getrieben!« brüllte Dufin.

Péloc neigte sich zu mir.

»Erstaunlich, wie rasch jeder Gewalttätige zu diesem Gleichnis greift!« nickte er mir zu. Ich begriff. Wir erhoben uns und huschten durch die Tür.

Der schwarze Eros

Durch die weiten, verschlungenen Spiegelgänge strömte der Lärm noch eine ganze Weile hinter uns her, doch er nahm immer mehr ab, und als wir den kleinen, apfelgrünen Salon betraten, hörte es sich an wie ein aufgescheuchter Bienenschwarm.

Die Sonne war bereits verschwunden. Eine silbergraue, vom rosigen Schein der Erinnerung gefärbte Dämmerung schaute durch das große Fenster herein, vor dem sich die rund geschorenen, noch winterlich kahlen Bäume des gepflegten Parks langweilten.

Corinna saß mit hochgezogenen Knien auf dem Sofa mit der

geschweiften Rückenlehne, Zeichenblock und Kreide in der Hand. Der kleine Junge, Christian, lag bäuchlings auf dem Teppich und betrachtete die bunten Bilder eines gewaltigen Folianten.

Das Gobelin über Corinnas Lager stellte die schlanke, jagende Diana nebst Gefolge dar.

Als wir eintraten, blickten die beiden Kinder erfreut auf, und die ängstliche Zurückhaltung, die jungen Menschen eigen ist, blitzte in ihren Augen erst auf, nachdem sie auch mich hinter Péloc entdeckten.

Es fällt mir schwer, jenen Augenblick heraufzubeschwören, als ich Corinna zum ersten Mal erblickte. Dieser Ausdruck entspricht auch nicht der Wirklichkeit. Jeder ihrer Züge, die eckigen, erregenden Kurven ihres schmalen, knabenhaften Körpers, die unbeholfene, dennoch herausfordernde und verdorbene Lieblichkeit ihrer Bewegungen wirkten auf mich mit der Erschütterung der Erkenntnis, als hätte ein unbewußtes, doch gewaltiges Mangelgefühl endlich seinen Gegenstand gefunden. Bis dahin hatte mir die Liebe während all meiner bewußt erlebten Höllenreisen nicht viel bedeutet. Die Episode mit Charlotte Brüggendorff, die selbst ohne Befriedigung nur im Ekel endete, hatte mich lediglich von der Notwendigkeit überzeugt, daß ich mich von den Astralschlingen der Sinnlichkeit fernhalten mußte. Stets war ich ein verbannter, einsamer Wolf gewesen, einsam und ohne Gefährten, ein Wesen, das in seiner transzendenten Ruhmsucht und seinem später sündigen Geheimnis stets allein herumstreunte. Mein gieriger Wettlauf ums Elixier und meine späteren gescheiterten Versuche, einen Ausweg zu finden, hatten all meine Kräfte verbraucht und verbrannt. Es reichte nicht mehr für Liebesspiele mit Frauen. Dieses Gebiet schlummerte latent in mir. Jene wahnsinnige Selbstaufopferung, die danach strebte, im anderen Wesen völlig aufzugehen, war mir unbekannt, ebenso wie die quälende Eifersucht, die Demut voller Selbstverachtung, die Unterwürfigkeit, die Leidenschaft, die dem Haß gleichkommt, die verschrobene, zornähnliche Selbstzerfleischung des anderen, den verzweifelten Kampf um die Vereinigung mit einem Wesen, das zwar entsetzlich und unbegreiflich andersartig, dennoch lebenswichtig und unentbehrlich ist. Ich kannte nicht das millionenfache Gesicht der Zärtlichkeit, das Feuerwerk der narkotischen Sehnsucht, das den Menschen auf erschütternde, fiebrige Art verschönt oder in unerträglichem Schmerz verzerrt. Dies alles hatte ich nicht erlebt, bis ich schließlich Corinna traf, dieses verderblich schöne, unbewußt schöne, verantwortungslose, verlogene, verdorbene und naive Werkzeug des finsteren Eros.

Als sie sich auf der Liege aufrichtete und mich schüchtern, doch irgendwie auch schelmisch anlächelte, fegte ein Sturm wilder Erregung durch mich hindurch. Ich kam mir wie ein dummer Junge vor, obwohl sie noch ziemlich unentwickelt war, wie ein hinreißender malaischer Knabe mit schlanken Gliedern, schmalen Hüften, breiten Schultern und samtiger Kreolhaut. Das dunkle, dichte Haar, mit einem grünen Band zusammengebunden, umrahmte in dichten, glänzenden Locken ihr schmales, auf besondere Art reizvolles Gesicht. Unter den schmalen, orientalisch gewölbten Brauen glänzte ein schräg geschnittenes, grünlich schimmerndes Augenpaar im seidigen Schatten der Wimpern. Der Ausdruck ihrer Augen war von unsagbarer Zärtlichkeit, von mildem Glanz, lustheischend und wirkte auf denjenigen, auf den ihr Blick gerichtet war, wie eine Berührung, unter der man erschauerte. Ihre Backenknochen stachen etwas hervor, ihre Nase war kurz, doch kühn geschwungen und ziseliert wie ein Juwel. Ihr voller, roter Mund war etwas nach unten gezogen, wenn sie ernst dreinblickte, und verlieh ihrem Gesicht einen schmerzlich-süßen Ausdruck. Wenn sie lachte, blitzten ihre schneeweißen, gezackten Raubtierzähne hervor und ihr Ausdruck wandelte sich, wurde spöttisch und herausfordernd schamlos. Zwischen diesem wilden Perdita-Lachen und der rührenden, tragischen Maske mit den herabgezogenen Mundwinkeln verfügte sie auch noch über ein sanftes und anziehendes Kinderlächeln, wenn die Kleinkinderschatten von Grübchen über ihr Gesicht geisterten ... doch Corinna hatte noch eine ganze Reihe anderer Gesichter, wie die verführerische Natur selbst, die alle Geschöpfe zur Paarung treibt. Und wie hungrig sie war, wie hilflos hungrig nach Liebe, nach den zahllosen unerschöpflichen Umarmungen und nach all den kleinen Spielen, die damit verbunden waren! Wie entsetzlich gelehrig und einfallsreich sie war, wie gewissenlos und unerschrocken! Sie kannte weder Schranken noch Grenzen, und kein Schatten eines Schuldbewußtseins fiel je auf ihre Seele. Sie spielte und genoß. Ihr war es gleich, in wem sie die Flamme entfachte und welche Feuersbrunst, welche Sorgen, welches Unglück sie heraufbeschwor. In dieser sinnlichen Gefühllosigkeit, die ihrem sorglosen erregenden Lachen, das jedes Chaos übertönte, war etwas Erschreckendes, das nicht mehr menschlich war. So sind die Nymphen, die in den sinnlichen Phantasiehainen der Astralebene kichern, die flüsternden Dämonen der irdischen Nymphomaninnen, die die sanfte, weiße Gestalt der Mutter Isis und ihrer irdischen Jünger, die kämpfenden, treuen Frauen, mit Schmutz bewerfen, jene ewigen Mütter und Ammen der Männer, deren Lebensgefährten sie sind und mit denen sie alles Leid teilen. Sie sind es, die den Wollüstigen zum lärmenden Triumph verhelfen, denn sie gebieten über einen fürchterlichen Schlüssel, weil sie durch keine Ethik, kein Mitleid, keine Skrupel belastet oder gebunden sind. Sie dienen nur und nur der unpersönlichen Lust, niemals jedoch dem Menschen. Dennoch sind sie, über ihren Willen und ihre Absichten hinaus, seine Lehrmeister, wie alles, was höchste Lust und unendliches Leid hervorbringt. So wurde Corinna meine Lehrmeisterin.

Christian nahm ich eine Weile überhaupt nicht zur Kenntnis. Von jenem Augenblick an, wo ich Corinna kennenlernte, bildeten die Dinge und Menschen, die sie umgaben, nur einen nebelhaften Wirbel vorübergleitender Schatten durch lange Monate hindurch, bis mir die groben Erschütterungen mein plastisches Sehvermögen zurückbrachten. Im nachhinein fixierte ich Christian als einen altklugen Knaben mit düsterem Gesicht und dachte, seine Mutter dürfte ihn zu jener Zeit in ihrem Leib getragen haben, als sie jener fürchterliche Schlag durch den Verlust ihres Ehemannes traf.

Ich suchte in meinem entsetzlich leeren Kopf noch hastig nach Worten, als bei Corinna die durch das Auftauchen des Mannes ausgelöste freudige Erregung bereits das erste Aufflammen der Schüchternheit hinweggefegt hatte. Später gestand sie mir, daß sie sich augenblicklich in mich verliebt hatte, und damals war ich vor lauter stupider und eitler Begeisterung hingerissen. Noch wußte ich nicht, mit welcher Vollkommenheit und Aufrichtigkeit sie diese Sehnsucht empfinden konnte, doch eben nur für kurze Zeit und stets einem anderen gegenüber. Wenn ich ihre späteren Abenteuer betrachte, muß ich gestehen, daß sie es erstaunlich lange bei mir aushielt und selbst nach ihren verschiedenen Fehltritten immer wieder zu mir zurückkehrte. Ich bedeutete ihr mehr als jene Männer, die sie im allgemeinen ruinierte, doch konnte ich darin natürlich keinen Trost finden.

Corinna war es, die mich zuerst ansprach, mit neugierigem, aufreizendem, dennoch schüchternem Charme.

»Sie sind Monsieur de la Tourzel, nicht wahr?«

Ich verneigte mich stumm und nahm ihre schmale, feine Hand entgegen. Corinna lachte auf.

»Die arme Jeanne hatte viel zu tun, um Sie hierherzuzaubern! Ihre Traumbeschreibung paßt genau auf Sie: ›Ein hochgewachsener, blasser junger Mann mit romantischen Zügen‹ ...« Ihre Stimme klang spöttisch und aufreizend.

»Mademoiselle belieben zu schmeicheln, daß man meine Wenigkeit bereits erwähnt hat.«

Corinna zwinkerte mir zu wie eine Verschwörerin.

»Ich war furchtbar neugierig auf Sie!« brachte sie in kindlicher Unüberlegtheit hervor.

Vor lauter Herzklopfen wollte mir fast die Stimme versagen.

»Warum?«

»Doktor Péloc hat Wundersames über Sie berichtet ...«

»Pardon, Mademoiselle waren es stets selbst, die mich zum Sprechen aufforderten!« warf Péloc verwirrt ein, doch ich hätte ihn umarmen mögen, daß er Corinnas Interesse an mir geweckt hatte.

Corinna legte den Kopf zur Seite und schaute mit berechnender Gefallsucht zu mir auf.

»Nicht wahr, Sie werden mir dieses schöne alte Haus zeigen, Ihre Bücher, Ihren Diener und alles«, sagte sie mit singender, flehender Stimme. Der Bogen ihres Körpers neigte sich mir zu wie der einer schmeichelnden Katze. Ich versicherte ihr stotternd, daß ihr mein ganzes Haus zur Verfügung stünde und daß ich glücklich sein werde, wenn sie mich zusammen mit ihrer Mutter und Jeanne besucht. Als ich die Hand nach der Zeichnung ausstreckte, mit der sie sich bei unserem Eintreten beschäftigt hatte, verbarg sie das Blatt hinter ihrem Rücken.

»Nein ... nicht doch ... es ist stümperhaft, und überhaupt ...« Dann holte sie plötzlich die Zeichnung hervor und zeigte sie mir. Es war die kindliche Zeichnung einer nackten Frau mit großen Brüsten, die unbedeckt in ihrem Bett lag und über die sich ein hochaufgeschossener Mann mit Pferdegesicht neigte.

»Erkennen Sie sie?« fragte sie. Als ich nachdenklich den Kopf schüttelte, schrieb sie mit großen, krakeligen Buchstaben die Namen auf das Bild: ›Jeanne und Cortey‹. Dann ließ sie ein breites, bösartiges, faunisches Lachen hören und tanzte um den Tisch herum.

Meine Begegnung mit Corinna wühlte in mir die gleichen Wellenkreise auf, wie in jedem anderen verliebten Narren. Grübelnd, zweifelnd und hoffnungsvoll betrachtete ich im Spiegel Louis de la Tourzels hochgeschossene Gestalt, das blasse Gesicht, das ich von meinem Vater geerbt hatte. Doch in dieser physischen Hülle verbarg sich auch die Sinnlichkeit der Sophie Pétion. Mein Körper war seit Jahrhunderten ein verschwommener, schnell vorbeihuschender, feindlicher Schatten auf der glitzernden Oberfläche verschiedener Spiegel. Mein Bewußtsein betrachtete nur meine innere Folterkammer mit voller Intensität, bis ich de la Tourzels Körper als Werkzeug der gefühlvollen Begeisterung, der eitlen Gefallsucht und der sich bis zum Schmerz steigernden Lüste entdeckte. Ich ließ mir modische Anzüge machen, meine Perücke wurde vom Hoffriseur geliefert, ich kaufte eine neue, vornehme Kutsche nebst arabischen Vollblütern und nahm Reitunterricht. Auf diese Weise vergingen einige Wochen. Inzwischen wurde zwischen Corinna und mir – obwohl wir uns nur flüchtig und kurze Zeit begegneten – das magische Gewebe der Sehnsucht immer dichter. Heimlich sandte ich ihr Gedichte und Blumen, und sie winkte mir hinter dem Vorhang zu, wenn ich stundenlang unter ihrem Fenster herumstreifte. Schließlich rang sich die Marquise Danjou beziehungsweise Jeanne zu einem Besuch durch. Mir fiel es nicht schwer, es so einzurichten, daß sie auch Corinna mitbrachten. Ich wußte, wenn sich Corinnas Gefühle mir zuneigten, mußte ich mich nur Jeannes Hilfe mit Geschenken, Geld und Schmeicheleien versichern – damit sie uns glatt und reibungslos in den Stand der Ehe träumte.

Es war ein merkwürdiger Tag Ende April, ein Mittwochnachmittag voll unruhiger, gärender, fiebriger Melodien-Fragmente. Über den Himmel rasten Wolken, die aussahen wie Wattebäusche, und zogen die Sonne in den merkwürdigen launischen Schleiertanz von düsteren Schatten und Frühlingslicht ein. Der Wind rührte Staub und fernen Blumenduft auf, führte aber auch einen eisigen Hauch mit sich.

Auch in meinen geschmückten, zum reichen Mahle gedeckten Zimmern tanzte die Sonne und stach goldglitzernde Pfeile in die Vasen mit den flammenden, langstieligen Rosen, die ich für ein Vermögen in einem Treibhaus besorgt hatte. Maurice erledigte alles mit gelassener Pünktlichkeit und dirigierte das Hilfspersonal mit pedantischem Ekel.

Die Marquise Danjou traf mit ihren Kindern und Jeanne Girard gegen sechs Uhr in einer großen, vornehmen, dunkelblauen Kutsche ein, auf deren goldverziertem Wagenschlag das Wappen der Danjou schimmerte und die innen mit schwerem, resedafarbenem Brokat ausgeschlagen war.

Die Marquise Danjou führte ihren kleinen Sohn mit dem ernsten, altklugen Gesicht an der Hand und entschuldigte sich, daß sie den Knaben mitgebracht hatte. Christian hatte geweint und getobt, er wollte unbedingt mitkommen. Ich beruhigte sie, ich sei sehr erfreut und hätte es gar nicht anders erwartet. Ja . . . ich war unendlich froh über alles, wie ein Berauschter oder Wahnsinniger, leuchtete doch Corinnas ziselierter, wunderschöner kleiner Kobrakopf in meiner Nähe.

Der samtene, sehnsüchtige Blick ihrer Mandelaugen versenkte sich in meinen Blick, und sie lächelte mich mit ihrem blassen Grübchenlächeln an, das sie in diesen Augenblicken zu einem engelsgleichen Geschöpf verzauberte. Ihr schmaler, biegsamer Körper wiegte sich graziös in dem damenhaften roten Samtkleid mit dem antiken Spitzendekor. Im Kelch der goldenen Lilie, die sie am Busen trug, schimmerte der Glanz einer echten Perle. Von ihrem graziösen Barett, das ein Auge beschattete, fiel eine rote Feder im hohen Bogen auf ihre Schulter. Sie kam mir so wunderschön, so geheimnisvoll und so unerreichbar vor, und ich begehrte sie so sehr, daß mich ein inneres Beben erzittern ließ. Ich konnte meine Finger kaum beherrschen, während ich mich über die Hände der Damen beugte. Als meine feurigen Lippen Corinnas Handgelenk berührten, sah ich, wie ihr nackter Arm von einer leichten Gänsehaut umwölkt wurde.

Doktor Péloc, der liebe, freundliche Doktor Péloc, half mir aus dieser unmöglichen Situation. Er hatte sich von tausend Pflichten losgerissen, um bei diesem Empfang zugegen zu sein. Er kannte meine Gefühle, die ich für Corinna hegte, und auch meine Heiratsabsichten, die ich so schnell wie möglich in die Tat umsetzen wollte. In meinem Rausch kümmerte ich mich wenig um seine gemurmelten Worte, um seine indirekten Mahnungen und seine schüchternen Anspielungen, durch die er mir seine

Bedenken mitteilen wollte. Er möchte sich um alles in der Welt nicht in meine Angelegenheiten einmischen, er möchte mich nur bitten, diesen wichtigen Schritt reiflich zu überlegen und vor allem mit meiner Beobachtungsgabe, die ihm bereits bekannt sei, den Gegenstand meiner Gefühle etwas genauer unter die Lupe zu nehmen. Es würde niemals schaden, meinte er, indem er seine Worte sorgfältig wählte, wenn der Verliebte vor der Hochzeit seinen Partner etwas näher kennenlernt. Die Eigenschaften eines Menschen an sich könnten durchaus vorzüglich sein, dennoch wenig geeignet, sich einem anderen Charakter anzupassen. Das geschlechtliche Verlangen kann nichts beweisen, außer für eine vorübergehende Zeit.

Seine Worte perlten von mir ab, wie das Wasser von einer ölgetränkten Haut. Seine ungewöhnliche Beharrlichkeit machten mich mittlerweile reizbar, diese Beharrlichkeit, mit der er, wenn auch vorsichtig, versuchte, mich von dem Gedanken an Corinna abzubringen.

»Aber um Gottes willen, Doktor, was haben Sie gegen Corinna einzuwenden? Sie ist eine vornehme, wohlerzogene junge Dame, und kein Kind könnte unschuldiger und unerfahrener sein als sie!« brach es aus mir heraus.

»Und das sagen Sie, Monsieur?« schaute er mich mit resigniertem Lächeln an. »Ich kenne Corinna von früher und war ihr anders geneigt als Sie. Ich könnte sagen, ich kannte und bedauerte sie. Und heute noch möchte ich sie nur vor einem bewahren – vor sich selbst. Nun, um ganz offen zu sein, wie es unsere Freundschaft verdient ... Sie vor ihm, vor diesem heute noch unerfahrenen, unschuldigen Kind!«

»Aber warum nur? Warum?«

»Erinnern Sie sich daran, was ich das allererste Mal über sie gesagt habe. Ich verspreche Ihnen, daß es das letzte Mal sein soll, daß wir in dieser Hinsicht über sie sprechen. Ich werde Sie nicht mehr beunruhigen, aber ich bin es mir selbst schuldig, Ihnen die Gefahr und das Unglück vor Augen zu führen, das Corinnas Besitz bedeuten würde. Corinna ist das erregende Abenteuer, die Lust des Augenblicks, der unverantwortliche Genuß in Person. Sie wird stets nur dem Augenblick und sich selbst treu bleiben. Corinnas Wünsche sind Eintagsfliegen, die dahinsterben und pausenlos neu geboren werden. All ihr Spielzeug, ihre Gedanken, ihre Bewegungen, ihre Entflammbarkeit spiegeln diese launische Flamme wider, ein Feuer, das jeden entflammt und dann erlischt, um andernorts erneut emporzuzüngeln. Corinna ist heute noch ein Kind, doch ihr ungewöhnlicher und gefährlich anziehender Körper birgt irgendein urtümlich geisterhaftes, unbewußt verdorbenes, satanisches Element, das Verderben und Tragödien um sich aufrührt. Wer in diesen Höllenstrudel gerät, der jeden nach unten zieht, der nimmt Schaden an Leib und Seele oder wird vernichtet, während sie selbst, dieser ewig hungrige, ohnmächtig dunkelnde Strudel unerschütterlich und unverantwortlich weiter funktioniert, sofern ihm kein Kataklysmus Einhalt gebietet.«

Pélocs Worte übten eine sonderbare Wirkung auf mich aus. Es war, als hätte er mit einem Blasebalg das Feuer in mir geschürt. Seine dunklen Andeutungen wurden in meinen Sinnen zu süßen, lustvollen Peitschenhieben ...

»Ich liebe sie«, wiederholte ich beharrlich, »und wenn ich wüßte, daß man mich morgen ihretwegen pfählen wird, würde ich sie dennoch lieben.«

»Sie hat Corinna zum Dichter gemacht: Sie stehen in Flammen, wie der Prophet Jeremia. Vielleicht spricht der Herr aus Ihrem Munde, vielleicht auch etwas anderes, was Sie für immer aus Ihrem Körper verbannt und zur Hölle geschickt haben.«

»Mag sein, daß ich bereits den dunklen Schoß dieses Strudels umkreise, vielleicht wird es mein Tod sein, wenn mich dieser Strudel verschluckt. Doch ich muß darin versinken, ich muß hindurch, es gibt kein Zurück mehr. Als ich Corinna zum erstenmal erblickte, wußte ich bereits, daß ich meinem Schicksal nicht entgehen kann.«

Wir schauten uns verdutzt an. Beide dachten wir an Jeannes Traum, in dem die beiden Damen mit der Seidenkapuze die gleichen Worte gesprochen hatten.

Doch was hatte die ätherische Marietta mit Corinna zu schaffen? Welche Spiegelfechterei oder welch tiefes Mysterium hatte diese beiden Gestalten in jener Botschaft identisch gemacht, die mich erreicht hatte?

Péloc blickte bekümmert und verwirrt zur Seite, dann sagte er nach einer Weile leise, nach Worten suchend.

»Natürlich ... so gesehen ... ist alles anders. Dann aber ... Kann ich wirklich keine andere Rolle spielen ... als die des Helfers, wenn Sie meine Dienste akzeptieren ... wenn Sie erlauben, daß ich Ihnen mit allen meinen Kräften zur Verfügung stehe, vorausgesetzt, daß ...«

Ich beruhigte ihn, daß ich auf ihn zählen würde, dankte ihm für seinen Rat und bat ihn, mir zu verzeihen, wenn ich ihn nicht befolgte.

Das Licht großer Kerzen, die in silbernen Kandelabern steckten, wurden von den geschliffenen Spiegeln des Salons reflektiert. Das unruhige Flackern der lebendigen Flammen spiegelte sich in Corinnas Augen wider, die von schwerem Wein umschleiert waren. Die Marquise Danjou und Jeanne Girard amüsierten sich über Pélocs Worte, da der Ärmste alles versuchte, um mich für Corinna freizuhalten. Christian spielte mit meinem indischen Schachspiel aus Elfenbein.

Corinna und ich spielten die ganze Zeit ein herrliches Spiel. Ich zeigte ihr Zeichnungen, Kupferstiche und Bücher, nur um mich über sie beugen und sie berühren zu können. Sie kam mir in allem entgegen und half mir. Bei Tische spürte ich ihr langes, schlankes Bein, das sich an mein Bein schmiegte, und diese Berührung ließ meinen ganzen Körper erbeben. Nachdem wir uns bereits in den Salon begeben hatten, sprang sie plötzlich auf und verkündete mit launischer, berauschter Stimme, daß sie noch einmal das Menuett aus der Spieluhr im Speisezimmer hören möchte, weil sie die Melodie vergessen hätte. Ich folgte ihr bereitwillig mit schlotternden Knien. Im dunklen Flur schmiegte sie sich durstig an mich, hängte sich an mich wie eine Klette. Ich umarmte ihren kräftigen Leib, der sich mit schamloser Blendung allen Biegungen meines Körpers anpaßte, und küßte ihren Mund, den sie mir bot und der sich in flammender Leidenschaft öffnete. Ich stöhnte dumpf auf, weil ich die Steigerung meiner Gefühle, die Spannung meiner Sinne nicht mehr ertragen konnte, diese Leidenschaft, die ich fast schmerzlich empfand.

»Du ... du ...«, stammelte ich, »geh ... geh fort von mir ... ich werde dir weh tun ... Corinna ... Corinna, du weißt noch nicht ...«

Sie legte die Arme um meinen Nacken.

»Küß mich ... noch mehr ... küß mich tausendmal ...«, sagte sie flüsternd und fordernd mit fliegendem Atem.

Verblendet stürzte ich mich in einen dunkelroten Strudel. Ich küßte ihren immer gierigeren Mund, ihren Hals, ihre Schultern, von denen das Kleid abgeglitten war. Eine Tür, die zuschlug, sprengte uns auseinander. Wir huschten rasch ins Speisezimmer, und ich stellte die Spieluhr an. Corinna brachte mit geschickten Fingern ihre Kleider in Ordnung, glättete ihr Haar, ihr Gesicht wandelte sich erschreckend schnell zu einer kühlen Maske, während ich weiter vom feurigen Strom geschüttelt wurde. Ich trat hinter sie und strich mit bebenden Händen über ihren Hals, ihre Schultern und ihre Taille.

»Corinna ... Ich liebe dich ...! Ich liebe dich ...!«

Sie bog den Kopf zurück.

»Ja«, sagte sie leise. »Ich liebe dich auch. Als ich dich erblickte, habe ich mich danach gesehnt, daß du mich küßt ...«

Als wir in den Salon zurückkehrten, zog Corinna die Blicke, die auf uns gerichtet waren, mit unbefangenem Lächeln auf sich, indem sie die Melodie des Menuetts zu trällern begann.

»Endlich habe ich's gelernt«, meinte sie zwischendurch und trällerte weiter. Ich zog mich in eine Fensternische zurück, um meine Erregung zu verbergen. Draußen vor dem Fenster pfiff bereits der kühle Abendwind und wehte Steinchen gegen die Scheiben. Ich läutete nach Maurice, damit er die Vorhänge zuzog. Als sein Gesicht im hellen Lichtkreis des siebenarmigen Leuchters vorbeizog, fiel mir für einen Augenblick auf, wie wachsbleich und müde dieses Gesicht war. Armer Alter, dachte ich, dieser Abend hatte ihn schwer belastet ...

In der Stille, die auf Maurices Auftritt folgte, ertönte plötzlich Christians dünne Kinderstimme.

»Nicht wahr, Mama, nicht jeder muß sterben, nur einer, der sterben will?«

Auf diese überraschende Frage erfolgte einige Sekunden lang keine Antwort. Maurice, der am Fenster stand, den Rücken der Gesellschaft zugewandt, drehte sich plötzlich heftig um. Der Raum war von einer merkwürdigen Spannung erfüllt. Ich betrachtete das langgezogene Kreolgesicht und die großen, dunklen mattschimmernden Augen des Knaben, als würde ich sie zum ersten Mal sehen. Dieses Gesicht war zeitlos, es war ernst, ja fast düster.

»Wo hast du das her, mein Sohn?« unterbrach die schrille Stimme der Marquise Danjou den Zauber.

Jeanne Girard aber sagte wichtigtuerisch und salbungsvoll:

»Alle müssen sterben, Christian, doch die reinen Seelen werden auferstehen.«

In Christians Augen und um seinen Mund erschien ein sturer Ausdruck, und er sagte mit erhobener Stimme:

»Ich will nicht sterben, Mama, und ich werde nicht sterben ...« Er hob den Blick und ich meinte, er würde Maurice anschauen, der den Knaben unverwandt anstarrte, doch dann bemerkte ich, daß er über den Kopf des alten Dieners hinwegblickte. Ich folgte seinem Blick und sah das Bild, das über der Vitrine hing.

»Ich habe immer schon gelebt«, meinte Christian hartnäckig.

»Dieses Kind erschreckt mich«, sagte die Marquise Danjou, indem sie sich plötzlich erhob.

Ich suchte nach beruhigenden Worten, obwohl mich die unheilschwangere Atmosphäre ebenfalls faszinierte.

»Sie haben mehr als genug vom Tod gesprochen, Madame ...«

»Doch was kann ein kleiner Junge davon begreifen, Monsieur de la Tourzel?«

Die Marquise Danjou nahm Christian bei der Hand, um ihn hinauszuführen, doch der Knabe blieb wie angewurzelt stehen.

»Halte die Kerze hoch, Mama, ich möchte das Bild dort sehen«, sagte er in beharrlichem Ton.

»Christian ... Du hast mir versprochen, daß du dich die ganze Zeit still verhalten und brav spielen wirst, wenn ich dich zu Monsieur de la Tourzel mitnehme!«

Maurice kam mit schweren, schlurfenden Schritten heran, wobei er sich mit den Fingerspitzen auf verschiedene Möbelstücke stützte, und hob mit zitterndem Arm einen Kerzenleuchter hoch.

Christian lachte urplötzlich auf und wies mit schrillem Schrei auf das Gemälde, das in einem Winkel hing und jetzt im langgestreckten, flackernden Licht der Kerzen irgendwie seltsam unruhig und lebendig erschien.

»Corinna ... Sieh doch ... sieh doch, der Frühling in Verona ... Ja, ich erkenne ihn wieder ... Das ist es, was ...«

Wir alle vernahmen ein Geräusch, das sich anhörte, als wäre ein schwerer Sack umgekippt. Maurice fiel mit dem Gesicht nach unten auf den Teppich. Der Kerzenhalter fiel mit großem Getöse aus seiner Hand, und die Flammen begannen gierig am Teppich zu lecken. Péloc war mit einem Satz bei ihm und drehte ihn auf den Rücken. Ich und die praktische Jeanne löschten das Feuer, während die Marquise Danjou und Corinna wie erstarrt dastanden. Dann ertönte Christians erschrockenes, schluchzendes Weinen.

»Mama ... Mama ...«

Péloc, der neben dem reglosen Körper gekniet hatte, erhob sich.

»Trag das Kind hinaus«, sagte er leise und ruhig.

»Lebt er noch?« fragte ich flüsternd.

Péloc verneinte.

Von Corinna erfuhr ich, daß eine Farbskizze dieses Bildes in einem Album vorhanden war, das Christian oft durchgeblättert hatte. Corinna pflegte ihm die Bildunterschriften vorzulesen. Die Erklärung lag auf der Hand, dennoch ... daß sich die Kettenglieder auf diese Weise zusammenfügten und die Botschaft seines Herrn an diesen alten, müden Diener vermittelt hatten, bedeutete für den Seher mehr als ein Zufall. Ich bin nicht sicher, ob es des Assis selbst war, der in Christians Körper wohnte, der für einen Augenblick das blinde Unbewußtsein der Kinderzeit durchbrach, oder ob sich nur sein Geist ihm angeschlossen hatte, diese wachsweiche Persönlichkeit mit ihrem belasteten Nervensystem, die leicht zu steuern war ... egal! ... Christians Aura hatte in jenem verhängnisvollen Augenblick mit okkultem Schein geglüht und wurde von der Gestalt eines gewaltigen Wesens überschattet, das seine kindlichen Konturen bei weitem überflügelte, wie der gefangene Geist, der sich über seine Flasche erhebt. Maurice hatte die Botschaft verstanden, auf die er gewartet hatte, und starb, weil er nichts mehr zu erwarten hatte.

Ich betrauerte meinen merkwürdigen, schrulligen Diener, denn dieser komische Kauz war mir irgendwie doch ans Herz gewachsen. Nach dem Gesetz der Identität fühlte ich mich schon immer zu den eigenartigen, einsamen, verschlossenen Menschen hingezogen. Herdenmenschen waren mir fremder als die Fische oder die Käfer. Dennoch wurde ich durch Maurices Tod ein recht heikles Problem los. Ich hatte die Absicht zu heiraten und wußte, daß im Glanze von Corinnas Luxuswesen Maurice wie ein alter, mottenzerfressener Geier gewirkt hätte, und ich konnte ihn mir als Butler bei dem schnellfüßigen, flinken Heer der Zofen mit ihren pikanten Gesichtern nur schlecht vorstellen. Es war merkwürdig, daß er mich gerade bis zur Schwelle begleitet hatte, als ich mich aufmachte, um die Zelle meiner Einsamkeit zu verlassen.

Jeannes schlauer Dienstbotenkopf erriet schnell meine Absicht, die – wie mir nachträglich wahrscheinlich vorkommt – eher die ihre gewesen war als die meine. Meine Gedanken schienen sie offensichtlich stark zu inspirieren. Der Ballen Brokat, die Ringe, die ich ihr schickte, brachten ihr schöne bunte Träume, und als ich eine doppelreihige Perlenkette in ihre Hand gleiten ließ, erträumte sie schließlich auch das Einverständnis der Marquise Danjou mit unserer Heirat. Ich nahm sie in Anspruch, obwohl mir diese abstoßende, verlogene Kumpanei stark zuwider war. Ich wußte auch, was sie noch nicht ahnte, daß sie mit Kräften spielte, die sich eines Tages gegen sie wenden würden, doch in meiner blinden Leidenschaft kümmerte ich mich nicht darum. Die kurzen, verstohlenen Treffen, die meine Sehnsucht nach Corinna von Tag zu Tag steigerten, dämpften die Stimme meines Gewissens.

Unsere Verlobung, die auf meinen Wunsch nur einen Monat vor der Hochzeit stattfand, wurde im Palais der Marquise Danjou in aller Stille in Anwesenheit der Familie und im kleinen Freundeskreis gefeiert, unter deren Mitgliedern ich in erster Linie Péloc erwähnen möchte. Natürlich war auch Cortey anwesend. Was die Lämmer betraf, mußten alle Anführer eingeladen werden oder keiner, weil es sonst einen Aufruhr gegeben hätte. Jeanne löste das Problem diplomatisch, indem sie die ganze Gemeinde zur Hochzeit einlud, ›um die aus dem ätherischen, heiligen Traum geborene Ehe zu weihen und zu segnen‹. Diese Definition war ein genaues Abbild ihres Verhältnisses zur Wirklichkeit. Der Abgrund, der sie von der Wirklichkeit trennte, war ebenso groß wie derjenige, der zwischen unserer Ehe und dem Begriff des ätherischen Sakraments gähnte.

Ich ließ mein Haus völlig umbauen. Der Geist de Assis' – abgesehen von seiner Bibliothek – zog aus, dafür hielt das leichtsinnige, graziöse, gepuderte Paris seinen Einzug, das verdorbene, kranke, ausschweifende Paris Ludwig XV. Anstatt der düsteren Holztäfelung bedeckten reich geraffter, schimmernder Brokat und silbrig glänzende Spiegel die Wände meiner Zimmer. Corinna hatte passend zu ihrer kreolischen Schönheit mit untrüglichem Instinkt die Farben Grün und Sonnengelb gewählt. Sie kaufte unermüdlich ein, ich aber schätzte mich glücklich, alle ihre Launen zu erfüllen. Einem verbannten Aristokraten kaufte sie dessen Salon aus gediegenem Silber und seine Kutschen ab. Sie ließ Gobelins, Vasen, kostbare Teppiche, Skulpturen, schwere Stoffe, Wäsche aus Spitzen, die ein Vermögen wert waren, spitze, juwelenbesetzte Schuhe, haushohe Perückenmonster verschiedener Modefriseure und Hoflieferanten, Schmucktruhen, Cremetiegel, Kerzenleuchter, Parfüms und Räucherwerk in mein Haus schicken. Sie wühlte launisch, kindisch und planlos in all diesem Warenangebot, und während daheim ihre tugendhafte, zerstreute Mutter eine solide Aussteuer für sie vorbereitete, taumelte sie unter Jeannes Fittichen von Geschäft zu Geschäft, wie einer, der von Gier und Lust besessen von Freudenhaus zu Freudenhaus fliegt. Diese geheime Wollust hielt sie für eine Weile von der Gier nach Liebesspielen ab, da sie kaum Zeit für mich hatte.

Ich wollte nicht zulassen, daß die Bangigkeit böser Vorahnungen Herr über mich wurde. Mit immer neuen Worten versuchte ich, meine Unruhe und die Erinnerung an Pélocs warnende Worte einzudämmen.

»Sie ist ja noch ein Kind«, versuchte ich mich zu wehren. »Ihr Körper ist reif, aber ihr Geist schlummert. Mir obliegt die Aufgabe, sie aufzuwecken. Wenn sich erst die anfängliche Feuersbrunst zwischen uns gelegt hatte, wenn erst ...« Doch ich war unfähig, über diese Feuersbrunst hinaus zu denken, da die Flammen über mir zusammenschlugen. Nur dies eine war in mir und sonst nichts.

Dieser hektische, unruhige Monat war schnell verstrichen. Da sich die Marquise Danjou nach dem Tode ihres Gatten völlig aus dem Gesellschaftsleben zurückgezogen hatte, keinen Umgang mit den Aristokratenfamilien ihrer Kaste pflegte und sich auch vom Hofe fernhielt, waren bei unserer Hochzeit nur die Lämmer vollzählig vertreten. Sie füllten die kleine Kapelle in der Rue St. Michel, dann zogen sie in Kutschen und zu Fuß ins Palais der Marquise Danjou, wo ein opulentes Mittagessen auf die Gäste wartete. Das ganze Bild habe ich im Nebeldunst des Grenzbereiches zwischen Traum und Wirklichkeit bewahrt. Ich konnte nicht ganz anwesend sein. Die Bilder hüllten sich in Unwahrscheinlichkeiten, in schwindelnde Fieberwellen, wichen zurück und drängten heran wie die Formen der Astralwelt. Aus diesem Nebel tauchte gelegentlich ein Gesicht aus der bunten, marktschreierischen oder ungepflegten Herde der

Schäflein auf, und ich spürte die leise Berührung Corinnas weißbehandschuhter Hand auf meinem Arm. Mein Blick fiel auf ihr kühnes, aufreizendes Profil, das mir für Augenblicke entsetzlich fern und fremd vorkam. Dann durchfuhr mich wieder der Gedanke, daß ich sie in der Nacht nackt in meinen Armen halten könnte, und dieser Gedanke kam mir bei dem feierlichen Orgelklang entsetzlich sündhaft, niederträchtig und dennoch irgendwie beengend begehrenswert vor. Die tränenfeuchten, mütterlichen Küsse der Marquise berührten meine Wangen, die Lämmer scharten sich um mich, und ich mußte rauhe, weiche oder feuchte Hände drücken. Corinna drückte meinen Arm und beugte sich zu mir.

»Rosalie schwitzt heute mehr denn je, und leider wird sie mich küssen. Was meinst du, ob sich die Lepitres zu küssen pflegen?«

Ein Lachen wollte in mir aufsteigen, aber ich unterdrückte es.

»Nur ihre Seelen küssen sich«, flüsterte ich.

Corinna machte eine kleine Grimasse.

»Es würde mich interessieren, wenn Rosalie hübscher wäre ...« Dabei bot sie mit engelhaftem Lächeln Rosalie die Stirn, die mit ihrem fettigen, grauen Gorgonenhaupt tatsächlich zum Altar stürmte und Corinna mit welkem Blättermund ›salbte‹. Lepitre nahte in einem besorgniserregend verzückten Zustand, doch mir gelang es, Péloc noch beizeiten zwischen uns beide zu zerren, so daß der leidenschaftliche Kuß auf dessen linker Wange landete, jener Kuß, der eigentlich mir zugedacht war. Corinna kicherte in ihr Spitzentuch, und Jeanne legte mitleidig die Arme um sie.

»Weine nur, weine, mein Seelchen ... Eine weinende Braut, eine glückliche Frau ...«

Unter dem Eindruck ihrer Worte schluchzte Cortey laut auf. Sein unbedecktes Gesicht verzerrte sich, verzog sich zu einer Art peinlichem Lächeln. Sein Mund zuckte, aus Augen und Nase strömten Tränen, während er dünne, winselnde Laute von sich gab: hühüm ... mham ... mham ... mham.

Corinna bebte bereits am ganzen Leib. Sie stützte sich auf Jeanne und erstickte fast vor Lachen, und als sie ihr tränenüberströmtes, gerötetes Antlitz erhob, sah sie tatsächlich so aus, als hätte sie geweint.

Später sangen die Lämmer Psalme im Palast und verschlangen die erlesenen Speisen in großen Brocken mit ablehnender, abweisender Miene, und während sie sich lustvoll den irdischen Genüssen hingaben, beobachteten sie gierig ihren Nächsten, was der wohl in sich hineinstopfe, um ihm alsbald düster seine materielle Einstellung vorzuhalten. Jeanne hatte es so eingerichtet, daß keiner unter den Anführern der Lämmer einzeln einen Toast ausbrachte, weil dieser Umstand zu heftigen Streitereien geführt hätte. Dennoch waren ihre Bemühungen vergebens, denn die Anführer gerieten sich auch ohne Ansprache in die Haare. Der Champagner heizte ihnen mächtig ein, den sie voreinander versteckten und in Fensternischen und Fluren heimlich in sich hineinschütteten. Allein Dufin, seine Frau und seine beiden Töchter aßen und tranken mit unverhohlener Ausdauer, wobei sie in methodischer Zusammenarbeit furchterregende Portionen verschlangen. Die beiden Mädchen hatte man in das Festgewand der Ehrenjungfern gezwängt. Ihre Augen quollen hervor, da ihre Korsetts so fest geschnürt waren. Ihre geröteten, pickeligen Gesichter waren von Puderperücken umwölkt, in denen Rosen staken. Ihre seidenen Mieder drohten zu platzen – doch sie aßen mehr, als zulässig war, und so konnte es passieren, daß in dem Augenblick, als sich Dufin seiner Gattin und seinen Töchtern zuneigte, um eine sarkastische Bemerkung über Banet zu machen, das Kleid einer der Töchter infolge eines Heiterkeitsausbruchs mit vernehmlichem Geräusch platzte. Die beiden Teile wurden so weit auseinandergesprengt, daß sich alle Welt erstaunt fragen mußte, wie diese beiden Teile je zueinander gepaßt hatten. Der arme, geschundene Körper des Mädchens breitete sich in sanfter Zufriedenheit aus, zerfloß und drängte durch die Ritzen wie ein Fluß, der über die Ufer tritt. Das allgemeine Lachen, Weinen und die Töne des Bedauerns gingen in einem wirren Durcheinander unter. Madame Dufin nahm ihre Tochter in ihre dicken Arme und führte sie mit schwabbeligen Bewegungen aus dem Saal, wobei sie vergebens versuchte, die hängenden, quellenden gewaltigen Reize mit den Händen zusammenzuklauben. Corinnas Lachanfall wollte kein Ende nehmen. Ich führte sie in den gelben Salon. Sie lehnte sich an mich, umarmte mich, lachte und lachte, ich aber begann sie zu küssen und küßte sie so lange, bis sie, wieder ernst geworden, halb erstickt nach Luft schnappte und mich anflehte:

»Komm ... laß uns hier fortgehen ... gehen wir nach Hause ... zu dir!«

Was mich an Corinna fesselte, was mich zu ihrem Besessenen und Sklaven machte, war jene Genialität, die sie in ihren Umarmungen offenbarte, jene Genialität, die sich auch nicht für einen Augenblick in ratloser Ungeschicklichkeit verlor. Noch nie war ich einem Liebespaar begegnet, das, sobald sich ihre Beziehungen vertieften, bei wachsendem Vertrauen sich nicht eingestanden hätten, daß ihm die erste Nacht, der es verdurstend entgegenfieberte – sofern es bei den Partnern wirklich die erste Nacht war – nichts weiter als Schmerzen, ungeschickte Versuche und ernüchternde Enttäuschung gebracht hatte. Bei Corinna wurde der Schmerz durch die Lust besiegt, sofort und von vornherein, und sie verstand es, kraft ihrer Findigkeit die Augenblicke zu Stunden auszudehnen. Sie war die dunkle Priesterin der Lust, die Botschafterin einer wollüstigen Religion, die ihre Verkündung bereits fertig mitbrachte. Als sie sich nach unserer Hochzeitsnacht der pornographischen Sammlung de Assis' bemächtigte, las sie die erotischen Sitten aller Rassen dieser Welt wie jemand, der endlich zu den lang ersehnten Psalmen ihrer heimischen Welt zurückkehrt. Da ich es war, der das Siegel dieses unheilschwangeren, wunderbaren Leibes aufgebrochen und dadurch jedem Dämon Tür und Tor geöffnet hatte, der sich durch sie offenbarte, war ich es, der neben ihr am längsten und schwersten im Astraldickicht der Leidenschaft zu büßen hatte. An mir schärfte sie ihre Waffen, ich war das Werkzeug ihrer Übungen, sie wurde zu meinem Lehrmeister und ich zur Marionette dieser sich immer mehr steigernden Sexualmagie.

Schon bald waren der jungenhafte Reiz des malayischen Knaben verschwunden und hatte dem ewig hungrigen, fordernden Weib Platz gemacht, das keine Grenzen kannte, dessen Leib, jede Kurve ihres Leibes, ein einziger gespannter Bogen war, stets zur Liebe bereit und voll geiler Versprechen. Sie pflegte sich so sorgfältig und so liebevoll, wie die ganz großen Hetären. Zum Entsetzen des Personals badete sie täglich zweimal, badete ihren Körper in duftenden Essenzen und bestreute ihre reine, glatte, vor Frische dampfenden Haut mit glitschigem Puder. Ihr Haar war wie ein leichtes, duftendes Zelt. Eine Perücke trug sie nur, wenn wir ins Theater oder auf Bälle gingen, wenn wir Besuche machten und später dann, als sie sich aus dem stillen, schlafenden Palais schlich, um ihre geheimen Wege zu gehen.

Corinna hatte eine Schwäche für Masken. Sie hatte eine ganze Sammlung zusammengetragen und nahm jede Gelegenheit wahr, um sie tragen zu können. Sie liebte es, abends in ihrer schimmernden Nacktheit in mein Zimmer zu schleichen, eine schwarze oder weiße Spitzenmaske vor dem Gesicht. In ihrer noch erhobenen Hand hielt sie eine Kerze. Sie begrüßte mich mit fremder Stimme, als würden wir uns nicht kennen. Sie kam wie eine Verfolgte, die bei mir Schutz suchte.

»Um Gottes willen, Monsieur! Verzeiht mir, daß ich hier eindringe, aber es blieb mir nichts anderes übrig ... Versteckt mich ... Versteckt mich, ich flehe Euch an ... ich werde verfolgt ...«, hauchte sie entsetzt.

»Aber wer sind Sie denn, Madame ... und wie kommen Sie bei Nacht und Nebel maskiert in mein Zimmer ...«, erwiderte ich, auf ihr Spiel eingehend.

»Fragt nicht weiter ... ich kann nicht mehr verraten ... man kommt ... ich höre sie ... Wohin soll ich nur fliehen?!«

»Hierher ... in mein Bett ... wenn es Euch beliebt ...«

»Egal!« Und mit einem Satz lag sie neben mir im Bett und tat, als würde sie sich ängstlich zurückziehen, doch der nackte Bogen ihres Rückens und ihrer Hüften waren ein einziges stummes Angebot. So wurde sie die meine, jede Nacht in einer anderen Gestalt, mit einer Leidenschaft, die jeweils anders schmeckte, in neuer Maske und neuen Lügen.

Ihr junger, hungriger, unfruchtbarer Leib wurde der Umarmungen nicht müde, ich aber, den sie immer von neuem entflammte, mich zum Mitmachen zwang und mich gnadenlos auspreßte, begann durch die Leidenschaften meiner Messalina zu resignieren. Ich magerte ab, spürte Stiche im Rücken, mir brach der Schweiß aus, ich hustete und wurde beim Gehen von Schwindelanfällen erfaßt. Wäre Péloc nicht eingeschritten, so wäre mein Zustand in Kürze kritisch geworden.

Zuerst wollte ich nichts davon wissen, daß man mich von Corinna trennte. Mit der Miene eines erschrockenen, kleinen Mädchens schmiegte sie sich an mich, nachdem Péloc sie ins Gebet genommen hatte, und richtete die flehentliche Frage an mich, ob es denn wahr sei, daß sie mich durch ihre Liebe ruiniere. Was konnte ich ihr schon antworten? Ich leugnete alles, umarmte sie und versicherte ihr, daß sie mir Gesundheit, Glück und mein ganzes Leben bedeute. Sie war leicht und schnell zu beruhigen, und sie verstand es, ihren Lustanteil von mir zu erpressen wie eh und je. Später dann, als ich einmal ohnmächtig wurde, war sie es, die auf meiner Abreise an die Küste bestand. Mit ernsthaftem Gesicht berief sie sich auf Péloc, und beide nahmen mich ins Kreuzfeuer. Péloc führte alle denkbaren Argumente gegen mich an. Gerade weil ich Corinna liebte und noch viele Jahre mit ihr glücklich sein wollte, müßte ich meine beginnende Lungensucht auskurieren. Das wäre ich Corinna schuldig. Sie würde meinen etwaigen Tod keine Minute überleben. Sie weinte und flehte, sie versicherte mir, welch ein Opfer es für sie bedeute, sich für einige Monate von mir zu trennen, dennoch wäre es besser, als wenn wir für den Rest unseres Lebens getrennt sein müßten. Beklommen mußte ich an ihrer Aura feststellen, daß sie log, doch ich meinte, Péloc hätte ihr gründlich eingeheizt und sie versuche jetzt, die Wahrheit vor mir zu verbergen. Durch den wirren Strudel ihrer Ausstrahlung zogen glutrote Wellen der Sinnlichkeit hindurch, und ich schmeichelte mir in der Annahme, daß es meine Person sei, die diese Wellen in ihr aufrührte. Sie berief sich auf das bittere Los ihrer Mutter und flehte mich an, ich sollte sie nicht zur frühen Witwenschaft verdammen. Sie brachte es fertig, mich zu rühren, mitzureißen, zu verblenden und ... zu überzeugen. In jenem Augenblick konnte ich noch nicht ahnen, daß ich die Verlängerung meines Lebens in Wirklichkeit einem hübschen, lockigen, gutgewachsenen Stallburschen zu verdanken hatte, den Corinna erst kürzlich in ihre Dienste genommen hatte und der aus der Unterwelt von Paris eine zynische, grobe Sinnlichkeit und jene Sorte von Erfahrung mitbrachte, die einem die Haare zu Berge steigen ließen. Der junge Mann hatte eine kühne Adlernase und geschwollene, frauliche Lippen. Aus seinen Augen lugte die verwirrte Stumpfheit des noch schlafenden Geistes und die hinterhältige Verderbtheit des späteren Erpressers. Doch Corinna pflegte die Menschen nach anderen Voraussetzungen einzustufen. Marcel bedeutete für sie eine neue Variation der Lust, und die robuste Gesundheit dieses hübschen Männchens war den ermüdenden Liebeskämpfen auf imponierende Weise gewachsen.

Corinnas Gewissen wurde keinen Augenblick durch Grübeln oder Reue überschattet. Unbewußt, mit der Natürlichkeit eines jungen Tieres, tat sie sich mit jedem zusammen, den sie in ihrer unersättlichen Lebenslust begehrte, und sooft ich sie empört zur Rechenschaft zog, belog sie mich mit bekümmernder, nie zu brechender Sturheit nur aus dem einzigen Grund, um mich zu beruhigen und zu trösten wie ein Kind, dessen unmögliche Wünsche durch Märchen abgewehrt werden. Zunächst beobachtete sie mein Toben fast mit Verwunderung: Was sollte das eigentlich bedeuten? Ich würde mir doch nicht vorstellen, daß sie sich mit mir allein begnüge. Sie liebt mich, und ich bin ihr natürlich eine wichtige Stütze, im Liebesduell hätte ich allerdings versagt. Die Begierde ihres Leibes, ihre Schönheit, die jede Kleidung durchdrang, ihre Kunst der Umarmung bedürften stets neuer Mittel, eines neuen Publikums, unendlicher Variationen. Dies wäre ihre Nahrung, ihre Lebensbedingung, ihre Atmosphäre. Sie könnte man besitzen und genießen, aber niemals zum Eigentum erklären. Sie ist die Lust in Person, die sich die geile Dämonenlegion der Astralwelt als Mechanismus der Lust materialisiert hatte und die man nicht ins Gefängnis der Tugend zwingen kann, da die Unregelmäßigkeit, die Grenzenlosigkeit und die triumphierende Herrschaft des Instinkts ihr Wesen ist. Dies etwa war der wahre Inhalt ihres Innern, der sich nicht einmal zu einem Gedanken formte, während sie, ohne mit der Wimper zu zucken, glatt und gleichmäßig log, Gemeinplätze rezitierte, mich ihrer Treue und Unschuld versicherte und von mir verlangte, ich sollte ihr selbst dann blind vertrauen, wenn der Schein gegen sie zeugte. Sie war glatt wie ein Aal, geschickt, stark, ungreifbar und unerschütterlich.

Nach einjähriger Ehe ließ ich sie zum ersten Mal allein, um in desolatem körperlichen und seelischen Zustand nach Korsika zu reisen. In der Nähe von Porto Vecchio mietete ich ein primitives Bauernhaus in der Nähe der felsigen, von der Sonne gelbgedörrten Küste, damit die feurigen Strahlen die Krankheit aus meinem Körper ausbrannten. Hätte ich nicht am Spieß der Leidenschaft gesteckt, hätte ich dort eine schöne und glückliche Zeit verbracht. Ich schlief auf der offenen Veranda, damit die dumpfe Schwüle der Stadt ganz aus meiner Lunge und aus meinen Poren gespült wurde. Auch dies war Homunculus' Methode, ich konnte mich gut daran erinnern.

Ich war unersättlich, was das Wechselspiel zwischen Himmel und Meer betraf. Von diesem blendenden Schauspiel konnte ich nie genug bekommen, von den Meisterwerken dieser beiden launischen, gewaltigen Künstler, deren Kunstwerke in stets neuen Variationen plötzlich aufflammten und ebenso schnell wieder verglühten. Hinter dem Vorhang der dunstigen Morgendämmerung tauchte die Königsbarke der Sonnenscheibe jeden Tag in Begleitung neuer Farben auf und wandelte sich vor meinen Augen von einer riesigen, blutroten Ampel zur weißglühenden, fernen Riesenkugel, die die Luft mit Ofenglut erfüllte. Und der breite Meeresspiegel reflektierte das himmlische Mysterium wie das weit geöffnete, gigantische Auge einer Frau. In der Abenddämmerung wurde es stets kühler, sobald die Sonne zum letzten Mal aufflammte und die goldene, rote und violette feurige geliehene Tiara aus der Haarkrone der Wolken fiel. Vom Meer begann ein kalter Wind zu wehen, das Wasser wurde dunkelgrün, unfreundlich und unruhig und strömte schale, salzige Düfte aus. Alles Leben, das von der Hitze gelähmt gewesen war, begann sich zu regen. Am lapislazulifarbenen Himmel gingen die Sterne auf, und draußen in der Küche begann Clara leise zu singen, diese kuhäugige Bauersfrau mit dem sanften Antlitz, die das Haus sauberhielt, mich bekochte und meine Wäsche wusch. Mit gutem Gehör und sicherer Melodienführung sang sie ein uraltes, süßes Liebeslied, eines jener Lieder, die nur dort unten an den Gestaden des Mittelmeers gedeihen. In meinem Körper erwachte der hinterhältige, schüttelfrostartige Schauer des steigenden Fiebers und brachte die Erinnerung an Corinna in mein von Schweiß durchnäßtes Bett. Das Phantom dieses qualvoll begehrten Leibes nahm sich in meinen Armen aus wie ein Succubus, der böse Lust zu spenden verstand. Er zerschmetterte mich und saugte meine Kraft aus. Vergebens hatte ich mich von ihr getrennt, sie war stets bei mir. Ich schrieb ihr lange, sehnsüchtige Briefe, die sie in kurzen Sätzen mit ungeübter Schrift im Stil eines folgsamen Schulmädchens beantwortete. Reitende Boten besorgten die Briefe. Mir tat das Geld nicht leid, und ich war halb wahnsinnig vor Ungeduld, weil der Briefwechsel so viel Zeit in Anspruch nahm. Der Bote – ein beschränkter, wichtigtuerischer Kerl mit dem Gesicht eines Pavians, ein gewisser Vernier, nichtsnutziger Sohn eines Pariser Schuhmachers – hatte den Auftrag, alles zu beobachten und mir über alles zu berichten: ob Madame gut ausgesehen habe, was sie gesprochen, was sie mir mündlich mitzuteilen hatte, wie sie gekleidet war, was die Dienerschaft redete, ob sie sich nicht grämte, wenn sie allein war? Der dumme Kerl, der sich sein Geld natürlich verdienen wollte, beruhigte mich mit breitem Lächeln: Corinna sehe blendend aus, trage pompöse

Kleidung, ginge tagsüber und auch abends oft in Jeanne Girards Begleitung aus, und wenn sie allein sei, würde sie nicht vor sich hintrauern, sondern singen. Zusammen mit ihrer Zofe, der hübschen, koketten kleinen Josette, amüsiere sie sich oft so gut, daß die beiden Tränen lachten. Wie spät sie auch zu Bett ginge, würde sie bereits am frühen Morgen mit Marcel, dem neuen Reitknecht, ausreiten. Sie ließ mir lediglich sagen, ich sollte auf mich aufpassen, sollte die Kur nicht frühzeitig abbrechen, um für sie ganz gesund zu werden.

Trotz der verliebten, unglücklichen Qualen löschten die freie Luft und die Sonne allmählich das krankhafte Flackern meiner Lunge und meines Blutes aus. Das Baden im Meer, das ausgiebige Schwimmen erfüllten mich mit wohltuender Müdigkeit und stärkten meinen Appetit. Bei Claras reichlicher, einfacher, schmackhafter Kost begannen sich meine hageren Glieder zu runden, Sonne und Wind verliehen mir einen bronzefarbenen Teint. Ich unternahm lange Spaziergänge und schwamm immer weiter ins Meer hinaus. Meine wiedergekehrte Gesundheit, mein körperliches Gleichgewicht stimmten mich heiter und selbstsicher. Ich war bereits vier Monate von Corinna getrennt, und obwohl ich sie immer noch leidenschaftlich liebte und mich ungeduldig nach ihr sehnte, hatte mein Zustend doch viel an unerträglicher Spannung verloren. Ein ausgeruhter Mensch mit gutem Appetit und gesundem Schlaf kann sich leichter von seinen eifersüchtigen Alpträumen befreien als einer, dessen Nervensystem angegriffen, ja ruiniert ist. Parallel zu dieser Besserung erfuhr ich eine sonderbare Änderung im Benehmen meiner astralen Umgebung. Lange Zeit wollte ich es nicht wahrhaben, und wenn dieser Zustand in Form stechender, erschrockener Unruhe die Schwelle meines Bewußtseins erreichte, hatte ich nichts besseres zu tun, als eilig die Flucht zu ergreifen ... Meine Henker hatten sich zurückgezogen und beobachteten mich mit unheilverkündendem Schweigen, verfolgten mich mit angehaltenem Atem aus der Ferne, jederzeit zu hämischem Hohngelächter bereit und verschwiegen, verdrängten zusammen mit mir etwas Unheilvolles, das immer näher rückte – genau wie zu jener Zeit in Straubing, als ich durch meine Eitelkeit wie ein Narr in Anton Brüggendorfs Netze stolperte. Diese seltsame Parallele hielt mich davon zurück, unverzüglich nach Hause zu eilen. Ich zögerte. Ich bebte vor Sehnsucht bei dem Gedanken, daß ich Corinna mit neuer Kraft umarmen könnte, gleichzeitig hatte ich aber auch Angst, und Feigheit überfiel mich. Ich verbarg mich, ich kapselte mich ab, wollte nichts Genaues wissen und schickte Vernier voraus, um meine Ankunft anzukündigen.

Dennoch traf ich unerwartet noch vor Vernier zu Hause ein. Vernier war unterwegs in Toulon überfallen und beraubt worden. Er wurde ohnmächtig in ein Spital eingeliefert, schwebte wochenlang zwischen Leben und Tod und konnte kein Lebenszeichen geben.

Es war ein müßiges, kindliches Unterfangen, etwas abwenden zu wollen, was das Schicksal für mich bestimmt hatte. Wäre Vernier vor mir in Paris eingetroffen, so hätte ich lediglich einige Tage später erfahren, was gar nicht besonders vor mir verheimlicht wurde. Ach, nicht das Abenteuer mit Marcel. Zu jener Zeit befand sich Marcel bereits in irgendeinem Asyl, wo er wie ein dreckiger, tollwütiger Hund gegen Corinna tobte, wo er Drohbriefe an sie schreiben ließ, und als Corinna diese Briefe lachend ins Feuer warf, wandte er sich direkt an mich, zunächst brieflich, dann aber auch persönlich.

Es war nicht nur Geldgier, die diesen Erpresser bewegte, ihr Verhältnis, Corinnas Wünsche, ihre Hilflosigkeit, ihre perverse Gemeinheit zu offenbaren, es war auch die eifersüchtige Rache des verletzten, ruinierten, verwundeten Mannes. Kein Mann konnte sich aus Corinnas Nähe lösen, ohne eine tödliche Wunde davonzutragen. Für einen Augenblick registrierte ich mit bitterer Befriedigung, was aus dem muskulösen, parfümierten, zynischen »schönen« Marcel geworden war. Seine Augen mit den schweren Tränensäcken, seine geschwollene Nase, seine zitternde Hand und seine heisere Stimme zeugten von durchzechten Nächten. Auch er hatte seine Zuflucht im Narkotikum des primitiven Menschen, im Alkohol, gesucht, aus seinem Körper, seinem Gehirn, aus seinen Gefühlen die Erinnerung an Corinnas Nacktheit, an ihren Duft, an ihre Lustschreie und ihre Forderungen und ihr Drängen zu tilgen. Sein gebrochener, ausgemergelter Körper war in schmutzige Lumpen gehüllt und verbreitete einen abgestandenen, säuerlichen Geruch, obwohl Corinna nur wenige Wochen mit ihm gespielt hatte. Natürlich wies ich ihn ab, und als er aufsässig wurde, ließ ich ihn hinauswerfen. Ganz verkommen lebte er von Raubüberfällen, schließlich beging er im Auftrag einen Mord und wurde zum Tode verurteilt.

Ich wunderte mich, warum dieser Apache, der zu allem fähig, bis in seine Wurzeln verdorben und von eifersüchtiger Rache besessen war, Corinna niemals ein Leid zufügte, obwohl sie es war, die ihn ins Verderben trieb. Monatelang hatte er jeden ihrer Schritte beobachtet, hatte sich in ihrer Nähe herumgedrückt, sooft sie sorglos ausritt, mit dem Wagen ausfuhr oder ihren Spaziergang machte. Er hatte sie sogar bei ihren maskierten nächtlichen Spritztouren beobachtet und sie verfolgt, hatte aber nicht gewagt, sie anzusprechen. Einmal war er ihr in den Weg getreten zwischen den Bäumen des Bois de Boulogne, abgerissen und taumelnd vor Trunkenheit, doch als ihm Corinna ruhig und lachend in die Augen blickte und ihn fragte, was er denn wolle, konnte er keinen Ton herausbringen und trollte sich wie ein hypnotisiertes Raubtier.

Als ich in einer ungewöhnlich warmen Nacht Anfang Oktober aus Korsika zurückkehrte, war es nicht Marcel, den ich im breiten Bett unseres Schlafzimmers an meinem Platz vorfand, sondern ein sechstrangiger Schauspieler namens Alfred Le Coœr, ein hysterisches Affenmännchen mit geschmeidigen Gliedern und rosafarbener Haut, der vor Schreck fast ohnmächtig wurde, als er mich erblickte, und mit seiner roten Seidenhose unter dem Arm im Zimmer auf und ab rannte, ohne die Tür finden zu können. Ich war wahrscheinlich mehr verwirrt als er, ganz benommen und stumm. Mein Kopf war leer und ratlos bis zur Bewußtlosigkeit. Nur Corinna bewahrte kaltes Blut. Mit scharfer Stimme deutete sie ihrem Liebhaber an, daß sich die Tür rechts befinde und daß er verschwinden sollte, bevor ich ihn umbringe, dann stand sie auf – wobei sie es nicht einmal nötig fand, ihren nackten Körper mit einem Morgenmantel zu bedekken –, trat zu mir und fragte mit ruhiger, herausfordernder Stimme:

»Du bist natürlich der Meinung, ich hätte dich betrogen?! Das ist der Grund, warum du dich bei Nacht und Nebel auf Zehenspitzen hereingeschlichen hast, um mir feige aufzulauern, um mir etwas zu beweisen, anstatt an meiner Seite zu sein wie ein liebender Gatte, der seine Ehefrau vor der Versuchung bewahrt, sie in seine starken Arme nimmt, wenn sie sich nach einer Umarmung sehnt, ihre Lippen mit seinen Küssen versiegelt, sie nicht allein in ihrem kalten Bett mit feurigen Gedanken schlafen läßt, ach, schweige! Du hättest schon längst wieder heimkommen können.« Ihre Stimme wurde immer schärfer und anklagender. »Du bist kräftig und gesund, dennoch bist du wochenlang, ja monatelang ferngeblieben, ich aber habe mich nach dir gesehnt ...« Jetzt sprach sie schon leiser und rückte immer näher heran. »Ich war ausgehungert ... Ich habe jeden Augenblick durchlebt, den ich in deinen Armen verbracht habe, du aber kamst nicht ..., bist nicht gekommen ... Die Männer, die sich an meine Fersen hefteten, flüsterten mir Liebesworte ins Ohr ... ich habe es einfach nicht länger ausgehalten! Da war diese Elchsmaske, dieser Weichling ... das ist ja kein Mann, eher wie ein Eunuch ... ich nahm mir vor, ihn mit meiner Nacktheit zu betören, mit meiner Nähe, dadurch, daß ich mich ihm nicht hingebe ... Ich las ihm aus jenen Büchern vor ... er winselte ... legte sich zu mir und ... ich war durch diese Folter befriedigt, ohne eine Sünde zu begehen, ohne dich zu betrügen und ...«

Ich gab ihr eine schallende Ohrfeige. Was ich tat, wurde mir erst bewußt, als meine Hand wie eine Peitsche ausholte. Dann, von Ekel und Verzweiflung getrieben, riß ich die Tür auf, um davonzulaufen, raus aus diesem nach Sünde riechenden, entsetzlichen, entweihten Schlafgemach, fort von meiner Astralschleppe, die im Paroxismus des Spottes zufrieden aufschrie ... doch Corinnas nackte Arme umschlangen mich wie die zähen Lianen des allertiefsten Sumpfes und hielten mich zurück. Schreiend, fluchend und um mich schlagend befreite ich mich aus ihren Armen und aus dem Druck ihrer Schenkel, doch sie klammerte sich mit entsetzlicher Kraft an mich, sie biß mich in Hals und Schultern, während mich der Zauberbann ihrer heftig hervorgestoßenen Worte umschlag und einhüllte:

»Ich liebe dich ... ich liebe dich ... Ich liebe deine Hand, die mich geschlagen hat ... Nur dich allein ... Wie stark bist du geworden ... Deine Haut ist braun und glatt ... Noch nie ... habe ich dich so begehrt ... Nein ... nein ... ich lasse dich nicht ... Ach, komm ... komm ... du bist der erste ... der einzige ...«

Zwar blickte ich objektiv und ohne Selbstbetrug in die hoffnungslose Unterwelt ihres Charakters, ich wußte, daß sie lügt und sah, wohin mich mein Weg unter ihrem Einfluß führte – dennoch übertönte ihre fordernde Leidenschaft all meine Selbstachtung, meinen Ekel und meinen ethischen Schock und ließ mich erneut entflammen. Wir stürzten aufs Bett. Ich ließ zu, daß mich der rote Strudel mitriß, mich mit ohrenbetäubendem Donner, blendenden Blitzen tief in seinen Schoß einsog und mich verdarb.

Ich hätte Corinna davonjagen müssen. All diejenigen, die noch nie von dieser sinnlichen Seuche befallen worden waren, hätten in verwunderter Empörung gefragt, warum ich sie bei mir duldete, so wie auch die bessere Hälfte meines gespaltenen Ichs sich nach Freiheit sehnte, doch die andere Hälfte war gefangen. Mein astrales Ich, in zähneklappernder, knieweicher Leidenschaft gefangen, vom brennenden Aussatz genußreicher Gewohnheiten und Erinnerungen befallen, war durch Corinnas Hexenschoß auf Astralebene ebenso gebunden wie in meinem früheren Leben Francesco Giuseppe Borri seinerzeit durch den satanischen Bund des Homunculus auf der untersten Ebene der Materie.

Vor mir selbst konnte ich mich noch nicht einmal durch die Annahme entschuldigen, daß es Corinna gelungen sei, mich an ihre Unschuld glauben zu lassen, und daß dies der Grund dafür sei, daß ich dieses ganze Affentheater der Versöhnung mitmachte, das durch Schwüre und Tränen hochdramatisiert wurde. O nein. Ich sah sie deutlich vor mir und wußte, was in ihr und um sie herum vorging. Ich ekelte mich vor ihr, ich verachtete und haßte sie. Meine Erschütterung konnte mich nicht davon abhalten, in meiner Empörung und meiner Hilflosigkeit immer wieder die Hand gegen sie zu erheben. Ich schlug sie, ich zerrte sie an den Haaren durch sämtliche Zimmer, obwohl ich mir früher nie habe vorstellen können, daß ein Mann eine Frau mißhandelt. Doch je gröber ich mit ihr umging, um so unterwürfiger kam Corinna wieder angeschlichen, und mit um so größerer, unüberwindbarer Kraft zermalmte sie mich durch die unwiderstehliche Versuchung ihres Körpers. Nichts konnte ihr größeren Genuß bereiten, als wenn sie einen Mann gegen seinen Willen, fluchend und haßerfüllt in der blinden Emotion des Zorns und des Genusses besaß. Ihre Gefühle waren immer mehr von der Magie des schwarzen Eros beherrscht. Jetzt suchte sie nicht mehr nach den einfachen, starken, jungen Leibern, dem primitiven Charme und der natürlichen Potenz des Frühlings. Das Verdorbene, Bizarre, das Tragische und Gefährliche war es, was sie entflammte.

Ich sah, wo sie hingetrieben wurde, und ich konnte sie nicht retten. Ich lebte in ständigem Entsetzen zwischen den immer häufiger werdenden Kataklysmen der Prügeleien und Versöhnungen, die sich zwischen Corinna und mir abspielten.

Ich verreiste und kehrte schnell wieder zu ihr zurück. Ich lief von zu Hause weg, suchte Bordelle auf, um die Erinnerung an ihren Körper durch den Leib anderer Frauen zu blockieren, doch im Augenblick der Erfüllung rief ich ihren Namen. Ich hatte ihren Duft, die Schattierungen ihrer Stimme, die Farben ihres Körpers, die Berührungen, Formen, jede ihrer Bewegungen und die heiße Knute ihres farbenfrohen Lachens in mich aufgesogen. Meine Gefühle wurden einzig und allein durch den Zauber der Erinnerung an ihren Leib erweckt und auf die Folterbank der Sinneslust gespannt.

Je öfter ich auch stolperte, je tiefer ich sank im vollen Bewußtsein ihrer Ausschweifungen und ihrer Niedertracht, um so lebendiger und unverwüstlicher wurde ihr Dämon, nicht nur in ihrer bluterfüllten physischen Wirklichkeit, sondern auch in meiner Astralumgebung, in der ich sie durch meine Leidenschaft erschaffen hatte und zur allergrößten Macht sich entfalten ließ. Jener Komplex aber, der dort in der anderen Welt jenseits der Schwelle aufging und lebendig wurde, hatte keine Ähnlichkeit mit jener zur Schönheit deklarierten Maske, die Corinna trug. Es war vielmehr ein fettig weiches, aufgedunsenes Reptil mit schwabbelnden Lefzen und hervorquellenden Augen mit der schleimigen Glitschigkeit fleischgewordener Lust, das nur die Perversion der sexuellen Erregung für wenige Augenblicke begehrenswert erscheinen ließ. Die Substanz dieses Monsters, das mit ewig hungrigen Tentakeln nach Opfern tastete, wurde im sündigen Fluß des Spermas und des verdorbenen Blutes immer umfangreicher, eine Substanz, aus der in Corinnas unfruchtbarem Schoß kein Körper gebaut werden, kein Leben entstehen konnte. Die Menschen wissen wenig über das Mysterium des Blutes und des Spermas. Sie glauben, daß dieses entsetzliche Öl, die in der Lampe der unfruchtbaren, zur treibenden Leidenschaft gewordenen Lust sich ohne Folgen in den Hexenkreis zweier Liebender ergießt. Doch jede finstere Ekstase zeugt finsteres Leben. Aus den verseuchten, niederträchtigen Lenden gehen Succubi und Incubi hervor, jene elementaren Vampire der Astralwelt, die einsame Betten aufsuchen, die die Kraft pickliger Jünglinge, schlotternder Jungfrauen, Witwen mit feurigen Träumen und krankhaft verschämter Menschen bei Nacht und Nebel in der Versuchung von Träumen oder Einsamkeit aufzehren und sie durch perverse Lust in Ruinen mit zittrigen Händen, ausgemergeltem Rückgrat und eingesunkenen Augen verwandeln ... Die Satanspriester der Schwarzen Messen kannten dieses Geheimnis. Seinerzeit ging das Gerücht, daß Diana de Poitiers und ein Abbé die berüchtigte »Sperma-Messe« zelebriert hätten, deren ekelhafter, bei dieser Zeremonie gebannter Dämon nach dem Gesetz der Beschwörung seinem Erzeuger und Beschwörer zu gehorchen hatte. Angeblich war dieser Liebeszauber das Geheimnis der Leidenschaft des jungen Heinrich II., die er bis zu seinem Tode einer Frau gegenüber hegte, die ihrem Alter nach seine Mutter hätte sein können.

Josette, die erste Zofe Corinnas, hatte geheiratet, und Corinna nahm eine hagere, hochgewachsene Frau mit bärtigem Kinn und befehlsgewohnten Manieren in ihre Dienste. Sie hatte diese Germaine Regnier in irgendeinem geheimen Kartenklub aufgegabelt, in einem Klub, den sie ohne mein Wissen häufig besuchte.

Germaine Regnier übte nicht die Rechte einer Zofe, sondern diejenigen einer vertrauten Freundin und eingeweihten Mitverschworenen neben Corinna aus. Mit überlegener Stimme ließ sie verschleierte Anspielungen auf ihre hochherrschaftliche Abstammung fallen, die sie allerdings »aus gutem Grund« geheimhalten mußte. Sie erwähnte Beziehungen zu aristokratischen und hochklerikalen Kreisen und behauptete, Informationen zu besitzen, mit deren Hilfe sie »sogar das königliche Schloß aus den Angeln heben könnte«. Sie war eine durchtriebene Hochstaplerin und verfügte auch über alle notwendigen Talente. Sie war es, die Corinnas verworrene, instinktive Verderbtheit nahezu organisierte.

Bereits auf den ersten Blick war man sich über ihre Neigungen im klaren. Ihr Aussehen, ihre männliche Art, ihre merkwürdige, transvestitische Kleidung verrieten sie und erinnerten mich stark an jene Mode, die seinerzeit die Königin Christine von Schweden zu bevorzugen pflegte.

Sie wurde zugleich Sklavin und Herrscherin von Corinnas Schlafzimmer, aus dem man mich durch so manchen ausgeklügelten Vorwand ausgeschlossen hatte. Ich tobte und drohte, deckte Germaines wahre Identität und ihre Absichten auf; ich forderte, daß sie unverzüglich aus meinem Haus entfernt wurde, weil ich es nicht dulden wollte, daß Corinna mich nach einer Schar von Männern auch noch durch Weiber erniedrigte – doch sie blieb beharrlich und unbeugsam. Sie weinte, bedachte mich mit ihrem unschuldigen Kinderlächeln, klagte, daß ich sie mit Dingen zu Tode hetzen würde, die sie nicht einmal begriff. Germaine sei eine arme, bedauernswerte vornehme Dame, die in ihrer Person ihren Retter erblickt. Eher wäre sie, Corinna, bereit, ihr ins Elend und in die Verwahrlosung zu folgen, bevor sie Germaine aus dem Haus jagte. Ich würde überall Gespenster sehen, würde ihr das Leben zur Hölle machen, sie sei durch meine Eifersucht bereits seelisch krank geworden, und so sehr sie es sich einst gewünscht, so sehr würde sie sich vor einem gemeinsamen Schlafzimmer fürchten. Erst neulich hatte sie von ihrem Vater geträumt, der ihr empfahl, ins Kloster zu gehen und den Schleier zu nehmen. Er hatte ihr das Versprechen abgenommen, daß sie zwei Wochen lang keusch leben und zur Kirche gehen würde. Dies sei der wahre Grund, warum sie mich nicht in ihr Schlafzimmer ließe. Sie war ein geschickter Zögling der Jeanne Girard. Ja, sie hatte in ihrem eigenen Interesse sogar das Träumen von ihr gelernt. Für einen Augenblick überkam mich ein solcher Zorn, daß ich meinte, ich würde ihr den Schädel einschlagen. Doch von meiner eigenen Erregung entsetzt, flüchtete ich aus dem Zimmer. Als ich zurückkehrte, war die Tür bereits verschlossen, und Corinna flehte mich an, sie allein zu lassen und mein Temperament zu zügeln, weil sie wahnsinnige Kopfschmerzen habe. Ich wußte, daß Germaine bei ihr im Bett lag. Ich trat gegen die Tür und ließ die beiden hilflos liegen.

Péloc wollte mir von ganzem Herzen helfen. Er war der einzige, dem ich meine Wunden, den Ekel vor mir selbst und meine Hilflosigkeit offenbarte. Er erteilte mir überraschend kluge Ratschläge, auf welche Weise ich versuchen sollte, mich von meiner sinnlichen Sklaverei zu befreien, wie ich meinen verkrampften, brennenden Zustand mit Hilfe der Selbstsuggestion und der bewußt geübten Ernüchterung ändern könnte. Ich sollte sorgfältig alles zusammentragen, was ich bei Corinna abstoßend fand, ich sollte beharrlich daran denken, was am menschlichen Körper allgemein abstoßend sei. Ich sollte auch an die indische

Lehre denken, derzufolge »das Weib nichts anderes ist als ein Gefäß voll Urin und Exkremente« – doch sooft ich versuchte, diese Methode praktisch anzuwenden, fand ich, daß ich dazu unfähig sei.

Germaine bediente ihre hilflose Herrin mit jeder Lust und jeder Sünde, der sie nur habhaft werden konnte. Corinnas astrale Umwelt wurde immer gräßlicher, schwüler und drangvoll eng. Bei jeder Ausschweifung gesellte sich ein neuer Dämon zur Legion, diesem ausgehungerten Heer der Verderbtheit. Sie hatte sogar schon den höllischen Geschmack der Schwarzen Messen gekostet. Sie war einundzwanzig Jahre alt und seit fünf schrecklichen Jahren meine Frau, als es Jeanne endlich gelang, Cortey ins Ehejoch zu spannen.

Bei Jeannes Hochzeit sah ich Lepitre und Rosalie wieder. Lepitre war noch hagerer, noch gebeugter und wenn möglich noch flammender geworden, Rosalie aber war exaltierter, häßlicher und ungepflegter denn je. Während dieser Feier merkte ich, daß sich Corinnas sehnsüchtige, perverse Phantasie dem hektischen Propheten zugewandt hatte, der sich auf dem nie erlöschenden Scheiterhaufen unbefriedigter Sinnlichkeit verzehrte und aus dessen Poren der tödliche Hunger einer hoffnungslosen Askese strahlte. Corinna und ihre unsichtbare Umgebung waren betroffen und wurden aufgestachelt durch diese ahnungslose Beute, von dieser durch Selbstzerfleischung zurückgestaute, durch Pönitenz blockierte und einbalsamierte sexuelle Energie. Außerdem war auch noch Rosalie da, diese verliebte, alte Furie, diese ewig hungrige Wahnsinnige, die sich an ihrem Idol festkrallte und der man dieses Idol abjagen konnte. Welche Variationen der masochistischen und sadistischen Lust, Gefahr und Tragödie! Ich wußte, daß Lepitre verloren war, daß es für ihn kein Entkommen gab, da Corinnas Sexualmagie auf ihn gerichtet war. Wäre er wirklich rein und heilig gewesen, so wäre die Versuchung von ihm abgeprallt wie der Pfeil eines Kindes von der Wand. Doch Lepitre war astral verseucht. Sein unbereinigtes, wirres Verhältnis zu Rosalie hielt seine Gefühle, seine fieberhafte Sinnlichkeit zwischen den Extremen ständig unter Dampf.

Jeanne Girards verkehrte, tragikomische Trauung beschwor in mir die Erinnerung an meine eigene Hochzeit mit der von Orangenblüten bekränzten Corinna, die von der Gloriole ihrer

Schleier umgeben war. Was war das für eine Falle gewesen, wohin hatte mich diese teuflische Jungfrau mit dem Kinderlächeln gerissen, in der ich den Himmel zu umarmen wähnte!

Jeannes flaches, gepudertes Gesicht wurde durch die Exaltation der Freude nur noch gröber und herausfordernder. Die weiße, hohe Perücke betonte ihre schwabbelige, verbrauchte Haut und unterstrich die vulgären Züge ihres Gesichts. Der echte Schmuck, den sie mit Hilfe ihrer »Träume« zusammengerafft hatte, wirkte auf ihrem gedunsenen, roten Busen und an ihren fleischigen Fingern wie Talmischmuck. In ihrer lärmenden, unausgeglichenen Art, in der sich lakaienhafte Unterwürfigkeit mit der frechen Vertraulichkeit des Dienstboten mischte, begann sich bereits jene herablassende Zurückhaltung zu spiegeln, die jenen Frauen eigen ist, die eine Treppe hinaufgefallen waren. Nach langem Wettlauf, nach allerhand Ellbogenarbeit, Lügnereien, schweißtreibender und angespannter Nervenarbeit hatte sie endlich ihr Ziel erreicht. Sie war jetzt etwas benommen, voll leerer Verwunderung und voller Müdigkeit wie jeder Mensch, der sein Ziel erreicht und seine Befriedigung gefunden hat, jeder, der sich nach physischen Dingen abmühte. In dieses Gefühl pflegt sich stets, nachdem die Raketen der Freude und des Triumphes verpufft sind, etwas Enttäuschung und Resignation zu mischen, eine unbewußte Erkenntnis der Tatsache, daß sich etwas erfüllt, also gestorben war, nämlich das Ziel an sich, mit dem man schwanger ging, das unserem Leben Inhalt verliehen und über lange Zeit das Feuer in uns geschürt hatte.

Auf Corteys Gesicht, das in weinerlicher Andacht zerfloß, glänzte die Einfalt eines schwachsinnigen Kindes. Cortey war glücklich – und Jeanne ebenfalls. Doch das gleiche Wort bei zwei so verschiedenen Menschen – welch Extrem! Nie wurde mir die Hoffnungslosigkeit von Worten tiefer bewußt, die Tatsache, daß sie die Dinge lediglich verschleiern und maskieren, selten aber die Wahrheit aufdecken.

Meine Schwiegermutter, die Marquise Danjou, alterte würdevoll und zerstreut. Der Abgrund zwischen ihr und der Welt wurde immer tiefer. Mit blassem, verträumtem Lächeln und mit dem leichten Wahn geheimen Wissens, das bereits zur fixen Idee geworden war, blickte sie vom gegenüberliegenden Rand dieses Abgrundes auf die Menschen, die sie wohl sah, doch kaum mehr wahrnahm. Gott hatte auch ihr nach endlosem Bitten, Flehen und Beten schöne Träume beschert. Sie liebkoste dieses ihr sanftes, treues Kind, das ahnungslos durch die gefährlichen Strudel hindurchwatete, die durch den Glauben Jeannes und der Lämmer aufgewirbelt wurde. Jede Nacht begegnete sie ihrem Gatten, und auf diese Weise wurde sie für Jeanne entschädigt, die sie wegen ihrer Eheschließung verlieren mußte. Ihre Tage verbrachte sie wie im Traum, und nur bei Nacht erlebte sie die Wirklichkeit in den Armen ihres Gatten. Dieses in sich versunkene Wesen zweifelte keinen Augenblick an jener Integrität, die Corinnas Charakter und unsere Ehe betraf, ich aber konnte und wollte nicht zu ihr vordringen durch jenen luftleeren Raum, der sie von aller Wirklichkeit trennte.

Corinna hatte für die Hochzeit ein pastellgrünes Brokatkleid angezogen. Das festgeschnürte Mieder mit dem tiefen, viereckigen Ausschnitt ließ die beiden perlmuttfarbenen Hügel ihrer kaum bedeckten Brüste deutlich hervortreten. Die weiße, seidige Perücke und die glitzernden Brillanten ihrer Ohrringe mit ihrem blauen Schein hüllten ihre kühn geschwungene, nervöse Nase, ihre schräggeschnittenen Augen, ihre Brauen, die chinesischen Tuschebögen glichen, und ihre roten, spöttischen Lippen in unwahrscheinliche Schönheit. Sie benutzte ein schweres, süßliches orientalisches Parfüm, das sie für ein Vermögen bei einem alten türkischen Eunuchen gekauft hatte, der wegen einer geheimnisvollen Sünde nach Paris geflohen war. Dieses Parfüm wirkte auf mich wie ein beunruhigendes erotisches Reizmittel, und wenn ich es roch, bemächtigte sich meiner bitterer, eifersüchtiger Zorn und stechendes Verlangen. In ihrer Hand drehte sie einen gewaltigen schwarzen venezianischen Spitzenfächer, der diesen Duft vervielfachte und versprühte.

Als ich das kleine Lesezimmer betrat, das sich an den gelben Salon anschloß, erblickte ich in der Fensternische Corinna in Lepitres Gesellschaft. Ein dicker Teppich verschluckte den Schall meiner Schritte. Sie wandten mir nicht einmal die Köpfe zu, sie waren in einer Art Trance. Corinnas Gesichtsausdruck, ihre Haltung, der rote Strudel, der um sie herum glühte, ließen mich augenblicklich erkennen, was da im Gange war. Lepitre sprach, die Augen halb geschlossen, mit hektischen roten Flekken auf den Backenknochen, die von roten Äderchen durchzogen waren, mit leiser, gedämpfter, leidenschaftlicher Stimme – und Corinna hörte ihm zu. Wie gut kannte ich dieses Gesicht, ihr sanftes, gieriges Kinderlächeln, mit dem sie scheinbar der Worte lauschte, die an sie gerichtet wurden, in Wirklichkeit aber auf das Echo ihrer eigenen Gefühle hinter den Worten lauschte. Sie beurteilte ihr Gegenüber, stellte sich schamlos dessen Gesicht und Stimme im Augenblick des Aktes vor, zog sich aber im Strome der grauen Sätze, die in eine andere Richtung führten, nackt aus, ließ sich bis auf die Haut entkleiden und bot sich eindeutig und unmißverständlich an.

Ich nahm im halbdunklen Zimmer in einem hochlehnigen Sessel Platz.

Lepitre versuchte zweifellos, Corinna zu bekehren, wobei ihm selbst nicht auffiel, auf welch ungewöhnlich schwungvolle, leidenschaftliche und genußvolle Weise dies geschah. Die Worte strömten mit neuem Geschmack aus seinem Mund, in seinen Adern jagte eine Blutwelle die andere. In dieser gefährlichen Situation, in die er sich, entflammt, wie er war, hineinmanövriert hatte und deren Widerschein er als himmlisches Licht zu deuten suchte, wurde er zum Dichter, obwohl dieses Feuer von Dämonen tief unter der Schwelle des Bewußtseins geschürt wurde, in der oft geleugneten, verdrängten Instinktsphäre, die sich in Hunger und Emotionen wand. Corinna, wie in selbstvergessener, ekstatischer Bewunderung, zog die Schultern hoch und rückte Lepitre mit ihrem blanken Busen und dem aus ihrem Körper aufsteigenden Duft dicht auf den Leib. Sie beugte sich vor, um das Wort mit ihren geöffneten, schwellenden, gierigen Lippen direkt aus Lepitres Mund zu trinken. Ich war sicher, daß Lepitre noch vor einer Sekunde nie davon geträumt hätte, Corinna zu küssen, ja, daß er diesen Gedanken in heiliger Empörung von sich gewiesen hätte. Doch plötzlich, mitten im weihevollsten Satz, stürzte er sich auf Corinnas Lippen und umschlang sie fest mit seinen Armen. Und während Corinnas Körper sich wie ein Polyp an ihn heftete und ihn weiter aufpeitschte, ließ er ein dumpfes Stöhnen hören wie ein verwundetes Tier. Dann aber ließen sie plötzlich voneinander ab und trennten sich. Lepitre starrte mit entsetzten, weit aufgerissenen Augen in Corinnas erhitztes Gesicht, dann brachte er stotternd ein paar Worte der Entschuldigung hervor, drehte sich auf dem Absatz um und rannte aus dem Zimmer. Corinna glättete mit lustvoller Hetärenbewegung ihr Kleid, zog das Kleid über ihre Schulter, machte eine halbe Umdrehung ... und entdeckte mich in meinem Sessel, der ich ihr wie ein erstarrter und aufgewühlter Zuschauer in einer Art Loge gegenübersaß. Doch sie wurde keinen Augenblick unsicher. Noch nie hatte ich erlebt, daß sie auch nur für eine Sekunde die Beherrschung verlor. Sie lachte laut auf.

»Hast du das gesehen?« sagte sie, während sie das Lachen immer heftiger schüttelte. Sie winkte mir zu mit zusammengekniffenen Augen wie ein verschmitzter Gamin, als wüßte ich um einen trefflichen Scherz. »Ein schöner Prophet, kann ich nur sagen! Und mitten in seiner Predigt ... Nur schade, daß es Rosalie nicht gesehen hat!« Sie erstickte fast vor Lachen. »Ich dachte schon, er würde mir den Kopf abbeißen! ... Wenn es nicht so irrsinnig komisch wäre, würde ich jetzt einen Skandal entfesseln ...« Sie preßte ihre Hände auf die Seiten, zog ein durchsichtiges Taschentuch aus ihrem Busen und trocknete ihre Tränen.

Mein finsteres Schweigen begann sie nervös zu machen.

»Warum schweigst du? Warum starrst du mich an, wie der Henker sein Opfer vor der Hinrichtung?! Bin ich vielleicht auch daran schuld? Arglos höre ich mir hier das Halleluja aus seinem Munde an, schlafe fast ein vor Langeweile, bis er mich urplötzlich überfällt wie ein Raubtier. Du aber sitzt hier herum und schaust zu.« Ihre Stimme wurde angriffslustig und anklagend. »Anstatt mich zu beschützen! Anstatt ihn zu ohrfeigen! ... Von dir aus könnte man mich vor deinen Augen vergewaltigen! ... Du ... du ...«

Ich erhob mich, und sie begann zurückzuweichen.

»Jawohl ... mich kannst du schlagen ... Mich schon! ... Ich kenne dich!« zischte sie beklommen. Dann flüchtete sie in Richtung Tür und glitt plötzlich aus dem Zimmer.

Es läßt sich denken, daß Rosalie Lepitres Veränderung sofort bemerkte. Ebenso ist es aber auch denkbar, daß der erschütterte und aufgewühlte Mann selbst seine Sünde gestand, indem er sich vor sie hinkniete, sich auf die Brust klopfte und sie unter Tränen anflehte, sie möge ihm beistehen und ihm helfen, diese größte Versuchung des Satans zu überwinden.

Péloc blieb bis zum Schluß der Vertraute dieses tragischen Paares. Er war es, der mir die Einzelheiten ihrer Krise erzählte, mit der Absicht, eine seelische Operation an mir durchzuführen, um dieses Sexmonster, das an meinem Leben zehrte, mir aus der Seele zu reißen, indem er Corinnas maßlose, unmenschliche, blind unbewußte Verderbtheit und deren Folgen schonungslos vor meinen Augen entschleierte. Armer Péloc!

Hatte Rosalie auch mit Worten verziehen, so war in ihrem Inneren eine Revolution ausgebrochen. Ihr Idol war zwar nicht zusammengestürzt, aber wieder in die Unterwelt gesunken, in den unterirdischen Tempel des Hades, und war nach dem Fall zu einem fürchterlich lebendigen, begehrenswerten Wesen aus Fleisch und Blut geworden. Rosalies himmlisch verzerrte Liebe wandelte sich augenblicklich zur fordernden, eifersüchtigen, beleidigten, wahnsinnigen körperlichen Leidenschaft. – Lepitre war ihr Eigentum, in seiner Größe und in seiner Reinheit ebenso wie in seiner körperlichen Gier. Niemand konnte ihn ihr rauben. Sie gehörten zusammen, im Himmel wie in der Hölle. Sie waren miteinander zum Himmel emporgeschwebt, jetzt mußten sie auch zusammen in der Hölle schmoren! – Sie bot Lepitre an, er sollte den Versuch machen, sich durch sie von seiner finsteren Begierde zu befreien, weil dies eine weitaus läßlichere Sünde sei, als wenn er dies mit der Gattin eines anderen tun würde. Anschließend würden sie miteinander büßen. Nur einmal ... nur ein einziges Mal. Lepitre aber wich vor ihrem schier krankhaften Verlangen zurück, das ihn fast versengte, und vor ... ihrer Häßlichkeit, ihrem ungepflegten Geruch, ihrer alten, schwabbeligen, fettigen Haut, ihren tütchenartigen, schwammigen Brüsten, die sie ihm mit zweifelhafter, wilder Opferbereitschaft anbot. Lepitre war bereits durch Corinnas Schönheit, durch ihren Duft, durch den Geschmack ihrer Lippen und durch die Erinnerung an ihren schmiegsamen, festen Körper verseucht. Rosalie aber erkannte die traurige Wahrheit, und die schroffe Abweisung wandelte sich allmählich zu galligem, krankhaftem Haß gegen Corinna, gegen Lepitre ... und gegen sich selbst. All die Dinge, die auf sie einstürmten, verwirrten ihren Geist. In ihrer gemeinsamen Wohnung waren sie eingeschlossen, weil sie den Lämmern und Gegenpropheten das häßliche Fiasko ihres Lebens nicht offenbaren mochten, doch sie waren wie zwei Raubtiere, die man in einen Käfig gesperrt hatte, zwei Raubtiere, von denen das eine sich verbirgt, flüchtet, sich tarnt und ausweicht, während das andere ständig auf der Lauer ist, das andere wütend belauscht und aus winzigen Zeichen finstere Gedanken schmiedet. Ihre Betten, diese Wiegen ihrer himmlischen Wonnen, wurden zur Folterbank, da die magische Brücke, die sie während dieser seelischen Schwarzen Messen zueinander geschlagen hatten, auch weiter zwischen ihnen vermittelte, diesmal aber das Gift der ohnmächtigen Abstoßung, des Argwohns, des stechenden Hasses und der flammenden Beschuldigung.

Ich hatte keinen Augenblick Zweifel darüber, daß Corinna die Begegnung mit Lepitre suchen würde. Aus einer Bemerkung von Jeanne, die uns nach ihrer Heirat mit ihrem Gatten einen Höflichkeitsbesuch abstattete, erfuhr ich, daß Corinna ihre ehemalige Erzieherin mit wertvollen, alten Büchern überrascht hatte, die aus Lepitres Laden stammten. Corinna aber ging gewandt zu einem anderen Thema über, ohne mit der Wimper zu zucken. Doch zu jenem Zeitpunkt sagte ich nichts mehr. Ich war der ganzen Sache müde. Was hätte ich auch sagen können? In ihrer Seele öffnete sich kein Spalt, um Mitleid und Verständnis Raum zu geben. Sie war ein unbeschriebenes Blatt, ein gnadenloses, unwissendes, fleischgewordenes Astralwesen jenseits aller Erfahrung, was Leiden betraf. Ich lebte neben ihr her, wie ein Verurteilter, der seine Schuld sühnt und seine Sühne durch nicht abreißen wollende neue Sündenfälle pausenlos verlängert.

Wenn ich von ihrem Bett, von ihrem Körper fern war, haßte ich sie. Doch ich konnte ihr nicht lange fernbleiben, auch wenn ich mich nicht so weit erniedrigte, von mir aus die Initiative zu ergreifen. Bebend und von Selbstekel erfüllt, wartete ich darauf, wann sie wohl wieder einmal die infernale Hochzeit mit mir wünschen, wann sie in ihrer schamlosen Nacktheit in mein Zimmer einbrechen würde, um mich herauszufordern, mich bis zur Weißglut zu erzürnen und mich schließlich durch die Magie ihres Körpers zu einem sexbesessenen Tier herabzuwürdigen. Von Zeit zu Zeit brauchte sie mich, weil sie nur bei mir bekommen konnte, was sie brauchte, nämlich die sadistische Befriedigung ihrer bedingungslosen Macht über mein ganzes ethisches Sein. Auch ihre Hetzjagd gegen Lepitre und Rosalie nährte sich aus der gleichen giftigen Wurzel, eine Jagd, die pausenlos durch die dämonischen Triebkräfte angeheizt wurde, die sich jenseits ihres Körpers spannten.

Der unglückliche Lepitre und seine Rosalie waren durch ihre sanften, leidenschaftlichen Lügen, mit denen sie sich selbst betörten, bereits reif für das Feuer der astralen Hölle. Der Augenblick der Explosion, des Zusammenbruchs nahte. Ich bedauerte sie, doch wenn ich mich für kurze Augenblicke vom Bewußtsein meiner eigenen Krankheit befreien konnte, sah ich klar und deutlich, daß Corinna hierbei nichts weiter als ein Werkzeug war. Irgend etwas mußte in ihnen vernichtet werden, etwas, was vergänglich, irreführend und verblendend war, damit sie jenseits der Trümmer zu sich selbst zurückfinden konnten. Und in diesen Stunden, wo mich aus traumhafter Ferne die Bruchstücke einst beglückender Melodien erreichten, spürte ich auch, daß alles, was ich jetzt qualvoll durchmachte, irgendwo einen Sinn und eine Auflösung finden würde. Ich mußte hindurch, wie ein Novize durch den pechschwarzen Korridor der Einweihungskirche, stolpernd, mit verbundenen Augen, erfüllt von eisiger Furcht vor dem Unbekannten. Das waren aber nur Minuten, die vorübereilten. Meine Tage und Nächte, die Wochen und Monate umspannten mich wie ein graues, trostloses Spinnennetz, das mich würgte und knebelte. Ich hatte das Gefühl, daß die Luft, die ich atmete, verschmutzt war und meine Lunge wie eine dicke, morastige Schicht überzog. Mein Körper erschien mir klebrig vor Schweiß und Schmutz, dämpfig und schwül, umsonst badete ich in unserem Badezimmer aus grünem Marmor, das als Vorzimmer der Wollust erbaut worden war.

Mein Atem ging immer schwerer, meine Kräfte schwanden, mein Lungenleiden begann mich wieder zu plagen. Ich hustete. Bei Nacht pulsierten schlimme Fieberanfälle in mir. Im Frühjahr 1736 spuckte ich Blut. Der gute arme Péloc brachte es mit übermenschlicher Anstrengung fertig, daß ich erneut verreiste.

Diesmal fuhr ich in die Schweiz, hinauf in die Berge mit ihren Schneekappen und der gefilterten Luft, wo der im plätschernden Gebirgsbach schwingende Zweig in der Morgendämmerung sich in ein Gewand aus glitzerndem Eis hüllt. Der feurige Sonnenschein, der von einem nach Schnee duftenden, düsteren Abendlicht abgelöst wird, rückte mir die Erinnerung an das Adlernest auf dem Dreisesselberg in merkwürdige, intensive Nähe, die Erinnerung an jene Burg, in deren Turmzimmer eine ähnliche Landschaft mit ihren fremden Farben und Dünsten zum Fenster hereinschaute. Im offenen Fensterrahmen des kleinen Jagdhauses glänzten die Sterne ebenso nahe und hell wie seinerzeit. Auch damals befand ich mich in einer Krise, und die mannigfaltigen Fieberanfälle der verschiedenen physischen und astralen Krankheiten hatten mich seit jener Zeit stets begleitet.

Ich verabschiedete mich nicht von Corinna. Zwei Tage lang war sie nicht nach Hause gekommen, ein Umstand, der unsere

Trennung erleichterte. Ich mußte die Flamme der Empörung nutzen, die in mir loderte, bevor ich durch ihre Gegenwart wieder zur hilflosen Marionette wurde. Ich hinterließ ihr ein paar Zeilen. Das war unser Abschied.

Eigentlich war meine Reise eine Flucht. Ich hoffte, daß wenn es mir gelingen würde, Louis de la Tourzels verbrauchten Körper abzustreifen, gleichzeitig auch die Bindung gelöst würde, die mich an Corinna kettete.

Ich wollte einsam sterben. Der riesige Alchimistenofen der Hochgebirgssonne konnte das Wunder der Transmutation meiner Genesung nicht vollbringen, weil in mir eine wichtige Voraussetzung nicht vorhanden war, nämlich der Wille zu jenem Leben, das ich führte.

So sah ich tatenlos zu, wie die Kräfte der Auflösung in mir ihren Lauf nahmen. Untertänig lag ich im Schmelzofen der Nächte, in Schweiß und Blut aufgelöst. Doch Corinna wich nicht von meiner Seite. Das finstere Astralgesindel übertrug das langsam tötende Borgia-Gift wie eine fanatische konspirative Horde auf mich, zauberte den stechend süßen Geruch ihres Parfüms in meine Nase, flüsterte mir ihre stotternden, lustvollen Worte ins Ohr, ihre Rufe, ihren Lustschrei und projizierte das Bild ihres nackten Körpers in flammenden Farben auf den Bildschirm meiner geschlossenen Lider. Auch sie, die Wölfe, feierten den Zenith ihrer Macht über der Flamme meiner Sinnlichkeit, die nur noch durch meine Krankheit immer wieder angefacht bereits am Erlöschen war. Sie tobten, nährten und umtanzten diesen Scheiterhaufen wie ein Schwarm trunkener Nachtkäfer.

Trotz meines immer schwächer werdenden Zustandes sandte ich beruhigende Briefe an Péloc und bat ihn, mir über alles zu berichten, was sich um Corinna herum ereignete. Corinna machte sich nicht die Mühe, mir Briefe zu schreiben. Nur durch Boten ließ sie mir einige wenige, launisch hingeworfene Worte zukommen, die allesamt nichts waren als lauter Lügen, freundlich oder sarkastisch, je nach Laune.

Von Péloc erfuhr ich, daß Germaine die schrankenlose Herrin im Haus sei. Sie führte den Haushalt, dirigierte die Dienerschaft und organisierte die Empfänge, wo durch Corinnas neue Leidenschaft, dem Kartenspiel, das immer mehr überhand nahm, um hohe Einsätze gespielt wurde. Was die Teilnehmer betraf, wurde nicht viel nach Rang und Ansehen gefragt. Jeder war willkommen, den Germaine aus irgendeinem Grund als interessant oder unterhaltsam einschätzte. Nichtstuende Aristokraten, zweifelhafte Existenzen, Falschspieler, Männer und Frauen mit krankhaften Neigungen, Schauspieler und Halbweltdamen bevölkerten den zum Spielsaal umfunktionierten grünen Salon, aus dem eine Tür in Corinnas Schlafzimmer führte. Diebstahls- und Betrugsaffären und Sexualskandale lösten sich ab, die nur ein hoher und angesehener Polizeibeamter von Zeit zu Zeit gerade noch vertuschen kann. Wer bei uns einkehrte, aß und trank auf meine Kosten, was ihm beliebte. Wie gesagt, informierte mich Péloc absichtlich auf diese Weise. Es war als Medizin gedacht, als eine Droge der Ernüchterung. Er meinte, daß mich Haß und Abscheu von Corinna heilen könnten. Dabei ist der Haß nur das zweite Gesicht der Leidenschaft. Ich wäre erlöst worden, wenn sie mir gleichgültig geworden wäre, wenn ich mich nicht mehr darum gekümmert hätte, wie sie lebte und in welchem Morast sie ihren Körper noch wälzte.

Im dritten Monat meiner Abwesenheit brachte Rosalie ihren Lepitre um und richtete sich dann selbst. Die Art und Weise dieses Mordes war bemerkenswert und offenbarte jene an Wahnsinn grenzende Emotion, die in diesem alten, von Liebe und krankhafter Eifersucht getriebenen irrsinnigen Weib getobt hatte. Sie hatte ihr Idol im wahrsten Sinne des Wortes in Stücke gerissen, diesen Mann, der vermutlich bereits unter den ersten Stichen gestorben war, doch diese unglückliche, besessene Frau wollte ihm alles heimzahlen und nach all der gestauten Sehnsucht, nach all den Tränen, nach all der exaltierten seelischen Onanie und nach dem beschämenden, entwürdigenden Fall endlich ihre Befriedigung zu finden. Sie zerfleischte und zerstückelte ihren Lepitre und badete in seinem Blut, weil sie ihn vergötterte und niemals umarmen durfte, weil sie an ihn geglaubt und über alle Maßen jenseits alles Erträglichen enttäuscht worden war. Dann schlitzte sie sich an Armen, Beinen und Hals die Adern auf, legte sich neben den ausgebluteten, zerschmetterten Leichnam, umarmte ihn krampfhaft und wartete in dieser entsetzlichen, letzten und einzigen Umarmung auf den Tod.

Die Nachricht wurde mir durch Pélocs erschütterte Zeilen überbracht. Er war es, der auf die Leichen stieß. Am Tage der

Beerdigung gab Corinna ein Hauskonzert zu Ehren eines neuen Sterns am Musikhimmel, eines Harfenisten namens René Gillet. Sie war jetzt oft in Gesellschaft des Martin Allain, des Scharlatans, zu sehen, der als ihr Hausarzt galt.

Nach diesem Brief wurde ich bettlägerig und zwang meinen Körper auch nicht mehr zum Aufstehen. Wozu auch? Unter dauernden Husten- und Erstickungsanfällen spuckte ich meine Lunge brockenweise aus, wobei ich zum Skelett abmagerte, während die Bazillen der Leidenschaft meine restlichen Kräfte verzehrten.

Mein letzter kurzer Brief war an Péloc gerichtet. Ich dankte ihm für seine Freundschaft, für den einzigen Wert, den ich aus meinem armseligen Leben mitnahm ...

... doch mein letzter Atemzug entrang sich mit Corinnas Namen meiner Brust.

Ich hatte sechsunddreißig Jahre in diesem unglücklichen, aus Leidenschaft erbauten und mit überhitzter Sinnlichkeit belasteten Körper des Louis de la Tourzel gelebt.

Das grüne Fenster

Jetzt folgte jener Abschnitt meines Weges, der in seiner Merkwürdigkeit kaum zu beschreiben und zu begreifen ist. Ich möchte versuchen, ihm in Worten gerecht zu werden, obwohl die engen Grenzen, die den Worten gesetzt sind, jene grenzenlosen Farben, Schattierungen und die erschreckende Intensität der Dinge nicht fassen können, die das Wesen der niedrigeren Schichten einer Astralwelt ausmachen, wo sich die Wurzeln der Leidenschaften und der unterdrückten Instinkte breitmachen. Von den höheren Ebenen der Astralwelt, wo der Verstand seinen zärtlichen, wunderbaren Dualpartner hervorruft und wo aus ihrer Hochzeit die großen Werke der Kunst und der Intuition hervorgehen, will ich erst später reden.

Mein Bewußtsein und mein ganzes Wesen schnellte im Augenblick des Todes zu Corinna zurück, als hätte er sich vom

Ende einer Kette gelöst. Immer noch war ich mit meinem Astralleib ihr Gefangener, vom Aussatz der Sehnsucht befallen, in dem der sinnliche Hunger für den menschlichen Organismus unvorstellbare Formen annimmt und wo die Sinne jenseits des menschlichen Nervensystems zu Schaltkreisen werden, die Spannungen von vielen Millionen Volt führen. Dieser Astralleib nährt sich von den Krumen der zur Materie erstarrten endlichen und labilen Welt, ohne jemals satt zu werden.

Ich wurde also an jene Legion gekettet, die den hitzestrahlenden, rotglühenden Schmelzofen von Corinnas Leib umringte, das Feuer mit dem Öl der Sehnsucht und Begierde nährte und sich mit kralligen Fingern haßerfüllt den durch sie erbeuteten Lustbrocken teilte.

Ich sah Corinnas Leben. Ich konnte mich nicht für einen Augenblick entfernen, selbst dann nicht, wenn ich mich voller Entsetzen von ihr abwenden wollte. Und dieses zum Dämon gewordene Wolfsrudel meiner Gedanken, meiner Begierden und meiner Sünden führte an mich gekettet pausenlos diesen höllischen Veitstanz auf.

Bei diesem schwarzen Hexensabbat war bereits auch der schöne Marcel anwesend, den der Galgenstrick aus seinem Körper gedrückt hatte, und mit bläulichweißen, entsetzlichen Leichengesichtern tanzten in maßloser Verzweiflung auch Lepitre und seine unglückliche Seelengefährtin Rosalie wie versklavte Monde der Unterwelt diesen Reigen mit.

Corinnas Schicksal spielte sich wie ein pornographischer Schauerroman vor unseren Augen bis ins letzte Detail ausgeleuchtet auf der riesigen Bühne des physischen Daseins ab. Sie zog sich an und aus, legte Masken an, lachte, schrie, log, vernichtete, liebte, trank, spielte Karten, balgte sich herum, wälzte sich in allen Pfützen, raffte Lust für ihren Körper aus jeder Verderbtheit, aus jeder Emotion. Doch an den Hebeln saßen die Dämonen, die sie anstarrten und die sie führten, so wie der Marionettenspieler seine Puppen an dünnen Fäden tanzen läßt. Das Zusammenspiel wurde immer vollkommener. Corinnas zäher Körper konnte die Ausschweifungen leicht ertragen, weil die Seele, die in ihr wohnte, noch scheintot war. Ihr Vermögen war trotz der Unterstützung ihrer Liebhaber bei all den wilden Kartenschlachten und unter den Händen der Liebesdiener erschreckend zusammengeschrumpft. Ihr Schoß war ganz und gar unfruchtbar, ein vor dem Leben und vor jeglicher Beziehung geschlossenes Tor. Ihre Jahre flammten nacheinander auf und verloschen wie Strohfeuer.

Martin Allain hielt eisern zu ihr, und auch sie duldete ihn gern, weil sie in seiner entschlossenen Verderbtheit, die vor nichts zurückschreckte, eine verwandte Seele entdeckt hatte.

Allain nahm niemals körperlich an den Orgien teil, er war nur anwesend. Der Blick seiner hervorquellenden Augen, die stets in öligem, rotem Dunst glühten, peitschte Corinna mehr auf als alles andere. Sie zog ihn in die gemeinsten Bacchanale, schloß sich mit ihm und ihrem Körper allein in ihr Schlafzimmer ein, reizte ihn mit ihrem Leib, ihren zotigen Reden, mit den giftigen Worten aus de Assis' pornographischen Büchern, doch Allain blieb standhaft. Dieser sanguinistische Gourmet, dieser Falschspieler, der über die Schönheit der Sünde und über deren alleinseligmachenden Notwendigkeit eine besonders destruktive Theorie gezimmert hatte, der alles verspottete und über alles lachte, widerstand Corinnas Ansturm wie eine unüberwindliche Mauer. Er feuerte sie an, schmeichelte ihr, kritisierte und lehrte sie, gab ihr entsprechende Ratschläge, erpreßte sie und wich nicht von ihrer Seite. Wenn sie badete, schmiedete er über jeden Teil ihres Körpers geschickte, zynische aber zündende Verse aus dem Stegreif – so lange, bis sich Corinna aufrichtig für ihn zu interessieren begann, mehr als für jeden anderen.

Allain war ein entsetzlich kluger Tunichtgut. Er wollte alles gewinnen, und für dieses Ziel opferte er Jahr um Jahr, zügelte sein aufbrausendes gallisches Temperament, unterdrückte seine heimliche Begierde nach Corinna, wobei er seine rachelüsterne Eifersucht und seinen Neid besiegte. Schließlich erreichte er, wonach er gestrebt hatte. Seine untrügliche Methode und seine Leistung waren imponierend, selbst dann, wenn er sie im Interesse seines üblen Zieles einsetzte. Corinna, die ausgehungerte, verblendete, verzauberte Corinna, die in der nie genossenen Umarmung Allains ungekannte Freuden ahnte – Corinna ging ihm auf den Leim. Untertänig verjagte sie Germaine, ihren weniger gefährlichen bösen Geist, die auf ihre Art ihr immerhin bedingungslos die Treue hielt – und zog öffentlich mit Martin Allain unter ein Dach, lieferte ihm die Schlüssel ihres Schlafzimmers und ihrer Kasse aus.

Allain blieb ihr die Überraschung nicht schuldig. Er wußte, daß er die Käfigtür eines schönen Raubtieres bewachte, das, wenn es erst zu sich kommt, zu freieren Wildbahnen ausbrechen möchte. Auf die gleiche methodische, zähe Art, wie er Corinna eingekreist und unterworfen hatte, hielt er sie auch gefangen. Ihr Geld und ihre Kleider nahm er unter Verschluß, ihre Freunde wies er aus dem Haus. Wenn sich Corinna tobend auflehnte, wenn sie es später fertigbrachte, gelegentlich auszureißen und ihm für kurze Zeit zu entkommen, verprügelte er sie gnadenlos, so sehr, daß Corinna nachher tagelang das Bett hüten mußte, verwundert, eingeschüchtert und – im geheimen entzückt.

Allain hatte keine Illusionen. Er war sich darüber im klaren, daß ein einziger Mann, wäre er in der Liebeskunst noch so leidenschaftlich und erfindungsreich, Corinna niemals genügen würde. Also riß er sie in solche Tiefen der Perversion, daß Corinna wimmernd und am Boden zerstört um Gnade flehte.

Die zweite und noch entsetzlichere Überraschung für Corinna bedeutete die Vergiftung ihres Blutes. Allains häßliche Pickel ließen keinen Verdacht bei einem Menschen aufkommen, der die Leute nicht mit seinem Bett und seinen Augen beobachtete. Dann aber schlug die Krankheit in der Unempfindlichkeit ihrer Seele eine gewaltige Bresche.

Als die Folgen ihrer Krankheit äußerlich sichtbar wurden, war sie kaum vierzig Jahre alt. Ihre wahnsinnige Lebensweise hatte sie sowieso schon schneller verbrannt und verzehrt als jede andere Frau, doch solange sie noch gesund war, konnte sie erfolgreich gegen die Zeit ankämpfen.

Ihr plötzliches Altern, der Zerfall zeigten sich zuerst an ihrer Haut. Die Spannung ließ nach, und schon bald war sie von trockenen, roten Flecken und Ausschlägen übersät. Der lustvolle Schatten unter ihren Augen wurde zu blauschimmernden Tränensäcken. Auch ihren Busen konnte sie nicht mehr schamlos zur Schau tragen, da die Trägermuskeln erschlafft waren. Die glühende Freude ob ihrer bewußten Schönheit, die in ihren Augen glänzte, war dem Ausdruck verwirrter Angst gewichen. In ihrem entzündeten Zahnfleisch lockerten sich die Zähne und fielen schließlich reihenweise aus. Zahnfleisch und Mandeln begannen zu eitern. Ihre Stimme wurde heiser, und ihr rabenschwarzes Haar, das einst von der Elektrizität des Lebens knisterte, wurde zu einer grauen, toten Perücke. Auch ihr Vermögen war dahingeschwunden ... Allain, den die Lues ebenfalls zu einem kahlköpfigen Greis mit wundem Hals gemacht hatte, setzte sich mit den Resten ihres Geldes und ihres Schmuckes von ihr ab und ließ sie mit ihrem Elend und ihrer ratlosen blinden Furcht allein.

Doch nicht nur er ließ aus gierigen Diebeshänden diese leere Hülse allein, die ihrer Schönheit, ihrer Gesundheit und ihres Vermögens beraubt war. Auch ihre Dämonen wandten sich von ihr ab wie von einer endgültig ausgeraubten Ruine, die man auf den Misthaufen wirft.

Corinna wollte keiner mehr haben. Mit Ekel und Abscheu ging man der ewig betrunkenen, schwankenden, aussätzigen Bettlerin aus dem Weg, die mit heiserer Stimme um Almosen flehte. Sie sah aus wie ein neunzigjähriges Mütterchen, obwohl sie noch nicht einmal fünfzig war. Nur der schöne Marcel wich nicht von ihrer Seite. Sie war durch geheimnisvolle, unzerreißbare Fäden an seinen faulenden, phosphoreszierenden Körper gebunden. Lepitre und Rosalie wurden durch das besondere Gesetz ihres Schicksals vom erlöschenden Feuerball hinweggeschleudert, um in neuen Körpern weiter nach Sühne, nach einander, nach sich selbst und nach der Erlösung zu suchen. Ich aber ...

Es war ein erschütterndes und – ich möchte dieses Wort von jeder Schlacke befreien – erhebendes Erlebnis. Nur meine Befreiung von Homunculus war diesem Erlebnis gleichzusetzen, obwohl dies ein langsamer Prozeß war, der nach menschlicher Zeitrechnung Jahre dauerte. So, wie Corinnas Schönheit dahinschwand, wie ihr von Sexualmagie durchtränkter Körper verfiel, so glitten allmählich jene Fäden von mir ab, die mich an sie und an diese blinde Leidenschaft banden. Nicht allein deswegen, weil sie ihren physischen Zauber verloren hatte, sondern weil ihr Zerfall bei lebendigem Leib, der sich vor meinen Augen zutrug, wie das Lapis-Eisen eines altgriechischen Entweihungs-Mysteriums in meiner Seele brannte. Die Tragödie der Vergänglichkeit, des Zerfalls jeglicher Form, auch der triumphalsten Schönheit weckte mich aus meiner astralen Benommenheit. Ich begriff die Hoffnungslosigkeit und die Verblendung der körperlichen Lust, das egoistische Blendwerk der Lust an sich, begriff die tödliche Gefährlichkeit des glühenden Feuerwerks der Gefühle und der Sinnlichkeit, ihr Materie zeugendes, satanisches Wesen, das alles in die Tiefe riß. Ich begriff – doch dies ist nur ein Wort, ein kraftloses Wort, das für jeden etwas anderes bedeutet – *ich begriff es auf jene Weise, daß durch diese*

Erkenntnis jede Bindung von mir abglitt, die mich nur so lange zu fesseln vermochte, als ich an sie geglaubt hatte, widerstrebend zwar, eingeschüchtert, doch stärker als an Gott. Dieser mein Irrglaube war zusammengebrochen. Die zitternde Fata Morgana der Hitze wurde durch den kühlen, reinen Windstoß der Erkenntnis zerrissen; denn alles Leid, alle Bindung, alle Liebe, alles Entsetzen, Not, Krankheit und Tod sind nichts als Einbildung. *Alle diese Erscheinungen haben nur so lange Macht über uns, als wir ihnen durch unseren Glauben und durch die Kraft unserer Gedanken Materie und Körper für ihr Dasein liefern.* Das alles hatte ich in seinem Wesen und in all seinen Konsequenzen erkannt – und damit hatte ich den Namen dieser astralen Leidenschaft ausgesprochen, wie ich einst Homunculus mit Namen genannt und Herr über ihn geworden war.

Die niederen Bande der physischen und der Astralebene waren von mir abgefallen. In diesen beiden Welten war ich frei geworden. In Corinnas Leib, der sich auf dem tiefsten Punkt der Astralebene befand, hatte ich jenen Knoten gelöst, zu dem jeder blind mit verbundenen Augen hinstolpern muß. All diese Dinge kann man nur von innen heraus erleben. Man muß sich mit ihnen identifizieren, um sie mit all ihren Möglichkeiten und Gefahren hinter sich zu lassen. Wer die Unterwelt hinter sich bringt, wird von der Hölle befreit. Wer aber meint, daß er auf einem schmalen Steg darüber hinwegschreiten kann, fällt stets hinein. Die Lämmer, Lepitre, Rosalie, Banet, Boisson und all die anderen taumelten, taumelten allesamt vom Schwindel erfaßt, aber großsprecherisch über diese schwebende, haarsträubende Brücke und meinten, überhaupt nicht mehr anhalten zu müssen, bis sie im Himmelreich angekommen waren. Doch sie irrten. Lepitre und Rosalie stürzten kopfüber in den feurigsten Kessel. Mich aber überkam Mitleid, wenn ich daran dachte, was sie alles durchmachen und erleben mußten, um schließlich den Weg zu finden, der in die Freiheit führte.

Dies war ein verzauberter Zustand, der Augenblick jener Gnade, an die sich so viele irrige und lächerliche menschliche Vorstellungen knüpfen. Der einzige Sinn der Gnade ist das Gesetz, das das Böse in Medizin umwandelt, den Tiefpunkt der Sünde, des Todes und der Schmerzen zum Ausgangspunkt hin zur Erleuchtung macht. Selbst Gott kann keinen Schritt, keine Schuld dem Menschen ersparen, keine Last von seinen Schultern nehmen, indem er den einzelnen je nach Laune bevorzugt, sonst bleibt die nicht zurückgelegte Wegstrecke ein weißer Fleck auf der Landkarte der Seele, eine durch Erlebnisse nicht ausgefüllte, gefährliche Lücke, durch welche die Finsternis jederzeit wieder eindringen kann.

Zwei Schlüssel hielt ich in der Hand, die beiden Schlüssel des Hermes, der dritte aber fehlte.

Die Dämonen der Astralwelt schreckten mich nicht mehr und konnten mich nicht mehr überwinden – weil ich mich nicht mehr vor ihnen fürchtete. Ich wußte, daß ihr Sein von mir abhing, daß ich ihr Schöpfer und Gebieter war. Nicht fliehen muß ich vor ihnen, sondern ihnen die Stirn bieten, weil sie dann zusammenschrumpfen, zu nichts werden, weil sie dann aufgesaugt werden wie der Dunst. Es war ein langer Weg, bis ich so weit gekommen war, doch war er jedes Opfer wert. Ich sehe ein, daß ich nichts auslassen konnte, seitdem ich von Rochards zertrümmertem Schädel aufgebrochen war mit der gestohlenen goldenen Dose, die das Große Arkanum barg.

Sich vor etwas fürchten, heißt zum Magneten werden für den Gegenstand der Furcht. Sobald die Furcht aufhört, hört auch die Anziehungskraft auf.

Das Mitleid ließ mich noch eine Weile neben Corinna ausharren. Die Erkenntnis aber, daß ihr Leid, ihr Entsetzen und ihr Elend nichts weiter seien als Geburtswehen, durch die sie vom unglücklichen Dämon, der ohne jede Beziehung zu höheren Welten herumirrt, zum Menschen wird, in dem sich später das Leid zum Licht wandeln kann – erlöste und befreite mich schließlich auch von diesem fruchtlosen Zögern. Ich verließ sie mit ruhigen, gelösten Gefühlen, weil ich vorerst noch nichts weiter für sie tun konnte.

Was ich brauchte, war ein eintöniges, sanftes, von außen nicht wahrnehmbares Leben, das sich nach innen ausbreitete, um mich von jenem Scheiterhaufen auszuruhen, von dem ich endlich herabgestiegen war, und um meine Kräfte zu sammeln, um die höchste, die mentale Ebene zu stürmen, die am schwersten zu erobern war. Ich war nichts als Asche und Müdigkeit. Mein Astralkörper war von Brandwunden übersät, die kaum geheilt waren. Dieser erloschene, graue, verschlackte Alchimistenofen mußte jetzt durch ein anderes Feuer zur Weißglut der Katarsis gebracht werden.

Bevor ich weiter in die Zeit vordringe, muß ich noch ein paar Worte über Jeanne Girard verlieren, da ihr Schicksal ein bemerkenswertes Symbol für die Gefahren darstellt, die mit den dilettantischen Experimenten mit finsteren Mächten einhergehen. Ihr weiteres Leben, das manchmal bei Corinnas Betrachtung an mir vorbeizog, beobachtete ich vom anderen Ufer aus durch das Grüne Fenster, weitaus eindringlicher, als dies in meinem Körper möglich gewesen wäre, trotz der Tatsache, daß meine Sünden das dritte Auge auf meiner Stirn geöffnet hatten, dieses geistige Sinnesorgan des magischen atlantischen Menschen. Der Körper ist schließlich an Ort und Zeit gebunden und hatte mich mit einer Mauer umgeben, die jetzt, jenseits der Schwelle, kein Hindernis mehr für mich war. Wenn mein Interesse für Jeanne – Madame Cortey – erwachte, eilte ich auf den Flügeln der Gedankenkräfte zu ihr, und ihre äußeren und inneren Prozesse lagen dann so klar und offen vor meinem Blick, wie ein exotischer Fisch in einem mit Röntgenstrahlen durchleuchteten Aquarium.

Da sie zwar okkulte Fähigkeiten besaß, ihr verlogenes, von niedrigen egoistischen Motiven durchtränktes Sein sie aber in die tiefsten, dichten Schichten des Seins hinabzog, wurde sie dort zum erleuchteten Durchgangsbahnhof der gewaltigen Schwimmer, von tödlicher Kälte erfüllten Monstern der astralen Tiefsee, die von elektrischem Strom durchtränkt waren. In der Tiefe wird das Licht zu einer unwiderstehlich anziehenden, jedoch vernichtenden Hitze, zur traurigen, fernen Reflexion göttlichen Glanzes. Das ist der Grund, warum auch das verschleierte Sein von den wilden Tieren bis zu den Käfern voll Angst und doch von tiefer, trunkener Sehnsucht erfüllt das Feuer umschwirrt. Es ist ihr stummes, unbewußtes, verzweifeltes Gebet.

Jeanne wurde schwanger von den Elementarmonstern. Immer mehr und mehr klammerten sie sich an sie und drangen in die Hexenküche ihres seelisch-körperlichen Organismus und in das feingesponnene Werk ihrer Lebensfunktionen ein. Jeder Hebel in ihr wurde jeweils von einer anderen dilettantischen Kralle bedient, bis sie von einem gierigeren, stärkeren Willen beiseite geschoben wurde. Nach den heutigen Erkenntnissen der medizinischen Wissenschaft war Jeanne in einen eigenartigen, schwerwiegenden Zustand der Schizophrenie geraten. Sie wurde explosiv in verschiedene Persönlichkeiten gespalten, und verschiedene Stimmen, Bestrebungen und erschreckende Emotionen lösten einander ab. Aus ihrem Mund drang der Ruf fremder Wesen, die sich auf haßerfüllte, destruktive Weise bekämpften. Manchmal schrieb sie mit jeder Hand einen anderen Text, während ganz andere Worte aus ihrem Mund drangen. Sie wurde zu den mannigfaltigsten Tätigkeiten gezwungen: daß sie stundenlang dastand, das Gesicht zur Wand, daß sie die Nahrung verweigerte, daß sie sich nicht säuberte und daß sie ihr Bedürfnis auf dem Teppich erledigte. Dann wieder versteckte sie jeden Gegenstand, der ihr unter die Finger kam, an unmöglichen Orten, die sie nachher nicht mehr auffinden konnte. Die meisten Geister erschreckten das entsetzte Personal und den weinerlichen, verwirrten Cortey durch abstoßende Anträge. Zu Beginn, als sie noch zu Gesellschaften gingen, wurde sie von den Geistern, die sie besaßen, gezwungen, zotige blasphemische Worte zu sprechen und irgendwelche Sünden zu bekennen, die sie angeblich begangen hatte. Ihr Zustand wurde immer bedrohlicher. Sie fing an zu zündeln, Gegenstände zu zerschlagen und zu ruinieren, dann wieder fiel sie über ihren Gatten her und würgte ihn, daß er seine liebe Not hatte, dem Würgegriff ihrer verkrampften Finger zu entkommen. Schließlich landete sie dort, so man auch meine arme Mutter hingebracht hatte: in der Salpetrière.

Einmal erblickte sie mich in einem kurzen, klaren Augenblick der totalen Erschöpfung im Traum. Benommen und zweifelnd streckte sie den Arm nach mir aus und murmelte:

»Sind Sie es ... Louis ... Monsieur de la Tourzel? ... Wollen ... wollen Sie der kleinen Corinna etwas mitteilen? ... Ich werde ihr nicht sagen, wie Sie aussehen ... so grau und von Wunden übersät ... ich ... ich werde ihr etwas Schönes sagen ... damit sie sich freuen kann ...«

Dann fuhr sie plötzlich auf, ließ einen langen Schrei hören wie jemand, der sich seines tiefen Elends bewußt wird.

»Helfen Sie mir! ... Helfen Sie mir, Monsieur, um Christi willen! ... Sie gehören nicht zu denen ... Man muß die Tore verrammeln! ... Bevor es zu spät ist ... Sie rauben mir das Leben ... Sie zerfleischen mich ... Macht die Türen dicht! ... Macht sie zu! ... Löscht die Lampen aus ... löscht sie aus!« Doch ihr Bewußtsein wurde bereits durch andere Kräfte hinweggefegt und zerstampft, und aus ihrem Mund drang ein tiefes, heiseres Gelächter.

Drittes Buch

DER PHÖNIX FLIEGT AUF

Oh, blinde Seele! Bewaffne dich mit den Fackeln der Mysterien, und du wirst in der Nacht der Erde deinen strahlenden zweiten Leib, deine göttliche Seele finden!

Folge dem himmlischen Führer!

Er soll dein Genius sein! Er ist es, der den Schlüssel deiner einstigen und zukünftigen Reinkarnation bewahrt.

Aufruf an die Eingeweihten
im Ägyptischen Totenbuch

Horchet in euch hinein, blickt in die Unendlichkeit von Raum und Zeit! Von dort erklingt das Lied der Sterne, das Wort der Zahlen und die Harmonie der Sphären. Jeder Sonnenschein ist ein Gedanke Gottes, und jeder Planet ein Ausdruck dieser Gedanken.

Steiget auf und ab, ihr Seelen auf dem Wege der sieben Planeten und in den sieben Himmeln der sieben Planeten.

Was sagen die Sterne? Was besagen die Zahlen? Was offenbaren die Sphären? – Oh, ihr verlorenen oder geretteten Seelen, die Sterne, die Zahlen und Sphären verkünden, besingen und offenbaren euer Schicksal!

Im Zeichen des Wassermann

Jene Frau, deren Körper mich zusammen mit meinem neuen Ziel empfing, war sanft und ausgeglichen wie das Feuer des wahren alchimistischen Ofens.

Der Ort, an dem ich in einer grauen Morgendämmerung am 27. Februar 1760 geboren wurde, war von der mystischen Ausstrahlung der Geheimwissenschaften durchdrungen. Mein Vater, Cornelius von Grotte, war Hofmusikus, Vertrauter und Ordensbruder von Karl Graf zu Hessen-Cassel. Er verstand auch geschickt mit Pinsel und Feder umzugehen, doch seine glühende Phantasie und seine künstlerische Ader hatte er in seinem Leben ausschließlich auf einen einzigen Brennpunkt gerichtet, auf das Opus Magnum, das, je mehr es sich nach innen vervollkommnet, um so mehr aus der Außenwelt verschwindet und in dieser unsichtbar wird. Seine Gemälde, seine Schriften waren nicht für diese Welt bestimmt. Sie werden in der Geheimbibliothek des Ordens gehütet und sind nur für diejenigen zugänglich, die der dreischichtigen Sprache der Symbolgeschichte mächtig sind.

Die Burg Grotte stand inmitten der dunkel rauschenden Wälder der Rhön. Die Fenster ihres hohen, eckigen Turms gingen auf die schimmernde Biegung der Fulda und blickten gen Norden auf den schäumenden Springbrunnen des Parks von Karlsaue, auf die zarten Konturen der Orangerie und auf die Marmorbäder mit ihrer bizarren Schönheit.

In der Burg herrschten Stille und Versenkung – das tiefe Schweigen der Meditation. In ihren reinen, großen, in Halbdunkel getauchten Sälen gingen selbst jene wenigen Gäste auf Zehenspitzen, die wir in äußerst seltenen Fällen beherbergten. Aus allen Gegenständen strahlte die faszinierende Ablehnung der Klausur, und der Besucher hatte das Gefühl, daß er jemanden störte, der in seiner Arbeit oder in tiefen Schlummer versunken war, daß er irgendeinen starren Zauber brach, der diese Stätte in einen sanften Rausch hüllte.

Die Unterhaltungen, die im Kerzenlicht der Abende mit leiser Stimme geführt wurden, oder die Töne, die aus der großen eingebauten Orgel mit dunklem, majestätischem Brummen drangen, zerrissen nicht den Schleier dieses Zaubers, sondern boten ihm die Begleitung künstlerischer Schönheit.

Meine Mutter – eine hohe, gotische Gestalt mit unwahrscheinlich schlanken Fingern, durchsichtigem, feinem Gesicht und einer hohen, edlen Stirn – war die schweigsamste Frau, der ich je auf meinem Lebensweg begegnet war, doch ihre Schweigsamkeit war von jener ruhigen und ausdrucksvollen Art, die sich allem und jedem anschmiegte. Wer zu ihr sprach, empfand niemals Gleichgültigkeit oder Verschlossenheit. Ihr Lächeln, ihr Auge, ihr verständnisvolles und drängendes Schweigen forderten selbst diejenigen auf, sich zu offenbaren, die schüchtern und verschlossen waren. Aus ihr strahlte die Kraft des Schweigens. Sie war gebildet und unendlich klug. Zurückgezogen zwar, nur im Hintergrund, hatte sie zusammen mit meinem Vater die Stufen des Ordens durchschritten. Sie war die erste, die seine Schriften las und beurteilte, und ihre Randbemerkungen verrieten ihre originelle Intuition, die sich zu allen Höhen hinaufschwang. Vielleicht kann ich sie am besten durch die Feststellung charakterisieren, daß sie die konzentrierte Kraft in Person war, die nichts, aber auch gar nichts mehr auf Nebensächlichkeiten verschwendete. Vater empfing eine Menge Kraft von dieser ruhigen, ausgeglichenen Frau; denn mein Vater war ein Künstler, glühend, unbeständig, genial, der sich oft Extremen hingab und zu Tode betrübt sein konnte. Was es für mich bedeutete, läßt sich in einfachen Worten überhaupt nicht ausdrücken.

Er hatte sich auf meinen Empfang vorbereitet. Beide Eltern wußten, wer bei ihnen geboren werden würde. Sie wußten mehr über mich als ich selbst, dessen drittes Auge nur das durch einen Mord beschaffte Elixier geöffnet hatte. Der Orden hatte bereits mit mir gerechnet – schon seit einigen Jahrtausenden – und wartete auf meine Ankunft im Zeichen des Wassermanns. Ich brauchte nichts zu verheimlichen und über nichts zu reden. Solange mein Säuglingskörper und Körper eines Heranwachsenden jahrelang nicht in der Lage war, meinen Geist zu vermitteln, pflegten sie entsprechenden Umgang mit mir, doch später, im Alter von zehn oder elf Jahren, wurde ich ganz natürlich auf die gleiche Art behandelt wie alle Junioren im Orden: Als Erwachsener nämlich, doch noch nicht Eingeweihter.

Sie kannten mein Ziel und wußten, daß es ihnen oblag, mich an dieses Ziel heranzuführen. Sie liebten und erwarteten mich – sie und ihre Gesellen. Sie liebten mich inniger und warteten mit weitaus größerer Freude auf mich, als andere Eltern ihr Kind und andere Freunde den Neugeborenen, weil sie genau wußten, welch langen Weg ich zurückgelegt hatte und aus welchen Tiefen der Hölle ich heraufgeklettert war. Der verlorene Sohn war zu ihnen zurückgekehrt, zerlumpt, verwundet und schwach – doch nach der Krise.

Wer schon einmal eingeweiht und gefallen war, der geht der Urerinnerung verlustig. Nur als verzehrender Ansporn, als nie zu befriedigende Sehnsucht brennt in ihm während seines Herumirrens im Labyrinth die schemenhafte Ahnung des größten Verlustes, Jahrhunderte, Jahrtausende hindurch. Stets strebt er dem okkulten Licht zu, berauscht und blind wie ein Nachtfalter. Er versengt sich die Flügel, fällt, um in einem neuen Körper erneut emporzusteigen und die Fiktion jener mystischen These zu versuchen, die da lautet: ›Verbrenne deinen Körper im Feuer deiner Gedanken.‹ Bei diesen fruchtlosen Versuchen wird zwar stets sein Körper verbrannt, allerdings im Feuer der astralen Sehnsucht, der durch diese Nahrung gestärkt und am Leben erhalten wird. Aus diesem feurigen Kern erwächst wiederum nur ein sterblicher Körper. Das transzendente, kalte Licht des Gedankens flammte in mir neben Corinnas verwesendem, zerfallendem Leib auf, der all meine astrale Unruhe, meine leidenschaftliche Hingabe an das Trugbild der Schönheit aller Form und meine krankhafte Schöpferkraft, die ohne jede Selbstachtung zum egoistischen Streben nach Lust verfallen war, wie in einem Brennpunkt vereinte. All dies hatte sie in sich versammelt, in ihr Blut und ihr Fleisch aufgesogen, auf die Ketten ihrer Formen gereiht, und als die magische Formel ihres Körpers zerbrach, löste sich alles in Nichts auf. Zusammen mit dieser Bindung schwand auch meine Begierde, die nicht nur sie, sondern auch die alptraumhafte Welt der Astralsümpfe betraf. Im mentalen Feuer des Gedankens war auch mein zweiter, aus Leidenschaften erbauter, gefesselter, siderischer Leib erloschen, und der dritte, noch wie gelähmt schlummernde, unwissende, von Amnesie befallene und ungeübte Junior war zum Vorschein gekommen, reisefertig, um zu neuen Ufern des Erwachens, der Erkenntnis und der Erleuchtung aufzubrechen.

Solange die Entwicklungsphase meines Körpers und meines Gehirnsystems dauerte, nahm ich an keiner Versammlung teil. Vater und Mutter veranlaßten geistige Übungen, vor allem aber zwangen sie mich zum systematischen Vorgehen, so sehr ich mich auch dagegen sträubte. Zu bestimmten Stunden des Tages – und dies ohne Ausnahme und ohne Aufschub stets zur gleichen Stunde – hatte ich mein Pensum zu erledigen: Schreibarbeiten, Übersetzungen schwieriger Texte aus dem Französischen ins Deutsche, oder, was mir am schwersten erschien, das Auswendiglernen von Buchpassagen in mir fremden und unbekannten orientalischen Sprachen, die in lateinische Buchstaben transliteriert waren. Später dann mußte ich all die Sprachen studieren, deren Schriftzeichen mir fremd waren: Ägyptisch, Hebräisch, Sanskrit, Tibetanisch und Chinesisch. Auf diese Weise wurde mein unruhiges, hastiges, schnell erlahmendes Denkvermögen geschult, man zwang mich zu Konzentration und geduldiger, fleißiger Ausdauer selbst dann, wenn mich das, was ich tun mußte, weder fesselte noch interessierte. Doch das alles war erst das Vorzimmer des Lernens. Für diese trockenen Übungen wurde ich allerdings reichlich durch jene anderen Stunden entschädigt, die meine mystischen Sinne weckten, die feinen Tentakeln der Intuition übten, die sich – jenseits von Zeit und Raum – entlang der Gedanken zu der Chronik des ätherischen Akasa vortasteten.

Die okkulte Musik und die okkulte Dichtung waren meine Ammen, die mir jene Märchen erzählten, welche mich mit dem erschauernden Mondlicht der Mysterien durchtränkten. Sie entflammten meine Phantasie und lehrten mich den Sinn der Symbole zu begreifen.

Der Tempel des Mondes

Durch zahlreiche, geruhsame geschützte Jahre kehrte die Erinnerung an silbergraue Stunden der Abenddämmerung im Arbeitszimmer meines Vaters zurück, Stunden, die sich in der Beständigkeit der Zeit, die stillstand, scheinbar wie ein Ei dem anderen glichen. Auf dem kupferfarbenen, gewölbten Rücken der Orgelpfeifen schimmerten stumpf stets die gleichen Lichter, und die entblößte, lachende Tastatur der drei Manuale schmiegte sich stets auf gleiche Weise unter Vaters knochige, behende Finger. Sie organisierten für mich die Schönheit der transzendenten Dichtung, die alles Physische weit übertraf, ebenso, wie seinerzeit Orpheus die eleusischen Nächte neu geschaffen hatte, Orpheus, dieser begnadete und später am meisten mißverstandene Vermittler der göttlichen Kunst.

Wollte er mir eine Geschichte erzählen, so verstand er es stets, deren Gefühlsinhalt durch ein besonderes, vollgriffiges, reiches und farbenfrohes Präludium auf der Orgel zu vermitteln. Dabei schlug er mystische, hypnotische, unaufgelöste Akkorde an, die vor dem sehenden Auge wundersame, leuchtende, raumfüllende Farbwirbel entfachten und der Geschichte als lebende Symbole Gestalt verliehen, die mein Vater dann mit seiner glatten, leisen, angenehmen Stimme nur noch in Worte umzusetzen brauchte.

Die erste Geschichte hörte sich wie folgt an:

In der Stadt Ur, wo die Menschen das sanfte Mondgesicht der Nachtgeschöpfe trugen, lebte die Prinzessin Bel-Salti-Nannar, die Tochter des Nebunaid. Dies geschah zur letzten Zeit der Stadt Ur, der Stadt Abrahams, nach dem Tode des großen Nebukadnezar. In den Augen der Prinzessin Bel-Salti-Nannar spiegelte sich der Wiederschein des hohen Mondtempels mit seinen reinen Konturen und der kühle Schatten der hellen Vollmondnächte, der eine der glatten Mauerebenen in Dunkel hüllt. Bel-Salti-Nannar war schön und zu jedem fremd. Ihre Gespielinnen zogen sich von ihr zurück, da sie spürten, daß sie in ihrem jungen Leib weitaus älter war als sie, die Männer mieden sie, weil ihnen ihre Sinne sagten, daß hinter ihrer Jungfräulichkeit nicht das hungrige Feuer der Begierde lodert, sondern die Asche entsetzlicher Erfahrungen aus vergangenen Zeiten wie ein leichter, grauer Hafen in ihr schweigt. So wurde Bel-Salti-Nannar dem Tempel des Mondgottes und der Mondgöttin Nin-gal, dem Himmelszelt, das sich über der Stufenpyramide des Zikkurat wölbte, und der Mondscheibe geweiht.

Bel-Salti-Nannar liebte und kannte die Tradition. Sie wurde nicht müde, die Erde über die heilige, glorreiche Vergangenheit der Stadt Ur zu befragen, und ähnlich wie ihr Vater, der einen Sinn für die wissenschaftliche Forschung hatte, las sie die geheime Botschaft ihrer Vorgänger, die auf Skulpturen und Tafeln überliefert waren. Sie war ein nachdenklicher, unruhiger, fragender – ein tapferer – Geist, und sie schreckte mit ihren Fragen auch vor Nannar, dem Mondgott, und vor dessen strahlender Gemahlin Nin-gal nicht zurück. Auch sie wurden ständig befragt und bestürmt. Sie wollte die Götter begreifen, anstatt nur an sie zu glauben und sie zu verehren.

Die neun alten Priester betrachteten mit sanftem, allwissendem Lächeln ihre hohe, schlanke Gestalt, wie sie über den Lichtstreifen des abendlichen Mondes mit leichten Schritten den Heiligen Weg entlangging, der den Heiligen Bereich kreuzte und in den Gang der neun Säulen einbog.

Danach zogen sich die neun Priester still in das kleinere Heiligtum zurück und entzündeten die vier Öllampen, die den Thron der verschleierten Göttin Nin-gal umgaben.

Bel-Salti-Nannar stieg die viermal sieben Treppenstufen hinauf und baute sich im viereckigen Turm der Astronomen dem Vollmond gegenüber auf. Der weiche Stoff ihres blauen Gewandes wurde vom Licht in scharfe Silberdämmerung gehüllt, während der dichte Kernschatten ihres Körpers in scharfen Konturen hinter ihr lag.

»Da bin ich«, sprach sie tonlos zu der Lichtscheibe. »Du hast mich gerufen, und ich bin gekommen, um dir zu dienen. Mein Körper und mein Antlitz glänzen von deinem Schein, so wie dein Antlitz im Widerschein der Sonne glänzt. Doch hinter mir fällt dichter Schatten auf die Erde, und dein Schatten verdunkelt den Himmel. Und alles, was du mir zu sagen hast, und alles, was ich weitergebe, all dies besitzt einen Schatten, der auf Himmel und Erde fällt. Darum, wenn ich dir weiter diene, weil ich dir dienen muß auf deiner Lichtkette aufgereiht, tue ich es mit Kummer und Tränen, da ich dich und mich selbst nicht begreife.«

So sprach Bel-Salti-Nannar sieben Jahre lang zum Vollmond, der aber schwieg sieben Jahre und erteilte seine Befehle in der stummen Sprache des Wassers, des Blutes und der Säfte. Bel-Salti-Nannar aber verzagte nicht, wandte ihre Aufmerksamkeit keinen anderen Dingen zu, befragte nie die neun alten Priester, die die vier Lichter im kleinen Heiligtum stets anzündeten, jene Lichter, die Nin-gals Thron umgaben. Denn sie wußte, daß ihr Wissen sich in ihr erst dann zum Zaubertrank wandeln würde, der alles Leben erhält und erneuert, wenn sie selbst aus jener geheimen Quelle schöpfte, die die neun Priester ebenfalls einzeln und einsam aufsuchten.

Im siebenten Monat des siebenten Jahres begann dann endlich der Vollmond zu Bel-Salti-Nannar zu sprechen.

»Wer unverzagt fragt, dem wird auch Antwort zuteil werden. Der Mensch kann es selten abwarten, bis seine Frage Gestalt annimmt und zum Pfeil wird, der mitten ins Ziel trifft und das magische Siegel des Schweigens erbricht. Du hast diese Zeit abgewartet, und du sollst die Antwort haben. Höre, verschließe sie in dir und gib sie nur an jenen weiter, der es gleich dir verdient hat.«

»In jener Grenzenlosigkeit, die Er ist, in jener Wahrheit, Vollkommenheit und Ewigkeit, die Er ist, kann es keine Grenzen geben. Von all dem, was vorhanden ist, das heißt Wahrheit, Vollkommenheit und Unendlichkeit, *ist auch das genaue Gegenteil möglich und denkbar.* Wenn dem nicht so wäre, dann wäre auch Seine Freiheit nichts weiter als Fiktion.«

»So also mußte vor jenem freien Wesen, das aus dem Ewigwährenden hervorgegangen war, der Baum der Erkenntnis, die Große Analogie gestanden haben.

So mußte also dieses Wesen vor jenem Weg gestanden haben, vor jenem verderblichen, widersprüchlichen, tödlichen und glücklosen Ausweg, angesichts dieses anziehenden, lustverheißenden, schönen und doch so verderblichen Feuerwerks, das die von seiner Sehnsucht hervorgerufene materielle Welt ihm vorgaukelte, *vor dem ihn der Allmächtige zwar gewarnt, ihm diesen Weg aber nicht verboten hatte.*

Es ist dem Menschen nicht gegeben, seine Lebenserfahrung der jungen Generation zu vererben. Die Dinge wiederholen sich stets bis in alle Unendlichkeit, so wie die Kreise im Wasser sich immer weiter ausdehnen, wenn man einen Stein hineinwirft.

Das Wesen mußte den Nebenweg *erkunden und erfahren,* das Böse, die Formenwelt des Todes, um nicht nur zu glauben und zu akzeptieren, sondern von Erkenntnis durchglüht *zu wissen,* daß der rechte Weg bei Ihm liegt, parallel zu Ihm und daß die Erlösung in Ihm liegt.

Die göttliche Dualität: Der Ewige und alle entgegengesetzten Möglichkeiten dessen, was Er ist, lautet: Nin-gal, die verschleierte Göttin, die bereits in der versunkenen Urheimat geherrscht hatte im kleinen Heiligtum, die vergangene und kommende Völkerscharen jeweils unter anderem Namen verehrten und verehren werden, die Herrscherin aller sündigen und gesegneten Frauen dieser Erde, die über mir, ihrer untertänigsten Dienerin herrscht, meinem geheimen Namen, Sin, die Vermittlerin, die über die Planeten, über das Sonnensystem, über den ganzen Kosmos herrscht, deren Schleier die Milchstraße ist und die gewaltigen Sternennebel. Sie ist die Göttin deiner Väter und die strahlende Göttin der versunkenen Urheimat: Ischtar – die atlantische Isis.

In Nin-gal schlummert die Sehnsucht. Nin-gal ist die Versucherin. In Nin-gal ist die Sehnsucht der Reflexion erwacht.

Der Ewige ist der Erzeuger. Nin-gal ist der große, befruchtete Mutterschoß, aus dem das dritte, das Wesen mit der Last von Nin-gals tödlicher Sehnsucht und mit der Erkenntnis des Ewigen hervorströmt, in den Tod zerschmettert.

Nin-gal war durch Sein Ja erschaffen worden, Er selbst aber blieb ungeoffenbart.

Nin-gals Leibesfrucht begann zu wandeln.

Und mit ihr nahm das Große Gesetz seinen Anfang: Wie unten, so oben.

Das Wesen teilte sich wie die Große Mutter und der Große Vater vor Sehnsucht und Neugier nach dem nicht vorgezeichneten Weg. Die Trennung aber gebar die Gegenkraft der Abstoßung, die Anziehung. Aus diesen beiden gingen wiederum die drei hervor und ahmten wieder ihre Eltern nach. So ist aus Nin-gals Schoß die Menge der Wesen hervorgegangen ebenso wie jede einzelne und sich immer weiter entfernende Wiederholung, die auseinanderlaufenden Wasserkringeln jenes wundersamen göttlichen Dramas, das sich oben abspielte.

Er hatte sein Ja gesprochen. Denn die Medizin der Begierde ist die Befriedigung, für das Böse aber ist es das Leid. Und dort, wo die Welt latent schlummert, dort schlummert auch die Gefahr, die sich nur durch den Eintritt ins Leben, durch jene Kreise abwehren läßt, die das All eines vollkommenen, erfüllten Daseins durchdringen.

Er hat sich zwar nicht offenbart, doch Er ist Teil allen Wesens als unoffenbartes, unvertilgbares Wesentliches, das allem innewohnt.

Dieses göttliche Ich bedarf keiner Erfahrung, Ihn trifft keine Veränderung, und Er ist über den Tod erhaben.

Nin-gal hat Sehnsucht, erglüht in der Lust der Empfängnis, gebiert die Frucht ihres Leibes in Schweiß und Schmerzen, jubelt im blendenden Tanze der Zeit und versucht, aus der faulenden Materie die Schönheit zu bilden, immer wieder mit entsetzlichem Fiasko, wie der Bildhauer, der seine Werke aus Schnee bildet.

Nin-gal sammelt Erfahrungen, wird enttäuscht, leidet und vergeht im erregenden, spannenden Abenteuer des Seins – und versucht, durch den Feuerofen der Schmerzen den Weg zu ihrem geduldigen, stummen, allwissenden göttlichen Partner zu finden, um sich in Ihm aufzulösen. Doch dazu müssen die drei zu zwei und die zwei zu Eins werden.

Das Wesen kehrt zu Nin-gal und Nin-gal zu Ihm zurück.

Und da jedes Wesen das allwissende, in Geduld abwartende göttliche Ich als Wesentliches in sich enthält, da dieses Ich in jedem Wesen vorhanden ist, spielt sich neben seiner dramatischen Analogie stets auch die Sehnsucht von Nin-gals bitterer Enttäuschung, ihrer Einsicht und ihres Wunsches nach Rückkehr zum göttlichen Partner ab:

Die Meditation, die Erkenntnis und die durch die Materie verursachte Enttäuschung der reiferen Nin-gal, die zum Einzigen, nicht Offenbarten Ewigen emporstrebt.

Nin-gals sehnsüchtiger, bitterer, von Reue erfüllter Ruf hallt auch heute noch durchs All.

Der Lustschrei treibt abwärts ins Dickicht des Seins.

Der Ruf der Reue fährt zum Ewigen zurück.

So verläuft die parallele Spirale des fortwährenden, ewigen Falls und der Erhebung durch alle Zeiten.

In jeder Braut eilt die verschleierte Nin-gal in lustvoller, freudiger Erregung dem gefährlichen Abenteuer der Begierde, der Sehnsucht und der Formschöpfung entgegen.

In jeder Priesterin legt Nin-gal das Gelübde der Jungfräulichkeit ab und stemmt sich gegen jene Begierden und Leidenschaften, die nichts weiter als Leid gebären.

Jeder Mutterschoß ist Nin-gals neuer Glaube und Versuchslabor.

Und jeder Sarg ist Nin-gals schmerzliches Versagen, aus dem die Reue und Erkenntnis hervorgeht.

Alles, was auferstehen soll, muß erst sterben und verrotten.

Nin-gal und jene Wesen, die aus ihr stammen, müssen erst durch das Tor des Todes und der Verwesung gehen, damit Nin-gal für alle Ewigkeit in Ihm auferstehen kann.

Wie oben, so unten.«

Bel-Salti-Nannar stand ruhig aufgerichtet im viereckigen Turm des Observatoriums, der großen, schweren Mondscheibe gegenüber, die hinter den hohen Sandhügeln versank. Ihr Atem kam langsam und tief aus ihrer Brust. Sins bleiches, geheimnisvolles Antlitz war verschwunden, den langen Galaxisschleier hinter sich herziehend, und hatte der Dämmerung Platz gemacht.

Bel-Salti-Nannar wartete die Tagesampel der roten Freuden, die Sonne, nicht ab. Sie schritt die viermal sieben Treppenstufen hinunter, eilte durch den Gang der neun Säulen, durch den der Sonnenstrahl der Morgendämmerung seinen langen Strahlenarm nach ihr ausstreckte, doch sie drehte sich nicht um. Sie ging an den neun alten Priestern vorbei, die vor der Tür des kleinen Heiligtums beiderseits Spalier standen und den Vorhang vor ihr lüfteten, als sie bei der Tür angekommen war.

Bel-Salti-Nannar betrat das Heiligtum. An den vier Ecken des quadratischen Thronpodestes brannten vier Öllämpchen und hüllten die verschleierte Gestalt der Göttin in dämmriges Licht. Bel-Salti-Nannar kauerte sich vor dem Thron nieder, streute Räucherwerk in die Kupferpfanne, zündete das duftende Kraut an, dann blickte sie durch den bläulich schlängelnden Rauch nach oben, wo sie hinter den Schleiern das Antlitz der Göttin vermutete.

Das Heiligtum füllte sich mit der Stille der Ekstase. Nur die Priester, die Wache standen, zählten die Tage vor dem Tor.

Kühl und lautlos fielen die Schleier von Nin-gals Gestalt ab. Am vierten Tag, nach der vierten Probe konnte Bel-Salti-Nannar bereits die weichen Umrisse ihrer Knie, ihrer Hüften und ihrer Arme erblicken. Am fünften Tag erblickte sie die Hand mit dem Schlüssel des Lebens, und am sechsten Tag, als auch der letzte Schleier fiel, sah sie endlich das Antlitz der Göttin ...

... das ihr eigenes war, als hätte sie in einen Spiegel geschaut.

Da erkannte sie das Blendwerk aller Dinge, den Irrglauben, der sich zur Materie verdichtet hatte und der Jenes auflöst, was Eins ist. Sie begriff und erkannte die Tragödie, die der Welt der Wesen innewohnt, und darin auch ihre eigene, doch erschien ihr die Auflösung und die Befreiung unendlich fern, irgendwo am Ende der Absorption der Weltsonne, und die Müdigkeit und die Bitternis der Verzweiflung erfüllte ihr Inneres.

»Oh, Nin-gal, arme, stille, enttäuschte Mutter, Nin-gal, unglückliche Mutter der Welt! Wir müssen also hier verharren, bis die letzte Sehnsucht im Kosmos verglüht, bis der Pharus der letzten Emotion erlischt, bis die letzte Neugier zu Asche zerfällt, bis die letzte Blase des Todes an der Oberfläche des Zeitstroms zerplatzt ... Hier müssen wir warten und den Tanz der großen Spirale zu der Musik unermüdlicher Knochenflöten tanzen ...«

... Und Tränen strömten über ihre Wangen, Auge in Auge mit dem nackten Antlitz der Göttin, auf dem der Widerschein ihrer eigenen Tränen glänzte.

Zum siebenten Mal füllte sie die vier Lampen an den vier Ekken des Thrones und legte frisches Räucherwerk in die Kupferpfanne.

In der Morgendämmerung des siebten Tages, nach einer langsam verstrichenen Nacht, waren die Tränen der Göttin getrocknet. Auf ihrem Antlitz glänzte ein geheimnisvolles Lächeln, das alles erahnende Lächeln der Braut, und hinter ihr wurde die Tür plötzlich hell, die ins Große Heiligtum, in Nannars Heilige Nacht führte. Auf der Schwelle stand der älteste Priester, sein weißes Gewand war mit dem blaßgrünen und goldenen Symbol des Wassermanns geschmückt. Er streckte stumm die Hand nach Bel-Salti-Nannar aus, auf deren Antlitz jetzt das hoffnungsfrohe Lächeln der Göttin erschien. Sie erhob sich und folgte dem Priester durch das Tor des Großen Heiligtums ...

Das Große Heiligtum

Ein anderes Mal, in der Abenddämmerung, setzte mein Vater seine Geschichte folgendermaßen fort:

›... Der Innenraum des Großen Heiligtums war dunkel wie der samtene Innenraum der höchsten Kontemplation. Bel-Salti-Nannar hatte das Gefühl, als würde sich diese Dunkelheit an ihre offenen Augen heften wie irgendein dichter Stoff. Sie schritt weiter geradeaus und streckte ängstlich tastend die Hände aus. Das Heiligtum war lang, abschüssig und begann sich zu verjüngen. Der Boden unter ihren Füßen war glitschig. Sie mußte den Kopf nicht mehr neigen, weil sie mit der Stirn gegen die Decke stieß. Die Luft wurde stickig, erfüllt von einem feuchten, abweisenden, fremden Geruch.

In Bel-Salti-Nannars Ohren drang ein dumpfer, pulsierender Laut, formlos und drohend, der sich fast wie ein unsichtbares Hindernis vor ihr aufbaute. Auf den Knien rutschte sie zwischen all den unbekannten Dingen weiter, die sich ihr sträubend widersetzten. Die Beklemmung schlich hinter ihr her wie eine schwarze Eule, das Rauschen der Schwingen streifte ihre Haut und bedeckte sie mit den winzigen Perlen, die vom Schauer des Entsetzens herrührten. Sie glaubte bereits ins Unmögliche vorzudringen. Ihr Körper streckte sich in dem engen Ring lang aus, ihre Fingernägel suchten kratzend und krampfhaft nach einem Halt, um die schwere Last hinter sich herschleifen zu können.

Plötzlich erblickte sie zwei dunkelgrüne Lichtpunkte direkt vor ihren Augen, unmittelbar vor ihrem schweißüberströmten Gesicht. Sie starrte wie gebannt auf diese beiden Irrlichter, und eine Schlange eiskalten Entsetzens schlang sich um ihr Herz. Die beiden Lichtpunkte blickten ihr aus einem Gesicht entgegen, das ihren ganzen Gesichtskreis füllte, aus dem Brennpunkt zweier kalter, spöttischer, haßerfüllter Augen.

»Halt!« befahl dieses Augenpaar Bel-Salti-Nannar, um die herum die Züge sich in einem grünlichen Licht allmählich erhellten. Es war die schuppige, schleimige Haut eines Reptils, die im phosphoreszierenden Schein der Verwesung glänzte. Die stumpfe, flossenähnliche Nase lag tief in dieser weichen Masse, die immer wieder andere Formen annahm. Bel-Salti-Nannar stellte mit Entsetzen fest, daß sich mitten in der Stirn ein großes, durch ein krankes Lid bedecktes, geschlossenes, totes Auge befand, ein drittes Auge, aus dem blutiger Eiter floß. In der finsteren Mundhöhle des Ungeheuers herrschte reges Leben: Schwarz kringelnde Würmer mit grünschillerndem Rücken, die blutfarben glänzten, waren in gierigen Massen eifrig am Werk. Doch in seinem zerfallenden Horrorhaupt glühte ein böses, starkes Leben. Bel-Salti-Nannar spürte, wie die sumpfigen, saugenden Gedanken dieses Gesichts sich um ihren Geist legten, wie dieser Geist von den Lianenarmen des Sarkasmus und des Zweifels umflochten wurde, um ihn in die Tiefe zu ziehen, die von astralen Reptilien wimmelte, hinab in das Elend des Bewußtseins zerrissenen tierischen Seins.

»Schau hin und sieh!« sagte das Gesicht in stummer Suggestion. Und hinter jeder Mitteilung, die in Salti-Nannars Gehirn zu Worten wurde, stauten sich unaussprechliche Erinnerungen und Gefühle. »Erkennst du mich endlich nach Zehntausenden von Jahren, mich, den du geleugnet, abgewiesen und getötet hast, vor dem du hinter den siebenfachen Schleier der Materie geflohen bist, dessentwegen du das heiße Blei der Menschenstimmen in dein Ohr gegossen hast, dessentwegen du dein Auge durch die Lichter der Erde hast blenden lassen?! Du bist gelaufen und hast geschrien, du hast dich berauscht und hast geliebt. Du hast dich in fremden Tempeln fremden Göttern geweiht beim Klang der Sustren und Flöten, beim Rauschen der Gongs, um die Erinnerung an mein Antlitz zu vertreiben, um jenen Augenblick hinauszuzögern, wo wir uns wieder einmal gegenüberstehen: Mörder und Opfer, du und ich. Hättest du gewußt, daß du durch die Falle des Kleinen und des Großen Heiligtums mir entgegeneilst, hättest du gewußt, daß ich es bin, der dich ruft, der dich anzieht und dich lockt und daß es am Ende dieses entsetzlichen Weges keine Erleuchtung, keine Erlösung gibt, nur mich, mich allein, dann hättest du dich lieber vom Turm des Zikkurat gestürzt, damit dein Hirn, dieses finstere Labyrinth, auf den Steinstufen des Tempels zerschellt. Doch du wußtest es nicht. Die Sünde des Vergessens hat sich gegen dich gekehrt, und du bist gekommen, geschwächt, stets nach neuer Erkenntnis dürstend, du bist gekommen, um dich jenem auszuliefern, der durch das Warten, durch den Haß und in deiner grenzenlosen Furcht erstarkt war, der sich von deinem Schweiß, deinem Blut und deinen Tränen ernährt und jetzt mit dir um seine eigene Freiheit kämpfen will: für den Abweg, für die Macht über dich und gegen dich.«

In Bel-Salti-Nannars steifem Körper begannen langsam die Dämpfe der Erinnerung aufzusteigen und schlugen sich wie bebende Gedanken an der Innenwand ihres Gehirns nieder. Jetzt wußte sie bereits, wer dieses dreiäugige Ungeheuer war: Es war ihr abgelegter, verratener Glaube, die zur Hölle verdammte Heiligkeit, die von der weißen zur schwarzen Magie verunreinigte Konzentration der Kräfte in der Zeit, die sie voller Entsetzen und verstohlen abgestreift hatte wie eine Frau, die die verbotene Frucht ihrer Sünde irgendwo an einer fremden Schwelle aussetzt, um leichter durchs Leben zu gehen, sobald sie sich von dieser Last befreit hat. Das war schon lange her, in der Urheimat, vor der großen Vernichtung, zur Zeit der Herrschaft des Dritten Auges, als die Wesen im Paradiese der drei Welten lebten und daher den Tod nicht fürchteten. Das Dritte Auge, dieses Tor des magischen Sehens und der Macht auf der Stirn des Menschen, der zum Höllenschlund des Widerstandes und des Falls geworden war, als sich die Kraft der Titanen gegeneinander kehrte, die Schlange der Weisheit in der Welt der Instinkte zur Leidenschaft wurde. Unter dem heißen Körper der Leidenschaft wurden dann die Kobraeier des Egoismus, der Aussperrung, der Schändlichkeit und der Vernichtung ausgebrütet. Die Titanen sahen die Geisterwelt, hatten aber keinerlei Erfahrungen mit der Materie, die vom Tode gezeichnet voller Lust und Versuchung steckte. Sie waren Neugeborene im Labyrinth der Materie und hatten sich verirrt. Die Kräfte, die sie mit Hilfe des Dritten Auges aus dem Kosmos beschworen hatten, wurden immer dichter und destruktiver, weil man mit ihrer Hilfe den Hexenkreis des anderen angreifen, ihm etwas entreißen mußte, worauf die neidischen Sinne gerade Lust hatten. Der reine Schein der strahlenden Sonne wandte sich von der Erde ab, und Vampirarme erloschener Planeten, die alles verschlangen und alles zerschlugen, drangen durch das transzendente Organ, das Dritte Auge irrender Wesen, in die Welt ein. Selbst die geweihte Priesterin wurde durch den magischen Sturm mitgerissen. In ihrer Seele ging der Tempel unter, Unkraut wucherte über das Dach, der Schlüssel ging verloren, und drinnen im Heiligtum, unter der Erde, wurde die dem Untergang geweihte, verratene Idee zum bitteren, verwesenden, furchtbaren Gespenst, zu einem mächtigen Dämon vor der Schwelle. Als die Richter des Kosmos die Zeit gekommen sahen, um diesem höllischen Spektakel ein Ende zu bereiten, stürzte der kleine Mond ab, und Feuer und Wasser ebneten die Erde ein. Der rebellische Titan wurde aus dem ewigen Paradies des Geistes getrieben. Er verlor sein Drittes Auge, nur die Stelle blieb als Knotenpunkt von Ahnungen unter dem Sargdeckel des Stirnknochens als kleine, geheimnisvolle, zusammengeschrumpfte Drüse erhalten. Der Titan war Mensch geworden, hatte die Sünde und das Leid erfahren. Anstelle des Dritten Auges, mit dem er die Geister sehen konnte und das er verloren hatte, entwickelte er seine Gehirnwindungen, tastende, kausale Gedankenfinger, mit deren Hilfe er die Hieroglyphen der Natur ungeschickt berührte, sich aber vom Ganzen, von der wunderbaren Synthese keinen Begriff mehr machen konnte.

Der Himmel schloß sich, und die Todesangst stürzte mit ihrer ganzen unerträglichen Last auf den Menschen. Seine Gedankenfinger tasteten mit finsterer Ohnmacht ins dunkle Nichts. Seine aus Angst geborenen Götter waren sterbliche Tyrannen, die ihn nur bedrohten und erschreckten, doch ihr Trost blieb bei den schweren Schicksalsschlägen des materiellen Seins wirkungslos. Sein blindes Augenpaar konnte nicht über die Gefängnismauern von Wiege und Grab hinausblicken. Die Schlange aber, die aus seinem Kopf über das Rückgrat in die Lenden glitt, forderte immer neue, lebende, bluterfüllte Lustopfer. Der blinde Todeskandidat zeugte blinde Kinder für den Tod.

Das gewaltige Epos des sinkenden Titanen Gilgamesch über die erste Erschütterung des Todes stieg am Leichnam seines sterblich gewordenen Freundes empor:

Enkidu, mein Freund, der flüchtige Maulesel, der Wildesel,
des Gebirges, der Panther der Steppe!
Nachdem wir, alles gemeinsam verrichtend, den Berg erstiegen,
Die Stadt ... einnahmen, den Himmelsstier töteten,
Auch den Chumbaba umbrachten, der da wohnte im Zedernwald,
In den Pässen der Berge Löwen töteten –
Mein Freund, den ich über die Maßen geliebt,
Der mit mir durch alle Beschwernisse zog,
Enkidu, mein Freund, den ich über die Maßen geliebt,
Der mit mir durch alle Beschwernisse zog,
Es hat ihn ereilt die Bestimmung der Menschheit.
Um ihn weint' ich sechs Tage und sieben Nächte,
Ich gab nicht zu, daß man ihn begrübe,
Bis daß der Wurm sein Gesicht befiel.
Mir graute vor meines Freundes Aussehn,
Ich erschrak vor dem Tod, daß ich lief in die Steppe!
Meines Freundes Sache lastet auf mir,
Daß ich lief einen fernen Pfad in die Steppe!
Enkidus, meines Freundes Sache lastet auf mir,
daß ich lief einen fernen Weg in die Steppe!
Ach, wie soll ich stumm bleiben? Ach, wie schweigen?
Mein Freund, den ich liebte, ist zu Erde geworden!
Enkidu, mein Freund, den ich liebte, ist zu Erde geworden!
Werd ich nicht auch wie er mich betten
Und nicht aufstehn in der Dauer der Ewigkeit?

Unter den Wassern der Erinnerung jedoch, im sumpfigen Schoße des Meeres versunken, wartete schweigend der Vergessene Tempel, dessen Schlüssel verlorengegangen war und in dessen eingemauertem Heiligtum der tote Gott der gefallenen Priester und Priesterinnen zum Ungeheuer geworden geisterte.

Bel-Salti-Nannar wußte bereits, daß sie sich wieder im Vergessenen Tempel befand. Sie hatte den in der Vergangenheit versunkenen Gang entdeckt, durch den sie schon einmal gegangen war und dessen Erinnerung die Hände der Richter aus ihrer Seele getilgt hatten. Sie verhielt ihre Schritte vor der Tür des zum Gefängnis gewordenen Heiligtums, vor der der verleugnete, verspottete Kult Wache hält, jener Dämon, der aus der Kraft ihrer eigenen magischen Formeln, aus der Macht ihres geronnenen Glaubens Gestalt angenommen hatte.

Bel-Salti-Nannar fürchtete sich, sie hatte unaussprechliche Angst. Und so, wie ihre Furcht sich immer mehr steigerte und zu eisigem Entsetzen wandelte, um so lebendiger erglühte der Hüter der Schwelle im phosphoreszierenden Licht der Verwesung. Dieses wilde Entsetzen, das jedes Gefühl überstieg, war bereits nahe daran, als Panik, als Wahnsinn, als kreischendes Geschrei des Wahns aus ihr hervorzubrechen, als aus ihr wie ein Schiffswrack aus der Tiefe das Bild eines Diagramms auftauchte, das in eine der Tempelsäulen gemeißelt war und das den Hüter der Schwelle darstellte und jenen Priester, der den Türhüter besiegt, indem er ihn mit seiner Lampe beleuchtet und sein Herz mit einem Dolch durchbohrt. In diesem Augenblick kannte Bel-Salti-Nannar bereits die Formel. Die Welle der Furcht legte sich und verwandelte sich in die gespannte, glatte Oberfläche der Aufmerksamkeit. Das Licht der Lampe begann aufzudämmern ... und das Gesicht des Ungeheuers verblaßte. In diesem traurigen Halbdunkel erklang Bel-Salti-Nannars innere Stimme, die wie ein erhobener Dolch vor dem Antlitz des Dämons aufblitzte.

»Wie willst du mich besiegen, du armseliger Schatten, mich, der ich dein Schöpfer und Herr bin?! Wie könnte das Geschöpf seinen Schöpfer besiegen, und wie könnte der Schöpfer seinem eigenen Werkzeug freie Hand lassen, damit es nach Gutdünken schaltet und waltet? Bei mir liegt die Verantwortung, und bei mir liegt die Erlösung. In dir bin ich jetzt einem Teil meines Wesens begegnet, den meine alte Sünde erniedrigt, den ich aber jetzt reinwaschen will. Ich will ihn in jenem Gott befreien, der in mir wohnt, nicht außer ihm und nicht gegen ihn. Ich erlöse dich, du Wächter, indem ich dich nicht hasse, sondern bedaure, indem ich dich nicht verstoße, sondern an mich ziehe, indem ich nicht vor dir fliehe, sondern dir entgegentrete und dich an meine Brust drücke. Ich berühre und wasche deine Wunden, damit die dunklen, eitrigen Geschwüre sich in weißes Licht auflösen und die geronnene Zeit zur Unendlichkeit wird. Komm ...«

Und das Antlitz verblaßte. Die schleimigen, aufgedunsenen Schuppen wurden zu trockener Asche und fielen im Lichte der Lampe ab. Die beiden Augen erloschen. Hinter der Materie, die wie Staub sich löste, wurde für einen Augenblick das feste Gefüge des Knochenschädels sichtbar, dann zerfiel auch dieser und wurde zu Nichts wie der Dunst. An Stelle des Wächters blieb ein winziges, stecknadelkopfgroßes Licht zurück, und in Bel-Santi-Nannars Innerem rauschte die andächtige Freude auf: Die einzige Flamme auf dem Altar des Großen Heiligtums winkte ihr zu, das nie erlöschende ›Ewige Licht‹ im Alabasterkelch.

Bel-Salti-Nannar richtete sich in dem Saale auf, der sich geweitet hatte. Ihr Blick glitt staunend über den glatten Körper der gewaltigen Säulen, hinauf zum Sternenzelt des samtenen Himmelsgewölbes.

Acht Säle folgten hintereinander, einer jeweils größer als der andere. Auf dem Altar des achten Saales stand der Alabasterkelch mit der einsamen Flamme. Hinter dem Altar weitete sich der Raum bis in die Unendlichkeit.

Als sich ihre Augen an das sanfte Dämmerlicht gewöhnt hatten, erblickte sie den Sarg vor dem Altar, der sich vor ihr auftat. Bel-Salti-Nannars heißer, junger Körper ahnte schaudernd die kalte, tödliche Berührung des Steins. Der modrige Geruch geöffneter Grabkammern schlug ihr ins Gesicht. In ihrem Körper vernahm sie kleine, verzweifelte Entsetzensschreie, als würde jedes Teilchen ihres Leibes, zum Leben erwacht, Wehlaute ausstoßen, als wenn ihr Blut, ihr Fleisch, ihre Muskeln in der Panik der Todesangst zu Rebellen geworden wären, die langgezogene Schreie ausstießen. Diese Rebellen des Lebensinstinktes zerrten sie hin und her und stießen sie immer von dem offenen Sarg weg. Doch Bel-Salti-Nannar blieb standhaft. Sie entriß den Aufwieglern ihr klares seelisches Bewußtsein und gebot Schweigen von den Höhen des Heiligen Ziels herab.

Der Lärm legte sich, und es wurde still. Stille kehrte ein, tiefe, starre, erwartungsvolle Stille. Bel-Salti-Nannar stieg langsam in den Sarg. Sie legte sich auf den Rücken und streckte sich in den eisigen Armen des Steines aus.

Ihr Körper kühlte allmählich ab und erstarrte.

Ihre Lider flatterten, dann erstarrte ihr Auge.

Sie spürte noch, wie ihr Kiefer herabfiel, wie sich ihr Mund öffnete, dann plötzlich, wie von einer gewaltigen Kraft gestoßen, begann sie im schwindelerregenden Tempo nach innen zu stürzen ...

Ihr Bewußtsein, an das sie sich krampfhaft klammerte, setzte aus. Finsternis durchdrang sie und überspülte sie wie ein Wasserschwall den Ertrinkenden. Sie wußte, daß sie sich nicht selbst verlieren durfte und sich orientieren, sich erinnern mußte ... Wo denn? Wohin denn? ... Nein ... das ist falsch ... Sie mußte in der Gegenwart denken ... Das Licht vor dem Altar ... und dahinter weitet sich der Raum ... Ein riesiger innerer Raum ... er vertieft und verjüngt sich wie ein Trichter ... Der Hals des Trichters ist eng ...

Jetzt spürte sie, daß sie kopfüber in die Öffnung des Trichters stürzte. Ihr Bewußtsein begann sich zu verengen, wurde zu einem unermeßlich winzigen Punkt ...

... Und sie glitt durch den engen Ring hindurch.

Sie geriet in den Blutstrom eines gewaltigen, gigantischen, rauschenden, klingenden, strahlenden, dahineilenden, strudelnden, zirkulierenden Universums, in den Kosmos der Unterwelt, wo die Planeten, Sonnen, die Sonnensysteme, die Milchstraßen und die strudelnden Sternennebel den ewigen Tanz des Todes und der Erneuerung aufführten.

Unermeßliche Lust erfaßte sie, die berauschende Lust der Macht, das in sich konzentrierte Gefühl des Absoluten, so wie ihr Bewußtsein wuchs, sich steigerte und den Kosmos durchdrang.

Diese Kräfte waren ihre Kräfte! In ihr, durch sie und ihretwegen kreisten, strömten, entstanden, glühten, starben die Sterne, die Sonnen und die Sonnensysteme und wurden immer wieder neu geboren. Sie war das gewaltige Kollektivbewußtsein, die Synthese, der Titan und die Göttin dieses Universums. Der singende, klingende, strahlende, brennende und von glühendem Leben durchdrungene Strudel war ihr Geschöpf, das sich in ihr abspielte und durch sie einen Sinn gewann.

Alles war harmonisch, gesetzmäßig, eingefaßt in eine Ordnung von überwältigender Schönheit, durchdrungen von unermüdlicher Bewegung und unerschöpflicher Kraft.

Majestätische Akkorde der Zufriedenheit und des Stolzes erklangen in ihr unter der Begleitung der jubelnden Harmonie der Sphären.

Sie thronte in unermeßlichen, majestätischen Höhen über den Dingen, und als sie auf die Erde herabschaute, löste sich die glückliche Offenbarung des zweiten Schöpfungstages in ihr:

›Und siehe da, es ist sehr gut!‹

Und so ging es weiter durch unendliche Zeiten mit den rastlosen Strudeln, Kreisungen und Wiederholungen der Gleichmäßigkeit. So sang und klang, so rauschte, flammte und glühte das gesamte Universum in ihr und durch sie um sie herum ...

... Bis allmählich – durch unendliche Zeiten und endlose Wiederholungen – die Erschöpfung und die Müdigkeit in ihr geboren wurden.

Diese Müdigkeit wurde dann allmählich zur Gleichgültigkeit, zur grauen Langeweile, um dann als ungeduldige Unzufriedenheit emporzulodern.

Jetzt fühlte sie sich nicht mehr als siegreicher Titan, als glückliche Göttin des glücklichen Universums, sondern als Gefangene in einem eingemauerten Kerker, die von den Ketten eines Urgesetzes umschlungen war. Als letzter Grund und Kollektivbewußtsein erschien die Einsamkeit eines ganzen Universums eiskalt und unteilbar.

Dann, in dieser unerträglichen Einsamkeit, in diesem unlösbaren, wüsten Alleinsein neigte sie sich den Atomen ihres inneren Universums zu und begann sich ihnen zu nähern, um solche Wesen zu suchen, in denen sie sich mit ihrem Mangelgefühl spiegeln konnte.

Das einheitliche Bild zerbarst in Bruchstücke. Sie erblickte zahllose Einheiten überall als ihr eigenes Abbild, die aufeinander zu und voneinander wegeilten, wie sie zusammenstießen, wie sie kämpften, wie sie sich liebten, wie sie beteten, fluchten, gebaren und geboren wurden, durch Krankheit dahinsiechten, vergingen und wie alle Form, die sie hervorbrachten, um sie herum verging. In ihrem Sein erkannte sie das gleiche Kreisen, den gleichen Wirbel, der sich in ihrem inneren Kosmos wiederholte, und erblickte einzeln in jeder geschlossenen Einheit jenen inneren Mikrokosmos, deren Atome dasselbe Gesetz in sich trugen, das sich bis in die Unendlichkeit wiederholte. Dann aber wurde sie durch das Entsetzen, die Hoffnungslosigkeit, durch die tödliche Trauer und die hilflosen Qualen zutiefst erschüttert, weil sie die Falle der Materie erkannte, ihr dämonisches Wesen, das oben und unten alles durchdrang und alles verriegelte, und ihr ganzes Bewußtsein konzentrierte sich auf ein einziges, sehnsuchtsvolles Streben: sich zu befreien!

Aber gibt es denn einen Ausweg, dort, wo sich alles im Kreis dreht? Gibt es ein Entkommen aus dem Würgegriff der Schlange, die sich in den Schwanz beißt?

Ihr Wunsch nach Befreiung wurde immer stärker und fester und verdichtete sich allmählich zu einem immer kräftigeren Energiezentrum. Ihr Bewußtsein aber verjüngte sich zu einem einzigen, durchdringenden Lichtstrahl und wurde mit diesem Bestreben identisch. Dieser zum Dolch gewordene, unbeugsame, unzerbrechliche Zauberstab fand dann schließlich jenen einzigen verborgenen Spalt, durch den sie aus dem kreisenden Spirallabyrinth nach Irgendwo gelangen konnte.

Der Zustand, in den sie geraten war, wird die Vorhalle der Messiase genannt.

Die Vorhalle der Messiase

Hier gab es nichts mehr als formlose Spannung, hier herrschte nur noch die Dämmerung des Untergangs, die Gegenwart unbefleckter Empfängnis, wo das *Nicht-Offenbarte* dem Sein zustrebt.

Dies war das Tor des Evangeliums, durch das jede Offenbarung strömte, bevor sie in Nin-gals Welt ins materielle Gewand des Wortes schlüpfte.

Und hier wurde das Geheimnis des absoluten Wissens und der Befreiung Bel-Salti-Nannar zu eigen.

Von hier aus mußte sie zuletzt über den geheimen Pfad zurückkehren, wie schließlich alle Wesen aus der Vorhalle der

Messiase zurückkehren müssen, da sie durch das Wort schwanger geworden waren.

Als Bel-Salti-Nannar im Großen Heiligtum aus ihrem Sarge auferstand, standen bereits die neun alten Priester um sie herum, hinter ihnen ihre neunzig Jünger in Reih und Glied und schließlich all diejenigen, die dem Wahren Tempel angehörten. Alle warteten darauf, daß sie zu ihnen sprach und ihnen den Grund ihrer Rückkehr verkündete.

Der älteste unter den Priestern verneigte sich vor ihr und nannte sie beim Namen.

»Bist du also zurückgekehrt, Bel-Salti-Nannar?«

»Ich bin zurückgekehrt«, erwiderte sie leise, die, die man bei ihrem göttlichen Namen genannt hatte. »Ich bin zurückgekehrt, um zu euch zu sprechen. Horcht! Was ich zu sagen habe, kann keine Schrift festhalten und kein Bild bewahren. Was ich sage, ist der *Weg* selbst, die *Tat* an sich und das Ende aller Tätigkeit. Was ich sage, ist der letzte Eintritt. Zu hören, was ich sage, ist so gut wie handeln, sich entfernen, sich einsam und unteilbar in das Getrennte zu versenken, dessen Trichter aus dem Strudel, aus der Zerrissenheit in die Befreiung der *Einheit* führt. Es ist kein Ort, woher ich komme, weil dort jeder Ort und aller Raum endet und selbst das Wort *Ende* ausgelöscht wird. Der Faden der Rede kann nur von Schwelle zu Schwelle geleiten, jenseits der Schwelle reißt der Faden ab:

Das Geheimnis ist der Mensch!

Der Mensch ist ein göttliches Abbild.

Er reflektiert Nin-gal.

Und birgt den Ewigen in sich.

Nin-gal kann sich selbst nur im Sog der Großen Weltdämmerung erlösen, zu jenem Zeitpunkt, wenn auch das letzte Wesen, das aus ihrem Schoße hervorging, zu ihr zurückgekehrt ist.

Doch der Mensch kann seine eigenen Wege gehen.

Der Mensch kann sich selbst erlösen.

Im Menschen ist jenes Tor vorhanden, das nach draußen führt, und dieses Tor heißt Gott, der Erzeuger, der Nicht-Offenbarte.

Achtet auf den Messias, auf den Gesandten, der immer wieder erscheint, um das Mysterium aufzuführen. Er geht den Weg voran, sein Ruf erschallt und führt in die Freiheit.

Er geht den Weg rundherum ... *dann aber betritt er den verborgenen Pfad, der zum geheimen Tor führt.*

Seid wachsam!

Der Schoß eines Weibes wird fruchtbar. Immer und überall, weit voneinander entfernt, nichts voneinander wissend, unter getrennten Rassen, in der Ferne von Jahrtausenden und Ozeanen eilt die Kunde auf den Flügeln der Legende über die unbefleckte Empfängnis dahin!

So, wie das Sein in Nin-gals Schoß durch das Evangelium Gottes unbefleckt empfangen wurde.

Der Augenblick, in dem das göttliche Kind auf der Erde erscheint, ist dunkel und voll Spannung.

Planeten in schwüler, mörderischer Konstellation erfüllen die Welt mit Grauen, Fixsterne senden beklemmende, bedrückende Strahlen aus. Sonnenflecken, magnetische Gewitter erschüttern das Netz der Nervenbahnen, die Erde und die Wasser. Jede Bedrängnis kommt zum Vorschein. Die Krankheit wird akut, die Manie zum Wahn, der Zorn zur Rache, das Geplänkel zum Krieg und der Krieg zu einem Meer von Blut, das nicht mehr aufzuhalten ist.

Die von Spannungen geschüttelten, mit Trauerchören am Leben erhaltenen, mit Blut getränkten drei Ebenen des Mikrokosmos und des Makrokosmos beobachten zitternd jene wichtige Person, die jetzt auftritt und ihren Weg beschreitet ...

Das Kind wird zum Mann. Zunächst tritt er in die Fußstapfen anderer, erinnert sich und bereitet sich vor. Doch die Dinge, die ihn umgeben, beobachten ihn bereits mit gesträubtem Haar und widersetzen sich, weil sie Gefahr wittern, einer Gefahr, die alles bisherige übersteigt und deren Vernichtungskraft gewaltiger ist als alles, was bisher bekannt war. In ihr lebt etwas Fremdes, ein Prinzip, das dem rasenden Lebensstrom feindlich gesinnt ist und alles erstarren läßt. Sie trägt ein Schmugglergut in sich, einen todgefährlichen Sprengstoff, der die Materie sprengt.

Und der Stoff widersetzt sich. Er widersetzt sich in seinem eigenen Körper, in seinem Blut, seinen Gefühlen, seinem Fleisch und seinen Nerven und fängt an ihn zu quälen. Er quält ihn durch Behinderung, durch Lächerlichkeit, durch unüberwindliche Hindernisse, durch Verleumdung, Hunger, Elend und Krankheit, durch Zweifel, durch Schönheit und durch die vielgesichtige Versuchung der Lust.

Doch diese Versuchungen werden zur reinigenden, stärkenden Probe, und der Messias schreitet weiter.

Er beschleunigt seine Schritte. Schon wandelt er auf neuen

Pfaden, auf seinem eigenen Weg. Die Fußspuren sind verschwunden. Er ist es, der den neuen Weg bricht, er ist es, der Spuren und Zeichen setzt.

Er hat sein wahres Ich aufgedeckt. Um seine einsame Gestalt erhebt sich haßerfülltes Gemurmel. Man hat ihn erkannt: Er ist es!

Um seine einsame Gestalt flammt wahnsinnige Sehnsucht und wilde Hoffnung auf. Man hat ihn erkannt: Er ist es!

Kraftlose Füße treten in seine Fußstapfen. Man hat ihn erkannt: Er ist es!

Der kreisende Strom strudelt mit wilder Kraft, reißt die Hände jener Geschöpfe des Augenblicks mit sich, die verzweifelt nach Halt suchen, überflutet die Straßen, löst den immerwährend strömenden Stoff auf und gibt ihm neue Gestalt. Das Rad des Seins dreht sich immer weiter in einem blendenden, schwindelerregenden Wirbel, dessen Strudel die Sicht trübt und wo das Auge blind wird ...

... Vor dem Messias aber teilen sich die durch die Rotation verdichteten Schattenwände, und er setzt über die Fluten der Schöpfung hinweg. Vor jenen drei Welten, die zuschauen, erscheint der Pfad für einen blendenden Augenblick in gleißendem Licht, und einen Herzschlag lang wird das Tor sichtbar. Vergebens versucht die Materie, ihn zu überfallen, um ihn in die Knie zu zwingen, zu verleugnen und hinwegzuspülen. Der qualvolle Tod des Messias wird zum Martyrium und das Martyrium zum Schlüssel, der das Tor zur Freiheit öffnet.

Das Mysterium hat vor den Zuschauern stattgefunden, die Offenbarung ist geschehen, das *Wort* verklungen. Die Signalfeuer brennen, und die Fußspuren weisen den Weg: Jenen Weg, der über Leid und Tod zur Erlösung führt.«

Nachdem die Worte verklungen waren, herrschte Stille in der großen Halle. Bel-Salti-Nannars schlanke Gestalt verblaßte immer mehr vor dem mondblauen Hintergrund der Halle, die sich bis zur Unendlichkeit ausgedehnt hatte.

Der Augenblick, als sie entschwand, war unbegreiflich.

Zunächst folgte ihr der älteste Priester, dann folgten ihm die anderen acht, dann traten ihre neunzig Jünger in ihre Fußstapfen und all diejenigen, die zum Wahren Tempel gehörten: die heimlichen, weltlichen Priester, die der heiligen Wissenschaft dienten, die wahren Traumseher und Weisen.

So geschah es, daß zu der Zeit, als sich das Schicksal von Ur erfüllte, der Tempel, der Tempel Nannars nur noch eine leere Schale war, die ihre Seele verlassen hatte.

Der Tempel verstummte. In seinen Hallen erklangen nicht mehr die Hymnen der Nannar und ihres göttlichen Gatten. Aus ihren Säulen schlängelte sich nicht mehr die bunte Reihe der Prozessionen unter dem Zelt hochschwingender heiliger Symbole im Klange der Harfen und Lauten hervor. Der Sturm, der sich nach den Veränderungen der geistigen Kräfte schon lange im Osten zusammenballte, brach schon alsbald aus. Belsazar, der Bruder von Bel-Salti-Nannar, der als Stellvertreter seines Vaters agierte, wurde von der hereinbrechenden persischen Armee besiegt und getötet. Nabunaid geriet in Gefangenschaft, und die Länder Babylons fielen in die Hände des Großen Kyros. Das Volk, das wie ein unwissendes Kind in der Umgebung des Tempels lebte, begann merkwürdig zu frieren und verwaiste neben dem Leichnam des toten Kults. Von Unzufriedenheit getrieben, wanderte es weiter und breitete sich aus, um eine neue Quelle des Lichts zu finden wie ein unschlüssiger, irrender Käferschwarm. In den Mauern des Nannar-Tempels begann die Zeit, ihre langsam mahlenden Mühlen zu errichten. Zu jener Zeit hatten die persischen Könige bereits die Religion des Zoroaster übernommen, bekannten sich voll und ganz zu ihrem neuen Glauben, und auf diese Weise trug auch der Bildersturm zur Beschleunigung der natürlichen, langsamen Vernichtung in Ur bei. Von der einst bevölkerten Stadt blieb nur ein Trümmerhaufen übrig, selbst ihr Name geriet in Vergessenheit. In den Höhlen des Zikkurat nisteten Eulen, und Schakale verbargen sich in den Gewölben. Im Schatten des Turmes schlugen Beduinen ihre Zelte auf, ohne zu ahnen, daß jenes Heiligtum, unter Sand und modernem Stein begraben, einst der letzte und heiligste Sternenhafen gewesen, von dem aus die Befreiten zur Halle der Messiase einst aufgebrochen waren ...

Der Mann, der nicht stirbt

Im Alter von achtzehn Jahren trat ich aus der Gruppe der Theoretiker, das heißt von der zweiten in die dritte Stufe über zu den Praktikern. Unter der Anleitung meines Vaters fand ich die Arbeit im Laboratorium neu und aufregend unterhaltsam. In diesen stillen, vertieften Stunden lernte ich die wahre Natur und die Eigenschaften der Materie sowie jenes gewaltige Gesetz der göttlichen Lebenskraft kennen, die hinter der Materie wirkt. Homunculus Burrhus, der armselige, blinde Sucher, hatte mit diesen Erscheinungen nur gespielt wie das Kind mit dem Sprengstoff. Homunculus hatte bereits sehr viel gewußt, dennoch verschwindend wenig im Vergleich zu einer einzigen, funktionierenden, vom Geheimnis des Lebens erfüllten Zelle, die als Partikel eines Organismus alle Augenblicke das Wunder der Transmutation vollbringt.

Der Orden, dem ich angehörte – ob man seine Mitglieder nun als Rosenkreutzer, Templer oder Trinosophen bezeichnete –, war im wesentlichen eine direkte Fortsetzung der Urgemeinschaften, die die Tradition bewahrten und sich mit der tiefsten Philosophie beschäftigten. Der Orden des Pythagoras war ebenso ein Wächter dieses ewigen Heiligen Feuers wie der Orden der Esser in Judäa, in dem sich Jesus auf die Erfüllung seiner Aufgabe als Christus vorbereitete. Ich will an dieser Stelle die Freimaurerloge mit Absicht nicht erwähnen, obwohl sie lange Zeit dasselbe bedeutete wie die anderen drei, die ich aufgezählt habe. Später jedoch wich sie von ihrem ursprünglichen Ziel ab und wandte sich weltlichen Dingen zu.

Das Zentrum des Ordens im 18. Jahrhundert waren das Schloß des Karl von Hessen und die mystische Schule von Louisenlund in Schleswig. Sein Leiter war der in den Augen der Masse berüchtigte, von den Vornehmen gefürchtete, mißverstandene und bewunderte, von den Auserwählten tief verehrte Graf St. Germain, Freund des Karl von Hessen, ›der Mann, der nicht stirbt‹. Der geheimnisvolle Zauberer, Gelehrte und Magier, Augenzeuge von Jahrtausenden, der geheimnisvolle Gesandte der Geheimen Brüderschaft.

Der hermetische Orden, in seinen Grundzügen und Riten von ägyptischer Herkunft, umfaßte auch die christliche Mystik des Christian Rosenkreutz.

Christian Rosenkreutz wurde 1388 geboren. Er war ein deutscher Edelmann und wurde in einem Kloster erzogen. Anläßlich einer Pilgerreise ins Heilige Land wurde er in Damaskus von einigen gelehrten Arabern in das Mysterium der Geheimwissenschaften eingeweiht. Er blieb drei Jahre in Damaskus und reiste dann nach Fez in Afrika, wo er weitere Erkenntnisse in der Wissenschaft der Magie und des Zusammenhangs zwischen Mikrokosmos und Makrokosmos sammelte. Danach kehrte er über Spanien nach Deutschland zurück und gründete eine klosterähnliche Gemeinschaft unter dem Namen Sanctus Spiritus. Dorthin zog er sich zurück und setzte seine Studien fort. Später nahm er einige Mönche jenes Klosters, in dem er aufgewachsen war, als Schüler auf und gründete die erste Gemeinschaft der Rosenkreutzer. Diese wiederum hielten die Ergebnisse seiner Forschung in Büchern fest, die sich auch heute noch im Besitz der Rosenkreutzer befinden.

Rosenkreutz' Grab wurde 120 Jahre nach seinem Tod entdeckt. Eine Treppe führte ins Grabgewölbe, an deren Tür folgende Inschrift zu lesen war:

»Post anno CXX patebo.«

In der Gruft brannte Licht, das im selben Augenblick erlosch, als die Entdecker das Gewölbe betraten. Die Gruft hatte sieben Seiten und sieben Ecken, alle Seiten fünf Fuß lang und acht Fuß hoch. Der obere Teil symbolisierte den Himmel, der untere Teil die Erde. Die Decke teilte sich in Dreiecke, die Seiten in Quadrate.

In der Mitte stand ein Altar, und in jene Kupferplatte, die am Altar befestigt war, waren die Buchstaben A.C.R.C. und die Worte »Hoc Universi Compendium vivus mihi Sepulchrum« eingemeißelt. Der Altar war von vier Gestalten umgeben, und jede dieser Gestalten trug eine Inschrift:

Nequam Vacuum
Legis Jugum
Libertas Evangelii
Dei Gloria Intacta

Unter dem Altar fand man Rosenkreutz' Leichnam, der keine Spur der Verwesung aufwies. In seiner Hand hielt er eine Pergamentrolle, auf der ein goldenes »T« schimmerte.

Die Mitglieder des Rosenkreutzordens leisteten einen Eid, unter dem die Pflicht zur Geheimhaltung an ganz erster Stelle stand.

In Wirklichkeit hatte Rosenkreutz eine Mission erfüllt und nach den Weisungen der fernen Meister gehandelt, die die Zeit gekommen sahen, um ›geistige Botschaften‹ einzurichten. Die Geschichte der ›Fraternitas rosae crucis‹ ist heute bereits so weit bekannt, daß ich hier nicht weiter darauf einzugehen brauche. Dagegen ist die Person des St. Germain um so mehr die Zielscheibe wirrer Vermutungen. Sein Leben, das sich vor der Öffentlichkeit offenbart, ist derart überraschend, seine Persönlichkeit war derart fesselnd und mitreißend, daß man sie weder bestimmen noch durch den durchschnittlichen menschlichen Verstand begreifen konnte. Seine Reisen, seine universalen Fähigkeiten, sein Reichtum, der aus unbekannten Quellen stammte, seine durchdringende Klugheit, die das Wesen aller Dinge unverzüglich erkannte, sein geistreiches Wesen und sein Witz riefen Beklommenheit, Unruhe und Mißtrauen hervor. Man nannte ihn einen Abenteurer und Betrüger, all diejenigen, die alles mit einem Etikett versehen müssen, um weiter in ihren engen Dimensionen leben zu können, obwohl ihm keiner, der ihn kannte, auch nur eine einzige Betrügerei, auch nur ein einziges scharlatanhaftes Experiment nachweisen konnte. Es besteht auch kein Zweifel darüber, daß er der hochgeschätzte Ratgeber und Freund von Herrschern, Philosophen, Gelehrten und Künstlern gewesen.

Ich war zwanzig Jahre alt, als ich ihn kennenlernte. Er kam als unerwarteter Besuch auf die Burg Grotte. Damals hatte ich bereits viel von ihm gehört. Ich bekam sogar die Erlaubnis, jene geheime Bibliothek zu besuchen, die zum Großteil St. Germains berühmte und auf wunderbare Weise vollkommene okkulte Büchersammlung und seine seltenen, wertvollen Handschriften barg. Seine weltlichen Freunde, die von diesen Schätzen wußten, suchten nach seinem scheinbaren körperlichen Dahinscheiden vergebens nach ihnen. Doch ich kannte auch seine Gemälde, die er mit solch strahlenden, von ihm selbst gemischten Farben gemalt hatte, daß der Beschauer sofort in ihren Bann geschlagen wurde. Es war allgemein bekannt, daß Vanloo, der französische Maler, ihn anflehte, das Geheimnis seiner Farbmischung zu verraten, doch St. Germain wies dieses Ansinnen ab.

In Versailles gab er Geigenkonzerte, dirigierte symphonische Konzerte ohne Partitur, schrieb Lieder und Opern.

Friedrich der Große, Voltaire, Madame de Pompadour, Rousseau, Chathan und Walpole, alle, die ihn kannten, wetteiferten miteinander, von Neugier getrieben, um das Geheimnis seiner Herkunft zu ergründen. Im allgemeinen hielt man ihn für einen Sohn von Rákóczi, Fürst von Transsylvanien, später war die Theosophie der Meinung, er sei Franz Rákóczi persönlich, an dessen Stelle, als er vor den Augen der Welt verstarb, ein anderer bestattet wurde. Es gab auch welche, die behaupteten, daß er in verschiedenen Ländern jeweils unter anderem Namen aufgetaucht sei, so in Venedig als Marquis de Montferrat, Comte Bellamare oder Amyar, in Pisa als Chevalier Schvening, in Mailand und Leipzig als Chevalier Weldon, in Genua und Leghorn als Comte Soltikoff, in Schwalbach und Triesdorf als Graf Tragogy, in Dresden als Rákóczi, in Paris, Hagen und St. Petersburg als St. Germain. Einige der mystischen Schriftsteller meinten in seiner Person einen Zusammenhang mit dem geheimnisvollen Grafen Gablasais zu entdecken, der vor dem Abbé Villiers erschienen war und ihm einige Aufsätze über die submundanen Geister überreicht hatte. Nach anderen wiederum war er mit jenem namhaften Signor Gualdi identisch, der Hargrave Jennings dazu brachte, in seinem Buch ›Die Rosenkreutzer, ihre Riten und Mysterien‹ über ihn zu schreiben. Man mutmaßte auch, daß er mit dem Count Hompeschsel, dem letzten Großmeister des Malteserordens, identisch sei. Diese schwindelerregende Vielfalt seines Lebens war mit Recht dazu angetan, das Urteilsvermögen der Leute zu verwirren, obwohl es feststehen dürfte, daß er sich hinter keinem der oben aufgeführten Namen verbarg. Damals war die Welt noch riesengroß und die Entfernungen waren enorm. Die berühmte, schillernde Gestalt des Grafen St. Germain erregte die Phantasie so manchen Abenteurers, der dann, länderweit entfernt, den Nimbus dieser großen Persönlichkeit weidlich ausnutzte. Dies war auch bei dem anderen Eingeweihten, dem Grafen Cagliostro, der Fall, dessen in seinem Bestreben achtenswerte Gestalt die Geschichte mit der Person des Hochstaplers Joseph Balsamo identifizierte, obwohl ich mich selbst davon überzeugen konnte, daß Cagliostro und Belsamo nicht eine, sondern zwei verschiedene Personen waren, zwei Personen, die sich von Grund auf voneinander unterschieden.

Wer aber der Meinung war, daß die verschiedenen Erscheinungsformen des Grafen St. Germain nur einem einzigen, alltäglichen und niedrigen Zweck dienten, nämlich dem Ziel, sich auf diese Weise materielle Vorteile zu verschaffen, der irrte sich gründlich. Seine Gemälde- und Juwelensammlung war auf dieser Welt beispiellos. Nach dem schriftlichen Zeugnis der Madame Pompadour hat er die Schatzkammer des Königs mit Bildern von Velasquez und Murillo bereichert. Der Marquise aber schenkte er die edelsten Juwelen von unschätzbarem Wert. St. Germain war stets ein Mäzen und nie ein Günstling gewesen. Er hat nie auch nur im geringsten Maß jenes Vertrauen mißbraucht, mit dem er ausgezeichnet wurde. Alle Bestrebungen, die Herkunft und den Umfang seines Vermögens zu bestimmen, blieben fruchtlos. Er hatte keinerlei Beziehungen zu Banken oder Bankiers, dennoch verstand er es, eine Atmosphäre zu schaffen wie einer, der über grenzenlosen Kredit verfügt.

Mit Ludwig XV. war er befreundet. Sein chemisches Wissen faszinierte jeden. Auf Ersuchen Ludwig XV. entfernte er bei Hofe Flecken aus Diamanten und Smaragden. Beim Färben von Edelsteinen erzielte er überraschende Ergebnisse, indem er Farbstoffe, die er selbst erfunden hatte, mit pulverisiertem Perlmutt mischte. Der König zollte ihm Dankbarkeit und Bewunderung. Das ganze höfische Leben wurde auf den Kopf gestellt. Er brachte Spannung, einen neuen Ton und einen mystischen, frischen Luftzug in den steifen Formalismus der Aristokratie. Überall erwartete man Wunder, alle Welt sprach von Alchimie, von Magie und Weissagung, von den merkwürdigen Briefen und Aussprüchen St. Germains. Graf St. Germain kannte sämtliche Ereignisse genau, die Jahrtausende zurücklagen. Über manchen Auftritt am Hofe Franz I. sprach er wie einer, der selbst zugegen gewesen, beschrieb das Aussehen des Königs, ahmte seine Stimme und seine Art nach – aber auch über Babylon zur Zeit der Herrschaft des Großen Kyros konnte er ebenso detaillierte Angaben machen und vertrauliche Kleinigkeiten berichten. Es gab welche, die ihn für einen krankhaften Lügner, für einen Scharlatan hielten, der unbedingt Aufsehen erregen wollte, obwohl man die unmittelbare Natürlichkeit seiner Vorträge, die Genauigkeit seiner Angaben und sein blendendes Wissen in jeder Hinsicht anerkennen mußte, auch die Tatsache, daß seine Worte überzeugend wirkten. Sein Genius wurde nicht zuletzt durch sein tiefschürfendes Übersichtsvermögen charakterisiert, mit dem er die Situation in Europa erkannte, und durch jene vollkommene Geschicklichkeit, mit der er die Hiebe seiner politischen Gegner parierte. Stets hatte er irgendwelche Empfehlungsschreiben zur Verfügung, die ihm die Tore zu den höchsten Kreisen Europas öffneten. Während der Herrschaft Peters des Großen hielt er sich in Rußland auf, zwischen 1737 und 1742 war er ein geschätzter Gast am Hofe des Schahs von Persien. Doch er war beliebt und wurde geachtet von Persien bis Frankreich, von Kalkutta bis Rom. Seine Sprachkenntnisse waren schon übernatürlich. Er sprach fließend Deutsch, Englisch, Italienisch, Portugiesisch, Spanisch, Französisch mit piemontesischem Akzent, Griechisch, Latein, Sanskrit, Arabisch und Chinesisch, daß er in jedem Land, das er besuchte, als echter Eingeborener begrüßt wurde. Er konnte beide Hände mit solcher Geschicklichkeit gebrauchen, daß er ein und denselben Text mit beiden Händen gleichzeitig niederschreiben konnte. Als man dann die beiden Blätter übereinanderlegte und durchleuchtete, stellte man fest, daß sich die Zeilen und Buchstaben der beiden Schriftstücke vollkommen deckten. Doch er war auch in der Lage, mit seinen Händen zwei verschiedene Texte zu schreiben, ein Sonett mit der einen, ein mystisches Gedicht mit der anderen.

Zweimal führte er die Transmutation in aller Öffentlichkeit vor. Seine verjüngenden, verschönernden Elixiere, seine Medikamente fanden reißenden Absatz, wo immer er auftauchte.

Ich muß gestehen, daß mich alles, was ich von ihm hörte, etwas verwirrte. Nicht daß ich seine außerordentlichen Fähigkeiten bezweifelt hätte. Wenn er ein echter Magier und Eingeweihter war, so mußte er auch all dies verschiedene Wissen besitzen. Was mich überraschte und befremdete, war die Art, in der er offen, fast herausfordernd im Rahmen eines glänzenden Vermögens vor verblüfften, entsetzten oder spöttelnden Holzköpfen agierte. Wozu braucht ein Adept zwei Kammerdiener und vier Lakaien in tabakfarbenen, goldbetreßten Uniformen? Warum reiste er mit einer so umfangreichen und schmucken Garderobe wie eine Kurtisane? Warum wechselte er allwöchentlich seine Juwelen und seinen Namen?

Ich brachte vor meinem Vater meine Zweifel zur Sprache, doch er lächelte.

»St. Germain braucht diesen Rahmen ebensowenig wie du und ich. An dieses Leben stellt er keine weiteren Anforderungen. Was er will, ist die Bleibe eines Einsiedlers im Herzen des Himalaya, woher er gekommen ist, woher er durch Kräfte in die Welt gesandt wurde, die mächtiger sind als er, um eine bestimmte Mission zu erfüllen, wohin er zurückkehren wird, sobald seine Mission erfüllt ist. Du mußt wissen, daß er selbst bei den üppigsten Mahlzeiten keine Speise berührt und nur nach jener kargen, fleischlosen Diät lebt, die nach seinen eigenen Rezepten zubereitet wird. Er erledigt seine Konzentrations- und Meditationsübungen, die auf dem orientalischen Esoterismus fußen, bereits in den frühen Morgenstunden, und er verkehrt mit keinem Weib. Da er das Geheimnis der Umwandlung einfacher Steine in Edelsteine ebenso beherrscht wie das Geheimnis des Goldmachens, ist es für ihn recht einfach, sich jene gefällige Maske zu beschaffen, in der ihn die Welt eher akzeptiert und eher auf ihn hört, als wenn er im gelben Gewand als kahlköpfiger Mönch erscheinen würde. Die Kunst der Verblendung, die auf mancherlei Art sichtbar wird, ist nichts weiter als jener Hokuspokus der Ärzte, mit dessen Hilfe sie die Phantasie eines kranken Kindes fesseln, während sie es untersuchen, ihm bittere Medizin in den Mund zaubern, eventuell auch gefährliche Geschwüre entfernen. Diese kranke und von der Quelle ihrer geistigen Gesundheit ausgelöste, gärende Welt würde den Magier in seiner gewaltigen Einfachheit nicht begreifen, die Welt, die wählerisch, überkompliziert und von Wahn besessen der Krise entgegensteuert. Auch St. Germain wurde, wie jeder Beauftragte, in der finsteren Dämmerung ausgesandt, wo die Erde bebt, um die Rettungsinseln der Seele zu errichten. Doch welche Gongs muß derjenige ertönen lassen, welche Glocken läuten, welche Farben, welche nie gesehenen Phänomene beschwören, damit die durch die Materie verblendeten und betäubten Unglücklichen, die krankhaft Mißtrauischen auf ihn aufmerksam werden. Er muß ein König sein unter den Königen, ein Krösus unter den Reichen und ein Magier unter den Philosophen. Er muß jedermanns Sprache verstehen, mit jedermanns Augen sehen, er muß die geheimen Stimmen vernehmen, die hinter den sichtbaren Ereignissen flüstern, er muß den Ruf durch Wände und über Länder hinweg vernehmen und muß selbst durch Wände dringen.«

»Aber wer ist er denn wirklich? Seit wann lebt er in einem einzigen Körper?« fragte ich mit aufflackernder Neugier.

Der kluge, verständnisvolle Blick meines Vaters ruhte sanft

auf mir. »Dasselbe habe ich bereits vor vielen Jahren gefragt, habe ihm selbst die gleiche Frage gestellt. Damals gehörte ich auch zu den Praktikanten, wie du jetzt.«

»Und was hat er geantwortet?« fragte ich gierig.

»Er sagte, sein Vater wäre die Geheime Wissenschaft gewesen, seine Mutter die Mysterien.«

»Und du ... du hast dich mit dieser Antwort zufrieden gegeben?« fragte ich enttäuscht.

»Nicht sofort. Später mußte ich einsehen, daß seine Antwort alles das erschöpfte, was ein echter Adept von sich sagen konnte.«

Es war schon fast Abend, als ich aus dem Park ins Arbeitszimmer meines Vaters hinaufging. Im Park hatte ich, bis die Dämmerung die sichtbaren Farben und Formen umgarnte, meine Übung über Naturbetrachtung und Symbolenträtselung absolviert. Ich sammelte merkwürdig geformte, geschliffene Kieselsteine am Bach, der zwischen den alten Bäumen dahineilte, dessen feine, durchsichtige Körper von Kraftlinien geädert waren, die an uralte Hieroglyphen erinnerten und merkwürdige Botschaften von Lilith, der Mutter der Natur, vermittelten. Leidende, sehnsüchtige, rebellische Rufe stiegen aus den stummen Linien auf, man mußte sie nur lesen. Ich beobachtete einen wimmelnden Ameisenhaufen am Fuße einer gewaltigen Platane, die sich mit verkrampften Wurzelfingern an den Boden klammerte, und verfolgte das Ameisenvolk, das über den Stamm und die Blätter des Baumes krabbelte. Es war eine echte Ameisenmetropole, die als Sklave des Gemeinschaftsinstinktes in ihre faszinierende Arbeit versunken war. Während ich diesen Ameisenhaufen betrachtete, wurde mir das ewige Fiasko eines Vermassungsversuchs klar, der sich wegen der Fata Morgana einer äußerlichen Befreiung in den kreisförmigen Käfig tiefster Sklaverei sperrt. Hier wird eine Lebensform aufrechterhalten, hier wird einer Lebensform gedient, die nirgendwo hinführt, die ohne Korn mahlt, sich inhaltlos gewaltig anstrengt, ihren Mechanismus ziellos zu einem präzisen Meisterwerk steigert, bis sich das dämonische kollektive Bewußtsein, zu Millionen Bruchstücken zersplittert, von der strudelnden Hölle dieser ebenso genialen wie fürchterlichen Zellen-Gesellschaft losreißt, um als einziges, bewußtes Individuum wiedergeboren zu werden.

Abends pflegte ich meinem Vater über meine Ergebnisse zu

berichten. Auch diesmal – es war ein schöner, lauer Septembertag – lud ich meine Beute, die Steine, auf seinem Schreibtisch ab, an dem er arbeitete. Meinem Vortrag fügte er seine sanften Kommentare hinzu, die oft ganze Gedankenkomplexe beleuchteten, die mich ermutigten und inspirierten. Nachdem ich meinen Bericht beendet hatte, verabschiedete ich mich, um mich auf das Abendessen vorzubereiten. Er aber hielt mich zurück.

»Bleib da. Wir bekommen Besuch.«

»Besuch?«

Ich wunderte mich. Meines Wissens war keine entsprechende Nachricht bei uns eingetroffen, kein reitender Bote, kein Herold.

»Wer ist es?«

Im Zimmer hatte sich bereits die Dämmerung ausgebreitet. Und plötzlich spürte ich, daß außer uns beiden noch jemand anwesend war ... jemand, der vor wenigen Augenblicken noch nicht da gewesen. Mein Vater nahm die Erscheinung gleichzeitig wahr und erhob sich. Ich folgte seiner Blickrichtung und drehte mich ebenfalls um. Der Ankömmling, der in der seidengrauen Dämmerung des Fensters gestanden hatte, trat jetzt einen Schritt vor.

»Vielleicht könnten wir jetzt Licht machen, Cornelius.« Seine Stimme klang unendlich gewinnend, seine Aussprache geschliffen und angenehm.

»Herzlich willkommen!« sagte mein Vater und drückte die Hand seines Besuchers mit innerer Freude.

Jetzt wußte ich bereits, wer der Besucher war, und Erregung überflutete mich wie Lampenfieber, die mich erstarren ließ, während sich mein Vater mit dem Spiritusbrenner zu schaffen machte. In dem sich ausbreitenden blauweißen Licht trat St. Germain zu mir, reichte mir die Hand und schaute mir forschend ins Gesicht.

»Das ist er also!« sagte er mit freundschaftlichem Lächeln, während er meinem Vater zuwinkte. Der Druck seiner kräftigen, trockenen Hand berührte mich angenehm und löste meine Verwirrung.

»Nach langer Zeit endlich wieder ...doch nicht zum ersten Mal ... guten Abend!« sagte er leise, seinen Blick in den meinen versenkend.

»Guten Abend!« erwiderte ich befreit und gleichzeitig mich selbst vergessend, während ich in der Betrachtung des Antlitzes dieses so geheimnisvollen Mannes versank. Auch ich hatte das Gefühl, ihm nicht zum ersten Mal zu begegnen. Die Erinnerung an ihn schlummerte irgendwo tief in meinem Innern. »Nach langer Zeit endlich wieder ... doch nicht zum ersten Mal ...« Er wußte, wo, in welch schwindelerregender Ferne tiefster Vergangenheit wir uns getroffen hatten, doch bei mir war es nur ein Schatten der Erinnerung, der vorübergehend in mir auftauchte. Seine Augen waren dunkel, geheimnisvoll, sanft, blitzend vor klugem Humor, durchdringend, forschend und gleichzeitig alles verstehend. Sein Gesicht war länglich, seine Nase fein, schmal und leicht gebogen. In seinen Mundwinkeln geisterte das gleiche kluge, gewinnende Lächeln, das sich in seinem Blick verbarg. Wenn er lachte, gewann er nicht nur durch sein tadelloses Gebiß an Schönheit, sondern durch einen unendlich reizenden, reinen, heiteren Ausdruck, der sein ganzes Gesicht beherrschte. Seine Haut war etwas gebräunt, sein Haar schwarz. Seine mittelgroße, wohlproportionierte Gestalt war in ein einfaches Gewand aus feinem Stoff gehüllt. Seine muskulösen, straffen Waden steckten in seidenen Strümpfen. Sein Alter ließ sich nicht feststellen.

Sein Name wurde nicht genannt. Es war auch ungewöhnlich, daß ich ihn kennenlernte, da diejenigen, die auf der niedrigeren Stufe des Ordens standen, ihre Mitbrüder von höherem Rang nicht kennen durften. Sie kannten nur die Brüder, die eine Stufe höher standen. Meine Situation war von Geburt auf eine Ausnahme. Mein Vater gehörte bereits zur achten, das heißt zur vorletzten Stufe: Er war Magister. Auf ihn folgte nur noch der Magier. Er hatte meine ersten Übungen geleitet und war zu meinem Meister geworden. St. Germain, wenn er auch unverhofft bei den Zusammenkünften des Ordens in Rotenburg auftauchte, wurde von keinem mit seinem weltlichen Namen angeredet, so wie jedes Mitglied des Ordens in der Gemeinschaft einen anderen Namen trug als draußen in der Welt. St. Germains Name innerhalb der Gemeinschaft lautete »Tempio aperto« (offener Tempel). Doch wenn er die geheimen Einweihungsriten zelebrierte, wurde er Hierophant genannt. Der Orden war demnach in neun Stufen eingeteilt: Juniores, Theoretiker, Praktikanten, Philosophen, Minores, Majores, Adeptus extempus, Magister, schließlich die Magier bildeten jene okkulte Hierarchie, die auf den unteren Stufen zahlreiche Vertreter hatte, die aber nach oben immer dünner und einsamer wurde und deren

Endpol nach der magischen Zahl neun Gott war, die Nummer 10, oder die Dualität von 1 Gott und 0 Welt.

Diese besondere Möglichkeit war keine Gnade, die mir einfach in den Schoß gefallen war. Irgendwann hatte ich mir das verdient. In der sich immer weiter vertiefenden Stille der Einweihung riß später die Erinnerung in mir auf. Vor meinem Fall, durch viele Jahrhunderte hindurch, hatte ich als Mitglied der Gemeinschaft die Schwelle der letzten Prüfungen erreicht. Ich war begabt, vernünftig und diszipliniert, doch nur im Rahmen menschlicher Maßstäbe. In der Krise des bewußten Todes und der krampfhaften Wiedergeburt wurde ich von meinen Schwächen attackiert: von der Furcht, die mir mein Teilwissen einjagte, von der Neugier, die einer mangelhaften Erfahrung entsprang, und jener Leidenschaft, die von einer unterdrückten Sinnlichkeit herrührte. Dabei waren meine Ideale recht hochgestochen, und in der Theorie begriff ich so manches, was die geheimnisvollen Symbole und Wahrheiten des Daseins betraf. Meine Rückkehr erfüllte meine Brüder und den Magier mit tiefer innerer Freude, vor allem den Magier, der nie aufgehört hatte, mich als Mitglied des Ordens im Auge zu behalten. Dieser zeitliche Rückfall war – trotz allen persönlichen Elends – ein praktisches Experiment einer These, die im inneren Bereich der mystischen Einweihung aufgeworfen worden war, die ich draußen inmitten der verschlungenen, kollidierenden, verworrenen materiellen Wirklichkeit wohl erlernen, begreifen und zum ewigen Leben erwecken mußte.

Das Mysterium der Einweihung findet jeweils zweimal statt. Einmal, wenn das in die Sphäre der Erde eingetauchte Wesen, zwar diesseits der Erfahrung, doch noch im ungetrübten Bewußtsein der anderen Welt, den Tempel der Mysterien betritt. Die Proben, die er einsam in der Stille der konzentrierten Zeit und des verjüngten Raumes glühend besteht, werden in wenigen, zu schlichten Linien zusammengefaßten Konturen in seine Seele eingeprägt, weil diese Proben alle Symbole jeglicher späteren Versuchung, aller Möglichkeiten und aller Gefahren und des wahren Sinnes in sich bergen. Der Entwurf wird in der Seele bewahrt. Seine Umrisse scheinen auch durch das immer dichter werdende Körperkleid hindurch, wenn auch die nachlassende Erinnerung den Schlüssel für die Enträtselung verloren haben mag. Diese schmerzhaft-brennende Dämmerung, die die unruhigen Wachträume durchwebt und einen von Ort zu

Ort, von einem Erlebnis zum anderen zwischen den Barrikaden der Tageswelt treibt. Diese ewige Unzufriedenheit, dieses ohnmächtige Vorausgreifen in der Zeit, um Ziele des Augenblicks zu erreichen, hinter denen immer diese Chimäre, dieses heilige Irrlicht immer weiter lockt jenseits von Leidenschaft, Ruhmsucht, menschlichem Wissen, Tod und Geburt, jenseits immer neuer Lebensformen, immer weiter und dennoch auf vorgezeichnetem Weg nach der Landkarte zurück zum Ausgangspunkt. Und hier erfolgt die zweite Einweihung, die letzte, am Ende des Weges, nachdem die Feuer verloschen sind, nach all den Erlebnissen und Erfahrungen, in der Erschütterung der zum Leben erwachten Theorie. Das Tempeltor der ersten Mysterien öffnet sich nach innen, das Tor des zweiten Mysteriums nach außen. Wer aber einmal durch das Tor eingetreten ist, kann den Ausgang nicht finden, bevor er nicht den gewaltigen Bogen des Weges von Tor zu Tor zurückgelegt hat.

St. Germains Erscheinen in Grotte brachte eine große Veränderung in mein Leben. Mein Vater teilte mir mit, daß ich mit dem Grafen nach Paris reisen würde. Ich spürte die gespannte Aufmerksamkeit, mit der er mich beobachtete und auf meine Reaktion auf diese Möglichkeit wartete. Würde ich mich freuen? Würde ich die Nachricht mit verdächtiger Gemütswallung aufnehmen? Würde ich mit Beklemmung oder verworrener Unruhe reagieren? Ich schaute ehrlich in mich hinein und scheute mich nicht, ihm jene ausgebrannte, von Asche bedeckte Stille zu offenbaren, die dieses Gebiet in mir bedeckte. Ich wußte, daß ich reisen muß, wenn man mich schickt, ich hatte gelernt, daß jedes Ereignis, das auf mich zukam oder mir zugeführt wurde, ein charakteristischer Teil meiner Aufgabe war, das einzig und allein nur meine Person betraf. Ich beugte mich willig der Entscheidung.

»Was habe ich in Paris zu tun?« fragte ich leise.

»Du wirst der Sekretär, der Famulus des Grafen. Du wirst aufpassen, beobachten, lernen und wirst in allen Dingen seine Weisungen befolgen.«

»Wie lange muß ich fernbleiben?« flammte in mir die schmerzliche, zärtliche Sehnsucht nach meinen Eltern, nach dem alten Park und nach jenen Tagen auf, die ich in friedliche Arbeit versunken verbracht hatte.

»Bis deine Mission beendet ist«, sagte mein Vater fest, ich

aber schämte mich wegen meiner Gier und meiner neugierigen Unreife.

Meine Mutter stand an seiner Seite. Ihr schmales, blasses Gesicht strahlte so viel lebendige Ermunterung aus, daß ich sie umarmte.

»Die Entfernung bindet den Geist nicht«, flüsterte sie mir ins Ohr. »Vor einer wichtigen Prüfung muß man stets den bisherigen Stoff durchgehen, um eventuelle Wissenslücken festzustellen. Geh nur in Frieden, Cornelius ...«

Der erste Gesandte der Vergangenheit

Meine Reise in Gesellschaft des liebenswerten, geistreichen Grafen St. Germain war unendlich amüsant. Unsere vorzüglich gebaute, gepolsterte Kutsche, in der verschiedene raffinierte Einrichtungen für Bequemlichkeit sorgten, wurde von den berühmten Vollblütern des Grafen gezogen. Unsere Reise war so gut organisiert, daß selbst beim Pferdewechsel stets sein eigenes Gespann und einer seiner Diener auf uns warteten. In St. Germains Kutsche sah ich erstmals Klapptische, einen kleinen, eingebauten, eisgekühlten Vorratsschrank, Wasserbehälter, eine Kochvorrichtung, mit dessen Hilfe Yidam, der aalglatte, stumme tibetanische Diener innerhalb weniger Minuten Tee oder Kaffee bereiten konnte, Räuchergefäße, die auf Knopfdruck funktionierten und je nach Belieben erfrischten oder einschläferten ohne jede nachteilige Wirkung.

»Gefallen dir meine kleinen Spielereien?« belächelte er meine Verwunderung.

»Sie sind ziemlich verwirrend«, mußte ich gestehen.

»Ludwig XV. hielt diese Einfälle für Teufelswerk und begehrte sie so sehr, daß er den Versuch unternahm, mir die Sachen zu entwenden. Dabei ist dieses bescheidene Blendwerk nichts weiter als eine kleine Anleihe aus der Zukunft. Die Menschen werden es verstehen, sich diese Art Bequemlichkeiten zu beschaffen und sie zu Gemeinplätzen zu erniedrigen, ohne daß sie ihnen weiterhelfen. Die Enwicklung geht zweifellos in diese Richtung, doch mit einem Aufschwung, den man sich heute noch nicht vorstellen kann, auch nicht, in welch kurzer Zeit dies alles stattfinden wird. Der äußere Lebensrahmen wird sich in erschreckender Weise ausdehnen, die Kasten werden sich einigermaßen ebnen, und die Masse wird mit ihren unerledigten Problemen den wenigen auf den Leib rücken.«

»Spielen Sie auf die Revolution an?«

Er nickte.

»Auf die Revolutionen, auf jene zahlreichen, inneren und äußeren Revolutionen, die im Lauf der Jahrhunderte immer wieder ausbrechen.« Sein Gesicht nahm einen nachdenklichen Ausdruck an, sein Blick wurde versonnen und schweifte in die Ferne. »Für die erste Revolution wird bald das letzte Wort gesprochen sein«, murmelte er leise.

Bevor wir nach Paris reisten, verbrachten wir einen vollen Monat in Belgien, in Gent,in strenger Klausur. St. Germain setzte keinen Fuß vor unser Quartier. Ich war es, der die Verbindung zwischen ihm und der Welt aufrechterhielt.

Die alte Stadt, in der scheinbar die Zeit stehengeblieben war, weckte mit ihren alten Häusern, den schmalen Fenstern, mit ihren Arkaden, mit ihrem Schnitzwerk und ihrem Katzenkopfpflaster Erinnerungen an Nürnberg in mir, wo ich ebenfalls in Begleitung des Magiers die Welt durchstreifte. Im wesentlichen war er eins mit jenem, dem ich jetzt folgte, wenn er auch einen anderen Körper und ein anderes Antlitz trug. Ich aber – und die Erkenntnis ließ Dankbarkeit und eine innere Freude in mir aufkommen – hatte Abstand genommen von jenem getriebenen, unglücklichen Besessenen, der seinerzeit Hans Burgner hieß.

Während seiner Klausur unterwarf sich St. Germain einer immer strengeren Diät als sonst, wobei er Fastentage einlegte. Ich überwachte die Zubereitung seiner Speisen. Yidam brauchte diese Aufsicht zwar nicht, weil er auf telepathische Anweisung seines Herrn alles bestens erledigte. Die Aufsicht, die ich führte, sollte eher dem Zweck dienen, mein diesbezügliches Wissen zu erweitern. Eine der wichtigsten Zutaten, aus denen St. Germains Mahlzeiten zubereitet wurden, war Hafermehl, das Yidam mit Hilfe einer kleinen Handmühle mal gröber, mal feiner mahlte. Salz wurde kaum verwendet, dafür um so mehr Honig, Zitrone und Milch. Das Fett, das zum Kochen verwendet wurde, war rein pflanzlicher Art. Das Menü wurde durch frische Butter und viel rohes Obst ergänzt, das ich selbst gern verzehrte, weil ich mich im Haus meiner Eltern an die einfache, fleischlose Kost gewöhnt hatte. Was die Diät betrifft, führe ich alle Einzelheiten auf, um darauf hinzuweisen, wie sehr die Alchimisten früherer Zeiten die Regeln der richtigen Ernährung und die Bedeutung der Vitamine kannten und schon seinerzeit behaupteten, daß die Diät bei der Vorbeugung und Heilung sämtlicher Krankheiten eine entscheidende Rolle spielt. Rochard, dem ich vor 230 Jahren gedient hatte, aß ebenfalls fleischlos, hatte von rohem Obst und Milchprodukten gelebt und seinen Patienten eine Diät verschrieben. Die Medizin, mit der er darüber hinaus ebenso wie Paracelsus, Trismosin, Albertus Magnus, Sendivogius oder St. Germain den kranken Organismus unterstützte, erfrischte und widerstandsfähig machte, war die konzentrierte Essenz der Heilkraft der Natur, das Geheimnis der Regeneration, das er durch tiefes Wissen und Intuition entschleiert hatte.

Auch ich konnte den Grafen nur abends hin und wieder für eine Stunde sehen. Die vibrierende, feurige Lebhaftigkeit des weltlichen Kavaliers, des hinreißenden Faiseurs war ganz von ihm abgefallen, und die edle, schlichte Stille seiner andersartigen, ganz abstrakten Atmosphäre umgab ihn. Das war die Zeit, wo er jene Kräfte in sich sammelte, die er in die Welt ergießen mußte, damit zumindest einige der Millionen fallender Samenkörner irgendwo in diesem stiefmütterlichen Boden zu keimen begannen. Er hörte sich meinen zusammenfassenden Bericht über die Briefe an, die eingegangen waren, und gab mir ein paar Stichworte zu ihrer Beantwortung. Er korrespondierte so gut wie mit sämtlichen bedeutenden Persönlichkeiten Europas, die Nachrichten erreichten ihn aus erster Hand in Form von Bitten um Rat, und so kam es, daß sich ihm die Ereignisse nicht allein von ihrem Zustandekommen offenbarten, sondern daß er manchmal sogar ihren Verlauf bestimmte, leider nicht oft genug, um der Welt auch nur für einen Augenblick ein sinnvolleres Gesicht zu verleihen. Die Menschen filtern die Ratschläge, die sie erbitten und erteilt bekommen, stets durch ihr eigenes Ich und vermischen sie mit jenen zahlreichen subjektiven Elementen, die das Wesentliche vollkommen verändern.

Dank St. Germain hatte ich in Gent auch ein denkwürdiges, bedeutendes Erlebnis.

Eines Morgens führten die beiden Diener – einer von ihnen war fest, der andere zur Aushilfe angestellt – die Vollblüter vor dem Gasthof spazieren. Ich war gerade von meinem Morgenspaziergang heimgekehrt und wurde auf einen Mann aufmerksam, der die Pferde mit offensichtlichem Vergnügen betrachtete und dann die Diener in ein Gespräch verwickelte. Seine Kleidung war sonderbar, auffallend, herausfordernd und verriet gleichzeitig auch den Fremden. Sein dunkler Teint, seine dunklen, feurigen Augen mit den schweren Lidern, die mächtige Adlernase, das kräftige Kinn und die aufgeworfenen, sinnlichen Lippen zeugten von romanischer Herkunft. Ich schätzte sein Alter auf etwa fünfundvierzig bis fünfzig Jahre, obwohl seine hochgewachsene Gestalt noch recht muskulös und jugendlich schlank wirkte. Dennoch war es nicht seine ungewöhnliche Erscheinung, die mein Interesse weckte, sondern die blitzschnell aufleuchtende Gewißheit, daß ich ihn von irgendwoher kannte, nur eben seinen Namen vergessen hatte. Unter den Arkaden des Gasthofes verborgen, beobachtete ich sein leidenschaftliches Mienenspiel und seine weit ausholenden Gesten. Er fragte die Diener nach ihrem Herrn aus, erkundigte sich, um welche vornehme Persönlichkeit es sich wohl handeln könnte, die solch wunderschöne, seltene Tiere besaß. Unser ständiger Reitknecht gab ihm keine Antwort, doch der andere berichtete wichtigtuerisch und hochtrabend, daß die Vollblüter dem Grafen St. Germain, dem Adepten, gehörten. Der Graf würde bereits seit einem Monat hier logieren und nie seine Räume verlassen. Jeder Durchreisende möchte ihn gern besuchen, doch St. Germain würde keinen empfangen.

Der Name verfehlte seine Wirkung auf den Fremden offenbar nicht, da er leidenschaftlich ausrief:

»Graf St. Germain? Aber ich kenne ihn doch! Mich wird er sicher empfangen ... Ihr sollt mich sofort bei ihm melden!«

Während sich die Diener erschrocken gegen das Ansinnen wehrten und ich mich noch über die Zudringlichkeit des Fremden ärgerte, bemächtigte sich meiner immer mehr das Gefühl dieser merkwürdigen und unerklärlichen Gewißheit, daß ich den Fremden kannte, ein Eindruck, der mit einem abstoßenden, ahnungsvollen Gefühl von Bange einherging.

»Nun, dann werde ich ihm eben schreiben!« beendete der Fremde die Debatte mit einer stolzen, breiten, beharrlichen Geste, in der sich jenes übersteigerte Selbstbewußtsein und jene

Theatralik spiegelten, die einem Menschen eigen sind, der auf nichts weiter als auf Äußerlichkeiten bedacht ist. Diese Geste war es, die mir schließlich den Schleier von den Augen riß.

Louis de la Tourzel! Der Abenteurer, der in einem Bordell ermordet wurde, der ewig liebeshungrige Saufaus und Satyr, der in meinem früheren Leben mein Vater war.

Ich beobachtete seine sich entfernende Gestalt, seine elastischen Bewegungen, die er unverändert in sein neues Leben hinübergerettet hatte, seinen Körperbau, immer noch eine Hülle der Leidenschaft, nur daß sie diesmal etwas mehr Verstand und Interesse barg.

Am Abend merkte St. Germain sofort jene grübelnde Unruhe, die mich beherrschte. Auf seine Frage berichtete ich über mein Erlebnis. Ich war noch nicht am Ende angelangt, als ein Brief, der an einem Stein befestigt war, durch das offene Fenster unseres Zimmers flog.

»Das sieht ihm ähnlich«, sagte ich leicht beschämt und verärgert, als handelte es sich um einen schlecht erzogenen Verwandten. Ich hob das Schreiben auf. Wie zudringlich er war, wie sehr auf Wirkung bedacht!

Das Schreiben war in großen, leidenschaftlichen Schriftzügen hingeworfen, das aber trotz aller Grobheit geistreich und originell wirkte.

›Lieber Graf! Selbst der siebenköpfige Drache könnte mich nicht davon abhalten, bei Ihnen mit dem Recht eines alten Freundes einzubrechen!

Wann wären Sie bereit, einen anderen Lebenskünstler zu empfangen, der vor Sehnsucht fast vergeht, um Ihnen die Hand drücken zu können?!

Morgen gegen Abend werde ich persönlich erscheinen, um mir Ihre Antwort zu holen.

Ihr Casanova‹

Als ich die Unterschrift erblickte, mußte ich überrascht ausrufen: »Casanova! Welch ein Fortschritt!«

»Nein«, erwiderte St. Germain ruhig, »Erfüllung. Der Endpunkt eines fehlgeleiteten Lebensweges, der den Verfall in sich birgt.«

»Ich glaube, er übertreibt maßlos, wenn er Sie als alten Freund bezeichnet«, sagte ich plötzlich, weil ich dem Verlangen nicht widerstehen konnte, mich nach ihm zu erkundigen.

»Es gibt einseitige Freundschaften, Cornelius ... und ich bin ihm tatsächlich einige Male auf jener gemeinsamen Bühne begegnet, auf der wir beide eine gewisse Rolle spielen.«

»Diese Rollen sind aber wirklich sehr entgegengesetzter Art«, sagte ich leise.

»Ja, aber das ist wahrscheinlich der Grund, warum sie sich bis zu einem gewissen Maße ergänzen.«

»Wie Licht und Schatten.«

»Eins ohne das andere kann nicht existieren, wo Materie vorhanden ist.«

»Er wühlt merkwürdige Gefühle in mir auf«, sagte ich nachdenklich. »Er tut mir leid und stößt mich gleichzeitig ab. Ich möchte etwas für ihn tun, weil es mir vor ihm graut. Ich spüre eine gewisse Verantwortung, als ginge er mich noch etwas an. Ich schäme mich seiner und er interessiert mich ... Sind Sie bereit, ihn morgen zu empfangen?«

Er antwortete nicht sofort, sein Blick ruhte forschend auf mir.

»Ich glaube, ich muß ihn empfangen ... damit du ihn begreifst und auch ihn ganz in dir auflöst, Cornelius. Damit du siehst, daß im Augenblick weder du noch ich etwas für ihn tun können, und daß selbst Gott nichts weiter mit ihm vorhat, als ihn weiterleben zu lassen ... leben und erfahren ...«

Am nächsten Tag – und das mußte ich St. Germain gestehen – erwartete ich Casanova mit gemischten Gefühlen, mit einer bösartigen Erregung, die ich lange nicht mehr gespürt hatte.

An diesem Abend war der Graf wieder jener Mann von Welt, wie ihn alle kannten. Die juwelenbesetzten Knöpfe seines dunklen Anzugs und seiner Weste waren ein Vermögen wert, sein Haar war gepudert, und in seinem Ring schimmerte ein gewaltiger Saphir von reinstem Glanz.

»Heute abend mußt du etwas Wichtiges erfahren, Cornelius. Keiner kann zum Meister werden, solange er nicht die wahre Natur der Dinge begriffen hat, jenes Gesetz, das besagt, daß man sich jedem nur auf seine Weise nähern kann, und dies auch nur im Rahmen seiner Kapazität. Wo kein Platz vorhanden ist, wirst du vergebens versuchen, auch die größten seligmachenden Schätze dieser Welt hineinzupferchen. Und ein Prophet gerät hoffnungslos zum lächerlichen Narren, der versucht, das Evangelium den Steinen zu verkünden.«

»Jacques de Casanova de Seignalt«, meldete der Diener.

St. Germain erhob sich und eilte seinem Gast entgegen, ich aber hielt mich als stiller Beobachter im Hintergrund. Mein Äußeres, das durch meine unscheinbare Kleidung unterstrichen wurde, war auf glückliche Art farblos und hob sich kaum von der Masse ab. Dieser Vorteil kam mir während der Jahre, die ich bei St. Germain verbrachte, mehr als einmal zugute.

In dem Zimmer, das Casanova betrat, brannten zahlreiche Kerzen, doch die verhangene Fensternische war in tiefe Schatten getaucht. Dies war der Ort, wohin ich mich zurückzog und von wo aus ich im Wellenschlag sonderbarer Gefühle und Gedanken diesen berühmten und berüchtigten Mann aus unmittelbarer Nähe betrachtete, von dem man so wenig wußte, der in aller Munde war und zu dessen Vergangenheit die vor seiner eigenen Erinnerung verschleiert war, ich auf so erschütternde Weise gehörte. Er hatte sich sehr verändert und wirkte bedeutend älter, als ich ihn auf der Straße aus einiger Entfernung geschätzt hatte. Ich meine nicht sein Äußeres, trug er doch ganz andere Züge als Louis de la Tourzel, obwohl ähnliche Grundzüge durchschienen, die auch diesmal von seinem Charakter geprägt waren. Casanovas Gesicht war finsterer, leidenschaftlicher und erfahrener, verlebt zwar, doch nicht mit dem stumpfen Ausdruck eines Säufers. Sein Auge blitzte rasch und argwöhnisch, wobei sein Blick sehr genau beobachtete. Es war das Auge eines Abenteurers, der sein Schicksal sucht und selbst bestimmt. Für Augenblicke tauchte auch so etwas wie ein kluger Humor in ihm auf, bitter noch und zynisch zwar und völlig ungläubig, an diesem Punkt noch nichts weiter als die Asche der Müdigkeit, des Überdrusses und des Alters – dennoch bereits das Ende eines Fadens, mit dessen Hilfe der Geist die dicht gewobene Masse der Materie aufzutrennen beginnt. Obwohl seine bizarre, mit fast weiblicher Eitelkeit ausgesuchte bunte teure Kleidung insbesondere bei Männern unbedingt Ablehnung hervorrief, konnte sich keiner der Wirkung seiner Persönlichkeit und seiner Erscheinung entziehen. Er suchte stets den Blick seines Gesprächspartners, neigte sich ihm mit dem ganzen Körper mit jedem seiner Worte zu, wobei er ihn mit seiner vor glühender Kraft strotzenden Stimme fast belagerte. Auf diese Weise gelang es ihm stets, labilere Männer und passive Frauen zu überrumpeln und gleich einer Springflut hinwegzuspülen.

St. Germain ließ lächelnd den Lavaausbruch seiner Freundschaftsbeteuerungen und Bewunderung über sich ergehen, um ihn dann mit seiner kühlen Liebenswürdigkeit zu entwaffnen und zu beruhigen, wie der Zauberer der Meere den Sturm besänftigt.

»Sie schrieben, mein Freund, wir seien beide Lebenskünstler! Nun, dann wollen wir jene Waffen ablegen, die wir für die Masse bereithalten: die Schmeichelei, die Komplimente und den Überschwang, die nur bei Holzköpfen wirken und das Haupt mit einem Schlag vom Körper trennen! Ich glaube, daß wir uns bei unserem Reichtum für diesen Abend den Luxus absoluter Aufrichtigkeit leisten können, um nichts anderes als wir selbst zu sein!«

Casanova pflichtete ihm enthusiastisch bei.

»Bei Gott, dies ist der reizendste und aufregendste Vorschlag! Also Hausmantel und Pantoffeln!«

St. Germain lächelte.

»Nicht doch, mein lieber Casanova! Absolute Nacktheit!«

Über das Gesicht unseres Gastes huschte ein verdutzter Ausdruck, der einer aufmerksamen Vorsicht Platz machte.

»Wie Sie befehlen! Wollen Sie sich zuerst entblättern?!«

St. Germain nickte ruhig.

»Ja, ich will den Anfang machen«, versetzte er mit eherner Stimme.

Er führte seinen Gast an den gedeckten Tisch. Unter der Tür, die sich jetzt auftat, erschien Yidam mit seinen lautlosen Schritten und trug ein vollgeladenes Tablett herein. Er servierte die würzig duftenden Speisen, schenkte Wein in Casanovas Glas – wobei er St. Germains Glas leer stehen ließ –, um sich dann stumm zu entfernen.

»Langen Sie zu und sammeln Sie Kraft für die ungewöhnliche Leistung«, sagte St. Germain herzlich.

»Ihre Speisen sehen aber ganz anders aus als die meinen, und Ihr Glas ist leer«, sagte Casanova, das Lächeln seines Gastgebers erwidernd, das auf seinem Gesicht eine mißtrauische, düstere Farbe bekam. »Wie soll ich wissen, ob mich Europas größter Zauberer nicht vergiften will?!«

St. Germain nickte.

»Richtig. Dennoch waren Sie es, der das erste Kleidungsstück ablegte. Cornelius!«

Ich trat unter den Arkaden hervor. Casanova war durch mein plötzliches Erscheinen überrascht. Er fuhr zusammen und schaute mir forschend ins Gesicht.

»Wo zum Teufel kommt dieser Bursche her?!« brach es unwillkürlich aus ihm heraus.

»Ich war die ganze Zeit anwesend, mein Herr«, erwiderte ich und verneigte mich. »Cornelius von Grotte, zu Euren Diensten.«

»Mein Famulus. Mein Schatten, wenn's beliebt! Betrachten Sie ihn ebenfalls als solchen. Er wird bei uns bleiben und spielt keine Rolle. Koste die Speisen unseres Freundes Casanova und trink von seinem Wein!« befahl er.

Casanova ergriff sein Glas und leerte es bis zur Neige.

»Danke, es ist nicht nötig!«

St. Germains Berechnungen waren stets richtig. Ich war bereits erschrocken, weil ich alkoholische Getränke und Fleisch niemals anrührte. Vor Casanova aber dampfte ein ganzer Rehrücken. Doch es genügte, seinen todesverachtenden Mut zu bezweifeln, damit er auch den größten Unsinn beging. Während des Essens kehrte sein unruhiger Blick immer wieder zu mir zurück. Ich hatte bereits am Tisch Platz genommen.

»Ich hoffe, daß Sie die Gegenwart meines guten Cornelius nicht stört?« fragte St. Germain entgegenkommend.

»Keineswegs. Warum sollte er mich stören? Es ist nur so verdammt merkwürdig ...«

»Was denn?«

»Sag mal, mein Sohn«, wandte er sich unmittelbar an mich. »Sind wir uns nicht schon irgendwo einmal begegnet?«

Ich schaute auf St. Germain, der an meiner Stelle ruhig erwiderte: »Du darfst es ihm ruhig verraten! Er war Ihr ... ausnahmsweise legitimierter Sohn ... mein lieber Casanova. Doch nicht jetzt, sondern in Ihrem früheren Leben.«

»So war es, mein Herr«, sagte ich still.

In Casanova machte sich ein unüberwindliches, beunruhigendes Gefühl breit, das er nicht verraten wollte. Er lachte laut auf.

»Ihre Phantasie kennt wahrhaftig nicht ihresgleichen, St. Germain! Doch warum experimentieren Sie mit so einem alten Ketzer, wie ich einer bin?!«

»Sie irren, mein Freund. Ich halte mich lediglich an unsere Vereinbarung, indem ich ganz offen und ehrlich bin.«

»Warum soll ich also leugnen? Diese ganze zusammengetragene Geschichte ist nichts als Lüge«, sagte er roh. »Aber gut, ich will mich fügen. Entblättern Sie sich weiter. Wo haben Sie Ihren schwarzen Koch aufgelesen?«

»Ich habe ihn aus Tibet mitgebracht.«

»Wann sind Sie in Tibet gewesen?«

»Vor fünfundachtzig Jahren.«

»Demnach ... wie alt ist er jetzt?«

»Yidam? Hundertzwanzig.«

»Hundertzwan ... nun gut! Ich habe nach Ihrem Alter gefragt.«

»Ich bin alterslos.«

»Das ist gegen die Regeln! Das sind Ausflüchte!«

»Nichts weiter als eine ungenaue Definition ... doch, wenn Sie wünschen ... ich lebe, seitdem die Formenwelt erschaffen wurde.«

»Und Sie erinnern sich?«

»Und ich erinnere mich.«

»Würden Sie vielleicht irgendwelche pikante Neuigkeiten über Cleopatra verraten?!«

»Ich fand sie ziemlich alltäglich. Sie war ein Wirrkopf und auf Lust versessen, eine Frau, die der Abglanz einer untergegangenen Macht in den Wahnsinn trieb. Cleopatra ist nichts weiter als ein später Rabe, der sein Quartier im verwaisten Thronsessel der ehemaligen Königsadler einrichtete. Sie hatte mit der Seele Ägyptens nichts mehr zu tun, mit den Pharaonen-Priestern ihrer Vorfahren, den Besitzern des Großen Wissens. Auch ihr angenehmes Äußeres erhob sich niemals über die Schönheit einer jungen Sklavin, nur der Pomp, der sie umgab, und ihr Rang waren es, die sie begehrenswert machten. Ihr Wille war reine Willkür, nicht aber die kreative Konzentration des Zielbewußtseins, keine schicksalsbildende Magie ... darum mußte sie fallen.«

»Genug! Sie spielen zwar interessant, doch Sie spielen falsch!«

»Das möchte ich entschieden zurückweisen!«

»Ich hatte nicht die Absicht, Sie zu verletzen, nur ... bin ich selber nackt.«

»Richtig.«

»Darf ich also den Gaukler weiter befragen?«

»Bitte.«

»Wenn ich es wünsche, werden Sie jede Frage beantworten und alle Ihre Geheimnisse enthüllen?«

»Ich wiederhole, ich will aufrichtig sein!«

»Was soll Aufrichtigkeit sonst bedeuten?«

»Sie, lieber Casanova, sprechen von Geheimnissen. Und ich

habe welche, ebenso wie die Natur sie hat. Es liegt nicht an mir, solche Geheimnisse zu offenbaren. Auch die Natur stellt ihre Geheimnisse nicht unter den Scheffel. Wer sie befragt, dem wird sie antworten, allerdings in ihrer eigenen Sprache. Und um diese Sprache zu verstehen, muß man vorher lernen.«

»Ich verstehe. Also halten Sie mich obendrein auch noch für beschränkt.«

»Ganz und gar nicht, nur für einen Menschen, der vorerst andere Sprachen studiert.«

Auf Casanovas Gesicht erschien ein faunisches, selbstzufriedenes Lächeln.

»Sicher gibt es einige Sprachen, die ich sehr gut beherrsche. Doch in dieser Kunst sind Sie mir wohl kaum unterlegen. Die geheimnisvolle Atmosphäre, mit der Sie sich umgeben, hat auf Frauen die gleiche Wirkung wie mein fürchterlicher Ruf. Ab und zu, wenn mir eine Schlafzimmertür verschlossen blieb, war ich neidisch auf jenes Schminkzeug und auf jene kosmetischen Mittel, mit deren Hilfe sich der Schatten der dahinschwindenden Jugend auf das Antlitz jener Schönen zaubern läßt, die vor dem Dahinwelken bangen ...«

»Warum?«

»Weil dies der Schlüssel ist, der alle Türen öffnet.«

»Mag sein. Was mich betrifft, so habe ich bislang keine Türen geöffnet.«

Casanovas Augen weiteten sich in spöttischem, zynischem Entsetzen.

»Sie wollen doch nicht etwa behaupten, daß Sie die Liebe nicht interessiert?!«

»Mich interessiert alles. Sogar die Liebe.«

»Wo soll ich also Ihre vorherige Äußerung unterbringen? Haben Sie nie von einer Gelegenheit Gebrauch gemacht, die sich Ihnen bot?«

»Vielleicht habe ich mich anders bedient als Sie ... doch für mich war es stets die vollkommene Erfüllung.«

Casanovas Lächeln wurde zu einem breiten, gemeinen Lachen.

»Und Ihre Partnerin, Graf, haben Sie die auch vollkommen befriedigt?«

»Ich schmeichle mir selbst mit diesem Gedanken. Sie waren bereit, mich auch fürderhin mit ihrer Freundschaft auszuzeichnen, sie waren obendrein noch dankbar, daß sie weder Überdruß noch Reue empfinden mußten.«

»Dann, mein Freund, müssen sie Ihr Bett unberührt verlassen haben!«

»Körperlich ja.«

»Also eine Seelenhochzeit?! Ich dachte, St. Germain, der tadellose Kavalier würde die Lächerlichkeit viel mehr fürchten, als daß er ein hungriges Weib mit Hostien abspeist.«

»Sehen Sie, mein lieber Casanova, jetzt sind wir wieder bei einem jener Geheimnisse angelangt, über die wir vergebens reden würden. Sie begreifen nur so viel, daß die Flamme der Lust nur so lange lodert, bis in der langen Kerze des Rückgrats der Docht nicht ausbrennt. Nebenbei muß ich Sie darauf aufmerksam machen, daß es hohe Zeit ist, mit Ihren Kräften zu haushalten! Meine Ekstase zehrt nicht an meiner Kraft. Je länger sie brennt, um so lebendiger wird sie, und diejenige, mit der ich sie teile, wird nie die Müdigkeit des Erlöschens empfinden.«

»O ... das Märchen von der endlosen Lust ... das kenne ich zur genüge. Aber ich glaube nicht daran! Ich bin durch sämtliche Höllen und alle Abwege der Lust gegangen, bin ihr aber bisher noch nirgendwo begegnet. Ich habe dunkelhäutige, satanische Weiber gekannt, die die Unzucht aus heiligen Büchern gelernt hatten und die es verstanden haben, all das stundenlang hinauszuzögern, was der rastlose Mensch des Westens in wenigen Augenblicken vollbringt. Ich habe die Nachfolgerinnen Sapphos in Griechenland geliebt, die die Liebe zu einem bösartigen, schönen, tödlich erregenden langen Ritus weihen. Ich habe italienische Damen im Kabinett neben dem Schlafzimmer ihrer ältlichen Gatten im Arm gehalten, die durstig und versengend waren wie der Sand der Wüste. Ich habe spanische Jungfrauen verführt, die ihre Jungfräulichkeit wie ein feuriges Kreuz trugen. Ich habe den kostenlosen Kuß französischer Kurtisanen genossen, deren kalte und zu allem bereite Kunst irrsinniger war als alles, was ich je gekannt. Doch alle führten mich schließlich nur in die Müdigkeit des Erlöschens. Ohne Körper gibt es keine Lust, und die Lust erlischt früher oder später, weil der Kraft des Leibes Grenzen gesetzt sind.«

»Auch die Kraft des Leibes ist unendlich, nur schwindet sie bei jenem dahin, der es nicht versteht, sie festzuhalten und immer wieder zu erneuern«, sagte St. Germain.

»Meinen Sie Ihr berühmtes Wundermittel, Athoäther?«

»Auch das. Doch das ist lediglich ein Symbol des Universalgeistes.«

»Würden Sie es mir zeigen?«

»Aber gern.«

Zu meiner Verwunderung erhob sich St. Germain, holte ein sorgfältig mit Wachs versiegeltes Kristallfläschchen aus seinem Schrank und reichte es Casanova, der gierig die Hand danach ausstreckte. In dem Flakon, das Casanova forschend gegen das Licht einer Kerze hielt, schimmerte eine weißliche, milchige Flüssigkeit, die das Fläschchen nicht ganz füllte und sich in Richtung des Neigungswinkels hierhin und dorthin verlagerte.

»Auch diese Flüssigkeit birgt unerforschte, konzentrierte Kräfte wie der menschliche Körper«, sagte St. Germain still. »Sie können sie sehen und ihr Gewicht spüren. Schütteln Sie sie nur, durchleuchten Sie sie gründlich. Ich möchte Sie jedoch darauf aufmerksam machen, daß wenn Sie oder sonstwer, der das Geheimnis nicht kennt, versuchen würde, an sie zu gelangen, die Flüssigkeit sich vor seinen Lippen wie Dunst verflüchtigen würde. Glauben Sie das?«

»Nein!«

»Hier haben Sie eine Stecknadel. Stechen Sie damit das Wachs durch! Wenn Sie es fertigbringen, auch nur einen einzigen Tropfen dieser Flüssigkeit zu schlucken, so können Sie Ihre Manneskraft auf Jahre hinaus erneuern!«

Casanova griff ungeduldig nach der Stecknadel, stach damit ins Wachs, dann zog er die Nadel wieder heraus und hielt das Fläschchen erneut gegen das Licht. Das Kristall glitzerte mit durchscheinendem Glanz. Die milchige Flüssigkeit war innerhalb einer tausendstel Sekunde verschwunden.

»Wo ist sie hin?« brach es aus Casanova hervor.

»Wo schwindet die Kraft der Jugend hin, die feurige Zeugungskraft des in den Träumen verstreuten Samens? Wohin schwindet das Leben in einem Augenblick aus dem blutigen Stumpf eines abgetrennten Hauptes?«

»Ich weiß es nicht. Doch fragen könnte ich ebensogut wie Sie ohne jede Antwort.«

»Die Antwort liegt vor Ihnen, in Ihrer Hand. Aber Sie verstehen diese Sprache nicht.«

»Das reiben Sie mir schon zum zweitenmal unter die Nase. Mir aber reicht das, was ich von der Welt begreife, fühle, ertaste und sehe. Ich habe weder Lust noch Zeit, noch einmal die Schulbank zu drücken. Aber ich muß gestehen, daß mich der verjüngte Mann mitten ins Herz getroffen hat. Ich kenne das

Geheimnis nicht, wohl aber Sie, wie Sie behaupten. Lassen Sie also etwas von dem flüchtigen Athoäther in meinen Organismus gelangen, verlängern Sie das in meinem Leben, was für mich die Vollendung bedeutet, und ich werde stets Ihr dankbarer Diener sein!«

»Ich darf nicht, mein Freund, es würde nur Ihre Entwicklung hinauszögern. Ich bin aber gerne bereit, Ihre Gicht zu heilen. Fünfzehn Pillen, die ich selbst zubereite, lassen Ihre Schmerzen innerhalb von drei Tagen verschwinden und bringen Ihre Elastizität wieder.«

»Zum Teufel mit Ihren Pillen! Das wäre ebenso ein verlogenes Zauberkunststück wie Ihr Verjüngungsmittel. Anschließend würden Sie behaupten, das Mittel hätte nicht gewirkt, weil ich zwischendurch an einen lahmen Esel gedacht hätte. Zeigen Sie mir etwas Positives! Etwas, was ich anfassen kann wie einen Weinkelch oder den heißen Körper einer Frau! Etwas, was wärmt und Kraft gibt wie eine gewürzte Speise, die an meiner Gabel stecken bleibt, wenn ich davon kosten will!« brach es grob aus Casanova heraus.

»Bitte«, meinte St. Germain glatt und leise. »Haben Sie eine größere Silbermünze?«

»Sicher. Wozu?« fragte Casanova und holte seinen Geldbeutel hervor.

»Leihen Sie mir eine für kurze Zeit. Ich verspreche Ihnen, daß sie Ihnen Zinsen bringen wird, noch bevor Sie uns verlassen.«

Casanova reichte St. Germain ein Zwölf-Sous-Stück.

Die Tür ging auf, und Yidam trat mit einem kleinen tragbaren Eisenofen ein. Er legte eine Blechplatte auf den Fußboden, stellte den Ofen auf die Platte, brachte dann Holzkohle, zündete sie an und begann das Feuer zu schüren.

»Die Zusammenarbeit ist großartig!« nickte Casanova anerkennend. »Sie brauchen nicht einmal ein Stichwort. Der stumme Diener erscheint im richtigen Augenblick und führt den vorher abgesprochenen Befehl aus!«

»Ich habe Yidam in Ihrer Gegenwart den Befehl erteilt, den Ofen hereinzubringen und die Operation vorzubereiten«, sagte St. Germain einfach.

»In meiner Gegenwart? Wann denn? Ich habe nichts gehört!«

»Aber Yidam. Yidam hört anders als Sie. Er hat es gelernt.«

»Warum müssen Sie so oft betonen, daß Sie mich für dumm halten?«

»Ich betone nichts, ich stelle nur Tatsachen fest. Was ein Mensch nicht weiß, das kann er noch lernen, vorausgesetzt, daß er dazu bereit ist, wenn er genügend Interesse und Ausdauer mitbringt.«

»Ich habe weder das eine noch das andere. Ich wüßte aber auch nicht, daß ich etwas zu lernen hätte. Mich lockt diese Art Eitelkeit nicht, die Sie anfeuert, nämlich die, für ein übermenschliches Wesen gehalten zu werden.«

»Natürlich. Sie glauben an nichts, und nichts kann Sie verlocken. In Ordnung. Würden Sie vielleicht diesen Tiegel untersuchen, bevor ich ihn verschließe?« Er reichte Casanova den eisernen Tiegel, den dieser zuerst umdrehte und dann mit seinem Ring von oben bis unten abklopfte. St. Germain warf die Silbermünze in den Tiegel, befestigte den Deckel und stellte den Tiegel auf die Glut des eisernen Ofens.

Yidam drehte die Sanduhr um, die auf dem Tisch stand. Casanova und St. Germain wechselten kein Wort miteinander. Yidam verrichtete stumm seine Arbeit, ich aber markierte den Schatten, wie schon die ganze Zeit.

Nur das gleichmäßige Geräusch des Blasebalgs war zu hören. Dennoch war das Zimmer erfüllt von Casanovas lärmender, unruhiger Gereiztheit, die sich immer mehr steigerte, so wie der eiserne Tiegel allmählich rotglühend wurde. Die dichten Wellen seiner Unzufriedenheit, seines stummen Protestes und seiner instinktiven Widerborstigkeit brandeten um St. Germains ruhige Gestalt, der die Arme gefaltet hatte und das Feuer beobachtete.

Nun war das letzte Sandkorn in der Sanduhr abgelaufen. Yidam nickte und legte den Blasebalg weg. Dann nahm er zwei eiserne Kneifzangen mit Holzgriff und schraubte den Deckel des Tiegels ab.

Casanova und St. Germain traten gleichzeitig an den Tiegel. Im Tiegel glänzte das geschmolzene Silber auf. St. Germain hielt die Hand über den Tiegel und ließ eine kleine Wachskugel hineinfallen. Yidam setzte den Deckel wieder auf, drehte die Sanduhr um und begann wieder mit dem Blasebalg das Feuer zu schüren.

Die Hitze im Raum wurde unerträglich wie seinerzeit im Alchimistenlabor des Anton Brüggendorf.

Casanova wich keinen Schritt vom Ofen. Die gewürzten Speisen, der feurige Wein und seine unklaren Emotionen heizten ihm auch von innen ein. Unter seiner Perücke traten Schweißtropfen hervor und rannen ihm über die Stirn. Sein dickes Wams aus Seidenbrokat wurde feucht unter den Achseln. Sein Gesicht war gerötet, auf seiner Stirn pulsierte die dunkle Schlange einer Ader.

Die Zeit war verstrichen. Yidam öffnete den Tiegel, um ihn dann ins Kühlwasser zu tauchen. St. Germain war es, der das minutenschnelle abgekühlte pure Gold aus dem Tiefel holte und Casanova überreichte.

»Lassen Sie es morgen von einem Goldschmied untersuchen ... aber vergessen Sie nicht, das Gewicht eines silbernen Zwölf-Sou-Stückes wiegen zu lassen, um das Goldgewicht nachprüfen zu können, das genau dem der Silbermünze entsprechen muß!«

Nun aber explodierte Casanova in wilder Wut.

»Betrug! Nichts als niederträchtige, gemeine Spiegelfechterei!« sagte er mit erstickter, haßerfüllter Stimme. »Ich habe gesehen, wie Sie das Gold in den Tiegel schmuggelten!«

St. Germains Gesichtsausdruck blieb kühl und gelassen.

»Nach Ihren Worten darf ich annehmen, daß ein weiteres Zusammensein unnötig ist.«

Er verneigte sich leicht vor Casanova. Yidam trat an die Tür und öffnete sie. Casanova warf seinen Umhang über die Schultern und schleuderte das Gold auf den Fußboden. Während er die Treppen hinabstürmte, konnten wir noch seine wütenden Flüche vernehmen.

»Dreckige, schmutzige Bande! Und das mit mir! Scharlatan! Eingebildeter Affe! Ein Niemand, ein Besserwisser ... Er hat noch seine Windeln vollgemacht, als ich bereits ...«

Seine Stimme, der Schall seiner Schritte, seine Gestalt wurden von der dunklen Stille des Abends verschluckt.

Ich drehte mich nach St. Germain um. Yidam war bereits verschwunden. Der Meister trat ans Fenster und öffnete es. Die dichten, warmen, feindlichen, würzigen Dämpfe verflogen und machten der kühlen Herbstluft Platz.

Ich löschte die Kerzen der Reihe nach bis auf eine, dann trat ich zu St. Germain ans Fenster und bedankte mich untertänigst für jenes Mysterium, das sich vor meinen Augen abgespielt hatte.

Paris 1780

Es war ein merkwürdiges Gefühl, nach so vielen Jahren zurückzukehren und die fortschreitende Zeit zu sehen, zu fühlen und zu empfinden, die immer deutlicher werdenden Erscheinungen der Auflösung, die Lockerungen des beginnenden Zerfalls, die gespannten Kräfte der nahenden Explosion, an deren Steigerung diejenigen mit dem Blasebalg des Hasses am meisten mitwirkten, die ebenfalls auf dem Vulkan tanzten, nämlich der Großteil des Adels.

Zu jener Zeit waren Versailles und Trianon bereits wie zwei feindliche Burgen, und der behäbige, hilflose König Ludwig XVI., dem alles recht und einerlei war, schwankte wie ein Glokkenschwengel zwischen den beiden Festungen hin und her.

Die Straße war trotz der bezahlten Spottverse und Beschuldigungen, die immer mehr um sich griffen, bereit, mit Marie Antoinette Frieden zu schließen, und die Bürger – trotz der giftigen und unzufriedenen öffentlichen Meinung – waren immer noch von jenem unpersönlichen Zauber fasziniert, den der Thron ausstrahlte.

Ende Oktober trafen wir in Paris ein. Der Graf ließ sich vorerst nicht bei Hofe blicken. Sein Palast verbarg sich hinter der Kirche St. Roche inmitten eines riesigen Parks. Das eigentliche Schloß wurde von einem kleinen Vorbau verdeckt, und so, von außen betrachtet, wie es zwischen den Bäumen hervorlugte, sah es grau und unscheinbar aus. Das Innere des Hauses reflektierte die gleiche Duplizität und war ein getreues Spiegelbild von St. Germain selbst. Wer den Palast durch das Hauptportal betrat, gelangte durch ein Gewächshaus mit tropischer Luft voller merkwürdiger Schlingpflanzen, reicher Blütentrauben, voller künstlicher Lotosteiche und Springbrunnen in prunkvolle Säle, deren Üppigkeit, die Wandbekleidungen aus Damast und Brokat, Möbelüberzüge, Vorhänge, venezianischen Spiegel, Porzellankamine, Teppiche, goldenen Kandelaber, Gemälde und in den Vitrinen angehäuften seltenen Kunstgegenstände die Pracht von Versailles überflügelten. Aus den Zimmern des oberen Stockwerks jedoch – wo sich St. Germains eigentliche

Wohnräume befanden: sein Schlafkabinett, sein Arbeitszimmer und sein Labor – hatte er jeglichen Prunk verbannt. Sein Schlafkabinett glich einer Zelle. Über dem einfachen, schmalen Eisenbett hing ein von ihm selbst gemaltes Christusporträt, das dem Eintretenden faszinierend und ekstatisch entgegenblickte. Die Farben dieses Bildes schimmerten dumpf im Dunkeln. Das zweite Schmuckstück des Kabinetts war ein etwa fünfzig Zentimeter großer elfenbeinerner Buddha, der in einer Nische auf einem Ebenholzgestell stand und auf dessen Stirn ein grünlich schimmernder Edelstein glitzerte. Vor der Statue brannte in einem lotosförmigen Kristallbehälter ein ewiges Licht. Das Kabinett hatte zwei Türen. Die linke Tür führte in ein wohlausgerüstetes Badezimmer mit Ankleideraum, die rechte in einen rechteckigen, fast leeren kleinen Raum, vor dessen Fenster ein dichter Vorhang hing. Auf dem Boden lag kein Teppich, nur eine Strohmatte. Ringsum an den Wänden hingen 22 vergrößerte, farbige Hieroglyphentafeln von Künstlerhand. Das einzige Möbelstück des Zimmers war ein schmaler, langer Tisch, auf dem zwischen zwei siebenarmigen Silberleuchtern ein großer Himmelsglobus stand. Die Sterne auf dieser Himmelskarte leuchteten ebenso wie die Hieroglyphen an der Wand oder das Christusbild. Aus diesem Meditationsraum gelangte man dann ins Labor und in die Bibliothek.

Meine Wohnung im oberen Stockwerk des Palastes war fast genauso eingerichtet wie die Wohnung St. Germains, ausgenommen die Bibliothek und das Labor, wo ich zusammen mit dem Grafen arbeitete. Über dem Bett meiner Schlafzelle hing aber kein Christusbild, sondern ein Kruzifix.

Seitdem ich St. Germain persönlich kennengelernt hatte, war in mir jeglicher Zweifel und die Unsicherheit in leichtem Rauch aufgegangen. Ich bewunderte ihn und vertraute ihm grenzenlos.

Wir standen in der Morgendämmerung auf. Nach dem Bad schlüpften wir in unsere langen, dunklen Kutten, die Mönchskutten nicht unähnlich waren, dann zog sich jeder in seinen leeren Raum zurück und absolvierte seine Meditationsübungen. Was mich betraf, so befaßte ich mich neben der Wiederbelebung der Hieroglyphen auch mit der Ausbildung meiner telepathischen Fähigkeiten, indem mir in einem bestimmten Augenblick nach der Beendigung der Elementarübungen St. Germain zunächst Symbole, dann Buchstaben und später ganze Sätze aus dem entlegenen Flügel des Palastes zusandte, die ich genau aufzeichnen mußte. Bei diesen Übungen trug ich ein ägyptisches Stirnband, in dessen Mitte sich zwischen den Augen der Kopf einer goldenen Schlange erhob.

Nachher ergingen wir uns eine Stunde im Park und verzehrten dann gemeinsam unser Frühstück, das aus Haferbrei in Milch und rohem Obst bestand. Den Vormittag verbrachten wir gewöhnlich im Labor. Am Nachmittag las ich und machte mir Notizen. St. Germain verweilte an seinem Schreibtisch. In dieser Zeit schrieb er sein Hauptwerk, »La Très Sainte Trinosophie«, die Hochheilige Trinosophie. Die Bedeutung dieses Werks, das seinesgleichen sucht, ist unschätzbar. Es ist das Tagebuch der Maturität der Seele. Mag sein, daß es in Wirklichkeit nichts anderes darstellt als die Beschreibung der Aufnahme St. Germains in die Mystische Brüderschaft, deren Großmeister er schließlich wurde. Zweck dieses Werkes war, Anweisungen an jene Jünger zu erteilen, die die geheime Terminologie bereits kannten. Die ganze Beschreibung geht in ihren allegorischen Einzelheiten von den Zeremonien aus, die dem klassischen Zeitalter entlehnt wurden, und ihre Sprache ist symbolisch. Also erscheint der Text bei der ersten Durchsicht unverständlich, doch die eingehende und sorgfältige Analyse trägt dann stufenweise zur Enträtselung bei. Kein Detail ist ohne verborgene Bedeutung.

Das Werk besteht aus zwölf Teilen, wobei jeder Teil durch eine entsprechende Zeichnung illustriert wird. Die ersten Teile stammen aus dem neo-ägyptischen, sogenannten Memphis-Ritus und beziehen sich auf die vier Elemente der Prüfungsthesen der Kandidaten – Erde, Wasser, Feuer, Luft. Ihr gewaltiges Muster ist der Zodiakus und dessen zwölf Häuser. Der Zodiak und die den Zodiakus durchdringende Sonnenbahn ist jene Urform, aus der das Urpriestertum den Beweis der heiligen Kreisbewegung herleitet. Die Alten hatten das erste Zeichen des Zodiakus als den Anfang, das letzte Zeichen als Ende aller weltlichen Aktivität akzeptiert.

In diesem Buche der Dreischichtigen Weisheit verwendet St. Germain im allgemeinen alchimistische Symbole. Natürlich werden keine echten chemischen Prozesse beschrieben, da bei ihm – wie bei allen großen Alchimisten – die Herstellung des materiellen Goldes nur einen geringen Teil ihrer Wissenschaft ausmacht. Diese Prozesse bringen vielmehr den spirituellen

Fortschritt des Geistes in Gang und führen schließlich zum Adeptentum.

Während der Nachmittagsstunden erledigte ich die Post, dann hatte ich zwei bis drei Stunden frei, und ich konnte die Straßen von Paris durchstreifen. Wenn ich wollte, konnte ich zu meinen Erinnerungen zurückkehren, doch weder Sehnsucht noch Neugier trieben mich dahin. Dennoch, eingedenk der Worte meiner Mutter, wollte ich ihnen nicht aus dem Weg gehen. Also will ich es endlich hinter mich bringen, beschloß ich, gehen wir die alten Rechnungen noch einmal durch, um festzustellen, ob die Kenntnisse lückenlos sind.

Zunächst einmal besuchte ich den kleinen Laden an der Rue Saint Honoré. Das äußere Bild hatte sich überhaupt nicht geändert. Vor der schmutziggrünen blechernen Kellertür stauten sich die verstaubten Devotionalien auf den ungehobelten Regalen ebenso wie zu Lepitres Zeiten. Aus dem Niedergang schlug mir ein modriger, kalter Geruch entgegen, der die aufgewühlten und ungepflegten Gestalten Lepitres und Rosalies mit stechender und beunruhigender Lebendigkeit in mir beschwor. Drinnen wurden auch Bücher feilgeboten wie eh und je. Dieser modrige Geruch, der sich in ihrem Körper und in ihrer Kleidung festsetzte, hatte auch sie umschwebt. In den Vertiefungen, die die Zeit in die sieben Steinstufen gegraben hatte, lag eine stinkende Wasserlache. Die Holztür, die in den Laden führte, ließ eine heisere, traurige Glocke erklingen, die mich mit ihrem alten Klang wieder mitten ins Herz traf. In der muffigen Stille des Ladens hockte ein kleines, unscheinbares, häßliches Mädchen. Ihr farbloses Haar, das eingefallene Gesicht, die kleinen, erschrockenen, dümmlichen Augen tauchten in das fahle Licht der Abenddämmerung, das durch das einzige hochgelegene Fenster fiel, als sie sich erhob, um mich zu empfangen.

»Bitte Monsieur, zu Ihren Diensten ... Ich will sofort Licht machen ... Belieben Sie zu wählen ...«

Ich schaute sie nachdenklich an, während sie eine Kerze anzündete, befangen durch die schwere Berührung der Erinnerungen. Sie deutete mein Schweigen als Unentschlossenheit.

»Der Vater kommt heute nicht mehr zurück ... doch ich kann Sie ebensogut bedienen, Monsieur ... was Sie nur wünschen!«

Ich horchte instinktiv auf. Aus ihrem Tonfall entnahm ich, daß sie irgendeine geheime Ware anbot, die heutzutage sehr gefragt war ...

»Alles?« fragte ich bedeutungsvoll.

Das Mädchen nickte, verschwand im Schatten des Flickenvorhanges und kehrte mit einer gelben Broschüre zurück.

»Das allerneueste!« sagte sie leise.

Ich neigte mich zur Kerze und öffnete das Heft

»Chacun se demande tout bas:
Le Roi pent-il? Ne pent-il pas?
La triste Reine en désespère ...«

Es war ein Spottvers auf die Königin. Der kleine Schimmelkäfer begann mich erschrocken anzuflehen:

»Nicht hier. Monsieur!... Jeden Augenblick kann jemand kommen!«

Um sie zu beruhigen, steckte ich die gefährliche Ware schleunigst ein, zahlte und empfahl mich. Durch finstere Straßen und Gassen eilte ich heimwärts. Aus der Dunkelheit drangen Stimmen an mein Ohr, Gemurmel, Gelächter, Fetzen von Flüchen, der Schall eiliger Schritte. Aus dem Getuschel von Knabenstimmen hob sich die Stimme eines Halbwüchsigen hervor und begann spöttisch die verbotenen Verse zu zitieren, wobei die erotischen Stellen immer wieder in unterdrücktem Gelächter untergingen.

Beim Abendessen zeigte ich St. Germain die Broschüre und berichtete ihm über die Umstände, auf welche Weise ich sie ergattert und wie ich später dann die Verse in der Finsternis hinter meinem Rücken durch die unpersönliche Stimme der Straße vernommen hatte.

»Auch dieses Gift ist aus dem Palast in die Gosse geraten«, sagte der Graf, während er das Heft durchblätterte. »Diese Narren! Die Vorwürfe und Angriffe, die gegen den Thron geschmiedet werden, bringen das einzige magische Zentrum ins Wanken, das ihre eigene Position, ihre eigenen Privilegien sanktioniert und aufrecht erhält. Sie aber bezahlen obendrein den Dichter für ihr eigenes Todesurteil!«

Diese prophetischen Worte jagten mir kalte Schauer über den Rücken, diese Worte, die auch in mir eine unangenehme Vorahnung und Spannung erzeugt hatten, seit ich in Paris war.

»Man berichtet entsetzliche Dinge über die Königin ... Sie aber kennen sie ... Ist sie tatsächlich so schwarz, wie man sie malt?«

»Sie ist nicht besser und nicht schlechter als die, die sie umgeben, nur ist sie weniger bereit, anders zu scheinen als sie ist. Sie ist nicht verdorben, nur etwas exzentrisch, neugierig, lebenshungrig und oberflächlich. Sie besitzt liebenswerte Eigenschaften wie ein Kind, das sich seiner selbst nicht bewußt ist, nur spielt dieses Kind mit gefährlichen Sprengstoffen, ohne deren Wirkung zu kennen.«

»Vielleicht, wenn Sie sie ermahnt hätten ...«

»Ich habe es gar nicht erst versucht. Die Worte ermüden sie, wenn sie nicht aus durchsichtiger Rokokospitze gewoben sind. Ihr Geist ist heute noch nicht tiefer als irgendein kleiner Fischteich in Trianon. Das Schicksal wählt sein Werkzeug stets richtig aus, um das Gesetz zu erfüllen. Zur Transmutation von Marie Antoinettes Charakter gehört die Hitze gewaltiger Ereignisse, die um sie herum und in ihr sämtliche brennbaren Stoffe verzehren. Du wirst sie bald kennenlernen, Cornelius.«

»Ich? Wieso?«

»Sie wird mich brauchen«, sagte er ausweichend.

Der lebende Kristall

Ich pilgerte auch zu meinem ehemaligen Haus, an dessen Stelle eine kleine, baufällige Holzbude stand. Der Garten war von Unkraut überwuchert, und nur die Trümmer des ehemaligen Gartenzauns ragten aus dem Boden. Was war mit dem Haus geschehen? Die Zeit konnte es unmöglich in wenigen Jahrzehnten zu Staub werden lassen.

Als ich mich näherte, kroch ein alter Bettler aus der Holzbude heraus und musterte mich mit argwöhnischen Blicken aus seinen entzündeten Augen. Ich sprach ihn an.

»Früher einmal hat hier ein Haus gestanden ... Ein Schlößchen, aus roten Ziegelsteinen erbaut ...«

»Mag sein«, sagte der Alte kurz angebunden.

»Wem gehört jetzt das Grundstück?«

Sein Argwohn schlug in feindliches Mißtrauen um.

»Das Grundstück steht nicht zum Verkauf! Es gehört der

Stadt«, brummte er, kehrte mir den Rücken zu und kletterte wieder in seinen schmutzigen Verschlag.

Ich begann, in den Häusern und Läden der Umgebung herumzufragen. Schließlich erfuhr ich von einer alten Gemüseverkäuferin, daß das Haus 1750 bis auf die Grundmauern niedergebrannt war. Das Feuer war innen in den abgeschlossenen Räumen ausgebrochen, und man konnte die Schlüssel nicht rechtzeitig finden.

Dieses Schicksal war des Hauses der Leidenschaft würdig, dessen Bewohner ebenfalls durch innere Feuersbrunst verzehrt worden waren.

Das Palais der Marquise Danjou, das Asyl der ›Lämmer‹, stand immer noch unverändert inmitten eines schönen, gepflegten Parks. Das Haus hatte bereits zu Lebzeiten Corinnas, die das Geld mit vollen Händen ausgab, den Besitzer gewechselt. Nach dem Tod ihrer Mutter war sie Alleinerbin des ansehnlichen Danjou-Vermögens, da ihr jüngerer Bruder, der kränkelnde Christian, nicht mehr am Leben war. Das ganze Geld, der ganze Besitz – Häuser, das Palais, die Kutschen und der Schmuck – wurden innerhalb weniger Jahre zu nichts durch die Mitwirkung von Germaine und Martin Allain. Im Jahre 1780 geriet auch dieses Palais in die Hände der Polignacs und wurde von einem entfernten Verwandten bewohnt. Mit St. Germains Hilfe hätte ich leicht in die ehemaligen Prunkgemächer eindringen können, doch ich spürte kein Verlangen danach. Meine Nostalgie richtete sich eher auf die liebe, freundschaftliche Gestalt des Doktor Péloc, die in den bekannten Straßen und angesichts meines Hauses in mir wach wurde.

Am 29. November war Maria Theresia, die Kaiserin von Österreich, verschieden, die Mutter Marie Antoinettes, ohne die Geburt des Dauphin erlebt zu haben, von der sie sich die Sicherung der Position ihrer Tochter und deren Sinneswandel erhofft hatte. Marie Antoinette blieb allein zurück. Mercy, der Gesandte der Kaiserin – ihr Auge und ihre Stimme am französischen Hof –, galt ohne das lebendige Ansehen seiner Herrscherin nichts mehr.

Das Verschwinden der Mutter, die sich aus der Ferne um ihre Tochter sorgte, die von Zeit zu Zeit langatmige, unbequeme Ermahnungen und Ratschläge sandte und ihr Kind wie ein kleines Mädchen behandelte und ausschimpfte, entsetzte und erschreckte diese leichtsinnige Frau. Sie spürte, daß sie ihre einzige Rückendeckung verloren hatte, jemanden, auf den sie ohne Einschränkung rechnen konnte, der sie geliebt und gegen die ganze Welt ebenso wie gegen ihr leichtsinniges Ich verteidigt hatte. Angst und Beklemmung überkamen sie an der Seite ihres schwächlichen, gleichgültigen Gemahls angesichts einer Welt, die sie argwöhnisch, ablehnend, beleidigt und feindlich beobachtete inmitten all der selbstsüchtigen, leichtsinnigen Freunde. Die kleine Lamballe, ihre einzige sanfte, treue Freundin, verstand sich auf nichts weiter, als mit ihr zusammen zu weinen. Die Gräfin Polignac wurde durch Krankheit vom Hofe ferngehalten. Die Königin aber wurde von untröstlichem Kummer und finsteren Vorahnungen gequält.

Als ich an einem Abend der dunklen Tage Anfang Dezember von meinem Spaziergang zurückkehrte, sah ich, daß die Fensterreihen der Säle, die im Parterre lagen, hell erleuchtet waren. Aus der großen Anzahl der Kerzen schloß ich auf die Anwesenheit eines vornehmen Gastes. Ich ging um das Haus herum und betrat mein Zimmer durch den Hintereingang. Yidam hatte mich bereits erwartet und überbrachte mir die Botschaft St. Germains, ich sollte mich festlich kleiden, weil wir einen hohen Gast hätten, die Königin von Frankreich.

Neugierig und befangen trat ich in den Salon, wo ich zwei Damen in tiefer Trauer in St. Germains Gesellschaft vorfand. Die reizende, sanfte Prinzessin Lamballe und die erregte, ruhelose Marie Antoinette mit den rotgeweinten Augen. Ihre Masken hatten sie beiseitegelegt. Die Königin nahm meine Vorstellung unmittelbar mit ungeduldiger Zerstreutheit entgegen und drängte den Grafen, mit dem Experiment zu beginnen.

St. Germain führte seine Gäste in sein prunkvolles Arbeitszimmer, das er nie benutzte.

Auf dem Schreibtisch stand eine schimmernde Kristallkugel und reflektierte das Licht der Kerzen. Auf St. Germains stummen Befehl löschte ich alle Kerzen bis auf zwei zu beiden Seiten des Schreibtisches.

Die Damen nahmen in bequemen Polstersesseln Platz.

St. Germain setzte sich vor die Kristallkugel, ich aber zündete das Räucherwerk an, das das Zimmer in wenigen Sekunden mit angenehmem, berauschendem feierlichen Duft erfüllte.

Prinzessin Lamballe rückte ängstlich an die Königin heran und starrte mit weit aufgerissenen Augen den Grafen an, der in die

Betrachtung der Kristallkugel versunken war, bis auch ihr Blick vom Glanz der Kristallkugel gefesselt wurde.

In der langen, einschläfernden Stille beobachtete ich heimlich diese Frau, die in regungslosem Kummer vor sich hinstarrte, diese am meisten beneidete und meistgehaßte Frau Frankreichs. Die Regelmäßigkeit und Feinheit ihrer Züge konnte nicht mit der kindlichen Schönheit der Prinzessin Lamballe wetteifern. Die vibrierende Unruhe, die Lebhaftigkeit waren es, die das Gesicht Marie Antoinettes bedeutender erscheinen ließen. Die Lamballe war sanft, nachgiebig und harmlos, eine sich graziös anschmiegende Schlingpflanze, die an sich nicht selbständig ist, keine Ereignisse in Gang bringt und diese nicht formt. Der Charakter der Königin strahlte leichtsinnigen Eigensinn und stolze Ungeduld aus. Ihr empfindsamer leidenschaftlicher Mund mußte das Tor für so manch unbedachtes Wort, manch nicht wieder gutzumachende Beleidigung, manch verhängnisvolles Schweigen sein. Ihre fordernde Gier nach immer anderen und immer neuen oberflächlichen Zerstreuungen und Genüssen, die alle anderen Interessen überging, war an den nervösen Kurven ihrer Nase und an den bebenden Nasenflügeln deutlich zu erkennen. Ihre hellen, blinkenden Augen besaßen keine Tiefe, keinen inneren Glanz. Sie blickte nur in die Welt hinaus, aus der sie den geborgten Abglanz der Dinge erwartete und reflektierte. Dieses Augenpaar zeigte jetzt die Spur von Tränen. Ihr schwindender Kummer löste für einen Augenblick aus der Totenkammer schlummernder Kräfte und Fähigkeiten vergessene und kommende Empfindungen auf, aus jener Kammer, wo die ferne Vergangenheit und die Zukunft der Königin schwiegen.

Mein Blick glitt von den enträtselten Hieroglyphen ab und wandte sich der Kristallkugel zu.

Der Kristall hatte sich bereits getrübt, er begann zu leben. Ein weißlicher Nebel brodelte in ihr, durchsetzt von Flecken, die sich von Zeit zu Zeit verdunkelten im stummen Getümmel des Astralstoffes ...

... Vor meinem auf Unendlich eingestellten Blick schälte sich allmählich das sanfte Gesicht der kleinen Lamballe heraus ... doch ihre Augen waren wie Höhlen, ihr Ausdruck wächsern und leblos. Der Nebel um das Gesicht herum erglühte, wurde blutrot, und einzelne Teile ihres nackten Körpers tauchten auf wie aus einem entsetzlichen Bad. Doch das Fleisch dieser besudelten Glieder war am Verwesen, und seine Farbe erinnerte an das Fleisch von Toten ...

Ein gellender Schrei ließ mich auffahren. Es war die Prinzessin Lamballe, die wild und mit bebendem Entsetzen geschrien hatte. Sie schlug beide Hände vors Gesicht, und aus ihrem Mund drangen weinerliche, stotternde, unartikulierte Laute.

»Jesus hilf! ... Gehen wir ... verlassen wir diesen Ort ... Ich fürchte mich! Ich will das nicht länger sehen ... und führe uns nicht in Versuchung ... Ach, dieses Bild ...«

Die Königin kniete sich vor sie hin und versuchte sie zu beruhigen, indem sie sie streichelte und beruhigte. St. Germain ließ einen Tropfen eines Beruhigungsmittels in ein Weinglas fallen und nötigte sie zu trinken, indem er das Glas an ihre zitternden Lippen hielt. Dann wurde sie etwas ruhiger, doch die Königin drang vergebens in sie. Sie wollte nicht verraten, was es war, das sie so sehr entsetzt hatte.

»Es bezog sich nicht auf Eure Majestät, nur auf mich allein ... Wenn Sie wünschen, bringe ich mich noch heute um, doch darüber, was ich im Kristall erblickt habe, kann ich nicht sprechen ... Ich flehe Sie an, seien Sie mir nicht böse ... Verlangen Sie nicht ... Ich wage nicht einmal mehr daran zu denken ... entsetzlich ... nein ... nein ...« Ihre Lippen begannen erneut zu zittern, aus ihrem Mund drang ein Schluchzen. Sie tat der Königin leid, und so drang sie nicht mehr weiter in sie. Sie wandte sich an St. Germain.

»Und Sie ... Sie können auch keinerlei Trost spenden?« Ihre Stimme klang vorwurfsvoll, eine Stimme, in der die fordernde, weinerliche Beschuldigung eines verwöhnten Kindes mitschwang.

»Die unmittelbare Zukunft, Majestät, ist eine merkwürdige Dämmerung, die später bereits in finstere Nacht übergeht, wo sich die Konturen verwischen. Wenn Sie mit dem Dämmerschein weniger Jahre vorlieb nehmen wollen ...«

»Also?« Marie Antoinettes Stimme war mit Spannung und geheimer Furcht erfüllt.

»Genau übers Jahr wird der Dauphin geboren ...«

Marie Antoinettes Brust entrang sich ein kleiner Seufzer, und die sehnsüchtig erwartete Möglichkeit ließ auf ihrem Gesicht ein mütterliches, fast frohes Lächeln aufleuchten.

»Der Dauphin ... Mein Gott ... wenn es nur wahr wäre!«

»Dies ist bereits beschlossen, Majestät. Dieser Teil der Zukunft erwartet uns bereits wie eine Herberge ... sagen wir in Varennes ... Wir müssen nur in der Kutsche der Zeit dorthin reisen ...«

Marie Antoinette war von dem Gedanken richtig durchglüht.

»Sie wissen nicht ... Sie können gar nicht wissen, was mir das bedeuten würde ... was alles gelöst werden könnte ...«

»Es wird so manches Problem lösen, Majestät, doch diejenigen, die verstummen sollten, werden ihre Stimme um so lauter erheben. Die Geburt des Dauphin wird so manchen Plan durchkreuzen ...«

»Dann muß ich mich um so weniger um diese Leute kümmern!« Dieses leichtsinnige Achselzucken war die Königin persönlich in jenen Jahren, die der Tragödie vorausgingen. »Was können sie schon gegen mich unternehmen, wenn der Thron einen legalen Erben besitzt?«

»Ich möchte eine untertänige Bitte an Eure Majestät richten«, sagte St. Germain leise.

»Was wünschen Sie, Magister?« sagte Marie Antoinette scherzhaft, elektrisiert und großzügig. »Sie wissen genau, daß ich bereit bin, für meine Freunde alles zu tun!«

»Wenn der Thronerbe in einem Jahr geboren wird und meine bescheidenen Worte hierdurch von Eurer Majestät eine Bestätigung erfahren, sollten Sie über meinen Rat nachdenken, den ich meiner Prophezeiung hinzufügen möchte.«

Über das Gesicht der Königin huschte ein kleiner ungnädiger Zug.

»Sprechen Sie, Graf St. Germain ... Ich bin bereit, mir sogar Ihren Rat anzuhören.«

»Und werden Eure Majestät diesen Rat auch beherzigen, wenn ...«

»Wenn der Thronfolger geboren wird? Nun, dann ... vielleicht. Vorausgesetzt, daß Sie nichts von mir fordern, was meiner Natur widerspricht, mich langweilt oder demütigt.«

»Vielleicht habe ich das falsche Wort gewählt, Majestät. Was ich zu sagen habe, ist mehr als nur ein Rat, eher eine Warnung. Mag sein, daß es Eure Majestät langweilt, vielleicht sogar demütigt, sicher ist es aber gegen alle geltenden Regeln Ihrer Natur. Ich möchte Sie bitten, nach der Geburt des Dauphin den kurzen Weg von Trianon nach Versailles zu gehen. Bauen Sie eine Brücke, die zum Adel und zum Volk zurückführt ... Damit wäre alles entschieden und alles gerettet.«

»O ja, ja ... ich ... werde es mir überlegen«, sagte die Königin schwach und lehnte sich gelangweilt in ihrem Sessel zurück. »Zunächst aber muß sich die Prophezeiung erfüllen.« Sie schnitt eine kleine, boshafte Grimasse. »Haben Sie bereits die drei Tanten des Königs und Madame de Noailles, das alte Grabmal, in Versailles gesehen? Wenn ich an sie denke, überfällt mich die Schlafkrankheit, oder ich möchte toben und lachen. Sie möchten ihr vergeudetes Leben an mir rächen! Wegen meiner Jugend, wegen der wenigen Augenblicke der Freiheit, die ich mir hart erkämpft habe, würden sie mich am liebsten pfählen lassen, wenn es in ihrer Macht stünde! Wenn ich nur begreifen könnte, warum es sie schmerzt, daß ich gelegentlich aufatmen und mich freuen möchte wie jede einfache Frau in Frankreich?!«

»Leider wurden Eure Majestät nicht als einfache Frau in Frankreich geboren. Eure Majestät sitzen zu einem Zeitpunkt auf dem Thron Frankreichs, in der die Lage des Landes kritisch ist. Es ist von äußeren und inneren Gefahren bedroht. Heutzutage muß der Thron ein lebendiges, kampfbereites Symbol sein, um die größte Schlacht seiner Geschichte um den Glauben, das Vertrauen und die Liebe seines Volkes zu gewinnen. Eure Majestät müssen jetzt nicht nur den Dauphin zur Welt bringen, sondern auch die hochrangige Idee der Monarchie, um unter all den Gefahren und neuen Strömungen bestehen zu können, jene Bewegungen zu überdauern, die zur Zeit des Sonnenkönigs ihren Anfang nahmen und seitdem auf alarmierende Weise erstarkt sind. Eure Majestät sind mutig genug, den Vorurteilen der alten Welt zu trotzen, Sie sind bereit, dem Kampf gegen die Traditionen von Versailles, den Haß und die Verleumdungen des Adels auf sich zu nehmen ... für etwas Freiheit, für einige leichte, unschuldige Genüsse, für einen maskierten Streifzug durch Paris, für Kleider, Bälle, Spiele, Menuette. Warum sollten Sie es nicht einmal zum Wohlergehen des Volkes tun?! Schaffen Sie sich Verbündete, indem Sie versuchen, ihre brennenden Probleme, ihre unhaltbare Situation kennenzulernen, zu verstehen und Abhilfe zu schaffen! Keiner kann gleichzeitig gegen zwei Feinde kämpfen, ohne zu fallen. Mit einem von beiden muß man sich verbünden, um oben zu bleiben. Sie brauchen die Vergangenheit nicht. Verbünden Sie sich also mit der Zukunft im Zeichen einer unblutigen Revolution und der heiß ersehnten Reformen, die auf jeden Fall kommen werden, mit Eurer Majestät, oder ... und das wäre entsetzlich ... gegen Eure Majestät.«

Die Königin lauschte mit steigendem Unbehagen St. Germains ruhigen, schwerwiegenden Worten. Ihr Gesicht erstarrte in Ablehnung.

»Ich will nicht ... das heißt, ich möchte gar nicht begreifen, was Sie da sagen, Graf St. Germain«, sagte sie kalt und schleppend. »Würde ich es begreifen, so müßte ich feststellen, daß Sie mich nicht ermahnen, sondern mir drohen. Gott sei Dank ist die Monarchie in Frankreich immer noch stark genug, um die Rebellen auf ihre Plätze zu verweisen. Es ist Aufgabe des Königs, zu herrschen und sich um die Probleme des Volkes zu kümmern. Da will ich mich nicht einmischen. Der König tut sicher alles, was er kann. Kein Außenstehender kann beurteilen, ob jemand auf verantwortlichem Posten Versäumnisse begeht oder ob er vom Zwang der Notwendigkeit geleitet wird. Sie irren, wenn Sie glauben, daß meine persönliche Auflehnung gegen persönliche Intrigen bei mir eine Rebellion gegen die Vergangenheit und gegen die Tradition bedeutet. Ich glaube an die gottgewollte Macht des Königs, an die unantastbare, uralte Majestät des Thrones. Das Volk erlebt gute und schlechte Zeiten. Das Volk murrt von Zeit zu Zeit und singt Spottverse, doch in ernsten, großen Stunden im Leben der Nation werden sich alle um den Thron scharen. Ich fürchte mich nicht vor dem Volk ... vor meinem Volk ... und schließe mit ihm keinen Bund, weil ich seine Königin bin. Die feindselige Haltung, die ein Teil des Adels zur Schau trägt, ist nichts weiter als die Verbitterung des Liebenden, der kein Gehör findet, der aber nur zu gut weiß, daß seine Rache den Thron erschüttern und sein eigenes Verderben verursachen würde. Der Adel kann der Königin nie gefährlich werden.«

Sie sprach stolz, hoch aufgerichtet und unbeugsam, als wäre der Sessel, auf dem sie saß, zum Thron geworden. Sie war zu bedauern und gleichzeitig majestätisch in ihrer Verblendung ... Dann lehnte sie sich mit einem kleinen Seufzer müde in ihrem Sessel zurück.

»Sie haben sich geirrt, St. Germain, und ich will die Sache so betrachten, als hätten wir dieses Thema überhaupt nicht berührt. Ich hoffe, daß Sie mit Ihrer Prophezeiung mehr Glück haben werden!«

»Majestät, ich habe eine ziemlich kurze Frist gesetzt, um

meine eventuelle Fehleinschätzung zu bezweifeln. Nur ein einziges Jahr ...«

Nachdem die Damen gegangen waren, erwähnte ich St. Germain gegenüber das entsetzliche Bild, das wir in der Kristallkugel gesehen hatten. Der Graf nickte.

»Die Kristallkugel schwamm tatsächlich im blutigen Nebel, Cornelius. Sie projizierte das finstere Bild der Zukunft auf so dichte und erschütternde Weise, daß ihre Kraft selbst die erschrockene Kinderseele der Prinzessin Lamballe durchdrang. Das war es, was sie so sehr aufgewühlt hat ... Arme kleine Prinzessin ... Welch ein Ende!«

Trianon

Im Jahre 1781, genau zu dem Zeitpunkt, den St. Germain vorausgesagt hatte, wurde der Dauphin geboren. Es schien, als hätten sich während all den Jubelfeiern alle Schatten, aller Argwohn, alle Mißverständnisse verflüchtigt, die zwischen der Königin und dem Volk bestanden hatten. Der Adel schwieg. Die verleumderischen Spottverse wurden von Hymnen und Oden abgelöst, und die Ehefrau des Königs, die Mutter des Thronfolgers wurde überall begeistert gefeiert.

Marie Antoinette in ihrer triumphierenden, glücklichen Mutterschaft hatte St. Germain nicht vergessen. Die Gräfin Polignac überbrachte höchstpersönlich die Einladung nach Trianon, selbst meine unscheinbare Person wurde besonders erwähnt, da mich die Königin als Zeugen der ersten mystischen Prophezeiungen an ihrer Seite sehen wollte.

Die Einladung galt für Trianon, für jenes Rokokoschlößchen, das der Welt stolz und hartnäckig verschlossen war.

»Es werden nur wenige enge Freunde anwesend sein, ein paar amüsante, fröhliche Menschen, in deren Gesellschaft sich die Königin von den zahlreichen Feierlichkeiten und protokollarischen Zwängen erholen möchte«, sagte die Gräfin Polignac,

Marie Antoinettes vergötterte Freundin, deren glatter, taktvoller Führung sie sich in allem blind unterwarf. Doch diese nicht ausreichend kluge und wenig großzügige Frau, die vollkommen in die Interessen ihrer eigenen raffgierigen Familie verwickelt und vor deren Karren gespannt war, verstand es nicht, die leichtsinnige, empfindsame, oberflächliche Königin in die einzig richtige Richtung zu führen. Vielleicht, wenn die Gräfin Polignac die Gefahr rechtzeitig erkannt hätte, die dieses in den spielerischen Zauber der Kunst eingeschlossene kleine Märchenschloß angesichts von Versailles und fern von Paris bedeutete, hätte sie zumindest das Schicksal Marie Antoinettes, wenn auch nicht die unbarmherzigen Ereignisse ändern oder abwenden können. Für die Gräfin Polignac und für ihre Familie war aber eine Königin fernab aller Einflüsse, eine Königin, die in einer Art Vakuum lebte, bedeutend wichtiger, eine Königin, die nur gelegentlich aus ihrer Burg ausbrach, um aus dem unruhigen, entsetzlichen Versailles stets mit neuer Beute zurückzukehren, teils für die Polignacs und teils für Trianon, das stets Unsummen verschlang.

Die Schönheit der Gräfin Polignac war vielleicht eindrucksvoller als die der Prinzessin Lamballe. Ihr Äußeres täuschte die Königin und all diejenigen, die für ein gefälliges Wesen anfällig waren. Die zarte, zerbrechliche Gestalt der Gräfin Polignac, ihr schmales Madonnengesicht, ihre großen, flehenden, unschuldigen Augen, auf die sich die schweren Lider mit den überlangen Wimpern untertänig und unerwartet zu senken pflegten, reflektierten das Ausgeliefertsein eines Wesens, das ständig der Zärtlichkeit und des Schutzes bedarf. Ihre bebende, klingende, biegsame gläserne Stimme war stets bereit abzuwehren, zu flehen und zu schmeicheln. Ihre Bewegungen waren unendlich graziös und biegsam, doch ihre flehende, schwebende, durchsichtige Gestalt barg eine unglaubliche Zähigkeit. Ihr scharfes, blitzendes Auge erkannte die sich bietenden vorteilhaften Gelegenheiten ebenso wie die verborgenen Gefahren, und ihre Zunge traf leicht, doch mit tödlicher Sicherheit dort ins Schwarze, wo sie einen Gegner oder eine gegenläufige Absicht zu exekutieren hatte.

Es war eine ganz andere Frau, die uns über den weichen Teppich des Empfangsraums entgegeneilte im sprühenden Licht der Kerzen, das sich in zahlreichen Spiegeln brach, zwischen pastellfarbenen, wunderbaren Gobelins, zwischen Möbeln mit musikalisch anmutenden Kurven, zwischen Porzellanen, die Blütenblättern glichen – grundverschieden von jener Frau, die ich im Palast von St. Germain kennengelernt hatte. Das trauernde, von Kummer geschlagene, verstörte, von krisenhaften Gefühlen und Unruhe geschüttelte Weib war verschwunden. Hier nahte das Rokoko persönlich. Die schwebende, schöne Göttin des Rokoko mit ihrer rosigen Haut streckte uns ihre schlanken Finger entgegen, um unsere Huldigung durch großzügige Dankesbezeigung zu erwidern.

»Kommen Sie, kommen Sie, St. Germain ... Ich möchte Ihr wunderbares Wissen und Ihre Weisheit in die Welt hinausschreien!« Und sie führte uns, riß uns mit, ihren neugierigen Gästen entgegen.

Ihr Gang barg irgendeinen unnachahmlichen Rhythmus, ohne daß dieser gesucht oder bewußt gewesen wäre. Sie war von einer frischen, vibrierenden Atmosphäre umgeben, von der Atmosphäre der Freude und des Triumphes. Auch die zweite Geburt hatte an ihrem Körper keinerlei Spuren hinterlassen. Ihre Taille hob sich schlank und stolz über das breite Podest der gewaltigen Krinoline aus blauem Brokat. Auf ihren nackten, mit Reispuder bestäubten Schultern, an ihrem schlanken Hals, an ihren Ohren, Fingern und Armen glitzerten Edelsteine, und selbst in ihrer aufgetürmten weißen Perücke verbargen sich Brillanten, die ihre Feuergarben aus immer anderen Winkeln abschossen.

Der Großteil der Gäste war jung, hübsch und prächtig gekleidet. Nur ein einziges, welkes, vogelartiges, totgeschminktes Frauenantlitz fiel auf, das lebhafte, kluge und boshaft geistreiche Gesicht der Gräfin D'Adhemar. Später begriff ich, warum man sie in diese Gesellschaft aufgenommen hatte, die nach so befangenen Ansichten ausgewählt worden war. Sie war unterhaltsam wie ein Clown, scharfzüngig, farbig und unerschöpflich, ein Zerrspiegel, der pausenlos eine Karnevalsgesellschaft reflektierte. Doch wie sehr hatte sie sich um ihre Position in Trianon bemüht! Welch schweißtreibende Arbeit hatte es sie gekostet, um ihr Alter und ihr Äußeres durch den feurig aufzischenden Rauch genüßlichen Klatsches, gepfefferter Geschichten und explodierender Pointen zu kaschieren. Was mußte sie alles zusammentragen, lesen, beobachten, fieberhaft produzieren, um den Vampir des Gelächters und der Unterhaltung zu bedienen, der, seitdem er Blut geschmeckt hatte, überall sein Unwesen trieb, wo sie auftauchte. Die Gesellschaft erwartete, forderte Unterhaltung von ihr, und sie versuchte krampfhaft, unter Einsatz all ihrer Kräfte, ihrer Zeit und ihres Talents, diesem Wunsch gerecht zu werden.

Alle bestürmten St. Germain und baten um Vorhersagen, Kosmetika und »Elixiere«. Man stellte ihm kindliche Fragen, sagte unerhört und oft verletzende Albernheiten, er aber antwortete mit geduldigem Lächeln. Schließlich rettete ihn die Königin aus seiner unwürdigen Situation. Sie bat ihn in Gesellschaft der Prinzessin Lamballe und der Gräfin Polignac in einen entfernteren Saal, um – wie sie sagte – seinen ärztlichen Rat zu erbitten.

Auch hier profitierte ich von meiner unauffälligen Erscheinung. Ohne daß es jemandem aufgefallen wäre, zog ich mich in die Dämmerung eines kleineren Seitengemachs zurück und beobachtete durch die offene Tür die lachenden, parlierenden, bunten Gruppen, die sich auf der hell erleuchteten Bühne des Innenraumes bewegten. Die Gräfin D'Adhemar führte das Wort, und natürlich hatte sie allerhand Interessantes und Spannendes über den Grafen St. Germain zu berichten: Es geschah am Hofe von Versailles noch zu Zeiten Ludwig XV. In Anwesenheit der Gräfin D'Adhemar stand damals die alte Gräfin De Gergy unvermutet dem Grafen St. Germain gegenüber. Als die alte Dame den berühmten Magier erblickte, trat sie verdutzt einen Schritt zurück, und zwischen den beiden entspann sich folgender berühmter Dialog:

»Vor fünfzig Jahren war ich die Frau des französischen Gesandten in Venedig«, sagte die Gräfin De Gergy. »Ich kann mich gut erinnern, Sie dort gesehen zu haben. Sie waren damals genauso wie heute, doch schienen Sie mir reiferen Alters zu sein, da Sie sich in der Zwischenzeit offenbar verjüngt haben!«

Der Graf machte eine tiefe Verbeugung.

»Es ist mir eine Ehre, Gräfin, daß Sie mich wiedererkennen!«

»Damals nannten Sie sich Marquis Baletti ...«

St. Germain lächelte.

»Das Gedächtnis der Gräfin De Gergy ist unverändert scharf wie vor fünfzig Jahren!«

»Nun ... ich habe ebensowenig vergessen, daß ich meine frische Gesundheit und mein gutes Erinnerungsvermögen Ihrem

Wundermittel zu verdanken habe! Ich freue mich sehr, einen der merkwürdigsten Menschen auf dieser Welt wiederzusehen, selbst dann, wenn er jetzt einen anderen Namen trägt ...«

»Ich hoffe, daß dieser Marquis Baletti keinen allzu schlechten Ruf genoß?«

»Im Gegenteil!« sagte die Gräfin eifrig.

St. Germain nahm freundlich den Arm der Gräfin De Gergy und führte sie weg. Dann sagte er halblaut, seine Worte gleichzeitig an die Gräfin D'Adhemar richtend:

»Auf diese Weise bin ich gern bereit, Gräfin, ihn als meinen Großvater zu akzeptieren!«

Dieses Gespräch kam später der Marquise von Pompadour zu Ohren, die dann ihre Neugier unumwunden auf Graf St. Germain richtete. Die Gräfin D'Adhemar erfuhr die Einhelheiten von Madame de Hausse, der Hofdame der Marquise Pompadour. St. Germain genoß die intime Freundschaft des Königs und der Marquise, zu deren Gemächern er zu jeder Stunde des Tages freien Zutritt hatte. Von dieser Gunst machte er allerdings nur äußerst taktvoll Gebrauch, und es ist nie vorgekommen, daß er irgendwo zur falschen Zeit erschienen wäre. Sooft er kam, wurde er erwartet, war erwünscht, seine Anwesenheit willkommen, stets folgte er einer Einladung. So geschah es auch nach der Begegnung mit der Gräfin De Gergy. Die Marquise von Pompadour sprach über ihn mit aufgescheuchter Phantasie mit ihrer Hofdame, als er plötzlich vor ihnen stand, ohne daß man sein Eintreten bemerkt hätte. Die Pompadour war offensichtlich erschrocken.

»Ach ... das grenzt ja ... an Zauberei!« sagte sie, zwischen Entsetzen und Bewunderung schwankend. »Wieso stehen Sie plötzlich vor uns, wenn man gerade über Sie redet?«

»Auf eine ganz natürliche Weise, Madame. Sie haben mich gerufen, und ich bin erschienen.«

»Nein, nein ... ich habe mich ja gar nicht von meinem Platz gerührt, nur ...«

»Nur haben Sie intensiv an mich gedacht und sich gewünscht, Fragen an mich zu stellen ... War es so?«

»Ja!«

»Ich stehe zu Ihrer Verfügung!«

Die Marquise von Pompadour schüttelte verwundert und hilflos den Kopf.

»Was könnte ich mit Ihnen beginnen? Wenn ich Sie festhalten

will, entgleiten Sie mir stets und beantworten nur jene Fragen, die Sie beantworten wollen. Ich muß mich dreinfinden, daß meine Neugier ungestillt bleibt, wenn ich etwas über Ihre Person zu erfahren wünsche. Ich gestehe, manchmal glaube ich, daß es Ihnen gefällt, den geheimnisvollen Mann zu spielen, und daß Sie gelegentlich die Dinge absichtlich verschleiern. Zu anderen Zeiten bringen Sie es aber fertig, mich vollkommen zu überzeugen, mich zu faszinieren, und ich möchte schwören, daß Sie überirdische Macht besitzen! Eins aber ist sicher, nämlich, daß ich Ihre Freundschaft und Ihren Rat unmöglich entbehren kann!«

»Jetzt waren Sie mir gegenüber aufrichtig, Madame. Ich möchte gleiches mit gleichem vergelten. Bitte, fragen Sie!«

»Haben Sie vor fünfzig Jahren die Gräfin De Gergy tatsächlich in Venedig getroffen?«

»Jawohl, ich bin ihr begegnet.«

»Dann müßten Sie jetzt mehr als hundert Jahre alt sein.«

»Ist das wirklich unmöglich?«

»Mein Gott ... ja. Sie sind höchstens vierzig Jahre alt!«

»Ich kann Ihnen nicht widersprechen, Madame. Also muß es Unsinn sein, den die Gräfin De Gergy daherredet, die ich übrigens sehr verehre.«

»Sie wollen mir schon wieder ausweichen, doch diesmal lasse ich Sie nicht los. Ich habe keinerlei Gründe, an den Worten der Gräfin De Gergy zu zweifeln, ganz gleich, auf welch phantastischen Dingen sie beharrt. Sie hat mir auch verraten, daß Sie ihr irgendein Elixier von besonderer Wirkung verabreicht haben, nach dessen Genuß sie lange Zeit nicht älter aussah als vierundzwanzig.«

»Das ist durchaus möglich.«

»Haben Sie, oder haben Sie nicht?!«

»Ich habe, wenn auch die Gräfin bei allem Wohlwollen gewaltig übertreibt, was die Wirkung angeht. Mit dieser Essenz habe ich ihre schlechte Verdauung kuriert und gewisse Stoffe in ihren Organismus einfließen lassen, die sie erfrischten.«

»Warum könnten Sie ein solches Mittel nicht auch dem König verabreichen?«

»Der König hat es nicht nötig.«

»Das möchte ich bezweifeln. Sie wissen, daß er oft einen schlechten Tag hat, wo er müde ist, wo er unter Schwindelanfällen leidet und von Kopfschmerzen geplagt ist ... Warum könnte er nicht stets frisch sein und lange Zeit jung bleiben?«

»Was dies betrifft, habe ich dem König bereits einige Ratschläge erteilt ...«

»Und?«

»Er hat sie nicht befolgt. Sie sind ein hinreißendes Wesen, Madame, und auch die jungen Damen, die Sie zur Unterhaltung des Königs großzügig Revue passieren lassen, sind ebenfalls unwiderstehlich ...«

»Sie meinen also ... daß der König ... mit seinen Kräften Schindluder treibt?«

»Sie wissen, daß dies der Fall ist, und Sie wissen auch, daß keiner von uns in der Lage ist, seine Freuden zu bremsen. Sonst würde er sich vielleicht von uns abwenden und die Dienste anderer in Anspruch nehmen.«

»Das ist wahr«, sagte Madame Pompadour. Die Worte St. Germains hatten sie tief getroffen. Ihr Gesicht wurde nachdenklich, und man konnte ihr ansehen, daß unruhige Gefühle und dunkle Gedanken in ihr aufstiegen, die sie oft beschäftigten. Mit einem verborgenen Beben in der Stimme wandte sie sich furchtsam an den Grafen.

»Wenn ich es wagen würde ... würde ich Sie jetzt fragen, Graf St. Germain ... könnten Sie mir vielleicht sagen, wie lange ich den König noch behalten kann, und wenn ich ihn verliere ... was Gott verhüten möge ... wenn ich ihn dennoch verliere, wie wird mein Schicksal nachher aussehen? ... Aber nein ... geben Sie mir keine Antwort ... Ich habe nicht den Mut, diese Frage zu erörtern, die mich immer öfter bedrückt ...« Und sie blickte unschlüssig, flehend noch mit schwindender Bange auf St. Germain, der ihrem Blick auf merkwürdige, sanfte Art begegnete. Nach Madame Hausse ruhte der Blick des Grafen teilnahmsvoll auf dem Gesicht der Marquise Pompadour.

»Fürchten Sie sich nicht, Madame ... Ich werde Sie nicht erschrecken. Der Glanz Ihres Sterns ist noch ungebrochen. Doch die Sterne sterben und werden neu geboren, wie die Menschen. Auch das strahlendste Kind ist bereits im Augenblick seiner Geburt zum Tode verurteilt, und wer hier stirbt, wird irgendwo wiedergeboren. Am Abend legen wir uns nieder und erwachen im Reich des Traumes. Ein Abschnitt unseres Lebens wird abgeschlossen, und ein neuer Abschnitt wird geboren, der wichtiger und nützlicher ist als der andere ... Die Veränderung ist Gesetz, doch ebenso ist es auch Gesetz, daß das Leben durch keinerlei Veränderung ausgelöscht werden kann ...«

Die Königin kehrte in Gesellschaft St. Germains und ihrer beiden Freundinnen in den Saal zurück, mit lächelndem Gesicht und die Stimme von lauter Lachen erfüllt. Die Gräfin D'Adhemar begann brennend vor Neugier zu forschen.

»Unser bewundernswerter Graf hat Eurer Majestät wieder einmal gute Nachrichten aus der Zukunft zu melden gehabt!«

Die Königin nahm mit graziöser Bewegung zwischen ihren Gästen Platz.

»Mag sein ...«, sagte sie geheimnisvoll.

»Ein Geheimnis?« drang die Gräfin D'Adhemar weiter in sie.

»Nein ... Noch zwei Kinder!« lachte die Königin auf. »Zwei recht bald ... Und der Zeitpunkt des Gleichgewichts, der Besinnung naht ...«

Und wie ein Echo auf das Lachen der Königin brach die Gesellschaft in fröhliches Murmeln aus.

»Die beiden Kinder sind glaubhaft«, sagte die D'Adhemar zweideutig.

»Warum lacht ihr nur?« fragte die Königin mit spitzbübischer Grimasse. »Schließlich kann ich auch eines Tages erwachsen werden!«

»Dürfen wir Eure Majestät ersuchen, dies zu unterlassen?« versetzte die Gräfin Polignac. »Graf St. Germain! Kennen Sie vielleicht ein Elixier, unter dessen Einwirkung die Königin stets bleiben wird, wie sie ist ... Solch ein unwiderstehliches, glückliches und geniales Kind?!«

St. Germain schüttelte lächelnd den Kopf.

»Nein, Gräfin ... leider nein. Gott hat beschlossen, daß Kinder heranwachsen müssen. Ich kann Seinem Willen nicht entgegenwirken.«

»Ach ... schade!« sagte die Gräfin Polignac. »Die Erwachsenen sind so langweilig!«

»Kennen die Damen die Geschichte von der Insel der Kinder?« fragte St. Germain.

Die Gesellschaft kannte sie nicht und wollte sie hören.

»Vor vielen Jahrtausenden blickte aus dem Mittelmeer das smaragdene Augenpaar zweier Zwillingsinseln zum heiteren Himmelszelt empor. Diese beiden Inseln waren die Gipfel zweier gewaltiger Berge. Einst waren es die höchsten, stolzesten Gipfel eines Weltreiches, das in der Sintflut versunken war. Von all den Millionen, die vor dem schrecklichen Kataklysma flüchteten, erreichten nur wenige diese Gipfel, die späteren glücklichen Inseln, und diese blieben am Leben. Als sich der entsetzliche Sturm gelegt hatte, als sich die Wasser wieder glätteten und der bleifarbene, zornige Himmel wieder eine sanfte, pastellblaue Farbe annahm, richteten sich die Flüchtlinge für ihr neues Leben auf einer der Inseln ein. Aufgrund der Erinnerung an ihre hochentwickelte Kultur gelang es ihnen schließlich nach manchen Kämpfen und manchem Scheitern, ihre Häuser dauerhaft zu errichten, den kargen Boden fruchtbar zu machen, die verwilderten Tiere zu zähmen. Sie machten Aufzeichnungen über die Naturerscheinungen, über den Gang der Sterne, über die Gewohnheiten und Gebrechen von Mensch und Tier und setzten aufgrund der Uroffenbarung die Gesetze des friedlichen Zusammenlebens wieder in Kraft, damit ihre Kinder einst ihr Wissen, ihre Überlieferung und ihre Erfahrungen nutzen konnten.

Ihre Kinder aber, die unbeaufsichtigt zwischen den Felsen herumstreunten, während die Erwachsenen im Schweiße ihres Angesichts arbeiteten, hatten sich mittlerweile an ihre verantwortungslose, wilde Freiheit gewöhnt. Sie plünderten die Vogelnester in den höchsten Baumwipfeln und tranken die Eier roh aus ihrer Schale. Sie erlegten Kleinwild mit scharfen Steinen und teilten sich die Beute. Ihre Körper wurden kräftig, ihre Haut braungebrannt, ihre Hände wurden rauh, und ihre körperliche Kraft machte sie herausfordernd und stachelte sie zum Wettstreit an. Sie fanden Gefallen an Balgereien wie Jungtiere und meinten, indem sie den Gegner zu Boden warfen, alles und jeden zu beherrschen. Sie waren unbändig und ungeduldig. Als die Erwachsenen von ihrem großen Werk ausruhten und meinten, daß die Zeit gekommen sei, ihre Nachkommen an ihren Platz in der Gesellschaft zu stellen, ließen sie ihre Kinder kommen, um ihnen die Gesetze und Pflichten zu übergeben. Der Kummer und die Unruhe der sanften, weisen Alten wuchs jedoch immer mehr, als diese verwilderte Meute vor ihnen erschien. Sie mußten feststellen, daß in der Zeit, wo sie den Boden gezähmt, so manches Heim errichtet und die heiligen Wissenschaften der Vergangenheit zusammengetragen hatten, ihre Kinder verwildert waren, ihr Körper zwar kräftig, doch ihr Kopf träge und kraftlos geworden war, ihre Emotionen ins Kraut geschossen waren wie das zähe, feindliche Unkraut auf unkultiviertem Boden. Die Erwachsenen bemühten sich vergeblich, in den verrohten Gehirnen das Dunkel in Licht zu verwandeln und die schrankenlosen Instinkte ins Fahrwasser der Selbstbeherrschung und der Einsicht zu treiben. Der dumpfe Verstand, der sich wild gegen jede Anstrengung sträubte, erhob sich gegen die Führung der Alten, auf blinde und dumme Überheblichkeit gestützt. Die Jungen verließen scharenweise die kleine kultivierte Insel, um auf benachbartem jungfräulichen Boden ihr eigenes, freies, verspieltes Kinderreich außerhalb des Gesetzes zu gründen.

Zunächst bauten sie lustige Wohnstätten aus Zweigen und Laub und schmückten die baufälligen Dächer mit bunten Blumen. Die komischen kleinen grünen Zelte schimmerten fröhlich im heiteren Sonnenlicht. Es gab auch größere, schönere und schmuckere Zelte, die von den körperlich schwächeren, aber klügeren und gewandteren Kindern erbaut worden waren. Die Kräftigen, die sich durch Prügeleien, durch das Erklimmen von Bäumen sowie bei der Jagd und beim Fischen auszeichneten, brachten häßliche, formlose Mißgeburten zustande, weil ihre Hände und ihr Kopf zu ungeschickt und einfallslos waren, um so etwas fertigzubringen. Sie waren es dann auch, die ihre schwächeren und geschickteren Kameraden mit Schlägen zwangen, aus ihren hübscheren Zelten auszuziehen und diese den Stärkeren zu überlassen. Als sie aber der erschrockenen Unterwürfigkeit der Eingeschüchterten gewahr wurden, stieg ihnen die eigene Kraft und die eigene Macht zu Kopfe. Die Schwächeren wurden zu einfacheren, schwereren häuslichen Arbeiten gezwungen, während sie sich mit der Jagd, der Fischerei, mit Steineschleudern und Tänzen befaßten, die sie um das Feuer herum aufführten. Der Löwenanteil der Beute allerdings wurde den Hilflosen verwehrt, und nur ein magerer, geringer Teil ihrer Abfälle wurde ihnen zuteil.

Die Schwachen wurden durch die schlechte Kost, durch die schwere Arbeit und durch die Schläge immer magerer, nachdenklicher, hungriger und verzweifelter. Ihr Gehirn begann sich durch das Leid und durch die Unterdrückung zu erhellen. Die Starken aber wurden durch die grenzenlose Völlerei immer fetter und träger. Das Einbringen der Beute nahm nur sehr wenig Zeit in Anspruch. Den größten Teil des Tages verbrachten sie mit Schlafen, Essen, mit dem Auspeitschen ihrer Sklaven und mit dem Austeilen von Befehlen. Doch selbst unter den fetten, starken Tyrannen kam es immer häufiger zu blutigen Kämpfen. Die Sklaven konnten Tag für Tag Zeugen ihrer zornigen, neidischen Ausbrüche sein, der Flut niederträchtiger Verleumdungen, mit der sie sich überschütteten, für ein paar bessere Bissen, die dem anderen zugute gekommen waren, wegen einiger hübscher, wohlgeformter Steine oder Vogeleier. Sie sahen die schrankenlosen, irrsinnigen Raufereien, wenn sie sich wie wilde Tiere blutig rissen, mit Fußtritten traktierten und sich bekämpften, den feisten, weichlichen Körper des Besiegten, der sich am Boden wälzte und vor Schmerz und ohnmächtiger Wut jammerte ... und die Sklaven begannen sich zu besinnen und nachzudenken. Sind diese Starken wirklich so kräftig und unverwundbar? Ihre Zahl nahm doch mehr und mehr ab, weil sie sich ständig gegenseitig ausrotten. Ihr Körper war durch ihr rechtlos erzwungenes Wohlergehen feist und verweichlicht worden. Ihre Bewegungen waren langsam, ihre Sohlen empfindlich, ihre Füße ermüdeten leicht und schnell, weil sie das Gehen nicht mehr gewohnt waren. Die Mittagsstunde verbrachten sie in tiefem Schlaf. In den Teichen wimmelte es von Fischen, an den Bäumen wucherte wild die Frucht, und selbst den Brotsamen wehte der Wind von der benachbarten Insel herüber. Unter dem warmen, dämpfigen Klima bot sich Essen und Trinken wie von selbst an. Sie waren schon zu träge, um ihre Hand nach der Beute auszustrecken. Auch dies mußten die Sklaven für sie tun, doch das Geschenk, das die Natur kostenlos bot, mußten sie bis auf das letzte Körnchen heimschleppen zu ihrer Herrschaft, die sich im Schatten räkelte, damit sie völlen konnten, während sie dem fleißigen Volk nur den karg bemessenen Rest hinwarfen. Warum wohl? Nur, weil die Feisten eine Knute führen? Sie verfügten ja nicht einmal mehr über eine körperliche Überlegenheit, weil mittlerweile die Sklaven beweglicher und zäher geworden waren. Sie, die Sklaven, hatten es gelernt, auf Bäume zu klettern, zu fischen, zu jagen, Holz zu fällen, Feuer zu entfachen, Lasten zu tragen, zu nähen, Brot zu backen, Tierhäute zu bearbeiten, zu kochen, Erschöpfung und Schmerzen zu ertragen ... und die Sklaven waren in der Überzahl ...

Zunächst waren es nur einzelne, die so dachten und diesen erstickenden, erschreckenden und großartigen Gedanken für sich bewahrten. Der eine oder andere versuchte, das Beutegesetz zu ändern. Zunächst aß er sich selbst von dem satt, was er sich durch seine Arbeit und seine Geschicklichkeit beschafft hatte, und lieferte seinem Herren nur noch die Reste ab. Solche Rebellen wurden von den Feisten vor den Augen der zusammengetriebenen Sklaven angesichts ihres finsteren, beharrlichen Blicks im Rahmen einer großen Feierlichkeit hingerichtet, um die anderen vor ähnlichen illegalen Machenschaften abzuschrecken. Sie wurden langsam nach einer ausgeklügelten Methode zu Tode gefoltert, da in diesem einzigen Punkt ihr Erfindungsgeist und ihr Einfallsreichtum unerschöpflich waren. Einige wurden enthäutet, und ihr nacktes Fleisch wurde mit Salz bestreut. Andere wiederum wurden langsam in Stücke geschnitten, wobei peinlich darauf geachtet wurde, daß zunächst jene Teile abgesäbelt wurden, die nicht unbedingt und unmittelbar zum Tod führten. Wieder anderen wurden die Knochen mittels großer Steine stückweise zu Brei zermalmt. Es gab auch solche, die zu Tode gegeißelt wurden und wieder andere, die man bis zum Halse ins Wasser tauchte, das von Blutegeln wimmelte ... doch wer könnte all die Vielfalt aufzählen, mit der die Feierlichkeiten ihrer Rechtsprechung zu einem unvergleichlichen künstlerischen Ereignis geweiht wurden. Eigentlich war es gar nicht verwunderlich, wenn nach solchen Feierlichkeiten die Zahl der Missetäter zunahm. Die Einzelnen wurden von entschlossenen Gruppen abgelöst, die jetzt nicht mehr nur selbst handelten, sondern auch andere dazu verführten, aus der Reihe zu tanzen. Die vom Dunst des faulenden Blutes umdampften Exekutionsgeräte auf dem Hauptplatz der Insel waren fast täglich in Betrieb.

Die Luft war von Hitze durchglüht und durchzittert von der großen Spannung, die dem nahenden Regen vorausging. Die Fetten rüsteten zu einer neuen Feier. Ganze Scharen entsprungener Sklaven wurden wieder einmal aus den Höhlen getrieben. Die anderen, die noch auf der Flucht waren, würde man schon kriegen. Wer kümmerte sich schon um das unterirdische Rumoren von Ratten, um sinnlose, in Höhlenwände gemeißelte Zeichen und um die feuerroten Blumen, die am Morgen an allen Zelten steckten?!

Es war warm. Die Hitze entfachte unruhige, hungrige, ungeduldige Begierden, tobende Gereiztheit in den überfütterten Leibern. Mit gieriger, zitternder Erwartung schaute sie dem Fest entgegen, um die eigene Spannung bei den Schreien der zu

Tode gefolterten Sklaven wieder in träge Ruhe zu verwandeln.

Aber auch die Sklaven fieberten der Feier entgegen. Sie waren in der Überzahl, das wußten sie bereits. Jeder einzelne wußte das. Man hatte es ausgesprochen, die Tatsache war zum Wort geworden, zum schwer tönenden, dunkel glühenden, magischen Spruch. Und es wurden auch andere Worte ausgesprochen. Man sprach über die Schwäche der Fetten und von der Kraft der Mageren, über die Beute, an der auch derjenige gleichermaßen Anteil hatte, der für sie gearbeitet hatte. Sie kannten die Verleumdungen, die schrecklichen Beschuldigungen, die die Fetten in ihrer neiderfüllten Wut sich gegenseitig lauthals vorwarfen, und sie flüsterten sich auch zu, wie ein großes, erschütterndes, anspornendes Geheimnis, das an den Tag gekommen war, daß der Körper der Fetten ebenso verwundbar, daß ihr ausströmendes Blut ebenso rot sei wie das des elendsten Sklaven.

Die Erwachsenen aber, die auf der Nachbarinsel ihr stilles, beschauliches Leben lebten, sahen mit ihren weitblickenden Augen, was im Reich der Kinder vor sich ging, und waren tief betrübt. Sie hätten die Verblendeten gern vor einander und vor sich selbst bewahrt. Sie hielten also einen Rat ab und beschlossen, sowohl zu den Fetten wie auch zu den Mageren Botschaften zu entsenden, noch bevor der Große Sturm losbrach, um die Fetten zu ermahnen und sie davon abzuhalten, den Bogen zu überspannen, die Mageren aber vor dem letzten Schritt zu warnen.

Die Bemühungen der beiden Botschafter blieben aber ergebnislos. Die Flamme der Emotionen war nicht mehr zu löschen. Jene Gruppe, die die Beute und die Macht besaß, wollte keinen Fingerbreit von ihrer bisherigen Lebensart und ihren Gewohnheiten abweichen und steckte angesichts der drohenden Zeichen wie der Vogel Strauß den Kopf in den Sand. Die verzweifelten, hungernden, zu Tode gehetzten Sklaven aber waren ganz und gar von ihrem tödlichen Haß auf die Herren besessen. Sie waren bereits wie der geschleuderte Stein, die zum Schlag erhobene Faust, wie der zum Zustoßen bereite Dolch im stürmischen, wilden Schwung der Tat, des dienstbaren Willens.

Die Boten kehrten eilig zur Insel der Erwachsenen zurück, noch vor Ausbruch des Großen Sturmes, und meldeten ihrem Rat die Erfolglosigkeit ihrer Mission. Die Mitglieder des Rates wurden von Mitleid und Kummer erfaßt. Nur der Vorsitzende des Rates, der weiseste und älteste Erwachsene, blieb heiter und gelassen.

›Warum bekümmert es euch, daß das Gesetz auch im Reich der Kinder Gesetz bleibt, wie überall in der Natur?‹ ermahnte er die Verzweifelten. ›Die Kräfte suchen stets nach einem Ausgleich. Auch die Last läßt sich nur klug und richtig verteilt tragen, sonst zerschmettert sie nach dem Gesetz der Gegenwirkung denjenigen, der sie auf andere abwälzt. Wie sollen diese Grünschnäbel diese These begreifen? Aus ein paar Worten? Die Worte sind noch nicht lebendig, vor ihren Augen sind sie nichts weiter als ein Schatten der Wirklichkeit. Sie müssen die Realität selbst erleben, damit diese These zum Leben erwacht und ihren Charakter bildet. Die Mission unserer Gesandten war nur scheinbar erfolglos. Die Mahnung, die wir ihnen zukommen ließen, ist scheintot während der Erfüllung der Ereignisse, im Dammbruch der Emotionen, doch sie wird auferstehen, sobald sich der Sturm gelegt hat, als lebendige Konsequenz. Das verrottende Fleisch, das vergossene Blut sind mit dem Leben nicht identisch. Das wißt ihr nur zu gut.‹

Und der große Friede des Verstehens ergriff die Mitglieder des Rates. Sie kehrten zu ihrer Beschaulichkeit, zu ihren Meditationen über die Göttliche Wissenschaft zurück und warteten auf die Ruhe nach dem Sturm ...«

Im Salon von Trianon erloschen zischend einige Kerzen. St. Germain schwieg, und niemand brach die eintretende Stille. Die Zuhörer saßen stumm auf ihren Plätzen, fasziniert von unbekannten Empfindungen. Der Vogel der leichten Heiterkeit war davongeflogen. Die Königin starrte bleich mit zusammengekniffenen Lippen vor sich hin. Selbst der stets nach außen spähende Blick der Gräfin Polignac wandte sich nach innen, wo jetzt die trüben Wasser schlimmer Ahnungen zu kreisen begannen. Die Prinzessin Lamballe war ganz zusammengesunken und hatte die Hände krampfhaft im Schoß gefaltet wie im Gebet. Das kluge, häßliche Vogelgesicht der Gräfin D'Adhemar sah jetzt uralt und unendlich müde aus.

Zwei Diener huschten eilig herein und steckten frische Kerzen in die Kandelaber. Für einen Augenblick brach ihre Anwesenheit den Zauber.

»Und ... was geschah auf der anderen Insel?« fragte die Gräfin D'Adhemar heiser.

»Im Reich der Kinder?« St. Germain wandte sich ihr zu.

»Nun ... genau das, was zu erwarten war. Die Feier endete mit einem entsetzlichen Blutrausch. Die Sklaven griffen ihre Herren an und machten sie nieder. Als bereits alle tot am Boden lagen, wandten sich die Rebellen gegen jene Diener, die den Fetten treu geblieben waren, dann kamen die Gleichgültigen und Neutralen an die Reihe, schließlich diejenigen, die nicht als engagiert genug befunden wurden. Die Insel wurde zum Schlachthaus. Keiner konnte sicher sein, wann er bei diesem allgemeinen Morden an der Reihe war.« Er sprach mit farbloser, leiser Stimme, aber die Zuhörer lauschten wie gebannt. »Keiner dachte daran, Nahrungsmittel zu beschaffen. Alle feierten die Freiheit, die in Wirklichkeit zu einem fürchterlichen Terror geworden war. Der Hunger war größer denn je während der Herrschaft der Fetten. Seuchen brachen aus, und schließlich ereilte sie der tropische Regen, der ihre kindlich aufgebauten Zelte vernichtete, das Dach über ihrem Kopf hinwegschwemmte und ihre Aufmerksamkeit von der finsteren Lust des Mordens abwandte. Frierend, zerschmettert und krank wurden sie sich schließlich ihrer tatsächlichen Lage und ihrer Verlassenheit bewußt ...«

»Und dann ... dann erinnerten sie sich an die Erwachsenen«, sagte die Gräfin D'Adhemar selbstvergessen.

»Noch nicht, Madame. Eine geraume Weile nicht. Dies war nur so eine Art Katzenjammer, doch keinesfalls eine Beruhigung ... Hinterher hat es noch so manchen Kampf gegeben, weil sie das Gesetz des Gleichgewichts noch nicht begriffen hatten. Es gab immer noch einzelne Gruppen oder Kinder, die ihre Lasten auf andere abwälzten und die sie nach dem Gesetz der Reaktion zerschmetterten ...«

»Das ... war eine entsetzliche Geschichte«, meinte die Königin verärgert. »Wenn ich ihren Inhalt vorausgeahnt hätte, so hätte ich nicht gestattet, daß Sie sie erzählen. Wie konnten Sie mir das antun? Ich habe mich so sehr auf diesen Abend gefreut ... ich war so fröhlich und ausgeglichen!« Ihre Stimme erstickte, da sie ihren Unmut und ihre Beleidigung nicht verbergen konnte.

»Aber es war doch nur ein Märchen«, sagte St. Germain. »Haben Eure Majestät vielleicht einen tieferen Sinn darin entdeckt?!«

»Ich habe alles das entdeckt, was Sie in die Geschichte hineingepackt haben!« sagte die Königin kalt und schaute ihm in die Augen. »Ich habe alles sehr wohl begriffen, und ich kann nur sagen, daß es wirklich ein Märchen war, ein einfältiges, stupides Ammenmärchen!«

Sie erhob sich und kehrte St. Germain den Rücken zu.

Die Gesellschaft blieb nur noch kurze Zeit beieinander. Die Königin würdigte St. Germain keines Wortes mehr und zog sich bald zurück, Müdigkeit vorschützend.

Zwei Briefe

Zwei Tage später erhielt St. Germain einen Brief der Gräfin D'Adhemar, der mit der Abschrift des Briefes von St. Germain sich in meinem Besitz befindet. Außer mir war es die Gräfin D'Adhemar, die St. Germains Zeilen für die Nachwelt bewahrte. Diese geistreiche Frau mit dem scharfen Blick war eine ausgezeichnete Chronistin ihrer Zeit. Hier der Brief:

Lieber Graf St. Germain!

Seit jenem merkwürdigen Abend, der für Sie leider damit endete, daß Sie in Ungnade fielen und an dem ich in Trianon ebenfalls anwesend sein konnte, kann ich meiner Unruhe kaum Herr werden, die mich immer häufiger überkommt. Ich bin bereits eine alte Frau. Ich habe so manches erlebt und manches erfahren, und ich darf behaupten, daß ich mit offenen Augen durchs Leben gegangen bin. Das neugierige Beobachten von Menschen, das Erforschen der Zusammenhänge und Hintergründe von Ereignissen erschöpft sich bei mir nicht nur in der oberflächlichen Jagd nach Erfolgen in der Gesellschaft – obwohl ich diese Absicht nicht ganz leugnen möchte –, vielmehr handelt es sich um eine verborgene innere Leidenschaft. Bei all meinen Schwächen ist die Aufrichtigkeit, die ich meiner Person gegenüber pflege, eine echte Last und ein echter Segen meines Charakters. Aber ich bin ebenso bereit, die Dinge dieser Welt zu betrachten, selbst dann, wenn ich meine Meinung aus dem Arrangement in dieser Welt, aus Interessen heraus, aus Bequemlichkeit oder Feigheit unterdrücke. Dies schicke ich voraus, damit Sie begreifen, was mich dazu bewegt hat, diese Zeilen zu schreiben.

Der schwerwiegende, wahre Gehalt Ihrer verspielten Geschichte hat mich ergriffen und aufgewühlt, da sie derartige Probleme und Gefahren zum Ausdruck bringt, deren Gärung ich selbst seit langer Zeit sorgenvoll verfolge. Die Königin und ihre unverantwortliche, nette, kindliche Gesellschaft habe ich aufrichtig ins Herz geschlossen. Ihre Jugend elektrisiert und begeistert mich. Ihre Schönheit und ihre Kultur erfüllen mich mit Nostalgie, weil ich immer noch unvollkommen, eitel und genußsüchtig bin, wenn auch die Jahre enteilt sind – dennoch verkenne ich nicht die Irrtümer, den Leichtsinn und die Unterlassungen dieses kleinen glücklichen Reiches im Angesicht der brennenden Fragen der Gegenwart. Ich verkenne auch nicht die festgefahrenen, egozentrischen Fehler dieses uneinsichtigen Hexenkessels von Versailles, auch nicht die bedauernswerte Ohnmacht des Königs von Frankreich zu einer Zeit, wo überwältigende Kraft, tollkühnes Handeln und tiefgreifende Veränderungen erforderlich wären. Ich selbst liebe diese graziöse, verdorbene, glänzende, stupide, elegante und morsche Welt. Ich bin ein Teil von ihr, ich bin in ihr geboren, zwischen all ihren Fallen und Genüssen bin ich jung gewesen, und heute bin ich dem Schicksal dankbar, daß ich mit ihr zusammen alt geworden bin und ihren letzten Fall nicht überleben muß. Doch die Jungen tun mir leid. Mir drückt es das Herz ab, wenn ich an die Zukunft dieser sorglosen Kinder denke, die heute herumgespielt haben, als würden sie die glückliche Morgendämmerung ihrer Zeit erleben, obwohl über ihrem Kopf die düsteren Farben eines blutigen Sonnenuntergangs dunkeln. Ich fühle mich hilflos und trauere wie jene Alten – die Mitglieder des Rates – auf der Insel der Erwachsenen. Ich denke darüber nach, was ich wohl tun könnte? Es wäre entsetzlich, wenn so viel ziselierte Feinheit, so viel Grazie, Lieblichkeit und zärtliche künstlerische Vollendung der Rache zum Opfer fallen würde für die Schuld derjenigen, die in ihren Grüften schon längst zu Staub zerfallen sind. Marie Antoinettes Schuld ist keine aktive Schuld, sondern nur ein Versäumnis. Auch der König ist ein harmloser, gutmütiger Mensch. Doch mir ist absolut klar, welch eine Gefahr es bedeutet, daß im Augenblick der größten aller Krisen in der Geschichte Frankreichs solch schwache Hände am Ruder sind! Ich bin verzweifelt und ratlos. Sie könnten mir vielleicht sagen, was ich tun kann und wozu mich in meiner Situa-

tion der Umstand verpflichtet, daß ich die Katastrophe heran-nahen fühle. Bitte, helfen Sie mir!
Ihre Ihnen sehr ergebene
Gräfin D'Adhemar.

Die Antwort des Grafen St. Germain, die auch im Nachlaß der Gräfin D'Adhemar zu finden ist, lautet wie folgt:

Sehr verehrte Gnädige Frau!
Ihre Sorgen sind auch die meinen. Meine fast kindlich durchsichtige Allegorie wollte in Wirklichkeit jene Gefahr nicht verschleiern, sondern offenbaren, in welche das Königspaar, der ganze Adel und mit ihnen zusammen die ganze sogenannte ›alte Welt‹ geraten ist. Die Zeit eilt heran, wo das gedankenlose Frankreich, vom Unglück umgeben, vor dem es sich hätte bewahren können, in einen Zustand gerät, der mit Dantes Hölle vergleichbar ist. Wir werden den Sturz des königlichen Joches, des Weihrauchkessels, der Waage erleben, den Sturz der Türme und Wappen und selbst den Sturz der weißen Fahne. Ich habe die Zukunft nicht nur geahnt, sondern gesehen, Gräfin, und diese entsetzliche Vision hält mich gefangen. In allen Städten floß das Blut in Strömen, von allen Seiten erscholl der Ruf des Volkes, der Schrei wurde laut, und der Mut schwand dahin. Aus den Worten des Rates erhob sich der Tod – und Gott, der Allmächtige! Wer könnte sich den mörderischen Richtern entgegensetzen?! Wenn Sie nur wüßten, welch ein entsetzlicher Anblick es ist, wenn das Beil fällt! . . . Doch wer will heute darauf hören, der Veto ruft?! Wie Sie sehen, hält mich nichts zurück, auch nicht die Tatsache, daß ich die Königin erzürnt habe und daß sich auf diese Weise die Pforten Trianons hinter mir geschlossen haben. Was die betrifft, wäre ich bereit gewesen, noch mehr auf mich zu nehmen. Und glauben Sie nicht, daß dies mein erster Versuch war. Die Augen sind blind und die Ohren taub, Madame, weil sich die Zeit erfüllen muß. Wir können gar nichts tun. Beruhigen Sie sich. Sie wird der Sturm nicht erfassen, Sie werden gerettet. Das ist alles, was ich Ihnen zum Troste sagen kann.
Ihr St. Germain

Nach diesem Brief lud die Gräfin D'Adhemar den Grafen St. Germain noch zu einem persönlichen Treffen ein. Diese letzte und besonders bedeutende Begegnung spielte sich in der Kirche von Recollets während der Acht-Uhr-Messe ab. Auf meine Bitte berichtete mir Graf St. Germain über diese Unterredung in allen Einzelheiten.

Die Gräfin war erregt und niedergeschmettert. Sie flehte St. Germain an, noch einmal mit der Königin zu sprechen, vielleicht über die Prinzessin Lamballe. Sie, die ebenfalls über die Zukunft beunruhigt war, könnte es vielleicht bewerkstelligen, daß ihn die Königin empfängt. St. Germain wies diese Bitte mit dem Vorwand zurück, daß er mit seinen Ermahnungen jetzt schon zu spät kommen würde.

»Warum?« fragte die Gräfin D'Adhemar erschrocken. »Wissen Sie vielleicht etwas über einen Komplott, der ...«

»Nein, Madame. Die Königin hat bereits jenen Augenblick versäumt, wo sie ihr eigenes Schicksal hätten wenden können. Dieser Augenblick war nach der Geburt des Dauphin gegeben, wo ihr der auflodernde Glaube, die Begeisterung und die Sehnsucht entgegenschlug. Die Königin aber hat dem Volk den Rükken gekehrt und sich wieder nach Trianon begeben. Vergebens war dieses letzte Feuerwerk und vergebens wird ihm der Ernst der mehrfachen Mutterschaft folgen ... Man wird ihr keinen Glauben mehr schenken! Wer Wind sät, wird Sturm ernten. Die Kräfte sind in Bewegung geraten und werden Gericht halten über sie.«

»Wozu wurde sie verurteilt?«

»Zum Tode.«

Die gebrochene Gestalt der Gräfin schwankte, so daß St. Germain sie stützen mußte.

»Entsetzlich«, flüsterte sie. »Ich möchte Ihre Worte gern leugnen, Lügen strafen, auslachen, aber ich bringe es nicht fertig. Ich sehe, was Sie sagen. Ich kann es sehen ... hinter Ihren Worten ist Wahrheit verborgen ... Was will man eigentlich von der Königin, welche Schuld wird ihr angelastet?«

»Die Vorwürfe, Madame? ... Jede verspielte Kleinigkeit, jedes unschuldige Vergnügen kehren sich gegen sie, und eines Tages wird sie zu einem häßlichen, abstoßenden Ungeheuer werden. Aus den Spottversen werden Anklagen, aus den Verleumdungen untilgbare Schandflecken ... und was man will? Die endgültige Vernichtung der Bourbonen. Sie werden von allen Thronen vertrieben werden, auf denen sie je gesessen hatten, und es werden keine hundert Jahre vergehen, bis die Nachkommen dieser Familie als einfache Bürger in ihre Heimat zurückkehren werden. Frankreich wird von dem gemischten Regime des Königtums, der Republik und der Kaiserzeit heimgesucht, erschüttert und zerrissen werden. Anstelle der Tyrannen der höheren Stände wird die Macht in die Hände ruhmsüchtiger und unwürdiger Personen gelangen.«

Die Gräfin D'Adhemar, den Kopf in ihre beiden alten Händen gestützt, betete lange an der Seite von St. Germain, und als sie wieder aufblickte, liefen Tränen über ihre faltigen Wangen.

»Wenn Sie wüßten, wie sehr ich das Leben liebe . . . dennoch werde ich von Frieden erfüllt bei dem Gedanken, daß ich sterben werde, bevor die Revolution ausbricht«, flüsterte sie.

St. Germain wollte protestieren, doch die Gräfin D'Adhemar machte eine Geste, die ihn verstummen ließ.

»Ich weiß, worauf sich die letzte Zeile Ihres Briefes bezog . . . Wie lange bleiben Sie in Paris?«

»Vielleicht noch ein Jahr.«

»Ich verstehe. ›Die Boten eilten zur Insel der Erwachsenen zurück, noch bevor der Große Sturm ausbrach‹ . . .«

St. Germain aber schwieg.

Der Schatten des Grafen Cagliostro

Aus St. Germains Worten hatte ich also auch erfahren, daß mein Pariser Exil noch ein volles Jahr dauern würde. Ich wollte mich nicht von St. Germain trennen, im Gegenteil. Ich war für jeden Augenblick dankbar, den ich mit ihm verbringen konnte. Ich hatte eine Menge von ihm gelernt und durch ihn so manch wichtiges Erlebnis gehabt – doch Paris, diese unruhige Stadt, die mir fremd geworden war, stieß mich ab. Sie hatte eine kranke, unglückliche Atmosphäre, sie war erfüllt von einem bösen, gärenden Gefühl, wie ein Mensch, in dem eine schwere Krankheit herumgeistert.

St. Germain erhielt zahlreichen Besuch aus Adelskreisen, obwohl er von Versailles wie von Trianon fernblieb. Doch unter seinen Besuchern gab es auch Künstler, Gelehrte, einfache Leute, ja sogar zwielichtige und bizarre Existenzen. Meine Begegnung mit Giuseppe Balsamo, dem Hochstapler, im Hause St. Germains wird mir ewig in Erinnerung bleiben. Dieser fuchskluge, doch ziemlich beschränkte Scharlatan hatte die Dreistigkeit besessen, St. Germain, den Echten Magier, den Ordensbruder und Freund Cagliostros, in seinem Heim aufzusuchen. Balsamo war ungläubig wie jeder Betrüger und hoffte, in dem Grafen einen ungeschickteren, wohl aber glücklicheren Kollegen zu finden.

St. Germain empfing ihn, ja er bat ihn sogar, seine Frau mitzubringen, die sein Medium war.

So kam ich wieder mit Martin Allain zusammen, dem alten, aalglatten Nichtsnutz in neuer Körpermaske, der jetzt geschliffener, verdorbener, gefährlicher war denn je. Seine finsteren Erlebnisse und Erfahrungen waren in ihm auch ohne Erinnerungsbilder zur Suggestivkraft einer Schlange geworden, und zwar jeder Schwäche gegenüber, die sich als Opfer darbot. Sein Körperbau und seine Züge erinnerten auf überraschende Weise an sein altes Selbst, doch sie waren etwas ausgeprägter und feiner geworden. Über seinen ölig glänzenden, schwarzen Augen mit dem harten Blick wucherten dichte, schwarze, zusammengewachsene Brauen. Seine Lippen waren auch jetzt aufgeworfen und bläulichrot, doch ihre Linie war weitaus verschlossener. Seine Finger waren schmal geworden und hatten sich ausgestreckt, seine Stimme weicher, modulierter, seine Sprechweise noch flüssiger, noch farbiger und noch berückender. Diesmal hatte er sich in seiner hochtrabenden, gierigen Sehnsucht, die auf Wirkung bedacht war, einen hochgewachsenen Körper gebaut, doch Martin Allains sinnliche, genußsüchtige Fettpolster waren jetzt noch an seinen Gliedern zu erkennen. Eine schreckliche Aura umdampfte ihn, und die Krallen abstoßender, angriffslustiger Einwirkungen ragten aus ihm hervor. Zu meiner Erschütterung erahnte ich in seiner Frau und seinem Medium Jeanne Girard unter der Fiktion einer oberflächlichen Schönheit und Jugend. Jetzt hieß sie Lorenza Feliciani. Ihr Aussehen war eine ungeschlachte, ungeschickte Kopie der alten Corinna, der glänzenden und unwiderstehlichen Gestalt. Wie sehr mußte dieses wirrköpfige, habgierige Geschöpf von der Sehnsucht durchdrungen worden sein, Corinnas destruktive, wunderbare Schönheit zu erreichen! Wie sehr mußte sie Corinna beneiden, wie sehr mußte sie sie bewundert haben, und mit welch feurigem Streben hatte sich diese Idee in ihre Seele gebrannt, daß sie

sie über den Tod hinaus und durch die schwindelerregenden Strudel eines neuen Körperbaus in ein neues Leben herübergerettet hatte. Im allgemeinen erging es ihr ähnlich wie einer kleinen, pummeligen Bürgersfrau, die sich ein traumhaftes Kleid wünschte, das einst eine schlanke Feengestalt getragen. Sie hatte sich in dieses Kleid gezwängt, war mit Gewalt in dieses Kostüm geschlüpft, doch an ihr wirkte es ganz anders. Aus ihren schwarzen, schimmernden Mandelaugen blickte nicht etwa die hungrige, fordernde Genußsucht, die erpresserische, faszinierende Macht des dunklen Eros, sondern die heimliche, eingeschüchterte Schlauheit. Ihre Stirn war niedrig und gedrückt, ihr Haar zwar dicht und glänzend, doch dicksträhnig und steif. Ihr roter Mund war etwas zu groß und zu grob geraten, ihre Nase eine stupide Himmelfahrtsnase, und ihr Körper ließ anstatt Corinnas lasziven, langgestreckten Kurven untersetzte Fülle ahnen. Sie war zweifellos eine schöne Frau, für einen zweitrangigen, perversen, sinnlichen Appetit sogar begehrenswert, doch der subtile Geschmack schreckte vor ihrem gewöhnlichen Charakter zurück, der sich in jedem Wort, jedem Blick, in jeder Bewegung offenbarte. Ihre Rolle war eher die eines Opfers neben Balsamo, der sie zu seinem blinden Werkzeug gemacht hatte – die Methoden kann man sich wohl denken. Diese hysterische, besessene Frau, deren Nervensystem durch entsetzliche Instinkt-Erinnerungen belastet war, verwandelte sich zu Wachs in den Händen dieses Mannes, der einst selbst Corinnas dämonische Kraft gebrochen und an die Kette gelegt hatte. Die Dämonen hatten sich verzogen, sobald eine konzentriertere Macht als die ihre die Kandare ergriff. Balsamo verstand es, Lorenza zu suggerieren. Er besaß dieses Talent, ohne diese Fähigkeit in sich selbst zu begreifen. Er bediente sich ihrer und mißbrauchte sie, wo er nur konnte. Anstelle der unschlüssigen Astraldämonen, die ständig durch den Sturm der Emotionen hin und hergerissen wurden, war die Unglückliche nunmehr von einem Dämon besessen, der in einem Körper wohnte und sie vollständig in seinen Bann zog. Balsamo strömte eine Menge Kraft und einen gewaltigen, schrankenlosen Willen aus. Er übte die Schwarze Magie, ohne an sie zu glauben.

Merkwürdig ist, daß zwar diesmal Lorenza-Jeanne in Italien, Balsamo aber in Sizilien in der Nähe von Palermo das Licht der Welt erblickt hatte und beide auf die Szene ihres früheren Lebens zurückgekehrt waren. Unschlüssig und instinktiv wurden sie von diesem Ort angezogen, als hätten sie da noch etwas zu erledigen. Natürlich gaben sie ihrer gierigen Ungeduld andere Namen, und ihre Absichten waren von zwielichtigen, entschlossenen, bewußten Plänen erfüllt, deren Ziel sie allerdings auch im beschränkteren Rahmen erreicht hätten, wie sie dies auch an verschiedenen Orten versucht hatten. Dennoch mußten sie immer wieder zu ihrem magischen Zentrum nach Paris zurückkehren.

St. Germain empfing seine beiden Gäste in seinem Arbeitszimmer, das im Erdgeschoß lag. Ihre Sicherheit und ihre Übung waren wahrhaftig bewundernswert. Hinter ihrem Erscheinen war es fast greifbar, durch wie viele Türen sie bereits auf diese Weise zum ersten Mal eingetreten waren, zu allem bereit, zu allem entschlossen. Der Instinkt der Anpassung war in Balsamo und durch ihn auch in Lorenza so weit entwickelt wie der Instinkt der jagenden und sich schützenden Tiere. Sie paßten sich augenblicklich jener Umgebung an, in die sie gerieten. Sie nahmen deren Tonfall an, die jeweiligen Farben, wurden still oder laut, je nach Bedarf. Auch bei uns paßten sie sich sofort an – dem Prunk des Saales, den blütenzarten chinesischen Porzellanfiguren auf den Etageren, den Bücherschränken, die die Wände bedeckten, dem geschnitzten Schreibtisch, den weichen Orientteppichen, den schweren, massiv goldenen Kerzenleuchtern, den wertvollen Gemälden, den Fenstern, von schweren Brokatvorhängen verhangen, die bis zum Boden reichten – nur eben, daß sie sich dem Grafen St. Germain nicht angleichen konnten, weil ihnen dessen wirkliches Wesen unbekannt, unbegreiflich und unsichtbar blieb.

Der Ton war leise und vornehm, die Bewegungen und Gesten wohlabgewogen, lässig und weich. Balsamo begann die Unterhaltung, indem er St. Germain, der ihn lächelnd beobachtete, mit Komplimenten und Schmeicheleien überhäufte. Sein Lächeln ermutigte auch Lorenza, die, nachdem sie ihr schwarzes Spitzentuch gelüftet hatte, ihre Bewunderung über die Schönheit des Saphirringes des Grafen zum Ausdruck brachte. St. Germain streifte sofort den Ring vom Finger und überreichte ihn Lorenza zur näheren Betrachtung.

»... Sie beschämen mich, Madame! Monsieur Balsamo ist gewiß in der Lage, bessere Steine herzustellen, um die Schönheit seiner Gattin zu betonen, als dieses Machwerk meiner Wenigkeit!«

Lorenzas Miene drückte für einen Augenblick verräterisches Staunen aus.

»Also ist der Stein nicht echt?«

»Warum sollte er nicht echt sein? Ein Juwelier hat ein Vermögen dafür geboten, nachdem er ihn geprüft hatte. Madame tun immer noch so, als wüßte Sie nicht, was ich meine. Doch jetzt sind wir ja unter uns. Wer könnte schon das transmutierte Gold vom echten Gold unterscheiden?! Niemand, weil dieses mit dem anderen vollkommen identisch ist. Nicht wahr, Meister Balsamo?«

Der Gefragte zog die Augen zusammen wie einer, der auf einen Seitenhieb reagiert, und anstatt sich an den Grafen zu wenden, wandte er sich an Lorenza.

»Hier brauchst du kein Theater zu spielen, Lorenza! Der Herr Graf kennt das Geheimnis.« Dann aber glitt sein Blick und seine Stimme auf St. Germain zu. »Meine Frau ist weniger eine bewußte, eher eine ekstatische Mitarbeiterin.«

»Oh, ich verstehe. Das ist eine sehr interessante Fähigkeit ... Wenn Madame nicht ablehnt, möchte ich darum bitten, daß sie den Ring behalten möge, der für wenige Augenblicke ihr Interesse erweckt hat ... als Souvenir dieses ... seltenen und einmaligen Besuchs!«

Lorenza blickte gierig, aber zögernd auf Balsamo.

»Du darfst den Grafen nicht beleidigen, indem du ablehnst«, sagte Balsamo um eine Spur schneller, als es die Höflichkeit gebot.

»Es ist mir eine Ehre.«

Lorenza streifte den Ring mit zitternder, aufgeregter Freude über den Finger. Das kostbare Geschenk hatte sie derart aufgewühlt, daß sie ihre Gefühle nicht verbergen konnte. Balsamo bemerkte meinen beobachtenden Blick, der auf Lorenza ruhte, und bekam den unsicheren, verschleierten Blick dieser unglücklichen Frau sofort unter seine Kontrolle. Es war ein fürchterlicher Blitz, der nur den Bruchteil einer Sekunde dauerte, doch Lorenza erstarrte unter diesem Blick sofort zu Eis. Ihr Blick erlosch, und sie legte ihre rechte Hand beklommen und schützend über die linke, an der der Ring schimmerte.

Auf diese Weise ging es eine Weile hin und her, es wurden Höflichkeiten ausgetauscht. Balsamo tastete sich behutsam vor, wobei er geschickt und geübt provozierte. Diesmal waren es aber keine dichten, irrenden, materiellen Körper, die um seine raffinierten Fallen herumstolperten, sondern jemand, der ein Auge mehr zur Verfügung hatte als er, und dessen Körper der anpassungsfähige, gehorsame Diener dieses sehenden Geistes war. St. Germain parierte gewandt und glatt alle Vorstöße, beantwortete alle Fragen scheinbar präzise und dennoch mehrdeutig. Einen Augenblick konnte sich Balsamo einbilden, einem arglosen, eingebildeten Kavalier gegenüberzusitzen, dessen harmlose Eitelkeit sich als eine wahre Fundgrube darbot, im nächsten Augenblick wiederum meinte er, verborgene Ironie und erschreckende Überlegenheit in dem Blick dieser Augen zu lesen, die unverwandt auf ihm ruhten. Während des schwindelerregenden Ballspieles ihrer Konversation gab es lichte Augenblicke, wo ihn sein Gefahren witternder, raffinierter Verbrecherinstinkt zum Rückzug mahnte, doch seine Habgier und seine hasardierende Neugier waren größer, so daß er das Spiel dennoch fortsetzte.

St. Germain bat ihn, einige Experimente mit Lorenza vorzuführen. Balsamo wäre der Aufforderung liebend gern ausgewichen, wollte aber die Bitte nicht einfach abschlagen.

»Ich stehe Ihnen gern zur Verfügung, Graf St. Germain, doch dies hängt nicht allein von mir ab«, sagte er betont höflich. »Lorenza befindet sich nicht stets in entsprechendem Zustand, und wie mir scheint, ist sie heute etwas verstört ...« Er wandte sich erwartungsvoll an seine Frau, um aus ihrem Munde die Bestätigung seines eigenen Willens zu hören. Doch Lorenza war in die Betrachtung ihres Ringes versunken und achtete nicht auf ihn. Selbst der scharfe Dolch seines Blickes konnte sie nicht aufrütteln.

Sie schien auf rätselhafte Weise in sich versunken und der Gesellschaft entrückt, und als sie Balsamo im Befehlston beim Namen rief, fuhr sie nicht mit dem Jawort eines eingeschüchterten Kindes auf, das auf frischer Tat ertappt wurde, sondern sagte langsam, leise und verträumt mit Augen, die ins Unendliche blickten: »Bitte sehr ...«

»Ich sagte, du seist heute nicht in der Verfassung für ein Experiment, weil du diese Nacht unter Kopfschmerzen gelitten hast!« Balsamos Stimme klang drängend und drohend.

»Du irrst, Giuseppe ...«, sagte die leise, mechanische Stimme. »Ich fühle mich schon wieder ganz wohl.« Sie hob erneut die Hand, schaute sie an, ließ den Ring im Licht aufblitzen und sprach weiter, alles um sich vergessend mit jener merkwürdigen, verträumten, schleppenden Stimme: »An welch sonderbarem, langem Faden dieser Ring mit dem grünen Stein hängt ... Sieh doch, Giuseppe ... Wie konnte der Herr Graf mir den Ring schenken, wenn man ihn nicht abtrennen kann ... Er ist an diesem Faden festgewachsen ...«

»Ich glaube, Madames Verfassung entspricht genau jenem Zustand, der für ein Experiment erforderlich ist ... Vielleicht können wir sogar damit beginnen, Monsieur Balsamo«, sagte St. Germain still.

Balsamo erhob sich widerstrebend. Die zerstreute Handbewegung, mit der er seine Weste zurechtzupfte, verriet seine grüblerische Unsicherheit.

»Wenn Sie Hilfe brauchen, Cornelius steht Ihnen zur Verfügung ...« sagte Graf St. Germain und lehnte sich erwartungsvoll in seinem Sessel zurück.

»Ich brauche überhaupt nichts!« meinte Balsamo barsch und trat vor seine Frau hin.

»Lorenza!« sagte er leise und beschwörend. »Schau mich an, ... Lorenza!«

Die Frau hob nicht den Kopf, sie starrte wie gebannt auf den grün schimmernden Stein des Ringes, der im Kerzenlicht zu leben schien wie das Auge einer Schlange. Plötzlich veränderte sich ihre Miene. Staunen malte sich in ihrem Gesicht, dann Furcht, die sich allmählich zu unsagbarem Entsetzen steigerte. Ihr Rücken wurde straff, sie riß die Arme an sich und preßte sie fest an ihren Körper. Sie neigte den Kopf abwehrend zur Seite, und an ihrem hochragenden Hals traten die Adern hervor.

»Giuseppe ...«, flüsterte sie erstickt und mit entsetzlicher Anstrengung. »Hilf mir ... Diese grüne Schlange erwürgt mich ... Sie hat mich ganz umschlungen ... Verbanne sie wieder in den Ring ... Sofort!« Ihr Atem ging laut und schwer.

Balsamo beugte sich über Lorenza, riß den Ring von ihrem verkrampften Finger und schleuderte ihn grob in St. Germains Schoß.

»Da haben Sie Ihren Ring wieder! Jetzt wecken Sie sie aber auf ... sofort!« sagte er heiser vor Zorn.

St. Germain rührte sich nicht.

»Ich werde sie aufwecken ... bald ... Meister Balsamo. Ich muß gestehen, daß ich Ihnen dieses wunderbare Instrument für eine Weile entwendet habe. Die arme kleine Lorenza Feliciani ist in der Tat ein ausgezeichnetes Medium ...«

»Was wollen Sie von ihr?« fragte Balsamo. Sein Gesicht war wutverzerrt.

»Beruhigen Sie sich, mein Freund. Ich bringe bedeutend weniger Gefahren über sie, als Sie mit Ihren Experimenten. Sie wird nach einiger Zeit zu sich kommen, und sie wird frischer und hübscher sein denn je. Es wäre mir lieb, wenn Sie einiges aus ihrem Munde vernehmen würden, was Sie beherzigen sollten ...«

Lorenza saß blaß, steif und regungslos auf ihrem Stuhl. Aus ihrem Gesicht war der Ausdruck des Entsetzens nicht gewichen. St. Germain erhob sich, trat vor sie hin, und Balsamo wich unwillkürlich einen Schritt zurück.

»Können Sie mich hören, Madame?« fragte St. Germain sanft.

»Ja«, kam die mechanische Antwort.

»Wer bin ich?«

»Der ... Freund ... des ... Grafen Cagliostro ... und ... sein Ordensbruder in der ... geheimen ... in der geheimen ... Bruderschaft ...«

Alles Blut wich aus Balsamos Gesicht.

»Und wer ist Giuseppe Balsamo?!«

Lorenza schwieg und preßte Mund und Augen krampfhaft zusammen. Mein Blick fiel auf Balsamo. Er hatte sich vorgeneigt, um Lorenza zu beobachten. Sein Körper war geknickt, die Adern auf seiner Stirn waren angeschwollen, seine Lippen formten verneinende, befehlende, lautlose Worte.

Jetzt erklang St. Germains Stimme wieder – doch welch eine Stimme war das!

»Sie müssen antworten, Madame! Sie fürchten sich vor nichts und erinnern sich nur an das, was ich will. Jetzt haben Sie keinerlei Kontakte mehr. Sie sind frei. Absolut frei und ruhig!«

Lorenzas Züge glätteten sich.

»Sie benehmen sich unmöglich, Graf! Ich kann das nicht länger dulden!«

Balsamo trat zu seiner Frau, neigte sich über sie und versuchte, sie in die Arme zu nehmen. Doch der Körper der Frau rührte sich nicht, so als wäre er mit schweren Steinen behängt. Aus Balsamos Brust entrang sich ein Stöhnen, sein Kopf lief puterrot an. Er machte im blinden Zorn einen zweiten Anlauf, ergriff die beiden an den steifen Körper gepreßten Arme und zerrte an ihnen, bis St. Germain einschritt.

»Wenn Sie mit Ihren vergeblichen Anstrengungen fortfahren, werden Sie dem Körper des Mediums Schaden zufügen. Setzen Sie sich, Balsamo, und verhalten Sie sich ruhig. Glauben Sie mir, daß Ihnen jetzt nichts weiter übrigbleibt.«

Balsamo richtete sich keuchend mit schweißbedeckter Stirn auf. Die Röte in seinem Gesicht war einer erschreckenden Blässe gewichen. Ihm wurde schwindlig, und er mußte sich setzen.

St. Germain wandte sich wieder an Lorenza.

»Nun, Madame ... Sie haben meine Frage vernommen. Wer ist Giuseppe Balsamo?«

Und diesmal antwortete die Stimme glatt und mechanisch.

»Er ist der Schatten des Grafen Cagliostro. Stets ist er einen Schritt hinter ihm her. Wenn er sich umdreht, verschwindet er. Sie haben den gleichen Namen und das gleiche Zeichen: Das Zeichen des Zwillings. Sie sind in ein und demselben Monat geboren, ihr Körper ist ähnlich, sie sind blutsverwandt, doch ihr Charakter unterscheidet sich wie die Wahrheit von der Lüge. Der Schatten kriecht lautlos über den Boden, der Schatten wird auf den Boden geworfen und tanzt über die Mauern ... er hat kein Gewicht und kein wirkliches Sein, weil er nur ein Alptraum ist, ein Sklave des Lichts. Giuseppe Balsamo ist ein Betrüger, aber er betrügt sich nur selbst. Er weiß nicht, daß der gestohlene Name nichts weiter ist als ein Nessus-Hemd, das jener trägt, der diesen Namen mißbraucht. Er weiß nicht, daß der gestohlene Name nicht nur ein schillernder Schild ist. Das Schicksal des Schattens ist die Finsternis. Balsamo lebt, genießt und hamstert an Cagliostros Stelle. Und Cagliostros irdisches Karma wird sich an dessen statt an ihm erfüllen, weil ihm Cagliostro den Weg freigemacht hat. Die verblichenen Taten haben sich von ihm gelöst, und die Bluthunde des Karma laufen unter ihm hinweg. Doch über die Erde liegt der dunkle Schatten ausgebreitet, der Gefangene des Namens, Cagliostro-Balsamo. Einer oben im Licht, unerreichbar, der andere unten als Zielpunkt der Konsequenz. Balsamo-Cagliostro. Unglücklicher Balsamo!«

»Danke, Madame ...« St. Germain neigte sich für einen Augenblick über sie, ließ die Hand kurz auf Lorenzas Stirn ruhen, dann trat er zurück und setzte sich. Lorenza öffnete die Augen, schaute sich mit schlaftrunkenem, verwundertem Blick um, dann ruhte ihr Auge schüchtern auf Balsamos aufgewühltem, merkwürdigem Gesicht.

»Du ... hast mich eingeschläfert, Giuseppe? ... Ich habe es überhaupt nicht bemerkt ...«

Balsamo antwortete nicht. Er versuchte, seiner inneren Verwirrung Herr zu werden. Seine Willenskraft und sein schrankenloser Zynismus verscheuchten recht bald den haßerfüllten Ausdruck eines Menschen, der in die Enge getrieben worden war, und machte einer ironischen Überlegenheit Platz. Er wandte sich an St. Germain.

»Sie hätten mir, lieber St. Germain, auch auf andere Weise mitteilen können, daß Sie diese ... hm ... kleine Affäre kennen. Vergessen Sie nicht, daß ich zu Ihrer Zunft gehöre. Es dürfte jedem schwerfallen, mich zu verblüffen, der in meinem Ressort tätig ist. Ich verachte zwar jede Pose, doch ich bediene mich ihrer und lege sie mit Freuden ab, wo ich ihrer nicht bedarf. Ich weiß, daß wir eine gemeinsame Philosophie haben. Der Maler wird für seine Bilder, der Musiker für seine Musik, der Schriftsteller für seine Lügen bezahlt ... Warum sollte also die Kunst des Hochstaplers nicht auch ihren Preis haben, da diese den Menschen oft mehr Illusionen und mehr Glückseligkeit vermittelt als alle anderen Künste zusammen? Die Menschen wollen betrogen sein, weil sie zu feige und zu dumm sind, um der Wahrheit ins Gesicht zu sehen, nämlich mit der Tatsache, daß Gut und Böse, Schuld und Ehre, Gott und Teufel nichts weiter sind als ausgemachte Lügen einer exquisiten Clique von Hochstaplern zu ihren Gunsten und zum Trost der Dummen, eine Lüge, die jenseits der Einweihung vor den Mutigen und Starken stets entschleiert wird. Warum sollten wir uns etwas vormachen? Oder erwarten Sie vielleicht, daß ich glaube, Sie hätten all diese Werte hier in Ihrem Alchimistentiegel erzeugt? Auch ich besitze Tiegel mit doppeltem Boden und geschickte Rührlöffel. Wir beide transmutieren nichts weiter als die Dummheit in pures Gold, mein lieber Graf ... Sie können ruhig vom Olymp herabsteigen, sich neben mich stellen und mir endlich verraten, was Sie mit dieser Komödie bezweckt haben, die Sie hier aus dem Stegreif inszeniert haben.«

St. Germain lehnte sich heiter in seinem Sessel zurück.

»Ihre Philosophie ist beachtlich, mein Freund Balsamo ... und unleugbar amüsant!«

Balsamo konnte sein eitles und triumphierendes Lächeln nicht verbergen. Zufrieden, das Kinn auf seinen feisten Hals gesenkt, blinzelte er St. Germain mit breitem Grinsen zu.

»Na also! So verstehen wir uns schon besser. Ich werde Ihr Jagdrevier respektieren, und Sie das meine. Es dürfte für jeden von uns reichen ... Was den Namen Cagliostro betrifft, habe ich aus irgendwelchen Gründen, die ich weder Ihnen noch sonst jemandem verraten will, mehr Anspruch, als Sie vielleicht glauben ... Übrigens ist dies ein bequemer, bewährter und bekannter Name. Ich mag ihn, und er paßt auch zu mir, ich fühle mich dabei recht wohl. Glauben Sie mir, ich habe viel mehr dafür getan, und der Name steht mir viel eher zu als dem legalen Original. Ich habe eine Menge Kraft und Arbeit investiert. Der Name ist für mich ein beachtliches Kapital ... Warum verlangen Sie von mir, daß ich ihn ablege?! ...«

»O nein, Balsamo, das verlange ich nicht, und auch das Original schert sich wenig darum. Ich möchte nichts weiter, als Ihnen raten, den Namen Cagliostros nicht zu tragen. Befreien Sie sich von diesem Namen, bevor es zu spät ist, und das in Ihrem eigenen Interesse ...«

»Spielen wir doch hier kein Orakel von Dodona! Sie haben sich verständlicherweise zu sehr daran gewöhnt ... ich aber wünsche Klartext und klare Verhältnisse! Warum raten Sie mir zu so was, wenn es sowohl Ihnen als auch Cagliostro gleichgültig ist?«

»Ich möchte Sie auf die Gefahr aufmerksam machen, der Sie sich aussetzen. Wer als Cagliostro in dieser Welt lebt, muß unter Umständen als Cagliostro sterben.«

Balsamo warf sich zurück und lachte laut und breit auf.

»Ich hätte den Grafen St. Germain für einen besseren Menschenkenner gehalten!« sagte er und versuchte, das Lachen zu unterdrücken. »Ich bin schon lange den Windeln entwachsen. Leben ist auf jede Weise eine gefährliche Angelegenheit. Als ich meinen Weg wählte, war ich mir darüber im klaren, was ich tue, ich wußte aber auch, daß nur ein Schwachkopf in einer schwierigen Situation notwendigerweise ins Gras beißen muß. Es gibt kaum ein vermauertes Haus, an dem sich kein Spalt öffnet, wenn man nur die Zauberformel kennt. Ich aber kenne sie. Mit meinem Abrakadabra bin ich bereits aus der Hölle emporgestiegen. Und es geht mich einen feuchten Staub an, ob ich nun als Cagliostro oder als Balsamo beerdigt werde, wenn ich eines Tages und hoffentlich im hohen Alter an Altersschwäche sterbe ... wobei ich natürlich auf Altersschwäche im Greisenalter bestehe ...«

»Ich kann Ihnen nicht verschweigen«, fuhr St. Germain ungerührt und sanft fort, »daß der Name Cagliostro eben diese Altersschwäche unmöglich macht. Cagliostros Name bedeutet den Tod auf der Folter in Rom, in den Kasematten der Inquisition.«

»Zum Teufel, was wollen Sie mit Ihren Unkenrufen bezwekken?« meinte Balsamo verärgert. »Sie glauben doch selbst nicht, daß Sie mich irgendwie abschrecken können?! Sagen Sie rundheraus, daß Sie nicht wünschen, daß ich Cagliostros Namen benutze! Dann kann ich Ihnen nämlich ganz ehrlich sagen: Diesem Wunsch werde ich niemals und für keinen Preis nachkommen!«

»Ich habe Ihnen bereits gesagt, Balsamo, daß ich so was nicht begehre. Ich will Sie weder darum bitten, noch Sie bedrohen und schon gar nicht dazu zwingen«, wiederholte St. Germain geduldig. »Ich möchte Ihnen lediglich einen Rat geben, wobei es Ihnen freisteht, diesen Rat zu beherzigen oder abzulehnen. Genauer gesagt: Ich möchte Sie darüber aufklären, was Sie sich aufbürden, wenn Sie Cagliostros Namen benutzen. Wenn Sie auch weiterhin darauf bestehen, so tun Sie dies auf eigene Gefahr, und nicht etwa in meiner Verantwortung oder in der des Grafen Cagliostro, an dessen Stelle Sie unter entsetzlichen Umständen sterben müssen. Der Zeitpunkt rückt heran, nach dem Sie diesen Namen unmöglich loswerden können. Dann wird niemand mehr in der Lage sein zu bezeugen, daß Balsamo und Cagliostro zwei verschiedene Personen sind. Die beiden werden in der Gefahr, im Leid und im Tode zu ein und derselben Person zusammenschmelzen. Dann werde ich aber schon fern sein, und Cagliostro ebenso. Und Cagliostro wird mit dem Tode Balsamos seinen Namen für immer ablegen.«

»Wahnsinn!« unterbrach ihn Balsamo, doch St. Germain brachte ihn zum Schweigen.

»Warten Sie ... ich bin noch nicht fertig! Ich werde Ihnen Madame Lorenzas Worte entschlüsseln, die sie in Trance gesprochen hat: Cagliostros Name steht solchen Kräften im Wege, die ihn nicht mehr erreichen können, weil er eine Ebene höher gestiegen ist als der Weg. Sie aber können den Vernichtungskräften nicht entgehen, wenn Sie sich in das Gefängnis von Cagliostros Namen einschließen!«

»Ich weiß nicht, was Sie bezwecken, ich weiß nur, was Sie dadurch erreicht haben ... Noch nie ist mir dieser Name begehrenswerter, interessanter und aufregender vorgekommen, obwohl ich mich jahrelang nach ihm gesehnt, ihn gehaßt und um ihn gekämpft habe. Doch erst jetzt ist er für mich unentbehrlich geworden! Und nun hänge ich an ihm wie an meinem Leben!«

»Selbst um den Preis des Foltertodes?«

»Ich glaube nicht an solchen Quatsch!«

»Bitte, antworten Sie!«

»Seien Sie nicht gar so feierlich, sonst muß ich lachen!«

»Lachen Sie nur, Balsamo ... aber antworten Sie!«

»Also gut ... selbst um den Preis des Foltertodes! Vorausgesetzt, daß ich dumm genug bin, mich erwischen zu lassen!«

Ein merkwürdiger, winselnder Laut drang plötzlich an unsere Ohren. Wir schauten alle drei auf Lorenza – während des spannenden Dialogs hatten wir sie ganz vergessen. Aus ihren Augen strömten Tränen, ihr Gesicht hatte sich seltsam verändert, als hätte sie irgendwo hinter unserem Rücken, jenseits dieses Raumes, ein entsetzliches Bild erblickt.

»Giuseppe ...«, sagte sie weinend und zähneklappernd, »jetzt hast du es ausgesprochen, was er gewollt hat ... Der Kreis hat sich geschlossen, das Urteil ist verkündet. Es gibt kein Messer, das dich aus dieser Bindung befreien könnte ... Kein Wort, um dich zu erlösen ... Es ist vollbracht!«

»Halt den Mund!« fuhr sie Balsamo grob an. »Dumme Pute!«

Der Ausruf traf Lorenza wie ein Peitschenhieb, und sie kam mit einem Zucken wieder zu sich. Doch sie zitterte am ganzen Körper, und ihre Tränen wollten nicht versiegen.

»Heul nicht! Hör sofort damit auf! Du weißt, daß ich Tränen nicht leiden kann!« Balsamos Gesichtsmuskeln spannten sich über den Backenknochen, während er mit den Zähnen knirschte.

»Gleich ... hab noch etwas Geduld ... ich kann noch nicht ... noch ... kann ... ich ... nicht ... aufhören ...« keuchte Lorenza, und ich bekam Mitleid mit ihr, so hilflos, schwach und ausgeliefert wie sie war.

»Beruhigen Sie sich, Madame, bitte, beruhigen Sie sich«, brachen die tröstenden Worte unwillkürlich aus mir hervor. »Wenn Sie ihn darum bitten, wird Monsieur Balsamo Cagliostros Namen sicher nicht mehr tragen, er wird ihn einfach abstreifen, und ...«

»Fällt mir nicht im Traum ein!« fuhr Balsamo auf. »Dieser Name gehört mir! Ich habe mehr Anspruch darauf, als jener verweichlichte Kerl, dem der Name zufällig in den Schoß fiel!«

»Natürlich wird er ihn nicht ablegen, Cornelius. Balsamo kann den Namen Cagliostro nicht mehr ablegen. Ob er nun will oder nicht ... jetzt ist er mit ihm zusammengewachsen ... und muß ihn tragen bis in den Tod!« sagte St. Germain ruhig, und seine sanften Worte erfüllten den Raum mit unheimlicher, schwerwiegender Spannung. Diese Spannung war so stark, durchdringend und unwiderstehlich, daß sie selbst den Betrüger und Leugner Balsamo erschütterte.

»Was meinen Sie damit ... ob ich nun will oder nicht?« fragte er beklommen.

»Dieser Name ist zum Leben erwacht und wird Sie überallhin verfolgen. Er herrscht, bestimmt und formt. Wenn Sie ihn ablegen, wird er sich erheben und sich an Ihre Fersen heften. Wenn Sie ihn verleugnen, werden die Menschen einen Eid darauf schwören. Wenn Sie ihn wegwerfen, wird er zu Ihnen zurückkehren wie ein Bumerang. Wenn Sie ihn verscheuchen, wird er zurückkehren wie ein hartnäckiger Köter. Er ist ein zäher, unbestechlicher Wächter und ein unbarmherziger Exekutor. Dieser Name: Er ist ein magisches Gewand.«

»Gehen wir, Lorenza«, sagte Balsamo heiser. Er wollte seiner steigenden Unruhe entfliehen und wehrte sich mit Grobheiten dagegen. »Der Herr Graf kann auf den Kothurn nicht verzichten, mich aber langweilt seine Überheblichkeit. Ich muß gestehen, daß mich dieser Besuch enttäuscht hat!«

»Mich aber nicht, Balsamo«, sagte St. Germain freundlich und erhob sich, um seine Gäste hinauszubegleiten.

Anna Müller

Im Frühjahr 1784 reisten wir wieder nach Kassel zurück. Irgendwie war ich erleichtert und froh, als wir die Grenze Frankreichs hinter uns hatten. Ich atmete leichter, als wäre ich aus einer Kammer getreten, die von dichtem Dampf erfüllt war.

St. Germain war still und in sich versunken. Ich wollte ihn nicht mit Fragen belästigen, obwohl ich gern erfahren hätte, wie lange er sich in Kassel aufhalten wird. Zu mir war er gütig und nachsichtig. Ich dachte mit Schmerzen an den Augenblick der Trennung, ein Umstand, der mich bedrückte und den auch die Freude, meine Eltern wiederzusehen, nicht ganz aufwiegen konnte. Lange Zeit klammerte ich mich an die Hoffnung, daß wir vielleicht nur zu einem kurzen Besuch nach Hause zurückkehren und dann irgendwohin weiterreisen würden, an einen Ort, wo die Pflicht rief. St. Germain sprach nie von seinen Plänen, die er für die nahe Zukunft hegte, und was mich betraf, so gehörte es zu meinen Übungen, meine Neugier zu bremsen. Trotzdem vermittelte jene Verbindung, die dadurch zwischen uns bestand, daß ich es gelernt hatte, seine telepathischen Befehle durchzuführen, meine Probleme, und er antwortete, ohne daß ich meine Frage in Worte gekleidet hätte.

»Du darfst dir um die Zukunft keine Sorgen machen, Cornelius. Für dich kommen nützliche und fruchtbare Zeiten ... Ich werde noch einige Monate bei dir sein und dich auf die Prüfungen vorbereiten, die du, wie wir alle, ganz allein bestehen mußt.«

Jenseits der Kasseler Grenze wurden wir von einem heftigen Frühlingssturm überrascht. Der plötzlich aufkommende orkanartige Wind trieb schwere Wolken über unsere Köpfe, aus denen ein schwerer Platzregen auf uns herniederprasselte. Unsere Kutsche war zwar dem Regenguß gewachsen, doch mit Rücksicht auf unsere Pferde und Diener mußten wir im nächsten Dorfgasthaus einkehren.

Der Sturm verzog sich ebenso plötzlich, wie er gekommen war, und glänzendes Sonnenlicht umhüllte die vom Wasser sauber gewaschene grün und rosig schimmernde Landschaft, durchglüht vom Diamantfeuer von Millionen Wassertropfen. Am Boden schimmerten große Wasserlachen, auf deren Oberfläche Blütenblätter schaukelten, die der Sturm von den Bäumen gefegt hatte, die bereits ihre Blütenpracht entfaltet hatten.

Als wir aus dem Tor des Gasthofes traten, kam eine Dienstmagd auf uns zu, eine Stange über den Schultern, von deren beiden Enden zwei Holzeimer baumelten, die mit Regenwasser gefüllt waren. Sie hatte ihren Rock hochgeschürzt, ihre säulenförmigen, dicken nackten Beine waren bis zu den Knien mit Schmutz bedeckt, ihr nasses Haar war im Nacken zusammengeklatscht. Ihrem unförmigen Leib war anzusehen, daß sie in Hoffnung war. Aus ihrem gleichgültigen, breiten, knochigen Gesicht schaute mich ein stumpfes, dunkles Augenpaar an. Sie murmelte einen Gruß und wandte sich, den Gasthof umgehend, dem Gesindehaus zu, wo sich einige stinkende Schweineställe aneinanderreihten, die an der Mauer des Gesindehauses klebten. Ich blickte ihr lange nach, wie sich ihre träge, unförmige Gestalt unter der Last krümmte, bis sie in der Öffnung einer niedrigen Holztür verschwand. Ich betrachtete das braune Abwasser, das unter den Ställen hervorsickerte und in dem verrottetes Stroh weichte, die hungrig schnüffelnden, schwarzen Schweineschnauzen zwischen den Holzlatten, das verschmutzte, nasse Gefieder der Gänse, Enten und Hühner und konnte mich von diesem tristen Anblick nicht losreißen. Die Magd tauchte wieder auf, diesmal ohne die Stange, mit einem Futternapf in der Hand. Ihr gleichgültiger Blick streifte erneut mein Gesicht und blieb dann auf meiner Gestalt ruhen. Die Magd hielt inne, machte ein paar unschlüssige Schritte auf mich zu und fragte mich in einem bäuerlich gefärbten Dialekt, ob ich etwas wünsche.

»Nein«, sagte ich. »Nein, danke, gar nichts.« Dann aber fragte ich sie dennoch nach ihrem Namen.

»Anna Müller«, erwiderte sie staunend.

Ich drückte ihr etwas Geld in die Hand und folgte St. Germain, der bereits in der Kutsche saß.

»War sie's?« fragte er leise, als unser Wagen bereits rollte.

Ich nickte.

»Corinna ...«

Wie merkwürdig, daß ich sie, sobald ich sie in diesem unmöglichen Körper erblickte, sofort und viel stärker mit sich selbst identifizieren konnte als mit ihrer ehemaligen verlogenen Gestalt. Das war Corinna. Die andere war nichts weiter als eine mit Hilfe von Dämonen gebaute Dekoration, ein gestohlenes Kostüm und eine vergängliche, irreführende Maske. Jetzt stand sie da, nackt und bloß, ein Haufen aufgedunsener Materie, häßlich und abgestumpft, mit ihren heftigen, primitiven Trieben, die sie auf tierische Weise befriedigte. Ihre Welt waren die nach Mist stinkenden Kuhställe, der Schweinestall und die Hühnerställe, ihr Arbeitskreis die gröbsten und schwersten Frondienste, die ihrer geistigen Stufe entsprachen. Ihre graziöse Art, ihre ziselierte Schönheit, ihre komplizierten sexuellen Perversionen waren von ihr abgefallen in jenen bäuerlichen Schoß, der ihre Seele gefangengenommen hatte, diese Seele, die von zielloser, dumpfer wilder Sehnsucht getrieben war. Alles, was nicht ihr

Eigentum gewesen, war von ihr abgefallen, abgebrannt, abgefault, und die dämonische, finster geniale seelische Belastung hatte aufgehört zu existieren. Corinna war sie selbst geworden: bettelarm, unwissend, nichts begreifend war sie am Ausgangspunkt ihres eigenen Weges angelangt.

Mit dem erschütternden Erlebnis dieser Begegnung kam ich in der Ruhe und Beständigkeit der Burg Grotte an, die meine Heimat war. Meine Mutter und mein Vater kamen mir nicht auf der Treppe entgegen, sie warteten oben auf mich, wie es richtig war. Die innige Beziehung, die zwischen uns herrschte, bedurfte keiner exaltierten Gefühlsausbrüche mehr. Wir umarmten uns nicht, und wir küßten uns nicht. Doch als ich im Arbeitszimmer meines Vaters vor dem matt erleuchteten Hintergrund die beiden hohen, schmalen Gestalten erblickte, deren Antlitz ein bereits identisches, sanftes Lächeln trug, glühte in meinem Innern ein Gefühl von Friede und Dankbarkeit auf, wie der neue, echte, lebendige Funken in einem ausgebrannten Alchimistenofen.

Der Sarg

Mein Vater hatte während meiner Abwesenheit die oberste Stufe des Ordens erreicht.

In den nahezu vier Jahren, die ich bei St. Germain verbracht hatte, war ich mit Hilfe meines Meisters ebenfalls ein gutes Stück weitergekommen. Ich hatte die Prüfungen der vierten, fünften und sechsten Stufe geschafft und hatte mit den Studien eines »Adeptus exemptus« begonnen. Ich hatte mich mit verschiedenen Arten der Magie und der Kabbala vertraut gemacht, hatte die indischen und tibetanischen Yoga-Übungen durchexperimentiert, in mir wurden die geheimen Sutren offenbar, die seinerzeit für einen Weißen noch unentdeckte und unzugängliche geistige Schätze darstellten.

Im November 1784 erhielt ich eine Sondereinladung nach Rotenburg, deren Termin nicht mit den üblichen monatlichen Zusammenkünften im Einklang lag. Damals hatte sich St. Germain bereits seit einer Woche nicht mehr in unserem Hause gemeldet. Unsere letzte Begegnung und unser Gespräch, das alle bisherigen an Tiefe und Innigkeit übertraf, blieb in mir von merkwürdigen Vorahnungen durchtränkt haften. Ich notierte ein langes und breites Arbeitsprogramm und erhielt Anweisungen, die mich auf Jahre hinaus mit Arbeit versorgten.

Ich spürte den Abschied in seinen Worten, gleichzeitig aber auch das Verbot, dies zu erwähnen. Ich wußte, daß ihn Gefühlsausbrüche und Anhänglichkeit nicht halten konnten, ihn, der bereits frei war, und auch seines Schülers nicht würdig. Für uns dürfen Trennung, Veränderung, räumliche Veränderung nichts weiter sein als Verblendung, die der Materie und der Person gelten, die an die Materie gebunden ist und diese auf schmerzhafte Weise auf die Probe stellt. St. Germain aber bleibt stets der Kopf des Ordens und mein Meister – wohin er auch körperlich vor meinen Augen entschwinden mag.

Karl von Hessen war nicht nur durch sein unermüdliches, durstiges okkultes Interesse zu einer der Säulen des Ordens und sein Schloß zum magischen Zentrum geworden, sondern auch durch seine wirklich überragenden geistigen Fähigkeiten und seine hohe ethische Einstellung. Er gehörte zu den gebildetsten Männern seiner Zeit und war klug genug, um die Vorteile seiner Position wahrzunehmen. Er wollte nie in den Vordergrund treten, er trat vielmehr bescheiden und zufrieden beiseite, ohne den Herrscherrechten seiner weitverzweigten, mächtigen Verwandtschaft den Weg zu verstellen. Er war froh, nicht im Brennpunkt irgendwelcher familiärer oder politischer Interessen stehen zu müssen, und war seinem erlesenen Schicksal dankbar, das es ihm ermöglichte, die Wünsche des regierenden Fürsten und seine eigenen hinsichtlich seiner stillen, zurückgezogenen, in sich gekehrten Lebensart in Einklang zu bringen. Auch seinem Sohn, dem 1779 geborenen Viktor Amadeus, konnte er jene Erziehung angedeihen lassen, die er für richtig hielt, das heißt, nicht zum Mitglied einer privilegierten Kaste, das nach irdischen Gütern und Auszeichnungen strebt, sondern zum untertänigen Novizen des Geistes.

Als unser Wagen am späten Nachmittag in den gepflasterten geräumigen Vorhof von Rotenburg einbog, stellte ich mit Staunen fest, daß vom großen Eingangsportal eine lange, schwarze Fahne wehte. Ich blickte nach oben. Die Turmflagge hing auf Halbmast, und die Diener, die uns entgegeneilten, trugen ebenfalls Trauer. In mir wurde ein unfreundliches, schweres Gefühl wach. Ich wandte mich an einen der Diener, um eine Frage an ihn zu richten, als ich die Hand meines Vaters auf meiner Schulter spürte. Sein Gesicht war ruhig und gefaßt, und er gab mir einen Wink, der mir Schweigen gebot.

Wir stiegen die lange Treppenflucht hinauf. Der Glanz der sonst silbrig schimmernden, hohen Spiegel war jetzt durch Trauerflor gedämpft. Auch die üppigen Blumensträuße, die in gewaltigen orientalischen Vasen standen, waren trauerumflort.

Wir schritten durch die hallende, feierliche Stille der großen Bibliothek und betraten die Ordenshalle.

Der erste Gegenstand, der meine Blicke auf sich zog, war der Sarg, der unter einer schwarzen Decke mitten im Saal stand. Auf der glatten, schweren, dunklen Decke schimmerte eine einzige, fein ziselierte, wunderschöne goldene Rose im Lichte der vier armdicken, mannshohen Kerzen, über deren Stamm Wachstränen herabliefen.

Der Sarg stand auf einem Podest, zu dem sieben Stufen hinaufführten. Außer den vier Kerzen des Katafalks brannten in der Halle unter den sieben Fresken auf Wandleuchten noch jeweils sieben Kerzen. Die vier Fresken hatte St. Germain mit seinen lebhaften, tiefen Farben gemalt. Diese Farben waren durchscheinend, und ein Glanz wie aus einer geheimen Lichtquelle ging von ihnen aus. Das Rot war wie die Farbe des Burgunders in einer Kristallflasche, die man übers Feuer hält, und das Grün glich dem Schein der Frühlingssonne, der durch zartes Frühlingslaub bricht.

Das erste Fresko stellte ein geschlossenes, versiegeltes Tor dar, das ein Engel zu öffnen versucht. Am unteren Bildrand leuchtete eine Inschrift in goldenen Lettern:

›Signatur ne perdatur‹

Auf dem zweiten Bild lächelte eine grüne Insel aus dem Meer im berauschenden Lichterspiel des Sonnenaufgangs. Das jaspisrote Licht der Morgendämmerung war bereits erglüht, doch am Himmel verweilten noch die kühlen, reinen, verblassenden Sterne. Die Bildinschrift aber lautete:

›Aurora ab lacrymis‹

Das dritte Bild war eine kunstvoll ziselierte Darstellung der zwölf Tierkreiszeichen. Soeben trat die Sonne durch das Sternbild der Jungfrau. Die Bildinschrift lautete:

›Iam mitius ardet‹

Auf dem vierten Bild wärmten sich Löwen, Lämmer, Adler und Fledermäuse im Sonnenlicht. Die Inschrift aber lautete:

›Non possentibus offert‹

Im fünften Bild waren zwei Saiteninstrumente dargestellt. Die Saiten des einen Instruments wurden von den Fingern einer feinen, durchgeistigten Hand berührt. Inschrift:

›Unam tetigis se sat est‹

Auf dem sechsten Bild schwebte die Taube Noahs vor dem Hintergrund des durchscheinenden Himmels über der schwindelerregende Ferne von gewaltigen Wassermassen, einen Ölzweig im Schnabel, und die Inschrift lautete:

›Emerge muntiat orbem‹

Auf dem siebten Bild flog ein Vogel jubelnd aus einer Netzfalle auf, die Inschrift lautete:

›Ad sidera sursum‹

Auf der Empore hinter dem Katafalk standen drei wartende Gestalten. In der Mitte St. Germain im langen weißen Leichenhemd, flankiert von Karl von Hessen und von jemandem, den ich nicht kannte, obwohl mir die Gestalt irgendwie bekannt vorkam. Es war eine hohe, muskulöse Gestalt mit einem italienisch anmutenden Teint, einem klugen, braunen Augenpaar unter der gewölbten Stirn, feiner Adlernase und schmalen Lippen, die einen Hauch von Resignation ausdrückten. Doch schon nach wenigen Augenblicken wurde mir aus der überraschenden Ähnlichkeit mit Giuseppe Balsamo klar, daß es kein anderer sein konnte, als Graf Cagliostro. Zwischen ihrer Entwicklung im selben Zeichen – im Zeichen des Zwillings – lagen gut einige Jahrhunderte. Cagliostros abgeklärtes, von verfeinertem Geist durchdrungenes Wesen war ein utopisches, spätes Abbild des Giuseppe Balsamo, der, noch von finsteren Mächten besessen, von Leidenschaft durchglüht und unwissend sein Leben fristete. Doch auch was ihr Leben betraf, mußten sie irgendwie verwandt, ja blutsverwandt miteinander sein. Nicht nur ihre gemeinsame Heimat und ihre körperliche Ähnlichkeit wiesen darauf hin, sondern auch die erschütternde und aufregende Verstrickung ihres irdischen Schicksals. Später erfuhr ich, daß Balsamo der natürliche Sohn eines Onkels von Cagliostro war, hervorgegangen aus einem Verhältnis mit einer sizilianischen Bauerntochter. In den Bauernhütten wimmelte es von unehelichen Kindern dieses vollblütigen Mannes, der zu Ausschweifungen neigte. Er aber wußte nichts von ihnen und kümmerte sich ebensowenig um sie, wie ein vom Zeugungsfimmel besessener, geiler Frühlingskater, der bei seinen nächtlichen Streifzügen alle Katzen der Umgebung der Reihe nach befruchtet. Balsamo durfte weder auf Legalisierung noch Erziehung oder Unterstützung rechnen. Er mußte sich allein durchschlagen, sich selbst mit seinem brennenden, bitteren, offenen Geheimnis in der hochnäsigen Nachbarschaft des Schlosses aus seiner bäuerlichen Umgebung emporkämpfen. Man kann sich vorstellen, in welche Triebkraft sich der rebellierende, neidische Haß in Balsamos starker, leidenschaftlicher Persönlichkeit umwandelte. Verständlich auch, warum er ausgerechnet Cagliostros Namen und dessen Nimbus sich zu eigen machte. Es gab nichts auf dieser Welt, was er mehr haßte und dennoch heißer ersehnte als diesen Namen, der ihm seiner Meinung nach zustand und durch den er die meisten Demütigungen erleiden mußte. Wegen dieses Namens wurde er nichts Halbes und nichts Ganzes, gehörte er keiner Kaste an, weder Bauer noch Herr, nur ein entwurzelter Weltenbummler. Jetzt begriff ich, warum er bei der Unterhaltung mit St. Germain so viel Unsicherheit, so viel beißende Scham und eben aus diesem Grunde so ein großmäuliges Verhalten zur Schau trug.

Karl von Hessens hohe, gebeugte Gestalt und sein bärtiges Gesicht waren ernst und feierlich. St. Germains Gesicht glich dem eines grübelnden Hierophanten, ein Gesicht, das die Welt nicht kannte. Mein Vater zog den Vorhang einer Seitenloge zu ebener Erde beiseite und zeigte auf die Stühle. Im Hintergrund der Loge schimmerten die drei Manuale einer Orgel. Wir traten ein und nahmen Platz.

Auf der einen Seite des Saales wehten die beiseite geschobenen Vorhänge von Logen, die in verschiedenen Etagen übereinander lagen. Alle Logen waren von der stummen Anwesenheit irgendwelcher Wesen erfüllt.

St. Germain schritt die sieben Stufen hinauf und stellte sich an das Kopfende des Sarges. Die Kerzen umhüllten die Gestalt im Totenhemd in einen blassen Goldnebel, sein ernstes Gesicht war von Versenkung, Erfahrung und Erkenntnis durchleuchtet.

»Meine Freunde ... meine Gesellen in der Geheimen Brüderschaft!« Seine ruhige, gleichmäßig klingende Stimme erfüllte den in tiefer Erwartung schweigenden, großen Saal. »Ich bin am Ende meiner Mission angelangt. Ich habe den Ruf vernommen. Es ist an der Zeit, daß die Welt meinen Tod verkündet.

Ich habe das Opus in Gang gebracht. Aus den versiegten, geheimen Brunnen sprudelt das Wasser. Hütet die Quelle. Ich will meinen Nachfolger als sichtbaren Kopf des Ordens bestimmen.

Der Akt meines Todes bedeutet aber noch nicht, daß ich den unglücklichen Boden des Westens endgültig verlasse. Dies wird erst nach dem Eintreffen gewisser Ereignisse geschehen. Von meinem Auftauchen werdet ihr hören ... und bevor ich für immer von euch gehe, wird euch auch mein letzter Gruß erreichen. Ich werde alle diejenigen einzeln aufsuchen, denen ich etwas zu sagen habe.

Bevor ich mich auf den Weg nach Osten mache, werde ich euch die elf Regeln des Ordens hinterlassen.

Die sechs Pflichten für die Mitglieder des Ordens.

Und die sechzehn geheimen Kennzeichen der Ordensbrüder.

Diese sechsunddreißig Formeln sind das Fundament, auf denen unser Bau fußt und auch den gewaltigsten Stürmen standhalten wird.

Die elf Regeln lauten:
Du sollst Gott über alles lieben.
Widme deine Zeit deiner geistigen Entwicklung.
Sei ganz und gar uneigennützig.
Sei gelassen, untertänig, fleißig und schweigsam.
Erkenne die Herkunft der ›Metalle‹, die sich in dir befinden.
Hüte dich vor Lügnern und Scharlatanen.
Verbringe dein Leben in ständiger Ehrfurcht vor der höchsten Güte.
Bevor du die Praxis versuchst, lerne erst die Theorie.
Tue Gutes an jedem Wesen.
Lies die alten Bücher der Weisheit.
Versuche, ihren verborgenen Sinn zu erfassen.

Die sechs Pflichten:
Lindere das Leid und heile die Kranken ohne Gegenleistung.
Passe dich den Sitten des Landes an, in dem du lebst.
Treffe dich mit deinen Brüdern in der Geheimen Bruderschaft einmal im Jahr an einem bestimmten Ort.
Bestimme deinen Nachfolger.

Die Buchstaben R.C. sind das Symbol der Bruderschaft.
Du mußt die Existenz der Bruderschaft nach ihrer Gründung hundert Jahre lang geheimhalten.

Die sechzehn Merkmale:
Das Mitglied des Ordens ist duldsam.
Das Mitglied des Ordens hat ein gutes Herz.
Er kennt keinen Neid.
Er rühmt sich nicht wegen seines Standes und seiner Taten.
Er ist nicht eitel.
Er ist nicht ausschweifend.
Er ist nicht ruhmsüchtig.
Er ist nicht erregbar.
Er denkt nicht schlecht von anderen.
Er liebt die Gerechtigkeit.
Er liebt die Wahrheit.
Er kann schweigen.
Er glaubt an das, was er weiß.
Seine Hoffnung ist stark.
Leiden können ihn nicht bezwingen.
Er wird stets ein Mitglied der Gesellschaft bleiben.«

Nachdem diese Worte verklungen waren, schwebte tiefes Schweigen wie ein großes unsichtbares Tuch herab. An den Kerzen liefen dicke Wachstropfen wie Schweißtränen herab. Dann erklangen leise Schritte. Karl von Hessen und Cagliostro eilten aus den Tiefen ihrer Logen herbei. Sie schritten zum Sarg hinauf, hoben den Deckel ab, und die schneeweiße Spitze des Leichentuchs wurde sichtbar.

St. Germain stieg in den Sarg und streckte sich rücklings aus, während er seine Hände über der Brust faltete.

Seine Augen waren noch geöffnet, doch über sein Gesicht verbreitete sich bereits das friedliche, unergründliche Lächeln der Toten.

Cagliostro streifte das Leichentuch über ihn. Der Sargdeckel wurde wieder aufgesetzt und zugenagelt. Das hämmernde Geräusch drang fordernd und beunruhigend in die lähmende Stille, die im Saal herrschte.

Plötzlich tauchten im Lichtkreis der Kerzen um den Sarg herum mehrere Gestalten in dunklen Gewändern auf und hoben den Sarg auf ihre Schultern.

»Geh, Cornelius«, flüsterte mir mein Vater leise zu. »Nimm eine Kerze und folge dem Zug.«

Er selbst setzte sich an die Orgel.

Als ich die Kerze ergriff, rauschte der tiefe Ton der Orgel auf, deren Klang durch die geöffneten Türen hinter uns herströmte. Er begleitete uns wie der Silberschein des Mondes, aber es waren nicht die Töne der Trauer, sondern die Töne der Auferstehung und der geheimen, tiefen Freude der Erkenntnis.

Ich spürte, wie sich mir immer mehr und mehr Leute anschlossen. Man hörte das leise Geräusch zahlreicher schlurfender Füße, ihr vorsichtiges, feierliches Gleiten. Ich sah keine Gesichter, ich drehte mich nicht um, doch der gewaltige Strom der Zusammengehörigkeit, einer starken, zu eins verschmolzenen Gemeinschaft erschütterte mich.

Wir schritten durch einen langen Gang und gelangten schließlich in die Kapelle. Der Orgelklang hörte sich nur noch wie ein ferner Widerhall an, dann setzte er aus, um dann nach Öffnung der Gruft mit neuer Kraft von der Empore der Kapelle herniederzubrausen. Mein Vater hatte dieses Werk extra für diese Gelegenheit komponiert und hat es auch nie wieder gespielt.

Nun ruhte der Sarg im tiefen Steinbett der Gruft.

Die Prozession verließ langsam die Gruft.

St. Germain blieb in seinem Sarg allein.

Die eisenbeschlagene Holztür der Gruft rastete lautlos ein. Karl von Hessen brachte das Siegel mit dem Wappen wieder an, über dem die Buchstaben R.C. leuchteten.

Wir kehrten in die große, dämmrige Halle zurück.

Die stummen, dunkel gekleideten Gestalten verschwanden nach und nach hinter den Logenvorhängen.

Auch ich betrat unsere Loge. Mein Vater war bereits angekleidet und wartete auf mich. Wir entfernten uns durch die kleine, schmale Nebentür der Loge. Als unser Wagen wieder aus der Burg Rotenburg hinausrollte, eilten uns drei Boten mit der Nachricht voraus:

»Graf St. Germain, der Magier, der größte Zauberer Europas, Freund von Kaisern, Königen, Dichtern und Gelehrten, ist tot. Er verstarb zu Kassel, im Kastell des Karl Emanuel von Hessen in Rotenburg, wo er am 7. September 1784 zur ewigen Ruhe gebettet wurde.«

Das Gespenst

Über das Auftauchen des Grafen St. Germain nach seinem Tode berichtet ein russischer Chronist. In den Jahren 1785/86 soll er mit der Zarin von Rußland wichtige Besprechungen geführt haben.

Die zweite Nachricht über ihn brachte der Graf von Chalon im Jahre 1788. Graf Chalon, der von seinem Botschafterposten in Venedig zurückkehrte, erzählte seinen Freunden, daß er sich am Abend vor seiner Abreise auf dem Markusplatz mit Graf St. Germain unterhalten habe. Der Graf sei auch diesmal frisch, jugendlich und geistreich gewesen. Über seine Todesnachricht ging er lachend hinweg.

»Wer oft totgesagt wird, lebt ewig«, sagte er lächelnd. Dann teilte er vertrauliche Informationen über die Familie und die ferne Verwandtschaft des Grafen Chalon mit, die den Botschafter ziemlich überraschten.

»Ich muß gestehen, daß ich starke Zweifel an seinen Worten hegte«, meinte der Graf Chalon. »Ich dachte, er sei leidenschaftlich eitel und bediene sich solcher Mittel, um eine besondere Wirkung zu erzielen. Zu Hause angekommen, habe ich aber alles so vorgefunden, wie er gesagt hatte, obwohl in meiner Familie in der Zwischenzeit Veränderungen eingetreten waren, die nicht vorauszusehen waren und von denen ein Außenstehender schwerlich hätte erfahren können. Am interessantesten ist, daß kein Mitglied der Familie mit dem Grafen St. Germain gesprochen und ihn seit Jahren nicht mehr gesehen hatte.«

Von seinem dritten Auftauchen berichtet wiederum die Gräfin D'Adhemar 1789, also fünf Jahre nach seinem Tod, in ihren Aufzeichnungen. Doch sie gibt nur Bruchteile ihrer interessanten Unterhaltung wider. In Paris, ebenfalls in der Kirche Recollets während einer Morgenmesse bemerkte sie neben sich die dunkel gekleidete Gestalt St. Germains. Der Graf nickte ihr freundlich zu. »Seine Anwesenheit war derart natürlich und wirklich, so voller Heiterkeit und Sicherheit an meiner Seite«, schreibt die Gräfin D'Adhemar, »daß ich keinerlei Furcht empfand. Mir war, als würde lediglich unsere alte Unterhaltung fortgesetzt, die wir vor einer Minute unterbrochen hatten. Er sprach zu mir, und ich antwortete ihm, als würde ich träumen und gleichzeitig intensiver wach sein als während meines wachen Zustands bei Tage.

›Die Nachricht über Ihren Tod war ein Irrtum, Graf ... ich hätte es mir gleich denken können‹, sagte ich zu ihm hocherfreut.

›Die Nachricht stimmte für die Welt, Madame ... doch diejenigen, die nicht an den Tod glauben, wissen, daß jede Todesnachricht im Grunde genommen ein Irrtum ist ...‹

›Jene süße Hoffnung, die sie in einer alten Frau erwecken, die sich dem Grabe zuneigt, ist wunderbarer als jedes irdische Gefühl ... Ich bin Gott dankbar, daß wir uns wieder getroffen haben. Sie müssen wissen, mein Glaube gleicht meinem Charakter, er ist schwach und manchmal auf fast selbstmörderische Art zweifelnd. Ich fürchte mich vor dem Tod und wünsche die Gewißheit, doch werden die Argumente meiner Religion und meines Gehirns stets durch die Ätzlaute des Zweifels aufgelöst und vernichtet. Ich hasse den finsteren Gedanken der Vernichtung, den Gedanken an die kalte, starre Dunkelheit; denn Wärme, Licht und Bewegung sind meine Elemente. Mein Körper ist eine Ruine, ein ausgebrannter, widerspenstiger Klotz, doch meine Seele ist von Kraft und Neugier erfüllt.‹

›Sie werden leben, Madame ... noch viele Male ... weil Sie leben wollen. Ihre Seele ist ein noch junger, kräftiger Baum. Das Altern und Dahinsiechen Ihres Körpers ist nur wie fallendes Herbstlaub. Doch wer will behaupten, der Baum sei tot, nur weil der alles entkleidende Winter gekommen ist, der die Natur in starren Schlaf wiegt?! So mancher Frühling wird neue Knospen, aufgebrochene Blütenkelche bringen, und so mancher Sommer dichtes Laub und reiche Frucht ...‹

Ich wünschte, dieses Gespräch würde nie zu Ende gehen, und ich bat ihn, mich nach der Messe zu meiner Kutsche zu begleiten. Er tat es gern, nahm meinen Arm und stützte mich, weil meine alten Füße nur noch schwer ihre Last tragen.

Draußen im Sonnenschein sah ich, wie frisch und gesund er war. Sein stützender Arm zeugte von stählerner Kraft, sein Schritt war elastisch. Als er merkte, wie sehr ich an ihm hing, stieg er zu mir in die Kutsche und brachte mich nach Hause. Wir fuhren im Schritt dahin, obendrein befahl ich Octave, meinem Kutscher, einen Umweg zu machen, nur um den Augenblick der Trennung hinauszuschieben. Wir sprachen über dieses und jenes. Ich erwähnte, daß sich seine Prophezeiung über die Königin Tag für Tag in immer erschreckenderer Weise erfüllte. Marie Antoinette sei völlig vereinsamt, ihre Feinde umgäben sie mit einem eisigen Kordon, obwohl ihr Charakter heutzutage reifer und ernster sei und sich nach der Geburt ihrer vier Kinder wahrhaftig geläutert habe. Sie könnte eine gute Mutter und Königin sein, wenn ihr die Ereignisse nur genügend Zeit ließen. Sie versuche nunmehr, Beziehungen zu knüpfen, sie hat die Gefahr erkannt und nimmt jede Möglichkeit wahr ... doch keiner will ihr Glauben schenken. Dann sprachen wir über andere, merkwürdige Dinge, die für mich bedeutungsvoll und aufregend waren, Dinge, die mich überzeugten und faszinierten, doch kann ich gemäß meinem Versprechen, das ich St. Germain gegeben habe, nichts darüber berichten. Mit tiefem Bedauern, jedoch erfrischt, beruhigt und mit verwandelter Seele trennte ich mich von diesem glänzenden Mann, den jeder für tot hielt, angesichts dessen mir aber jeder Lebende eher als ein Toter, als herumirrender Geist erschien ...«

Zum vierten Mal erschien er der Prinzessin Lamballe im Augenblick ihres Todes. Selbst bei der Exekution der Gräfin Dubarry stand er ruhig und gesammelt neben der Guillotine, vornehm, schweigend und verschlossen inmitten der schreienden, tobenden Menge. Über diese Ereignisse und über sein Verschwinden aus dem Gefängnis berichtete Grosley. Er behauptet, daß man in den Tagen der Schreckensherrschaft diesen Fremden verhaftet habe, der bei den Hinrichtungen anwesend und offensichtlich die Partei des Opfers ergriffen hatte und mit ihnen mitfühlte. St. Germain ließ sich widerstandslos abführen, in jenen Gewahrsam, wo er unter den gefangenen Aristokraten eine Menge Bekannte und Freunde wiedertraf. Mit seiner heiteren, optimistischen, tröstlichen Ruhe und Gelassenheit hat er so manchem der Unglücklichen Mut gemacht, »und bei seinen Worten schmolzen der Schrecken und das Entsetzen des Todes wie Schnee unter der Frühlingssonne«. Sein Name stand bereits auf der Hinrichtungsliste, ja er reihte sich sogar noch unter die Todgeweihten ein, doch als diese den Karren bestiegen, war er bereits verschwunden. Sein Verschwinden wurde von den Wachen nicht sofort registriert, sondern erst nach der Hinrichtung, nachdem ein Kopf weniger vom jeweiligen Körper getrennt worden war. Ein großes Fluchen, Gelaufe und Geschrei hob an, doch man konnte ihm nicht auf die Spur kommen. »Dabei hat er die ganze Zeit neben der Guillotine gestanden«, sagt Grosley, »gelassen, mit ernster Miene, schweigsam und verschlossen inmitten der tobenden Menge. Der letzte Blick der Verurteilten ruhte auf ihm, und der Widerschein seines Lächelns lag auf ihrem Antlitz: jenes geheimnisvolle, glückliche Lächeln, das sogar noch auf ihrem blutenden, hochgehaltenen Haupt verweilte.«

Der Kyilkhor

Im Jahre 1793 betraute mich Karl von Hessen mit der Erziehung seines Sohnes Viktor Amadeus. Der unendlich liebenswerte, scharfsinnige und hochbegabte Knabe hatte soeben sein vierzehntes Lebensjahr vollendet. In seinem jungen Körper wohnte ein reifer, vielgelebter und von großem okkulten Interesse durchdrungener Geist. Wissensdurstig und gefügig folgte er mir auf allen Pfaden der Wissenschaft, und bereits bei der ersten Berührung gingen die Kenntnisse in ihm auf wie der Dekkel einer federbetätigten randvollen Golddose. Ich mußte ihn lediglich an all das erinnern, was für kurze Zeit in ihm teilweise untergegangen und verwischt war. In ihm war keine Spur eines Interesses an weltlichen Dingen und selbst seine Leidenschaften waren allesamt ausgebrannt, da er ohne jede Anstrengung, ohne jeden Selbstbetrug und ohne jede krankhafte Unterdrükkung das Leben eines Asketen praktizierte, wobei er die Versuchung des Fleisches mit kühler Gleichgültigkeit ablehnte. Meine Arbeit mit ihm war eine schöne und leichte Aufgabe, weil er mir nicht nur brav überallhin folgte, sondern leicht dahinschwebte und mir mit seiner fliegenden Intuition oft zuvorkam. Schon bald erkannte ich in ihm den kommenden großen Missionar und begann, die Ausbildung in die entsprechenden Bahnen zu lenken.

Allmählich übernahm ich auch einen wichtigen Arbeitskreis

der weitverzweigten Organisation des Ordens, die Korrespondenz. Ich wurde mit der Geheimliste der Mitglieder vertraut und stand mit fast jedem Land in Verbindung, das die Post erreichen konnte.

Auch meine persönlichen Experimente und Studien verzeichneten einen befriedigenden Fortschritt. Ich befaßte mich mit der Belebung von Symbolen. Wie bei den Alchimisten, so gibt es auch bei den orientalischen Mystikern magische Schriften, die die Erschaffung gewisser symbolischer Wesen lehren, um den Ablauf der Schöpfung zu erfassen und nachzuvollziehen. Dieses Mysterium ist nichts als eine Wiederholung der großen und allumfassenden Schöpfung, ist im Gegensatz zum blinden Ausgeliefertsein der Zeugung und der Empfängnis die bewußte, unbefleckte Empfängnis des Geistes, der Idee, die mit Hilfe des geistigen Prinzips und Willens ein Karma kreiert, die Materie um sich herum verdichtet. Diese Operation wird von den orientalischen Mystikern nicht durch Projektion, durch Transmutation durchgeführt, vielmehr werden mit Hilfe geistiger Kräfte gewisse Basispunkte, Diagramme geschaffen: Gottesgemälde anhand von Dämonen-Figuren. Das ist ihre Materia Prima. Ein solches Diagramm ist das, was die Tibetaner als *Kyilkhor* bezeichnen.

St. Germain hatte mich damit betraut, einen solchen tibetanischen Kyilkhor zum Leben zu erwecken, damit ich meine Kräfte auch auf diesem Gebiet erkennen, befreien und besiegen konnte.

Beim Kyilkhor kommt jeder Farbnuance, jeder Form, jeder Raumaufteilung und dem Plazieren von Gegenständen jeweils eine besondere Bedeutung zu. Inmitten des Diagramms sitzt oder steht die Idee des mystischen Geschöpfs, um es herum die Symbole, die seine Persönlichkeit ausdrücken. Ich wiederhole: Dies ist die tibetanische Materia Prima. Um die alchimistische Analogie fortzusetzen: Das zum Lebenerwecken des Diagramms entspricht den chemischen Operationen der Alchimie, und der zum Leben erweckte Kyilkhor ist schließlich die Probe der dritten Phase, der Transmutation. Die tibetanischen Mystiker betrauen nämlich den zum Leben erweckten Kyilkhor mit der Durchführung irgendwelcher mystischer Aufgaben und überwachen und beurteilen anhand der Durchführung, der Quantität und Qualität der Leistungen, ob die in den Kyilkhor eingepflanzte Idee Früchte getragen hat und wenn, in welchem Umfang. Infolge der richtig durchgeführten Operation erwacht der Geist oder der Dämon des Kyilkhor zu echtem Leben, wobei er die ihm anvertrauten Aufgaben einwandfrei erledigt.

Mein Kyilkhor war eine lebensgroße, bemalte Tonfigur, die Graf St. Germain nach einem tibetanischen Zauberer modelliert hatte. Die absolut lebensechte Skulptur stellte den schmallippigen, schlitzäugigen Tibetaner mit den hervorstehenden Bakkenknochen im Yogasitz dar. Auf seinem Gesicht lag ein eigenartiges, beunruhigendes, verschlossenes Lächeln.

Vor allem mußte ich die Abneigung überwinden, die ich der Skulptur gegenüber hegte. Je länger ich sie betrachtete, je mehr ich meine Aufmerksamkeit auf sie konzentrierte, um so unsympathischer und widerwärtiger wurde der Eindruck, den sie auf mich machte. Ihr Auge ruhte bösartig, heimtückisch und lauernd auf mir, und von Mal zu Mal wuchs die Gewißheit in mir, daß dieser Zauberer aus Tibet nur ein schwarzer Magier sein konnte, da er die Kräfte der Vernichtung in sich konzentrierte. Ich begriff nicht, welche Absicht mein Meister mit dieser Aufgabe verbunden hatte, aber ich konnte ihr nicht ausweichen.

Es gelang mir, meine Abneigung zu überwinden.

Dreizehn Monate dauerte es, bis die Oberfläche des starren Tons allmählich in die lebendige Weichheit des Fleisches überging, bis sich die Poren öffneten, durch die meine angestrengten Geisteskräfte tiefer in die tote Materie eindrangen, um sie zu durchtränken und zum Leben zu erwecken.

Nach dreizehn Monaten begann sich allmählich sein Brustkorb vom Hauch des Lebens zu heben. Aber es vergingen weitere neun Wochen, bis er regelmäßig und gleichmäßig zu atmen begann.

Da saß er nun vor mir auf der Matte in der Pose der Meditation. Sein Körper wurde durch die Ausstrahlungen meines Körpers erwärmt, meine Kräfte waren es, die in seinen Adern pulsierten. Noch aber war er stumm und regungslos.

An dieser Stelle möchte ich nicht weiter auf die gewaltigen, bizarren, atemberaubenden Einzelheiten dieses Experiments eingehen, die jede Kraft und jede Fähigkeit in sich konzentrierten. Nicht auf die entmutigenden Erschöpfungsphasen während der letzten Steigerung dieser tödlichen Spannung, wo die in einem einzigen Brennpunkt zusammengefaßte Lebenskraft sich heimlich aus ihrem Gegenstand hinwegstehlen will. Da gibt es geheime, unbegreifliche Kurzschlüsse, und die leblose Materie, die in der mystischen Erregung der Schöpfung, in der abstrakten Ekstase der geistigen Zeugung bereits zu keimen und zu leben begann und plötzlich wieder in Agonie verfällt. Ich möchte auch nicht weiter auf die ermüdende, spannende, pausenlose Kontrolle und Überwachung des Lebenslichts eingehen, weil diese Dinge erst nach langem Studium, nach pausenlosem Experimentieren begreiflich werden. Ich möchte an dieser Stelle lediglich eine der letzten, größten und gefährlichsten Proben als Meilenstein setzen. Übrigens gibt es für diejenigen, die sich für den Kyilkhor näher interessieren, heutzutage bereits eine Anzahl tibetanischer Werke in den gängigsten europäischen Sprachen.

Es dauerte zwei Jahre, bis das Auge des Kyilkhor von Glanz und Bewußtsein erfüllt war, doch sein Körper, seine Arme und Beine regten sich erst am Ende des dritten Jahres.

Seine Kopfhaltung hatte sich geändert.

Sein Blick verfolgte mich, wenn ich im Zimmer auf und ab ging.

Ich rief ihn. Er erhob sich und folgte mir mit langsamen, schwankenden, unsicheren Schritten.

Seine lautlosen Sohlen tasteten sich hinter mir durch die Räume des Schlosses, dann folgte er mir mechanisch und fügsam zurück ins Meditationszimmer und setzte sich wieder auf seinen Platz.

Tag für Tag wurde er kräftiger und beweglicher.

Nun war die Zeit gekommen, wo er seinen Namen erfahren mußte.

»Lu-giat-khan! (Acht Schlangen)«, wiederholte ich unzählige Male vor seinen wachsamen Augen. »Lu-giat-khan, der Lama der Roten Sekte, der auf dem unsichtbaren Berggipfel Mithong-gat-kha wohnt ...«

»Lu-giat-khan!«

Seine Lippen bewegten sich und versuchten, bebend seinen Namen zu formen. Noch kam kein Ton aus seiner Kehle. Stumm, doch immer sicherer wiederholte er:

»Lu-giat-khan.«

Dann kam hinter dem stummen Wort ein leiser, zischender Laut aus seiner Kehle, der sich zu einem erstickten, kraftlosen Flüstern steigerte:

»Lu-giat-khan ...«

Das Wort brachte Stimmbänder zum Erklingen, die zum Leben erwacht waren.

Aus dem Munde des Kyilkhor entrang sich ein heiseres, unmoduliertes Raunen:

»Lu-giat-khan!«

Dann wurden die Töne immer lauter und lauter, während ich ihn immer und immer wieder ansprach, ihn anspornte und beschwor:

»Lu-giat-khan! Du bist ... du bist ... Lu-giat-khan!«

»Du ... du bist ... Lu-giat-khan«, wiederholte er mechanisch, indem er mich nachäffte.

Doch eines Tages sprach er dann endlich aus, was ich erwartet hatte:

»Ich. Ich. Lu-giat-khan.«

Diesmal war es keine Wiederholung. Das Wort war in ihm, in seiner zum Leben erwachten Persönlichkeit geboren.

Ein Sturm von triumphierender Freude und Jubel durchbrauste mich.

Ich glaubte, die Vollkommenheit schöpferischer Macht erreicht zu haben.

Ich glaubte, ich hätte den Schlüssel des Lebens errungen, den Isis, die Große Mutter, in ihrer Linken hält.

Doch hatte ich mich geirrt.

Der Weg, der mich hierher geführt hatte, war nur die Hälfte des Experiments. St. Germain wußte, warum er gerade diese Statue gewählt hatte.

Die Zeit neigte sich dem Frühling zu. Die Landschaft in der Umgebung war von strotzender Kraft erfüllt. Die Stämme und Äste der Bäume waren noch kahl, doch die Rinde glänzte und hatte durch die Spannung der aufsteigenden Säfte Farbe bekommen. Der graue und scheinbar tote Humus begann beunruhigend zu duften. Er dampfte und gärte, was den Traum der jungen, animalischen Körper störte.

Zu dieser Zeit wandelte mein Kyilkhor bereits allein durch die Räume und erledigte irgendwelche Aufträge, mit denen ich ihn betraut hatte. Bei Nacht hockte er in meinem Zimmer und bewachte mit weitgeöffneten Augen meinen leichten Schlaf.

In einer dieser Nächte – es war eine ungewöhnlich laue Märznacht und die große, leuchtende Scheibe des Vollmondes glitt zwischen regenbogenfarbenen Wolkenfetzen über den Horizont – fuhr ich plötzlich aus dem Halbschlaf. Mir war, als hätte mich jemand beim Namen gerufen.

»Cornelius ...«, dann wieder lauter: »Cornelius!«

Ich richtete mich auf.

Im Dämmerlicht des Vollmondes stand der Kyilkhor an meinem Bett und neigte sich mit einem merkwürdigen, fremden Gesichtsausdruck über mich.

Ich ließ es nicht zu, daß die in mir aufsteigende Bedrängnis – diese entsetzlichste Gefahr, das entsetzlichste Hindernis der Praxis – in mir hochkam.

Ich befahl ihm, sich zu entfernen, aber er rührte sich nicht.

»Cornelius ...«, sagte er dumpf, während er immer näher rückte, dann fragte er mit erhobener Stimme mit merkwürdiger, bösartig scharfer, hämischer und fast jubelnder Freude: »Fürchtest du dich ... Cornelius?!«

Er hob die rechte Hand, und ich spürte seine kalte, reptilartige Berührung auf meiner Brust, dort, wo sich mein Nachthemd geöffnet hatte und die blanke Haut hervorschaute. Seine verkrampften Finger tasteten sich nach oben und legten sich langsam um meinen Hals. Ich rührte mich nicht. Ich kämpfte nicht gegen ihn an in der panischen Verzweiflung des Lebensinstinkts und rief nicht um Hilfe. Ich schaute ihm in die Augen. Die Angst hockte dicht vor der Schwelle, doch ich vertrieb sie mit gewaltiger Kraft und ließ es nicht zu, daß sie mich ins Verderben stürzte. Die kalten Finger griffen immer fester zu, und unter dem Druck dieser lebendigen Schlinge spürte ich das Pulsieren meiner bis zum Platzen gespannten Adern und die schweren Schläge meines Herzens. Dennoch schaute ich ihn unverwandt an.

»Laß mich frei!« sagte er jetzt dicht an meinem Gesicht.

Ich antwortete nicht. Sein Druck ließ etwas nach, und diesmal schwang in seiner Stimme etwas wie eine verborgene Bitte mit.

»Laß mich frei ... laß mich in den Garten gehen ... Hinaus ins Mondlicht, wo sich die Tiere paaren und voll lusterfüllter Qual seufzen, wo die Knospen durch die rauhe Schale der Äste dringen ... Laß mich durchs Tor treten und die Landstraße entlanggehen ... hin durch die Dörfer ... in die Stadt ... zwischen die Häuser, unter die Menschen, hin zu den warmen Leibern, Düften und Farben ... Durchtrenne die Nabelschnur! ... Laß mich getrennt schmecken, erfahren, untertauchen ... Ich werde auf Nimmerwiedersehen verschwinden, du wirst nie mehr etwas von mir hören ... Laß mich frei, und auch du wirst leben ...«

Ich gab ihm keine Antwort. Der Druck seiner Finger ließ nach. Seine Hände glitten von mir ab, und er richtete sich auf. Seine Stimme wurde wieder leise, flüsternd und von schwerer Traurigkeit erfüllt.

»Illegaler Erzeuger! Böser Schöpfer ... du seist verflucht!« Er entfernte sich von meinem Bett, doch seine verwirrenden Anschuldigungen und seine bedauernswerten Klagen klangen immer noch an mein Ohr. »Wo bleiben meine Freunde?! Ach, wo bleibt mein Leben?! Wo ist die Hitze, die mich erwärmt hat?! Wo bleibt das Licht, das meine Angst verscheucht?! ... Wer widmet mir ein Gebet?! Wer gibt mir Kraft?! Wer schützt mich vor dem Tyrannen?! Wer zerschlägt die Mauern meines Gefängnisses?! Wehe mir, der zu seinen Lebzeiten verdammt ist!«

Diese weinerliche, stumpfe Stimme nebst des bebenden Schmerzes und der Sehnsucht, die mitschwangen, war derart erschütternd, daß sie meine innere Festigkeit anzugreifen begann. Ein stechendes, bohrendes, unerträgliches Mitleid begann allmählich durch jene Dämme zu sickern, die ich in mir als Bollwerk gegen jegliches störende Gefühl errichtet hatte. Ich begann meine eigenen materialisierten Geisteskräfte zu bedauern, die ich in die Fiktion eines Wesens gelegt hatte, das, zur Persönlichkeit geworden, sich gegen mich erhob und nach neuen Wegen suchte. Mein Gehirn, meine Erkenntnisse und Erfahrungen wußten bereits von der Unmöglichkeit und Unhaltbarkeit dieser Situation, kannten die Gefahren jener aufwühlenden Gefühle, die jeden beschleichen – dennoch geriet ich in Versuchung. Ich bedauerte den hinausprojizierten Teil meines Ichs, der durch diese Schwäche fast die Herrschaft über mich errang. Während meine innere Festigkeit nachzulassen begann, während mich Zweifel und Gewissensbisse durchströmten, blieb der Kyilkhor stehen und wandte sich mir zu. Im Dämmerlicht erblickte ich in seinem Gesicht wieder diesen auflebenden, bösen sehnsüchtigen Ausdruck. Sein Körper wurde von einem gewaltigen Kräftestrom durchdrungen – der Strom meiner schwindenden Kräfte –, und mit einem Satz war er wieder an meinem Bett.

»Her damit ... ich will alles haben!« gurgelte es aus seiner Kehle, mit tiefer, heiserer, bebender Geilheit hervor. »Alle Adern haben sich aufgetan ... die Säfte fließen ... das Blut fließt ... Blut und Leben und Wärme und Licht ... in mich hinein ...

Es strömt ... dort leert es sich, hier füllt es sich ... Die Macht! ... Die Macht!« Berauschte, unzusammenhängende Worte drangen aus seinem Munde. Plötzlich griff er nach der schweren Marmorlampe, die auf dem Nachttisch stand, und hob sie über den Kopf.

Ich hatte mit meinem Untergang gerechnet und wartete getrost auf das Niedersausen der Lampe. Ich fürchtete mich nicht mehr, und ich hatte aufgehört, mich zu bemitleiden. Die Verwirrung der Gefühle in mir hatte sich gelegt und sublimiert. Die Lampe landete mit einem dumpfen Laut neben meinem Gesicht auf dem Kissen und verletzte meine Stirn. Es war keine starke Hand, die die Lampe niedersausen ließ, sie war den schwachen, zitternden, unsicheren Fingern entglitten, denn meine Kräfte waren mit meinem wiedergewonnenen inneren Gleichgewicht erneut zu mir zurückgekehrt. Das Öl rann über mein Bett. Der Kyilkhor begann zu schwanken, sank in die Knie und streckte sich dann regungslos auf dem Boden aus. Ich zündete eine Kerze an. Er lag mit dem Gesicht nach unten. Ich drehte ihn um und neigte mich über sein Herz. Es schlug nur ganz schwach. Ich hob ihn auf und legte ihn aufs Bett. Aus der Wunde auf meiner Stirn fiel ein Blutstropfen auf sein Gesicht. Er schüttelte sich und schlug die Augen auf.

»Danke«, sagte er leise und unterwürfig. »Danke ...«

Seine Augen fielen wieder zu.

Der fürchterliche Ringkampf hatte mich vollkommen erschöpft. Ich mußte mich setzen, meine Knie zitterten.

Auf meinem mit Öl besudelten Bett lag das beschworene und für kurze Zeit besiegte Phantom.

Ich ging zu meinem Zimmer neben dem Labor hinüber, um mich auf seiner Matte auszuruhen.

Der Matte gegenüber stand das leere Podest, von dem der Kyilkhor herabgestiegen war. Ich machte mir aus einigen Dekken ein Bett zurecht und sank in tiefen Schlaf.

Die Morgendämmerung weckte mich, und das sichere Gefühl, daß mich jemand beobachtet. Das Podest war nicht mehr leer. Mein schlaftrunkenes Auge sagte mir, daß der Kyilkhor wieder regungslos auf seinem Platz saß, doch in der Pose der lebensvollen Meditation.

»Es geht wieder los«, dachte ich erschöpft. »Es fängt wieder an, und wer weiß, wie oft noch ich diesen Kampf austragen muß, bis er meine Kräfte vollends aufgezehrt hat.« In meinem

Innern rief ich nach St. Germain, dem Magier, der mir eine Aufgabe zugewiesen hatte, die vielleicht über meine Fähigkeiten ging.

Mein Blick wurde klar, und fast hätte ich laut aufgeschrien.

Auf dem Platz des Kyilkhor saß Yidam.

Als er merkte, daß ich wach war, erhob er sich, verneigte sich vor mir, überreichte mir einen Brief und verließ den Raum, ohne eine Antwort abzuwarten. Dieser Brief erweckte so viel Hoffnung und gierige Neugier in mir, daß ich ihn nicht zurückhielt. Ich dachte, ich würde ihn später noch einmal wiedersehen, bevor er sich auf den Weg machte. Doch ich sah ihn nicht wieder. Ich öffnete den Brief.

Töte ihn, Cornelius! Dieser Satz sprang mir ohne Anrede ins Auge. *Einen Dämon zum Leben zu erwecken, ohne ihn wieder abbauen zu können, ist eine tiefere, weitaus verwickeltere Gefahr als der Tod! Der Kyilkhor, den du mit Leben erfüllt und dem du einen Namen gegeben hast, ist eine Kamee, die die Zeichen finsterer Kräfte birgt. Er hat die Mumie eines finsteren Kults beschworen, aus einer Zeit, die weit hinter deiner Erinnerung liegt, die du irgendwann einmal genährt hast. Er ist der echte Wächter an der Schwelle des Tores, das zu deinem Heiligtum führt: Die älteste Urbindung, die du lösen mußt.*

Den Kyilkhor muß man stets töten, weil er sonst zum Tyrann wird. Der tiefe Sinn dieses aufbauenden und abbauenden Prozesses ist die Göttliche Wahrheit. Die Welt ist deine Schöpfung. Du bringst sie zustande, du mußt es lernen, sie abzubauen und aufzulösen, um dich vor ihrer Herrschaft zu befreien! Den Kyilkhor mußt du selbst dann abbauen, mußt du selbst dann töten, wenn du einen Heiligen, einen Messias, einen Gott zum Leben erweckt hast! Und dies, weil du ihn in die Materie gezwungen und aus Tod und Verblendung einen Körper um ihn gewoben hast.

Die ganze Welt mit all ihrer Finsternis, mit ihrer dämonischen Formenverwirrung ist nichts weiter als ein unbewußt aufgebauter Kyilkhor. Die Wesen haben seinen Schlüssel verloren und wurden ihm untertan. Der Kyilkhor war stärker geworden als sie, und dies ist der Grund, warum er sie peinigt. Ihre Geilheit und ihre Habgier erzeugen niederträchtige Bilder, und diese Bilder werden ohne jede Kontrolle von ihrer Einbildung mit dem Elixier des Lebens erfüllt. Der Dämon beginnt zu leben, macht sich selbständig und zwingt seinen Schöpfer zum Sklavendasein. Dem Kyilkhor muß man dienen bis zum letzten Atemzug, bis zum endgültigen Verfall des Körpers, und man muß ihm nach dem Tode auch immer wieder in neuen Körpern zu Diensten sein, weil dieser Moloch der Leidenschaft unersättlich ist. Die Schwäche und die Unwissenheit schafft den Kyilkhor der Angst, der Krankheiten und des Todes, der das Rohmaterial der wertvollsten unbehüteten Schöpfungskräfte aufsaugt und als Waffe gegen den Menschen verwendet, der in die Falle geraten ist.

Wenn du den Schlüssel für die Schöpfung und den Abbau des Kyilkhor erringst, so hast du gleichzeitig den Schlüssel für deine eigene Befreiung und den Sieg über die Welt gefunden.

Jetzt lasse ich dich wieder allein. Du wirst einsam sein. Einsam und allein hast du den anderen Weg beschritten, und ganz allein hast du geschöpft. Nun mußt du auch ganz allein zurückkehren. Jede Krise und jede letzte Entscheidung und Lösung muß der Schüler allein und für sich treffen.

Sei wachsam. Sei stark und tapfer. Halte aus. Denk daran, daß es für dich kein Zurück mehr gibt. Du stehst im Mittelpunkt aller Mysterien, und du mußt das andere Ufer erreichen. Es liegt an dir, ob du diesen Abschnitt des Weges in Jahrhunderten, in Jahren oder in Monaten zurücklegst. Doch darfst du niemals das Blut des Kyilkhor vergießen! Der Dämon ist dann am schrecklichsten, wenn er unsichtbar wird. Du mußt sein Leben mit einem Dolch auslöschen, der alle seine drei Körper durchdringt. Du mußt ihn durch ein Feuer verbrennen, der ihn in allen drei Welten verzehrt.

Sobald du ihn vernichtet hast, werden dir weitaus gewaltigere Kräfte zuströmen, als alle, über die du je auf deinem Erdenweg verfügt hast, und diese Kräfte werden deine untertänigen Diener sein.

Erweist du dich für diese Aufgabe als zu schwach, so werden wir uns lange Zeit nicht mehr wiedersehen. Du kannst mich mit nichts anderem beschwören als mit der Lösung des Problems. Dann werde ich kommen, um den Magister zu weihen.

Der Schall unsicher nahender Schritte drang an mein Ohr. Ich wandte mich der Tür zu, die sich langsam auftat und durch die sich der Kyilkhor mit grauem Gesicht und halbgeschlossenen Augen wie ein Schlafwandler hereintastete. Auf seiner Stirn stand geronnenes Blut, mein Blut. Er nahm wieder seinen Platz ein. Er atmete schwer. Von Zeit zu Zeit erzitterten seine Glieder.

»Gib mir ... gib mir etwas Wärme ... ich friere ...«, murmelte er. Mich aber erfaßte angesichts seines miserablen Zustands eine unsinnige Freude, eine viel zu frühe Hoffnung begann in mir zu keimen. Ich vergaß, daß er sich von meinen Kräften, meinen Gefühlen und Gedanken ernährte und daß die Hitze solcher Freude ein süßer Trank für ihn war, die Hoffnung aber heilende Medizin.

Das bleierne Grau seines Gesichts machte einer gesunden Röte Platz, seine schweren Lider hoben sich schlagartig, sein Atem ging leichter und freier, und er seufzte tief auf.

»Ja ... ja ... so ist es gut ...«

Der Kampf zwischen uns beiden hatte begonnen.

Es folgten schwere, schreckliche Wochen. Vergebens versuchte ich, ihm meine Kräftequellen zu verschließen. Es wollte mir nicht gelingen, die Operation durchzuführen. Alles, was ich in tagelanger Anstrengung mit großem Kraftaufwand an ihm zerstörte, baute er mit Hilfe jener Kräfte, die ihm aus mir zuflossen, in wenigen Stunden wieder auf. Sobald ich versuchte, durch seinen beginnenden Verfall Mut zu schöpfen, so war es dieser Umstand, der ihn wieder zu Kräften kommen ließ. Wenn ich angesichts seiner Lebhaftigkeit den Mut zu verlieren begann, so wurde er nur noch stärker. Es war eine Sisyphusarbeit. Monate vergingen, bis mich sein veränderlicher Zustand endlich kalt ließ. Dann kam eine Zeit, wo wir ziemlich gleichberechtigt waren. Er verfiel nicht mehr, kam aber auch nicht weiter zu Kräften. Er lebte und bewegte sich an meiner Seite wie ein mechanisches Spiegelbild, doch seine Lebenskraft wurde durch meine konzentrierten Befehle nicht gemindert.

Seine Zähigkeit trieb mich in die Verzweiflung, und so mußte ich nach zwei Seiten kämpfen: Gegen meinen eigenen Pessimismus und gegen mein hartnäckiges, feindseliges Geschöpf. Doch ich wußte bereits, daß ich verloren war, sobald ich in irgendeiner Richtung unterlag.

Auch meine Gesundheit ließ immer mehr zu wünschen übrig. Die ständige Spannung, in der ich lebte, begann mir auf die Nerven zu gehen. Ich litt an Appetitlosigkeit und Schlaflosigkeit, und ich magerte ab! Die Außenwelt hatte für mich aufgehört zu existieren. Der Kyilkhor rückte als immer forderndere, verhaßtere und lebhaftere fixe Idee in den Mittelpunkt meines Bewußtseins. Nichts war mehr wirklich für mich, nur er allein. Die Landschaft, das Schloß, die stille Gestalt von Vater und Mutter waren in eine taube, nebelhafte Ferne entrückt. Die beiden wußten, gegen welche dunkle Wellen ich anzukämpfen hatte, konnten aber nichts für mich tun.

Ich hatte alles versucht, um das Tor zwischen mir und dem Kyilkhor zu verbarrikadieren, um durch die ständige, gewaltsame Bluttransfusion nicht zu verbluten! Doch nichts half, und das durch unendliche Kämpfe wiederhergestellte Gleichgewicht, das Equilibrium der Gleichgültigkeit, drohte umzukippen. Reizbarkeit und dumpfe, gefährliche Wut stürmten in mir gegen die Barrikaden. Ich fühlte, daß ich diese Wut nicht mehr lange zähmen konnte, daß mich eines Tages der tödliche Haß überfluten und ich ihn umbringen würde, ein Messer in seinen warmen, atmenden, von Lebenskraft strotzenden Körper rennen, sein Blut vergießen würde, selbst auf die Gefahr hin, daß dies meinen eigenen Tod bedeutet. In meinen abgemagerten Körper drang über das tönende, bebende Netzwerk meines Nervensystems immer und immer wieder der sehnsüchtige Wunsch, das wahnsinnige, fordernde Verlangen, ihm den Garaus zu machen, seine Kehle zusammenzudrücken oder ihn mit bloßer Hand erschlagen. Um mich waren nichts als Panik und die Gefahr des totalen Zusammenbruchs, und mein elender Zustand machte ihn immer stärker, selbstsicherer, herausfordernder und überheblicher. Ich sah, daß ich den Kampf aufgeben mußte. Ich konnte den Schlüssel nicht finden, um ihn von mir zu trennen. Was ich auch zwischen uns aufhäufte, der geheime Anschluß zwischen uns blieb bestehen, über den der Strom der Lebenskraft ungehindert zwischen uns zirkulierte.

Ich wußte genau, was ich zu verlieren hatte, und Scham und tiefste Trauer ergriffen mich, wenn ich an meine bisherigen Kämpfe und an die Zukunft dachte. Vater, Mutter, St. Germain ... alle sollten sich in mir täuschen. Ich war durch die große Prüfung gefallen, und mein Schicksal würde das finstere, bittere Schicksal des gefallenen Novizen werden. Der Kyilkhor hatte mich überrundet, seine mörderischen Emotionen, seine sündige Sehnsucht nach dem anderen Weg hatte sich erfüllt. Er wird mich töten, um weiterleben zu können, und dadurch hätte ich mitsamt meinem Körper die fruchtbare Umgebung des Schlosses von Grotte, meine Eltern – und die Erinnerung an jenen Weg verloren, den ich bisher zurückgelegt hatte. Ich kann wieder von vorn anfangen, blind, tastend, mit brennender Unruhe in der Seele. Und jede Tat des Kyilkhor wird zu meiner Verantwortung. Ich habe ein Monster beschworen und auf die Welt losgelassen. Ich habe einem blinden Kraftkomplex Materie, Persönlichkeit und Namen gegeben, der diesseits jeglicher Erfahrung nur nach rohen Erlebnissen trachtet, weil sein Verstand bei mir geblieben ist. Er hat nur einen Körper, eine von

Blut und Leben erfüllte, zur Materie verdichtete Elementargesellschaft, eine dämonische Gemeinschaft voll gierigem Zentralwillen, der auf die Möglichkeiten der Gefühls- und Emotionsebene ausgerichtet ist. Wenn ich ihm aber zuvorkomme und ihn vernichte, dann ist es um so schlimmer, weil ich dann von ihm besessen sein werde. Er wird mich zu allem zwingen, wozu er gerade Lust hat, das heißt, er wird meinen Körper als Werkzeug benützen und mich schließlich zum Selbstmord oder in den Wahnsinn treiben, ohne daß sich dadurch unsere Beziehung auch nur im geringsten lockern würde. Seit meinem Bund mit Homunculus hatte ich nicht mehr in so einer fürchterlichen Falle gesessen.

Mit der Erkenntnis, daß ich unterlegen war, erlosch die böse Reizbarkeit in mir. Ich beschloß, daß ich nicht die Hand gegen ihn erheben würde, was immer auch geschähe. Nein, das nicht mehr! Eher wollte ich selbst das Opfer sein.

Ich wollte die Spannung des Wartens nicht unendlich in die Länge ziehen. Ich dachte, es wäre besser, sich dem zu stellen, was sich ereignen mußte.

Ich verabschiedete mich nicht von meinen Eltern, weil ich glaubte, kein Recht darauf zu haben.

Ich schloß mich mit dem Kyilkhor ins Meditationszimmer ein.

Dann nahm ich auf der Matte Platz. Ich spürte keine Angst, nur eine große Müdigkeit. Er saß mir gegenüber auf dem Podest. Sein Blick brannte mir im Gesicht, aber ich schaute ihn nicht an. Er interessierte mich nicht. Ich horchte in mich hinein. Von außen konnte ich keine Hilfe mehr erwarten.

Im Dämmerlicht des inneren Raumes breitete sich eine graue, glanzlose, regungslose Wasserfläche aus. Ihre Masse war verschlossen und abweisend. Ein bewußtes Eindringen erforderte Kraft, ich aber konnte und wollte keine Kraft entfalten. Ich kämpfte nicht einmal gegen den Schlaf an, der mich immer mehr übermannte. Die innere Landschaft begann sich allmählich zu verdunkeln, die Umrisse verwischten sich mit zunehmender Benommenheit, und mein Bewußtsein glitt unversehens wie ein schwerer, hilfloser Leichnam ins schweigende Wasser.

In diesem dichten, bleiernen Schlaf besuchte mich ein merkwürdiger Traum. Ich sah das Meditationszimmer doppelt, wie in einem Spiegel. Das Zimmer selbst war in Schatten getaucht, doch sein Spiegelbild glänzte in durchdringendem Licht. Ich saß im schattigen Zimmer auf der Matte, den Kopf auf die Brust gesenkt. Im Licht des Spiegelbildes aber saß ich hoch aufgerichtet da, und mein Gesicht strahlte die Ekstase der Meditation aus. Auf dem Podest des schattigen Zimmers thronte der Kyilkhor, strotzend vor Gesundheit. Seine Augen waren weit geöffnet, und sein brennender Tigerblick beobachtete meine ausgelieferte Gestalt. Auf dem Podest des Spiegelbildes aber saß niemand. Der Platz des Kyilkhor war leer, ein Umstand, der mich stutzig machte.

Der Kyilkhor des schattigen Zimmers erhob sich und näherte sich dem Körper, der auf der Matte schlummerte. Er schob die Unterlippe vor, und seine Finger bogen sich zu Krallen. Beklemmung überkam mich, und ich wollte rufen, um das Opfer zu wecken, doch der Meditierende im Spiegel geriet plötzlich in Bewegung, schaute mich an und legte den Finger an die Lippen.

»Aber er wird ihn ja töten ... im Schlaf ermorden!« wollte ich ausrufen, doch kein Ton konnte die ohnmächtige Lähmung durchdringen.

Der Meditierende schüttelte langsam den Kopf und wies auf das leere Gestell.

»Dort ist er nicht ... aber er ist hier!« sagte ich verzweifelt. Mein Atem setzte aus. Die Finger des Kyilkhor legten sich um den Hals des Schlafenden, der auf der Matte im Schattenzimmer ruhte.

»Wieso kann jemand töten, den es nicht gibt?!« vernahm ich klar und deutlich die Stimme des Meditierenden, meines getreuen Abbildes aus dem Spiegelzimmer. »Warum behauptest und glaubst du, daß es ihn gibt? Warum hängst du einer falschen Theorie nach?! Hast du vergessen, daß es dein Glaube ist, der dich unbesiegbar macht?! Dein Glaube ist sein Elixier ... Entziehe es ihm, und er wird wieder zur toten Materie. Verleugne ihn!«

Kraft, Erleichterung, Licht durchströmten mich und unendliche Dankbarkeit.

Ich konnte wieder frei atmen. Ich heftete meinen Blick auf den Kyilkhor, zwischen dessen drückenden, unbarmherzigen Fingern sich mein ausgelieferter Körper wand.

»Was ist das für eine lächerliche Einbildung, die mich bedrückt? Welch ein Phantom verfolgt mich, welch ein Schatten, vor dem ich davonlief?« bestürmte ich ihn in Gedanken. »Dein

Leben ist nichts weiter als Rauch, Nebel und Wolken, das meine Einbildung zur vernünftigen Struktur gemacht hat. Nun ist es aber genug mit den Schattenspielen, die ich mir selbst vorgegaukelt habe! Hebet euch hinweg, ihr Elementar-Schmarotzer! Ich nehme die Kraft und die Wärme zurück und löse das Bindungsmaterial, an dem ihr mich zu fassen gekriegt habt. Ich stelle jede Bewegung außerhalb meiner selbst ein. Die ausgesandten Fäden ziehe ich zurück. Du besitzt keine Eigenständigkeit mehr. Du hast keinen Atem mehr, weil es mein Atemhauch ist, der in dir pulsiert. Du hast kein Blut, denn es ist mein Blut, das dich am Leben hält. Dein Wille reicht nicht einmal aus, um deine Hand zu erheben, weil es allein mein Wille ist, der in dir wirkt. All dies habe ich dir aber entzogen. Ich habe dich ausgeliehen und gebe dich zurück. Kehre auf dein Podest zurück und erstarre in jener Pose, die dir dein Schöpfer auferlegt!«

Der Kyilkhor, dessen Hände im Zuge dieser Gedankenbefehle herabgesunken waren, schlurfte mit langsamen Schritten zu seinem Podest. Als er seinen Platz eingenommen hatte, kehrte er mir sein Gesicht zu. In seinen weitaufgerissenen Augen saß der Zorn, saß entsetzliche Angst und verkrampftes Flehen, das sich über sein weitaufgerissenes Maul und seine angespannten Muskeln verbreitete, während er seine ursprüngliche Pose wieder einnahm. Bevor sein Blick erlosch und sein Gesicht zur regungslosen Maske erstarrte, wich ein entsetzlicher Schrei von seinen Lippen. Es war ein Ton, der immer unartikulierter, immer fordernder, von Schmerz und Widerstand erfüllt war, ein Ton, der immer unerträglicher wurde und sich bis zum tobenden Geschrei steigerte, der mich aber endgültig ins Wachsein zurückstieß. Ich mußte tief erschrocken feststellen, daß diese gräßlichen, tierischen Laute aus meinem Mund hervordrangen und mit dieser Erkenntnis sofort erstarben. Meine Kehle brannte trocken und entzündet vor Anstrengung.

Der Kyilkhor saß regungslos auf seinem Platz in der Pose der Meditation, und seine gemalten Farben schimmerten dumpf.

Ich erhob mich und trat zu ihm. Meine Finger berührten einen kalten, harten Stoff. Auf seinem Gesicht war an einer Stelle die Farbe abgesprungen, und unter der abgebröckelten Schicht kam gelber Ton zum Vorschein, der sich langsam in Staub auflöste.

Nun habe ich den Meister wiedergesehen und wiedergehört. Er war mir erschienen, um alle Kenntnisse der Dinge und der Prozesse zu übermitteln.

Ich war an einem Punkt angelangt, den ich seit einem halben Jahrhundert angestrebt hatte, für den ich bereit war zu morden, zu leiden, gegen Dämonen anzukämpfen, zu brennen und zu Asche zu werden und wieder neu aufzuglühen: Ich war Magister geworden.

Die Meister hatten mich in ihre Zunft aufgenommen. Doch jenes Wesen, das sie weihten, hatte nichts mehr mit jenem Hans Burgner zu tun, mit jenem gierigen, aufsässigen Wirrkopf, der dem Traumbild des ewigen Lebens nachlief und in dessen Seele der mystische Prozeß seinen Anfang nahm.

Hans Burgner war das Blei gewesen, das man in den Tiegel geworfen hatte, unter dem das Feuer durch die Glut der Jahrhunderte geschürt worden war und wo die Formeln der Erfahrung und Konsequenz eben diesen Burgner in die Gestalt des Cornelius von Grotte, des Magisters, transmutiert hatten. Dieser hatte keine Sehnsucht mehr, was die Welt betraf, und nachdem er die Macht errungen hatte, wollte er sie nicht mehr anwenden ...

Aber er hatte noch eine Schuld abzutragen, die ihm hier an diesem Scheideweg entgegentrat.

Der Magister steht vor der letzten Stufe. Doch diese vorletzte Stufe stellt langwierige Aufgaben, die große Ausdauer und Geduld erfordern, Aufgaben, bei denen er niemals fragen kann, wann er an ihrem Ende angelangt ist. Er muß gewisse Sachen durch unpersönliche Dienste exakt zu Ende führen. Der Weg bis zur letzten Stufe kann Jahrzehnte, manchmal sogar mehr als ein Jahrhundert dauern. Der Unterschied zwischen Magister und Magier ist etwa der gleiche, wie der zwischen einem klugen, gebildeten, fleißigen Talent – und dem Genie.

Meine Tage gingen ruhig dahin im trauten Zusammensein mit den Eltern und bei fleißiger Arbeit.

Im Morgengrauen absolvierte ich meine Übungen. Am Morgen arbeitete ich im Labor, die Vormittagsstunden verbrachte ich mit Victor Amadeus, dessen Unterricht mehr Vergnügen als Anstrengung bereitete. Das Mittagessen nahm ich bei meinen Eltern ein. Am Nachmittag machte ich einen Spaziergang durch den Park und studierte die Steine, die Bäume, die Pflanzen und

Käfer. Dann sah ich die Post des Ordens durch, beantwortete Briefe und notierte die Ergebnisse des Tages.

Der Abend war wieder der Lektüre, der Musik und meinen Eltern gewidmet.

Die kristallklare Vollkommenheit dieser Tage, Wochen und Monate war mir jeden Augenblick bewußt. Ich hatte Vergangenheit und Zukunft absichtlich ausgeklammert und sie zur Gegenwart, zur allerintensivsten Gegenwart gemacht. Ich wußte, daß diese Zeit eine vorübergehende Ruhepause war, ein Kräftesammeln im Hinblick auf die kommenden Ereignisse. Das war der Grund, warum ich sie bis zur Neige genoß und nutzte.

Der Wellenschlag der Französischen Revolution, die sich auf die Kulturwelt auswirkte, erreichte uns kaum, obwohl wir über die Ereignisse genauestens unterrichtet waren und mit einer ganzen Reihe geschickter, einflußreicher Leute in Verbindung standen, die im Interesse der unglücklichen Opfer alles taten, was in ihrer Macht stand. Natürlich konnten sie die Erfüllung des Karmas weder bei der Masse noch bei dem einzelnen verhindern, und ihre Bemühungen hatten nur dort Erfolg, wo sie sich mit der Zustimmung des Höheren Gesetzes deckten.

Das Spiegelbild

Im Jahre 1797 fragte ein etwa fünfzehnjähriger Bursche im Schloß nach Arbeit, ein pickliger, grobknochiger Kerl mit mißtrauischem Blick, der es vermied, den Leuten in die Augen zu schauen. Der stark hervorspringende Stirnknochen über den tiefliegenden, überschatteten Augen deutete auf einen schlauen, genauen Beobachter, doch die Stirn war flach und fliehend und ließ keinen Raum für hochgradigere Spekulationen. Von seinen wulstigen, sinnlichen, gierigen Lippen kamen die Worte nur schwerfällig, obwohl sein kräftiges, trotziges Grübchenkinn die Fähigkeit und Leidenschaft für die Sprache verriet. Sein Wesen strahlte verzehrende Unruhe aus. Bei den Frühlingsarbeiten konnte man im Schloß jede Arbeitskraft gebrauchen. Der junge Wanderbursche wurde für Feldarbeiten und zum Holzfällen eingestellt.

Sein Name war Ernst Müller.

Der uneheliche Sohn der Anna Müller, der Dienstmagd aus dem Gasthaus, war in Grotte eingekehrt, um mit seiner beunruhigenden Gestalt Erinnerungen zu wecken und mich vor das schwerste Problem meines Lebens zu stellen.

Das Schicksal hatte mir einen Spiegel vorgehalten, ohne den leisesten Versuch, anstatt der Bilder aus der Vergangenheit eine neue Handlung zu weben. Nur die Figuren hatten gewechselt. Auf der anderen Seite des Spiegels hatte ein neuer Darsteller die alte Rolle übernommen, während ich in die Gestalt des Magisters geschlüpft war.

In der ersten Zeit fiel mir Ernst Müllers Anwesenheit überhaupt nicht auf. Erst nach und nach wurde mir bewußt, daß mich während meiner Spaziergänge im Garten und in meinem Arbeitszimmer, wo ich bei offenem Fenster zu arbeiten pflegte, ein gieriges, lauerndes Augenpaar beobachtete. So wurde ich auf den Jungen aufmerksam, der an der Seite des Gärtners den Boden hackte. Unsere Blicke begegneten sich, sooft ich aufblickte, er aber schaute dann sofort in eine andere Richtung und arbeitete weiter.

Bei einer Gelegenheit trat ich unvermutet zu ihm und fragte ihn nach seinem Namen. Er errötete und begann vor Verlegenheit zu schwitzen. Nicht nur sein Name erschütterte mich und die Erkenntnis, wer er war, sondern auch die Tiefe seines Blikkes, den ich für eine Sekunde erhaschte. In seinen Augen brannte etwas Grüblerisches, ein gefährlicher Hunger, Fanatismus und Exaltation, eine unbekannte Hölle, die mich anzog und gleichzeitig abstieß: Es waren die Augen des Hans Burgner. Ich spürte, wie mich das Mitleid und eine unüberwindliche Neugier ergriff.

Also war er gekommen. Da ist er nun ... Da steht er vor mir, Auge in Auge, mein Spiegelbild.

War er etwa nach Grotte gekommen, um einen früheren Besuch zu erwidern und eine Schuld bei mir einzutreiben, die ich – wie ich glaubte – im Laufe der Jahrhunderte durch Leiden, Blut und Tränen abgetragen hatte?! Die Vergangenheit konnte ich befragen. Die Gegenwart aber schwieg, und die Zukunft gab keine Antwort, weil es um mich ging. Meiner eigenen Zukunft konnte ich mich nicht anders nähern als jeder andere Mensch. Mein persönliches Schicksal war tabu. In ihm blitzten Ahnungen auf wie im Dämmerschein, die mich riefen und abstießen. Ernst Müllers Umstände und seine Persönlichkeit enthielten jedoch eine Reihe deutlicher Hinweise ... Ließen sie sich mißverstehen oder anders deuten?!

Ich setzte meine Beobachtungen fort und wartete ab.

Nach einigen Tagen merkte ich, daß sich ein Unbefugter in meiner Bibliothek zu schaffen machte. An der aufgelockerten Reihe eines hochliegenden Bordes sah ich, daß dort ein Buch fehlte. Ich zweifelte keinen Augenblick daran, wer der Täter war. Ich brauchte mich nur an Ernst Müllers Blick zu erinnern, Hans Burgners inneren Zustand heraufzubeschwören. Durch das niedrige, offene Fenster trat ich in den Park hinaus und begann, jenem Faden zu folgen, der zwischen uns beiden aufgespannt war.

Ich fand ihn bei den Kuhställen, hinter den Barrikaden aufeinandergetürmter Mistkarren versteckt. Er kauerte auf einem Baumstamm, die Hände auf die Ohren gepreßt, und las. Sein Gesicht war gerötet, auf seiner Stirn traten die Adern hervor, eine angespannte, krampfhafte Aufmerksamkeit reflektierend. Diese Versunkenheit bildete eine fast greifbare Klausur um ihn, so sehr, daß ich zögerte, ihn zu stören. Ich erkannte das Buch sofort. Es war das Werk des Karlstädter Alchimisten Johannes Glauber über ›Die dreifachen Steine des Geheimen Feuers‹.

Ich tippte ihm auf die Schulter. Er warf den Kopf mit einem wilden, getrübten Blick hoch. Er war benommen, als hätte ich ihn aus tiefsten Träumen gerissen. Dann sprang er auf. Er war derart erschrocken, daß er ratlos stehenblieb und gar nicht erst versuchte, das Buch hinter seinem Rücken zu verbergen.

»Wo hast du lesen gelernt?« fragte ich freundlich.

Es dauerte eine Weile, bis er die Frage begriffen hatte. Dann kehrte dieser forschende, hinterhältige Blick in seine Augen zurück.

»Im ... im Gasthaus ... von einem Fremden«, sagte er heiser. »Ich hätte das Buch zurückgebracht«, setzte er hinzu und reichte es mir. »Werfen Sie mich jetzt hinaus?«

Ich nahm das Buch nicht.

»Das weiß ich noch nicht«, erwiderte ich.

»Schicken Sie mich nicht fort«, seufzte er kläglich. »Ich ... habe dort immer die vielen Bücher gesehen ... und ...«

»Hast du nie daran gedacht, daß man darum auch bitten könnte?«

Sein Blick streifte mich mit nachdenklichem Mißtrauen.

»Nein«, gestand er leise. »Ich dachte ... Sie würden mir doch keins geben.«

»Warum?«

»Weil ... einem solchen, wie ich einer bin ...«

»Weißt du, daß dies Diebstahl ist?«

»Ich hätte es zurückgebracht!« Seine Stimme klang trotzig.

»Warum hast du gerade dieses Buch genommen?«

Er hob den Blick zu mir auf.

»Ich wollte es nicht stehlen«, murmelte er.

Ich ließ es nicht zu, daß er der Frage auswich.

»Warum hast du ausgerechnet ein alchimistisches Werk genommen?«

»Weil ich ... weil ich daraus lernen möchte ... Der ... der Gerber, der mir Schreiben und Lesen beigebracht hat, sagte, die hätten ein Geheimnis ...«

»Das Goldmachen?«

»Auch das ... aber auch noch etwas anderes ...«

»Was denn?«

»Den Trank des ewigen Lebens ... und den Zauberstab ... Man kann damit einen Sturm machen und Hagel ... Den Geistern befehlen ... Alle Welt erschrecken und besiegen ...«, entfuhr es ihm erstickt und heftig, dann bereute er es plötzlich. Sein mißtrauischer Blick glitt von mir ab. »Sie wissen ja ...«

»Was weiß ich?«

»Alles. Dort oben im ersten Stock ...«

»Was gibt es dort?«

»Eine ... Werkstatt.«

Diesmal blickte er nicht zur Seite, sein Blick brannte selbstvergessen, drängend und voll unendlicher Sehnsucht auf meinem Gesicht.

Also hatte er auch das Labor ausgekundschaftet. Wahrscheinlich war er auf irgendeinen alten Baum geklettert, und sein scharfer Falkenblick hatte alles erspäht, was zu erspähen war. Um das Schloß von Grotte kursierte so manches Gerücht, gutmütiger und böser Klatsch hatten Legenden um das Haus gewoben ... Auch er hatte davon gehört, und diese Geschichten hatten ihn hierher geführt.

Ein Wort von mir hätte genügt, und Ernst Müller wäre selbst

aus der Gegend verjagt worden. Aber konnte ich ihn wegschikken? Er war gekommen, um mich auf die Probe zu stellen. Er war gekommen, um meine Geduld, meinen Scharfblick und meine Tragfähigkeit zu messen. Vielleicht war er gekommen, um mich zu töten. Es konnte aber auch sein, daß er mich nur täuschte, um festzustellen, ob ich von der Gefahr zurückschreckte oder mich ihr stellte. Die Hinweise waren viel zu eindeutig und bestimmt, die Wiederholung glich fast einem Mysterium. Ich mußte auf der Hut sein. Ich durfte mich nicht irren.

Ich nahm das Buch an mich und sagte ihm, daß ich mir sein weiteres Schicksal überlegen würde.

Einige Tage lang folgte mir sein Blick mit heimlicher, flehender Sorge überallhin. Sollte ich ihn lehren? Er war noch ungeschlacht und verwirrt, wie Hans Burgner. Er hatte allerhand zu erleben und zu erfahren. Auch Rochard war seinerzeit Hans Burgner nicht ausgewichen, obwohl ...

Und dann kam dieser Unfall, der die ganze Sache entschied.

Während ich mich in Rotenburg aufhielt, stürzte Ernst Müller von einer hohen Eiche, die vor dem Labor stand, und erlitt schwerste offene Frakturen an Armen und Oberschenkeln. Als ich wieder zu Hause eintraf, lag er bereits auf seinem armseligen Lager im Holzschuppen des Gärtnerhauses. Mein Vater hatte seine Wunden gereinigt und verbunden, die Brüche geschient und ihm ein Beruhigungsmittel gegeben, so daß für mich nicht mehr viel zu tun übrigblieb. Er lag mit erschöpftem, erschrockenem Gesicht im Halbdunkel und atmete schwer.

»Hast du schon wieder gelauscht?« fragte ich ruhig.

Er schwieg lange.

»Antworte!«

Von seinem Strohlager war ein bitteres Weinen zu vernehmen, das aus der Tiefe kam, und dieses unverhoffte Weinen war es, das mich ganz und gar entwaffnete.

»Wie ... wie sollte ich denn ... sonst ... dorthin gelangen ...«, keuchte er. »Sie haben ... mir auch ... das Buch wieder weggenommen ... obwohl ich es ... noch nicht ... gelesen hatte ... Ich ... habe ... keinen Anspruch darauf ... obwohl ich ...« Und nun weinte er laut und abgehackt, mit fast kindlichen Klagelauten, »obwohl ich auch lernen möchte ... lesen ... und dort ... in der Werkstatt ... arbeiten ... wie die Herrschaft ...«

In seinem Wissensdurst, in seinem Bestreben lag eine erschreckende Kraft. Ich wußte, daß diese geheime Peitsche in ihm auch nichts weiter war, als das Streben des gefallenen Novizen mit dem verschleierten Erinnerungsvermögen nach dem Licht.

»Weißt du eigentlich, was das heißt … lernen?!« fragte ich vorsichtig.

»Ich habe auch schon gelernt …«

»Ja, schon, aber nicht einfach nur so … gelegentlich … nur so nebenbei … zwischen Spiel und sonstigen Arbeiten, sondern wirklich etwas beginnen und lange Jahre durchzuführen. Auch all das lernen und studieren, was einem schwer, trocken und langweilig vorkommt. Nicht verantwortungslos von Zauberei, von Tricks, von Märchen und Geistern träumen … Außerdem muß man sich das Wissen auch verdienen! Du mußt dich in allem unterwerfen, deine Neugier zügeln, dein Anteil geduldig erwarten. Ohne Selbstunterwerfung gibt es keinen Willen und keine Macht. Und diese Macht bezieht sich auf etwas ganz anderes, als das, woran du jetzt denkst. Sie kann dir nicht gehören, solange du mit ihrer Hilfe Menschen beherrschen willst.«

»Ja … wozu ist sie dann gut?« tönte es aus der Dämmerung.

»Um sie gegen dich anzuwenden. Jetzt bist du erschrocken, was?«

»Nein!« fuhr er auf. »Ich habe die Buchstaben gern gelernt, und auch die Zahlen … Ich wollte nie etwas anderes tun … Ich brauche nichts weiter und bin bereit zu dienen, wenn ich nur mein täglich Brot habe! Ich tue alles … ich will alles tun! Ich brauche keinen Lohn … nur die Bücher … die Bücher und die Werkstatt dort oben …« Seine Stimme steigerte sich leidenschaftlich. Er versuchte, sich auf seinem Lager zu rühren und aufzurichten, doch er sank mit einem Wehlaut zurück.

»Halte dich still. Du darfst dich nicht rühren!« ermahnte ich ihn und öffnete das Fenster des Holzschuppens, um ihn näher zu untersuchen. Das Licht fiel auf sein Gesicht, das sich vor Schmerz verzerrte.

»Die Schmerzen werden gleich nachlassen«, sagte ich, indem ich mich über ihn beugte und meine Hand auf den Verband legte. Plötzlich schrak ich zurück. Auf seiner zusammengeknüllten Decke lag ein zerfleddertes Buch, mit schmutzigen Fingerabdrücken und Eselsohren übersät. Da lag nun dieses Buch, aufgeschlagen und zerlesen.

Es war die Geschichte des Nikolaus Flamel.
In diesem Augenblick beschloß ich, ihn zu unterrichten.

Ernsts Genesung schritt nur langsam voran. Die Prellungen und Splitterfrakturen bereiteten ihm große Schmerzen.

Ich verstand sein stummes Flehen und gab ihm Bücher, von denen ich annahm, daß sie seine innere Welt nicht aufwühlen, sondern ordnen würden. Aus seinen Augen traf mich stets ein dankbarer Hundeblick, sooft ich in seine Kammer trat. Ich spürte, daß er mir immer näher kam, daß er sich aus ganzer Seele krampfhaft auf mich stützte. Ich war in seinen Augen der Hüter der Himmelspforte, von mir hing sein Leben, seine Zukunft, sein unsinniges Bestreben, seine fast gewaltsame Wißbegierde unbekannter Herkunft, die Erfüllung seiner Träume und wirren Pläne ab.

Von Tag zu Tag sah ich immer deutlicher, welch einen groben Rohstoff er abgab und daß ich kaum auf einen Fortschritt hoffen konnte. Er mußte Dinge lernen, die ich ihm nicht beibringen konnte, sondern nur die Zeit und die Erfahrung, und auf gleiche Weise mußten seine Instinkte und Emotionen nicht durch Kenntnisse, sondern durch Erlebnisse geschliffen werden. Ich wußte, daß ihn jeder Meister abweisen würde, ohne lange zu überlegen. Schleierhafte Gefühle, leidenschaftliches Flehen, Weinen und Wollen um jeden Preis waren keine Argumente, die für einen Schüler des Okkultismus sprachen. In seiner Angelegenheit war lediglich sein Fortschritt und der Grad seiner seelischen und geistigen Bereitschaft entscheidend.

Trotzdem nahm ich ihn als meinen Schüler auf.

Ich lernte seine armselige Kindheit kennen, die sich von dem Leben, das das Vieh in seinen schmutzigen Ställen führte, nur dadurch unterschied, daß es nur noch vernachlässigter und schlimmer war; denn die Tiere bekamen zumindest regelmäßig ihre Futterration, und man achtete darauf, daß sie nicht krank wurden.

Ernst begriff schon sehr früh, daß er sich auf niemanden verlassen konnte. Die Außenwelt ist böse und feindlich, er aber klein und schwach. Seine Mutter kümmerte sich nicht um ihn. Manchmal, wenn er ihr über den Weg lief, verdrosch sie ihn. Seine Großmutter warf ihm gelegentlich einen Brocken hin. Sie war eine gleichgültige, stumpfsinnige, kranke alte Frau, die sich auf ihren geschwollenen, von Krampfadern überzogenen Beinen nur mühsam bewegte. Sie jammerte und klagte den ganzen Tag. Durch ohnmächtige Abhängigkeit und das hilflose Ausgeliefertsein waren sie aufeinander angewiesen, doch in dieses Verhältnis mischten sich lähmende Eifersucht und selbstsüchtiges Mißtrauen, die überflüssige Angst solcher Menschen, die auf anderer Leute Kosten leben, daß sie wegen des anderen benachteiligt werden oder daß seinetwegen ihre Position ins Wanken gerät. Ernst bekam bereits sehr früh und sehr oft zu hören, daß es seine Mutter leichter hätte, wenn er tot geboren oder gestorben wäre. Auch seine Großmutter jammerte ihm pausenlos vor, daß der barmherzige Himmel sie beide endlich zu sich nehmen könnte. Mit ihrer Tochter stand sie bös auf Kriegsfuß. Ihre alte, scharfe Zunge war noch recht lebendig, und mit ihrer Hilfe rächte sie sich für all das Leid, das sie von ihr erdulden mußte. Nach solchem Streit bekam sie dann nichts zu essen, obwohl das Essen die einzige Freude ihres Lebens war. Mit dieser Waffe schlug Anna Müller zurück. In solchen Fällen pflegte das Kind zu profitieren, denn, um die Alte zu ärgern, fütterte und verhätschelte sie ihn, was für Ernst schlimmer war als Prügel.

Andererseits stand das Gasthaus direkt an der Landstraße, ein Durchgangshafen für so manche zweifelhafte Existenz. Vertreter, Wanderburschen, Viehhändler, Gaukler, Bauern und Herrschaften zogen durch den Gesichtskreis des Knaben, weckten seine Neugier, ihre fremden Sitten und Worte, ihre angeberischen Geschichten pflanzten die Sehnsucht nach der Ferne, nach dem Abenteuer, nach dem Ungewöhnlichen, dem Phantastischen und Wunderbaren in seine Seele. Diese Wirkung gipfelte im Auftauchen eines Wanderfriseurs namens Gerber, der eines Tages im Gasthaus erschien. Er war ein unzuverlässiger, leichtsinniger Bursche, der recht oft auch mit den Behörden aneinandergeriet, doch muß er über eine gewisse verworrene Bildung verfügt haben, die er sich aus wahllos zusammengelesenen Büchern und aus den Erfahrungen seines stürmischen Lebens zusammengeklaubt hatte. Gerber hatte Mitleid mit dem herrenlosen, verlassenen Kind. Nachdem er festgestellt hatte, daß der Knabe über einen wachen, scharfen Verstand verfügte, begann er ihn zu unterrichten. Von Zeit zu Zeit verschwand er aus der Gegend, vergaß in der Zwischenzeit den Ernst, der ihn stets so sehnsüchtig erwartete und herbeisehnte wie die wärmende Sonnenscheibe nach einer langen, entsetzlich kalten Nacht. Sooft er zurückkehrte, rührte ihn stets die unbändige Freude, die Anhänglichkeit und das gute Gedächtnis des Kindes. Ernst vergaß nie etwas. Er hütete sein Wissen wie eine Reliquie, wie den einzigen Schatz und Inhalt seines Lebens. Und dieses merkwürdige Wissen wurde stets erweitert, sooft Gerber zurückkehrte. Der Knabe lernte Lesen und Schreiben, doch er nahm auch Gerbers großspurige Orientierungslosigkeit, sein komisches Halbwissen und seine verblüffenden Theorien in sich auf.

Ernst hatte so manche Rauferei im Gasthaus erlebt, Messerstechereien und vergossenes Blut – doch das unverdaulichste, entsetzlichste Erlebnis seines Lebens war, als Gerber vor seinen Augen an einer Magenblutung zugrundeging. Keiner wollte und konnte ihm helfen. Man beriet sich, ob man ihn nicht auf die Wiese legen sollte, weil er alles besudelte, und vielleicht würde man auch noch Unannehmlichkeiten mit der Gendarmerie haben, wenn er im Haus stirbt. Diesen Mann nun, der blutigen Schaum ausspuckte und völlig hilflos war, packten Schankknechte und Besitzer bei den Schultern und Füßen, schleppten ihn in einen von Brennesseln überwucherten Wassergraben und ließen ihn einfach liegen. Ernst folgte ihnen weinend, am ganzen Körper zitternd, und als sie alle gegangen waren, setzte er sich neben den Sterbenden. Dieser Mensch, der bleich war wie die Wand, vergoß seine letzten Blutstropfen. Seine Augen waren glasig. Ernst war von der Bosheit und Unerbittlichkeit der Menschen derart entsetzt, daß er meinte, sich nie mehr von seinem Platz erheben zu können, weil in ihm etwas gerissen war. Gelegentlich spukten Gerbers Worte durch sein Bewußtsein, die er fröhlich und beschwipst von sich gegeben hatte, als er noch gesund war.

»Du sollst dir nicht nur das gewöhnliche Wissen aneignen, mein Sohn, sondern auch die Zauberkunst, um mit ihrer Hilfe dem elenden Wolfsrudel der Menschheit überlegen zu sein, sonst reißt es dich früher oder später in Stücke. Du mußt sie einschüchtern und in die Knie zwingen ... Auch ich habe mein Leben verfehlt, weil ich mich nicht zu so einem Magier gesellt habe. Als junger Bursche bin ich ihm begegnet und wußte sofort, mit wem ich es zu tun habe ... Räuber hatten ihn überfallen, und ich habe ihn beschützt ... obwohl sie ihn nicht hätten umbringen können, weil ihn das Elixier unsterblich gemacht hatte und er über solche Kraft verfügte, daß er nur die Hand zu heben brauchte, um auch den wildesten Kerl niederzuschmettern. Doch mein Mut gefiel ihm. Er schenkte mir sein Vertrauen. Er bot mir an, sein Famulus zu werden ... Früher oder später hätte er mir auch etwas von dem Elixier gegeben. Heute könnte ich Gold machen und würde auf den Tod pfeifen!«

»Und ... warum sind Sie nicht bei ihm geblieben?« fragte Ernst mit erstickter Stimme und klopfendem Herzen. Gerber aber winkte ab.

»Das kannst du noch nicht begreifen, Freundchen ... Ich war unsterblich in eine Frau verliebt ... ein großes, blondes Weib, ein böses, kaltschnäuziges Luder ... Der Magier ging und ließ mich stehen ... Bald darauf betrog mich das Weib mit einem Sargtischler ... umsonst hatte ich für sie das ewige Leben und das Gold geopfert. Den Magier konnte ich nicht mehr wiederfinden. Ich habe jahrelang nach ihm gesucht ... und suche ihn noch heute ...«

Ernst betrachtete den Sterbenden, dann spähte er mit hoffnungsloser Hoffnung und wilder Erwartung auf ein Wunder nach der Wegbiegung – vielleicht ... vielleicht würde der Magier gleich kommen ... Er trägt das Elixier bei sich ... Er ist geradewegs auf dem Weg hierher und wird Gerber heilen ... Es darf nicht sein, daß Gerber auf solch häßliche Art verreckt! Gerber ist der einzige Mensch auf dieser Welt, zu dem er gehört, der sich um ihn kümmert ...

Doch der Magier kam nicht, und der arme Gerber hauchte sein Leben im Wassergraben aus. Nach seinem Tode hielt es Ernst nicht mehr zu Hause aus. Er ging auf und davon. Er nahm das Buch über Nikolaus Flamel mit, das er von diesem Scharlatan geerbt hatte, Gerbers Lehre und seine fixe Idee. Er brach auf, um den Magier zu suchen ...

Ernst erholte sich wieder, und ich begann ihn zu unterrichten. Zunächst legte ich bei ihm die Grundfesten. Ich gewöhnte ihn an Sauberkeit und Ordnung, brachte ihm Tischmanieren bei, lehrte ihn sich zu waschen und höflich zu benehmen. Ich versorgte ihn mit Kleidern, Wäsche, Büchern, Schreibzeug und Heften. Im heizbaren Pavillon des Parks wurde ihm ein kleines Zimmer zugewiesen. Er war erstaunlich aufnahmefähig. Sein Zimmer glänzte. Auf seinem Bücherbord war kein Staubkörnchen zu finden. Jeder Gegenstand auf seinem Schreibtisch strahlte jene andächtige Liebe aus, mit der er die Dinge umgab. Sein Haar war wohlgekämmt, sein Gewand faltenlos, seine Fingernägel sauber. Seine Zähne glänzten weiß und gepflegt zwischen seinen wulstigen Lippen. Er war bescheiden und hilfsbereit und zitterte vor Sehnsucht, mir alles recht zu machen. Jede Aufgabe war ihm zu wenig und kam ihm leicht vor. Die Grundkenntnisse eignete er sich mit überraschender Schnelligkeit an. Alles interessierte ihn: Die Mathematik ebenso wie die Geographie, die Grammatik ebenso wie die Geschichte und die Naturwissenschaften. In nur zwei Jahren bewältigte er jenen Lehrstoff, für die ein gewöhnlicher Student gut acht Jahre brauchte. Mit gieriger Aufmerksamkeit und gespanntem Interesse warf er sich auf die Sprachen. Mit Hilfe eines phänomenalen Gedächtnisses und seinem frischen Auffassungsvermögen lernte er spielend Französisch, Englisch und Latein. Sein fieberhafter Fleiß, seine Ergebnisse hätten auch mich verblendet, wenn mich nicht gleichzeitig seine geheimen emotionellen Eruptionen, seine wilde Sinnlichkeit, seine Lügen, seine Scheinheiligkeit und seine Hinterhältigkeit aufgescheucht hätten. Zur Dienerschaft hatte er kein gutes Verhältnis, er stand mit ihr auf Kriegsfuß. Die Bediensteten haßten ihn, und diese Antipathie entsprang nicht nur jenem Neid, den sie dem Glücklichen, der sich aus ihren Reihen emporgearbeitet hatte, entgegenbrachten, wie ich zunächst annahm. Er ließ sie seine Ausnahmeposition deutlich spüren, insbesondere dem Gärtner gegenüber, unter dem er gearbeitet, der ihn bemitleidet, aufgenommen und ihm Kost und Logis gewährt hatte. Einmal beschwerte sich der Gärtner, daß er die kaum aufgebrochenen roten Rosenknospen stehle, diese wie ein Vandale einfach abreiße und die Sträucher beschädige. Ich stellte ihn zur Rede, er aber errötete, schwieg verwirrt und schaute mir nicht in die Augen.

»Ich liebe die Rosen . . .«, sagte er nach langem Schweigen.

»Du kannst sie auch am Strauch lieben und dich länger an ihnen erfreuen, weil sie am Leben bleiben.«

»Wenn der Gärtner dabei ist, kann ich mich nicht an den Rosen erfreuen, weil ich das Gefühl habe, er möchte mich am liebsten in einer Pfütze ertränken«, sagte er hastig und schaute mich an. Seine Augen blickten so offen und ehrlich, daß ich erschrak. Ich wußte, daß er log.

»Warum sollte dir der Gärtner Böses wollen, wenn er dich

früher gemocht hat?!« fragte ich, um ihn zu weiteren Äußerungen zu zwingen und die Tiefe seiner Schuld zu ermessen.

»Weil Sie gut zu mir sind. Das kann mir niemand verzeihen. Ich habe mich über sie erhoben, also möchten sie mich auf die Knie zwingen. Sie hätten es gern, wenn Sie mir etwas übelnehmen und mich davonjagen würden ...«

»Also haben sie sich geändert, was dich betrifft?«

»O ja.«

»Wäre es nicht möglich, daß auch du dich geändert hast?«

»Nein. Ich gehe ihnen aus dem Weg.«

»Wenn du ihnen aus dem Weg gehst, hast du dich wohl doch geändert.«

»Ich habe nichts mit ihnen zu reden!«

»Und genau das ist es, womit du sie verletzt. Vergiß nicht, es gibt nichts, worauf du stolz sein kannst. Du bist ihnen nicht überlegen, du hast lediglich einen anderen Weg eingeschlagen, der nicht besser als der ihre ist, im Gegenteil! Sie erfüllen ihre Pflicht, sind gute, dienstbare Geister, nützlich und ehrlich. Auch du bist nichts weiter als ein Diener. Der Umstand, daß du angefangen hast zu studieren, bedeutet noch bei weitem nicht das Wissen an sich. Du stehst am Anfang aller Anfänge, an der Schwelle der Kenntnisse, und es ist noch nicht sicher, ob du würdig bist, in die höheren Wissenschaften einzudringen. Eine gute Auffasungsgabe, ein schlauer, scharfer Verstand reichen nur dazu aus, die Wissenschaften dieser Erde zu erfassen. Doch es bedarf weiterer Fähigkeiten, um in die okkulten Wahrheiten vorzudringen, nämlich ethischer Kraft, des Hangs, die Gerechtigkeit zu lieben und ihr zu dienen, unerschütterlicher Mut, Demut, Selbstverleugnung und der Gabe der unpersönlichen Ekstase. Von all dem kann ich nur wenig in dir entdecken. All dein Bestreben ist nach außen gerichtet. Du sammelst und raffst alles nur zusammen mit glühender Leidenschaft, um deine Schätze eines Tages ins Schaufenster zu stellen, sich mit ihnen zu behängen, um von all denen bewundert zu werden, die dümmer sind als du. Dies aber ist nicht das Ziel, welches ein Schüler der okkulten Wissenschaften anstrebt. Dieser Weg führt stets abwärts. Was hast du mit den abgerissenen Rosen getan?!«

Die unerwartete Frage machte ihn stutzig, und er begann zu stottern.

»Ich ... ich habe sie in mein Zimmer getragen ...«

»Und?«

»Nun ... ich habe sie in eine Vase gestellt ... auf den Tisch ... das heißt, auf meinen Schreibtisch ...«

»Ich bin jeden Tag in deinem Zimmer gewesen und habe keine Rosen gesehen.«

»Ich befürchte, daß ...«

»Hast du sie versteckt, bevor ich kam?«

»J...a... jawohl.«

»Warum bist du der Meinung, daß du mir nicht die Wahrheit sagen kannst?«

»Die Wahrheit? Ich ...«

»Oder meinst du vielleicht, daß du vor mir verbergen kannst, was du denkst oder tust? Wenn du dich nicht schämst etwas zu tun, dann brauchst du dich auch nicht schämen, es mir zu sagen. Hab keine Angst. Ich bin dir nicht böse und werde dich wegen deiner Tat nicht verdammen ... ich möchte dich nur lehren. Lüge mich niemals an, das ist meine Bedingung. Es hätte auch keinen Sinn, weil ich alle deine Lügen durchschaue. Elisa ist sehr jung und unendlich leichtsinnig. Du wirst sie durch deine Angeberei, deine Märchen und ... durch deine gestohlenen Rosen ins Verderben stürzen ...«

Er blickte mich niedergeschmettert an.

»Sie ... woher wissen Sie denn das?«

»Ich weiß es, und damit ist es genug. Ich weiß auch noch von weiteren Verhältnissen, doch die interessieren mich nicht. Ich kenne deine Art und habe Verständnis dafür, daß es besser ist, solange du deine sinnlichen Kräfte nicht in schöpferische umwandelst, sie auf diese Weise abzuleiten, weil sie dich sonst bei der Arbeit stören. Haben wir uns also verstanden?! Du läßt Elisa in Frieden ... und die Rosen auch!«

Er versprach mir alles – doch schon am nächsten Tag brach er sein Versprechen.

Elisa, die sechzehnjährige, rothaarige Tochter der Köchin mit ihrer milchweißen Haut war ein launenhaftes, geiles Geschöpf mit spitzen Brüsten. Der Müller am Ort wollte sie heiraten, und sie war dem jungen Burschen auch zugeneigt, bis Ernst dazwischentrat. Ernst hatte damals bereits sein achtzehntes Lebensjahr vollendet. Er war ein hochgewachsener, gepflegter junger Mann, der älter wirkte als seinen Jahren nach. Er verstand es, eine leichte, geistreiche und nuancierte Rede zu führen. Seine tadellosen Zähne schimmerten weiß zwischen den wulstigen

Lippen, in seinen Augen glänzte Gier, Intelligenz und eine unendliche Selbstsicherheit, und diese elektrisierende Lebenskraft sprühte auch aus seinem dichten, dunklen Haar. Elisa hatte sich blind und unsterblich in ihn verliebt. Das Mädchen war hübsch und zu allem bereit, Ernst aber vollständig verantwortungslos in seiner Gier und seinem Verlangen. Es fiel ihm nicht im Traume ein, die reife Frucht zurückzuweisen, die ihm in den Schoß gefallen war. Eine ganze Weile setzten sie ihr Verhältnis im Verborgenen fort. Das Mädchen schlich sich bei Nacht zu Ernst in den Pavillon und blieb bei ihm bis zur Morgendämmerung.

Als Elisa schwanger wurde, wandte sie sich an die schmutzige, alte ›weise Frau‹ des Dorfes um Hilfe. Die Hexe verlangte Geld, und Ernst brachte dieses Geld auf, indem er einige seiner Kleidungsstücke einem Hausierer verkaufte.

Eines Abends drang die Köchin weinend und klagend ins Arbeitszimmer ein, wohin wir uns nach dem Abendessen mit meinen Eltern zurückgezogen hatten. Sie flehte uns an, ihr ins Gesindehaus zu folgen. Elisa sei schwer krank, winde sich in Krämpfen, schreie vor Schmerzen und ließe nicht zu, daß jemand sie anrührt. Wir gingen alle zu ihr hinunter, aber sie wollte sich nur meiner Mutter zeigen. Wir warteten draußen, während meine Mutter sie untersuchte.

Als meine Mutter aus Elisas Kammer kam, schickte sie die Köchin fort und teilte nur uns mit, was geschehen war. Das dumme alte Weib hatte mit ihren groben Händen das Innere des unglücklichen Mädchens nahezu zerfleischt, und eine Sepsis sei zu befürchten. Alles sei blutig und entzündet, man kann sie nicht berühren. Nun durften wir auf ihr Sträuben keine Rücksicht mehr nehmen. Wir gingen zu ihr hinein, reinigten die verseuchten Stellen mit vereinten Kräften und verabreichten ihr Beruhigungsmittel und gewisse Essenzen, die eine Ausbreitung der Sepsis verhinderten. Ihr häßliches, heiseres Geschrei gellte durch die Nacht und lockte auch den schreckensbleichen, am ganzen Körper zitternden Ernst an ihr Fenster, das offen geblieben war. Während sich der blutige, aufgedeckte Unterleib dieses unglücklichen Geschöpfs zwischen unseren Händen wand, schaute ich kurz auf, und meine Augen begegneten Ernsts Blick, aus dem mir Verzweiflung, entsetzliches Mitleid und Selbstbeschuldigung entgegenstrahlten. In mir blitzte für einen Augenblick die Hoffnung auf, daß ihn diese Lektion von seinen verantwortungslosen sexuellen Emotionen kurieren würde ...

Als sich Elisa endlich beruhigte, vertrauten wir sie der Obhut ihrer Mutter an, mit dem Hinweis, mich sofort zu wecken, wenn die Schmerzen wiederkehrten oder sobald sich Fieber einstellen würde.

In meinem Schlafzimmer begann ich mich bereits zu entkleiden, als ich plötzlich das Gefühl hatte, daß Ernst vor meiner Tür stehe und nicht anzuklopfen wagt. Seine Erregung, seine verzweifelte Verwirrung brannten förmlich durch die Tür.

»Du kannst hereinkommen, Ernst. Ich habe dich erwartet!« sagte ich leise.

Im Nu stand er vor mir, eher schwankend als aufrecht. Sein Zustand war verheerend. Bevor ich es verhindern konnte, fiel er vor mir auf die Knie.

»O Gottogott ... mein Gott ... mein Gott ...«, stammelte er unartikuliert und zähneklappernd. »Nie mehr! ... Nie wieder ... oh, mein Gott ...«

Ich setzte ihn in einen Sessel. Seine umschatteten Augen quollen unter der Last einer Frage hervor, die er nicht zu stellen wagte.

»Sie wird am Leben bleiben«, erwiderte ich auf seine stumme Frage. »Doch wären wir eine Viertelstunde später gekommen, hätten wir ihr nicht mehr helfen können. Warum hast du es zugelassen, daß sie sich an diese Hexe wendet?«

»Weil ... ich mich schämte ... und sie sich auch ...«

»Aber du hast dich nicht geschämt, es zu tun?!«

»Das ist ... wie ein Wahn ... Man merkt es kaum, und schon fällt man hinein ...«

»Nach menschlicher Berechnung wäre Elisa bereits tot ... nur, weil du deinen Wahn nicht beherrschen konntest. Hättest du ihren Weg nicht gekreuzt und sie durch Dummheiten verführt, wäre sie eine anständige Frau und Mutter geworden. So aber wird sie verkommen, weil sie hier nicht bleiben kann. Nicht ich bin es, der sie fortschickt, sondern die öffentliche Meinung des Dorfes, gegen die ich nichts unternehmen kann. Ich würde es noch begreifen, wenn du dich bis über beide Ohren in sie verliebt hättest. Doch du hast sie zu nichts anderem gebraucht, als daß sie klammheimlich bei Nacht in dein Bett kroch. Du würdest dich mit Händen und Füßen dagegen wehren, wenn sie sich als Ehefrau anböte. Du verachtest sie, und jenseits der Umarmungen ist sie dir lästig. Dennoch hast du sie verdorben, obwohl du deine Sinne ebensogut auch bei der Bäckerswitwe hättest befriedigen können. Begreifst du endlich, worauf sich die Macht ... die Macht über uns selbst bezieht? Diese augenblicklichen Schwächen sind es, die man bekämpfen muß, die eine Lawine von Konsequenzen nach sich ziehen.«

Er sah alles ein, demütigte und beschuldigte sich. Schließlich fragte er, ob er nun auch gehen müßte.

»Das hängt von deinem weiteren Verhalten ab«, sagte ich. »Ich möchte dir die Gelegenheit bieten, dich zu ändern. Doch wenn sich herausstellt, daß du dich von deinen Schwächen nicht befreien kannst, werde ich dir jegliche Unterstützung versagen.«

Er war sichtlich beruhigt. Er vertraute sich selbst, vor allem aber – vertraute er auf meine Nachsicht.

Sobald sich sein persönliches Problem so schnell gelöst hatte und er glücklich von den Konsequenzen befreit war, kehrte sein unruhiger Geist unverzüglich zu seiner einzigen fixen Idee zurück.

»War es ... das Elixier, das Elisa gerettet hat?« fragte er plötzlich.

»Ich möchte wissen, wie du auf diese Idee kommst«, wich ich der Frage aus.

»Sie sagten, nach menschlicher Berechnung wäre Elisa bereits tot ... Wenn sie also noch am Leben ist, so war es keine menschliche Berechnung, die ihr geholfen hat, sondern ...«

»Sondern das Elixier. Natürlich. Es wäre allerdings klüger abzuwarten, bis sich die Legenden, Wunder und Märchen infolge deines Fleißes und deines aufrichtigen, zähen Bestrebens vor deinen Augen zu natürlichen Erscheinungen entwickeln würden!«

»Warum? Ihrer Meinung nach ... gibt es kein Elixier?«

»Du mußt dich noch durch einen gewaltigen Berg von Brei durchfressen, um dahinterzukommen, ob es das Elixier gibt oder nicht.«

»Können Sie es mir nicht sagen?«

»Ich kann dir alles sagen, wenn du nur reif genug bist, um es zu begreifen.«

»Aber in den Büchern steht es doch geschrieben! Warum wird denn so offenherzig über das Elixier berichtet, wenn ich nicht einmal wissen darf, ob es vorhanden ist?«

»Dieses Elixier, nach dem du dich verzehrst, ist eine höchst gefährliche Essenz ... weil es nämlich nicht in der Realität zu finden ist, sondern seinen Ursprung im Gehirn derjenigen hat, die fanatisch besessen sind. Ich weiß nur von Medikamenten.«

»Schließlich ist dies nur eine Bezeichnung ... nicht wahr?!« Ich konnte seine Erregung spüren, während ihn die Frage erhitzte.

»Nein. Du verstehst unter dem Elixier den Trank des ewigen Lebens, der deinen Körper, deine Jugend, deine Leidenschaften, deine Genußfähigkeit und deine Anziehungskraft unsterblich macht. Du glaubst darin ein Wundermittel zu erkennen, das jede Ausschweifung erlaubt und nicht mit Krankheit und Tod zurückschlägt. Du willst leben bis zum Ende aller Zeiten, weil du glaubst, daß deine Lebensgier selbst in der Unendlichkeit nicht befriedigt werden kann. Ich muß dich von diesem schwerwiegenden Irrtum befreien! Der Körper läßt sich heilen, seine Lebensdauer mit Hilfe gewisser Medikamente verlängern, hauptsächlich aber durch eine Lebensweise, die die Gesundheit bewahrt und stützt. Doch die Unsterblichkeit kann dem Körper niemals zuteil werden, weil der Körper das Reich der Vergänglichkeit ist, die Versuchsanstalt des Todes und dessen Beute. Der Leib ist der Tod an sich. Die Ewigkeit gehört dem Geist, doch er muß gegen den Tod ankämpfen, um die Ewigkeit zu erringen, gegen den Tod, das heißt gegen den eigenen Körper. Die beiden vertragen sich nicht, ebensowenig, wie man Feuer und Wasser zusammenbringen kann, weil eins das andere unbedingt vernichtet. Der Mensch ist das entsetzliche Schlachtfeld dieses Duells. Die Waffen des Leibes sind die Leidenschaften, das wilde Gefühl der Leere, genußträchtige Emotionen, die Freude an der Schönheit der Formen und die Sehnsucht danach. Die Waffen des Geistes dagegen sind die Enttäuschung nach der Befriedigung und nach verschiedenen Reaktionen, das Leid, das Alter, Krankheit und Tod. Körper und Geist tragen ihre Schlacht auf die Verbindungsbrücke der Seele aus. Sie geraten immer wieder aneinander. Manchmal nimmt der Körper den Geist gefangen, mauert ihn ein ohne Wasser und Brot und meint, ihn getötet zu haben. Der Geist aber besitzt eine Waffe, die ihm keiner nehmen kann, die einzige, letzte und schließlich stets siegreiche Waffe: die Unsterblichkeit. Wenn der Körper den Geist besiegt, so ist dies ein Sieg auf Zeit. Wenn aber der Geist einmal den Körper besiegt hat, so wird dieser für alle Zeiten vernichtet. Das wahre Elixier der Alchimisten ist eine

Waffe gegen den Körper. Ihre Medikamente, die das Leben des Körpers verlängern, sind nichts weiter als ein Experiment, um sich länger auf feindlichem Gebiet aufhalten zu können, damit der Geist mit Hilfe eines verfeinerten, älteren Gehirninstruments alles auskundschaften, Erfahrungen sammeln und sich besser für den letzten, entscheidenden Kampf rüsten kann. Nur der erwachte Geist kann zum Elixier vordringen und nur dann, wenn er dieses Mittel nicht mehr zum Verrat mißbrauchen kann.«

»Und dieses Elixier ... das heißt, dieses Medikament ... ist es nun ein Pulver oder eine Flüssigkeit?« fragte er begierig.

Also waren seine Ohren für den tieferen Sinn meiner Worte taub geblieben. Es war beängstigend, das gleiche hoffnungslose Streitgespräch in einer erschütternden, umgekehrten Situation noch einmal zu erleben, und dies bei vollem Bewußtsein in Erinnerung an einen ähnlichen Umstand, der Jahrhunderte zurücklag, als ich seinerzeit dem Magister gegenübersaß, gefangen im unreifen, von Leidenschaften und magischer Neugier gepeinigten Körper des Hans Burgner. Ich spürte die Trauer und die Ohnmacht, die seinerzeit Rochard darüber empfunden haben mußte, daß er nichts von seinen Erfahrungen vermitteln konnte. Seine Worte, in denen sich der Kern selbsterlebter, tiefer Wahrheiten barg, trafen in Hans Burgners Seele nur auf unfruchtbaren Fels.

Und bei diesen Erinnerungen, die nichts Gutes verhießen, wurde mir plötzlich klar, daß es vergebens sei, mich weiter um Ernst Müller zu bemühen. Er war ein Rohstoff, mit dem ich in der gegenwärtigen Situation nichts anfangen konnte. Das, was ich ihm bieten konnte, interessierte ihn nicht, er sah in mir nur den geizigen Besitzer okkulter Kräfte. Er glaubte, ich könnte ihn einweihen, unsterblich und glücklich machen, wenn ich nur wollte. Und ich konnte keine Worte finden, um ihm begreiflich zu machen, daß ich ihm ein hochgradigeres Wissen nicht ohne weiteres ausliefern konnte. Vergebens würde ich den leuchtendsten Trank der weißen Magie in den Pokal seines unsauberen Charakters gießen. Es würde in ihm unverzüglich zum konzentrierten Gift der schwarzen Magie werden, weil er all seine Kraft in den Dienst seiner eigenen Leidenschaften, seiner schrankenlosen Selbstsucht und seiner Interessen stellen würde.

Ich begriff, daß ich ihn nicht weiter zu unterrichten brauchte.

Der Sinn unserer Begegnung lag darin, ihm den Weg zu weisen und ihm Anregungen zu geben. Ich wußte auch, daß ich versuchen mußte, ihn unverzüglich aus Grotte zu entfernen, weil dies der nächste Schritt war. Natürlich fühlte ich mich für sein weiteres Schicksal verantwortlich, ich wollte ihn nicht sich selbst überlassen.

Also machte ich im stockfinsteren Gang des Tempels der Mysterien einen Schritt nach vorn. Ich konnte nicht wissen, ob ich über eine Treppe stolpere, die nach oben führt, oder ob ich in einen tiefen Brunnen stürze, doch ich mußte es wagen. Ich durfte nicht mehr länger auf der Stelle treten.

Löwenkrallen

Zur Durchführung meines Planes bot sich eine ausgezeichnete Gelegenheit. Ich korrespondierte bereits seit langer Zeit mit Jean Maria Ragon, dem hervorragenden belgischen Mystiker, mit dem ich die Vorbereitungen für die Einrichtung einer Brüsseler Loge getroffen hatte. Es war noch St. Germain gewesen, der mich seinerzeit mit Ragon bekannt gemacht hatte. Der Graf hielt sehr viel von dessen okkulten Fähigkeiten und von seiner Bildung. Wegen dieser Loge mußte ich persönlich nach Brüssel reisen, und ich beschloß, Ernst mitzunehmen und ihm eine gute Position als Sekretär zu beschaffen. Ich vertraute auf die aufwühlende Wirkung dieser Stadt, ich wußte, daß sie meinen beunruhigenden Schüler anziehen würde wie der Magnet das Eisen. Je früher er im Astral-Ozean untertauchte, um so eher würde er wieder auftauchen.

Zunächst teilte ich ihm nur meine Absicht mit zu verreisen und die Tatsache, daß ich ihn mitnehmen würde. Über meine weiteren Pläne schwieg ich mich aus. Ich wollte, daß das Verlangen in ihm selbst keimte, daß er den Wunsch hätte, die sich bietende Gelegenheit zu ergreifen.

Ernsts Freude war schrankenlos. Die fieberhaften Reisevorbereitungen lenkten ihn von allen anderen Dingen ab, selbst vom Studium. Alle Augenblicke beteuerte er seine Dankbarkeit und äußerte wiederholt, daß er mir niemals für all das Gute danken könnte, was ich an ihm getan hatte.

Im März 1801 brachen wir auf. Unterwegs rollte unser Wagen auch an jener Gastwirtschaft vorbei, in der Ernsts Mutter diente. Ich war gespannt, ob er mich darum bitten würde, anzuhalten, damit er hineingehen konnte, wenn auch nur, um mit seinem vornehmen Aussehen und mit der Kutsche anzugeben – aber er sagte kein Wort. Er zog sich in die Tiefe des Wagens zurück und riskierte keinen Blick nach draußen. Seine Schweigsamkeit, in die er sich nachher hüllte, war auffallend, da er vorher fröhlich geplaudert und die ganze Zeit Fragen über Fragen gestellt hatte.

»Fehlt dir was?« fragte ich, um seine Zunge zu lockern.

»Ich hasse diese Gegend!« stieß er hervor.

»Ich glaubte, du wünschtest, deine Mutter zu sehen ...«

»Ich wünsche mir, daß ich mich niemals an diese Gegend auch nur erinnern muß!«

»Ich verstehe«, sagte ich und mußte dabei an Hans Burgner denken, der ebenso wurzellos gewesen war.

Meine Rechnung ging auf. Während ich in Brüssel die meiste Zeit mit Ragon verbrachte, wurde Ernst eine Beute der Stadt. Ich sorgte dafür, daß ihm ausreichend Geld und Freiheit zur Verfügung standen. Nachdem er die Sehenswürdigkeiten und die käuflichen Zerstreuungen satt bekommen hatte, nahm ich ihn zu einigen vornehmen Familien mit. Die verschlossenen Paläste öffneten sich mit unerhörter Herzlichkeit und geschwisterlicher Freundschaft durch das Zauberwort des Ordens. Wir nahmen an glänzenden Abendgesellschaften teil – die ich meiner selbst wegen nie besucht hätte –, und Ernsts Sinne erfüllten sich mit Glanz, mit dem Zauber der subtilen Atmosphäre, des leisen Tons, des unermeßlichen Reichtums einer privilegierten Kaste. In der ruhigen, abstrakten, klösterlich kargen Lebensart von Grotte war von solchen Dingen keine Spur. Musik umschwirrte ihn, wunderschöne Frauen, deren Haut zart war wie ein Blütenblatt, duftend im Glanz ihrer Geschmeide. Feine, geistreiche, biegsame Worte, nie gehörte, verspielte, erregende Unterhaltungen raubten ihm die Sinne. Sein Gaumen wurde durch erlesene Getränke, ungewohnte Gewürze, nie gekostete Speisen verwöhnt und verzaubert, doch dieser Glanz, der schwere, patinierte Pomp, der das Selbstbewußtsein eines mehr grüblerischen und sensiblen Charakters zerstört hätte, waren für ihn Anregung und Inspiration. Seine Sinnlichkeit stand in Flammen. Sein Selbstbewußtsein, seine Ruhmsucht flackerten mächtig auf, als hätte er endlich seine wahre Heimat gefunden. Sein leichtes, sicheres, überlegenes Auftreten überraschten mich. Er verstand es, mit einer instinktiven, glühenden Sicherheit mit Frauen umzugehen. Sein gieriger Blick war herausfordernd und zog die Frauen sofort aus, und zwar auf eine Weise, daß nicht er, sondern die erfahrenen, in mancher Liebesschlacht gehärteten Damen den Blick von ihm abwandten, sobald sich ihre Blicke trafen, doch kehrte ihr Blick mit lächelnder, aufgescheuchter Neugier immer wieder zu ihm zurück. Er war ein armer Teufel, der uneheliche Sohn einer Dienstmagd, ein kastenloser Niemand, er aber nahm den luftleeren Raum nicht wahr, der ihn umgab. Seine ungeklärte gesellschaftliche Position machten ihn keineswegs gehemmt, unschlüssig oder gar verzweifelt, vielmehr verstand er es, mit der Gewandtheit eines Jongleurs jene Schlucht zu überbrücken, die ihn von der höheren Kaste trennte. Er war ein guter Beobachter, behielt alles, was er einmal gehört hatte, und er verstand es, diese lückenhaften Informationen in schlaue, glatte und geschickte Worte zu kleiden und stets dort und dann in die Debatte zu werfen, wo sie eine maximale Wirkung erzielten. Man wurde auf ihn aufmerksam. Man fand ihn originell, ungewöhnlich intelligent und verwirrend liebenswert. Und das war er dann auch wirklich, wie ein junger Löwe: Er schnurrte, er war verspielt, doch sein schreckliches Gebiß, seine Krallen und die blutrünstige Natur des Raubtiers blitzten bereits gelegentlich auf.

Ich besprach mit Ragon meinen Plan, der sich auf Ernst bezog. Wir waren uns darin einig, daß wir den zukünftigen Brotgeber unseres Ernsts und das Haus, wo wir ihn empfehlen wollten, mit äußerster Sorgfalt aussuchen mußten. Vor allem mußten wir uns Gewißheit darüber verschaffen, daß es in der nächsten Umgebung kein hübsches Weibsbild gab: Ehefrau, junges Mädchen oder Kammerzofe. Schließlich fiel unsere Wahl auf Charles de Blancourt, einen liebenswürdigen, älteren, schwerreichen Junggesellen, einen leidenschaftlichen Büchersammler, der gerne einen zuverlässigen, gebildeten jungen Mann in seine Dienste nahm, um Raritäten aufzuspüren und seine Bibliothek zu verwalten. Die Liebe dieses alten Mannes zu Büchern und seine großzügige, nachsichtige Art paßten ausgezeichnet in unsere Pläne. Blancourt war kein ausgesprochener Okkultist, er war lediglich als Laie an diesen Dingen interessiert, auf eine recht bequeme Art, die aller Praxis fern lag. Ragon hatte ihn sich schon oft dadurch verpflichtet, daß er ihm so manch seltenes Buchexemplar zukommen ließ, das für einen gewöhnlichen Sterblichen unerreichbar war. Aber auch darüber hinaus wäre die Freundschaft dieses hochgebildeten Mannes mit seinen faszinierenden Eigenschaften für Blancourt noch weiterer Zuvorkommenheiten wert gewesen, so daß wir mit ihm leichtes Spiel hatten.

Er gab in seinem fürstlichen Haus ein glänzendes Fest, und bei dieser Gelegenheit unterbreitete er Ernst sein Angebot. Er bot im Austausch für eine sehr bequeme, angenehme und unterhaltsame Tätigkeit eine derart großzügige Vergütung, so viel Luxus und so viel Freiheit, an, die ein armer Anfänger selbst in seinen kühnsten Träumen nicht zu denken wagte. Trotzdem bat sich Ernst – obwohl ihn das Angebot überraschte und faszinierte – Bedenkzeit aus.

Als wir zur Nachtzeit in unsere Herberge zurückkehrten, bat er mich, in mein Zimmer kommen zu dürfen, weil er sich über wichtige Dinge mit mir unterhalten möchte.

Er erschien mit grübelndem, bleichem Gesicht. Er war still und untertänig, doch seine Worte waren bereits in mir verklungen, und ich wußte, was ich darauf zu antworten hatte. Er berichtete mir über Blancourts Angebot. Als ich ihm dann zu seinem persönlichen Erfolg und zu seinem Glück gratulierte, blickte er mich aus dunklen Augen an, in denen kein Schimmer eines Lächelns zu entdecken war.

»Sie wissen sehr wohl, mein Herr, daß ich mir über sämtliche Vorteile dieses Angebots im klaren bin. Alles, was mir angeboten wird, liebe ich leidenschaftlich, genieße und begehre es ... doch ich bin bereit, darauf zu verzichten, ohne auch nur einen Augenblick zu überlegen. Ich bin weiter bereit, jahrzehntelang das gleiche Gewand zu tragen und in irgendeinem Holzschuppen bei Grotte von trockenem Brot zu leben, sofern Sie bereit sind, mich weiter zu unterrichten und mir die Hoffnung zu geben, daß Sie mich eines Tages in diejenigen Geheimnisse einweihen werden, die mir in meinem Leben einzig und allein wichtig sind.«

»Es freut mich, daß ich dir unumwunden antworten kann,

Ernst. Wenn ich auch nur einen Hoffnungsschimmer erblicken könnte, daß ich dich in diesem Leben, wenn auch noch so spät, einweihen könnte, dann würde ich sagen, bleib bei mir. Doch leider liegen die Dinge anders. Ich konnte dir nur am Anfang helfen ... doch deine Ankunft liegt noch in weiter Ferne, jenseits vieler Leben und vieler Tode. Ich wäre am glücklichsten, wenn ich dir etwas anderes sagen könnte, weil ich dich ins Herz geschlossen habe und vermissen werde. So aber kann ich dir nur eins empfehlen: Nimm die Stelle im Haus Blancourt an! Grotte kann dir jetzt nichts mehr bieten!«

Er erhob sich. Rebellischer Zorn und tief gekränktes Selbstbewußtsein kämpften in ihm mit ohnmächtiger Verzweiflung.

»Aber was müßte ich tun, wie müßte ich sein, damit Sie mich akzeptieren und mich für die Durchführung des Opus Magnum reif befinden?! Bin ich nicht gescheit, fleißig, zäh und ausdauernd genug? Nun gut, ich sehe ein, daß mich meine Sinne noch oft besiegen, aber es kostet Sie nur ein Wort, und ich will im Interesse des großen Ziels selbst meine Sinne unterjochen! Haben Sie schon einmal überlegt, was sie von sich weisen und wohin mich diese Ablehnung führen wird? Ich werde nie aufhören, nach den okkulten Geheimnissen zu forschen, und werde vor nichts zurückweichen! Warum wollen Sie mich nicht behüten? Warum wollen Sie mich nicht auf dem geraden Weg weiterführen?«

»Weil es richtiger ist, wenn du über Umwege, durch bittere und läuternde Erfahrungen den rechten Weg findest, als daß du vom rechten Weg abweichst und dein dort erworbenes Wissen in der falschen Richtung anwendest. Ich zweifle weder an deinem Fleiß, noch an deinem Geist, noch an der Tatsache, daß du niemals aufhören wirst, die okkulten Dinge zu erforschen. Ich weiß, daß du eines Tages, wenn du die Schlüssel für die drei Türen der Wissenschaft errungen haben wirst, diese mit exzellentem Talent zur Anwendung bringst. Bis dahin wirst du jedoch noch manches zu erledigen haben. Begreife doch, Ernst ... meine Ablehnung birgt keinerlei Verachtung. Nur kann ich einfach keine solchen Kräfte zur Befriedigung deiner Leidenschaften freigeben, die nur in der Hand eines Adepten zu nützlichen, aufbauenden Kräften werden, die die verführerischen Fallen der Leidenschaft bereits hinter sich gebracht haben. Jetzt bist du wahrscheinlich von Bitterkeit erfüllt und meinst, daß ich dich falsch beurteile. Doch denke daran, daß ich stets bereit bin, meinen Irrtum einzusehen. Der schwerste Beweis meines Irrtums wäre die Tatsache, wenn du, auch fern von mir, durchhalten würdest und das Mangelgefühl deinen Fleiß steigern würde, wenn du ohne Anerkennung Fortschritte machen und deine Schwächen besiegen würdest. Dem großen Ziel kannst du auch ohne mich näher rücken. Deine Reife würde sich dadurch zeigen, daß du auch in deiner Einsamkeit nicht vom rechten Weg abweichen würdest. Nimm diese Zeit als Probe an! Widerlege mich, und ich werde ohne Einschränkung bereit sein, all mein Wissen mit dir zu teilen!«

Ernst erhob sich.

»Nun gut«, sagte er ernst, mit fester innerer Überzeugung und feierlich. »Soll ich mich melden, oder werden Sie mich rufen, sobald Sie überzeugt sind, daß Sie sich geirrt haben?«

»Ich werde dich rufen, Ernst. Dessen kannst du sicher sein!«

Ernst blieb also in Brüssel im Hause des Charles de Blancourt.

Während der ersten Wochen schrieb er mir lange Briefe nach Grotte, berichtete treu über all seine Gedanken und Beobachtungen. Er besaß einen originellen, farbigen Stil und verstand es, die Menschen auf überraschende und humorvolle Weise zu porträtieren. Die Umwelt, die er beschrieb, war von glänzendem Leben erfüllt. Er schwärmte für Blancourt und für seine Arbeit. Er machte sich durstig über die Bücher her, und vorerst interessierte ihn nichts anderes.

Auch Ragon konnte Erfreuliches über ihn berichten. Ernst ging so gut wie nie aus und verbrachte seine Freizeit in seinem Zimmer, wo er sich mit Lektüre und Protokollen beschäftigte. Überall sprach man mit Anerkennung von ihm, auch Ragon sparte nicht mit Lob und war dankbar, daß man ihm den jungen Mann empfohlen hatte. Ernst war ein unermüdlicher Arbeiter. Er hatte die gewaltige Arbeit, die ihm aufgebürdet worden war, in der Hälfte der Zeit bewältigt und hatte bereits die Bibliothek seines Patrons um zwei seltene Bücher bereichert, nach denen sich dieser jahrelang gesehnt hatte.

Gegen Ende des Jahres wurden die Briefe spärlicher, doch Ragons Berichte waren immer noch beruhigend. Sein Lebensstil hatte sich nicht gewandelt, es sah eher danach aus, als würde er sich übernehmen. Blancourt begann sich wegen seines Gesundheitszustands Sorgen zu machen. Sein Appetit ließ zu wünschen übrig, er magerte ab, und die durchwachten Nächte malten dunkle Kringel unter seine Augen. Blancourt beschwor ihn, sich auszuruhen und mit seinen Kräften keinen Raubbau zu treiben, aber Ernst setzte seine Arbeit fort und wollte von einem Urlaub nichts wissen. Seine kurzen, schnell hingeworfenen Briefe, die immer seltener wurden, verrieten, daß ihn irgend etwas besonders beschäftigte, was er mir verheimlichen wollte. Seine früher so offene, leidenschaftliche, lärmende Schrift schrumpfte zusammen, kapselte sich gleichsam ab. Der Neigungswinkel veränderte sich, wich zurück und verbarg sich in einem links gelegenen Raum. Dieses nach links tendierende Schriftbild spiegelte einen gespannten Willen und eine ebenso angespannte Konzentration wider.

Damals wußte ich bereits, daß Ernst vom Weg abgewichen war.

Isabelle

Im dritten Jahr seines Brüsseler Aufenthalts trat jenes tragische Ereignis ein, das endlich ein Licht auf Ernsts geheime Tätigkeit und auf jene gefährliche Richtung warf, in die er geraten war.

Charles de Blancourt bekam Besuch von seiner jüngeren Schwester, die in England verheiratet war. Die Lady kam in Begleitung ihrer Tochter Isabelle.

Ragon schilderte das Mädchen als ein hochgeschlossenes, schlankes, dunkelblondes Ding, dessen wunderschöne graue Augen und volle, rote Lippen im Widerspruch zu ihrem scheinbar kühlen Wesen standen. Sie war ungewöhnlich schön, gebildet und auf eine fast bösartige Weise geistreich. Anscheinend war vom ersten Augenblick ihrer Begegnung zwischen ihr und Ernst eine unheilvolle, aufregende Spannung eingetreten. Die gefeierte, reiche und verwöhnte junge Dame machte kein Hehl aus jener Ablehnung und Antipathie, die sie Ernst gegenüber hegte, und ließ ihn dies in jedem geeigneten Augenblick spüren. Sie machte ihn bei Tisch zum Ziel ihrer sarkastischen Bemerkungen und war darauf bedacht, daß sich die Gesellschaft auf seine Kosten amüsierte. Ernst nahm nach Ragons Bericht die Demütigungen mit bewundernswerter Selbstbeherrschung hin, und es kam nicht selten vor, daß er mit seinen geschickten Gegenstößen das Mädchen besiegte.

Isabelle war mit Lord B. verlobt, mit dem Erstgeborenen einer der ältesten englischen Familien, einem Erben des Herzogtitels von G., so daß Isabelle auf diese Weise dem englischen Königshaus verbunden war.

Man konnte sich natürlich denken, daß Isabelle an diesem aus niedrigen Verhältnissen stammenden, dennoch merkwürdigen jungen Mann mit seiner unmöglichen gesellschaftlichen Stellung interessiert war, und daß sie dieses unterdrückte Interesse durch ihre sarkastischen Ausbrüche abführte. Sie wollte ihn vor sich selbst unmöglich machen, sie wollte sich selbst davon überzeugen, daß ihre beunruhigenden Gefühle, die sie Ernst gegenüber hegte, durch die Lächerlichkeit und nicht etwa durch die anziehenden Eigenschaften des Mannes ausgelöst wurden. Ernst blieb ihr gegenüber höflich und zurückhaltend und mied Isabelle, wo es nur ging.

So sah es zwischen den beiden aus, als die Tragödie ihren Anfang nahm.

Zunächst waren es nur Äußerlichkeiten, die von den Ereignissen kündeten. Die jungen Leute waren tagsüber ebensowenig beieinander wie früher, doch wenn sie sich einmal trafen, sparte sich Isabelle ihre sarkastischen Bemerkungen. Im allgemeinen verhielt sie sich still, war eher nachdenklich und glanzlos. Wenn man sie ansprach, schreckte sie aus tiefer Versunkenheit auf. Ihre Lippen waren aufgesprungen und blutleer, ihr Gesicht überschattet und eingefallen, wie von tiefer Trauer und Krankheit befallen. Ihre Mutter meinte, sie würde sich nach ihrem Bräutigam sehnen und beschloß, früher nach Hause zu fahren als beabsichtigt. Isabelle aber sträubte sich verzweifelt gegen solche Pläne. Nein und nein! Sie wollte dableiben, wenn möglich noch länger ... Die Mutter sollte ruhig heimfahren. Sie aber hätte Brüssel derart liebgewonnen, daß sie die Stadt nicht verlassen könnte. Dann erfuhr man aus einem Brief, den Lord B. an Isabelles Mutter gerichtet hatte und in dem er sich beunruhigt erkundigte, was mit Isabelle passiert sei, daß sie die Briefe ihres Bräutigams bereits seit Wochen nicht mehr beantwortet hatte. Es bestand also kein Zweifel darüber, daß sie krank sei. Die ärztliche Untersuchung führte allerdings auch nur zu einer krampfhaften Ablehnung ihrerseits. Man sollte sie in Ruhe lassen! Ihr fehlte nichts. Als man gegen ihren Willen den Arzt dennoch kommen ließ, schloß sie sich in ihr Zimmer ein. Ihre Mutter und Blancourt sahen sich in ohnmächtiger, ratloser Sorge ihrem unbegreiflichen Zustand gegenüber. Sie vermuteten ein seelisches Leiden, vielleicht eine geheime Liebe, dessen Gegenstand sie aber im Brüsseler Bekanntenkreis Isabelles nicht entdecken konnten. Sie hatte nie an jemandem besonderes Interesse gezeigt und hatte in den letzten Wochen sogar ihre oberflächlichen gesellschaftlichen Beziehungen ganz abgebrochen.

Den wahren Grund ihres Zustandes enthüllte dann jener Abschiedsbrief, den man nach ihrem Selbstmord in ihrem Zimmer fand. Isabelle hatte ein unbekanntes Gift genommen, und als man sie fand, war sie bereits tot. Ihren Brief hatte sie an Blancourt adressiert. Außer der Familie wurde nur Ragon in die peinliche und niederschmetternde Affäre eingeweiht. Ragon fertigte mit Blancourts Erlaubnis eine Kopie von Isabelles Brief für mich an.

Vor allem flehte sie Blancourt an, ihrer Mutter in deren schwerem Leid beizustehen, in dem Kummer, den sie ihr zufügen muß. Sie bat auch, den wahren Hintergrund und wenn möglich auch ihren Selbstmord vor ihrem Bräutigam, vor dessen Familie und im allgemeinen vor der Öffentlichkeit zu vertuschen. Bei seinem Einfluß dürfte es möglich sein, einen Arzt aufzutreiben, im Totenschein irgendeine plötzlich aufgetretene Krankheit zu attestieren, deren Opfer sie geworden war.

Dann ging sie auf die Ursache ihres Selbstmordes ein.

»Es geschah vor zwei Monaten, am 2. September. Es war ein wolkenverhangener, warmer Abend, und ich hatte leise Kopfschmerzen. Mir standen zwei Einladungen zur Wahl, aber ich konnte mich nicht zum Ausgehen entschließen. Eine bleierne, müde Hilflosigkeit überkam mich, eine Vorahnung, die gleichzeitig bedrückend und beklemmend war. Beim Abendessen saß ich wie stets Ernst Müller gegenüber. Sein Blick, dem ich seit einigen Tagen stets begegnete, sooft ich aufblickte, machte mich maßlos reizbar, gleichzeitig lähmte er aber auch meinen Geist, der sonst voller sprühender Einfälle war, um diesen unendlich unsympathischen, in seiner gespielten Bescheidenheit herausfordernden hergelaufenen Niemand zu ärgern, den ich gerade deswegen verachten mußte, weil er sich auf diese schlaue Weise als Jemand aufspielen wollte. Sein Blick war recht merkwürdig, äußerst lebhaft und faszinierend. Spott und Haß brannten in diesem Blick, aber auch etwas anderes, was mich – jetzt kann ich es ja gestehen, weil jetzt schon alles egal ist und ich wünsche, daß euch jene Schurkerei klar wird, die dieses Ungeheuer begangen hat, und damit ihr wißt, daß alles, was geschehen ist, gegen meinen freien Willen, meine Überzeugung, meinen Geschmack war – auf erschreckende Weise aufwühlte, als hätte man Feuer in meine Adern gegossen. Dieses Gefühl erfüllte mich mit Scham und Unruhe, doch ich konnte mich gegen seine bösartige Süße nicht wehren. Ich war von wildem, stechendem Verlangen erfüllt, meine Knie zitterten, und es nahm mir den Atem. Dabei haßte ich ihn, er stieß mich ab, empörte mich, und ihr könnt es mir glauben: Hätte ich meine geistigen Fähigkeiten, mein Bewußtsein behalten, hätte er es nie fertiggebracht, meinen ethischen Widerstand zu überwinden.

Allmählich wurde ich müde. Ich ging in mein Zimmer und legte mich hin. Ich weiß nicht, wie lange ich geschlafen habe. Plötzlich wurde ich wach – doch das ist nicht der richtige Ausdruck, weil nur ein Teil meines Wesens wach wurde, während mein Gehirn leer blieb. In meinem Körper brannte und tobte fordernd jenes feurige Verlangen, das schon eher einem Schmerz glich. Dann rief mich jemand leise, heiß und beschwörend beim Namen:

›Isabelle ... komm ... Isabelle ...‹

Diese Stimme steigerte dieses fremde, entsetzliche Gefühl in mir bis zur Unerträglichkeit. Es schüttelte mich so sehr, daß ich erbebte und vor wilden, peinigenden Schmerzen laut aufschrie. Dieser innere Sturm hatte anscheinend auch jene vage Kontrolle hinweggefegt, die mein Hirn und mein Bewußtsein ausübten, weil ich mich von diesem Punkt an an nichts mehr erinnern kann. Mein Erwachen und all das, was mir hinterher bewußt wurde, war derart entsetzlich, derart niederschmetternd und verzweifelnd, daß ich nicht die Kraft besitze, dieses Gefühl zu beschreiben. Ich lag geschändet, blutend und mit schwindligem Kopf in Ernst Müllers Bett. Mein Körper war von Kratzspuren bedeckt, meine Schulter von Bißwunden übersät. Meine Lippen waren aufgesprungen, und neben dem zerwühlten Bett stand er im flackernden Licht der Kerze ... er, der ... aber nein, darüber kann ich nicht berichten. Er forderte mich kaltblütig auf, mich jetzt vorsichtig in mein Zimmer zu schleichen, weil die Dienerschaft bald wach werden würde. Seine Stimme klang gebieterisch. Er ermahnte mich, ich sollte mich tagsüber klug verhalten, meine Art und mein Gebaren nicht zu ändern, um keinen Verdacht zu wecken, und Stillschweigen zu bewahren, was diese Nacht betraf. Entsetzliche Worte drängten sich auf meine Lippen. Ich sprang auf und trommelte mit meinen Fäusten auf seine Brust, er aber packte mich bei den Schultern, schüttelte mich und warf mich aufs Bett.

›Es ist wohl eher in Ihrem Interesse, daß Sie die aufgescheuchte Dienerschaft zu nachtschlafener Zeit nicht in meinem Zimmer vorfindet! Welch eine kleine Wildkatze! In der Liebe bedient sie sich ihrer Zähne und Krallen, in ihrem Haß aber ihrer Fäuste!‹ Dabei lächelte er sarkastisch, öffnete sein Nachtgewand und zeigte mir die Spuren von Bissen und Kratzern an Hals und Schultern. ›Jetzt gehen Sie brav. Ich werde Sie wieder rufen!‹

Durch diese letzte Demütigung, die fürchterlicher war als alles andere, war ich einer Ohnmacht nahe. Kein Wort kam mehr über meine Lippen. Ich wankte stöhnend und von Weinkrämpfen geschüttelt aus seinem Zimmer, besessen von dem einzigen, lauten, schreienden Gedanken, daß ich mich ankleide, von daheim ausreiße und ins Wasser gehe. Doch sobald ich in meinem Zimmer war, wurde ich von einer Müdigkeit überfallen, die mich zwang, auf mein Bett zu fallen und einzuschlafen.

Meine Mutter weckte mich gegen Mittag. Ich sagte ihr, daß ich krank sei. Sie ließ es zu, daß ich im Bett liegen blieb, aber sie wich nicht von meiner Seite. Schließlich, gegen Abend, verabschiedete sie sich. Ich empfand Scham, Verzweiflung und Reue, als sie sich über mich beugte und mich küßte. Am liebsten hätte ich mich an sie geklammert, sie zurückgehalten und mit ihr all das besprochen, was glänzend und verheißend in meinem jungen Leben gewesen und was in einer einzigen Nacht zusammengebrochen und für immer verloren war. Als meine Mutter gegangen war, betete ich lange, dann begann ich mich anzukleiden. Während ich mich umzog, ereilte mich plötzlich jene unwiderstehliche, fordernde, hinterlistige und peinigend süße Sehnsucht, die meinen entsetzten Widerstand überwand und zum Schweigen brachte. Und wieder hörte ich diese Stimme:

›Isabelle ... komm ... Isabelle ...‹

Alles andere verschwand und wurde zunichte. Da war nur noch diese Stimme und der Hunger, der in meinem Körper tobte.

Bevor noch der Morgen graute, erwachte ich wieder in Ernst Müllers Bett.

So geschah es.

Ich war jeden Tag bereit zu sterben und wurde Tag für Tag besudelt. Ich war bereits am Ufer des Wassers angelangt, doch der finstere Puppenspieler verstand es, mich am Faden der finsteren Leidenschaft zurückzureißen. Ich habe mir Gift beschafft, und bei der ersten Gelegenheit werde ich das Gift nehmen, um mich zu befreien, weil ich keinen anderen Ausweg sehe. Ich sinke immer tiefer von Stunde zu Stunde, und mein Widerstand läßt nach, meine ethische Kraft wird immer brüchiger. Ich bin durchdrungen von jener Pest, die er mir eingeimpft hat. Jetzt ist es schon so weit, daß ich mich selbst bei Tage im wachen Zustand nach ihm verzehre. Sein eiskaltes, dämonisches Gesicht, sein muskulöser Körper bieten sich in einer bösen, begehrenswerten Verkleidung dar, und ich erbebe beim Klang seiner Stimme. Wenn ich ihn nicht vor Augen habe, denke ich mit eifersüchtiger Sehnsucht an ihn und erwarte die Nacht mit geheimer, entsetzlicher Sehnsucht. Nun bin ich mir auch sicher, daß ich ein Kind von ihm bekommen werde. Damit ist das Maß voll. Ich habe keinen Platz mehr in dieser Welt. Ich kann nicht am Leben bleiben, um auf das Haupt meiner Eltern und meines Bräutigams, die mir restlos vertrauten, unter skandalösen Umständen unerträgliche Scham zu bringen. Ich kann als Jungfrau das Kind des Ernst Müller nicht zur Welt bringen, ausgestoßen, zum Spott aller Welt: ich Isabelle Welles de Blancourt.«

Nachdem die Angelegenheit publik geworden war, verschwand Ernst spurlos aus dem Hause Blancourt und wahrscheinlich auch aus Brüssel.

Für Ragon und auch für mich war klar, was geschehen war. Ernst war in der reichen Büchersammlung des Blancourt auf eine Reihe seltener Bücher über Sexualmagie gestoßen.

Seine Begegnung mit diesen Büchern war schicksalhaft. Sie wirkten auf seine leidenschaftliche Sinnlichkeit und auf seine schrankenlose Ruhmsucht wie ein Strudel auf ein Blatt, das in dessen Sog geraten war. Der Schoß der schwarzen Kräfte hatte ihn gierig aufgesogen und in sich versenkt. Es steht außer Zweifel, daß er monatelang geübt hat. Aus seinen Briefen, aus der Veränderung seines Schriftbildes konnte ich den Zeitpunkt ausrechnen, wann er damit angefangen hatte. Für den traurigen Erfolg seines Versuchs zeugte der Selbstmord der unglücklichen, verwöhnten, stolzen Isabelle. Er verfügte über gefährlich große Fähigkeiten, um dieses Gebiet zu erobern: ungeheure sexuelle Energie, Ausdauer, Fleiß, Intelligenz. Er wußte nur eben nicht oder wollte es nicht glauben – selbst wenn er die Warnungen gelesen hatte –, daß sich die finsteren Kräfte der Magie schließlich stets gegen den schwarzen Magier kehren und all das Schlimme auf einmal zurückzahlen, was er anderen zugefügt hatte. Doch bis dahin ... bis dahin konnte er noch so manche Tragödie verursachen, weil er mit solchen Waffen auf die Welt losgelassen worden war, die entsetzlicher sind als jede sichtbare Waffe. Natürlich konnte er nur solche Menschen verletzen, die charakterlich schwach, leidenschaftlich, weich und geistig schutzlos sind ... doch wie viele Frauen können von sich behaupten, daß sie absolut gerüstet sind?! Ernst Müller würde ihnen böse Genüsse, unmenschliche Leiden, bittere Erfahrungen bringen, aber auch ihren Widerstand für ein zukünftiges Leben erwecken. Auf dem Weg, den er eingeschlagen hatte, gab es kein Halten mehr, weil dieser Weg abschüssig ist. Um in die gute Richtung einschwenken zu können, mußte auch er den tiefsten Punkt erreichen – wie Hans Burgner. Nach Isabelles Tod war er vielleicht einen Augenblick erschüttert und begriff den tieferen Sinn meiner Abweisung, obwohl er später die Verantwortung wahrscheinlich mir zuschob.

Sicher wollte er das Mädchen nicht so weit treiben, das seine Eitelkeit tödlich verletzt, ihn öffentlich gedemütigt und verspottet hatte. Er wollte ihr lediglich eine Lektion erteilen, sie aus Rache zu einem verliebten, unterwürfigen Weibe machen, doch mit haßerfüllter, perverser Sinnlichkeit, die sich nach dem Unerreichbaren sehnt. Die Kräfte der Schwarzen Magie wachsen aber stets dem Zauberlehrling über den Kopf, der sie beschwört. Sie zerstören und wüten weiter, erwachen zu selbständigem Leben. Eine Zeitlang scheint es noch so, als würden sie dem Beschwörer dienen, doch in Wirklichkeit sind sie es, die jeden seiner Schritte lenken und ihn schließlich zerschmettern.

Der Schwarze Magier

Im Jahre 1805 wurde in Paris die Freimaurer-Bruderschaft Les Trinosophistes gegründet, ›die Loge derjenigen, die drei Wissenschaften erforschen‹. Auf Ragons Einladung fuhr ich ebenfalls zur Einweihung.

Einmal, als ich vor Ragons Wohnung aus meinem Wagen stieg, sah ich Ernst Müller für wenige Augenblicke. Er näherte sich dem Haus und sah ziemlich schäbig aus. Seine Kleidung war abgetragen, seine Schuhe staubbedeckt, sein Kinn unrasiert, sein Gesicht blaß und eingefallen. Als er mich erblickte, blieb er wie angewurzelt stehen, Entsetzen in seinem Blick. Dann machte er auf der Stelle kehrt und entfernte sich im Laufschritt.

Schon bald kehrte ich aus Paris nach Hause zurück, um von meinen Eltern Abschied zu nehmen, die zu einer langen Reise aufbrechen wollten. Sie wollten nach dem Osten und hatten alles so geregelt, daß sie nicht mehr nach Grotte zurückkehren würden. Ich mußte noch bleiben. Ich begleitete die beiden stillen, weisen alten Leute bis zur Grenze. Im Geiste war ich vollkommen eins mit ihnen geworden. Ihr körperliches Entschwinden aus meinem Leben, so schmerzlich es mich auch berührte, erschütterte mich nicht mehr so sehr wie früher, weil die Pforte der Gewißheit, wenn auch von ferne, bereits in mir aufzudämmern begann. Ich wußte, daß ich sie nicht verlieren würde.

Es folgten friedliche, von Arbeit durchglühte Jahre in Kassel. Amadeus war bereits zu meinem fleißigen, exzellenten Mitarbeiter herangewachsen und hatte sich hübsch zu den höheren Stufen des Ordens hinaufgearbeitet.

Im Jahre 1818 hielt Ragon in der Loge Les Trinosophistes eine Vortragsreihe über die ehemaligen und modernen Einweihungen. Einige Angelegenheiten des Ordens riefen mich ohnehin nach Paris, und ich verband meinen dortigen Aufenthalt nur zu gern mit dem Vergnügen, den Vorträgen meines ausgezeichneten Freundes beizuwohnen, vor allem aber, um ihm bei dieser Gelegenheit Viktor Amadeus vorzustellen.

Anläßlich dieser Reise hörte ich zum zweitenmal von Ernst Müller.

Die weiblichen Familienmitglieder einer meiner Ordensbrüder berichteten schwärmerisch von einem wunderbaren Mann, der die Leiden der Madame X. und der Mademoiselle Y. durch bloßes Handauflegen und Anhauchen vollkommen kuriert hatte. Ich erkundigte mich nach der Art der Krankheit, an der die Damen gelitten hatten. Madame X. war seit zwanzig Jahren verwitwet, tief religiös, eine noch verhältnismäßig junge Frau, die so entsetzlich an Migräne litt, daß sie sich tagelang in ein verdunkeltes Zimmer einschloß und vor Schmerzen schrie. Das zunehmende Leiden hatte ihr Leben ganz und gar verbittert. Ihrer Freundin verriet sie, daß sie vor ihren Anfällen jeweils häßliche, schamlose Träume habe, über deren Inhalt eine wohlerzogene, gottesfürchtige Dame keinerlei Angaben machen könnte. Mademoiselle Y. war bereits eine ältliche Jungfer, die beim Tod ihres Bräutigams geschworen hatte, nicht mehr zu heiraten, und sie blieb standhaft, obwohl sie hübsch und vermögend war und zahlreiche Anträge erhielt. Sie hatte Atem- und Schluckbeschwerden und hatte Höhenangst. Schließlich wagte sie es kaum mehr, das Haus zu verlassen, da sie die Übelkeit besonders in Gesellschaft überkam. Sobald sie merkte, daß sie jemand fixierte, oder wenn sie eine tiefe Männerstimme vernahm, bekam sie Erstickungsanfälle, und wenn sie gemeinsam mit anderen an der Tafel speiste, konnte sie die Speisen nicht hinunterwürgen, weil sich ihre Kehle zusammenzog. Nun, dieser wunderbare Mann, der sie nach langem Drängen ihrer Freunde besuchte, befreite sie nach kurzer Behandlung von ihren Leiden. Seit dieser Zeit gehörte sie natürlich zu seinem dankbaren Freundeskreis, und dieser Kreis erweiterte sich immer mehr, da seine Erfolge wirklich ans Traumhafte grenzten. Man nannte auch seinen Namen: José Maria de Chassin.

Später, als wir unter uns waren, fragte ich meinen Ordensbruder nach seiner Meinung über diesen Herrn mit dem wohlklingenden Namen.

»Ich weiß nicht«, sagte er nachdenklich, »mit diesem Mann stimmt etwas nicht. Er ist von lauter Frauen umgeben. Er kann nicht einmal zufällig einen männlichen Patienten aufweisen. Ein kräftiger, gutaussehender Bursche in den Dreißigern, der sich pflegt wie eine Kokotte. Er ist klug, sehr gebildet und anscheinend schwerreich, da er sich ein wunderbares Palais, Kutschen und eine große Schar von Dienern hält. Seine Wohnung hat er allerdings auf höchst dubiose Art eingerichtet, voller versteckter Lichter, orientalischer Skulpturen, schwerer Draperien, hinter denen die Töne von Musik aus unbekannten Quellen hervordringen, mit breiten Liegen und Glaskäfigen, in denen er Schlangen hält. Jeder Gegenstand ist als Faszination, Verblendung und Verblüffung gedacht. Die Herkunft seines Vermögens ist zweifelhaft, vielleicht sogar undurchschaubar. Die Frauen, die er behandelt ... die meisten haben die erste Zeit ihrer Jugend hinter sich, sind alleinstehend, leiden an nervösen Störungen und sind mehr als vermögend. Auch die Art seiner Therapie ist höchst zweifelhaft. Der Behandlungsraum ist mit Draperien bedeckt, deren Farbe aussieht wie geronnenes Blut, und auch die Möbelbezüge bestehen aus tiefrotem Brokat. Die Mitte des Zimmers wird von einem weichen Lager eingenommen, das auf einem Podium steht. Die Art der Behandlung beschreibt ... oder verschweigt jede Patientin auf ihre Weise. Die Decke dieses Zimmers ist ein einziger Spiegel. Die Patientin, die nach gewissen Duftbädern ein langes, weiches, dunkelrotes Gewand über den nackten Körper streifen muß, streckt sich auf dieser Liege aus und wird mit seinem Spiegelbild über seinem Kopf konfrontiert. Der Raum, der allmählich in roter Dämmerung versinkt, wird von dem schweren Dunst süßlicher orientalischer Rauchpfannen erfüllt. Hinter einem Vorhang erklingt leise, zarte Musik und die Sinne der Patientin werden von einer unendlich weichen, einlullenden und angenehmen Schläfrigkeit erfüllt. Jetzt tritt der Wundermann auf. Seine hochgewachsene, muskulöse Gestalt wird ebenfalls von einem purpurnen Seidenmantel umwallt, und er neigt sich über die Patientin, die sowieso schon in eine Halbekstase entrückt ist. Sein warmer Atem streift die im Halbschlaf geöffneten Augen, die sich unter diesem Hauch schließen. Dann folgt das Streicheln, das Handauflegen, unter dessen Berührung das Bewußtsein im Schauer eines konzentrierten Wohlbefindens im Bewußtsein einer ebenso konzentrierten Ausstrahlung dahinschwindet. Mademoiselle hat diesen Zustand vor dem Einschlafen als einen solchen beschrieben, der ›überirdische Wonnen‹ verursacht, ›als ob sich Nektar und Ambrosia in gewaltigen Mengen in die Adern ergießen‹. Madame X. gestand ihrer Freundin, die gar nicht diskreter Natur ist, folgendes über ihr Erwachen: »Man erwacht mit großer, doch unendlich angenehmer Müdigkeit, als ob man nach gewaltiger Anstrengung und quälenden Kämpfen siegreich und erfüllt auf seinen Lorbeeren ausruht. Alle Spannungen haben sich gelöst, alle Unzufriedenheit hat aufgehört zu existieren. Die Haut atmet wieder, das Blut kreist wie verjüngt durch die Adern. Die Seele ist von hellen, heiteren Hoffnungen und gesundem Lebenswillen durchtränkt. Diesem angenehmen Zustand setzt das fröhliche, heftige, fordernde Verlangen des Körpers ein Ende ...«

Das eindeutige Bild, das ich mir nach dieser ausgezeichneten Beschreibung machen konnte, erinnerte mich in beunruhigender Weise an meinen gefallenen Schüler. Ein Zusammentreffen im Salon der Madame X., wo wir mit Ragon unerwartet vorsprachen, lieferte den Beweis für meine bösen Ahnungen.

›José Maria de Chassin‹ thronte wie ein Pascha im Kreise dieser alten, paar-losen Weiber, die geil in der Flamme der Sinnlichkeit brieten. Sein Äußeres zeigte so deutlich die scharfen Landkartenzüge seines zurückgelegten Weges, als wären sie eingemeißelt worden. Seine überschatteten, krankhaft glühenden Augen über der schmal gewordenen Sattelnase mit den weiten Nüstern lauerten pausenlos auf sexuelle Opfer. Seine leicht hängende Unterlippe war aufgeworfener denn je, und ihr fleischiger Zug war in der Mitte durch eine faunische Linie gespalten. Diese Linie wiederholte und vertiefte sich inmitten seines vorspringenden, starken Kinns. Sein von Künstlerhand frisiertes Haar fiel in glänzenden, schwarzen Schnecken in den Nakken. Der blinde Bildhauer seiner Leidenschaft hatte gewaltige Arbeit an ihm geleistet. In wenigen Jahren hatte er aus dem nachgiebigen Rohstoff seines Körpers den Dämon sexueller Wut geformt. Sobald er mich erblickte, war es um seine überhebliche Sicherheit geschehen. Er empfahl sich eilig, um meinen möglichen Fragen auszuweichen, obwohl ich diesmal keine einzige Frage an ihn zu richten hatte.

Ich wußte, daß ich seine gebannten Bewunderinnen nicht von ihm abbringen konnte. Er hatte ihre Instinktwelt durch wilde Befriedigung und gewaltige sexuelle Emotionen an sich gefesselt, und diese Bindung konnten nur die Opfer selbst durch den inneren Freiheitskampf des Geistes lösen. Ihr Geist jedoch schlief noch fest und starr im feurigen Tiegel des Körpers. Meine Versuche waren vergeblich. Meine kühlen, mahnenden Worte wurden durch die Wirklichkeit des Genusses hinweggespült, der durch ihre Adern strömte, wobei der gerissene Zauberer seine ›Patienten‹ zu diesem Genuß kommen ließ, indem er ihr moralisches Ich einschläferte und sie von ihrer moralischen Pflicht befreite.

Ragon schrieb mir später, welche Kette von Skandalen um ›Chassin‹ an den Tag kamen, die dann schließlich seinem Treiben in Paris ein Ende setzten. Zunächst war es nur eine Anzeige, später mehrere, die seitens der besorgten, empörten Familienmitglieder seiner Schäfchen bei der Polizei eingingen. Im Zusammenhang mit dieser Affäre gab es auch einige Selbstmorde, vielmehr wurden einige solche bekannt. Auf diese Weise wurde auch das Geheimnis um den frühen Tod der Mademoiselle X. gelüftet, die nach einigen Monaten der Therapie feststellte, daß sie durch das ›Handauflegen und Anhauchen‹ in anderen Umständen war. Eine vornehme Dame nahm sich das Leben, weil Chassin, nachdem er ihr Vermögen durchgebracht hatte, nichts mehr von ihr wissen wollte. Diese ihres Willens beraubten Unglücklichen hatten fast ausnahmslos gewaltige Summen für ihn geopfert und blind irgendwelche Wechsel unterschrieben, die ihnen dann den finanziellen Ruin brachten. Chassin hatte all ihre materiellen Kräfte wie ein unersättlicher Moloch in sich aufgesogen. Es war unvorstellbar, zu welchem Zweck er solche Mengen Geld gebraucht hatte. Trotz seines glänzenden, verschwenderischen Lebensstils hätte es nie solcher Summen bedurft. Als die Lawine ins Rollen kam, wurden noch einige weitere ›Patienten des roten Zimmers‹ Opfer ihrer Scham und Angst vor dem Skandal und der Enttäuschung. Chassin wurde verhaftet und nach mehreren stürmischen Verhandlungen zum Tode verurteilt. Durch irgendeinen immer noch funktionierenden geheimen Einfluß wurde das Todesurteil in lebenslange Galeerenstrafe umgewandelt.

Ich mußte glauben, das Mysterium sei zu Ende. Ernst Müller war aus meinem Gesichtskreis verschwunden. Die paar schäbigen Jahre, die er auf der Galeere verbringen mußte, würden ihn gewiß etwas abkühlen, und in Krisenzeiten würde wohl jenes namenlose, abschreckende Entsetzen in seiner Seele Alarm schlagen, dieses lebendige Mahnmahl, das am Anfang aller aufgespürten Höllenpfade steht und dessen Name ›Erinnerung der Seele‹ lautet.

Meine Gedanken aber kehrten immer wieder zu ihm zurück.

Sein Name erklang in mir, wie ein unaufgelöster Akkord, und allmählich nahm ein unerklärliches Gefühl von mir Besitz, daß er seine Rolle bei mir noch nicht ausgespielt hatte. Er wird zu mir kommen, er muß kommen, über alle Hindernisse und tödlichen Leiden hinweg ... und mit dieser Gewißheit wartete ich auf Ernst Müller.

Der geschlossene Kreis

Im Jahre 1830 kam er in Grotte an.

Niemand erkannte ihn wieder, nur ich allein wußte, wer diese entsetzliche Ruine von Mensch war, der im Schloß um Quartier bat. Tatsächlich war von Ernst Müller nichts anderes übriggeblieben. Seine Stimme war heiser, rauh und unmoduliert. An seiner rechten Hand fehlten drei Finger. Durch sein schütteres Haar, das allmählich zu ergrauen begann, lugte die von Narben übersäte Kopfhaut hervor. Sein Auge war glanzlos, gebrochen, sein Blick unsicher. Auf seiner Nase war das Fleisch rot angelaufen und auf verräterische Weise geschwunden als Zeichen der Krankheit, die ihn von innen verzehrte und aushöhlte. In seinem eingesunkenen Mund drohte ein einziger, langgestreckter grauer Zahn. Seine Gestalt war gebeugt und zusammengesunken, die Beine zog er mühsam hinter sich her.

Als er merkte, daß ich ihn wiedererkannt hatte, fing er zu zittern an und wäre wahrscheinlich ohnmächtig geworden, wenn ich ihm nicht geholfen hätte, sich zu setzen.

»Bitte, verzeihen Sie mir«, sagte er mit seiner schrillen, kraftlosen Stimme. »Ich habe mich schon so lange auf diese Begegnung vorbereitet ... seit Jahren schon ... seit vielen Jahren ... Hätte ich dieses Ziel nicht vor Augen gehabt, dem ich stets zustrebte, wäre ich schon tausend Tode gestorben ... Es wäre leicht gewesen, alles aufzugeben.« Seine Stimme versagte, und ihm wurde übel. Ich ersuchte ihn, sich vor allem erst einmal auszuruhen, ihn aber trieb die Ungeduld des Todkranken, dessen Seele von dringenden, unerledigten Angelegenheiten erfüllt ist.

»N ... ein ... Ich muß es jetzt sagen ... Jetzt gleich müssen Sie alles begreifen ... weil es sonst zu spät ist ... zu spät für ... es wird mir gleich besser gehen ... Jawohl ... das ist ... nur die Aufregung ... Können Sie mir etwas zu trinken geben?! Nein ... ich bin kein Säufer ... das noch nicht ... Obwohl mit oder ohne ... dies ist es egal ... Bei mir ...«

Ich mischte ihm eine leicht alkoholische Stärkung, einen Trank, den er in einem Zug austrank. Er schloß die Augen, seufzte tief und lehnte sich in seinem Sessel zurück.

»So ...«, sagte er leise. Und dann begann er mit dieser leisen, monotonen Stimme zu reden, unakzentuiert und lethargisch. Er erzählte das, was vorgefallen war in einer Weise, als würde das alles nicht ihn, sondern einen Fremden angehen, der längst verstorben war. Er begann bei Isabelle Welles de Blancourt. Seine Begegnung mit der schwarzen Magie, dem Eindruck, den sie auf ihn gemacht hatte, seine ersten Versuche und die erschreckenden, betörenden Erfolge seinerseits schilderte er etwa so, wie ich sie bei mir rekonstruiert hatte. Doch was seine Gefühle, seine Beweggründe Isabelle gegenüber betraf, deckten sich seine Schilderungen nur teilweise mit meinen Hypothesen. Mir war nicht bekannt, daß seine Experimente bereits vor Isabelle bei einer bekannten Dame der Gesellschaft Erfolg gehabt hatten, ein Versuch, der freilich nicht tragisch endete.

»Mir trat der Schweiß auf die Stirn, als diese wunderschöne Frau auf meinen Befehl nachts in meinem Zimmer erschien. Ich wunderte mich, ich jubelte und fürchtete mich zugleich«, erzählte er. »An ihrem nackten Körper trug sie nichts weiter als einen fußlangen Pelz, und im Schutze dieses Pelzmantels war sie voll Feuer, Duft und lebendiger Flamme ... Mittlerweile habe ich gelernt, welch unersättliche, vernichtende Hetäre in diesen ach so moralischen Damen erwacht, einfach dadurch, daß ich den dünnen Draht ihres oberflächlichen Willens und ihres moralischen Widerstandes abschalte. Denn die Leidenschaft, mit der sie sich hingaben und mit der sie immer höhere und immer kompliziertere Genüsse forderten – diese Leidenschaft habe nicht ich ihnen eingeflößt, das war ihre eigene ...«

Er sprach von der Krise, in die ihn Isabelles Selbstmord gestürzt hatte.

»Ich wollte sie nicht töten, schließlich war ich ja in sie verliebt.

Sie imponierte mir. Ich achtete und bewunderte sie. Sie war jene Art Frau, die am meisten Eindruck auf mich machte und mich zu fesseln wußte. Eine vollkommene Dame und eine vollkommene Geliebte, von scharfem, klugem, biegsamem Geist ein echter Kumpel auf allen Gebieten ... und so schön, so blendend schön auf eine unerschöpflich farbige Art! Nur platinblonde Frauen mit grauen Augen können auf so entsetzlich provokative Art schön sein. Die Schattierungen ihrer Haut, ihr Profil, die Zeichnung ihrer Lippen, der Bogen ihres Halses und ihres Kinns, der seidige Schatten ihrer Wimpern, ihr kühner, spitzer Busen, die kultivierten, dennoch animalisch-schönen Bewegungen ihres schlanken Körpers ließen sie in meinen Augen zu einem Edelstein werden, den ich über alles begehrte. Ich wußte, daß nur ich allein fähig war, ihre gierigen Sinne zu befriedigen, daß nur ich allein ihr gleichwertiger Partner, ihr Mann ... ihr Herr und Begleiter sein konnte. Und ich war sicher, daß sie dies ebenfalls mit jedem Blutstropfen empfand, auch wenn sie dagegen ankämpfte, auch wenn sie es vor sich leugnete ... Als ich sah, daß sie, von Leidenschaft durchglüht entgegen ihres Widerstandes auch ohne mein Zutun hungrig und unterwürfig in mein Bett eilte, glaubte ich, daß sie, zur Einsicht gezwungen, sich ergeben und ich gesiegt hatte. Ich wußte, daß sie ein Kind erwartet. Ich wollte mit ihr auf und davon gehen, um sie zu meiner Frau zu machen ... aber sie entglitt mir auf unbegreifliche und unerwartete Art ... Noch kurz vorher hatte sie sich an mich geschmiegt, wie ein besessenes, weibliches Tier ... obwohl ich sie nicht gerufen ... auch nicht betäubt hatte ... Obwohl ich ihr Bewußtsein nicht ausgeschaltet hatte. Sie kam bei Tag in mein Zimmer geschlichen, warf sich an meine Brust ... sie bedrängte mich und bot sich an ... dann ... ja, dann nahm sie das Gift. In mir stürzte alles zusammen. Ich war zu Tode erschrocken. Ich dachte an Ihre Worte und Ihre Mahnungen ... Dies war das erstemal, daß ich das, was ich getan hatte, als Schuld, als schreckliche, von tausend transzendenten Konsequenzen belastete Greueltat empfand. Ich erinnerte mich an mein Gelübde, stets auf dem rechten Weg zu bleiben, an meine überhebliche Sicherheit, mit der ich Sie seinerzeit gefragt hatte: Soll ich mich melden, oder werden Sie mich rufen, wenn Sie davon überzeugt sind, daß Sie sich geirrt hatten?! Unendlicher Kummer erfaßte mich wegen meines Falls, gleichzeitig aber auch ein heißes Verlangen, alles wiedergutzumachen. Doch

Isabelle war tot, der Skandal in der Familie perfekt, und ich mußte fliehen.

Ich reiste nach Paris, von Schuldgefühlen und lauteren Absichten erfüllt. Ich glaubte, daß keine Versuchung stark genug sein könnte, daß meine Hand sich noch einmal nach der verwerflichen Waffe der schwarzen Magie ausstreckte ...

Meine Ersparnisse waren schnell aufgebraucht, und jene finsteren Mächte, die ich verleugnet hatte, versperrten mir den Weg zu einer Arbeitsmöglichkeit. Ich hungerte und verlumpte. Mein Quartier wurde mir gekündigt. Die Nächte verbrachte ich, indem ich durch die Straßen streifte, unter einem Torbogen oder in den Büschen des Bois de Boulogne versteckt. Ich ernährte mich von Abfällen, die ich mir aus Mülleimern holte, und das Mißgeschick verfolgte mich weiter auf Schritt und Tritt. Niemand wagte es, mir auch die einfachsten Arbeiten anzuvertrauen, die jeder ungehobelte Idiot erledigt hätte. Ich erweckte Mißtrauen, man traute mir nicht ... oder die Leute waren einfach unsicher. Man begann mich auszufragen, wer ich sei, wie ich hierher geraten war, sie wußten nicht, wo sie mich einordnen sollten, aber sie spürten, daß ich woanders hingehörte und durch irgendeine Schuld auf den Hund gekommen war.

Der Hunger, der Schmutz, die Heimatlosigkeit verbitterten mich mehr und mehr. Ich sah ein, daß ich vergebens kämpfte, daß ich umsonst versuchte, aus jenen Tiefen aufzutauchen, in die ich gesunken war. Der gute Wille allein bringt nichts ein, das reine Bestreben erweckt nicht einmal Mitleid ... doch ich gab immer noch nicht auf, kämpfte immer weiter. Dann war ich an einem Punkt angelangt, wo ich glaubte, diesen Zustand nicht mehr länger ertragen zu können. Seit vier Tagen hatte ich keinen Bissen mehr gegessen. Der Hunger wühlte nicht mehr in meinen Eingeweiden, er verursachte nur noch bleierne Müdigkeit und Schwäche. Mir war schwindlig. Und dann fiel mir plötzlich Ragon ein. Ich erfuhr, daß er sich in Paris aufhielt, doch bis zu diesem Zeitpunkt hatte ich einen weiten Bogen um die Straße gemacht, in der er wohnte. Mit großer Erleichterung reifte der Entschluß in mir, ihn aufzusuchen, ihm alles zu erzählen und ihn um Hilfe zu bitten. Ich war sicher, daß er mir seine Hilfe nicht verweigern würde. Dann traf ich Sie vor seiner Haustür. Es ist schwer zu sagen, wie mich diese Begegnung berührte und was sie in mir aufwühlte. Merkwürdigerweise kam die Bitterkeit an die Oberfläche, eine Bitterkeit als Folge meiner vergeblichen Versuche und meines Elends, und diese Bitterkeit wandte sich unsinnigerweise gegen Sie, als wären Sie es, der für all das verantwortlich war, was mir zugestoßen ist. Die Scham und die Furcht, die Ihr Anblick in mir erweckt hatte, wurden von immer verblendeteren Anklagen überspült. Sie waren es gewesen, der mich die Furcht vom Baum der Erkenntnis kosten ließen und mir dann mit diesem Halbwissen, schwach und unvorbereitet, wie ich war, den Stuhl vor die Tür setzten. Hätte ich in Grotte bleiben können, wäre ich niemals so tief gesunken. Sie hatten mich auf zynische Weise und von vornherein mit meinem Niedergang rechnend, in Versuchungen getrieben, denen ich nicht widerstehen konnte, nur um sich jetzt, wo mich Himmel und Hölle gleichermaßen ausgespieen hatten, gleichgültig von mir abzuwenden. Aus der Lava der Bitterkeit brachen rebellische, mit Schlangengift getränkte Worte hervor: Die Wahrheit ist, daß man irgendwohin gehören muß, und das mit Haut und Haaren. Nur derjenige wird zum unglücklichen Ausgestoßenen, der feige ist und kraftlos, der auf dem goldenen Mittelweg herumirrt, anstatt eine bestimmte Richtung zu wählen und die andere Brücke hinter sich abzubrechen. Wehe den Zaghaften! Wehe den Grüblern, den Blutlosen, wehe denen, die sich an den Wänden entlangschleichen! Die Herrschenden, die Siegreichen des Lebens reiten stets über eine der Hauptstraßen, offen, selbstbewußt und ohne Zögern! Sie sind schwarz oder weiß, heiß oder kalt, und alles, was sie tun, erleben Sie vollkommen, genießen jeden Geschmack und nehmen alle Folgen auf sich. Die eine Richtung war mir versperrt. Die andere stand mir offen, doch ich war erschrocken von der Schwelle zurückgewichen. Warum eigentlich? Warum muß ich darben, warum mich demütigen, wo doch diese gleichgültige, verschlossene, wenig vertrauensselige Stadt mir all ihre verborgene Geilheit zu Füßen legen würde, wenn ich nur wollte ...

Wenn ich nur wollte ...

Nun ... auf einer Bank im Bois de Boulogne saß eine nicht mehr junge, aber noch sehr schöne Dame. Ihre Kutsche wartete in einiger Entfernung. An ihrem teuren Kleid, ihrem großen Federhut und an den Juwelen, die an ihren Ohrläppchen blitzten, konnte ich erkennen, daß sie äußerst wohlhabend sein mußte. Sie saß da und wedelte gelangweilt und gleichgültig mit ihrem Fächer. Ihr Blick glitt leer und ausdruckslos über mich hinweg, als ich sie das erstemal anschaute. Dieser Blick wirkte auf mich in meiner aufgewühlten Stimmung wie ein brennender Peitschenhieb. All mein Elend, all mein Hunger und meine Demütigung konzentrierten sich in dem bitteren Willen, diese gelangweilte, geringschätzige Gleichgültigkeit in ihrem Blick zu verändern und dadurch im Blick all derjenigen, über die ich Macht gewinnen könnte. Ich wollte, daß sie mich anders anschaut, und in diesem Willen, der alle Dämme durchbrach, verbrannte der andere Weg und wurde zu nichts. Ich hatte neu gewählt und mich diesmal endgültig entschieden. In vollem Bewußtsein, alle Verantwortung auf mich nehmend, betrat ich mit offenen Augen und entschlossen den Pfad der schwarzen Magie ... Mit welchem Erfolg, das wissen Sie bereits ... zumindest teilweise ... Wie ein Kind, das dem Märchen über den Tod lauscht, daran glaubt, daß nur es, es allein niemals sterben wird, so glaubte ich ebenfalls daran, daß es mir gelingen würde, den Bluthunden oder Konsequenzen meiner Tat zu entkommen. Ich machte recht geschickte Beobachtungen und verrammelte alle Spalten mit Hilfe erfolgversprechender Theorien, jene Spalten, durch die sie zu mir vordringen konnten. Ich wußte, daß derjenige, der mit dem Schlangengift der Gefühle operiert, selbst gegen diese Gifte immun werden muß. Ich ließ es nicht zu, daß mich je ein Gefühl überwältigte, sei es Liebe oder Mitleid. Niemals wegen eines anderen, stets nur meiner selbst wegen tauchte ich in die Unterwelt der kompliziertesten Genüsse, während ich den Ariadnefaden der kühlen Berechnung stets fest in Händen hielt. Ich war frei und ungebunden. Im Dienste meiner selbst, jede sich bietende Gelegenheit ausnützend und skrupellos ausbeutend, lebte ich, für jedermann unerreichbar als uneinnehmbare Festung der Selbstsucht, wobei ich alles bis zur Neige auskostete, was mir das Leben bot. Dieser Zustand war es, der mich einige Jahre hindurch in jener eitlen Sicherheit wiegte, die ich mir selbst vorgaukelte. Dann, eines Tages erkannte ich, daß meine Kraft trotz aller Mauern, die ich um mich errichtet hatte, allmählich dahinschwand und verflog, wie der Duft wohlriechender Öle. Das Feuer, das ich ständig schürte, mit dem ich meine Opfer anlockte und versengte, begann mich langsam selbst zu verzehren. Beängstigt und erschrocken beschloß ich, mich mit diesem gewaltigen Vermögen, das ich mir beschafft hatte, zurückzuziehen, aus meinen Jagdgründen zu verschwinden und das Verlorene durch lange Abstinenz zu ersetzen. Ich dachte keinen Augenblick daran, daß ich meine Lebensweise nicht aufgeben könnte. Mein Körper sehnte sich nach Ruhe, nach ruhigen, einsamen Träumen, nach Entspannung, nach dem soliden Zeitvertreib eines pensionierten Husarenoffiziers, nach Angeln, nach der Jagd, nach etwas Gartenarbeit ... doch wo ich auch hinging, folgte mir all das auf dem Fuße, was ich weder wollte noch irgendwie befohlen hatte. Mädchen und Frauen suchten mich auf, berauscht, stotternd, außer sich, und krochen mit ihren feurigen Leibern in mein Bett. Vergebens versuchte ich, sie zu verscheuchen, umsonst verriegelte ich meine Tür, sie fanden stets eine Möglichkeit, um mich zu erreichen, mit ihrer unbändigen Leidenschaft meine krankhafte Phantasie zu wecken, mich zu entflammen und meine schwindenden Kräfte immer wieder zu absorbieren. Ich konnte den Zauber nicht bannen, den ich beschworen hatte. Dieser Zauber umschwirrte mich, rief, faszinierte und lockte den hungrigen Weiberschwarm, die Gierigen, die Einsamen, die Unbefriedigten, die Unersättlichen, und stillte ihren aufgepeitschten Appetit aus meinem bebenden, sich wehrenden Fleisch, das immer schwächer wurde.

Ich flüchtete zurück nach Paris. Ich wußte nicht, daß ich in eine Falle rannte. Während meiner Abwesenheit begannen die Affären sich aufzulösen, zu strudeln und anrüchig zu werden, und es kam zur Explosion, bevor ich es überhaupt wahrnehmen konnte. Damals wußte ich bereits, daß mich irgendein entsetzlicher nächtlicher Succubus mit einer Geschlechtskrankheit angesteckt hatte. Ich war innerlich nur noch ein Trümmerhaufen, alles stürzte zusammen in einem Chaos ohnegleichen, und ich scherte mich wenig darum, was um mich herum geschah. Ich wurde zum Tode verurteilt. Eine meiner ehemaligen Patientinnen, eine sehr einflußreiche, großzügige Person, die ich mehr als schlecht und gemein behandelt hatte, die mir jedoch auf rätselhafte Art zugetan war, erreichte, daß das Todesurteil in eine Galeerenhaft umgewandelt wurde. Die menschenunwürdigen Umstände, in die ich auf der Galeere geriet, zerschmetterten mich innerhalb weniger Monate. Bis auf die Knochen abgemagert und ganz entkräftet hockte ich auf der Bank, an der ich mit Ketten festgeschmiedet war, und keine Folter, keine Gewalt konnte mich bewegen, das Ruder in die Hand zu nehmen. Mit bleiernem, schwindendem Bewußtsein horchte ich auf meinen keuchenden Atem und wartete auf den erlösenden Sturz in die Finsternis ... An diesem Punkt hatte ich dann jenes entsetzliche, haarsträubende Erlebnis, das mich ins Leben zurücktrieb ... Mir war, als hätte ich in einen Abgrund geblickt, in dem es von schleimigen, giftigen Reptilien wimmelte ... Die entsetzliche Widerwärtigkeit dieser transzendenten Monster, die jenseits der Schwelle hungrig auf mich lauerten, spottet jeder Beschreibung . . . Diese gierigen, dämonischen Augen . . . der bössartige, menschenähnliche, hämische, unbarmherzige Ausdruck dieser verzerrten tierischen Visagen ... das Ausmaß und die Verheißung der Rache, des Entsetzens und der Pein, die mir entgegenströmte und das, selbst namenlos, gewaltiger und abstoßender war als der Schrecken jeder körperlichen Qual, ja mehr als die Angst vor dem Tod ...

Ich kletterte in meinen Körper zurück, wie ein Ertrinkender, nach dessen Beinen Haie und Polypen schnappen. Ich begann um jenes morsche Brett zu kämpfen, das mich mit der sichtbaren Welt verband. Krampfhaft, verzweifelt, mit neu erwachter menschlicher Kraft wollte ich in Ernst Müllers zerfallendem Körper *leben*, in dieser einzigen Zufluchtsstätte, die mich vor den Richtern im Jenseits trennte, vor den Henkern, welche die Tür jenseits des Todes bewachten und mir den Durchgang verwehrten ... Ich wußte, daß ich nicht durch dieses Tor gehen konnte, daß ich nicht durch dieses Tor gehen durfte, denn das, was mich drüben erwartete, war nicht nur die Hölle selbst, seine Bedeutung war weitaus tiefer und niederschmetternder, weil es für alle Ewigkeiten das vernichten würde, was den Glanz des Geistes, die Vernunft bedeutet: *die Auflösung der Persönlichkeit, den Zerfall des Bewußtseins in die Fraktionen tierischen Daseins* . . . Ich mußte in Ernst Müllers Körper weiter existieren, um mich bis zum Tor einer höheren Ebene emporzuarbeiten, hinter dem sich ein Pfad auftut, über den ich als Büßer zurückkehren kann ...

... Und ... nun ja ... nun bin ich am Leben. Noch lebe ich, wider alle Gesetze der Natur. Ich wurde wegen Fluchtversuchs zweimal verstümmelt und halbtot geprügelt. Man band mich und setzte mich der sengenden Sonne aus und meinte, ich sei schon tot. Dennoch sitze ich jetzt Ihnen gegenüber. Ich bin am Ziel. Sie wissen, warum ich gekommen bin. Sie waren selbst aus der Ferne jener Lebensquell, der mich mit seiner reinen Erinnerung erhalten und durch alle Höllen hindurch gerettet hat. Und die Tatsache, daß ich hierher gelangen konnte, ist ein Beweis dafür, daß ich gebüßt und mir vom Schicksal jene Hilfe erdient habe, um die ich Sie jetzt bitte. Machen Sie mich wieder gesund! Geben Sie mir ein paar Jahrzehnte, und ich werde mich aus jenen Tiefen emporarbeiten, in die ich gestürzt bin. Geben Sie mir *Zeit,* damit ich mein Recht zu einem bewußten Ego wiedererlangen kann. Ich will nicht länger leben. Ich möchte keine Ewigkeit, nur eine einzige Generation!«

Er schwieg erschöpft. Seine Mundwinkel bebten, auf seiner wunden, grauen Stirn perlten Schweißtropfen. Wie sehr ich ihn bemitleidete! Und wie ratlos ich war. Wie konnte ich einem sterbenden, fanatischen Menschen etwas verweigern, einem Menschen, der am Rande der Verzweiflung stand und dessen Glaube und Bitte auf einem entsetzlichen Irrtum beruhten?! In seinem Zustand war es unmöglich, sich mit ihm auseinanderzusetzen oder ihn durch eine kategorische Abweisung niederzuschmettern. Ich beschloß, alles für ihn zu tun, was ich nur tun konnte. Ich würde ihn untersuchen und ihn mit allen Mitteln zu heilen versuchen, die mir zur Verfügung standen. Ich würde ihm dazu verhelfen, wieder zu Kräften zu kommen, soweit dies überhaupt möglich war. Vielleicht konnte ich ihn wieder gesund machen, und ihm noch ein paar Jahre schenken, nach denen er sich sehnte – wenn auch nicht gerade eine Generation.

Die Untersuchung ließ aber alle meine Hoffnungen schwinden. Er besaß kein einziges intaktes Organ mehr. Die Auflösung seines Blutes war bereits über jenes Stadium hinausgeschritten, wo ich diesen Verfall noch bremsen und den Prozeß unterdrücken konnte. Er schleppte seinen Körper, diese modernde Ruine, an der Kette seines Willens mit sich, ein Leichnam, reif für das Grab, in dem ein bereits verdammter Geist spukte voll Gestank, Eiter und Fäulnis ... ich wußte gar nicht, wie ich ihn anfassen sollte. An meiner Niedergeschlagenheit konnte er erkennen, was ich von seinem Zustand hielt.

»Nichts zählt mehr!« sagte er fest. »Daß ich lebe, ist ein Wunder, ein Wunderwerk meines Willens. Sie aber können noch größere Wunder vollbringen. Machen wir uns nichts mehr vor, lassen wir das Professorenspiel der natürlichen Erklärung beiseite. Das ist nichts weiter als ein Versteckspiel, für das mir sowohl die Zeit als auch die Kraft fehlt. Geben Sie mir ein Elixier. DAS ELIXIER, wenn Sie so wollen! Kein anderes Mittel kann mir helfen. Sie aber können mich nicht einfach sterben lassen. Sie können nicht zulassen, daß ich zum Tier herabsinke, wo ich mich mit meiner ganzen Seele, mit meinem Geist, mit all meinen Fähigkeiten, mit meinem Wunsch nach Buße, mit meiner Reue und meinem guten Willen an Ihre Hand klammere und um Hilfe flehe!« Er ergriff tatsächlich meinen Arm mit seiner verstümmelten Hand und drückte und zerrte ihn mit krampfhafter, unwahrscheinlicher Kraft an sich. Es war entsetzlich.

»Aber wieso glaubst du denn, daß ich, gerade ich derjenige bin, der dir ein solches Elixier geben kann?« brach es hilflos aus mir heraus.

Er schob meinen Arm von sich und stieß die Worte bitter, mit eiskaltem Zorn hervor.

»Schauen Sie doch in den Spiegel!«

Und ich schaute unwillkürlich in den Spiegel, der über dem Waschtisch des ärztlichen Labors hing.

»Sie sind jetzt fast siebzig Jahre alt. Das weiß ich genau, keine Widerrede! Versuchen Sie, mir auf natürliche Weise zu erklären, warum Sie nicht älter als dreißig wirken?!«

Dieser Schlag traf mich überraschend. Was sollte ich erwidern? Die Methode, mit deren Hilfe ich meine körperliche Kondition aufgebaut und bewahrt hatte, konnte ich ihm unmöglich verraten, weil er dafür noch nicht reif genug war und er mir dabei nicht folgen könnte. Und das Mittel, die Essenz, an die ich mich allmählich gewöhnt und sie meinen Bedürfnissen angepaßt hatte, hätte einen schwächeren, obendrein noch schwer angeschlagenen Organismus sofort vernichtet. Dennoch mußte ich ihm irgend etwas sagen. Ich gab vorsichtig zu, daß ich mir mein jugendliches Aussehen tatsächlich mit Hilfe okkulter Übungen und einer gewissen Essenz bewahrt hatte. Doch sei diese Essenz ohne die jahrzehntelangen, allmählich aufbauenden Übungen und ohne die Summierung gewisser Dinge, die man dem Nichteingeweihten kaum verraten dürfe, kein Heilmittel, sondern ein schnell tötendes Gift, das die Lebenskraft verbrennt. Würde ich ihm dieses Mittel geben, so würde ich ihn damit töten.

In seiner Verblendung glaubte er nicht, was ich sagte, er biß sich lediglich an meinem Geständnis fest, daß ich ein solches Elixier besitze. Er flehte mich an, er forderte, ich sollte ihm etwas davon geben ... auf seine Verantwortung. Ihn würde das Mittel keineswegs vernichten. Ich mußte einsehen, daß sein Wille nicht mit menschlichem Maß zu ermessen war. Was aber die Übungen betraf, so lagen viele Jahre der Übung hinter ihm. War auch die Richtung verkehrt, hatte er dennoch gewaltige

Kräfte in sich gespeichert. Seine Bitte mußte ich natürlich ablehnen. Er machte mir eine fürchterliche Szene, weinte, warf sich vor meine Füße, umklammerte meine Knie, trommelte gegen seine Brust, beschwor mich, schließlich begann er mit derart entsetzlichem Haß zu fluchen, daß ihm Schaum vor dem Mund stand. Danach fiel er in tiefe Ohnmacht. Ich legte ihn ins Bett, ließ Stärkungsmittel in seinen Körper fließen, und als er wieder zu sich kam, ließ ich ihn allein.

Es war ein unheilvolles, wirres Problempaket, das ich mit in mein Arbeitszimmer nahm. Es war spät am Abend, aber ich wollte mich nicht hinlegen. Ich mußte diese schweren Hieroglyphen entziffern, diese Aufgabe lösen, die mir das Schicksal immer wieder stellte; diesmal konfrontierte es mich endgültig mit diesem Problem, dem ich nun nicht mehr ausweichen konnte. Drei Zimmer weiter quälte sich ein Mensch, der sich in seiner höchsten Not, in der Agonie seines Lebens an mich klammerte und seine Erlösung von mir erhoffte. Er hatte alle meine Worte, alle meine Argumente niedergewalzt, wie der Golem des Rabbi Löw und hörte nur auf das Zauberwort, das in ihm verborgen war. Er forderte ein Elixier von mir, doch ich hatte für ihn kein Elixier.

Dort drüben ruhte der Golem und sammelte seine Kräfte. Er gewann dem Tod Stunde für Stunde eine neue Frist ab, um das zu erreichen, was ihm zur fixen Idee geworden war.

Ich aber reichte die Frage an die Sterne weiter, weil aus mir heraus keine Antwort mehr kam.

Als ich im trauten Lampenlicht über meinen astrologischen Berechnungen saß, während draußen hinter dem offenen Fenster der mondlose Park rauschte, nahm die Erinnerung urplötzlich von mir Besitz. Genau dasselbe hatte ich schon einmal erlebt. Die Augenblicke, die Gefühle, die Last der Dunkelheit, die lautlos lauterfüllte Stille deckten sich genau – damals wie heute. Die beiden Bilder überlagerten sich. Ich saß in einer dunklen Scheune auf einer blaugestrichenen Truhe und hatte auf einem Buch, das auf meinen Knien lag, die Konstellation der Gestirne skizziert, die gleiche Konstellation, die meine Hand gerade jetzt in die zwölf Häuser des Tierkreiszeichens eintrug. Der eine Kreis war mein Schicksal, der andere der des Hans Burgner ... oder vielleicht des Ernst Müller?

Ernst Müller, der irgendwo in der Ferne sitzt, mich schweigend belauscht ... Jawohl. Diesmal saß ich an Rochards Stelle, ich war mit ihm identisch.

Wie voll das Haus des Todes ist – in meinem Horoskop für heute nacht: Das achte Haus. Es sind die gleichen finsteren Richter, die sich dort drängen, wie seinerzeit ... aber nein ... ein seinerzeit gibt es nicht ... dies ist der Augenblick! Und der andere Kreis, der Kreis des Hans Burgner ... oder der des Ernst Müller ... bedeckte meinen eigenen Kreis auf eine Weise, in einer derart engen Konstellation, daß die Richter zu Henkern werden: Mars und Merkur im Zeichen des Zwillings ... Mars in erstickender Konjunktion mit dem Saturn. Ihre vernichtenden Kräfte vereint der Mond in seiner Schale, konzentriert sie und strahlt sie mit fordernder Macht auf mich und auf ihn aus ... auf ihn, der sich lauschend verbirgt und schweigt ...

Hans ... Ernst ...

Plötzlich wußte ich, konnte ich durch die Wände sehen, was gerade in ihm vorging. Ich sah seinen unsicheren, schlürfenden Schritt auf den Fliesen des Labors, seine hagere, gebeugte Gestalt, die sich dunkel vom hellen Hintergrund der Wand abhob ... Kerzenlicht flammte auf ... Ernsts zitternde Hand tastet über die Borde, durchwühlt die Schränke und Schubladen ... Reißt die Laden auf ... Öffnet mit gieriger Hast die Deckel von Tiegeln, Fläschchen und Dosen ... Die Pulver und Flüssigkeiten zerrinnen ... ein Glück, daß ich alle Behälter lateinisch beschriftet habe und daß Ernst Latein kann, sonst würde er sich mit irgendeinem Mittel vergiften ... Er kann nicht finden, was er sucht ... Ich spüre seine zunehmende, krankhafte, überspannte Wut, seine Verwirrung, seine fliegenden Gedanken ... Ich spüre, wie die fixe Idee immer mehr die Oberhand gewinnt und alle Kontrollen verbrennt: Er muß sich das geizig gehütete Arkanum, die neidvoll und bösartig verschlossene Gesundheit, das neue Leben, Luft und Licht beschaffen! ... Und selbst wenn das Mittel durch Gebete und durch das höchste Sakrament versiegelt ist, muß er das Siegel aufbrechen, und wenn es Fleisch und Blut ist, das im Wege steht, dann muß er es niederreißen, weil es keinen anderen Weg und keine Wahl gibt ... Neben die Leichen jener Frauen, die seinetwegen gestorben waren, wird eine weitere Leiche gelegt. Sei's drum, es spielt keine Rolle. Nichts ist von Bedeutung, nur das Große Arkanum! ... Tiefer könnte er sowieso nicht mehr fallen. Mehr braucht er nicht aufs Spiel zu setzen. Er muß es haben ... Fleisch und Blut ... Was sonst könnte denn das große Geheimnis behüten und bewahren?!

Fleisch und Blut ...

Über dem Park ging der späte rote Mond auf.

Die Lösung des Problems stand deutlich vor mir. Kein Schatten fiel darauf. Ich war ganz ruhig.

Auf meinem Schreibtisch hatte ich einen Brief für Viktor Amadeus hinterlassen. Ich hatte ihm meine Anweisungen bezüglich des Ordens mitgeteilt und ihn wissen lassen, wo und unter welchem Code er einige meiner wichtigen Schriften hinterlegen sollte. Sonst hatte ich nichts weiter zu bestellen. Schloß und Gut waren in den Besitz des Ordens übergegangen, das hatten mein Vater und ich bereits früher beschlossen.

Die Fenster meines Schlafzimmers waren geöffnet. Ich legte mich hin und wartete.

Das bleiche Mondlicht malte lange Silbersäulen auf den Fußboden.

Der leise Luftzug, der mein Gesicht streifte, verriet mir, daß die Tür geöffnet und wieder geschlossen wurde. Der weiße, durchsichtige Vorhang vor dem Fenster bauschte sich auf und fiel dann wieder in sich zusammen.

Im Zimmer war ein zitternder, erstickter, schwerer Atem zu hören.

Ich rührte mich nicht. Und während sich vorsichtige Schritte näherten, empfand ich plötzlich tiefes Mitleid mit diesem Unglücklichen, der verblendet und besessen von seiner tyrannischen Idee sich mir näherte, um eine Tat zu begehen, die ihm vorerst noch gar nicht bewußt war und die ich seinerzeit auf gleiche Weise begangen hatte. Das war der Grund, warum ich ihn tief und aufrichtig bemitleidete, weil ich es einmal selbst getan hatte.

Sobald er mein Bett erreicht hatte, blieb er wie angewurzelt stehen und horchte eine Weile gespannt auf meine Atemzüge. Er war spürbar erleichtert und beugte sich vorsichtig über mich. Seine Hand fuhr tastend unter mein Kissen, über die Platte meines Nachttisches, über die Konturen des Glases und der Lampe, zog die Schublade auf, suchte darin herum, dann fuhren seine Finger mit leiser Berührung über meine Brust. Plötzlich ertastete er das kleine, flache Etui, das ich an einer Goldkette trug. Er schreckte zurück, und sein Körper erbebte.

In diesem Augenblick glitt das Mondlicht auf mein Gesicht,

und er mußte gemerkt haben, daß meine weitaufgerissenen Augen jede seiner Bewegungen verfolgten.

Er starrte mich an, und Entsetzen malte sich in seinen Zügen, als hätte er eine hoch aufgerichtete Kobra erblickt. Er zog sich von mir zurück. Seine Hand suchte tastend nach Halt auf dem Nachttisch und landete auf dem schlanken, kalten Bronzeständer der Lampe.

Er ergriff die Lampe ohne einen bewußten Befehl seines Gehirns und schmetterte sie zwischen meine beiden weit aufgerissenen Augen ...

Mein Hirn wurde gleich beim ersten Schlag zerschmettert, ich spürte keine Schmerzen ... Ernst drosch nur noch auf die leere, zerschlagene Körperhülle ein wie ein Wahnsinniger, um die beiden starren Lichtpunkte meiner Augen auszulöschen, die das Tor wie Dämonen bewachten ... Er sah und hörte nichts, er wußte nur, daß er den Widerstand brechen, daß er meinem sich sträubenden, widerspenstigen Körper sein eigenes Leben entreißen mußte ...

Opus Magnum

Ich stolperte einen schmalen, steilen Höhlengang abwärts. Am Ende des Ganges schimmerte ein Pentagramm mit schwachem Licht. Als ich näher kam, merkte ich, daß es sich um eine sternförmige Öffnung handelte, die sich in Treppen fortsetzte. Die Luft war von einem berauschenden, undefinierbaren Duft erfüllt, mit einem bläulichen Dunst, der mich, während ich langsam vorwärtsstrebte, in eine Art Halbrausch versetzte, ohne daß ich dabei das Bewußtsein verlor. Dieser Duft barg ein verheißungsvolles, feierliches, Ekstase versprechendes Mysterium, das die Sinne der Seele schärfte und zum Klingen brachte und für den Menschen unhörbare Töne und bukolische Farben vermittelte. Ich horchte auf die Töne dieser Musik, als würde ich mir lediglich eine Melodie bewußt machen, die mich ständig berauschte. Auch das Spiel der ineinander übergehenden Pastellfarben erkannte ich mit dem gleichen, dankbaren Gefühl wieder.

Der Gang führte in eine kleine Felsennische, in deren Mitte eine glatte Steinbank stand, die der Körperlänge eines Menschen entsprach. Auf der Steinbank stand die dichte Astralkopie meines eigenen Körpers in tiefer Bewußtlosigkeit mit geschlossenen Augen. Der bläuliche Rauch entstieg einer Pfanne, die auf einem altarähnlichen Gestell stand und neben dem Duft auch ein helles Licht ausstrahlte.

»Cornelius!« vernahm ich die leise Stimme des Meisters ganz aus der Nähe. Seine Gestalt war noch unsichtbar. »Erwache.«

Die Benommenheit war gewichen, und mich durchdrang das jubelnde Gefühl einer nie gekannten Schwerelosigkeit und Freiheit. Die engen Mauern der Felsennische weiteten sich gewaltig und umfingen eine Säulenhalle, die in schwindelnde Höhen reichte. Ich blickte auf die Steinbank zurück. Der siderische Körper blieb regungslos liegen, und dahinter, auf einer winzigen Bildfläche, lagen die blutigen Reste meines materiellen Körpers auf der besudelten Bettstatt. Ich löste mein Bewußtsein von diesem Anblick.

An den Wänden ringsum wehten die Pastellvorhänge mehrerer Logen, Gesichter betrachteten mich mit leisem Lächeln, die ich nie gesehen hatte und die mir dennoch vertraut vorkamen, als hätten wir unendliche Zeiten miteinander gelebt. Die Logenreihen kreisten übereinander in unendliche Höhen, ungreifbar, unerreichbar, in Dunst und Nebel gehüllt. Erstaunt sah ich, daß die Köpfe der Säulen in den freien, sternenübersäten Horizont hinaufragten, und zwischen ihnen blickten die Gipfel verschneiter Berge wie weiße Pfeile auf mich herab, die himmelwärts deuteten. Die ergreifende Schönheit dieses Bildes war faszinierend. Ich versuchte, meine Aufmerksamkeit auf die Höhen und auf die Landschaft zu konzentrieren, und allmählich tauchten die kantigen Umrisse der Klosterstädte aus dem Nebel auf, die auf den geschützten Hochebenen zwischen den Berggipfeln errichtet worden waren. Ich hörte den düsteren, heiseren Klang der langen, aus Knochen gefertigten Hörner des tibetanischen Ritus und den feierlichen Klang der Sistra. Der Saal, in dem ich stand, war das geistige Ideal des Einweihungsraumes, den der Orden einzurichten pflegte, und die Gipfel, die ich erblickt hatte, drückten den geistigen Inhalt Tibets aus: Die echte Weisheit, die sich in unsichtbarer, verschneiter Majestät über die Köpfe der primitiven Masse erhob.

Die Stimme des Meisters rief mich wieder, und diesmal konnte ich ihn bereits sehen. In einem sonnengelben langen Gewand, mit kahlrasiertem Kopf, mit einem sonnengebräunten, dunklen Asketengesicht stand er am Kopfende der Gestalt, die auf der Steinbank ruhte, und winkte mir zu, mich zu nähern. Die Formen, die ihn begleiteten, offenbarten mir, daß er sich noch in einem Körper befand, und daß er das verfeinerte Abbild dieses Körpers trägt. Sein rechter Arm war über die starr ruhende Astralgestalt ausgestreckt, und von seinen Lippen erklang die ewig wiederkehrende Formel der uralten Mysterien.

›*Verbrenne deinen Körper mit dem Feuer deiner Gedanken!*‹
Der Astralkörper lag bereits auf einem rotglühenden Rost und nahm, von Feuer durchglüht, bereits Farbe an. Die tiefrote Glut wandelte sich allmählich zu einem weißen Glanz, der sich zu einem blendenden Kristallschimmer steigerte.
›*Diejenigen, die verlorengehen, sind wie der Dampf, sie sind wie das Feuer, sie sind wie Rauch*‹, zitierte er das Wort des Herrn aus dem Buche Esra. ›*Sie brannten, sie glühten und vergingen.*‹
›*Du aber, der du gebrannt und geglüht hast ... bist zu einem Edelstein geworden, im Feuer gehärtet, der da heißt: Lapide Rubro!*
Die Eingeweihten haben keinen Unwürdigen in ihren Kreis gewählt. Der Berufene, einer unter den Gerechten, ist heimgekehrt!‹

Aus nebligen Höhen ertönte Glockenklang, silbern, klingend und dröhnend und der Ruf von Fanfaren und Hörnern, die eine transzendente Feier ankündigten, doch das jubelnde Wort des Magiers schwebte mit reinem Klang über diesen Tönen:

»Die Vergänglichkeit ist zu Asche geworden, der Schatten wurde zum Licht. Das Feuer hat lebendiges Gold geboren, das Große Werk ist vollbracht. Das Große Arkanum ruht hier vor dir, o Herr! Das Werk ist vollkommen. Eilt also herbei, ihr Söhne des Lichts, tut euch auf, ihr Tore der Unsterblichkeit, reißt auf ihr Wolken, die das Auge der Sterblichen verschleiern. Der Magier, den die Geister, die Elemente beherrschen, als ihren Meister anzuerkennen – der Magier ist gekommen!

Gelobt sei der Herr und das Einzige Leben, das zu Ihm zurückkehrt!«

Ich stand da inmitten der Weißglut der glücklichen Erfüllung, unpersönlich, aufgelöst zu brausenden Akkorden im Göttlichen Meisterwerk. Gelegentlich nahten sich Gesichter, Orte, Stimmen, Farben und Symbole, offenbarten ihr Wesen und entfernten sich wieder. Ich sah die Meister des Ordens, einige noch in ihren Verstecken auf Erden: In eingemauerten tibetanischen Einsiedlerklausen, wo sie jedes Scheinglitzern und jede Scheinform aus ihrem Leben verbannt hatten, damit sie das gewaltige Licht der inneren Unendlichkeit erleuchtete. Andere wiederum, bereits körperlos, bestürmten die erstarrte Düsternis des Menschenlebens wie titanische Kraftquellen, bearbeiteten und bereiteten die Zukunft mit zeitloser Geduld vor, die nach dem Untergang einer langen, qualvollen Zeit neue, glücklichere Äonen den Auserwählten bringen würde: das Goldene Zeitalter. Ich sah die Bewacher und Erzieher. Ich sah die Werkzeuge der Göttlichen Kräfte, die seelisch Belasteten mit ihrem schweren, schönen Leben, die ekstatischen Seher, die Hörenden und die wahren Verkünder des Wortes. Ich sah die verstreuten Verschworenen des Göttlichen Plans, diejenigen, die blind und gepeinigt ausharrten, diejenigen, die in ihrer Schwäche stark waren, die niemals vom *Weg* abgewichen waren, und sah den Herrn der Erde, Adonai, der sich liebevoll über den flammenden Tiegel der Erde beugte, der auf dem *Feuer* stand, über all das Wehgeschrei des Entsetzes und der Qual, über den aufgehäuften Haß, über jene Flut von Blut und Tränen, die alle Dämme sprengte, wie er das Feuer schürte, damit es nicht erlosch ... damit es weiter brannte und loderte, um alles aufzukochen und in fiebrige Krisen zu treiben, um am Ende aller Zeiten, wenn die Stunde gekommen war, auch die Transmutation dieses Planeten zu vollbringen, dessen Gütezeichen dann im Kosmos um ein Grad aufrücken würde ...

... Doch ich erblickte ebenfalls die dunklen wie auch die glänzenden Gestalten meines eigenen Lebensradius, um die Dämmerung der Ungewißheit der Zeit restlos in mir zu vertreiben, damit sich ihr Schicksal im Glanz der Erkenntnis vollends auflösen möge. Ich sah Amadeus Bahr mit den Kennzeichen des Ordens, als Lehrer in seinem gelben Gewand vor dem Hintergrund der düsteren Umrisse einer felsigen, wüsten Hochebene, von seinen Jüngern umgeben, die durch die Leiden und

Umwege von Jahrtausenden zum Dach der Welt durchgedrungen waren, um sich endlich zu seinen Füßen niederzulassen. Und unter den Jüngeren erkannte ich im Körper eines hageren, klug blickenden Jünglings jene Frau, die mich einmal geboren und selbst im Tode noch das meiste für mich getan hatte: Die Marietta aus Mailand, die Mutter des Francesco Borri. Auch der Gefährte ihrer Seele, mein damaliger Vater, war bei ihr. Die Anziehungskraft und die Bindung der Geschlechter waren verschwunden. Sie waren Geschwister und Gefährten im durstigen Lauschen der geistigen Wahrheiten, in der Übung und im Streben.

Die arme, gefühlvolle Sophie Pétion sah ich zurückgezogen ins Asyl der Bogengänge, der schweigenden Zellen und der ins Dämmerlicht getauchten Kapelle eines Nonnenklosters wieder. Ihr Leben verlief im flackernden Licht der Kerzen abwechselnd unter nach Weihrauch duftenden Schatten, bebenden Pönitenzen, transzendenten Ängsten und im bohrenden, fordernden Aufbegehren des Fleisches. Sie weinte, betete und kasteite sich, doch sie wurde von ihrem geschundenen Körper immer wieder besiegt. Incubi besuchten sie in ihren Träumen. Ihr Aberglaube, ihre Wahnvorstellungen waren ihr treu geblieben, obwohl sie die Dämmerung ihres einfältigen Glaubens nie verlassen hatte und sie aus dem Chaos der Unterwelt hinaustrieb. In jener strahlenden Gewißheit, in der ich die Dinge betrachtete, konnte das Mitleid oder die Bedrückung wegen des vergänglichen, dunklen Wolkenzugs keinen Raum gewinnen. Ich wußte, daß auch das Leben der Sophie Pétion seine Lösung finden würde, so wie es bei mir der Fall gewesen. Je tiefer das Leid sie beugte, um so mehr Kraft konnte sie für einen neuen Aufschwung sammeln.

Der Weg des Doktor Péloc war bereits glatt und deutlich, wie der Weg jener Wesen, die nichts erwarten, nichts erhoffen, nichts für sich fordern und den Taten nichts weiter als Opfer sind. Ganz gleich, wo er jenes Werk fortsetzte, das er in Paris begonnen hatte, ob in England oder Deutschland, in Italien oder Dänemark. Er versuchte zu heilen, zu dienen und zu lernen, ohne Vorurteile und ohne Hemmungen, mit klarem Kopf und mit der glänzenden Synthese aus scharfer Beobachtung, blendendem Gedächtnis und Intuition. Er sammelte, um zu geben, und in der Zwischenzeit, ohne in seinem Interesse je auch nur einen Schritt getan zu haben, waren die Bindungen des Karma von ihm abgefallen, er wurde erleuchtet und befreit: einer unter den Gerechten.

Auch die von Schuld und Leidenschaft belastete Doppelgestalt von Lepitre und Rosalie tauchte vor mir auf. Kein Mensch ist fähig, sich auch nur im Traum eine solch tragische Verknüpfung vorzustellen, die zwischen diesem elenden Waschweib und ihrem labilen, kranken Sohn bestand. Es dauerte lange, bis sie geboren werden konnten, lange Zeit kreisten sie in den Strudeln des tückischen Astral-Ozeans. Zunächst öffnete sich das materielle Dasein vor Rosalie, die dann für ihren an sie geketteten Gefährten den Weg ebnete. Sie brachte ihr vergöttertes Opfer zur Welt und schenkte ihm das Leben. Ich staunte über die Großzügigkeit und über die faszinierende Gerechtigkeit des Karma. Ihr Blut hatte sich im Mord und Selbstmord vermischt. Lepitre bekam jetzt anstatt seines vergossenen Blutes das Blut von Rosalie und quälte seine Mutter mit seiner Krankheit, seinem namenlosen Schuldbewußtsein und seinem Verfolgungswahn viel mehr, als wenn er sie tagtäglich getötet hätte. Und wie rätselhaft, wie wundersam war die Krankheit des Lepitre im Scheine des Karma: eine chronische Blutarmut. Ach, seine Mutter wäre bereit gewesen, auch ihren letzten Blutstropfen in seine Adern zu träufeln, wenn sie ihm nur hätte helfen können. Ihre Vergötterung Lepitre gegenüber gewann durch die magische Beziehung der Blutsverwandtschaft noch mehr Gewicht. In ihrem Leben gab es keinen Tag, kein Ziel, ihre arbeitsreichen, freudlosen Jahre hatten keinen anderen Inhalt als diesen mickrigen, häßlichen Knaben mit der welken Haut und den wulstigen Lippen, den sie unehelich, in Elend und Verachtung zur Welt gebracht hatte. Und dieses in Todesangst und qualvoller Liebe auf den Altar gehobene Idol siechte Tag für Tag dahin. Sein Bett war nachts von übelriechendem Schweiß getränkt. Auf seinem gebeugten Rücken traten die Knochen spitz hervor, seine Haut wurde immer grauer und wächserner. Sein Leben schwand leise und unaufhaltsam dahin, wie seinerzeit das Blut aus seinen Adern in jener entsetzlichen Mordnacht. Aber war denn Rosalie wirklich eine gemeine Mörderin? Nur auf diese Weise konnten die Früchte ihrer Tat wieder über ihr Haupt kommen. Ihre eigene schrankenlose Leidenschaft war erforderlich, damit das Schicksal zurückschlagen konnte. Ihre Leiden wurden durch die Reizbarkeit des Knaben gesteigert. Er konnte sie kaum in seiner Nähe dulden. Ihre Fragen wurden unwillig, grob oder überhaupt nicht beantwortet, obwohl sie ihn den lieben langen Tag mit Fragen überschüttete: Ob er vielleicht Schmerzen habe ... Nein? ... Wirklich nicht? Was er dann jetzt spüre? Ob ihm wohl schwindlig sei? Sicherlich, wo er doch gerade geschwankt habe ... weil er nichts ißt ... gar nichts! Milch und Fleisch müsse er essen! ... Der Knabe haßte Milch und Fleisch, er haßte auch die ewige Fragerei. Er hatte Kopfschmerzen, ihm war schwindlig, er hatte Brechreiz, und das Sprechen ermüdete ihn. Der besorgte, lauernde Blick seiner Mutter, ihre roten, aufgesprungenen Hände, die sich ständig nach ihm ausstreckten und an ihm herumhantierten, erfüllten ihn mit Bangigkeit und stumpfem Widerwillen: ›Sie ist wie der Todesvogel‹, dachte er. ›Noch bin ich am Leben, sie aber schaut mich an, schnieft und flüstert, als wäre ich bereits aufgebahrt!‹

Die schmächtigen, angegriffenen Glieder des Burschen, der allmählich in die Pubertät kam, sehnten sich nach freier, frischer Luft, sein Körper, der sich in den Klauen des Fiebers wand, nach den lauten, wilden Ausflügen in Gesellschaft seiner milchbärtigen Kameraden. Das Trugbild der geilen Umarmung großbusiger vollblütiger Mädchen mit wiegenden Hüften und losem Mundwerk raubte ihm den Atem und trieb ihn in die einsame Sünde. Dann wieder tauchte das süße Nebelbild einer feinen, leisen, romantischen Umgebung, gedämpfter Stimmen, die Konversation mit ätherischen, zärtlichen Mädchen auf. Diese Mädchen hatten etwas Ähnlichkeit mit den Edelfräulein der Paläste – seine Mutter war Zugehfrau und Waschfrau in diesen Häusern –, doch was ihnen fehlte, war eine gewisse zerstreute Überheblichkeit. Sie schauten ihn an, nicht wie einen Laubfrosch, sondern mit zärtlichem, tiefem Blick, den die verheimlichte Liebe wie eine Lampe durchleuchtete.

Doch viel öfter als davon war er von religiöser Ekstase besessen. Er machte Pläne, um irgendwann einmal zu Geld zu kommen, von zu Hause wegzugehen und sich in ein Kloster aufnehmen zu lassen, wo er Tag und Nacht wegen seiner geheimen Sünden, seiner ausschweifenden Gedanken Buße tun und monatelang, ja jahrelang mit solch innerer Inbrunst beten konnte, daß ihm eines Nachts in der Einsamkeit seiner Zelle der Heiland selbst erscheinen, seine Hand auf sein Haupt legen und ihn heilen, ihm Kraft, Zuversicht und Schönheit schenken würde. Dann wäre er ein Mann mit roten Wangen, eine heldische Gestalt mit schwellenden Muskeln und tönender Stimme, doch würde er selbst dann das Kloster nicht verlassen. Im Lauf der Jahre würde er durch sein frommes Leben und durch seine wunderbaren Predigten zu Ruhm und Ehren gelangen. Auch die Kunde über den Besuch des Herrn und über das Wunder, das in jener Nacht geschehen, würde in aller Munde sein. Nach dem Tode des Priors würde man ihn einstimmig zu dessen Nachfolger wählen, reiche Töchter von Aristokraten würden in himmlischer Liebe für ihn schwärmen. Üppige, duftende, schmuckbehängte Damen würden ihm ihre Sünden und ihre geheimsten Gedanken beichten. Er aber würde standhaft bleiben, würde mit bloßen Füßen über die leidenschaftliche Glut der schönsten Frauen hinwegschreiten, ohne sich zu verbrennen. Eine Frau – eine hochgewachsene Frau mit schwarzem Haar und dunklen Augen – würde sich eines Tages in seine Zelle schleichen, sich die Kleider vom Leib reißen und ihm ihren nackten, schneeweißen Körper darbieten und sich, sobald er sie abgewiesen, vor seine Füße werfen, seine Knie umklammern und ihn unter Tränen anflehen, ihr den Teufel auszutreiben, der sie Nacht für Nacht in seiner Gestalt in ihrem Bette versuche. Er aber würde unter dem Kruzifix stehen und gleichgültig den zuckenden Körper, den runden Busen, die perlenschimmernden Schultern, die Hüften mit den Grübchen, die langen, festen Schenkel, die flaumige, dunkle Scham betrachten, und dann, nachdem er diesen Schoß der Sünde mit Weihwasser besprengt hatte, die Peitsche zur Hand nehmen, die zur Buße dient. Der erste Streich würde auf der zarten Haut eine blutige Spur aufreißen. Die Frau aber würde aufschreien und in wilder Selbstqual ihn anflehen: Mehr! Noch mehr!

Diese Bilder peitschten ihn auf, erschöpften ihn hinterher bis zur Ohnmacht, aber er wollte sie nicht missen. Und die Gestalt seiner Mutter wollte sich mit all diesen glückbringenden Phantasien nicht vertragen. Etwas Feindliches war in ihr. Sie bedeutete für ihn dampfende Wickel, Seitenstechen, den ekelhaften, säuerlichen Geschmack gerinnender Milch in seinem Mund, schlecht gelüftete, überheizte Räume und die ewige Angst vor dem Tod. Die Mutter war für ihn die Finsternis und die Krankheit zugleich, die Enttäuschung und das Schuldbewußtsein nach dem Onanieren, das Elend und die Kraftlosigkeit. Sie war alles, was er als grob, übelriechend und gewöhnlich empfand, sie war die hoffnungslose, graue Wirklichkeit in Person. Ihre Unterwürfigkeit, mit der sie seine Launen hinnahm, ihre Ausdauer, mit der sie immer wieder zu ihm zurückkehrte und ihn mit ihren Fragen bestürmte, ihn verwöhnte und sich in ihrer Fürsorge an ihn klammerte, machten ihn rasend und lösten Wutanfälle aus. Er riß die Wickel von seinem Leib, warf seinen warmen Mantel zu Boden, schüttete die Speisen weg und schrie schreckliche, unflätige Worte, doch die Mutter schien all dies nicht wahrzunehmen. Sie sah nur das bleiche Gesicht ihres Sohnes, seine Augen mit den grünen Ringen, seinen bleichen, zuckenden Mund, sie belauschte seinen kurzen, pfeifenden Atem, und ihr Herz wurde schwer vor ohnmächtigem Mitleid. ›Er ist ja krank, mein Ärmster!‹, dachte sie. ›Und wie! Jetzt hat er schon wieder abgenommen, darum ist er so reizbar. Mein Gott! Wie sehr es ihm schadet, wenn er sich aufregt, und ich bedauernswerter Idiot tue ständig etwas, das diese Anfälle auslöst! Ich muß auf der Hut sein. Ich muß noch mehr aufpassen, sonst ...‹ Hier aber hielt sie inne, weil sie es nicht wagte, diesen Gedanken zu Ende zu denken. ›Aber nein! Er wird leben, weil er leben muß!‹

Ich sah Charlotte Brüggendorf im Labyrinth der Leidenschaften als hermaphroditischen Gnom, als tragikomischen Krüppel der schrankenlosen sexuellen Neugier, als Ausgestoßene, die alle Welt ablehnte, ich sah auch ihren Mann, den feisten Bürgermeister von Straubing als ungeschickten Scharlatan, als Gaukler auf Märkten und Volksfesten, als angeberischen Spieler mit leeren Taschen. Er war der ewige Dilettant, eine Blase, die stets an der Oberfläche der Dinge schwamm, ein Ausgestoßener, der sich stets im Widerschein wärmte und auf ein zerbrochenes Echo lauschte.

Auch in den Körper des Markgrafen von Brandenburg-Ausbach bohrten sich der Reihe nach all jene Pfeile, die seine eigenen Sünden abgeschossen hatten. Nach einigen kurzen Leben, die er im Schatten verschiedener kleiner Potentaten und Tyrannen als stets banger Höfling verbracht hatte, hatte er begonnen, sein ehemaliges Sein und sein ehemaliges Selbst zu hassen und schwer zu verurteilen. Wie sehr er auch strebte, wie sehr er auch auf der Hut war, sich anglich und anschmeichelte, beschwor er stets den Zorn der blutrünstigen Unverantwortlichkeit des Tyrannen auf sein Haupt herab, der jeweils auf dem Thron saß. Er wurde dreimal hingerichtet. Einmal wegen eines unbedachten Wortes, das er an falscher Stelle fallen ließ, zum zweiten Mal, weil er unbeabsichtigt Zeuge eines Verbrechens wurde, das er am besten übersehen hätte, und drittens, weil man – fälschlicherweise – annahm, er sei im Besitz eines Geheimnisses, das man unbedingt von ihm erfahren wollte. Diese letzte Hinrichtung erschütterte ihn am meisten. Er wurde allmählich in einen langen, schmalen Turm eingemauert, der über einer Schlucht emporragte. Die Öffnung, durch die man ihm Wasser und Nahrung reichte und ihm jene Frage entgegenschrie, die er nicht beantworten konnte, wurde Tag für Tag verkleinert. Vergebens war sein Flehen, seine Beteuerungen, er wüßte von nichts, die Öffnung wurde schließlich zugemauert. Er kratzte sich mit den Fingernägeln an den Steinen blutig, schrieb mit den blutenden Fingerspitzen seinen Namen und sein letztes Geständnis an die Wand, daß er unschuldig sterbe. Der zugemauerte Turm war wie ein in den Himmel gebohrter, versiegelter Turm, die genaue Umkehrung jenes Brunnens, in dessen Tiefe Hans Burgner am tiefsten Punkt seines Lebens angelangt war.

Dann wurde er als kleiner Mann wiedergeboren, als feiger, unzufriedener Ritter von der traurigen Gestalt, der wortreich sich über sein Schicksal beklagte. Er bettelte pausenlos um das Mitleid und das Verständnis seiner Mitmenschen, doch er konnte nichts weiter als stets eine unerklärliche Antipathie erwecken. Er litt lauthals, feindselig und widerborstig, und obwohl er seine Lage tatsächlich durchlebte, ahnte er dennoch nicht, daß nur das ängstlich, still oder heldenhaft erduldete Leid Mitleid erwecken kann.

»Ihr, meine Freunde, könnt ihr vielleicht die stiefmütterlichen Beschlüsse des Himmels begreifen?« drang der bittere Vorwurf von seinen Lippen. »Meine Seele ist ein aufgeschlagenes Buch. Ihr wißt es und könnt es bezeugen, daß ich mein Leben lang fromm, treu und ehrlich war. Ich habe nicht betrogen, nicht gestohlen, nie jemandem geschadet. Jeder Bettler fand in meinem Hause stets offene Türen und einen gedeckten Tisch. Kindern und Tieren habe ich nie ein Leid zugefügt. Ich habe kein ausschweifendes Leben geführt und habe Gott nicht einmal im Traum gelästert. Dennoch, seht, wie mich der Herr schindet und bedroht. Er straft und demütigt mich, ohne daß ich es verdient hätte. Meine erste Frau, die ich über alles liebte, ist im Kindbett gestorben. Meinen einzigen Sohn hat mir die Pest genommen, meine zweite Frau der Teufel selbst. Sie machte sich einen Spaß daraus, mich vor anderen zu verspotten, meine

Gewohnheiten auszuplaudern, selbst den Straßenhändlern, den Fischweibern, dem Schneider und dem Barbier, jedem, der es hören will. Wenn ich über den Marktplatz gehe, spüre ich, wie sie hinter meinem Rücken die Köpfe zusammenstecken und mich auslachen. Und dieses unfruchtbare Frauenzimmer widerspricht mir andauernd, setzt mir halbgekochte Speisen vor. Mein Geschäft wird vom Glück gemieden. Meine Feinde, die ich gar nicht kenne, greifen mich an, inkommodieren mich mit Anzeigen und flüstern dem Stadtrat entsetzliche Verleumdungen zu. Die Sorgen haben mir bereits den Schlaf geraubt, und wenn ich dennoch einschlafe, verfolgen sie mich noch im Traum. Man belangt mich wegen fürchterlicher Missetaten, die ich niemals begangen habe, man beschuldigt mich vor Gericht entsetzlicher Dinge, und ich kann mich nicht wehren. Ich sitze im Gefängnis mit schimmligem Bart, an einen Stein gekettet ... warum? Wenn ich nur wüßte, warum ausgerechnet mir dieses Schicksal zuteil wird, wo doch all die Betrüger, Diebe und Prasser aus dem vollen schöpfen und sorglos ihr Leben genießen?!«

Ich sah die Frauen, deren Körper jeweils der lebendige Alchimistentiegel meiner Geburten gewesen: Hans Burgners und Heinz Knoteks Mutter, wie jene Keime, die sich in ihrem damals noch primitiven Leben verbargen, in der Hitze der Erfahrungen und wechselhaften Umstände zum Leben erwachten und merkwürdige, unvorstellbare Lebensformen um sie herum schufen. Hans Burgners ausschweifende, launische, scheinheilige Mutter war nach einigen Wiedergeburten und auf dem Weg über den Zirkus und die Bühne in zweihundertdreißig Jahren schließlich im Bett eines regierenden Fürsten gelandet. Sie hatte sich herausgemacht, war ruhiger, gebildeter, aber auch entschlossener geworden und hatte die Scheinheiligkeit zur Kunst erhoben. Doch ihre Selbstvergötterung, ihr schrankenloser Egoismus ließen sie zu krankhafter Fülle gelangen. Mochte sie ihrem neuen Körper auch eine vorteilhafte, bestechende Form gegeben haben, so wurde sie durch die gewaltigen Fettmassen, die sie ihrer Eigenliebe zu verdanken hatte, alsbald zum Zerrbild ihrer selbst, zu einer schwergewichtigen, schnaufenden, lächerlichen und abstoßenden Kreatur, die in sich selbst gefangen war. Gleichzeitig bildete aber diese Fettmasse die Schranke, die sie schließlich davor bewahrte, weiter in die Finsternis abzugleiten. Das Fett war ihr Beschützer, ihr Quälgeist und ihr Erzieher zugleich. Vergebens kämpfte sie dagegen an, sie konnte keine

Selbstbeherrschung finden. Der große Nahrungsentzug, die bebenden Fastenperioden, die sie sich auferlegte, erstickten in der Orgie gewissensgeplagter Freßgelage, und um dies zu vergessen und das Wissen über ihren bedenklichen Zustand zu betäuben, begann sie zu trinken. Doch jeder Schluck, jeder Bissen wandelte sich gewissermaßen ohne Abfälle sogleich in Fett um. Ihre Drüsen arbeiteten gnadenlos. Wegen des Bleigewichts ihres Busens, ihrer Hüften und ihrer Schenkel konnte sie nicht mehr allein in eine Kutsche steigen. Dieser lebendige Fettgötze brauchte zwei oder drei Mann, die den gewaltigen Körper in die Kutsche stopften. Beim Herzog fiel sie in Ungnade. Sie lebte von ihrer bescheidenen Rente zwischen verhängten Spiegeln, sich selbst beweinend, stets betrunken, beengt von ihrer schwellenden Leibesfülle, nach Luft schnappend und immer hilfloser zur Unbeweglichkeit verdammt als Opfer falscher untreuer Diener.

Heinz Knoteks Mutter, die schweigsame Ehefrau des versoffenen Predigers, war dagegen auf wunderbare Weise aufgeblüht. Das Gehirn dieses arbeitsamen, einfältigen, herzensguten Geschöpfs brachte klare, reine Gedanken hervor, eigene Gedanken, die sie lange Zeit niemandem mitteilte. Stille Menschen sind stets gute Beobachter. Stille Menschen hören stets mehr als solche, die sich am Klang ihrer eigenen Stimme berauschen. Sie erkannte klar und eindeutig ihren nichtsnutzigen Ehemann, den Abgrund, der zwischen seiner Rede und seiner Lebensweise klaffte. Sie lernte daraus, doch sie verurteilte ihn nicht. Sie hörte sich die hitzigen, haarspalterischen religiösen Streitgespräche an, die tödlichen Streitereien über die Frömmigkeit, die haßerfüllten Redeschlachten über die Liebe, die überheblichen, herausfordernden Belehrungen über die Demut, die intoleranten Bemühungen um die Toleranz und zog ihre Lehre daraus, doch sie verurteilte die Menschen nicht wegen ihrer Unvollkommenheit und hütete sich, sie mit dem vollkommenen Christus zu identifizieren. Sie wußte zu unterscheiden, und sie war bar jeder Emotion. Ihr Geist war vornehm und rein, und ihre Wiedergeburten umspannten sie mit den einzig wahren Hüllen des Geistes. Sie wurden in England, in Schweden und später in Frankreich wiedergeboren, stets in einer entsprechenden Umgebung, wo sie eine gute Erziehung genießen konnte und ihre Fähigkeiten eine Möglichkeit zur Offenbarung fanden. Wo sie auch hinkam, wurde sie zum geistigen Mittelpunkt, wirkte befruchtend und wärmend. Sie wollte kein Aufsehen erregen, dennoch fiel sie überall auf. Sie war bescheiden und wurde gegen ihren Willen die erste. Ihre Sonette in französischer Sprache zählen heute noch zu den Juwelen der Weltliteratur. Sie werden immer wieder hervorgeholt, entstaubt, in fremde Sprachen übersetzt, da ihr Geist und die Schönheit ihrer Form unsterblich ist.

Knotek, der Prediger, durchwanderte sämtliche Religionen und Konfessionen und erfüllte alle mit seiner haßerfüllten Intoleranz. Im Jahre 1570 machte sein angegriffenes Herz seinem Leben ein Ende, doch sein Fanatismus zog ihn nach Rußland. Als Sohn eines orthodoxen Priesters trat er in die Fußstapfen seines Vaters und wurde ebenfalls Geistlicher – allerdings zu einem kämpferischen, unerfreulichen Besserwisser, den man fürchtete und gleichzeitig haßte. Dieser schlimmste Dolmetscher und Diener Christi erregte den Abscheu seiner Gläubigen nicht allein durch seinen Lebenswandel, weil er ausschweifend und der Trunksucht verfallen war, sondern auch durch seine Unerbittlichkeit, mit der er die Juden verfolgte, Pogrome anzettelte und selbst an diesen teilnahm. Er starb noch verhältnismäßig jung an einer häßlichen venerischen Krankheit, die sein flammendes Blut verseucht hatte. Dann bekehrte er sich zum Islam. Er ergriff die Fahne des Propheten wie eine Lanze und verbreitete Tod und Vernichtung, wobei er vor allem unter den Christen wütete. Vorher hatte er sich der Bibel bedient, jetzt benutzte er den Koran als gefährliche Keule, und diese Heiligen Schriften waren auch in seiner Hand hilflos und geduldig, wie in den Händen so manches verblendeten Irren im Laufe der Geschichte. Nun waren es die Vorschriften und die Dogmen des Koran, die er buchstabengetreu und mit herausfordernder Genauigkeit befolgte und peinlich darauf bedacht war, andere bei der Befolgung dieser Gesetze zu überwachen, wie er seinerzeit die Gesetze der christlichen Religion haargenau befolgt hatte. Er stritt sich um Worte, analysierte einzelne Buchstaben, während er mit jedem Wort, mit jeder Bewegung gegen den Geist dieser Worte verstieß. Er fiel in einem Krieg, in einem ›heiligen Eroberungskrieg gegen die Ungläubigen‹. Dann kam er wieder in Rußland zur Welt – diesmal allerdings im Getto, wo er mit gnadenloser Befriedigung so manchem Pogrom beiwohnte, in das er durch seine leidenschaftlichen Predigten so manche Fakkel des Hasses, der Verleumdung und der Lüge geschleudert hatte. Nun aber mußte er die Leiden dieses Volkes am eigenen Leib erleben, die Leiden dieses Volkes, dem ein großes und entsetzliches Schicksal auferlegt worden war. Auch diesmal strebte er die Nähe der Synagoge an und wurde zu einem Besessenen des Buchstabens, ein Talmudist und Thora-Kopist zugleich. Er erlebte den tödlichen Haß gegen die Verfolger, das Ausgeliefertsein gegenüber der fremden Religion, die schweißtreibende Angst, die bleiernen, blutigen, wahnsinnigen Entsetzenstage des Mordens, das fruchtlose Flehen der Opfer – seiner Glaubensgenossen – und jenen unerbittlichen, tauben Terror, mit dem die Henker den Todesschrei von Kindern, Frauen und Greisen erstickten. Er erfuhr die aufreibende Unsicherheit der Emigration, die wahnsinnige Knute der Gefahr, die ihm unentwegt auf den Fersen folgte, die zu Gott hintrieb, und diese Erfahrung wurde in ihm zur bitteren, wilden Rebellion, zu einem noch brennenderen Rachedurst. Er verlor sein Leben bei einem Pogrom unter entsetzlichen Foltern, ohne zu wissen, daß es sich um dieselben Qualen handelte, mit denen er selbst das Leben eines flehenden, vor Schmerzen schreienden, ohnmächtigen und unbewaffneten Juden vor mehr als hundert Jahren ausgelöscht hatte. Diese finstere, spannungsgeladene Kraft, diese gewaltige Explosionsbereitschaft setzte denn die Logik der Ereignisse zu jedem Zeitpunkt ein, als sie vonnöten war: In Frankreich, vor dem Ausbruch der großen Revolution, um den Umsturz vorzubereiten und das Feuer der Revolution zu schüren. Auch diesmal fand er eine neue Religion, in der er all seinen Haß austoben konnte. Sein Name wurde nach dem Ausbruch der Revolution berüchtigt, später bekam er einen fürchterlichen Klang. Doch die Kräfte, die er heraufbeschworen hatte, fegten schließlich auch ihn hinweg. Er konnte nicht schnell genug töten lassen, als daß ihn das herniedersausende Beil der Guillotine nicht eingeholt hätte.

Giuseppe Balsamo starb 1795 in der Engelsburg, wo er als Freimaurer und Ketzer gemäß dem Urteil des Santo Ufficio eingekerkert worden war. All seine Praktiken, all seine verzweifelten Versuche, sich aus den Fesseln von Cagliostros Namen zu befreien, schlugen fehl. Er hatte so viel gelogen, betrogen und war derart unzuverlässig, daß ihm niemand die einzige Wahrheit seines Lebens abnehmen wollte. Vergebens beteuerte er, daß er mit Cagliostro nichts zu schaffen habe, daß er den Namen nur angenommen habe, um Eindruck zu schinden. Sein wirklicher Name sei Balsamo, und er sei der uneheliche Sohn einer sizilianischen Bäuerin ... er wurde einfach ausgelacht. Seine Behauptung wurde als die dümmste, ungeschickteste und unmöglichste unter all seinen Lügen betrachtet. Zeugenaussagen, zahlreiche Gemälde, Ort und Datum der Geburt erbrachten eindeutig den Beweis, daß seine Argumente nichts weiter waren als Ausflüchte. Ich sah auch, wohin er aus dem entsetzlichen Hafen seines Todes aufbrach. Dieser Weg war durch die Begegnung mit St. Germain, dem echten Magier, vorgezeichnet. Die Zwangsklausur der Gefangenschaft, das Grübeln unter unmenschlichen Schmerzen und die magische Mahnung, die plötzlich zur erschütternden Gewißheit geworden war, impften ihm Gefühle ein, die ihm bis dahin ganz und gar gefehlt hatten: Glaube und Furcht, den Glauben an übernatürliche Kräfte und Fähigkeiten und die Furcht vor den Folgen einer Tat. Es war ein gewaltiger Schritt nach vorn, weil er in ihm, dem Schrankenlosen, die ersten moralischen Schranken errichtete. Seine abergläubische Ehrfurcht vor einer verspotteten Richtung, aber auch seine Ruhmsucht wurden geweckt, da er ja selbst solche Fähigkeiten besaß, die er früher verleugnet und der menschlichen Dummheit zugeschrieben hatte. Die Begegnung mit St. Germain hatte ihm also über den Tiefpunkt hinweggeholfen, und der Name Cagliostros wies ihm den Weg von der schwarzen zur weißen Magie.

Jeanette Girard-Lorenza Feliciani, die viel stärker und nachhaltiger an Balsamo gekettet war, als es die äußeren Beziehungen ahnen ließen, verbrachte ihr Leben ebenfalls in einem Kloster im Banne ekstatischer Gebete, denn, da sie ihren Willen ganz und gar verloren hatte, versuchte sie stets, sich solchen Persönlichkeiten und Umgebungen anzupassen, die stärker waren als sie. Nachdem sie ihre Sünden der willensstarken, von blindem Eifer getriebenen Oberin gebeichtet hatte, nahm diese den weich zerfließenden Charakter ihrer Untergebenen in die Hand und formte ihn nach ihrem Bilde. Lorenza, zu einer flammenden Gebetsmühle geworden, leierte unermüdlich ihre und Balsamos Sünden vor sich her, erging sich in Selbstbeschuldigungen und flehte um Erlösung. Sie dachte mit Entsetzen, dennoch mit sehnsüchtiger Liebe an ihren Ehemann, bis sie ihn einmal im Traum auf der Folterbank erblickte. Dieser einst so gewalttätige, selbstsichere, gutaussehende Mann war zu einer verschreckten, blutenden, klagenden Ruine mit eingefallenem Gesicht geworden. Das Bild war so scharf, daß sich Lorenza von dem Eindruck nicht befreien konnte. Sie spürte von ganzer Seele, daß sie auf geheimnisvolle Weise die Wirklichkeit erblickt hatte. Von da an hatte sie vor Balsamo keine Angst mehr, im Gegenteil, sie liebte ihn, bemitleidete ihn zutiefst und beweinte ihn mit einem nie versiegenden Strom von Tränen. Sie konnten ohne einander nicht sein, sie konnten nur miteinander weiterkommen. Lorenza brauchte Balsamos Willen und Kraft, Balsamo aber Lorenzas Auffassungsgabe, ihre Empfindlichkeit und Intuition. Lorenza war Dienerin und Vermittlerin zugleich, doch sie vermittelte stets von jener Seite, wo die positive Hälfte ihrer Seele jeweils verweilte. Lorenza war Balsamos geistiges Auge und Ohr, doch Balsamo hatte bislang nur in Richtung Hölle geblickt und zusammen mit ihr in diese Richtung gelauscht, und jetzt, in diesem körperlichen und seelischen Verlangen, geschah es zum erstenmal, daß er seinen Blick zu höheren Welten erhob ...

Ernst Müller, der den in Wein aufgelösten Roten Löwen noch in der Mordnacht gierig ausgetrunken hatte, wurde durch das Elixier sofort getötet. Die gewaltige Kraft, die in seinen kranken, verfallenden Körper drang, hatte ihn aufgezehrt. In seinem Willen, mit dem er sich an diesen lebenden Leichnam klammerte, hatte das Elixier einen Kurzschluß ausgelöst. Jetzt konnten die Dämonen seine Persönlichkeit nicht mehr zerstückeln, sie blieb ganz und unversehrt. Als sehendes, lebendiges, sich erinnerndes Bewußtsein stürzt er ohne jede Spannung in die tiefste Astralhölle – ebenso, wie seinerzeit Hans Burgner.

Die Schicksale kamen und gingen, zeigten ihre Beweggründe, ihren Sinn und ihre versöhnende Gerechtigkeit. Im Glanz dieser faszinierenden, feierlichen Erkenntnis begriff ich, wie aus den verzerrten, kranken Charakteren unmögliche Taten und aus diesen Taten schmerzliche Früchte erwachsen, die das Gegengift solch merkwürdiger Krankheiten in sich bergen. Ich erkannte, daß jede Missetat nur und nur selbst ihr Gegenmittel hervorbringt, und daß auch die Operation des Leidens nicht länger dauert als die Zeit, die für eine Genesung erforderlich ist.

Dann erklang eine Stimme, die Urstimme des Uriel, der das WORT vermittelt und verbreitet unter allen Wesen, die den Kosmos bevölkern. Uriel ist es, der das Göttliche Licht bündelt und diesen Strahl dorthin richtet, wo die Lebendige Flamme erscheinen muß: in die Seele der Messiase, Propheten, Seher, der

Erleuchteten, der *Wächter* und *Diener*. Welch eine Stimme war das, welch ein Aufbrausen jeglichen Heiligtums, welch ein Aufbrechen geheimer, ewiger Wahrheiten:

»Ich grüße dich, der du die Schwelle überschritten hast! Ich grüße dich, Magier, der du zum Herrscher dreier Welten geworden bist! Du hast nun endlich deine eigenen Bande gelöst, hast deine Kräfte der groben und subtilen Materie entzogen. Nun weilen sie bei dir, du kannst über sie verfügen. Dich bindet nunmehr keine Determination. Du kennst die geheimen Pforten und hältst die Schlüssel in deinen Händen. Du kannst frei wählen und entscheiden, ungebunden durch die Gesetze des Leibes. Wo dein Blick hinfällt, kannst du hingehen, und du kannst wahr machen, was der Wille deines Geistes ist. Du kannst deinen Körper verlassen, von dem kein Staubkörnchen auf Erden übrigbleibt, weil er restlos verbrennt und sich diese durchgeistigte Kraft ebenfalls zu dir gesellt. Es steht dir frei, unter all den Welten zu wählen, du selbst aber kannst Welten erschaffen. Du kannst zum Titan deines Sonnensystems und deiner Galaxis werden, wenn du nur willst. Du kannst mit Hilfe der schrankenlosen glühenden Schöpferkraft dein eigenes Paradies erbauen, ein Paradies, dessen Blumen erst am Ende aller Zeiten welken. Du kannst die zahllose Formenwelt der wunderbarsten Planeten durchwandern, wie ein Reisender zu deinem eigenen Entzücken. Du kannst in das geheime Reich des Hades überwechseln, in die grenzenlose Welt des unendlich Kleinen und unendlich Großen eindringen und kannst Äonen mit majestätischen und berückenden Experimenten verbringen, bis die Welt, die sich geoffenbart hat, zu Gott zurückkehrt ... Du kannst dich aber auch einsam über den pfeilgraden Pfad entfernen, der dir vertraut ist. Du kannst alle Spiegelfechtereien der Vergänglichkeit, selbst den Glanz des Paradieses hinter dir lassen. Du kannst den kosmischen Schmelztiegel der Leiden und Erfahrungen verlassen – denn du bist frei.

Doch gerade weil du noch frei bist, stelle ich dich vor eine Entscheidung, die sowohl reich an Versuchungen ist als auch eine schwere Aufgabe bietet: eine Mission. Du brauchst sie nicht anzunehmen. Es wird sich nichts ändern, wenn du ihr ausweichst. Nimmst du den Auftrag an, so wirst du Diener sein. Du wirst aus der Halle der Messiase zurückkehren, um ein messianisches Zeitalter zu erleben, die schrecklichste und großartigste Zeit der sichtbaren Welt, das grandiose, blutige Schauspiel der Auslese, wo das alte Äon stirbt und das neue ins Leben tritt. Das Kataklysma des Todes wird sich mit den Schmerzen der Geburt und mit dem Mysterium der Auferstehung vermengen. Auf diese Aufgabe wirst du viele Jahre in der Denkwürdigen Namenlosigkeit verharren müssen. In dieser Zeit wirst du keine Geschichte haben, und die Welt kann dein Antlitz nicht erblicken. Dann wird die Zeit der Erscheinung des Sterns kommen, wenn Saturn mit Jupiter im Zeichen des Stiers in Konjunktion tritt und sich jene kosmische Pforte auftut, die nur denjenigen über die Schwelle läßt, der gesandt worden ist. Bisher sind Hermes Trismegistos, Rama, Krishna, Buddha, Moses, Laotse, Zoroaster, Mohammed und Christus durch diese Pforte geschritten, und diesmal wird ihnen Jemand folgen. Er ist es, den du ankündigen mußt. Du wirst einer von denen sein, die die Wahrheit registrieren. Du wirst es sein, der die Vergangenheit über die Gegenwart mit der Zukunft verknüpft. Du wirst die Tradition in neue Hände übergeben. Du wirst alles aufschreiben über deinen eigenen Willen, der sich mit anderen Pfaden verstrickt hat und der von der transzendenten Unruhe und vom transmutierenden Feuer der okkulten Urkraft durchtränkt ist. Dein Leben wird das Fenster in der Materie sein zu einer Zeit, wo die Menschen aus der tödlichen, hoffnungslosen Finsternis nach dem Lichte der Ewigkeit rufen.

Diese Zeit habe ich Esra, dem Seher, vor vielen Jahrtausenden in Babylon prophezeit und ihm die Zeichen des Herrn offenbart, die diesem Ereignis vorausgehen. Du, wenn du bleibst, wirst sehen, und mit dir all diejenigen, die berufen waren, die zum Anfang da waren und kommen werden, damit sich die Zahl der Gerechten nach dem Gesetz des Kreises erfülle von Abraham zu Abraham. Das sind jene Männer, die seinerzeit Kräfte gesammelt und die den Tod seit ihrer Geburt nicht gekostet haben. Du wirst in die tiefste Hölle blicken, wirst die glühendsten Leiden, die größten Lügen und die fürchterlichsten Missetaten erfahren. Du wirst sehen, wie sich der Himmel verdunkelt, die Verwirrung der Seelen, wie der Bruder den Bruder verrät und den gnadenlosen Kampf der Freunde, den sie gegeneinander ausfechten. Du wirst die Verfolgung der Unschuldigen sehen, den Massenmord an Kindern, Frauen und Greisen, das Vergehen von Recht und Gerechtigkeit, du wirst sehen, wie alle Werte des Geistes, des Wissens und des Glaubens in den Staub gezerrt werden, den Triumph der Hölle über die

Erde – dennoch wirst du durchhalten müssen, aushalten in der Trostlosigkeit, in Verzweiflung, im giftigen Sumpf des Hasses, inmitten von Fallen, Gefahren und Bedrohung. Du aber mußt von Gott schreiben, vom Neuen Messias des Geistes und vom großen Äon, der aus dem Tode und dem Verfall des Bösen geboren wird. Du mußt schreiben und berichten beim schrillen Fanfarenton der Apokalypse, du mußt weiterschreiben, während sich der Himmel öffnet, die Erde sich auftut und Feuer und Tod aus allen Spalten dringen. Du mußt arbeiten, um für die bestimmte Stunde bereit zu sein. Du mußt schaffen, weil dieses Buch des Lebens sich nur in der Begleitung des rauschenden Orchesters des Todes sich erfüllen kann, weil das wahre Lied der Auferstehung sich stets nur aus dem Chaos und dem Verderben emporschwingt. Also, entscheide dich!«

Nach diesen Worten trat Stille ein, schwere, absolute Stille. Die unhörbaren Stimmen rauschten nicht mehr, und auch die stumme Pastell-Orgel der Farben schwieg. Alles oben wie unten stand wie versteinert da, wartete und horchte. Jede ätherische Form und jede schöpferische Möglichkeit boten sich gleichzeitig dar, ohne daß irgendwo eine Falle oder eine Vergeltung lauerte. Reine, freie Ebenen führten nach allen Seiten. Glänzende, gewaltige Sternenhäfen warteten mit den nie gekosteten Variationen des Lebens. In Liliths Schoß konzentrierten sich gewaltige Kräfte, um sich auf Befehl des SCHÖPFERGEISTES einen blendenden Himmel zu bilden. In den Tiefen schimmerten ahnungsvoll die verborgenen Pforten des Hades. Und in diesem Dämmerlicht verhießen Geheimnisse, die transzendente Ekstasen erzeugten, die Erfüllung der Mysterien. Gewaltige Sonnen von Galaxien erglühten wie feurige Himmelsaugen. Die strudelnde Ausbreitung des Makrokosmos, die Verengungen des Mikrokosmos zogen mich mit magnetischer Kraft in ihren Schoß.

... Und die Erde, diese elende Erde, die auf eine Krise zusteuerte, wartete ebenfalls darauf, daß sich die Zahl der Gerechten erfüllte.

Sie wartete auf den Messias ...

Nach den Jahren der Denkwürdigen Namenlosigkeit – die keine Geschichte haben – bin ich zurückgekehrt, um Ihn zu verkünden.

Freuet euch, denn der Stern ist entflammt!

Ein Erlöser ward geboren, dort, wo die Finsternis am dichtesten ist.

Er ist gekommen, um die Herrschaft des Geistes und das Unsichtbare Reich zu verkünden!

Er ist gekommen, um den Tod durch das Leben zu besiegen!

Bald wird sich der Kreis schließen. Seid wachsam!

Der Kreis reicht von Abraham zu Abraham.

Eilet, um über den schmalen Pfad zu kommen, der noch hin zum neuen Äon geöffnet ist, um nicht draußen in der Finsternis zu bleiben!

Eilet, denn die Zahl der Gerechten auf Erden wird sich bald erfüllen!

Die Zeichen, die der Herr gesagt hat, sind erschienen.

Der Abgrund der Pein ist erschienen,
und über ihm die Stätte der Auferstehung!

Eilet, denn die Zahl derer, die übrigbleiben, die den Namen des Herrn tragen, ist gering, und die anderen, die Verlorenen, sind

wie der Dampf,
wie das Feuer,
wie der Rauch.
Sie brannten, glühten und sind zu Asche geworden.

HEYNE BÜCHER

HEYNE FANTASY

Romane und Erzählungen internationaler Fantasy-Autoren im Heyne-Taschenbuch.

06/4744

06/4743

06/4772

06/4822

06/4539

06/4691

06/4692

06/4806